D1323335

LA PROPHÉTIE MAYA

Steve Alten

LA PROPHÉTIE MAYA

Tome 1

LE DOMAINE

Traduit de l'anglais (États-Unis)
par Marie-Claude Elsen

Pour Ken Atchity, directeur, mentor, ami…

« Et sur ces terres anciennes,
Recouvertes et gravées comme une tombe,
Marquées d'empreintes de mains usées,
Et jalonnées de dates fatidiques…
Je retrouve les vies enchâssées en ces lieux,
Et leur expérience devient la mienne. »

Thomas HARDY

« Nous ne pouvons connaître expérience plus belle que celle
du mystérieux. C'est l'émotion fondamentale qui est à l'origine
de l'art véritable et de la science. »

Albert EINSTEIN

« La peur et la religion. La religion et la peur. Elles sont
historiquement enchevêtrées, elles servent de catalyseurs
à la plupart des atrocités commises par l'homme. La peur
du mal alimente la religion, la religion alimente la haine,
la haine alimente le mal et le mal alimente la peur
chez les masses. C'est un cercle vicieux diabolique
et nous sommes des jouets dans la main du diable. »

Julius GABRIEL

Journal de Julius Gabriel

Je me tiens devant ce tableau immense qu'est le plateau de Nazca, en proie au même sentiment de solitude qu'a dû éprouver son créateur il y a plusieurs millénaires. Devant moi se trouve la réponse aux énigmes qui décideront peut-être, au bout du compte, de la survie ou de la mort de notre espèce. L'avenir de la race humaine : existe-t-il quelque chose de plus important ? Pourtant je suis seul ici, ma quête me condamne à demeurer dans ce purgatoire de rochers et de sable, où je cherche à communier avec le passé pour appréhender le péril qui nous attend.

Les années m'ont beaucoup affecté. Je ne suis plus qu'une misérable créature. Autrefois archéologue de renom ; aujourd'hui objet des quolibets de mes pairs. Mari, amant, ces rôles appartiennent désormais au passé. Père ? Et encore… Un mentor tourmenté, une minable bête de somme qui a légué son fardeau à son fils. Chaque pas dans le désert pavé de rocs fait souffrir mes os, et des pensées à jamais enchaînées à mon esprit ne cessent de répéter le mantra exaspérant du destin dans ma tête. Quelle puissance supérieure a décidé de torturer ainsi ma famille ? Pour quelles raisons avons-nous reçu des yeux capables de discerner les signaux de la mort alors que les autres avancent en trébuchant comme des aveugles ?

Suis-je fou ? Cette hypothèse ne me laisse pas en paix. À chaque aube nouvelle, je me force à relire les arguments essentiels de mes chroniques, ne serait-ce que pour me remémorer que je suis, avant tout et surtout, un savant. Non, pas un savant mais un archéologue, celui qui fouille le passé de l'homme, qui recherche la vérité.

Mais à quoi bon la vérité s'il est impossible de l'accepter ? Aux yeux de mes pairs, je ne vaux pas mieux que l'idiot du village, vociférant pour mettre en garde contre les icebergs les passagers qui montent à bord du *Titanic*.

Mon destin est-il de sauver l'humanité ou de mourir comme un sot ? Est-il possible que j'aie passé une vie entière à interpréter les signes de travers ?

Des raclements de pas sur la silice et la pierre interrompent la rédaction de l'imbécile que je suis.

C'est mon fils. Baptisé du nom d'un archange il y a quinze ans par ma femme bien-aimée, Michael m'adresse un signe de tête qui réchauffe un moment le cœur racorni de son père. C'est à cause de lui que je n'abandonne pas, à cause de lui que je ne mets pas un terme à mon existence. La folie de ma quête l'a privé de son enfance, mais le geste abominable que j'ai commis il y a quelques années lui a fait perdre bien davantage encore. C'est pour son avenir que je persévère ; c'est son destin que je veux changer.

Dieu, que mon cœur affaibli tienne encore assez longtemps pour me permettre de réussir !

Michael me désigne quelque chose devant nous, pour me rappeler que la pièce suivante du puzzle nous attend. À pas précautionneux, pour ne pas abîmer la pampa, nous allons nous placer devant le début d'un message vieux de trois millénaires. Il s'agit d'un cercle parfait, gravé profondément entre les pierres recouvertes d'une patine noire au centre du plateau de Nazca, sacralisé par la présence de lignes mystérieuses et de figures zoomorphes colossales. Vingt-trois lignes équidistantes partent de cette mystérieuse pièce centrale comme les rayons du soleil sur un dessin d'enfant. À une exception près, elles mesurent toutes environ deux cents mètres. Une ligne est placée par rapport au solstice ; l'autre par rapport à l'équinoxe. Ces variables concordent avec celles des autres sites anciens que j'ai explorés ma vie durant.

La vingt-troisième ligne est la plus énigmatique. Creusée audacieusement dans la pampa, elle s'étend sur une quarantaine de kilomètres par-dessus rochers et collines.

Michael me fait signe : son détecteur de métal vient de se déclencher alors que nous approchons du centre du dessin. *Quelque chose doit être enterré en dessous !* Revigorés, nous creusons dans le gypse et la pierre pour mettre au jour le sable jaune qu'ils recouvrent. Un acte répréhensible, surtout pour un archéologue, mais je me convaincs qu'au bout du compte, la fin justifie les moyens.

Et le voici, étincelant sous le soleil torride : un cylindre de métal creux d'une cinquantaine de centimètres, lisse et blanc, qui ne devrait pas davantage se trouver dans le désert de Nazca que moi. Une de ses extrémités est ornée d'un dessin représentant une espèce de candélabre à trois bras. Mon cœur faible se met à palpiter, car ce symbole m'est aussi familier que ma main fripée. Le Trident de Paracas, signature de notre maître cosmique. Un glyphe identique de deux cents mètres de long sur soixante-cinq mètres de large orne tout un pan de montagne, non loin d'ici. Michael met au point son appareil photo pendant que j'ouvre le cylindre. Les mains tremblantes, j'en extirpe un objet ressemblant à un morceau de toile parcheminée, qui commence à s'effriter sous mes doigts en se déroulant.

Il s'agit d'une ancienne carte du monde, semblable à celle à laquelle faisait référence l'amiral turc Piri Reis il y a cinq siècles. À ce jour, elle reste une énigme, car elle ne se contentait pas de montrer le continent antarctique, qui n'avait pas encore été découvert, mais également sa géologie, représentée comme s'il n'était pas recouvert de glace. Des scanners radar pris à partir de satellites ont depuis lors confirmé la précision inouïe de cette carte de Piri Reis, d'où l'étonnement redoublé des savants. Comment quelqu'un aurait-il pu la tracer sans l'aide d'un avion ?

De la même manière qu'ont peut-être été tracés ces dessins du désert de Nazca.

Tout comme la carte de Piri Reis, le parchemin que je tiens à présent dans la main a été dessiné à l'aide d'une connaissance exceptionnelle de la trigonométrie sphérique. Ce mystérieux cartographe était-il également notre maître ancien ? Je n'en doute pas un seul instant. La vraie question est de savoir *pourquoi* il a choisi de nous laisser cette carte en particulier. Michael se hâte de prendre un cliché Polaroïd pendant que le document s'effrite, puis se désagrège en poussière dans mes mains. Quelques instants plus tard, nous examinons la photographie sur laquelle nous constatons qu'un objet, manifestement d'une grande importance, a été souligné d'un petit cercle en plein golfe du Mexique, juste au nord-ouest de la péninsule du Yucatan.

Cet endroit me laisse perplexe. Il ne s'agit pas d'un site ancien, mais de tout à fait autre chose. Je suis pris de sueurs froides, mon bras commence à s'engourdir comme j'en ai l'habitude.

Michael sent la mort s'approcher. Il fouille dans mes poches, trouve vite une pilule et la place sous ma langue.

Mon pouls se calme, l'engourdissement disparaît peu à peu. J'effleure la joue de Michael et l'incite ensuite gentiment à reprendre son travail. Je le regarde avec fierté examiner le récipient métallique de ses yeux noirs, portails d'un esprit d'une rigueur inouïe. Rien n'échappe aux yeux de mon fils. Rien.

Quelques instants lui suffisent pour faire une autre découverte, qui explique peut-être le site souligné dans le golfe du Mexique. L'analyseur spectral du détecteur de métaux a procédé à la décomposition moléculaire du métal dense et blanc. Son composite même est une histoire en soi.

Le cylindre ancien est en iridium.

En iridium pur.

Extrait du journal du professeur Julius Gabriel, 14 juin 1990.

Prologue

Il y a 65 millions d'années dans la Voie lactée…

Une galaxie spirale, l'une des cent milliards d'îles composées d'étoiles qui se déplacent dans la matière sombre de l'univers. Pivotant comme une fusée de feu d'artifice cosmique luminescente dans l'immensité de l'espace, la galaxie entraîne plus de deux cents milliards d'étoiles et d'innombrables autres corps célestes dans son vortex titanesque.

Examinons ce pivot galactique. Si nous observons cette formation avec les limites que nous imposent nos trois dimensions, notre regard est d'abord attiré vers le renflement galactique, composé de billions d'étoiles rouges et orange, qui tourbillonnent à l'intérieur de nuages de poussière de quinze mille années-lumière de large (une année-lumière équivaut environ à dix trillions de kilomètres). Autour de cette région en forme de lentille tourne le disque circulaire de la galaxie, plus plat. D'une épaisseur de deux mille années-lumière et d'une largeur de cent vingt mille années-lumière, il contient la plus grande partie de la masse galactique. Les bras spiraux de la galaxie battent autour de ce disque. Ils abritent les étoiles lumineuses ainsi que les nuages de gaz et de poussière luminescents, incubateurs cosmiques qui donnent naissance à de nouvelles étoiles. Au-dessus et au-delà de ces bras spiraux se déploie la couronne galactique, une région très peu habitée comportant des grappes d'étoiles globulaires qui soutiennent les membres les plus anciens de la famille galactique.

De là, nous pénétrons au cœur même de la galaxie, une région complexe entourée de nuages tourbillonnants de gaz et de poussière. Le véritable organe de transmission de cette formation céleste est dissimulé à l'intérieur de ce noyau : un trou noir monstrueux. Ce vortex dense et tournoyant d'énergie gravitationnelle pèse 2,7 millions de fois plus lourd que le soleil. Cette machine cosmique vorace aspire tout en son pouvoir insondable – les étoiles, les planètes, la matière, la lumière même –, en faisant tourbillonner les corps célestes de la galaxie spirale.

Regardons à présent cette galaxie spirale d'une dimension plus élevée : une quatrième dimension du temps et de l'espace. Des conduits d'énergie invisibles sont branchés sur le corps galactique comme des artères, des veines et des capillaires. Certains sont si vastes qu'ils pourraient transporter une étoile, d'autres aussi délicats que des cordes microscopiques. Tous sont animés par les forces de gravitation incroyables du trou noir, situé au cœur de la galaxie. Franchissons une porte pour pénétrer à l'intérieur de l'un de ces conduits et nous nous retrouverons sur une autoroute de la quatrième dimension qui franchit les limites du temps et de l'espace, une fois tenu pour acquis, bien évidemment, que notre vaisseau sera capable de résister au voyage.

Tandis que la galaxie tourne autour de son monstrueux point central, ces fleuves serpentins d'énergie se déplacent aussi. Sans cesser de décrire des cercles, ils poursuivent leur voyage intemporel dans la plaine galactique comme les étranges rayons d'une roue cosmique, animée d'un mouvement perpétuel.

Pareil à un grain de sable happé par le courant puissant du fleuve gravitationnel, le projectile de la taille d'un astéroïde file dans le conduit de la quatrième dimension, point d'accès au temps et à l'espace situé à présent dans le bras d'Orion de la galaxie spirale. La masse de forme ovoïde, qui mesure presque dix kilomètres de diamètre, est protégée de l'étreinte broyante du cylindre par un champ de force antigravitationnel vert émeraude.

Le voyageur céleste n'est pas seul.

À l'intérieur du sillage magnétique chargé de l'objet sphérique, baigné dans la queue du champ de force protecteur, est dissimulé un autre vaisseau, plus petit, luisant, dont la coque plate en forme de poignard est composée de panneaux solaires miroitants.

Naviguant à travers la dimension de l'espace et du temps, l'autoroute cosmique dépose ses voyageurs dans une région de la galaxie située le long de la partie intérieure du bras d'Orion. À l'horizon apparaît indistinctement un système solaire contenant neuf corps planétaires, gouverné par une seule étoile jaune très pâle.

L'immense vaisseau d'iridium, porté par le champ de gravitation de l'étoile, se rapproche très rapidement de son objectif – Vénus – la deuxième planète du Soleil, un univers où règne une chaleur intense, enveloppé dans une voûte d'épais nuages acides et de gaz carbonique.

Le vaisseau de plus petite taille se rapproche par-derrière pour apparaître à son ennemi.

Immédiatement, le transporteur d'iridium change de cap. Il augmente sa vélocité en captant dans la force de gravitation de la troisième planète du système, monde aqueux et bleu composé d'une atmosphère toxique d'oxygène.

Dans un éclair aveuglant, le plus petit vaisseau expulse en une explosion l'énergie chauffée à blanc d'une antenne en forme de nageoire qui se déploie à l'arrière de sa proue. Pareille à un éclair courant le long d'un câble de métal, la charge file dans le fleuve ionique de la queue électromagnétique de la sphère.

Elle s'enflamme sur la coque d'iridium comme une aurore. L'explosion électrique court-circuite le système de propulsion du vaisseau. Le choc fait brutalement dévier le monstre de son cap. En quelques instants, la masse endommagée est happée dans l'étreinte mortelle du champ de gravitation de l'univers bleu.

Le projectile de la taille d'un astéroïde, devenu fou, se précipite vers la Terre.

Une détonation supersonique. La sphère d'iridium vient de violer l'atmosphère hostile. La coque extérieure pareille à un miroir se lézarde, puis elle flambe brièvement, boule de feu aveuglante, avant de plonger dans une mer tropicale peu profonde. À peine ralentie par des centaines de mètres d'eau, elle heurte le fond en une fraction de seconde. Le choc, l'espace d'un moment irréel, crée un cylindre creux en plein océan, qui descend jusqu'au plancher sous-marin. Une nanoseconde plus tard, c'est l'impact. L'explosion de l'objet céleste dans un éclair blanc éblouissant dégage cent millions de mégatonnes d'énergie.

La déflagration tonitruante secoue la planète entière. Elle dégage des températures de plus de 32 000 degrés Fahrenheit, plus élevées que celle de la surface du Soleil. Deux boules de feu gazeuses s'embrasent en même temps. Un nuage de poussière composé de rocs en miettes brûlants et d'iridium, provenant de la coque extérieure désintégrée du vaisseau, est suivi de nuages tourbillonnants de vapeur et de gaz carbonique hautement pressurisés. Les gaz s'échappent alors que la mer et son lit calcaire sont réduits en vapeur.

Les décombres et les gaz surchauffés s'élèvent dans l'atmosphère ravagée, aspirés vers le haut dans le trou d'air créé par la chute de l'objet. D'énormes ondes de choc se propagent à la surface de la mer et provoquent de gigantesques raz de marée, culminant à cent mètres ou davantage au moment où ils arrivent dans les eaux peu profondes et se précipitent vers la terre.

Côte sud de l'Amérique du Nord

Dans un silence mortel, la meute de *Velociraptor* se resserre autour de sa proie, une femelle *Corythosaurus* de dix mètres de long. Ayant senti le danger, le dinosaure à bec de canard déploie sa magnifique crête en éventail et renifle l'air humide. La femelle détecte l'odeur de la meute et pousse un barrissement pour avertir le reste du troupeau. Puis elle se précipite dans la forêt en direction de la mer.

Subitement, un éclair aveuglant paralyse le reptile en fuite. Il titube, secoue sa grande tête pour essayer de recouvrer la vue. Sa vision s'éclaircit, mais deux rapaces bondissent alors des feuillages en poussant des cris perçants contre la bête plus grosse qu'eux. Ils lui barrent la route, pendant que les autres membres du troupeau fondent sur son dos et lacèrent sa chair de leurs pieds mortels, griffus comme des faucilles. L'un des premiers chasseurs trouve la gorge de l'animal, mord dans son œsophage et enfonce ses griffes dans la chair tendre, sous le sternum. Le *Corythosaurus* blessé étouffe un cri et vomit son sang. Un autre rapace mord son museau plat, plonge ses griffes avant dans ses yeux et fait tomber à terre son ennemi plus lourd qui gémit faiblement.

En quelques instants, tout est terminé. Avec des grondements féroces, les prédateurs se battent pour les bouchées de chair qu'ils arrachent à leur proie encore frémissante. Tout à leur tuerie, ils ignorent le sol qui tremble sous leurs pieds et le tonnerre qui enfle. Une ombre passe au-dessus d'eux. Les dinosaures semblables à des oiseaux lèvent tous les yeux en même temps. Les mâchoires dégoulinantes de sang, ils grognent à la vue du gigantesque mur d'eau.

La vague haute de quatre-vingts mètres culmine, puis elle retombe. Elle s'abat brutalement sur les prédateurs abasourdis, liquéfiant leurs os dans le sable d'un claquement tonitruant. Puis elle continue à se déployer vers le nord, son énergie cinétique oblitérant tout au passage.

Le raz de marée inonde les terres, balaie la végétation, les sédiments et les créatures terrestres sous son rouleau rugissant qui submerge la côte tropicale sur des centaines de kilomètres à la ronde. Le peu de forêt qui ne se trouve pas sur la voie du flot dévastateur s'enflamme, et l'incendie qui se propage transforme l'air en véritable fournaise. Un couple de Ptéranodons essaie d'échapper à l'holocauste. Leurs ailes reptiliennes s'élèvent au-dessus des arbres, prennent feu et se réduisent en cendres dans l'ascendance thermique.

Des morceaux d'iridium et de roche qui ont été projetés vers le ciel à une très haute altitude commencent à entrer dans l'atmosphère comme des météores incandescents. En quelques heures, la planète entière est enveloppée d'un nuage épais de poussière, de fumée et de cendres.

Les forêts brûleront pendant des mois. Une année durant, la lumière du soleil ne parviendra pas à pénétrer le ciel noirci et n'atteindra plus la surface de l'ancien monde tropical. L'arrêt temporaire de la photosynthèse éradiquera des milliers d'espèces de plantes et d'animaux terrestres et marins, et des années d'hiver nucléaire précéderont le retour du soleil.

En un moment cataclysmique, le domaine des dinosaures, vieux de 140 millions d'années, vient de connaître une fin abrupte.

Des jours durant, le vaisseau doré miroitant reste en orbite au-dessus du monde dévasté. Ses antennes ne cessent de balayer le site de l'impact. L'autoroute de la quatrième dimension qui lui permettrait de retourner chez lui a disparu depuis longtemps, car la rotation de la galaxie a déjà déplacé la porte accédant au conduit à plusieurs années-lumière de distance.

Le septième jour, une lueur vert émeraude commence à luire sous le sol marin fracturé. Quelques secondes plus tard, un puissant signal radio provenant des profondeurs de l'espace se manifeste. L'appel de détresse est dirigé vers les limites extérieures de la galaxie.

À l'intérieur du vaisseau en orbite, les formes de vie brouillent le signal. Trop tard.

Le mal a pris racine dans un autre jardin céleste. Son réveil n'est plus qu'une question de temps.

Le vaisseau étoile doré se déplace en orbite géosynchrone directement au-dessus de son ennemi. Un signal radio hyperondes déclenché automatiquement par l'énergie solaire se met en marche. Il brouille toutes les transmissions, dans les deux sens. Puis les moteurs du vaisseau s'arrêtent ; ses batteries de secours s'orientent vers ses cellules de survie.

Pour les occupants du vaisseau étoile, le temps s'est à présent arrêté.

Pour la planète Terre, la pendule a commencé à tourner.

1

8 septembre 2012
Miami, Floride

L'asile de Floride du Sud est un bâtiment de sept étages en béton blanc, entouré d'une haie d'arbustes persistants. Il est situé à la sortie ouest de Miami, dans une banlieue délabrée habitée par une population à majorité hispanisante. Ses toits, comme la plupart de ceux des immeubles d'entreprises de cette zone, sont clôturés de treillages en fil de fer barbelé. À cette différence près qu'ici les barbelés ne sont pas destinés à empêcher le public d'entrer mais les pensionnaires de sortir.

C'est l'heure de pointe. Sur la route 441, Dominique Vazquez, une jeune femme de trente et un ans, se faufile à toute allure dans la circulation dense. Elle jure tout haut. Premier jour de son stage et la voici déjà en retard ! Elle braque pour éviter un adolescent qui circule en sens interdit sur des patins motorisés, entre dans le parking des visiteurs, se gare et tord d'un geste rapide ses cheveux de jais qui lui arrivent à la taille pour se faire un chignon serré. Elle court à petites foulées vers l'entrée.

Des portes magnétiques s'écartent pour lui permettre de pénétrer dans le hall climatisé.

Une femme de type hispanique d'une cinquantaine d'années est installée derrière le bureau de la réception. Elle lit un journal du matin sur un petit écran informatique, mince comme une crêpe. Sans lever les yeux, elle demande :

– Je peux vous aider ?

– J'ai rendez-vous avec le Dr Margaret Reinike.

– Impossible. Le Dr Reinike ne travaille plus ici.

La femme manipule un bouton permettant de passer à la suite des informations sur l'écran.

– Je ne comprends pas. Je lui ai parlé il y a deux semaines.

La réceptionniste se décide à relever la tête.

– Vous êtes ?

– Vazquez. Dominique Vazquez. Je dois faire un stage d'un an ici. Je suis diplômée de l'université de Floride du Sud.

La femme prend le téléphone et appelle un poste d'une pression sur un bouton.

– Docteur Foletta, une jeune femme du nom de Domino Vas…

– Vazquez. Dominique Vazquez.

– Pardon. Dominique Vazquez. Non, docteur, elle est dans le hall. Elle dit qu'elle vient faire un stage auprès du Dr Reinike. Oui, docteur.

La réceptionniste raccroche.

– Asseyez-vous là-bas. Le Dr Foletta va descendre vous parler dans quelques minutes.

Elle fait pivoter son siège et tourne le dos à Dominique pour poursuivre la lecture des nouvelles.

Une dizaine de minutes s'écoulent avant qu'un homme corpulent, la cinquantaine, apparaisse au bout du couloir.

Vu son physique, on verrait plutôt Anthony Foletta entraîner des défenseurs sur un terrain de football qu'arpenter les couloirs d'un hôpital hébergeant des fous criminels. Sa tignasse de cheveux gris boucle en arrière sur une tête énorme, qu'on dirait soudée à ses épaules. Ses yeux bleus pétillent entre des paupières lourdes et des joues bouffies. Malgré sa surcharge pondérale, le haut de son corps est ferme. Sa bedaine dépasse légèrement d'une blouse de laboratoire blanche ouverte.

Un sourire forcé, et une grosse main se tend vers Dominique.

– Anthony Foletta, nouveau chef du service de psychologie.

La voix est basse et rocailleuse, comme une vieille tondeuse.

– Qu'est-ce qui est arrivé au Dr Reinike ?

– Un problème personnel. Apparemment, son mari souffre d'un cancer incurable. Elle a décidé de prendre une retraite anticipée. Reinike m'avait prévenu de votre arrivée. Si vous n'y voyez pas d'objection, c'est moi qui superviserai votre stage.

– Aucune objection.

– Bien.

Il lui tourne le dos pour traverser le hall. Dominique est obligée de presser le pas pour rester à sa hauteur.

– Docteur Foletta, vous êtes en poste ici depuis combien de temps ?

– Dix jours. J'ai été muté du Centre du Massachusetts.

Ils s'approchent d'une sentinelle qui garde le premier poste de sécurité.

– Donnez-lui votre permis de conduire.

Dominique fouille dans son sac, puis tend la carte plastifiée à l'homme qui l'échange contre un laissez-passer de visiteur.

– Utilisez ça pour le moment, lui dit Foletta. Rendez-le quand vous partirez en fin de journée. On vous fera fabriquer un badge chiffré de stagiaire d'ici la fin de la semaine.

Dominique agrafe le laissez-passer à son corsage, puis elle entre derrière Foletta dans l'ascenseur.

Foletta lève trois doigts vers une caméra montée au-dessus de sa tête.

– C'est la première fois que vous venez ici ? Vous connaissez l'agencement de l'immeuble ?

– Non. J'ai juste eu une conversation téléphonique avec le Dr Reinike.

– Il y a sept étages. L'administration et le PC de sécurité occupent le premier. Le PC contrôle à la fois les ascenseurs du personnel et ceux des pensionnaires. Au niveau 2, nous avons une petite unité médicale pour les personnes âgées et les malades en phase terminale. Notre cantine et nos salles de détente sont au troisième. Cet étage donne également accès à la mezzanine, au jardin et aux salles de thérapie. Les niveaux 4,5 et 6 sont réservés aux pensionnaires. (Foletta glousse.) Le Dr Blackwell préfère les appeler « clients ». Euphémisme intéressant, non, quand on pense qu'on les traîne ici menottes aux mains ?

Ils sortent de l'ascenseur et passent devant un poste de sécurité identique à celui du rez-de-chaussée. Foletta fait un geste du bras avant d'emprunter un petit couloir qui mène à son bureau. Des boîtes en carton sont entassées partout, bourrées de dossiers, de diplômes encadrés et d'objets personnels.

– Excusez le désordre, je ne suis pas encore vraiment installé.

Foletta enlève une imprimante d'ordinateur qui encombre une chaise et fait signe à Dominique de prendre place sur le siège. Puis il se coince difficilement derrière son bureau et s'incline en arrière pour donner de la place à son ventre protubérant.

Il ouvre le dossier de la jeune femme.

– Hum… Je vois que vous êtes en train d'effectuer votre doctorat à Florida State. Fan de foot ?

– Pas vraiment. *Sers-toi de cette ouverture.* On dirait que vous avez vous-même pratiqué ce sport.

C'est une bonne entrée en matière, car le visage de chérubin de Foletta s'éclaire.

– Fighting Blue Hens du Delaware, classe de 79. J'ai débuté au football comme plaqueur, division 1-AA. J'aurais été appelé en deuxième division de la Ligue nationale si je ne m'étais pas déchiré un genou contre Lehigh.

– Qu'est-ce qui vous a amené à la psychologie médico-légale ?

– Mon frère aîné souffrait d'obsession pathologique. Toujours en bisbille avec la loi. Son psy était un ancien étudiant du Delaware ; il adorait le foot. On le faisait entrer aux vestiaires après les matchs. Quand je me suis bousillé le genou, ce psy a tiré quelques ficelles pour me faire entrer en troisième cycle.

Foletta se penche en avant et pose le dossier de Dominique à plat sur le bureau.

– Parlons de vous. Vous m'intriguez. Il y a plusieurs hôpitaux plus proches de l'université de Floride du Sud que le nôtre. Qu'est-ce qui vous amène ici ?

Dominique s'éclaircit la gorge.

– Mes parents vivent à Sanibel. À deux heures en voiture de Miami. Je ne rentre pas très souvent chez moi.

Foletta parcourt le dossier personnel de son gros index.

– Vous êtes originaire du Guatemala ?

– Oui.

– Comment est-ce que vous avez abouti en Floride ?

– Mes parents… Mes vrais parents sont morts quand j'avais six ans. On m'a envoyée vivre chez un cousin à Tampa.

– Mais ça n'a pas duré ?

– Ça a de l'importance ?

Foletta lève les yeux. Ils ne sont plus endormis.

– Je n'aime pas trop les surprises, mademoiselle Vazquez. Avant de leur attribuer des pensionnaires, je préfère connaître le mental des membres de mon personnel. La plupart de nos pensionnaires ne sont pas difficiles, mais nous ne pouvons pas oublier que nous nous occupons de plusieurs individus violents. Je fais passer la sécurité avant tout le reste. Qu'est-ce qui s'est passé à Tampa ? Comment se fait-il qu'on vous ait placée dans une famille d'accueil ?

– Disons simplement que ça n'a pas marché avec mon cousin.

– Il vous a violée ?

Son franc-parler ébranle Dominique.

– Si vous tenez absolument à le savoir, oui. J'avais à peine dix ans à l'époque.

– Vous avez été suivie par un psy ?

Elle le fixe aussi. *Garde ton calme. Il te teste.*

– Oui. Jusqu'à l'âge de dix-sept ans.

– Ça vous ennuie d'en parler ?

– C'est arrivé. C'est le passé. Je suis sûre que ça a pesé quand j'ai dû choisir une carrière, si c'est là que vous voulez en venir.

– Vos loisirs m'intéressent aussi. Je lis ici que vous êtes ceinture noire de taekwondo. Ça vous arrive de vous en servir ?

– Seulement dans les tournois.

Les paupières s'ouvrent toutes grandes. L'intensité des yeux bleus la tourmente.

– Dites-moi, mademoiselle Vazquez, est-ce que vous voyez le visage de votre cousin quand vous donnez un coup de pied à votre adversaire ?

– Ça m'arrive.

Elle repousse une mèche de cheveux qui lui tombe dans les yeux.

– Vous prétendiez cogner qui quand vous jouiez au foot pour ces Fighting Blue Hens ?

– *Touché*[1].

Les yeux bleus reviennent au dossier.

– Vous sortez beaucoup ?

– Ma vie privée vous inquiète aussi ?

Foletta se cale dans son fauteuil.

– Les sévices comme ceux que vous avez subis débouchent souvent sur des problèmes sexuels. Là encore, je veux juste savoir avec qui je travaille.

---

1. En français dans le texte.

– Je n'ai rien contre le sexe, si c'est le sens de votre question. Mais les coureurs m'inspirent effectivement une méfiance salutaire.

– Nous ne sommes pas un centre de réadaptation, mademoiselle Vazquez. Il va vous falloir une couenne plus épaisse si vous voulez vous occuper de nos pensionnaires. Ces hommes se sont fait un nom en se régalant de jolies étudiantes comme vous.

Dominique prend le temps de bien respirer pour détendre ses muscles noués. *Nom d'un chien, ravale ton ego et fais attention.*

– Vous avez raison, docteur, excusez-moi.

Foletta referme le dossier.

– En vérité, je pense à vous pour une affectation précise, mais j'ai besoin de m'assurer que vous êtes à la hauteur.

Dominique retrouve son énergie.

– Mettez-moi à l'épreuve.

Foletta sort un épais dossier brun du tiroir supérieur de son bureau.

– Comme vous le savez, cet établissement croit en une méthode d'équipe pluridisciplinaire. Chaque pensionnaire se voit attribuer un psychiatre, un psychologue, une assistante sociale, une infirmière en psychiatrie et un spécialiste de la réhabilitation. À mon arrivée ici, j'ai d'abord trouvé ça un peu exagéré. Mais je ne peux pas contester les résultats, surtout lorsque cette méthode est appliquée aux patients toxicomanes et qu'elle prépare les individus à participer à leur futur procès.

– Mais pas dans ce cas ?

– Non. Le pensionnaire que je souhaiterais vous confier est l'un de mes patients. Il vient de l'asile où j'étais directeur des services de psychologie.

– Comment ça ? Vous l'avez amené avec vous ?

– Notre établissement a perdu ses subventions il y a environ six mois. Ce malade est asocial, c'est clair, et on devait le transférer quelque part. Comme je connais son cas mieux que personne, j'ai pensé que ce serait moins traumatisant pour toutes les personnes concernées si je continuais à le suivre.

– De qui s'agit-il ?

– Déjà entendu parler du professeur Julius Gabriel ?

– Gabriel ?

Ce nom évoque quelque chose à Dominique.

– Une seconde… Ce n'est pas cet archéologue qui est mort subitement pendant une conférence à Harvard il y a quelques années ?

– Onze ans. (Foletta sourit de toutes ses dents.) Après avoir fait des recherches aux frais de l'État pendant trente ans, Julius Gabriel est rentré aux États-Unis. Devant une assemblée de ses pairs, il a déclaré que les anciens Égyptiens et les anciens Mayas avaient construit leurs pyramides avec l'aide d'extraterrestres. Tout ça pour sauver l'humanité de la destruction… Vous imaginez ? Il a été contraint de quitter la scène sous les quolibets du public. Il est sans doute mort d'humiliation.

Les gloussements du médecin font trembloter ses bajoues.

– Et le patient, c'est qui ?

– Son fils. (Foletta ouvre le dossier.) Michael Gabriel. Trente-six ans. Préfère se faire appeler Mick. A passé ses vingt-cinq premières années à travailler à des fouilles archéologiques avec ses parents. Probablement de quoi rendre n'importe quel gosse psychotique.

– Pourquoi est-ce qu'on l'a incarcéré ?

– Michael a perdu les pédales pendant la conférence de son père. Le tribunal a reconnu qu'il souffrait de délire paranoïde et l'a condamné à être enfermé dans l'hôpital psychiatrique du Massachusetts où je suis devenu son psychiatre traitant. Je le suis resté quand j'ai été promu directeur en 2006.

– Même genre de psychose que son père ?

– Bien sûr. Le père et le fils étaient convaincus tous les deux qu'une épouvantable calamité va éradiquer les êtres humains de la planète. Michael souffre aussi de l'habituel délire de persécution, qu'on peut autant imputer à la mort de son père qu'à sa propre incarcération. Il prétend qu'il est enfermé depuis tout ce temps à cause d'une conspiration gouvernementale. Dans son esprit, il est la victime type, un innocent qui essaie de sauver le monde et qui se retrouve prisonnier des ambitions immorales d'un politicien égocentrique.

– Pardon, mais je ne vous suis plus.

Foletta feuillette le dossier et sort une série de Polaroïds d'une pochette en papier kraft.

– Voici l'homme qu'il a attaqué. Regardez bien la photo. Attention, ce n'est pas joli.

Un visage d'homme en gros plan. Sauvagement meurtri. L'orbite de son œil droit est ensanglantée.

– Michael a arraché le micro de l'estrade et s'est acharné avec sur ce pauvre malheureux qui a perdu son œil. Son nom vous dira sûrement quelque chose : Pierre Borgia.

– Borgia ? Vous plaisantez ? Le secrétaire d'État ?

– Ça s'est passé il y a onze ans, avant que Borgia ne soit nommé représentant aux Nations unies. Il s'était présenté comme sénateur à l'époque. Certains disent que cette agression l'a probablement aidé à se faire élire. Avant d'entrer en politique, Borgia était le type même de l'érudit. Lui et Julius Gabriel avaient fait leurs études ensemble à Cambridge. Figurez-vous qu'ils ont même été collègues après avoir obtenu leurs diplômes. Ils ont exploré ensemble de vieilles ruines pendant cinq ou six ans avant de se brouiller. La famille Borgia a convaincu Pierre de revenir aux États-Unis pour se lancer dans l'arène politique, mais leur ressentiment ne s'est jamais effacé.

« Bref, ce soir-là, c'est Borgia qui présentait Julius comme orateur principal. Il a probablement fait quelques allusions que le public a prises comme une provocation. Julius Gabriel souffrait du cœur. Il s'est effondré en coulisses et il a succombé à une crise cardiaque. Et Michael a attaqué Borgia. Il a fallu six flics pour le neutraliser. Tout est dans le dossier.

– Ça ressemble plutôt à une crise émotionnelle isolée, causée par…

– Ce genre de crise de fureur prend des années à couver, mademoiselle Vazquez. Michael Gabriel était un volcan prêt à entrer en éruption. Un enfant unique, élevé par deux archéologues de renom dans certaines des régions les plus désolées de la planète. Il n'est jamais allé à l'école. Il n'a jamais eu l'occasion de côtoyer d'autres enfants. Tout cela a contribué à la formation d'un cas extrême de personnalité asociale. Si ça se trouve, il n'a peut-être même jamais connu de fille. Tout ce qu'il sait lui a été enseigné par ses parents, dont l'un au moins était fou à lier.

Foletta lui tend le dossier.

– Et sa mère ?

– Elle est morte d'un cancer du pancréas à l'époque où ils vivaient au Pérou. On ignore pourquoi, mais il est toujours obsédé par sa mort. Une ou deux fois par mois, il se réveille en hurlant. D'affreux cauchemars.

– Quel âge avait Michael à la mort de sa mère ?

– Douze ans.

– Une idée sur la raison pour laquelle son décès provoque encore un traumatisme pareil ?

– Non. Michael refuse d'en parler.

Foletta se tortille, incapable de trouver une position confortable dans le fauteuil étroit.

– À dire vrai, mademoiselle Vazquez, Michael Gabriel ne me porte pas dans son cœur.

– Transfert de névrose ?

– Non. Michael et moi n'avons jamais eu ce type de relation médecin-patient. Je suis devenu son geôlier, c'est une composante de sa paranoïa. C'est sans doute lié en partie à ses premières années à l'asile. Michael a eu beaucoup de mal à se faire à l'isolement. Une semaine avant son évaluation des six mois, il est sorti de ses gonds et s'en est pris à l'un de nos gardes. Il lui a brisé les bras et s'est acharné sur lui à coups de pied dans le scrotum. Il a tellement démoli ce type qu'il a fallu l'opérer pour lui enlever les deux testicules. Si ça vous intéresse, il y a une photo quelque part dans le dossier.

– Non merci.

– Résultat de cette agression, Michael est condamné au régime d'isolement depuis dix ans.

– Un peu sévère, non ?

– Pas là d'où je viens. Michael est beaucoup plus intelligent que les hommes que nous payons pour le garder. Pour le bien de tous, mieux vaut continuer à le maintenir en isolement.

– Est-ce qu'il sera autorisé à participer aux activités de groupe ?

– Ici, les règlements sont moins stricts, mais pour l'instant la réponse est non.

Dominique examine de nouveau les Polaroïds.

– Est-ce que je dois m'attendre à être agressée par lui ?

– Dans notre métier, mademoiselle, on doit toujours rester sur ses gardes. Est-ce que Michael Gabriel représente une menace ? Toujours. Est-ce que je pense qu'il passera à l'acte ? Ça m'étonnerait. Ces dix dernières années n'ont pas été faciles pour lui.

– Est-ce qu'il sera un jour autorisé à réintégrer la société ?

Foletta hoche négativement la tête.

– Jamais. Sur le chemin de la vie, Michael Gabriel est arrivé au dernier arrêt. Il ne sera jamais apte à supporter les rigueurs de la société. Michael a peur.

– De quoi ?

– De sa propre schizophrénie. Il prétend qu'il sent la présence du mal s'amplifier, qu'elle se nourrit de la haine et de la violence de la société. Sa phobie s'exacerbe chaque fois qu'un gosse révolté de plus attrape le fusil de son père et prend son lycée pour un stand de tir. Ce genre de drame l'affecte vraiment.

– Ça m'affecte aussi.

– Différemment. Michael devient enragé.

– Est-ce qu'il est sous médicaments ?

– Nous lui donnons du Zyprexa deux fois par jour. Ça le rend doux comme un agneau.

– Quel rôle voulez-vous que je joue ?

– L'État exige qu'il reçoive une thérapie. C'est la loi. Profitez de cette occasion pour acquérir une expérience qui vous sera utile.

Il me cache quelque chose.

– J'apprécie cette opportunité, docteur, mais pourquoi moi ?

Foletta s'écarte du bureau d'une poussée et se lève. Les meubles craquent sous son poids.

– En qualité de directeur de cet établissement, on pourrait conclure à un conflit d'intérêts si j'étais seul à le traiter.

– Mais pourquoi ne pas lui attribuer une équipe entière…

– Non ! (Foletta est à bout de patience.) Michael Gabriel reste mon patient, et c'est moi qui décide du mode de thérapie qui lui convient le mieux, pas un conseil d'administration. Vous découvrirez bien vite par vous-même que Michael est plutôt rusé. Très malin, très clair dans ses propos et très intelligent. Son QI avoisine les 160.

– Plutôt inhabituel chez un schizophrène, non ?

– Inhabituel, mais on a déjà vu ça. Je pense qu'il mènerait en bateau n'importe quelle assistante sociale et un spécialiste de la réhabilitation. Pour voir à travers toute cette merde, il faut quelqu'un qui possède votre formation.

– Je le rencontre quand ?

– Tout de suite. On l'amène dans une chambre d'isolement pour que je puisse observer votre première rencontre. Il vous attend. Mais soyez prudente.

Les quatre derniers étages de l'établissement, appelés unités par le personnel, hébergent chacun quarante-huit pensionnaires. Les unités sont divisées en ailes nord et sud et contiennent chacune trois compartiments. Un compartiment est constitué d'une petite pièce de récréation, meublée de canapés et d'un poste de télévision, autour de laquelle sont disposées huit chambres privées. Chaque étage possède ses postes de sécurité et d'infirmerie. Il n'y a pas de fenêtres.

Foletta et Dominique empruntent l'ascenseur du personnel pour monter au septième étage. Un agent de sécurité afro-américain parle à l'une des infirmières dans le poste central. La chambre d'isolement se trouve sur la gauche.

Le directeur salue le gardien, puis le présente à sa nouvelle stagiaire. Marvis Jones doit approcher de la cinquantaine. De ses yeux bruns et bons émane une assurance qu'il a sûrement acquise à force d'expérience. Dominique remarque qu'il n'est pas armé. Foletta lui explique que les armes sont totalement interdites dans les étages réservés aux pensionnaires.

Marvis leur fait traverser le poste central jusqu'à une vitre sans tain qui donne sur la chambre d'isolement.

Michael Gabriel est assis par terre, adossé au mur opposé à la vitre. Il porte un T-shirt blanc et un pantalon assorti. Sa forme physique est surprenante, son torse bien dessiné. Très grand, puisqu'il mesure presque deux mètres, il pèse une centaine de kilos. Des cheveux bruns, plutôt longs, aux extrémités bouclées. Un beau visage, rasé de près. Sa joue droite est fendue d'une cicatrice allant du milieu du menton jusqu'à l'œil. Michael garde le regard rivé sur le sol.

– Il est mignon.

– Ted Bundy[1] l'était aussi, réplique Foletta. Je vous observerai d'ici. Je suis sûr que Michael va vous faire du charme, il voudra vous impressionner. Quand j'estimerai que ça suffit, je ferai entrer l'infirmière pour qu'elle lui donne ses médicaments.

– D'accord.

La voix de Dominique a frémi. *Détends-toi, nom d'un chien !*

Foletta sourit.

– Nerveuse ?

– Non. Juste un peu excitée.

Dominique sort du poste de sécurité et fait signe à Marvis d'ouvrir la porte de la chambre d'isolement. La chose faite, elle sent son ventre se nouer. Elle marque un arrêt assez long pour permettre à son pouls de se calmer et pénètre dans la pièce. Le clac de la porte qui se referme dans son dos la fait tressaillir.

---

1. Tueur en série américain, dont le nombre de victimes (toutes des femmes aux cheveux bruns mi-longs) a été estimé entre trente et cent. Il fut exécuté en 1969 *(NdT)*.

La chambre d'isolement mesure trois mètres sur quatre. Un lit d'acier, rivé au sol et au mur opposé, est recouvert d'un mince matelas. Une chaise unique, également fixée au sol, est placée face au lit. Le panneau de verre sans tain, placé sur le mur à droite, ne cache pas sa fonction de fenêtre d'observation non déguisée. La pièce sent l'antiseptique.

Michael Gabriel est à présent debout, la tête légèrement baissée pour empêcher Dominique de voir ses yeux.

Elle tend la main et se force à sourire.

– Dominique Vazquez.

Michael lève la tête et lui présente des yeux noirs d'une telle intensité animale qu'il est impossible de déterminer la démarcation entre la pupille et l'iris.

– Dominique Vazquez, Dominique Vazquez.

Le pensionnaire prononce chaque syllabe avec soin, comme s'il les enfermait dans sa mémoire.

– C'est très gentil de…

Le sourire s'efface subitement, le visage prend une expression figée.

Le cœur de Dominique bat lourdement dans ses oreilles. *Garde ton calme. Ne bouge pas.*

Michael ferme les yeux. Quelque chose d'inattendu est en train de lui arriver. Dominique voit la ligne de sa mâchoire se relever un peu. Sa cicatrice apparaît nettement. Ses narines s'écartent comme celles d'une bête traquant sa proie.

– Est-ce que je peux m'approcher de vous, s'il vous plaît ?

Il lui pose la question d'une voix douce, presque murmurée, derrière laquelle Dominique sent un barrage émotionnel se fissurer.

Elle résiste à l'envie de se retourner vers la vitre sans tain.

Les yeux se rouvrent.

– Je vous jure, sur l'âme de ma mère, que je ne vous ferai pas de mal.

Surveille ses mains. Donne-lui un coup de genou dans le mille s'il s'avance brusquement.

– Vous pouvez vous approcher, mais pas de mouvements brusques, d'accord ? Le Dr Foletta nous surveille.

Michael s'avance de deux pas. Il est à une longueur de bras d'elle. Il penche le visage en avant, ferme les yeux et inhale, comme si le visage de Dominique était une exquise bouteille de vin.

La proximité de cet homme lui hérisse les poils des bras. Elle surveille ses muscles faciaux qui se détendent en même temps qu'il quitte la pièce en esprit. Des larmes montent derrière ses paupières fermées. Plusieurs s'en échappent et coulent sur ses joues.

Un bref instant, l'instinct maternel fait baisser les défenses de Dominique. *Est-ce qu'il joue la comédie ?* Ses muscles se nouent.

Michael ouvre les yeux. Ce sont à présent des flaques noires. L'intensité animale s'est évanouie.

– Merci. Je pense que ma mère utilisait le même parfum que vous. Elle recule d'un pas.

– Calvin Klein. Il vous rappelle d'heureux souvenirs ?

– Des mauvais aussi.

Le sortilège est rompu. Michael gagne le lit.

– Vous préférez la chaise ou le lit ?

– La chaise ira.

Michael attend qu'elle s'assoie, puis il se pose sur le bord du lit pour pouvoir s'appuyer en arrière contre le mur. Il se déplace comme un athlète.

– Vous avez réussi à garder la forme, on dirait.

– La vie en isolement le permet quand on est discipliné. Je fais un millier de pompes et d'abdominaux tous les jours.

C'est au tour de Michael de la parcourir du regard.

– Vous faites aussi de la gym, non ?

– J'essaie.

– Vazquez. Ça s'écrit avec un s ou avec un z ?

– Un z.

– Porto Rico ?

– Oui. Mon père… biologique a grandi à Arecibo.

– L'endroit où se trouve le plus grand télescope du monde. Mais vous avez un accent guatémaltèque.

– J'ai été élevée là-bas. *Attention, il dirige la conversation.* J'en conclus que vous avez été en Amérique centrale ?

– J'ai été dans bien des pays.

Michael coince ses talons dans la position du lotus.

– Vous avez donc été élevée au Guatemala. Qu'est-ce qui vous a amenée dans La Mecque des opportunités ?

– Mes parents sont morts quand j'étais petite. On m'a envoyée vivre chez un cousin en Floride. Maintenant, parlons de vous.

– Vous avez employé le terme père biologique. La distinction est donc importante pour vous ? Qui est l'homme que vous considérez comme votre père ?

– Isadore Axler. Lui et sa femme m'ont adoptée. J'ai passé un certain temps dans un orphelinat quand j'ai quitté mes cousins. Isadore et Edith sont des êtres merveilleux. Biologistes marins tous les deux. Ils dirigent une station Sosus sur l'île de Sanibel.

– Sosus ?

– C'est un système de surveillance sous-marine. La marine a déployé tout un réseau de micros sous-marins pendant la guerre froide pour détecter les sous-marins ennemis. Par la suite, les biologistes l'ont repris afin d'écouter la vie marine. En fait, ce système est assez sensible pour entendre des bancs de baleines à des centaines de kilomètres et...

Le regard pénétrant l'interrompt.

– Pourquoi avez-vous quitté votre cousin ? Quelque chose de traumatisant a dû vous arriver pour que vous vous retrouviez dans un orphelinat.

Il est pire que Foletta.

– Mick, je suis ici pour vous parler.

– Oui, mais j'ai peut-être eu aussi une enfance traumatisante. Peut-être que votre histoire peut m'aider.

– J'en doute. Mon histoire s'est bien terminée. Les Axler m'ont rendu mon enfance et je suis...

– Mais pas votre innocence.

Dominique sent son visage se vider de son sang.

– Très bien, maintenant que nous connaissons votre rapidité d'esprit, voyons si vous pouvez appliquer à vous-même ce stupéfiant QI.

– Pour que vous puissiez m'aider ?

– Pour que nous puissions nous entraider.

– Vous n'avez pas lu mon dossier ?

– Pas encore.

– Est-ce que vous savez pourquoi le Dr Foletta vous a affectée auprès de moi ?

– Et si vous me le disiez ?

Michael fixe ses mains, il prépare sa réponse.

– Vous avez lu l'étude de Rosenhan[1] ?

– Non.

---

1. Expérience sur la validité du diagnostic psychiatrique menée par le docteur David Rosenhan en 1973. Conclusion : « Les humains ne peuvent pas distinguer les personnes saines des personnes atteintes d'aliénation mentale dans les hôpitaux psychiatriques. »

– Ça vous ennuierait de la lire avant notre prochaine rencontre ? Je suis sûr que le Dr Foletta doit en avoir un exemplaire au fond d'une de ces boîtes en carton qu'il appelle système de rangement.

Elle sourit.

– Si c'est important pour vous, je la lirai.

– Merci.

Il se penche en avant.

– Vous me plaisez, Dominique, vous le savez ?

– Non.

Les iris fluorescents exécutent une danse de clair de lune dans ses yeux.

– Vous me plaisez parce que votre esprit ne fonctionne pas encore selon des idées établies. Vous êtes encore fraîche et ça compte pour moi, parce que je veux vraiment me confier à vous. Mais pas pour l'instant, en tout cas pas dans cette pièce, pas alors que Foletta nous surveille. Je pense aussi que vous êtes capable de vous identifier à certaines des épreuves que j'ai subies. Il y a des tas de choses dont j'aimerais vous parler, des choses très importantes. À votre avis, est-ce que nous pourrons nous entretenir en privé la prochaine fois ? Dans le jardin, peut-être ?

– Je demanderai au Dr Foletta.

– Rappelez-lui les règlements de l'établissement. Demandez-lui aussi de vous donner le journal de mon père. Sa lecture me semble d'une importance vitale si vous devenez ma thérapeute. Vous le ferez pour moi ?

– Je serai honorée de le lire.

– Merci. Est-ce que vous pouvez le lire vite ? Ce week-end ? Désolé de vous faire travailler chez vous, c'est votre premier jour ici, mais là encore, c'est d'une importance vitale.

La porte s'ouvre et l'infirmière entre. Posté dehors, le garde surveille le seuil de la porte.

– C'est l'heure de vos médicaments, monsieur Gabriel.

Elle lui tend la tasse en carton et la pilule blanche.

– Mick, je dois y aller. J'ai été ravie de vous rencontrer. Je ferai de mon mieux pour avoir tout lu d'ici lundi, d'accord ?

Elle se lève, prête à sortir.

Michael fixe la pilule.

– Dominique, votre famille maternelle… ce sont des Mayas-Quichés, non ?

– Mayas ? Je… je n'en sais rien. *Il sait que tu mens.* Enfin, c'est possible. Mes parents sont morts quand j'étais très…

Les paupières se relèvent subitement sur des yeux totalement désarmants.

– Quatre *ahau*, trois *kankin*. Vous savez de quel jour il s'agit, n'est-ce pas Dominique ?

Oh, flûte…

– Je… je vous revois bientôt.

Dominique sort de la pièce en poussant le garde au passage.

Michael Gabriel met la pilule soigneusement dans sa bouche. Il vide la tasse d'eau, puis il la broie dans la paume de sa main droite. Il ouvre la bouche afin de permettre à l'infirmière de le sonder avec son abaisse-langue et sa lampe de poche, mince comme un crayon, pour vérifier qu'il a bien avalé le remède.

– Merci, monsieur Gabriel. Le garde va vous ramener à votre chambre dans quelques minutes.

Michael reste sur le lit jusqu'à ce que l'infirmière referme la porte. Il se lève, retourne au mur opposé, le dos à la vitre et, avec l'index, fait tranquillement glisser la pilule blanche de la tasse vide dans sa paume. Il reprend la position du lotus par terre, jette la tasse chiffonnée sur le lit tout en glissant la pilule dans sa chaussure.

Une fois de retour dans sa cellule, il fera proprement disparaître le Zyprexa dans les toilettes.

2

8 septembre 2012
Maison Blanche

Le secrétaire d'État Pierre Borgia se contemple dans le miroir des toilettes. Il replace le bandeau sur son orbite droite, puis aplatit les petites touffes de cheveux grisonnants qui sortent des deux côtés de sa tête par ailleurs chauve. Comme à l'ordinaire, il porte un costume noir immaculé et une cravate assortie.

Borgia sort des toilettes de l'exécutif et tourne à droite pour emprunter le couloir menant au bureau ovale en saluant des membres du personnel au passage.

Patsy Goodman lève les yeux de son clavier.

– Entrez. Il vous attend.

Borgia acquiesce de la tête et entre.

Le visage émacié et pâle de Mark Mailer porte les stigmates de la présidence, qu'il occupe depuis presque quatre ans. Ses cheveux de jais ont blanchi sur les tempes, des rides plus profondes soulignent les coins de ses yeux d'un bleu perçant. À cinquante-deux ans, l'homme, quoique aminci, a encore un physique incisif.

Borgia lui dit qu'il a l'air d'avoir maigri.

Mailer grimace.

– Régime stress Viktor Grozny… Vous avez lu le briefing de la CIA de ce matin ?

– Pas encore. Quelle est la dernière du président russe ?

– Il a demandé une réunion entre les chefs militaires de la Chine, de la Corée du Nord, de l'Iran et de l'Inde.

– Dans quel but ?

– Exercice de dissuasion nucléaire, en réponse à nos derniers tests du bouclier de défense militaire.

– Grozny recommence à frimer. L'annulation du prêt de 20 milliards de dollars par le FMI continue à l'exaspérer.

– Quel que soit son motif, il a réussi à déclencher une paranoïa nucléaire en Asie.

– Mark, le Conseil de sécurité se réunit cet après-midi. Je sais que vous ne m'avez pas fait venir dans le seul but de discuter affaires étrangères.

Mailer acquiesce et vide sa troisième tasse de café.

– Jeb a décidé de ne pas se représenter à la vice-présidence. Ne me demandez pas pourquoi. Disons que c'est pour convenances personnelles.

Le cœur de Borgia rate un battement.

– Bon Dieu, l'élection a lieu dans moins de deux mois !

– J'ai déjà eu une réunion informelle avec les candidats éventuels. Ça se joue entre vous et Ennis Chaney.

– Doux Jésus… Vous lui avez déjà parlé ?

– Non. J'ai estimé que je vous devais la priorité.

Borgia hausse les épaules et sourit nerveusement.

– Le sénateur Chaney est un type bien, mais en matière d'affaires étrangères, il ne m'arrive pas à la cheville. Et ma famille détient toujours une immense influence…

– Pas si grande que vous le pensez et les sondages montrent que la plupart des Américains ne s'intéressent pas au surarmement de la Chine. Pour eux, le bouclier de défense est la garantie ultime en matière de guerre nucléaire.

– Je ne tournerai pas autour du pot, monsieur le Président : est-ce que le comité républicain pense vraiment que le pays est prêt pour un vice-président afro-américain ?

– L'élection sera serrée. Chaney nous permettrait de mettre un pied en Pennsylvanie et dans le Sud. Nous en avons bien besoin. Détendez-vous, Pierre. La décision ne sera pas prise avant au moins trente à quarante-cinq jours.

– Intelligent. Ça donne moins de temps à la presse pour nous mettre en charpie.

– Des squelettes dans votre placard dont nous devons nous inquiéter ?

– Je suis sûr que votre équipe est déjà en train de fouiller ma vie. Marc, soyez franc avec moi : est-ce que Chaney tient la corde ?

– Les sondages montrent que sa popularité dépasse les frontières des partis et des races. Il est réaliste. Le peuple lui fait confiance.

– Ne confondez pas confiance avec qualifications.

Borgia se lève et se met à marcher de long en large.

– Les sondages montrent aussi que l'effondrement de l'économie russe et les conséquences qu'il aura sur le marché américain inquiètent nos compatriotes.

– Pierre, calmez-vous. Des tas de choses peuvent survenir en quarante-cinq jours.

Borgia expire.

– Désolé, monsieur le Président. C'est déjà un grand honneur qu'on pense à moi. Je ferais mieux d'y aller. Je dois rencontrer le général Fecondo avant le briefing de cet après-midi.

Borgia serre la main de son ami, puis se dirige vers la porte à panneaux camouflée. Il se retourne avant de sortir.

– Mark, un conseil ?

Le Président soupire.

– Je ne sais pas. Heidi a mentionné quelque chose au petit-déjeuner. Déjà pensé à remplacer ce bandeau par un œil de verre ?

À la sortie du hall de l'hôpital, la chaleur du soleil de Floride explose au visage de Dominique. Au loin, un éclair zèbre le ciel menaçant. Elle fait passer le journal relié de cuir de sa main droite à sa main gauche et presse le pouce sur entrée pour déverrouiller la porte conducteur de son cabriolet Pronto Spider flambant neuf, cadeau de diplôme anticipé d'Isadore et Edith. Elle pose le journal sur le siège arrière, boucle sa ceinture de sécurité, puis appuie le pouce sur le coussinet d'allumage qui la pique désagréablement, comme une épingle microscopique.

L'ordinateur du tableau de bord s'allume et lui flashe son message.

Séquence activation allumage.

Identification vérifiée, système antivol désactivé.

Elle sent le double-clic désormais familier des verrous d'essieux qui se débloquent.

Vérification du niveau d'alcool dans le sang. Veuillez patienter.

Dominique appuie la tête contre le siège de cuir et regarde les premières grosses gouttes de pluie tomber sur la capote en polyéthylène téréphtalate de sa décapotable. Il faut avoir de la patience avec la procédure d'allumage de sécurité, mais ces trois minutes d'attente valent la peine. La conduite en état d'ivresse est devenue la principale cause de décès aux États-Unis. Dès l'automne prochain, tous les véhicules devront être équipés des dispositifs de contrôle d'alcoolémie.

L'allumage se fait.

« Niveau alcool sanguin acceptable. Veuillez conduire prudemment. »

Dominique règle la climatisation, puis elle allume sa platine laser digitale. En fonction des inflexions de la voix et du toucher du conducteur, le processeur intégré réagit à son humeur et choisit la musique appropriée parmi des centaines de sélections préprogrammées.

Autour d'elle, les haut-parleurs commencent à balancer les basses profondes du dernier album des Rolling Stones, *Pass Our Prime*. Elle sort en marche arrière du parking des visiteurs et entame le trajet de quarante minutes qui la ramènera chez elle.

Dominique a eu du mal à convaincre le Dr Foletta de se dessaisir du journal de Julius Gabriel. Au début, il lui a objecté que les recherches de l'archéologue décédé avaient été sponsorisées conjointement par les universités de Harvard et de Cambridge et qu'il lui fallait obtenir la permission de leurs départements de prêts avant de lui remettre n'importe quel document de recherche. Dominique lui a répliqué qu'elle devait avoir accès au journal, non seulement pour pouvoir effectuer son travail correctement, mais pour obtenir la confiance de Michael Gabriel. Un après-midi de coups de fil aux chefs des départements concernés d'Harvard et de Cambridge a confirmé que le journal en question rassemblait plutôt des mémoires que des données scientifiques et qu'elle était libre d'en faire usage, à condition de n'en divulguer aucune information. Foletta a finalement cédé et lui a remis le classeur, épais de plus de six centimètres, en fin de journée, mais seulement après lui avoir fait signer un accord de confidentialité de quatre pages.

La pluie s'est tarie lorsque Dominique pénètre dans le garage sombre de la tour de Hollywood Beach. Elle désactive le moteur du véhicule et fixe une image fantomatique qui apparaît sur l'écran de visualisation d'avertissement du pare-brise. L'image fournie par la caméra à infrarouges montée sur le devant du radiateur de la décapotable confirme que le garage est vide.

Dominique sourit de sa propre paranoïa. Elle emprunte le vieil ascenseur jusqu'au cinquième étage, en tenant la porte pour permettre à Mme Jenkins et à son caniche nain blanc d'y entrer.

Le deux pièces appartenant à ses parents adoptifs est situé au bout du hall. C'est le dernier appartement sur la droite. Alors qu'elle entre le code de sécurité, la porte qui se trouve derrière elle s'ouvre.

– Dominique ! Alors, ce premier jour de travail ?

Le rabbin Richard Steinberg l'étreint, un sourire chaleureux derrière sa barbe auburn grisonnante. Steinberg et sa femme, Mindy, sont des amis proches de ses parents. Dominique les connaît depuis qu'elle a été adoptée, vingt ans plus tôt.

– Épuisant physiquement. Je pense que je vais me passer de dîner et plonger dans un bain chaud.

– Mindy et moi aimerions bien t'avoir à dîner la semaine prochaine. Qu'est-ce que tu dirais de mardi ?

– Ça devrait coller. Merci.

– Très bien. Dis donc, j'ai parlé à Isadore hier. Est-ce que tu savais que lui et ta mère ont l'intention de venir en voiture pour les fêtes de Yom Kippour ?

– Non.

– Bon, il faut que j'y aille. Je ne peux pas être en retard pour le Sabbat. On t'appelle la semaine prochaine.

Dominique lui fait signe de la main et le regarde s'éloigner à pas rapides dans le couloir. Elle aime bien Steinberg et sa femme, elle apprécie leur chaleur et leur authenticité. Elle sait qu'Isadore leur a demandé de veiller sur elle comme s'ils étaient ses parents.

Elle entre dans son appartement et ouvre les portes du balcon pour permettre à la brise de l'océan de remplir d'air iodé la pièce qui sent le renfermé. L'averse de l'après-midi a chassé la plupart des gens qui étaient à la plage, les derniers rayons du soleil pointent des nuages et projettent une lueur cramoisie à la surface de l'eau.

C'est son moment de la journée favori, une plage de solitude. Elle envisage d'aller tranquillement se promener au bord de l'eau, puis elle change d'avis. Elle se verse un verre de vin d'une bouteille déjà ouverte dans le réfrigérateur, envoie balader ses chaussures et retourne sur le balcon. Elle pose le verre sur une table en plastique près du journal relié de cuir, s'étend sur la chaise longue qui s'étire lorsque son corps s'enfonce dans le coussin moelleux.

Le mantra martelé par les vagues opère rapidement sa magie. Elle sirote le vin, ferme les yeux et revient en pensée à sa rencontre avec Michael Gabriel.

Quatre ahau, *trois* kankin. Dominique n'a pas entendu ces mots depuis sa petite enfance.

Doucement, ses pensées se muent en rêve. Elle se retrouve dans les hautes terres du Guatemala à l'âge de six ans, au côté de sa grand-mère maternelle. C'est l'après-midi. Elles sont en train de travailler à genoux sous le soleil. Elles récoltent les oignons. Une brise fraîche, le *nocomil*, souffle du lac Atitlán. L'enfant écoute de toutes ses oreilles la voix rocailleuse de la vieille femme. « *Le calendrier nous a été transmis par nos ancêtres Olmèques, sa sagesse vient de notre maître, le grand Kukulcán. Bien longtemps avant que les Espagnols envahissent notre pays, le grand maître nous a laissé des avertissements à propos des jours désastreux qui nous attendaient. Quatre* ahau, *trois* kankin, *le dernier jour du calendrier maya. Prends garde à ce jour, mon enfant. Le moment venu, tu dois revenir au pays, car le Popol Vuh[1] dit que c'est le seul endroit où nous pourrons être ramenés à la vie.* »

Dominique ouvre les yeux et contemple l'océan noir. Des crêtes d'écume albâtre roulent vers la plage à la lueur de la lune en partie obscurcie.

Quatre ahau, *trois* kankin, le 21 décembre 2012.

Le dernier jour de l'humanité, selon la prophétie maya.

---

1. Popol Vuh : Livre du conseil des Mayas-Quichés.

Journal de Julius Gabriel

24 août 2000

Je suis le professeur Julius Gabriel.

Je suis un archéologue, un savant qui étudie les vestiges du passé afin de comprendre les cultures anciennes. Je me sers des preuves que nous ont léguées nos ancêtres pour bâtir des hypothèses et formuler des théories. J'examine des mythes millénaires afin d'y trouver un fond de vérité.

À travers les siècles, les savants comme moi ont appris à leurs dépens que la peur de l'homme réprime souvent la vérité. Étiquetée hérésie, cette dernière est tout simplement étouffée, jusqu'à ce que l'Église et l'État, le juge et le jury parviennent à oublier leurs peurs et à accepter la réalité.

Je suis un savant. Je ne suis pas un politicien. Soumettre mes théories, élaborées à la suite d'années de travail et soutenues par des preuves, au vote d'une assemblée composée de soi-disant érudits qui prennent sur eux d'accorder ou non foi à des faits concernant le destin de l'humanité ne m'intéresse pas. La nature de la vérité n'a rien à voir avec le processus démocratique. Comme un journaliste d'investigation, je ne m'intéresse qu'à ce qui est vraiment arrivé, et à ce qui risque effectivement d'arriver. Et si la vérité se révèle être si inouïe qu'on me qualifie d'hérétique, qu'il en soit ainsi.

Après tout, je suis en bonne compagnie. Darwin était un hérétique. Et Galilée avant lui. Il y a quatre cents ans, on a brûlé Giordano Bruno sur un bûcher parce qu'il avait affirmé avec insistance que d'autres mondes existaient à côté du nôtre.

Comme Bruno, je serai mort bien avant que n'arrive la fin amère de l'humanité. Ci-gît Julius Gabriel, victime d'un cœur malade.

Mon médecin me presse de me faire soigner, il me prévient que cet organe n'est qu'une bombe qui fait tic-tac, prête à exploser à tout moment. Je n'ai qu'une réponse à lui faire : qu'elle explose ! Ce foutu organe ne m'a apporté que chagrin depuis qu'il s'est brisé, il y a onze ans, après le départ de ma bien-aimée.

Voici mes Mémoires, le récit d'un voyage entamé il y a trente-deux ans. Le résumé que je vais en faire a deux objectifs. Pour commencer, la nature de ma recherche est si controversée et ses ramifications si terrifiantes que la communauté scientifique fera tout ce qui est en son pouvoir pour étouffer et nier la vérité sur le destin de l'homme. D'autre part, je sais qu'il existe des individus dans la population qui, comme mon propre fils, préféreraient se battre plutôt qu'attendre sans rien faire, alors que la fin approche. C'est à vous, mes « guerriers du salut », que ce journal est destiné. Je vous transmets ainsi le relais de l'espoir. Des décennies de labeur et de malheur sont dissimulées entre ces pages, cette tranche de l'histoire humaine, extraite du calcaire vieux de millions d'années. Le destin de notre espèce repose désormais entre les mains de mon fils, et peut-être entre les vôtres. Au minimum, vous ne ferez plus partie de la majorité que Gabriel appelle les « pauvres ignorants ». Priez pour que des hommes comme mon fils parviennent à résoudre l'ancienne énigme maya. Priez ensuite pour vous.

On dit que la crainte de la mort est pire que la mort elle-même. Je pense qu'assister à la mort d'un être aimé est encore plus affreux. Avoir vu la vie de mon âme sœur s'échapper sous mes yeux, avoir senti son corps se refroidir dans mes bras m'a plongé dans un désespoir trop absolu pour que mon cœur le supporte. Par moments, j'éprouve une vraie gratitude d'être mourant, car je n'arrive pas à concevoir d'assister à la souffrance d'une population entière au milieu de l'holocauste à venir.

Que ceux d'entre vous qui se moquent de mes paroles soient prévenus : le jour de l'apocalypse arrive rapidement, et ignorer cet événement n'en changera en rien l'issue.

Aujourd'hui, je patiente dans les coulisses de Harvard. Je prépare ces extraits en attendant d'entrer en scène. Tant de choses dépendent de mon discours, tant d'existences ! Je crains surtout que les ego de mes collègues ne soient trop enflés pour leur permettre de prendre connaissance de mes découvertes sans *a priori*. Si on me laisse présenter les faits, je sais que je peux intéresser leur esprit scientifique. Si je suis ridiculisé, alors je crains que tout ne soit perdu.

La peur. Je ne doute pas un instant de l'aiguillon qu'exerce aujourd'hui cette émotion sur moi. Pourtant, ce n'est pas la peur qui m'a fait entreprendre mon voyage en ce jour fatal de mai 1969, mais le désir de célébrité et de fortune. J'étais jeune et immortel à l'époque, encore plein d'humeur combative. Je venais d'être fait docteur de l'université de Cambridge avec tous les honneurs. Pendant que mes pairs protestaient contre la guerre au Viêt-Nam, faisaient l'amour et luttaient pour obtenir l'égalité, je me suis mis en route grâce à l'héritage de mon père, accompagné de deux collègues archéologues, mon (ex-) meilleur ami, Pierre Borgia, et la ravissante Maria Rosen. Nous avions pour objectif d'éclaircir le grand mystère entourant le calendrier maya et sa prophétie du dernier jour de l'humanité, vieille de 2 500 ans.

Vous n'avez jamais entendu parler de la prophétie du calendrier maya ? Cela ne me surprend pas. De nos jours, qui a le temps de s'intéresser à un oracle de mort issu d'une antique civilisation d'Amérique centrale ?

D'ici onze ans, lorsque vous et ceux que vous aimez vous tortillerez par terre en rendant votre dernier souffle et que vous reverrez vos vies en un éclair, vous risquez de regretter de ne pas avoir pris ce temps.

Je vais même vous donner la date de votre mort : le 21 décembre de l'année 2012.

Voilà. Vous êtes officiellement prévenu. Maintenant, vous pouvez agir ou enfoncer votre tête dans les sables de l'ignorance comme mes collègues érudits.

Bien évidemment, les êtres humains rationnels peuvent facilement rejeter la prophétie apocalyptique du calendrier maya sous prétexte qu'il s'agit d'une superstition de plus. Je me souviens encore de la réaction de mon propre professeur lorsqu'il a pris connaissance du domaine qui m'intéressait : « *Vous perdez votre temps, Gabriel. Les Mayas étaient des païens, un tas de sauvages vivant dans la jungle qui croyaient aux sacrifices humains. Pour l'amour de Dieu, ils ne connaissaient même pas la roue...* »

Mon professeur avait à la fois raison et tort. Tel est le paradoxe, car s'il est vrai que les anciens Mayas connaissaient à peine la roue, ils étaient pourtant parvenus à acquérir des connaissances avancées en astronomie, architecture et mathématiques qui, à de nombreux points de vue, équivalent, voire même dépassent les nôtres. En résumé, on peut comparer les Mayas à un enfant de quatre ans capable de transcrire la *Cinquième Symphonie* de Beethoven au piano, alors qu'il ne sait même pas se servir de baguettes pour faire du bruit.

Je suis sûr que vous avez du mal à le croire, comme la plupart des individus qui se disent « cultivés ». Mais les preuves sont accablantes. Et c'est ce qui m'a contraint à m'embarquer dans mon voyage, car me contenter d'ignorer la somme de connaissances contenues dans le calendrier à cause de son inimaginable prophétie de fin du monde aurait constitué un acte aussi criminel que de rejeter purement et simplement la théorie de la relativité sous prétexte qu'Einstein avait été un petit commis.

Jusqu'à quel point les Mayas étaient-ils convaincus de la véracité de leur prophétie ? Après le départ de leur grand maître, Kukulcán, ils commencèrent à s'adonner à des rituels barbares qui comprenaient des sacrifices humains. Ils arrachèrent les cœurs de dizaines de milliers d'hommes, femmes et enfants.

Le sacrifice ultime, tout cela pour prévenir la fin de l'humanité. Je ne vous demande pas de chercher des remèdes aussi exotiques, mais simplement d'ouvrir votre esprit. Ce que vous ignorez ne peut vous affecter ; ce que vous refusez de voir peut vous tuer. Il existe autour de nous des mystères dont nous ne pouvons pas sonder les origines. Pourtant, nous devons le faire : les pyramides de Gizeh et de Teotihuacán, les temples d'Angkor au Cambodge, Stonehenge, le message inouï gravé dans le désert de Nazca, et surtout la pyramide Kukulcán de Chichén Itzá. Tous ces sites anciens, toutes ces merveilles inexpliquées n'ont pas été conçues pour attirer les touristes, mais forment les morceaux d'un seul puzzle ardu qui peut empêcher l'éradication de notre espèce.

Mon voyage dans la vie arrive à son terme. Je lègue ces Mémoires qui attirent l'attention sur des preuves accablantes que j'ai accumulées au fil de trois décennies à mon fils Michael, et à tous ceux qui poursuivront mon œuvre *ad finem*, jusqu'au bout. Tout en présentant les indices de la même manière que je suis tombé dessus, je vais tenter de vous dépeindre un récit historique des événements tels qu'ils sont véritablement arrivés au cours de l'histoire de l'homme.

Sachez que je n'éprouve aucune satisfaction d'avoir raison. Sachez que je prie Dieu de me tromper.

Je ne me trompe pas...

Extrait du journal du professeur Julius Gabriel,
Réf JG Catalogue 1969-1970.

3

11 septembre 2012
Miami, Floride

Michael Gabriel rêve.

Une fois de plus, il est assis par terre, dans les coulisses de l'auditorium. La tête de son père repose contre sa poitrine. Ils attendent l'ambulance. Julius se soulève vers son oreille pour lui chuchoter un secret qu'il a tu depuis la mort de sa femme, onze ans plus tôt.

– Michael… la pierre centrale.

– N'essaie pas de parler, papa. L'ambulance va arriver.

– Écoute-moi, Michael. La pierre centrale, le marqueur du terrain de jeu de balle. Je l'ai remplacée.

– Je ne comprends pas. Quelle pierre ?

– Celle de Chichén Itzá.

Les yeux deviennent vitreux, le corps de son père s'affaisse de tout son poids contre son torse.

– Papa… PAPA !

Michael se réveille, en nage.

8 h 45

Dominique fait vaguement signe à la réceptionniste avant de se diriger vers le poste de sécurité principal. Un gardien tout en muscles lui adresse un sourire. Des dents jaunâtres apparaissent sous la moustache blond roux qui se soulève et se déploie sur sa lèvre supérieure.

– Salut, Rayon de soleil. Je suis Raymond et je parie que vous êtes la nouvelle stagiaire.

– Dominique Vazquez.

Elle serre sa main calleuse et remarque des gouttelettes de transpiration sur son avant-bras robuste piqué de taches de son.

– Pardon, je sors du gymnase.

Raymond s'essuie les bras avec une serviette en bandant exprès ses muscles.

– Je me présente au concours de Monsieur Floride en novembre. À votre avis, j'ai une chance ?

– Euh… bien sûr.

Mon Dieu, pourvu qu'il ne prenne pas de poses…

– Peut-être que vous pourriez assister au concours, vous savez, m'encourager ?

Les yeux noisette pâle s'écarquillent derrière des cils ambrés très courts.

Sois aimable.

– Est-ce que beaucoup de membres du personnel viendront ?

– Quelques-uns. Mais je m'arrangerai pour vous réserver une place près du podium. Approchez-vous, Rayon de soleil, j'ai besoin de vous pour établir votre carte de sécurité et prendre une photo thermique de votre visage.

Raymond déverrouille la porte de sécurité en acier et la tient ouverte en bandant son triceps. En passant, Dominique sent qu'il la déshabille des yeux.

– Asseyez-vous ici, on va d'abord s'occuper de votre carte de sécurité. J'ai besoin de votre permis de conduire.

Elle lui tend le permis, puis s'assoit sur une chaise droite placée devant une machine noire de la taille d'un réfrigérateur. Après avoir inséré un disque carré dans une fente latérale, Raymond tape les informations la concernant sur l'ordinateur.

– Souriez !

L'éclair lui explose dans les yeux et laisse une tache désagréable sur sa cornée.

– La carte sera prête quand vous sortirez ce soir.

Il lui rend son permis de conduire.

– Approchez-vous et asseyez-vous devant la caméra. Déjà fait établir la carte de votre visage ?

Déjà fait raser votre dos ?

– La caméra à infrarouges crée une image unique de votre visage en enregistrant la chaleur émise par les vaisseaux sanguins qui circulent sous la peau. Même les vrais jumeaux ont l'air différents aux infrarouges, mais les traits faciaux ne changent jamais. L'ordinateur enregistre 1 900 points thermiques différents. Les scanners de pupilles utilisent 266 caractéristiques mesurables, alors que les empreintes de doigts n'en utilisent que 40…

– Fascinant, Raymond, mais est-ce que c'est vraiment nécessaire ? Je n'ai jamais vu personne se servir d'un scanner à infrarouges.

– Parce que vous n'êtes jamais venue ici la nuit. La bande magnétique de votre carte d'identification suffit pour entrer ou sortir d'ici pendant la journée. Mais après 19 h 30, vous aurez besoin d'entrer votre mot de passe, puis de vous faire identifier par le scanner à infrarouges. La machine comparera les traits de votre visage à ceux que nous allons placer dans votre dossier permanent. Personne n'entre ou ne sort de cet établissement la nuit sans être scanné, et on ne peut pas tromper la machine. Souriez.

Dominique fixe d'un air sinistre la caméra en forme de sphère placée derrière la vitre à verre très épais. Elle se sent idiote.

– Bien. Tournez-vous à gauche. Bravo. Maintenant, à droite. Baissez les yeux. Ça y est. Dites, Rayon de soleil, vous aimez manger italien ?

Nous y voilà.

– De temps en temps.

– Y a un resto formidable pas loin d'ici. Vous finissez à quelle heure ?

– Ce soir, ça tombe vraiment mal.

– Alors quand ?

– Raymond, soyons honnêtes. En général, je me fais un devoir de ne pas sortir avec un membre du personnel.

– Qui a parlé de sortir ? J'ai dit dîner.

– Dans ce cas, d'accord, je suis partante, mais ça ne m'arrange pas du tout ce soir. Donnez-moi quelques semaines, le temps que je prenne mes marques.

Et que j'invente une autre excuse.

Elle lui adresse un sourire sympathique, dans l'espoir que cela fera passer la pilule.

– D'ailleurs, le moment est mal choisi pour faire un repas italien plantureux si vous êtes en plein entraînement.

– OK, Rayon de soleil, mais je n'oublierai pas. (Le grand rouquin sourit.) Si vous avez besoin de quoi que ce soit, n'hésitez pas à me le demander.

– D'accord. Il faut que j'y aille. Le Dr Foletta attend…

– Foletta n'arrivera qu'en fin d'après-midi. Conseil d'administration mensuel. Il paraît qu'il vous a affectée auprès de son patient. Il s'appelle comment, déjà ?

– Michael Gabriel. Qu'est-ce que vous savez de lui ?

– Pas grand-chose. Il a été transféré du Massachusetts avec Foletta. Son arrivée n'a pas plu du tout au conseil d'administration et à l'équipe médicale. Foletta a dû faire jouer le piston.

– Qu'est-ce que vous voulez dire ?

Raymond détourne les yeux.

– Laissez tomber.

– Allez, dites-moi.

– Non ! Faut que j'apprenne à pas ouvrir ma grande gueule. Foletta est votre patron. Je voudrais pas dire quoi que ce soit qui vous donne une mauvaise impression de lui.

– Ça restera entre nous.

Deux autres gardes entrent et font signe à Raymond.

– Bon, je vous le dirai, mais pas ici. Trop d'oreilles et trop de grandes gueules. On en parlera pendant le dîner. Je pointe à 18 heures.

Les dents jaunâtres lui adressent un sourire triomphant.

Raymond tient la porte ouverte. Le visage grimaçant, Dominique sort du poste de sécurité et attend l'ascenseur du personnel. *Bravo ! Tu aurais dû le voir venir à un kilomètre.*

Marvis Jones la voit sortir de l'ascenseur sur son écran de sécurité.

– Bonjour. Si vous rendez visite à Gabriel, il est consigné dans sa chambre.

– Je peux le voir quand même ?

Le garde lève les yeux de ses paperasseries.

– Vous devriez peut-être attendre le retour du directeur.

– Non, je veux lui parler tout de suite. Et pas dans la chambre d'isolement.

Marvis a l'air ennuyé.

– Je vous le déconseille fortement. Cet homme a un passé violent et…

51

– Je ne qualifierais pas de passé violent une seule crise en onze ans.

Leurs yeux se croisent. Marvis constate que Dominique ne reculera pas.

– D'accord, mademoiselle, comme vous voudrez. Jason, accompagnez la stagiaire Vazquez à la chambre 714. Donnez-lui votre transpondeur de sécurité et enfermez-la.

Dominique traverse un petit couloir derrière le garde et entre dans le compartiment central de l'aile nord. Le coin salon est vide.

Le garde s'arrête devant la chambre 714 et parle dans l'interphone du couloir.

– Pensionnaire, ne bougez pas de votre lit pour que je puisse vous voir.

Il déverrouille la porte et tend ensuite à Dominique une espèce de gros stylo.

– Si vous avez besoin de moi, faites-le simplement cliquer deux fois.

Il lui montre comment s'y prendre et le biper qu'il porte à la ceinture se met à vibrer.

– Faites attention. Ne le laissez pas approcher de trop près.

– Merci.

Elle pénètre dans la chambre.

La cellule mesure trois mètres sur quatre. Des flots de lumière y entrent par un croissant de plastique de dix centimètres de large placé verticalement le long d'un mur et qui tient lieu de fenêtre. Le lit en fer est arrimé au sol. Un bureau et un petit placard sont fixés à côté. Sur sa droite, un lavabo et des toilettes en acier sont rivés au mur. L'angle selon lequel ils sont placés procure un peu d'intimité à l'occupant.

Le lit est fait, la chambre immaculée. Michael Gabriel est assis sur le bord du matelas, aussi mince qu'un magazine. Il se lève et accueille la jeune femme d'un sourire chaleureux.

– Bonjour, Dominique. Je vois que le Dr Foletta n'est pas encore arrivé. Quelle chance !

– Qu'est-ce qui vous fait dire ça ?

– Eh bien, le fait qu'on se voie dans ma chambre. Je vous en prie, asseyez-vous sur le lit, je me mettrai par terre. À moins que vous ne préfériez les toilettes ?

Elle lui rend son sourire et prend place au bord du matelas.

Michael s'adosse au mur, sur sa gauche. Sous la lumière fluorescente, ses yeux noirs pétillent.

Il ne perd pas de temps en bavardage.

– Alors, comment s'est passé votre week-end ? Vous avez lu le journal de mon père ?

– Pardon. Je n'ai pas pu aller plus loin que les dix premières pages. Mais j'ai lu l'étude de Rosenham.

– Être sain d'esprit dans un asile de fous… Qu'est-ce que vous en pensez ?

– J'ai trouvé ça intéressant, voire même légèrement surprenant. Pour quelle raison est-ce que vous teniez à ce que je la lise ?

– À votre avis ?

Les yeux d'ébène d'où émane une espèce d'intelligence animale lancent des étincelles.

– Manifestement, vous voulez que j'envisage la possibilité que vous ne soyez pas fou.

– Manifestement.

Il se redresse et place ses talons dans la position du lotus.

– On va jouer à un petit jeu. Imaginons que nous revenons en arrière et que vous êtes à ma place. Michael Gabriel, fils de Julius Gabriel, un archéologue qui ne sera bientôt plus qu'un homme traîné dans la boue et complètement détruit. Vous êtes dans des coulisses, à l'université d'Harvard devant une salle comble, vous écoutez votre père communiquer des informations récoltées au fil d'une vie entière à certains des plus grands cerveaux de la communauté scientifique. Votre cœur bat très fort parce que vous avez travaillé à ses côtés depuis l'enfance et que vous êtes conscient de l'importance de sa conférence, pas seulement pour lui mais pour l'avenir de l'humanité. Il parle depuis dix minutes quand vous voyez son vieil ennemi traverser nonchalamment la scène. Pierre Borgia, fils prodigue d'une dynastie politique, a décidé qu'il allait contester les recherches de votre père ici même, sur la scène. Il s'avère que cette conférence n'est qu'un piège grossier, organisé par Borgia en personne pour obliger votre père à une joute verbale destinée à détruire sa crédibilité. Une bonne dizaine de membres du public sont dans le coup. Au bout de dix minutes, les « rires » de ses collègues étouffent complètement la voix de Julius. (Michael marque une pause, perdu dans ses souvenirs.) Mon père était un homme altruiste, brillant, qui avait dédié sa vie à la quête de la vérité. Au beau milieu de la plus importante intervention publique de sa vie, il a vu escamoter son existence entière. En un clin d'œil, on a détruit sa fierté et désacralisé son travail. Trente-deux années de sacrifice. Vous imaginez l'humiliation qu'il a subie ?

– Qu'est-ce qui s'est passé ?

– Il est sorti de scène en titubant et il s'est effondré dans mes bras en s'agrippant la poitrine. Il avait le cœur faible. Il a rassemblé ses dernières forces pour me chuchoter quelques instructions et il a rendu son dernier soupir.

– Et c'est là que vous vous en êtes pris à Borgia ?

– Ce salaud continuait à cracher sa haine sur scène. En dépit de ce qu'on vous a sûrement raconté, je ne suis pas un homme violent. (Les yeux noirs se dilatent.) Mais là, j'avais envie de lui faire avaler le micro. Je me souviens que je me suis précipité sur la scène. Autour de moi, tout se déroulait au ralenti. Je n'entendais que ma propre respiration, je ne voyais que Borgia, mais comme à travers un tunnel. Ensuite, tout ce dont je me souviens, c'est qu'il est étendu par terre et que je lui défonce le crâne avec le micro.

Dominique croise les jambes pour dissimuler un frisson.

– Mon père a abouti à la morgue du comté. Il a été incinéré sans cérémonie. Borgia a passé les trois semaines suivantes dans un hôpital privé. C'est de là que sa famille a mené sa campagne pour le Sénat, qualifiée par la presse de « remontée victorieuse sans précédent ». Quant à moi, je pourrissais en prison, sans amis ni famille pour me faire sortir sur caution, dans l'attente d'avoir à répondre d'une accusation d'agression. En tout cas, c'est ce que je pensais. Mais Borgia avait autre chose en tête. À l'aide de l'influence politique de sa famille, il a manipulé le système, conclu un accord entre le procureur et mon avocat commis d'office. Résultat, on me déclare dingue et le juge m'expédie dans une espèce d'asile délabré du Massachusetts. Un endroit où Borgia pouvait garder un œil sur moi, sans jeu de mots.

– Vous dites que Borgia a manipulé le système judiciaire. Comment ?

– Comme il manipule Foletta, mon geôlier nommé par l'État. Pierre Borgia récompense la loyauté, mais gare à vous si vous figurez sur sa liste noire ! Le juge qui m'a condamné a été promu à la Cour suprême trois mois après m'avoir déclaré fou criminel. Un peu plus tard, notre bon docteur a été nommé directeur de l'établissement. Il s'est arrangé pour passer par-dessus plus d'une dizaine de postulants bien mieux qualifiés que lui.

Les yeux noirs lisent dans les pensées de Dominique.

– Dites-moi ce que vous pensez vraiment. Est-ce que je souffre de délire paranoïde et d'hallucinations ?

– Je n'ai pas dit ça. Et l'autre incident ? Niez-vous avoir brutalement attaqué un garde ?

Michael la fixe d'un regard déroutant.

– Robert Griggs était plus sadique qu'homo. Vous diagnostiqueriez sans doute ses actes comme des viols provoqués par l'excitation et la colère. Foletta l'a affecté exprès à l'équipe de nuit de mon pavillon un mois avant ma première évaluation. Ce vieux Griggsy effectuait sa tournée vers 2 heures du matin.

Dominique sent son cœur cogner dans sa poitrine.

– Trente pensionnaires par pavillon. On dormait tous un poignet et une cheville enchaînés au montant de nos lits. Une nuit, Griggs entre dans ma cellule, complètement pété. Il avait sans doute décidé que je ferais une jolie addition à son harem. Il a commencé par me lubrifier un peu en enfonçant un manche à balai…

– Arrêtez ! Et les autres gardes ? Ils étaient où ?

– Il n'y avait que Griggs. Comme je n'avais aucun moyen de l'arrêter, je l'ai flatté pour essayer de le convaincre qu'il prendrait plus de plaisir si mes deux jambes étaient libres. Ce crétin a détaché la chaîne. Je vous épargnerai les détails de la suite.

– J'en ai entendu parler. Vous lui avez brouillé les œufs, comme qui dirait.

– J'aurais pu le tuer, mais je ne suis pas un assassin.

– Et c'est à cause de ça que vous êtes en régime d'isolement depuis ?

Michael acquiesce de la tête.

– Onze ans claquemuré dans le ventre de ciment. Froid et dur, mais immuable. Maintenant, à votre tour. Vous aviez quel âge quand votre cousin vous a violée ?

– Excusez-moi, mais je n'ai pas envie d'en parler avec vous.

– Parce que vous êtes la psychothérapeute et que je suis le psychotique ?

– Non. Enfin, oui… Parce que je suis le médecin et que vous êtes le patient.

– Est-ce que nous sommes si différents que ça ? Est-ce que l'équipe de Rosenham pourrait dire lequel d'entre nous doit être enfermé ?

Il s'adosse de nouveau au mur.

– Dominique, le régime d'isolement peut user un homme. Je souffre probablement de privation sensorielle, et il est possible que je vous effraie un peu, mais je suis aussi sain d'esprit que vous, Foletta, ou ce garde posté à ma porte. Qu'est-ce que je peux faire pour vous en convaincre ?

– Ce n'est pas moi que vous devez convaincre mais le Dr Foletta.

– Je vous l'ai dit, Foletta travaille pour Borgia et Borgia ne permettra pas que je sorte.

– Je peux lui parler. Le pousser à vous accorder les mêmes droits et les mêmes privilèges que les autres pensionnaires. En temps voulu, je pourrais…

– Bon Dieu ! J'entends d'ici Foletta ! « Réveillez-vous, mademoiselle Vazquez. Vous êtes en train de vous laisser prendre à la fameuse théorie de la conspiration de Gabriel. » Il vous a sans doute convaincue que j'étais un nouveau Ted Bundy.

– Pas du tout, Mick. Je suis devenue psychiatre pour aider les gens comme…

– Les gens comme moi. Les cinglés ?

– Laissez-moi finir. Vous n'êtes pas fou, mais je pense que vous avez besoin d'aide. Je dois d'abord convaincre Foletta de vous affecter une équipe d'évaluation…

– Non. Foletta ne le permettra pas. Et quand bien même, on n'a pas le temps…

– Pas le temps de quoi ?

– Mon évaluation et mon audition annuelles ont lieu dans six jours. Vous ne devinez pas pourquoi Foletta vous a affectée auprès de moi ? Vous êtes encore étudiante, on peut facilement vous manipuler. « Le patient montre des signes encourageants d'amélioration, mademoiselle Vazquez, mais il reste inapte à réintégrer la société. » Vous corroborerez son diagnostic, et le conseil d'évaluation n'aura pas besoin d'en entendre davantage.

Foletta dit vrai, il est doué. Peut-être qu'il l'est moins quand il ne contrôle pas la conversation.

– Mick, si nous parlions un peu du travail de votre père ? Vendredi, vous avez mentionné 4 *ahau*, 3 *kankin*…

– Le jour de la fin du monde. Je savais que vous reconnaîtriez la date.

– Ce n'est qu'une légende maya…

– Beaucoup de légendes comportent une part de vérité.

– Vous croyez donc que nous allons tous mourir dans moins de quatre mois ?

Michael fixe le sol en hochant la tête.

– Un simple oui ou non suffira.

– Pas de petits jeux, Dominique.

– Comment ça ?

– Vous savez pertinemment que la question posée comme ça pue le délire paranoïde et les hallucinations…

– Mick, c'est juste une question.

Il est bouleversé. Bien.

– Vous vous lancez avec moi dans une bataille mentale pour trouver mes faiblesses. Ne faites pas ça. Ça n'est pas très efficace et vous perdrez. Résultat, nous perdrons tous.

– Vous me demandez d'estimer votre capacité à réintégrer la société. Comment voulez-vous que je le fasse sans vous poser de questions ?

– Posez-les, mais sans vous arranger pour que j'échoue. Ça me fait plaisir de discuter avec vous des théories de mon père, mais uniquement si ça vous intéresse vraiment. Si c'est juste dans le but de voir jusqu'où vous pouvez me pousser, contentez-vous de me faire passer ce foutu test de Rorschach ou le test d'aperception thématique, et qu'on en finisse !

– Comment est-ce que je peux m'arranger pour vous faire échouer ?

Michael s'est levé. Il s'avance vers elle. Le cœur de Dominique bat la chamade. Elle prend le stylo.

– La nature même de vos questions me condamne. C'est comme si vous demandiez à un pasteur si sa femme sait qu'il se masturbe. Des deux côtés, ça s'annonce mal pour lui. Si je vous réponds non à propos de la prédiction de l'apocalypse, je devrais justifier pourquoi j'ai subitement changé d'avis au bout de onze ans. Foletta en conclura que c'est une ruse destinée à tromper la commission d'évaluation. Si je réponds oui, vous en conclurez que je ne suis qu'un zinzin de plus qui pense que le ciel nous tombe sur la tête.

– Dans ce cas, comment proposez-vous que j'évalue votre état mental ? Je ne peux que tourner autour du problème.

– Non. Vous pouvez au moins examiner les preuves sans *a priori* avant de formuler en hâte un jugement. On a qualifié de fous certains des plus grands cerveaux de l'histoire, jusqu'au jour où la vérité a éclaté.

Michael s'assoit à l'autre bout du lit. Dominique ressent des picotements. Elle ignore s'ils sont provoqués par l'excitation ou par la peur. Les deux peut-être. Elle change de position, décroise les jambes en tenant nonchalamment le stylo. *Il est assez près pour m'étrangler, mais si nous étions dans un bar, je me dirais probablement qu'il essaie de flirter…*

– Dominique, c'est très important, très très important que nous nous fassions confiance. J'ai besoin de votre aide et vous avez besoin de la mienne. Simplement, vous ne le savez pas encore. Sur l'âme de ma mère, je vous jure que je ne vous mentirai jamais, mais vous devez me promettre de m'écouter sans *a priori*.

– Très bien, je vous écouterai objectivement. Mais la question reste posée. Est-ce que vous croyez que l'humanité verra sa fin le 21 décembre ?

Michael se penche en avant, les coudes sur les genoux. Il fixe le sol, pince l'arête de son nez entre ses index.

– J'imagine que vous êtes catholique ?

– Je suis née catholique, mais j'ai été élevée dans une famille juive à partir de l'âge de dix ans. Et vous ?

– Ma mère était juive, mon père, épiscopalien. Est-ce que vous vous considérez comme une personne pieuse ?

– Pas vraiment…

– Vous croyez en Dieu ?

– Oui.

– Vous croyez au mal ?

La question la déconcerte.

– C'est un peu vague. Si vous précisiez votre pensée…

– Je ne parle pas des hommes qui commettent des atrocités comme le meurtre. Je me réfère au mal en tant qu'entité, en tant que part du tissu même de l'existence.

Michael relève la tête et la fixe du regard.

– Par exemple, les judéo-chrétiens croient que le mal s'est incarné pour la première fois sous la forme du serpent qui est entré dans le jardin d'Éden pour tenter Ève en l'incitant à mordre dans la pomme.

– En qualité de psychiatre, je ne crois pas qu'aucun de nous soit né méchant. Je pense que nous avons la capacité d'être les deux. Le libre arbitre nous permet de choisir.

– Et si… si quelque chose influençait votre libre arbitre à votre insu ?

– Qu'est-ce que vous voulez dire ?

– Certaines personnes croient en l'existence d'une force malveillante, intégrée à la nature. Une intelligence en soi qui existe sur notre planète depuis l'apparition de l'homme.

– Vous m'avez larguée. Quel rapport avec la prophétie de fin du monde ?

– Vous êtes un être doué de raison, et vous me demandez si je crois que l'humanité arrive à son terme. Je suis un être doué de raison, et je vous demande de m'expliquer pourquoi toutes les anciennes civilisations importantes ont prédit la fin du monde. Je vous demande de me dire pourquoi chaque grande religion prédit l'apocalypse et attend le retour d'un messie qui débarrassera notre monde du mal.

– Je ne peux pas vous répondre. Comme la plupart des gens, je n'en sais rien, c'est tout.

– Mon père n'en savait rien non plus. Mais comme il était un homme de science, il voulait trouver la réponse. Il a donc dédié sa vie et sacrifié le bonheur de sa famille à la quête de la vérité. Il a passé des décennies à fouiller de vieilles ruines pour trouver des indices. Et il a fini par faire une découverte si inimaginable qu'elle l'a pratiquement amené au bord de la folie.

– Qu'est-ce qu'il a trouvé ?

Michael ferme les yeux et sa voix prend des inflexions plus douces.

– La preuve. La preuve qui nous a été volontairement et minutieusement laissée. La preuve de l'existence d'une présence. Une présence si malveillante que son ascension donnera le signal de la fin de l'humanité.

– Là encore, je ne comprends pas.

– Je ne peux pas vous donner d'explications. Tout ce que je sais, sans pouvoir l'expliquer, c'est que je sens cette présence se fortifier.

Il lutte pour rester rationnel. Continue à le faire parler.

– Vous me dites que cette présence est malveillante. Comment est-ce que vous le savez ?

– Je le sais.

– Vous ne me donnez guère matière sur quoi m'appuyer. Et le calendrier maya ne constitue pas ce que j'appellerais une preuve…

– Le calendrier, ce n'est que la partie émergée de l'iceberg ! Il existe des repères extraordinaires, inexplicables, éparpillés à la surface de cette planète, des merveilles disposées en fonction des astres : les pyramides de Gizeh et de Chichén Itzá, les temples d'Angkor et de Teotihuacán, les pierres de Stonehenge, les cartes de Piri Reis et les dessins du désert de Nazca. Les plus grands sceptiques du monde eux-mêmes ne peuvent nier leur existence. Il a fallu des décennies de labeur intense pour ériger ces merveilles du temps passé, et nous ne comprenons toujours pas quelle méthode a été employée. Mon père a découvert que derrière tout cela reposait une seule intelligence, la même intelligence qui est à l'origine de la création du calendrier maya. Plus important encore, chacun de ces repères est lié à un objectif commun dont la signification a été perdue au fil des millénaires.

– Et quel est cet objectif ?

– Le salut de l'humanité.

Foletta a raison. Il y croit vraiment.

– Permettez-moi de résumer : votre père croyait que chacun de ces sites anciens était conçu pour sauver l'humanité. Comment une pyramide ou des tas de dessins tracés dans le désert pourraient-ils nous sauver ? Et nous sauver de quoi ? De la présence malveillante ?

Les yeux noirs regardent dans son âme.

– Oui, mais de quelque chose d'infiniment pire aussi. Quelque chose qui se produira le jour du solstice d'hiver pour détruire l'humanité. Mon père et moi étions sur le point de résoudre ce mystère juste avant sa mort, mais il manque encore des pièces capitales du puzzle. Si seulement les manuscrits mayas n'avaient pas été détruits !

– Qui les a détruits ?

Michael hoche la tête, comme s'il était déçu.

– Vous ne connaissez même pas l'histoire de vos ancêtres ? Le grand maître, Kukulcán, créateur du calendrier de la fin du monde, avait laissé des renseignements capitaux dans les anciens codex mayas. Quatre cents ans après son départ, les Espagnols ont envahi le Yucatán. Cortès portait une barbe blanche. Les Mayas l'ont confondu avec Kukulcán ; les Aztèques avec Quetzalcóatl. Ces deux civilisations ont pratiquement baissé les armes et se sont laissé conquérir, croyant que leur messie blanc était revenu sauver l'humanité. Les prêtres catholiques ont fait main basse sur les manuscrits. Ils ont dû être plutôt effrayés par ce qu'ils contenaient, car ces idiots ont tout brûlé, en nous condamnant à mort.

Si ça continue, il va disjoncter.

– Je ne sais pas, Mick. Il me semble que les instructions concernant le salut de l'humanité sont bien trop importantes pour qu'on les ait laissées à des Indiens d'Amérique centrale. Si Kukulcán était si sage, pourquoi ne les a-t-il pas laissées ailleurs ?

– Merci.

– De quoi ?

– De réfléchir. D'utiliser l'hémisphère logique de votre cerveau. Ces informations étaient effectivement trop importantes pour être léguées à une culture vulnérable comme celle des Mayas, ou à toute autre culture ancienne d'ailleurs. Dans le désert de Nazca, au Pérou, on trouve un message symbolique gravé dans la pampa sous la forme d'immenses glyphes. Mon père et moi étions sur le point d'en interpréter la signification quand il est mort.

Dominique jette un regard innocent à sa montre.

Michael bondit sur ses pieds comme un chat et la saisit par les épaules. Elle sursaute.

– Arrêtez de me considérer comme un sujet de diplôme et écoutez-moi. Nous n'avons pas le temps…

Elle plonge les yeux dans les siens. Leurs visages ne sont distants que de quelques centimètres.

– Michael, lâchez-moi.

Elle palpe le stylo.

– Écoutez-moi ! Vous m'avez demandé si je pensais que l'humanité allait s'éteindre dans quatre mois. Je vous réponds oui. À moins que je puisse achever le travail de mon père. Sinon, nous allons tous mourir.

Dominique fait cliquer deux fois le stylo à de multiples reprises. Son cœur tambourine, elle meurt de peur.

– Dominique, je vous en prie. J'ai besoin que vous m'aidiez à sortir de cet asile avant l'équinoxe d'automne.

– Pourquoi ?

Continue à le faire parler.

– Il ne reste plus que deux semaines avant l'équinoxe. Son arrivée sera annoncée dans chaque site que j'ai mentionné. À la pyramide Kukulcán de Chichén Itzá, l'ombre du serpent descendra le long de la balustrade nord. Au même moment, la Terre se placera dans un alignement galactique extrêmement rare. Un portail s'ouvrira au centre de la fissure noire de la Voie lactée, et ce sera le début de la fin pour nous.

Il délire… La photo de Borgia vient à l'esprit de Dominique. Elle change de position et prépare son genou.

– Dominique, je ne suis pas fou. Vous devez me prendre au sérieux.

– Vous me faites mal.

– Pardon, pardon. (Il relâche son étau.) Écoutez-moi, c'est vital. Mon père croyait qu'on pouvait encore empêcher le mal de s'élever. J'ai besoin de votre aide. Il faut que vous m'aidiez à sortir avant l'équinoxe…

Michael se tourne au moment où Marvis brandit le poing devant son visage. Un jet de poivre l'aveugle.

– Non ! Non, non, non…

Trop troublée pour parler, Dominique écarte brutalement le garde et s'enfuit de la pièce. Le cœur battant à tout rompre, elle s'arrête dans le salon.

Marvis boucle la chambre 714, puis il l'escorte hors du compartiment.

Michael continue à marteler la porte et à l'appeler à grands cris, comme un animal blessé.

Journal de Julius Gabriel

« Et alors que les hommes avaient commencé à se multiplier à la surface de la Terre et que des filles leur étaient nées, les fils de Dieu virent que les filles des hommes étaient belles et ils prirent pour femmes celles de leur choix. (…) Les Nephilim étaient sur Terre en ces jours, et ils y étaient encore lorsque les fils de Dieu vinrent trouver des filles d'hommes et eurent d'elles des enfants ; ce sont les héros d'autrefois, ces hommes de renom. »

Genèse VI

La Bible. Le livre sacré des religions juive et chrétienne. Pour l'archéologue en quête de vérité, ce document de l'Antiquité peut offrir des indices d'une importance capitale qui l'aideront à trouver les chaînons manquants de l'évolution de l'homme. La Genèse 6 est sans doute le passage le plus obscur de la Bible. Pourtant, il contient peut-être des révélations essentielles. Situé juste avant les instructions de Dieu à Noé, il se réfère aux fils de Dieu et aux Nephilim, un nom dont la traduction littérale signifie les « déchus » ou « ceux qui sont tombés du Ciel avec le feu ».

Qui étaient ces « déchus », ces « hommes de renom » ? On trouvera un indice important dans l'apocryphe de la Genèse, l'un des textes anciens découverts parmi les manuscrits de la mer Morte. Dans un passage clé, Lamech, le père de Noé, interroge sa femme, car il pense que leur fils a été conçu grâce à ses relations avec un ange ou avec l'un de leurs descendants, un Nephilim.

Du sang d'extraterrestre coulait-il dans les veines de Noé ? Le concept d'anges « déchus » ou d'« hommes de renom » s'accouplant avec des humaines peut paraître tiré par les cheveux, et pourtant il doit contenir une part de vérité, puisque ce récit, comme l'histoire de Noé et du déluge, se répète dans plusieurs cultures et religions de par le monde.

J'ai passé ma vie entière à enquêter sur de mystérieuses merveilles, des bâtiments magnifiques édifiés sur notre planète qui ont survécu aux ravages du temps. Je crois que ces structures ont été créées par ces « héros d'autrefois, hommes de renom », dans un seul but : sauver notre espèce de l'annihilation.

Nous ne saurons peut-être jamais qui étaient les Nephilim, mais des preuves géologiques nous permettent aujourd'hui de dater l'époque de leur apparition. Il y eut effectivement un grand déluge. Le dernier âge glaciaire de la Terre en fut responsable. Cet événement remonte à environ 115 000 ans. À l'époque, de gigantesques glaciers couvraient la plus grande partie des hémisphères nord et sud. En mouvement constant, ils occupèrent leur plus grande surface il y a environ 17 000 ans. La majeure partie de l'Europe était ensevelie sous une calotte glaciaire de plus de trois kilomètres d'épaisseur. En Amérique du Nord, les glaciers s'étendaient au sud jusqu'à la vallée du Mississippi et au-delà du 37e parallèle.

C'était l'époque de l'*Homo sapiens neandertalensis*, l'homme de Néandertal. C'est également vers cette période de l'histoire de nos ancêtres qu'arrivèrent les mystérieux « déchus ».

Il est possible que les clans de premiers *Homo sapiens* n'aient pas fait grand-chose pour impressionner ces hommes de renom. Peut-être que les Nephilim jugèrent plus avisé de renvoyer ce premier homme à la case départ de l'évolution. En tout cas, nous savons simplement que le monde commença mystérieusement à fondre.

Cette fonte fut subitement déclenchée par un mystérieux cataclysme. Des millions de mètres cubes de glace qui avaient mis plus de quarante mille ans à avancer fondirent en moins de deux millénaires. Le niveau de la mer s'éleva de cent cinquante mètres, engloutissant les continents. Des morceaux de terre, autrefois enfouis sous des milliards de tonnes de glace, remontèrent et provoquèrent de gigantesques séismes. Des volcans entrèrent en éruption et crachèrent des quantités énormes de dioxyde de carbone dans l'atmosphère, provoquant l'accélération du réchauffement général. De grands raz de marée déracinèrent des jungles entières, balayèrent les animaux et dévastèrent les continents.

La planète devint un lieu extrêmement hostile.

Entre 13 000 et 10 000 avant J.-C., la plus grande partie de la glace avait fondu et le climat s'était stabilisé. De ce bourbier émergea une nouvelle sous-espèce, l'*Homo sapiens sapiens*, l'homme moderne.

L'évolution de l'histoire de la création racontée par la Bible. Où repose la vérité quant à l'apparition de l'homme moderne ? En qualité de savant, je suis forcé de croire au darwinisme mais en qualité d'archéologue, je dois admettre que la vérité est souvent dissimulée dans les mythes qui nous ont été transmis au fil des millénaires. La prophétie annoncée par le calendrier maya relève de cette catégorie. Comme je l'ai déjà dit, ce calendrier est un instrument scientifique précis qui base ses calculs sur des principes avancés d'astronomie et de mathématiques. D'autre part, il tire ses sources de la plus importante légende de l'histoire maya, le *Popol Vuh*, livre maya de la création.

Le *Popol Vuh* est la Bible des Indiens méso-américains. Selon ce texte, rédigé des centaines d'années après la mort de Kukulcán, l'univers était divisé entre un monde d'en haut (le paradis), un monde du milieu (la Terre) et un monde d'en bas, antre du mal connu sous le nom de Xibalba. La nuit, lorsqu'ils regardaient le ciel, les Mayas observaient la fissure sombre de la Voie lactée et y voyaient un serpent noir ou « Route noire » (Xibalba Be) menant au monde d'en bas. À proximité de cette fissure sombre se situaient les trois étoiles du baudrier d'Orion. Les Mayas considéraient ces trois étoiles comme les trois pierres de la Création.

L'histoire de la Création, telle que la rapporte le *Popol Vuh*, commence il y a environ 28 000 ans, lorsque la glace couvrait encore une grande partie de la Terre. Son héros est un homme primitif appelé Hun (Un) Hunahpu, que les Mayas révérèrent par la suite comme « Premier Père ». La grande passion d'Hun Hunahpu dans la vie était de jouer à l'ancien jeu de balle connu sous le nom de *tlachtli*. Un jour, les seigneurs de l'enfer, s'exprimant par la voix de Xibalba Be, défièrent Hun Hunahpu et son frère à un match. Hun Hunahpu accepta et franchit le portail de la route noire, qui était représenté dans les légendes mayas sous la forme de la gueule d'un grand serpent.

Mais les seigneurs de l'enfer n'avaient nulle intention de jouer ce match. C'était une ruse destinée à leur permettre de vaincre les frères et de les décapiter. Ils pendirent la tête de Hun Hunahpu dans le coude d'un calebassier et interdirent à quiconque de s'en approcher.

De nombreuses années s'écoulèrent. Une jeune femme courageuse appelée Lune sanglante s'aventura sur la Route noire afin de vérifier si la légende disait vrai. Elle alla cueillir des fruits sur l'arbre et fut stupéfaite d'y découvrir la tête de Hun Hunhaphu, qui cracha dans sa paume et l'imprégna magiquement. Lune sanglante prit la fuite et parvint à échapper aux seigneurs de l'enfer.

Lune sanglante (également appelée « Première Mère ») allait donner naissance à des jumeaux. Les années passant, ces garçons vigoureux devinrent de grands guerriers. Quand ils furent adultes, leur origine génétique les poussa à entreprendre le voyage sur la Route noire vers Xibalba, afin de défier les méchants et de venger la mort de leur père. Une fois de plus, les seigneurs des enfers eurent recours à la tromperie, mais cette fois, les héros jumeaux triomphèrent, bannirent le mal tout en ressuscitant leur père.

Que pouvons-nous recueillir de ce mythe de la Création ? Le nom Hun Hunahpu est l'équivalent de 1 *ahau* dans le calendrier, un signe de jour signifiant « Premier Soleil ». Le premier soleil de la nouvelle année est celui du solstice de décembre. La date de l'apocalypse prophétisée tombe le jour du solstice d'hiver de l'année 2012 – soit très exactement un cycle de précession de 25 800 ans après le premier jour du calendrier maya !

À l'aide d'un programme informatique qui permet de voir le cosmos à n'importe quelle date de l'histoire, j'ai calculé comment le ciel nocturne apparaîtra en 2012. À partir du début de l'équinoxe d'automne, un alignement astronomique d'une rareté extrême surviendra entre les plans galactique et solaire. La fissure sombre de la Voie lactée donnera l'impression d'être posée à l'horizon de la Terre, et le Soleil se placera dans l'alignement de son point central. Ce déplacement stellaire culminera le jour du solstice d'hiver, considéré par la plupart des anciennes cultures comme le jour des Morts. À cette date, pour la première fois en 25 800 ans, notre soleil se déplacera en conjonction avec le point de croisement de la Voie lactée et de l'écliptique en Sagittaire, marquant l'alignement de l'équateur galactique, le centre exact de la galaxie.

Le calendrier maya a su prévoir de façon précise cet événement céleste il y a plus de trois mille ans. Selon l'interprétation du mythe de la Création, l'alignement galactique culminera avec l'ouverture du portail cosmique qui relie le précipice entre notre planète et *Xibalba*, le monde souterrain dirigé par les dieux de la mort et de la maladie.

Fiction ou réalité, appelez ça comme vous voulez, cet alignement galactique se terminera par la mort de tous les hommes, femmes et enfants vivant sur notre planète.

Extraits du journal du professeur Julius Gabriel,
Réf. Catalogue 1978-1979 ; Catalogue 1998-1999.

4

11 septembre 2012
Miami, Floride

– Réveillez-vous, mademoiselle Vazquez. Vous vous laissez prendre à la célèbre théorie de la conspiration de Gabriel.

De l'autre côté du bureau, Dominique soutient le regard glacial du Dr Foletta.

– Pas d'accord. Je ne vois aucune raison de ne pas accorder une équipe de soutien complète à Michael Gabriel.

Foletta s'incline en arrière dans le fauteuil tournant. Les ressorts craquent sous son poids.

– On se calme un instant. Regardez-vous : deux entretiens avec ce pensionnaire et vous voici prête à formuler un diagnostic ! Vous vous attachez à lui. Nous en avons parlé vendredi dernier. C'est exactement pour ça que j'ai recommandé au conseil d'administration de ne pas lui affecter d'équipe pour le moment.

– Vous vous trompez, docteur, croyez-moi. J'ai juste l'impression qu'on a jugé son cas à la hâte. Je suis d'accord, il a des hallucinations, mais elles peuvent facilement s'expliquer par les onze années qu'il vient de passer en régime d'isolement. En ce qui concerne la violence, je n'ai vu dans le dossier de Michael qu'une seule agression.

– Et celle contre le garde ?

– Michael m'a dit que le garde avait essayé de le violer.

Foletta se pince le nez entre deux doigts potelés et hoche la tête d'avant en arrière avec un sourire légèrement sarcastique.

– Il vous a roulée, mademoiselle Vazquez. Je vous avais prévenue : il est intelligent.

Dominique en a mal au ventre.

– D'après vous, il m'a menti ?

– Évidemment ! En abusant de votre instinct maternel, il gagne sur tous les tableaux.

Abasourdie, Dominique fixe ses genoux. Michael lui a-t-il menti ? *Idiote ! Tu voulais le croire, tu t'es toi-même piégée.*

– Vous n'irez pas très loin avec vos patients si vous croyez tout ce qu'ils vous racontent. D'ici peu, il vous aura convaincue que la fin du monde est pour demain.

Dominique se cale dans son fauteuil. Elle se sent très bête.

Foletta la dévisage et éclate de rire. Ses joues rebondies rougissent et se creusent de fossettes. Il inspire et essuie ses larmes, tout en cherchant quelque chose dans une boîte en carton, au pied de son bureau. Il en sort une bouteille de whisky et deux tasses à café, et verse une dose d'alcool dans chacune.

Dominique vide la sienne. Le liquide lui brûle les muqueuses, jusqu'à la paroi de l'estomac.

– Ça va mieux ?

La question, chuchotée d'une voix rocailleuse, est posée d'un ton paternel. Elle acquiesce de la tête.

– En dépit de ce qu'il vous raconte, j'aime bien Michael. Je ne veux pas davantage le voir en régime d'isolement que vous.

Le téléphone sonne. Foletta répond sans la quitter des yeux.

– C'est l'un des gardes de sécurité. Il vous attend en bas.

Merde.

– Pouvez-vous lui dire que je suis retenue par une réunion importante ? Que je ne peux pas me libérer ce soir ?

Foletta transmet le message, puis il raccroche.

– Docteur, et l'évaluation annuelle de Michael ? C'était aussi un mensonge ?

– Non. À dire vrai, elle fait partie d'une liste de choses dont je souhaite discuter avec vous. C'est un peu inhabituel, mais je vais avoir besoin de votre contre-signature sur ce point.

– Qu'est-ce que vous recommandez ?

– Ça dépend de vous. Si vous arrivez à rester objective, je préconiserai que vous restiez son psy soignant pendant tout votre stage.

– Michael souffre de privation sensorielle. J'aimerais bien qu'il puisse avoir accès au jardin, comme au reste de l'établissement.

– Il vient de vous agresser…

– Mais non ! Il s'est juste un peu excité et j'ai paniqué.

Foletta s'incline en arrière et contemple le plafond, comme s'il soupesait une décision de première importance.

– Très bien, mademoiselle Vazquez, voici le marché : vous contresignez l'évaluation annuelle de Michael et je lui rends tous ses privilèges. Si son état s'améliore, je lui affecte une équipe de réhabilitation complète en janvier. Banco ?

Dominique sourit.

– Banco.

22 septembre 2012
Miami, Floride

Le jardin de l'asile de Floride du Sud est une pelouse rectangulaire entièrement close. Le bâtiment principal en forme de L la borde à l'est et au sud. Les côtés ouest et nord sont clôturés par une barrière de béton blanche de six mètres, surmontée de fils de fer barbelé.

Aucune porte n'ouvre sur le jardin. Pour quitter l'atrium herbu, on doit monter trois volées de marches en ciment qui mènent à un passage ouvert courant sur toute la façade sud de l'établissement. Cette mezzanine donne sur le gymnase du troisième étage, les salles de thérapie de groupe, un centre d'art et d'artisanat, une salle informatique et un coin cinéma.

Dominique s'abrite sous l'avant-toit d'aluminium qui protège le passage du troisième étage. Des nuages gris plombés déboulent par l'est. Deux dizaines de pensionnaires quittent le jardin dès que les premières gouttes de pluie éclaboussent l'auvent.

Une silhouette solitaire s'attarde sur la pelouse.

Michael Gabriel continue à arpenter le jardin, les mains enfoncées dans les poches. Il sent l'air humide se rafraîchir lorsque les nuages crèvent au-dessus de sa tête. En quelques secondes, il est inondé sous l'averse. L'humidité colle son uniforme blanc à sa charpente nerveuse et musclée.

Il continue de marcher. Ses tennis en toile mouillées s'enfoncent dans le tapis d'herbe, l'eau de pluie gargouille entre ses orteils et ses chaussettes. À chaque pas, il récite mentalement le nom d'une année du calendrier maya, un exercice dont il se sert pour garder l'esprit aiguisé.

Ses yeux noirs se concentrent sur le mur de béton, en quête de défauts. Il cherche des solutions.

En proie au remords, Dominique l'observe à travers un rideau de pluie. *Tu as tout gâché ! Il te faisait confiance. Maintenant, il croit que tu l'as trahi.*

Foletta s'approche. Il échange des signes de la main avec plusieurs patients qui font preuve d'une exubérance anormale, puis il la rejoint.

– Il refuse toujours de vous parler ?

Dominique acquiesce.

– Ça fait presque deux semaines. Tous les jours, c'est la même chose : je vais le voir après son petit-déjeuner. Il garde les yeux rivés au sol pendant l'heure entière. Une fois dehors, il n'arrête pas de marcher de long en large jusqu'au dîner. Il ne se mêle jamais aux autres pensionnaires et ne prononce pas la moindre parole. Il se contente d'arpenter le jardin.

– Il aurait pu vous témoigner de la gratitude. Après tout, c'est à vous qu'il doit cette liberté retrouvée.

– Je n'appelle pas ça liberté.

– Non, mais par rapport à onze années d'isolement, c'est un grand pas de franchi.

– Je crois qu'il a vraiment cru que je pouvais le faire sortir.

L'expression de Foletta le trahit.

– Quoi, docteur ? Il avait raison ? J'aurais pu…

– Doucement, on se calme ! Michael Gabriel ne va nulle part, en tout cas pas pour le moment. Comme vous l'avez constaté vous-même, il est encore instable. Il représente un danger, non seulement pour lui-même, mais pour les autres. Continuez à travailler avec lui, encouragez-le à participer à sa propre thérapie. Tout peut arriver.

– Vous prévoyez toujours de lui affecter une équipe de réhabilitation ?

– Nous nous sommes mis d'accord sur janvier, dans la mesure où il se conduit correctement. Vous devriez lui en parler.

– J'ai essayé.

Elle regarde Michael passer à grandes enjambées devant l'escalier qui se trouve juste sous eux.

– Il ne me fait plus confiance.

Foletta lui donne des petites tapes dans le dos.

– Remettez-vous.

– Je ne lui fais aucun bien. Il a peut-être besoin de quelqu'un de plus expérimenté que moi.

– Sottises. Je vais donner l'ordre à ses infirmiers de ne plus le laisser quitter sa chambre s'il ne participe pas activement à ses séances de thérapie.

– Ça ne servira à rien de le forcer à parler.

– Nous ne sommes pas dans un country club. Nous avons des règlements. Quand un pensionnaire refuse de coopérer, il perd ses privilèges. J'ai déjà vu ce genre de cas. Si nous n'agissons pas maintenant, Michael va se réfugier dans sa tête et vous l'aurez perdu à jamais.

Foletta fait signe à un infirmier.

– Joseph, emmenez M. Gabriel à l'abri de la pluie. Nous ne pouvons pas permettre à nos pensionnaires de tomber malades.

– Non, attendez, c'est mon patient, je vais le chercher.

Dominique tire ses cheveux pour se faire un chignon serré, enlève ses chaussures et descend dans le jardin. Elle est déjà trempée au moment où elle rejoint Michael.

– Bonjour, monsieur l'inconnu, je peux me joindre à vous ?

Il l'ignore.

Le visage criblé de pluie, Dominique reste à sa hauteur.

– Voyons, Michael, parlez-moi. Ça fait une semaine que je vous présente mes excuses. Vous vouliez que je fasse quoi ? J'étais obligée de contresigner le rapport de Foletta.

Elle n'obtient qu'un regard dur.

La pluie redouble d'intensité, la contraint presque à crier.

– Mick, ralentissez !

Il ne lui prête aucune attention.

Elle fonce devant lui, puis elle se met en position de combat, les poings levés, pour lui bloquer le chemin.

– Très bien, mon vieux, ne me forcez pas à vous botter le cul !

Michael s'arrête. Il lève les yeux. La pluie dégouline sur son visage anguleux.

– Vous m'avez laissé tomber.

– Pardon, chuchote-t-elle en baissant les poings. Pourquoi est-ce que vous m'avez menti à propos de l'agression du garde ?

Une expression peinée s'affiche sur le visage de Michael.

– Si je comprends bien, on ne doit plus juger la vérité en fonction de son cœur, mais en fonction de son ambition ? Je croyais que nous étions amis.

Elle sent sa gorge se nouer.

– Je veux être votre amie, mais je suis aussi votre psychiatre. J'ai fait ce qui me paraissait le mieux.

– Dominique, je vous ai donné ma parole que je ne mentirais jamais.

Il lève la tête pour lui montrer la cicatrice de neuf centimètres qui part de son menton.

– Avant d'essayer de me violer, Griggs a menacé de me couper la gorge.

Allez vous faire foutre, Foletta.

– Oh, Mick, pardonnez-moi. Pendant notre dernière conversation, quand vous êtes sorti de vos gonds contre moi…

– Je suis coupable. Je me suis énervé. Ça fait tellement longtemps que je suis enfermé que parfois… parfois, j'ai du mal à rester calme. J'ai des difficultés à communiquer, mais je jure que je ne vous aurais jamais fait de mal.

Elle voit des larmes dans ses yeux.

– Je vous crois.

– Vous savez, ça m'a aidé de sortir. Ça m'a fait penser à des tas de choses… Des choses égoïstes, à vrai dire. Mon enfance, le genre d'éducation que j'ai reçue… comment j'ai abouti ici, si j'en sortirai un jour. Il y a tant de choses que je n'ai jamais faites… tant de choses que je changerais si je pouvais. J'aimais mes parents mais pour la première fois, je réalise que je déteste ce qu'ils ont fait. Ils ne m'ont jamais laissé le choix. Ça me hante.

– On ne choisit pas ses parents, Mick. L'important, c'est de ne pas vous accuser vous-même. Aucun de nous n'a le moindre contrôle sur la mise qui lui est distribuée. En revanche, nous sommes totalement responsables de la manière dont nous la jouons. Et je pense que là, je peux vous aider.

Il se rapproche d'elle. La pluie dégouline sur son visage.

– Je peux vous poser une question personnelle ?

– Oui.

– Vous croyez au destin ?

– Au destin ?

– Vous pensez que nos vies, nos avenirs ont été… tant pis, laissez tomber.

– Est-ce que je pense que ce qui nous arrive était écrit ?

– Oui.

– Je pense que nous avons des choix. Je pense que c'est à nous d'opter pour la bonne destinée.

– Vous avez déjà été amoureuse ?

Désemparée, elle fixe ses yeux brillants.

– C'est arrivé plusieurs fois, mais ça n'a jamais marché. (Elle sourit.) Sans doute qu'ils n'étaient pas destinés à faire partie de mon destin !

– Si je n'étais pas… incarcéré, si nous nous étions rencontrés autrement, est-ce que vous auriez pu m'aimer ?

Oh… Elle n'a plus de salive. Son pouls palpite au creux de son cou.

– Mick, si on s'abritait de la pluie ? Allons…

– Vous avez quelque chose… Ce n'est pas seulement une attirance physique. C'est comme si je vous connaissais déjà, ou que je vous avais connue dans une autre vie.

– Mick…

– Parfois, j'ai ce genre de révélation. Je l'ai senti dès que j'ai posé les yeux sur vous.

– Vous m'avez dit que c'était le parfum.

– C'était plus que ça. Une chose inexplicable. Tout ce que je sais, c'est que je tiens à vous et que ces émotions me troublent.

– Mick, je suis flattée, vraiment, mais je pense que vous dites vrai : vos émotions sont embrouillées et vous…

Il sourit tristement, sans prêter attention à ce qu'elle dit.

– Vous êtes si belle.

Il se penche en avant, effleure sa joue puis tend la main pour dénouer la torsade de cheveux de jais.

Elle ferme les yeux et sent sa chevelure se dérouler dans son dos et s'alourdir de pluie. *Arrête ça ! C'est ton patient, un malade mental, pour l'amour du Ciel !*

– Mick, je vous en prie. Foletta nous observe. Rentrons, on parlera à l'intérieur.

Les yeux d'ébène la fixent d'un air abattu. Elle y discerne une âme torturée par la beauté qui lui est interdite.

– « Elle apprend aux flambeaux à illuminer la nuit. Sa beauté est suspendue à la face de la nuit comme un riche joyau à l'oreille d'une Éthiopienne… »

– Qu'est-ce que vous dites ?

Le cœur de Dominique bat la chamade.

– *Roméo et Juliette*. Je le lisais à ma mère quand je restais à son chevet.

Il soulève la main de Dominique et la porte à ses lèvres.

– « Et je donnerai à ma main grossière le bonheur de toucher la sienne. Mon cœur a-t-il aimé jusqu'ici ? Non ! Jurez-le, mes yeux ! Car jusqu'à ce soir, je n'avais pas vu la vraie beauté. »

La pluie se calme. La jeune femme voit deux infirmiers s'approcher.

– Mick, écoutez-moi. J'ai obligé Foletta à contresigner l'affectation d'une équipe de réhabilitation. Vous devriez sortir d'ici six mois.

Michael hoche la tête.

– « Nous ne verrons jamais ce jour, mon amour… l'équinoxe d'automne est pour demain. »

Il se tourne. Son anxiété grandit à la vue des deux hommes en blanc.

– Lisez le journal de mon père. Le destin de ce monde va bientôt franchir un autre seuil et faire bondir la race humaine tout en haut de la liste des espèces en danger.

Chaque infirmier lui prend un bras.

– Allez-y doucement avec lui !

Michael se retourne face à elle pendant qu'on l'emmène. L'humidité se dégage de son corps comme de la vapeur.

– « Quels sons argentins a dans la nuit la voix de ma bien-aimée ! Quelle suave musique pour l'oreille attentive !… » Je vous porte dans mon cœur, Dominique. Le destin nous a réunis. Je le sens, je le sens…

Journal de Julius Gabriel

Avant de poursuivre notre voyage dans l'histoire de l'homme, permettez-moi de vous familiariser avec un terme pratiquement ignoré du grand public : l'archéologie interdite. Il semblerait qu'en matière d'origines de l'homme et d'Antiquité, la communauté scientifique ne considère pas toujours avec l'ouverture d'esprit nécessaire les preuves susceptibles de contredire les modèles d'évolution déjà établis. En d'autres termes, il est parfois beaucoup plus simple de réfuter des faits qui tentent de présenter une explication vraisemblable de l'inexplicable.

Lorsque l'homme pense qu'il connaît tout, il cesse d'apprendre. Cette triste réalité a conduit à enterrer beaucoup de recherches importantes. Comme on ne peut pas se faire publier sans l'approbation d'une université majeure, il devient presque impossible d'aller à l'encontre des points de vue dominants de l'époque. J'ai vu des collègues érudits tenter de le faire et se retrouver tout simplement victimes de l'ostracisme, voir leur réputation détruite et leur carrière saccagée. Pourtant, ils apportaient des preuves indubitables à l'appui de leurs points de vue controversés.

Les égyptologues sont les pires du lot. Ils méprisent les savants qui cherchent à contrecarrer l'histoire officielle de leurs sites anciens et se montrent particulièrement venimeux lorsque des étrangers mettent en question l'âge et l'origine de leurs bâtiments monolithiques.

Cela nous amène aux méthodes de datation, qui constituent l'aspect le plus controversé de l'archéologie. L'utilisation du carbone 14 pour dater les os et les résidus de charbon est à la fois simple et précise, mais cette technique ne peut pas être appliquée à la pierre. Résultat, les archéologues datent souvent des sites anciens en fonction de vestiges découverts près des fouilles, dont on peut plus facilement mesurer l'âge, ou lorsqu'ils n'en trouvent pas à partir de simples conjectures, méthode qui donne matière à un large éventail d'erreurs humaines.

Cela dit, revenons à notre voyage à travers l'histoire et le temps.

Les premières civilisations ont commencé à s'épanouir dans le monde quelque temps après le déluge. Aujourd'hui, nous considérons que les premières annales historiques remontent aux environs de 4 000 ans avant J.-C., dans les vallées du Tigre et de l'Euphrate, tandis que les vestiges urbains les plus anciens trouvés à Jéricho datent de 7 000 ans avant J.-C. Mais de nouvelles preuves nous indiquent à présent qu'une civilisation supérieure s'était épanouie encore plus tôt sur les rives du Nil, et que c'est cette culture antérieure et son chef clairvoyant qui nous ont légué la première des merveilles mystérieuses qui éviteront peut-être, en dernier recours, à notre espèce d'être éradiquée.

De nombreux temples, pyramides et monuments parsèment le paysage égyptien, mais aucun ne rivalise avec les merveilles érigées à Gizeh. C'est là, sur la rive gauche du Nil, qu'ont été conçus les plans d'un site extraordinaire, qui comprenait le Sphinx, ses deux temples et les trois grandes pyramides d'Égypte.

Quelle est la raison qui me pousse à évoquer les grandes pyramides de Gizeh ? Comment ces anciens monolithes peuvent-ils avoir une relation avec le calendrier maya et la culture méso-américaine, qui se situent à l'autre bout du monde ?

Après trente années de recherches, j'ai finalement compris que pour résoudre la prophétie du jour de la fin du monde, il fallait écarter les idées préconçues sur le temps, la distance, les cultures et les impressions superficielles quand on analyse les indices anciens attachés au grand mystère de l'humanité. Permettez-moi de développer mon point de vue.

Les édifices les plus imposants et les plus énigmatiques jamais bâtis par l'homme sont les pyramides de Gizeh, les temples d'Angkor, situés en pleine jungle cambodgienne, les pyramides de l'ancienne cité méso-américaine de Teotihuacán (connue également sous le nom de « lieu des dieux »), Stonehenge, les dessins de Nazca, les ruines de Tiahuanaco et la pyramide Kukulcán de Chichén Itzá. Prises séparément ou ensemble, ces merveilles anciennes, construites par différentes cultures, dans diverses parties du monde, à des périodes très variées de l'histoire de l'homme, sont néanmoins reliées à son imminent destin funeste, dont il est fait référence dans le calendrier maya. C'est l'invisible qui lie à jamais les unes aux autres ces structures monolithiques, car leur conception repose sur une équation mathématique commune qui démontre une connaissance avancée, celle de la *précession*.

On attribue la découverte de la précession à l'astronome et mathématicien grec Hipparque le Rhodien, en 127 avant J.-C. Aujourd'hui, nous savons que les Égyptiens, les Mayas et les Hindous connaissaient la précession depuis déjà des centaines, voire des milliers d'années.

Au début des années 1990, l'archéo-astronome Jane Sellers découvrit que le mythe d'Osiris de l'Égypte ancienne était chiffré au moyen de nombres clés dont les Égyptiens s'étaient servis pour calculer les différents degrés de précession de la Terre. Parmi eux se détache un ensemble de chiffres particuliers : 4 320.

Plus d'un millier d'années avant la naissance d'Hipparque, les Égyptiens, comme les Mayas, étaient parvenus à calculer la valeur de pi, ou rapport constant de la circonférence d'un cercle, d'une sphère ou d'un hémisphère à son diamètre. Si on multiplie la hauteur initiale de la Grande Pyramide, 146,729 mètres, par deux pi, on obtient exactement sa base, 921,45 mètres. Si incroyable que cela puisse paraître, le périmètre de la pyramide équivaut, à 6 mètres près, au diamètre de la Terre, lorsque les dimensions de notre planète sont ramenées à un rapport égal à 1 : 43 200, chiffre qui représente notre code mathématique de la précession. Calculé à l'aide de ce même rapport, le rayon polaire de la Terre égale la hauteur de la pyramide.

Il s'avère que la Grande Pyramide est un repère géodésique situé presque exactement sur le 50e parallèle. Si nous projetions ses mesures sur une surface plane (son apex représentant le pôle sud et son périmètre l'équateur), les dimensions du monolithe seraient égales à l'hémisphère nord, réduites là aussi à 1 : 43,2.

Nous savons que le Soleil d'équinoxe a besoin de 4 320 ans pour effectuer un déplacement de précession de deux constellations solaires ou 60 degrés. Multipliez ce chiffre par 10, et vous obtenez 43 200, soit le nombre de jours contenu par le calendrier maya Long Compte qui équivalait à 6 *katun*, l'une des valeurs numériques clés utilisées par les anciens Mayas pour calculer la précession. Un cycle complet de précession prend 25 800 ans. Si vous additionnez les années des cinq cycles du *Popol Vuh*, vous obtenez un chiffre égal à celui d'un cycle de précession.

Des profondeurs de la jungle luxuriante du Cambodge surgissent les magnifiques temples d'Angkor. Les bas-reliefs et les statues qui prolifèrent sur leurs murs comprennent des symboles de précession, dont le plus populaire est un gigantesque serpent *(naga)*. Sa partie centrale est lovée autour d'une montagne sacrée dans l'océan lacté, ou Voie lactée. Ses deux extrémités sont utilisées comme celles d'une corde dans une bataille cosmique acharnée que se livrent deux équipes, l'une symbole de la lumière et de la bonté, l'autre des ténèbres et du mal, qui tirent chacune sur un bout. Ce mouvement, combiné au bouillonnement de la Voie lactée, représente l'interprétation hindoue de la précession. Les *puranas*, écritures sacrées des Hindous, font référence aux quatre âges de la Terre sous le terme de *yugas*. Notre yuga actuel, le *Kali Yuga*, dure 432 000 années mortelles. À la fin de cette époque, d'après les écritures, la race humaine affrontera sa destruction.

Les Égyptiens, les Mayas et les anciens Hindous – trois civilisations différentes dans trois parties distinctes du monde, à des périodes variées. Ces civilisations partageaient une connaissance commune et supérieure de la science, de la cosmologie et des mathématiques et faisaient appel à leur sagesse pour créer de splendides énigmes architecturales, érigées chacune dans le même but caché.

Les trois pyramides de Gizeh et le Sphinx, leur gardien intemporel, constituent la plus ancienne de ces énigmes. Au nord-ouest du temple connu sous le nom de Maison d'Osiris se trouve la splendide silhouette de calcaire du lion à tête humaine, la plus grande sculpture du monde, haute de six étages et longue de plus de 57 mètres. La créature elle-même est un repère cosmique dont le regard est orienté précisément vers l'est, comme s'il attendait le lever du soleil.

De quand date le complexe de Gizeh ? Les égyptologues ne jurent que par la date de 2 475 avant J.-C. (période qui s'insère simplement de façon fort opportune dans le folklore égyptien). Longtemps, il a été difficile de la mettre en question, étant donné qu'aucun vestige ne permettait de dater la Grande Pyramide ou le Sphinx.

Du moins le pensait-on.

Arrive un érudit américain, John Anthony West. Ce dernier découvre que le fossé de 7,6 mètres de profondeur qui entoure le

Sphinx montre des signes indubitables d'érosion. Des recherches plus approfondies permettent à une équipe de géologues de déterminer que les dégâts ne sont pas dus au vent ou au sable, mais tout simplement à des chutes de pluie. Ce genre de conditions climatiques n'a affecté la vallée du Nil qu'il y a environ 13 000 ans, à la suite du déluge survenu à la fin de la dernière époque glaciaire. En 10 450 avant J.-C., Gizeh n'était pas seulement fertile et verdoyante, mais son ciel faisait effectivement face à la figure même à partir de laquelle fut modelé le Sphinx : la constellation du Lion.

En même temps que ces découvertes, un ingénieur de travaux publics belge, Robert Bauval, réalise que les trois pyramides de Gizeh (quand on les regarde d'en haut) ont été tracées exactement en fonction des trois étoiles du baudrier d'Orion. À l'aide d'un programme informatique sophistiqué destiné à dénombrer tous les mouvements de précession, de n'importe quel point de vue du ciel nocturne, à partir de n'importe quelle situation géographique, Bauval découvre alors que si les pyramides de Gizeh et les étoiles de la ceinture d'Orion ont été à peu près alignées en 2 475 avant J.-C., un alignement beaucoup plus précis est survenu en 10 450 avant J.-C. À cette époque, la fissure sombre de la Voie lactée n'apparaissait pas au-dessus de Gizeh, mais elle reflétait le cours méridional du Nil. Comme je l'ai dit plus tôt, les anciens Mayas voyaient la Voie lactée sous la forme d'un serpent cosmique. Ils appelaient sa fissure sombre Xibalba Be, ou Route noire menant au monde d'en bas. Selon le calendrier maya et le *Popol Vuh*, les concepts de la Création et de la mort émanent de ce conduit de naissance cosmique.

Pour quelle raison les trois pyramides de Gizeh furent-elles alignées sur le baudrier d'Orion ? Quelle est la signification du chiffre de la précession, 4 320 ? Quelle véritable motivation poussa nos ancêtres à ériger les monuments de Gizeh, les pyramides de Teotihuacán et les temples d'Angkor ?

Quel est le lien entre ces trois sites et la prophétie maya de fin du monde ?

Extraits du journal du professeur Julius Gabriel,
Réf. Catalogue 1993-1994.

5

23 septembre 2012
Miami, Floride
3 h 30

Le rêve récurrent de Michael Gabriel se transforme en épouvante pure. Pire que n'importe quel cauchemar, il s'insinue dans son inconscient, comme un murmure dans son cerveau qui le ramène à un moment clé de son passé.

Il se retrouve au Pérou, petit garçon à peine âgé de douze ans. Posté devant la fenêtre de sa chambre, il contemple le village endormi d'Ingenio. De la pièce voisine lui parviennent des voix étouffées. Son père s'adresse au médecin en espagnol. Michael l'entend sangloter.

La porte adjacente s'ouvre.

– Michael, viens, s'il te plaît.

Michael inspire l'odeur rance de la maladie. Une odeur de draps de lit imprégnés de transpiration, de poches d'intraveineuses, de vomi, de douleur et d'angoisse humaine.

Sa mère gît dans le lit, le visage jauni. Elle lève vers lui ses yeux caves et lui serre faiblement la main.

– Michael, le médecin va te montrer comment administrer ses remèdes à ta mère. Fais bien attention. C'est très important pour que tu ne fasses pas d'erreur.

Le médecin à la chevelure argentée le dévisage.

– Il est un peu jeune, señor.

– Montrez-lui.

Le médecin tire le drap sous lequel apparaît une sonde qui sort de l'épaule gauche de sa mère.

À la vue du tube, Michael prend peur.

– Papa, s'il te plaît, est-ce que l'infirmière…

– Nous n'avons plus les moyens de payer une infirmière et je dois absolument achever mes recherches à Nazca. Tu peux y arriver. Je rentrerai à la maison tous les soirs. Maintenant, concentre-toi sur ce que le docteur va te montrer.

Debout près du lit, Michael regarde comment l'homme de l'art emplit la seringue de morphine. Il note le dosage dans sa tête, mais il est pris de nausée quand l'aiguille s'enfonce dans la sonde et que les yeux de sa mère se révulsent.

– Non ! Non ! Non !

Le cauchemar de Michael Gabriel réveille tous les pensionnaires de son compartiment.

L'espace

Pluton Kuiper Express (PKE), la sonde légère, plane dans l'espace à huit années, dix mois et treize heures de la Terre. Il ne lui reste plus que cinquante-huit jours pour atteindre sa destination, la planète Pluton et sa lune, Charon. Pareil à une antenne parabolique high-tech, le vaisseau scientifique continue à émettre un signal en clair à la Terre par son antenne à gain élevé de 1,5 mètre.

Subitement, un océan d'énergie radio explose dans l'espace à la vitesse de la lumière. L'extrémité inférieure d'une vibration hyper-fréquences noie le satellite dans sa transmission hauts décibels. En une nanoseconde, le sous-système de télécommunication de la sonde et ses circuits intégrés monolithiques micro-ondes sont complètement hors service.

Nasa Bâtiment
réseau satellites
14 h 6

Jonathan Lunine, président de l'équipe scientifique de Pluton Kuiper Express s'appuie à une rangée de consoles de contrôle de mission. Il écoute à moitié son ingénieur, le Dr Jeremy Armentrout, qui s'adresse aux nouveaux membres de leur équipe au sol.

– … l'antenne gain élevé de PKE transmet sans interruption l'un des trois signaux correspondant en gros aux trois messages suivants : tout va bien, données prêtes pour liaison descendante, grave problème nécessitant attention immédiate. Depuis huit jours, ces signaux sont surveillés par…

Lunine étouffe un bâillement. Trois gardes de dix-huit heures consécutives l'ont épuisé et il est plus que prêt à entamer son week-end. *Encore une heure dans la salle de briefing et je rentre chez moi faire un somme. Les Redskins affrontent les Eagles demain. Ça devrait faire un bon match…*

– Jon, vous avez une seconde ?

Un technicien s'est approché de sa console de contrôle et lui fait des signes pressants. Lunine remarque des gouttelettes de transpiration sur son front. Des deux côtés, les opérateurs ont l'air de s'affairer fiévreusement.

– Qu'est-ce qui se passe ?

– On a perdu le contrôle de PKE.

– Vent solaire ?

– Pas cette fois. Mon tableau montre qu'une énorme surcharge d'énergie altère tout son système de communication et ses deux ordinateurs de vol. Détecteurs, électronique, effecteurs de motivation, tout est coupé. J'ai demandé une analyse informatique, mais Dieu sait quel effet cet incident va avoir sur la trajectoire de PKE.

Lunine fait signe au Dr Armentrout de se joindre à eux.

– On a perdu le contact avec PKE.

– Systèmes de secours ?

– Tout est coupé.

– Nom de Dieu !

Armentrout se frotte la tempe.

– Priorité évidente : rétablir le contact. On doit aussi relocaliser à tout prix la sonde et continuer à la suivre. Le plus vite possible. Sinon, on la perdra dans l'espace.

– Qu'est-ce que vous suggérez ?

– Vous vous souvenez de l'été 98, quand on a perdu le contact avec Soho pendant presque un mois ? Avant de le rétablir, on a réussi à la relocaliser en envoyant des signaux radio de l'antenne géante d'Arecibo, puis en interceptant le rebond avec l'antenne de la Nasa en Californie.

– J'appelle Arecibo.

Centre national d'astronomie et de la ionosphère Arecibo,
Porto Rico

– Compris, Jon.

Robert Pasquale, directeur des opérations à Arecibo, raccroche le téléphone, puis il se mouche pour la dixième fois avant d'appeler son assistant.

– Arthur, venez ici, s'il vous plaît.

L'astrophysicien Arthur Kravitz entre dans le bureau du directeur.

– Bob, vous avez une mine épouvantable !

– Mes fichus sinus ! Premier jour de l'automne et j'ai déjà un marteau-piqueur dans la tête. Les astronomes russes en ont fini avec la grande antenne ?

– Depuis dix minutes. Qu'est-ce qui se passe ?

– Je viens de recevoir un appel urgent de la Nasa. Ils ont perdu le contact avec Pluton Kuiper. Ils veulent qu'on les aide à la relocaliser. Ils sont en train de charger les dernières coordonnées de la sonde sur nos ordinateurs. Ils nous demandent d'envoyer un signal radio par la grande antenne. La chance aidant, nous pourrons en renvoyer un à la Nasa qui l'interceptera avec sa grande antenne de Goldstone.

– Je m'en occupe. Et le Seti[1] ? Kenny Wong va vouloir écouter avec les récepteurs du Serendip. Ça pose un problème...

– J'en ai rien à foutre, Arthur. Si ce gosse veut passer sa vie à attendre un appel d'E.T., ça ne fera pas peler mon pauvre pif. Si vous avez besoin de moi, je serai dans ma chambre en train d'avaler une surdose de Sudafed.

Lorsque l'institut Cornell émit l'idée de construire le plus grand radiotélescope du monde, ils cherchèrent pendant des années un site qui présenterait une dépression géologique naturelle possédant à peu près les dimensions d'une cuvette réfléchissante géante. Ce site devrait se trouver sous juridiction américaine et, comme l'antenne serait fixe, être situé aussi près que possible de l'équateur, afin que la Lune et les planètes apparaissent directement au-dessus. Leurs recherches les amenèrent à une chaîne montagneuse calcaire

---

1. *Search for Extraterrestrial Intelligence :* recherche d'intelligences extra-terrestres.

karstique du nord de Porto Rico. Cette zone, isolée et luxuriante, était creusée de vallées profondes ceintes de hautes collines qui pourraient protéger le télescope des interférences radio extérieures.

Aux yeux des visiteurs qui le voient pour la première fois, le télescope d'Arecibo, achevé en 1963 et rénové en 1974, 1997 et 2010, ressemble à une gigantesque structure de métal et d'acier d'un autre monde. Une antenne d'un diamètre de 300 mètres, constituée d'environ un millier de panneaux d'aluminium perforés, leur face concave tournée vers le ciel, remplit la totalité de la dépression karstique en forme de cratère comme un saladier géant d'une profondeur de 60 mètres. Le bras azimutal du télescope, sa coupole et ses antennes secondaires et tertiaires pendent à 130 mètres au-dessus du centre de l'antenne. Cette toile d'araignée de six cents tonnes est maintenue en l'air à l'aide de douze câbles attachés à trois tours de soutènement géantes en forme d'obélisques et à une quantité de blocs d'ancrage situés sur le périmètre de la vallée.

Édifié sur le flanc de la colline calcaire, le laboratoire d'Arecibo domine le télescope. Ce bâtiment en béton de plusieurs étages abrite les ordinateurs et l'équipement technique permettant de faire fonctionner l'antenne. Le dortoir de quatre étages adjacent comprend également une salle à manger, une bibliothèque, une piscine chauffée et un court de tennis.

Le monstrueux télescope d'Arecibo fut conçu à l'usage des savants de quatre disciplines. Les astronomes radio s'en servent pour analyser l'énergie radio naturelle émise par les galaxies, pulsars et autres corps célestes situés jusqu'à dix millions d'années-lumière de la Terre. Les astronomes radar viennent à Arecibo faire rebondir de puissants signaux d'énergie radio sur des objets de notre système solaire, dont ils enregistrent et analysent ensuite les échos. Les spécialistes de l'atmosphère se servent du télescope pour étudier l'ionosphère de la Terre, c'est-à-dire analyser l'atmosphère et sa relation dynamique avec notre planète.

Le dernier domaine d'études concerne le programme Seti de recherche d'intelligences extraterrestres. L'objectif du Seti, à savoir localiser la vie intelligente dans le cosmos, est basé sur une double méthode. Tout d'abord, envoyer des signaux radio dans l'espace avec l'espoir qu'un jour une espèce douée d'intelligence recevra notre message de paix. En second lieu, le Seti utilise la coupole et ses deux antennes plus petites pour recevoir des ondes radio en provenance de l'espace et tente de relever un schéma intelligible qui prouverait que nous ne sommes pas seuls dans l'univers.

Pour les astronomes, la quête de signaux radio dans le vide interstellaire revient à chercher une aiguille dans une meule de foin cosmique. Afin de simplifier leurs recherches, le professeur Franck Drake et ses collègues du projet Ozma, les fondateurs du Seti, ont établi que toute vie intelligente existant dans le cosmos devrait (en toute logique) être associée à l'eau. Confrontés au choix à effectuer parmi la multiplicité des fréquences radio, les astronomes ont émis l'hypothèse qu'une intelligence extraterrestre émettrait des signaux à 1,42 gigahertz, point du spectre électromagnétique où l'hydrogène relâche l'énergie. Drake a surnommé cette région le trou d'eau et, depuis lors, elle constitue le seul champ de recherche de tous les signaux interstellaires.

En complément du projet Seti, le Serendip[1] se consacre aux recherches des émissions radio extraterrestres proches. Vu le coût onéreux du temps d'utilisation du télescope et sa rare disponibilité, le Serendip se contente de superposer ses récepteurs sur la grande antenne pendant toutes les observations. La limitation principale des savants du Seti provient de leur incapacité à choisir ce qu'ils veulent écouter, car ils sont contraints de s'aligner sur les objectifs de leurs hôtes.

Kenny Wong se tient sur le surplomb de béton et d'acier situé juste à l'extérieur des immenses baies vitrées du laboratoire. D'humeur morose, le futur diplômé de Princeton s'appuie au rail de protection pour contempler l'enchevêtrement de câbles métalliques suspendus au-dessus du centre de la grande antenne.

Putain de Nasa ! Non seulement ils coupent nos fonds, mais maintenant ils monopolisent le télescope pour retrouver leur foutue sonde…

– Kenny !

On gaspille notre temps à se superposer si on n'est pas branchés sur le trou d'eau. Pour ce que ça va me rapporter, je ferais tout aussi bien d'aller à la plage…

---

1. *Search for Extraterrestrial Radio Emissions from Nearby Developed Intelligent Populations :* recherche d'émissions radio extraterrestres de populations proches à l'intelligence développée.

– Kenny, amène-toi, ton équipement me flanque la migraine !

– Quoi ?

L'étudiant se précipite dans son laboratoire. Son pouls s'emballe car il entend un son totalement inconnu.

– Ça fait cinq minutes que ton foutu ordinateur émet ce bip.

Arthur Kravitz enlève ses lunettes à double foyer pour lui lancer un regard furibond.

– Débranche-moi cette saloperie. Ça me rend dingue.

Kenny l'écarte brutalement et tape en hâte les touches pour activer le programme de recherche et d'identification de l'ordinateur. Le programme Serendip-IV peut examiner simultanément 168 millions de bandes fréquences chaque 1,7 seconde.

Six secondes plus tard, une réponse s'allume sur son écran et lui coupe le souffle.

Signal candidat : détecté.

Le cœur palpitant dans ses oreilles, Kenny fonce sur l'analyseur spectral pour vérifier que le signal analogique est enregistré et formaté digitalement.

Signal candidat : non aléatoire.

– Putain, c'est un vrai signal ! Oh, merde, Arthur, faut que j'appelle quelqu'un, faut que je vérifie avant qu'on le perde !

Arthur est pris d'un rire hystérique.

– Kenny, c'est juste la sonde Pluton Kuiper. La Nasa a dû se rebrancher dessus.

– Quoi ? Oh, merde…

Kenny s'effondre sur une chaise, le souffle coupé.

– Pendant une seconde…

– Pendant une seconde, tu as eu l'air d'un débile mental. Ne bouge pas. Calme-toi pendant que je contacte la Nasa pour vérifier. OK ?

– OK.

Le physicien appuie sur une touche préréglée de son communicateur vidéo pour se brancher directement sur la Nasa. Le visage du Dr Armentrout apparaît sur l'écran.

– Arthur, content de vous voir. Au fait, merci pour votre aide.

– Merci pour quoi ? Je vois que vous êtes déjà rebranché sur PKE.

– Négatif. On est toujours en panne sèche. Qu'est-ce qui vous fait dire ça ?

Kenny se précipite sur le communicateur.

– Nasa, ici Kenny Wong du Seti. Nous captons une transmission radio interstellaire. Nous pensions qu'elle venait de PKE.

– Elle ne vient pas de nous, mais n'oubliez pas que la sonde Pluton utilise un transporteur non chiffré. Ça fourmille de farceurs là-haut. Fréquence du signal ?

– Attendez.

Kenny retourne à son ordinateur pour taper une série de commandes.

– 4 320 mégahertz. Bon Dieu, Arthur, cette bande micro-ondes est bien trop élevée pour une télécommunication à partir de la Terre, voire même d'un satellite géosynchrone. Minute, je vais faire passer le signal sur haut-parleur pour qu'on puisse l'écouter.

– Kenny, attends…

Un son strident sort du haut-parleur, tellement fulgurant qu'il fait exploser les lunettes d'Arthur et trembler les baies vitrées dans leur cadre.

Kenny débranche et frotte ses oreilles bourdonnantes.

Arthur contemple ses lunettes en miettes.

– Incroyable ! Quelle est la force de ce signal ? D'où est-ce qu'il vient ?

– Je continue à la calculer, mais ma pauvre échelle est dépassée. C'est une brillance radio environ mille fois plus puissante que tout ce que nous pouvons envoyer d'Arecibo.

Kenny frissonne.

– Bon sang, Arthur, cette fois, ça y est ! C'est pour de vrai !

– Calme-toi une seconde. Avant qu'on passe pour les rois des zozos. Connecte-toi et confirme le signal. Commence avec le VLA[1] du Nouveau-Mexique. Je vais contacter Ohio State.

– Arthur…

Kravitz se tourne face au communicateur vidéo.

– Allez-y, Jeremy.

Une demi-douzaine de techniciens se sont agglutinés autour du Dr Armentrout dont le visage a pâli.

– Arthur, nous venons de corroborer le signal…

– Corroborer…

---

1. *Very Large Array :* très large réseau.

Arthur a la tête qui tourne.

– Vous avez localisé la source ?

– Pas encore. On rencontre beaucoup d'interférences à cause de…

– Arthur, j'ai une trajectoire préliminaire !

Surexcité, Kenny s'est levé d'un bond.

– Le signal provient des environs du baudrier de la constellation d'Orion.

Chichén Itzá
Péninsule du Yucatán
16 heures

L'ancienne cité maya Chichén Itzá, située dans les basses terres de la péninsule du Yucatán, est l'une des grandes merveilles archéologiques de la planète. Plusieurs centaines d'édifices se dressent sur ce site vieux de douze mille ans ceinturé par la jungle, parmi lesquels figurent certains des temples et reliquaires décorés des sculptures les plus complexes de toute la Méso-Amérique.

Les véritables origines de la cité remontent à 435 après J.-C. Après avoir été abandonnée, la ville fut redécouverte par les Itzás, une tribu de langue maya qui occupa la région jusqu'à la fin du VIIIe siècle. Ils y furent alors rejoints par les Toltèques qui venaient de Teotihuacán. Sous la tutelle et la direction du grand maître Kukulcán, les deux civilisations se fondirent et la cité florissante devint le centre religieux, rituel et culturel dominant de la région. Le départ de Kukulcán au XIe siècle allait sonner le glas de la cité et déclencher l'égarement de sa population, dont la dépravation déboucha sur des formes diaboliques de sacrifices humains. Au XVIe siècle, les quelques vestiges de cette culture seraient vite étouffés sous le joug espagnol.

La plus magnifique structure de toute la Méso-Amérique domine Chichén Itzá. Il s'agit de la pyramide de Kukulcán. Surnommée *El Castillo* par les Espagnols, cette impressionnante ziggourat de neuf terrasses s'élève à une trentaine de mètres au-dessus d'une vaste esplanade.

Le monument est bien davantage qu'une pyramide, c'est un calendrier sculpté dans la pierre. Ses quatre côtés possèdent chacun

91 marches. En comptant la plate-forme, on obtient un total de 365 marches, le nombre de jours de l'année.

La pyramide a été placée de telle manière que deux fois par an, lors des équinoxes de printemps et d'automne, des phénomènes étranges se produisent le long de sa balustrade nord. Au printemps, tandis que tombe le soleil, l'ombre gigantesque d'un corps de serpent ondule vers le bas des marches à la rencontre de sa tête sculptée qui repose à la base du bâtiment. (À l'automne l'illusion est inversée.)

Au sommet de la pyramide est érigé un temple qui servait à l'origine au culte et qui n'a accueilli les sacrifices humains qu'après le départ de Kukulcán. On attribue sa construction à 830 après J.-C. Il est construit sur un monument beaucoup plus ancien, aux vestiges duquel on a encore accès par une porte située le long de la base nord. Un couloir étouffant mène à un escalier étroit aux marches calcaires rendues glissantes par l'humidité. L'escalier aboutit à deux pièces étroites. La première contient la silhouette d'une statuette maya à demi allongée, un chacmool. Il porte le plateau de cérémonie sur lequel étaient posés les cœurs des victimes sacrifiées. Derrière la barrière de sécurité de la seconde pièce apparaît un trône en forme de jaguar aux yeux de jade d'un vert éblouissant.

Brent Nakamura appuie sur le bouton de son Caméscope, puis il effectue un panoramique sur la mer de corps accablés de chaleur. *La vache, il doit bien y avoir cent mille personnes. Je vais être coincé des heures dans les embouteillages.*

Le touriste de San Francisco pointe sa caméra sur la balustrade nord et zoome sur la queue du serpent qui poursuit son voyage de 202 minutes vers le sommet de la façade calcaire de la pyramide.

L'odeur âcre de transpiration humaine flotte dans l'air moite de l'après-midi. Nakamura filme un couple canadien qui se dispute avec deux gardiens du parc, puis il éteint son Caméscope alors qu'un touriste allemand et sa famille le bousculent en passant.

Nakamura jette un coup d'œil à sa montre et décide qu'il a intérêt à filmer un peu le *cenote*, second site sacré de Chichén Itzá, pendant que la lumière est encore bonne. Il doit enjamber une myriade de pique-niqueurs pour se frayer un chemin vers l'ancien *sache*, un chemin de terre en surplomb proche de la face nord de la pyramide de Kukulcán. Le *sache* est le seul moyen de couper à travers la jungle pour atteindre ce trou d'eau douce ou puits de sacrifice maya.

Cinq minutes plus tard, il arrive devant la cavité de 65 mètres de profondeur, dans laquelle des milliers de jeunes filles furent autrefois sacrifiées. Il regarde à l'intérieur. Une odeur de stagnation remonte des eaux infestées d'algues, vingt mètres plus bas.

Un roulement de tonnerre lointain lui fait lever les yeux vers le ciel.

Bizarre, il n'y a pas un seul nuage. Un jet, peut-être ?

Le bruit s'amplifie. Plusieurs centaines de touristes, mal à l'aise, s'interrogent du regard. Une femme pousse un cri.

Mince, un tremblement de terre !

Surexcité, Nakamura braque son Caméscope sur le *cenote*. Ce natif de San Francisco a survécu au grand tremblement de terre de 2005, et il lui faut bien davantage que quelques secousses telluriques pour être désarçonné.

Les tremblements de plus en plus violents font reculer la foule. Beaucoup repartent en courant sur le *sacbe* en direction de la sortie du parc. D'autres hurlent en se sentant rebondir sur le sol comme sur un trampoline.

Le sourire de Nakamura s'efface. *Mais qu'est-ce qui se passe ?*

À l'intérieur du puits, l'eau s'est mise à tourbillonner.

Puis de manière aussi abrupte qu'elles ont commencé, les secousses s'arrêtent.

Hollywood Beach
Floride

En ce jour de Yom Kippour, le plus sacré du calendrier juif, la synagogue est bourrée à craquer.

Dominique est assise entre ses parents adoptifs, Edith et Isadore Axler. Debout dans sa chaire, le rabbin Steinberg écoute la voix angélique de son chantre interpréter une prière lancinante pour ses fidèles.

Dominique a faim. Elle est à jeun depuis vingt-quatre heures, début du jour d'expiation. De plus, elle attend ses règles. Cela explique peut-être son émotivité et son incapacité à se concentrer. Cela explique peut-être pourquoi ses pensées ne cessent de revenir à Michael Gabriel.

Le rabbin reprend sa lecture.

– Le jour de Rosh Ha-Schana, nous réfléchissons. Le jour de Yom Kippour, nous envisageons. Qui vivra pour le bien des autres ?

Qui, à sa mort, léguera quelque chose de vital ? Qui brûlera dans les flammes de la convoitise ? Qui se noiera dans les eaux du désespoir ? Qui aura soif de bien ? Qui aura faim de justice ? Qui sera tourmenté par la peur du monde ? Qui étouffera par manque d'amis ? Qui se reposera à la fin de la journée ? Qui restera éveillé sur un lit de douleur ?

L'image de Michael allongé sur son lit bouleverse Dominique. *Arrête...*

– Qui dardera la langue comme une épée ? Qui prononcera des paroles de paix ? Qui partira en quête de vérité ? Qui sera enfermé dans une prison intérieure ?

En imagination, elle voit Michael arpenter le jardin, pendant que le soleil d'équinoxe commence à se coucher derrière le mur de béton.

– ... les anges, saisis de peur et de tremblements, déclarent avec effroi : « Voici le jour du jugement ! Car même les hôtes du paradis sont jugés, tandis que tous les habitants de la Terre se présentent devant Vous. »

Le barrage émotionnel cède, les larmes brûlantes font couler des traînées de mascara sur ses joues. Ne sachant plus où elle en est, Dominique se faufile devant Isadore pour remonter l'allée et sortir de la synagogue.

6

25 septembre 2012
Washington DC

Ennis Chaney est las.

Cela fait deux ans que le sénateur de Pennsylvanie a enterré sa mère et elle lui manque toujours beaucoup. Il aimerait encore lui rendre visite à la maison de retraite où il lui apportait son plat préféré ; il aimerait voir son sourire. Sa sœur, décédée onze mois après sa mère, lui manque aussi, de même que son frère cadet, que le cancer lui a enlevé le mois dernier.

Sa fille cadette lui masse le dos. Chaney serre les poings. Quatre longues journées se sont écoulées depuis qu'il a reçu le coup de fil au milieu de la nuit. Quatre jours depuis que Jim, son meilleur ami, a succombé à une crise cardiaque.

De la fenêtre de la salle à manger, il voit la limousine et le véhicule de sécurité se garer dans l'allée. Il pousse un soupir. Pas de repos pour ceux qui sont fatigués, pas de repos pour ceux qui sont affligés. Il étreint sa femme et ses trois filles, serre une dernière fois la veuve de Jim dans ses bras avant de sortir de la maison, escorté de deux gardes du corps. Il pince une larme qui vient de couler de ses yeux profondément enfoncés dans leurs orbites et tellement pochés qu'on a l'impression qu'il porte un masque de raton laveur. Les yeux de Chaney sont les miroirs de son âme. Ils révèlent sa passion d'homme, sa sagesse de dirigeant. Contrariez-le et son regard fixe les transforme en véritables couteaux.

Depuis quelque temps, les yeux de Chaney ont rougi d'avoir trop pleuré.

Le sénateur monte à contrecœur à l'arrière de la limousine qui l'attend, pendant que ses deux gardes du corps grimpent à bord de l'autre véhicule.

Chaney déteste les limousines. À dire vrai, il déteste tout ce qui attire l'attention sur les privilèges accordés aux membres de l'exécutif. Il regarde par la vitre en songeant à sa vie. Il se demande aussi s'il va commettre une grave erreur.

Ennis Chaney est né en Floride il y a soixante-sept ans, dans la banlieue noire la plus pauvre de Jacksonville. Il a été élevé par sa mère, qui subvenait aux besoins de sa famille en faisant des ménages chez les Blancs, et par sa tante, qu'il appelait souvent Maman. Il n'a jamais connu son vrai père, qui a quitté leur foyer quelques mois après sa naissance. Il a deux ans lorsque sa mère se remarie et que son beau-père les emmène vivre dans le New Jersey. C'est là que le jeune Ennis grandit. C'est là qu'il va affûter ses talents de meneur d'hommes.

Le terrain de jeu est le seul endroit où Chaney se sente chez lui, le seul endroit où la couleur ne compte pas. De plus petite taille que ses collègues, il refuse néanmoins de se laisser intimider par quiconque. Après la classe, il s'oblige à effectuer des centaines d'heures de pompes et à canaliser son agression par le développement de ses qualités athlétiques, tout en apprenant en même temps la discipline et la maîtrise de soi. En dernière année de lycée, il reçoit toutes les distinctions de sa ville à titre de quarterback de deuxième division, et toutes celles de l'État en première division de basket. Peu de défenseurs se risquent à défier le petit lanceur maigrichon qui préférerait leur briser la cheville que de leur laisser le ballon, mais qui, hors du terrain, est le plus chaleureux et affectueux des jeunes hommes.

Sa carrière de basketteur prend brusquement fin à la suite d'une rupture du tendon patellaire au cours de sa première année d'université. Quoique de plus en plus intéressé par une carrière d'entraîneur, il se laisse convaincre par sa mère, qui a grandi à l'époque de Jim Crow[1], de se jeter dans l'arène politique. Ennis a suffisamment souffert du racisme pour savoir que c'est avant tout dans le domaine politique qu'il faut opérer des changements.

---

1. Créateur de lois ségrégationnistes qui ont accentué la division raciale dans le sud des États-Unis après la guerre civile américaine *(NdT)*.

Son beau-père a des relations dans le parti démocrate de Philadelphie. Apportant dans son travail la même dose d'éthique, de passion et d'intensité qui lui a permis d'exceller dans son sport, Chaney s'élève rapidement dans les rangs des politiciens de la ville ouvrière. Il ne craint jamais de dire ce qu'il pense et monte toujours au créneau pour aider les défavorisés.

Méprisant la paresse et le manque de maîtrise de soi qui règnent parmi ses pairs, il apporte un souffle d'air frais et devient une espèce de héros folklorique de Philadelphie. De maire adjoint, Chaney devient vite maire. Quelques années plus tard, il se présente au poste de sénateur de Pennsylvanie et l'emporte par K-O sur son adversaire.

Enfin, à moins de deux mois de l'élection de novembre 2012, le président des États-Unis l'appelle pour le presser de se joindre à lui comme colistier. Ennis Chaney, le pauvre gamin des faubourgs de Jacksonville, est à un battement de cœur du plus puissant poste du monde…

La limousine s'engage sur le périphérique de la capitale. La mort effraie Ennis Chaney. Il ne peut ni s'en cacher ni se raisonner. Elle ne fournit aucune réponse, rien que des questions et de la confusion, des larmes et des éloges funèbres, beaucoup trop d'éloges funèbres. Comment peut-on résumer la vie d'un être aimé en vingt minutes ? Comment peut-on penser qu'on va traduire toute une existence bienfaisante en quelques mots ?

Vice-président. Ennis Chaney hoche la tête et se laisse aller à un débat de conscience à propos de son avenir.

Ce n'est pas tant *son* avenir qui l'inquiète que le fardeau qui retomberait sur sa femme et sur sa famille s'il se porte candidat. Devenir sénateur était une chose ; accepter la nomination de premier vice-président afro-américain est une tout autre paire de manches. Le général Colin Powell est le premier et dernier Noir à avoir possédé une chance légitime d'être élu à la Maison Blanche, mais il s'est retiré de la course sous prétexte de soucis d'ordre familial. Si le ticket de Mailer l'emporte, Chaney sera le favori pour les élections présidentielles de 2016. Comme Powell, il sait que sa popularité transcende les barrières politiques et sociales, mais il restera toujours un fragment de la population avec lequel on ne peut pas davantage raisonner qu'avec la mort.

Et il a déjà imposé tant d'épreuves à sa famille.

De plus, Pierre Borgia brûle de poser sa candidature. Chaney se demande jusqu'où le secrétaire d'État ira pour aboutir à ses fins. Borgia est tout ce qu'il n'est pas : présomptueux, intéressé, politiquement ambitieux, égoïste, célibataire, militariste, et blanc.

Les pensées de Chaney reviennent à son meilleur ami et à sa famille. Il pleure sans se cacher, en se moquant totalement que son chauffeur le remarque.

Ennis Chaney a les émotions à fleur de peau, trait qu'il a emprunté à sa mère. La force de caractère et la ténacité de meneur d'hommes ne sont rien si on ne s'autorise pas à ressentir les choses et Chaney ressent tout. Pierre Borgia ne ressent rien. Élevé avec une cuillère en argent dans la bouche, le secrétaire d'État regarde la vie avec des œillères, sans jamais prendre le temps de réfléchir à ce que ses interlocuteurs peuvent penser. Cette attitude pèse lourdement dans le débat intérieur du sénateur. Le monde est de plus en plus complexe et dangereux. La paranoïa nucléaire monte en Asie. Borgia est la dernière personne qu'il souhaite voir tenir les rênes du pays en situation de crise.

– Ça va, monsieur le sénateur ?

– Non, ça ne va pas. Quelle question !

La voix de Chaney est rocailleuse, comme la plupart du temps.

– Pardon, monsieur le sénateur.

– Taisez-vous et contentez-vous de conduire.

Le chauffeur sourit. Dean Disangro travaille pour le sénateur Chaney depuis douze ans et il l'aime comme un père.

– Dean, qu'est-ce qu'il peut bien y avoir d'assez important pour que la Nasa me convoque à Goddard un dimanche ?

– Aucune idée. C'est vous le sénateur. Je suis rien qu'un employé minablement payé.

– Taisez-vous. Vous en savez plus sur les affaires courantes que la plupart des hommes de paille du Congrès.

– Vous faites la liaison avec la Nasa, monsieur le sénateur. Pour qu'ils aient eu les couilles de vous convoquer un dimanche, c'est que ça barde.

– Merci, Sherlock. Vous avez un écran infos ?

Le chauffeur lui passe l'instrument de la taille d'un cahier, déjà réglé sur le *Washington Post*. Chaney jette un coup d'œil aux titres annonçant les préparations d'exercices de dissuasion nucléaire en Asie. *Grozny les a programmés pour la semaine avant Noël. Malin. Il compte sans doute jeter un froid sur l'ambiance de fêtes.*

Chaney écarte l'écran.

– Comment va votre femme ? Elle accouche bientôt, non ?

– Dans deux semaines.

– Merveilleux.

Chaney sourit et essuie une autre larme de ses yeux injectés de sang.

Nasa : centre de vols spatiaux Goddard
Greenbelt, Maryland

Ennis Chaney sent les yeux inquiets des membres de la Nasa, du Seti, d'Arecibo et de Dieu sait quelle autre organisation peser sur lui. Il finit de parcourir le briefing de vingt pages, puis il s'éclaircit la gorge pour obtenir le silence dans la salle de conférence.

– Vous êtes absolument certains que ce signal radio venait de l'espace ?

– Oui, monsieur le sénateur.

Brian Dodds, directeur exécutif de la Nasa, a presque l'air de s'excuser.

– Mais vous n'avez pas été en mesure de localiser son origine précise ?

– Non, monsieur le sénateur, pas pour le moment. Nous sommes à peu près certains qu'il émane du baudrier d'Orion, notre propre bras spiral de la galaxie. Comme le signal est passé par la nébuleuse d'Orion, source de fortes interférences, nous avons du mal à déterminer la distance exacte qu'il a pu parcourir. En supposant qu'il provenait du baudrier d'Orion, elle serait de 1500 à 1800 années-lumière minimum de la Terre.

– Et ce signal a duré trois heures ?

– Trois heures et vingt-quatre minutes exactement, monsieur le sénateur, lâche Kenny Wong en se mettant au garde-à-vous.

Chaney lui fait signe de se rasseoir.

– Et il n'y a pas eu d'autres signaux, monsieur Dodds ?

– Non, monsieur le sénateur, mais nous continuons à surveiller la fréquence et la direction du signal vingt-quatre heures sur vingt-quatre.

– Bon, en admettant qu'il s'agissait bien d'un signal, quelles implications pouvons-nous en tirer ?

– Eh bien, monsieur le sénateur, la plus évidente et la plus enthousiasmante, c'est que nous détenons à présent la preuve que nous ne sommes pas seuls, qu'il existe au moins une autre forme de vie douée d'intelligence dans notre galaxie. Notre prochaine étape va consister à déterminer si des schémas ou des algorithmes spécifiques sont cachés dans le signal.

– Vous pensez qu'il peut contenir une sorte de communication ?

– C'est tout à fait possible, monsieur le sénateur. Il ne s'agissait pas d'un signal aléatoire transmis de l'autre côté de la galaxie. Le faisceau était volontairement dirigé sur notre système solaire. Il existe une autre existence là-bas, au courant de la nôtre. En dirigeant ce faisceau sur la Terre, elle nous a fait comprendre qu'elle existait aussi.

– Une espèce de « comment allez-vous ? » entre voisins, si je comprends bien ?

Le directeur de la Nasa sourit.

– Oui, monsieur le sénateur.

– Quand vos hommes vont-ils en finir avec l'analyse ?

– Difficile à dire. Si un algorithme extraterrestre existe bien, je suis sûr que nos ordinateurs et nos équipes de mathématiciens et de déchiffreurs de codes vont le trouver. Mais ça pourrait prendre des mois, voire des années. Comment fait-on pour raisonner comme un extraterrestre ? C'est enthousiasmant, mais complètement inédit.

– À d'autres, monsieur Dodds ! (Les petits yeux noirs fixent le directeur.) Vous et moi savons pertinemment que le Seti utilise la grande antenne d'Arecibo pour transmettre des messages dans l'espace depuis un certain temps.

– Tout comme les réseaux ont diffusé des signaux de télévision dans l'espace à la vitesse de la lumière depuis la première diffusion de *I love Lucy*.

– Trêve de plaisanteries, monsieur Dodds. Je ne suis pas astronome, mais j'ai assez lu pour savoir que les signaux de télévision sont bien trop faibles pour avoir atteint Orion. Lorsque nous annoncerons cette découverte, des tas de gens en colère et paniqués vont soutenir que c'est à cause du Seti que cette menace inconnue nous tombe dessus.

Dodds étouffe les objections de ses assistants.

– Exact, monsieur le sénateur. Les transmissions du Seti sont plus puissantes, mais les signaux de télévision sont infiniment plus vastes, ils se déploient à travers l'espace dans toutes les directions.

Des deux, les signaux de télévision sont bien plus susceptibles d'avoir été reçus par un récepteur aléatoire qu'un faisceau étroit en provenance d'Arecibo. N'oubliez pas que la puissance du signal radio que nous avons détecté provenait d'un émetteur extraterrestre de loin supérieur aux nôtres. Nous devons assumer que l'intelligence qui se cache derrière ce signal possède également des récepteurs radio capables de détecter nos signaux plus faibles.

– Quand même, monsieur Dodds, regardons les choses en face : des millions de personnes ignorantes vont se réveiller demain, mortes de peur, en s'attendant à ce que des petits hommes gris pénètrent dans leur maison, violent leur femme et kidnappent leurs bébés. Il faut traiter cette situation avec doigté, sinon elle va nous sauter à la gueule.

Le directeur de la Nasa acquiesce.

– C'est pour ça que je vous ai fait venir, monsieur le sénateur.

Les yeux enfoncés dans leurs orbites s'adoucissent un peu.

– Bon. Parlons de ce nouveau télescope que vous proposez. (Chaney feuillette son exemplaire du briefing.) Cette antenne mesurerait une cinquantaine de kilomètres de diamètre et serait construite sur la face cachée de la Lune. Ça va coûter la peau des fesses. Pourquoi faut-il la construire sur la Lune ?

– Pour les mêmes raisons qui nous ont poussés à lancer le télescope Hubble. Trop d'interférences radio s'échappent de la Terre. La face cachée de la Lune nous offre une région naturellement dénuée de parasites. L'idée consiste à construire une antenne au fond d'un énorme cratère. Elle sera identique à la grande antenne d'Arecibo, mais plusieurs milliers de fois plus grosse. Nous avons choisi un site, le cratère de Saha, situé à trois degrés sur la face cachée de la Lune, non loin de l'équateur. Grâce à un télescope lunaire nous pourrons communiquer avec l'intelligence qui nous a contactés.

– Dans quel but ?

La voix de Chaney résonne dans la salle de conférence. En grimpant, elle perd son côté rauque.

– Monsieur Dodds, ajoute-t-il, ce signal radio est peut-être la découverte la plus importante de l'histoire de l'humanité, mais la proposition de la Nasa va flanquer une peur panique aux masses. Et si le peuple américain refuse ? Et s'il ne veut pas dépenser des milliards pour contacter E.T. ? Vous demandez au Congrès d'avaler une sacrée pilule financière.

Brian Dodds connaît Ennis Chaney, il sait que l'homme met sa force morale à l'épreuve.

– Vous avez raison, monsieur le sénateur. Cette découverte va terrifier beaucoup de monde. Mais laissez-moi vous dire ce qui nous effraie bien davantage quand nous prenons connaissance des nouvelles chaque jour : les problèmes de famine qui augmentent en Russie, le développement des armes stratégiques en Chine, un pays de plus capable de détruire le monde… On dirait que toutes les nations en proie au désordre politique et économique sont armées jusqu'aux dents, monsieur le sénateur. Et cette réalité-là est bien plus angoissante qu'un signal radio situé à plus de 1 800 années-lumière.

Dodds se lève. Avec ses deux mètres et quelques et ses cent dix kilos, il ressemble davantage à un lutteur qu'à un savant.

– Le public doit comprendre que c'est une espèce intelligente bien supérieure à la nôtre qui a réussi à établir ce premier contact. Quels qu'ils soient, où qu'ils soient, ils sont bien trop loin pour nous rendre visite à l'improviste. En construisant ce radiotélescope, nous nous donnons les moyens de communiquer avec eux. Nous apprendrons peut-être quelque chose d'eux, nous partagerons nos technologies et nous acquerrons une meilleure compréhension de l'univers, voire même de nos propres origines. Cette découverte pourrait unir l'humanité, ce projet pourrait être le catalyseur qui l'éloignera de la destruction nucléaire.

Dodds regarde Chaney droit dans les yeux.

– Monsieur le sénateur, E.T. nous a appelés, et nous devons lui répondre. C'est d'une importance vitale pour l'avenir de l'humanité.

7

26 septembre 2012
Miami, Floride

Cinq pensionnaires sont rassemblés dans le compartiment 7C. Deux sont assis par terre et s'imaginent jouer aux échecs ; un autre est endormi sur le canapé. Un quatrième se tient près de la porte. Il attend qu'un membre de son équipe de réhabilitation vienne le chercher pour l'escorter à sa séance de thérapie matinale.

Le dernier pensionnaire du compartiment 7C se tient immobile devant un poste de télévision suspendu en hauteur. Il écoute le président Mailer vanter le travail extraordinaire accompli par les hommes et les femmes de la Nasa et du Seti. Il entend le Président évoquer avec enthousiasme la paix et la coopération mondiales, le programme spatial international et son impact sur l'avenir de l'humanité. « Nous voici à l'aube d'une ère nouvelle, annonce-t-il. Nous ne sommes plus seuls. »

Contrairement aux milliards d'autres spectateurs qui regardent la conférence diffusée en direct dans le monde entier, Michael Gabriel n'est pas étonné par cette nouvelle, seulement attristé. Ses yeux ébène ne cillent pas, son corps, rigide, ne bouge pas. Son expression vide ne change pas, y compris lorsque le visage de Pierre Borgia apparaît sur l'écran par-dessus l'épaule du Président. On a même du mal à dire s'il respire.

Dominique pénètre dans le compartiment. Elle s'arrête pour prendre le temps d'observer son patient qui regarde le flash spécial d'informations, tout en vérifiant que le mini-magnétophone numérique à déclenchement vocal attaché sous son T-shirt et sa blouse blanche de laboratoire est invisible.

Elle s'approche de lui. Ils sont à présent épaule contre épaule devant le poste de télévision. La main droite de Dominique s'approche de la main gauche de Michael.

Leurs doigts se mêlent.

– Mick, est-ce que vous voulez regarder ça jusqu'au bout ? Sinon, on peut parler.

– Ma chambre.

Il passe devant elle pour emprunter le couloir et entrer dans la pièce 714.

Michael marche de long en large dans sa cellule comme un animal en cage. Son esprit encombré essaie de trier des milliers de détails à la fois.

Assise sur le bord du lit, Dominique l'observe.

– Vous saviez que cela allait se produire. Comment ? Comment est-ce que vous le saviez, Mick ?

– Je ne savais pas ce qui allait se produire, juste que quelque chose *se produirait*.

– Mais vous saviez que ce serait un événement céleste, quelque chose en rapport avec l'équinoxe. Mick, arrêtez de marcher s'il vous plaît, ça rend la conversation difficile. Venez ici. Asseyez-vous près de moi.

Il hésite, puis il s'exécute. Elle constate que ses mains tremblent.

– Parlez-moi.

– Je le sens, Dominique.

– Qu'est-ce que vous sentez ?

– Je ne sais pas… Je ne peux pas le décrire. Il y a une présence dehors. Elle est encore lointaine, mais elle se rapproche. Je l'ai déjà sentie, mais jamais comme ça.

Elle effleure la nuque de Michael et touche une de ses épaisses boucles brunes.

– Essayez de vous détendre. Parlons de ce signal radio. Je veux que vous me disiez comment vous avez su que le plus important événement de l'histoire de l'humanité allait se produire.

Il lève vers elle des yeux emplis de crainte.

– Ce n'est rien. Juste le début du dernier acte. L'événement essentiel se produira le 21 décembre, avec la mort de milliards d'hommes.

– Et comment est-ce que vous le savez ? OK, le calendrier maya le dit, mais vous êtes trop intelligent pour accepter une espèce de prophétie vieille de trois mille ans, si elle n'est pas corroborée par des preuves scientifiques. Expliquez-moi les faits, Mick. Pas le folklore maya, juste les faits qui viennent appuyer votre pressentiment.

Il hoche la tête.

– C'est pour ça que je vous ai demandé de lire le journal de mon père.

– J'ai commencé, mais je préfère que vous me les expliquiez vous-même. La dernière fois que nous avons parlé, vous avez évoqué une espèce de rare alignement galactique par rapport à la Terre qui commencera à l'équinoxe d'automne. Expliquez-moi ça.

Michael ferme les yeux et respire lentement pour permettre à ses muscles de se détendre.

Dominique entend le ronronnement du magnétophone. Elle se racle la gorge pour couvrir le bruit.

Il rouvre les yeux. Son regard s'est adouci.

– Vous connaissez le *Popol Vuh* ?

– Le livre de la création des Mayas, leur équivalent de la Bible.

Il hoche la tête.

– Les Mayas croyaient à cinq soleils ou cinq grands cycles de Création, dont le cinquième et dernier doit se terminer le 21 décembre, jour du solstice d'hiver de cette année. Selon le *Popol Vuh*, l'univers était organisé en un monde d'en haut, un monde du milieu et un monde d'en bas. Le monde du dessus représentait les cieux ; le monde du milieu, la Terre. Les Mayas appelaient le monde d'en bas Xibalba. C'était un lieu de ténèbres où régnait Hurakán, le dieu de la mort. La légende maya dit que le grand maître Kukulcán a mené une longue bataille cosmique contre Hurakán, qui opposait les forces du bien et de la lumière à celles des ténèbres et du mal. Il est écrit que le quatrième cycle s'est brutalement achevé par un déluge déclenché par Hurakán pour engloutir le monde. Le mot « ouragan » vient du mot maya Hurakán. Les Mayas croyaient que l'entité démoniaque habitait un violent maelström. Les Aztèques croyaient à la même légende, mais ils appelaient leur grand maître Quetzalcóatl et la déité des enfers Tezcatlipoca, dont la traduction est « miroir qui fume ».

– Mick, attendez, arrêtez-vous un moment. Oubliez le mythe maya. J'ai besoin de me concentrer sur les faits, sur la relation entre ce calendrier et le signal de l'espace.

Les yeux noirs s'enflamment comme des lasers en onyx, et l'obligent à détourner le regard.

– Je ne peux pas discuter des faits scientifiques qui se rapportent à la prophétie de fin du monde sans vous expliquer le mythe de la Création. Tout est lié. Un paradoxe entoure les Mayas. La plupart des gens les considèrent comme des sauvages vivant dans la jungle qui ont construit quelques jolies pyramides. En réalité, les Mayas étaient d'extraordinaires astronomes et mathématiciens, doués de connaissances insondables sur l'existence de notre planète à l'intérieur de la galaxie. Ces connaissances leur ont permis de prédire l'alignement céleste qui a abouti au signal radio d'hier.

– Je ne comprends pas.

Michael s'agite et se remet à marcher de long en large.

– Nous avons la preuve que les Mayas et leurs prédécesseurs, les Olmèques, utilisaient la Voie lactée comme repère céleste pour calculer le calendrier maya. La Voie lactée est une galaxie spirale d'environ 100 000 années-lumière de diamètre, composée d'environ 200 milliards d'étoiles. Notre propre soleil est situé dans l'un des bras spiraux – le bras d'Orion – à environ 35 000 années-lumière du centre de la galaxie. Selon les astronomes actuels, ce centre est un trou noir gigantesque qui traverse tout droit le Sagittaire. Le centre de la galaxie fonctionne comme une espèce d'aimant céleste, il attire la Voie lactée dans un puissant vortex. À l'heure où nous parlons, notre système solaire tourne autour du point central de la galaxie à une vélocité de 215 kilomètres par seconde. En dépit de cette vitesse, la Terre met quand même 226 millions d'années pour accomplir un cycle de révolution complet autour de la Voix lactée.

Ta bande va s'arrêter.

– Michael, le signal…

– Patience. Notre système solaire se déplace dans la galaxie en suivant un chemin large de 14 degrés appelé écliptique. L'écliptique traverse la Voie lactée de telle manière qu'elle s'aligne périodiquement sur le renflement central de la galaxie. Lorsque les Mayas regardaient le ciel nocturne, ils y voyaient une fissure sombre, une espèce de longue bande composée de nuages interstellaires très denses, qui commence là où l'écliptique traverse la Voix lactée dans la constellation du Sagittaire. Dans le mythe de la Création du *Popol Vuh*, cette fissure sombre est désignée sous le terme de Route noire, ou Xibalba Be. Cette route en forme de grand serpent relie la vie et la mort, la Terre et les enfers.

– D'accord, c'est fascinant, mais je ne vois pas le rapport avec le signal radio.

Michael s'immobilise.

– Dominique, ce signal radio, ce n'était pas simplement une transmission aléatoire projetée dans l'univers. Il était dirigé volontairement vers notre système solaire. D'un point de vue technologique, on ne peut pas se contenter de transmettre un faisceau radio à travers la galaxie dans l'espoir qu'il finira par atteindre une tache de poussière planétaire spécifique comme la Terre. Celui détecté par le Seti était un faisceau très puissant, précis, étroit. Ce qui signifie que celui ou ce qui l'a envoyé avait besoin d'un alignement galactique spécial, une espèce de corridor spatial permettant de le braquer de son point d'origine sur la Terre. En bref, ce signal a voyagé à travers une espèce de couloir cosmique. Je ne peux pas expliquer pourquoi, je ne peux pas expliquer comment, mais j'ai senti que le *portail* de ce corridor commençait à s'ouvrir.

Dominique voit la peur s'inscrire dans ses yeux.

– Vous l'avez senti s'ouvrir ? Ça vous a fait quoi ?

– Comme si des doigts glacés remuaient dans mes intestins. Une sensation écœurante.

– Et vous croyez que ce couloir cosmique s'est ouvert juste assez pour permettre au signal de passer ?

– Oui, et le portail s'élargit un petit peu plus chaque jour. D'ici le solstice d'hiver, il sera complètement ouvert.

– Le solstice de décembre, le jour fatal des Mayas ?

– Exactement. Les astronomes savent depuis des années que notre soleil s'alignera sur le point exact du centre galactique le 21 décembre 2012, dernier jour du calendrier du cinquième cycle. Au même moment, la fissure sombre de la Voie lactée se placera le long de notre horizon est, elle apparaîtra directement au-dessus de la cité de Chichén Itzá à minuit le jour du solstice. Cette combinaison d'événements galactiques ne se produit que tous les 25 800 ans, et pourtant, les Mayas ont été capables de la prédire.

– La transmission radio de l'espace, quel était son but ?

– Je n'en sais rien, mais c'est un présage de mort.

Justifie sa schizophrénie. Accuse ses parents.

– Mick, j'ai l'impression qu'à part un acte de violence isolé, vous restez en incarcération davantage à cause de votre croyance fanatique en l'apocalypse. Vous n'êtes pas le seul : des dizaines de millions de gens y croient aussi. Quand vous dites que l'humanité arrive à son terme, j'ai l'impression d'entendre réciter quelque chose qu'on vous a probablement fait avaler à la cuillère dès votre naissance. Est-ce que vos parents n'auraient…

– Mes parents n'étaient ni des fanatiques religieux, ni des millénaristes. Ils ne passaient pas leur temps à construire des bunkers souterrains. Ils n'entassaient pas des armes d'assaut et des vivres en prévision du jour du Jugement. Ils ne croyaient ni à la seconde venue de Jésus ni à celle du Messie, et ils n'accusaient pas chaque dirigeant moustachu d'être l'Antéchrist. C'étaient des archéologues, Dominique, des savants, mais assez intelligents pour lire les signaux d'un désastre à venir qui va éradiquer notre espèce. Appelez ça Armageddon, Apocalypse, prophétie maya, appelez ça comme ça vous chante, peu importe. Mais sortez-moi d'ici pour que je puisse faire quelque chose !

– Mick, ne vous énervez pas. Je comprends votre frustration et j'essaie de vous aider, bien plus que vous n'en avez idée. Mais pour obtenir votre libération, je dois demander une autre évaluation psychiatrique.

– Ça prendra combien de temps ?

– Je ne sais pas.

– Seigneur !

Il marche plus vite.

– Imaginons que vous soyez relâché demain. Qu'est-ce que vous ferez ? Où est-ce que vous irez ?

– À Chichén Itzá. Nous n'avons qu'une seule chance de salut : trouver le moyen de pénétrer dans la pyramide de Kukulcán.

– Qu'est-ce qu'elle contient ?

– Je n'en sais rien. Personne ne le sait. On n'en a jamais trouvé l'entrée.

– Dans ce cas, comment…

– Je sens qu'il y a quelque chose dedans. Ne me demandez pas comment. C'est comme ça. Comme quand on marche dans une rue et qu'on sent que quelqu'un nous suit.

– Les membres du conseil d'administration exigeront quelque chose de plus concret qu'une sensation.

Michael arrête de marcher pour lui lancer un regard d'exaspération.

– C'est pour ça que je vous ai demandé de lire le journal de mon père. Il y a deux monuments à Chichén Itzá qui ont un rôle à jouer dans notre salut. Le grand terrain de jeu de balle pour commencer, qui a été placé de manière à refléter Xibalba Be telle qu'elle apparaîtra le 4 *ahau*, 3 *kankin*. La pyramide de Kukulcán ensuite : c'est la clé de voûte de toute la prophétie de l'apocalypse. Chaque équinoxe, l'ombre d'un serpent apparaît sur sa balustrade nord. Mon père pensait que cet effet céleste était un avertissement que nous avait laissé Kukulcán, qu'il représentait l'ascension du mal sur l'humanité. L'ombre est visible pendant exactement trois heures et vingt-deux minutes. C'est la durée exacte de la transmission de ce signal de l'espace.

– Vous en êtes certain ?

N'oublie pas de tout vérifier avant de faire ton rapport.

– Aussi certain que je suis ici, à pourrir dans cette cellule.

Il se remet à marcher.

Le magnétophone passe sur pause et redémarre au premier mot.

– Dominique, j'ai vu un autre reportage sur CNN. Enfin, juste la fin. Ils parlaient d'un tremblement de terre dans le bassin du Yucatán. J'ai besoin de savoir ce qui s'est passé, si ce tremblement de terre a été ressenti à Chichén Itzá ou dans le golfe du Mexique.

– Pourquoi le golfe ?

– Vous n'avez même pas lu le passage du journal consacré aux cartes de Piri Reis ?

– Pardon. J'ai été très occupée.

– Franchement, Dominique, si vous étiez ma stagiaire, je vous aurais déjà virée. Piri Reis était un célèbre amiral turc du XIVe siècle qui a découvert une série de graphiques mystérieux du monde.

– Une minute… Ces graphiques étaient authentiques ?

– Évidemment ! Et ils révélaient des détails topographiques dont on ne pouvait avoir eu connaissance qu'à l'aide de sondages sismiques sophistiqués. Par exemple, on y voit la côte de l'Antarctique comme si elle n'était pas recouverte par une calotte glaciaire.

– Et alors ?

– Dominique, la carte a plus de cinq cents ans ! On n'a découvert l'Antarctique qu'en 1818.

Elle le fixe sans bien savoir quoi penser.

– Si vous ne me croyez pas, contactez la marine américaine. C'est leur analyse qui a confirmé l'exactitude de la cartographie.

– Quel rapport entre ces cartes, le golfe et la prophétie ?

– Il y a quinze ans, mon père et moi avons trouvé une carte similaire. Un original, vieux de plusieurs milliers d'années, comme ceux découverts par Piri Reis. Il se trouvait à l'intérieur d'un récipient d'iridium, enfoui sur un site du plateau de Nazca. J'ai réussi à faire une photo Polaroïd du parchemin juste avant qu'il ne tombe en poussière. Vous trouverez cette photo à la fin du journal de mon père. Quand vous la regarderez, vous verrez une zone cerclée de rouge, dans le golfe du Mexique, juste au nord de la péninsule du Yucatán.

– Elle correspond à quoi ?

– Je n'en sais rien.

Boucle cette conversation.

– Mick, je ne mets pas en doute ce que vous me racontez, mais imaginons que ce signal radio n'ait rien à voir avec la prophétie maya ? La Nasa dit qu'il vient d'un point situé à plus de 1 800 années-lumière. Ça nous laisse le temps de nous retourner, non ? Disons qu'il est fort improbable qu'on voie des extraterrestres débarquer du baudrier d'Orion d'ici soixante jours, précise-t-elle en souriant.

Les yeux sombres de Michael s'écarquillent comme des soucoupes. Il recule et se prend les tempes entre les mains.

Oh, là, il perd la boule. Tu l'as poussé trop loin.

– Mick, qu'est-ce qui se passe ? Ça va ?

Il lève un doigt pour lui faire signe de reculer et de garder le silence.

Dominique le voit s'agenouiller par terre. Ses yeux sont des vitres noires qui s'ouvrent sur un cerveau fonctionnant à mille kilomètres à l'heure. *Peut-être que tu te trompes à son sujet. Peut-être qu'il est vraiment fou à lier.*

Un long moment s'écoule. Michael lève les yeux et pose sur elle un regard brûlant, d'une intensité terrifiante.

– Vous avez raison, Dominique, absolument raison, chuchote-t-il. La chose qui doit éradiquer l'humanité ne viendra pas de l'espace. Elle est dans le golfe. Elle y est déjà.

Journal de Julius Gabriel

De manière à mieux comprendre et parvenir à résoudre les mystères du calendrier maya et de sa prophétie apocalyptique, il nous faut explorer les origines des premières cultures qui dominèrent le Yucatán.

Les premiers peuples méso-américains étaient des semi-nomades qui apparurent en Amérique centrale aux environs de 4 000 avant J.-C. Ils s'y établirent comme fermiers et cultivèrent le maïs, un hybride d'herbe sauvage, ainsi que les avocats, les tomates et les courges.

Puis *Il* arriva, vers 2 500 avant J.-C.

Il était un homme de race blanche au visage allongé, qui portait une longue barbe et de longs cheveux blancs. Un sage qui, selon la légende, débarqua sur les basses terres tropicales du golfe du Mexique afin d'enseigner aux indigènes de la région et de leur apporter une grande sagesse.

Nous désignons aujourd'hui ces indigènes cultivés sous le terme Olmèques (qui signifie « habitants du pays du caoutchouc »). Ils devinrent par la suite la « culture mère » de toute la Méso-Amérique et formèrent la première société complexe des Amériques. Sous l'influence du « barbu », les Olmèques allaient unifier la région du golfe. Leurs réalisations en matière d'astronomie, de mathématiques et d'architecture allaient influencer les cultures zapotèque, maya, toltèque et aztèque, qui dominèrent au cours des millénaires suivants.

Du jour au lendemain ou presque, ces simples fermiers vivant dans la jungle se mirent à ériger des monuments complexes et de vastes centres de cérémonie. Les plans architecturaux et les ouvrages d'art public faisaient appel à des techniques évoluées d'ingénierie. Les Olmèques inventèrent l'ancien jeu de balle, ainsi que la première méthode d'enregistrement des événements. Ils sculptèrent également de grandes têtes monolithiques dans le basalte, hautes de plus de trois mètres et dont beaucoup pesaient jusqu'à trente tonnes. Le moyen de transport de ces énormes têtes olmèques reste aujourd'hui un mystère.

Plus important encore, les Olmèques furent la première culture méso-américaine à bâtir des pyramides à l'aide de connaissances de pointe en astronomie et mathématiques.

Par conséquent, ce sont les Olmèques, et non les Mayas, qui se sont servis de leurs inexplicables connaissances en astronomie pour créer le calendrier Long Compte et sa prophétie.

Aux environs de l'an 100 avant J.-C, pour des raisons qui restent inconnues, les Olmèques abandonnèrent leurs cités et se divisèrent en deux camps pour aller occuper deux régions distinctes. Ceux qui migrèrent plus à l'ouest dans le centre du Mexique furent connus sous le nom de Toltèques. Ceux qui s'aventurèrent à l'est pour habiter les jungles du Yucatán, du Belize et du Guatemala, allaient se dénommer eux-mêmes Mayas. Ces deux civilisations ne se réuniraient qu'en 900 après J.-C., sous l'influence du grand maître Kukulcán, dans sa majestueuse cité de Chichén Itzá.

Mais je vais trop vite.

Cambridge, 1968. C'est là que mes deux collègues et moi avons entrepris d'éclaircir les mystères de la prophétie maya. À l'unanimité, nous avons décidé que notre première étape serait le site olmèque de La Venta, car vingt ans plus tôt, l'archéologue américain Matthew Stirling y avait déterré sa plus étonnante découverte, une énorme fortification olmèque composée d'un mur de 600 colonnes qui pèsent chacune plus de deux tonnes. Près de ce monument, l'explorateur a découvert un magnifique rocher couvert de sculptures olmèques compliquées. Après deux jours de labeur intense, Stirling et ses hommes sont parvenus à déterrer cette sculpture monumentale qui fait 3,5 mètres de haut, 2 mètres de large et près de 1 mètre d'épaisseur. Bien que l'érosion ait endommagé une partie des sculptures, on distinguait encore l'image d'un magnifique personnage : un grand homme à la tête allongée, au nez étroit et à la barbe blanche déployée.

Imaginez le choc éprouvé par mes collègues archéologues devant ce vestige qui représentait indubitablement un homme de race blanche, vieux de deux mille ans, alors que l'artefact avait été créé 1 500 ans *avant* que le premier Européen mette les pieds sur le sol des Amériques ! La représentation d'un personnage barbu chez les Olmèques était tout aussi déroutante, puisque l'on sait que génétiquement parlant, les Amérindiens de sang pur ne peuvent pas avoir de barbe. Comme toutes les formes d'expression artistique se basent sur quelque chose, l'identité de ce mystérieux homme à la barbe blanche devenait une énigme de plus à résoudre.

Pour ma part, j'ai émis sur-le-champ la théorie que ce Blanc devait être un ancêtre du grand maître maya, Kukulcán.

Nous ne savons pas grand-chose sur Kukulcán ou sur ses ancêtres, même si tous les groupes méso-américains semblent avoir vénéré un dieu mâle répondant à la même description physique. Pour les Mayas, il s'appelait Kukulcán, pour les Aztèques, Quetzalcóatl. Ce sage barbu légendaire et mystérieux apportait la paix, la prospérité et une grande sagesse aux populations. Les annales indiquent qu'aux environs de l'an 1000, Kukulcán/Quetzalcóatl fut obligé d'abandonner Chichén Itzá. Selon la légende, il promit à son peuple qu'il reviendrait un jour pour débarrasser le monde du mal.

Après le départ de Kukulcán, une influence démoniaque se répandit rapidement partout. Les Mayas, comme les Aztèques, se mirent à pratiquer les sacrifices humains et tuèrent sauvagement des centaines de milliers d'hommes, de femmes et d'enfants, tout cela dans le but de faire revenir leur dieu-roi bien-aimé et de prévenir la fin de l'humanité annoncée par la prophétie.

En l'an 1519, le conquistador espagnol Hernán Cortés allait envahir le Yucatán. Bien qu'ils fussent de loin supérieurs en nombre à leur ennemi, les Indiens méso-américains prirent Cortés (un homme blanc barbu) pour un second Kukulcán/Quetzalcóatl et rendirent les armes. Après avoir conquis ces sauvages, Cortés fit venir les prêtres espagnols qui, à leur arrivée, furent horrifiés par les sacrifices humains ainsi que par un autre rituel atroce : les mères mayas attachaient des planches de bois à la tête de leurs nourrissons pour essayer d'étirer leur crâne encore souple. Les Mayas pensaient qu'ils ressembleraient ainsi davantage à des dieux, croyance sans nul doute inspirée par des preuves selon lesquelles Kukulcán possédait ce type de crâne allongé.

Les prêtres espagnols ne mirent pas longtemps à proclamer le caractère diabolique de cette pratique et donnèrent l'ordre d'enterrer vivants les chamans. Le reste des Indiens devait se convertir au christianisme, sous peine de mort. Ces imbéciles superstitieux procédèrent ensuite à l'autodafé de tous les importants codex mayas. Des milliers de volumes furent détruits. Des textes qui se référaient sans nul doute à la prophétie de fin du monde et qui contenaient peut-être des instructions vitales, léguées par Kukulcán, pour sauver notre espèce de l'annihilation.

Et c'est ainsi qu'il y a cinq cents ans l'Église, dans une tentative de sauver nos âmes du diable, a condamné notre espèce à l'ignorance.

Pendant que Borgia et moi discutons de l'identité de l'homme barbu dépeint sur la stèle olmèque, notre collègue, Maria Rosen, a fait une découverte qui allait nous inciter à redéployer nos efforts loin de l'Amérique centrale et à entreprendre l'étape suivante de notre voyage.

En fouillant un barrage olmèque à La Venta, Maria est tombée sur un ancien site funéraire royal et a déterré les vestiges d'un crâne allongé. Bien que ce crâne étrange, à l'aspect inhumain, ne fût pas le premier de ce type découvert en Méso-Amérique, il serait le seul trouvé dans la patrie des Olmèques, dénommée Sanctuaire du Serpent.

Maria a décidé de faire don de ce crâne au musée d'anthropologie de Mérida. Au cours d'une conversation avec son conservateur, nous avons appris, non sans étonnement, que des crânes semblables venaient d'être découverts dans des sites funéraires du plateau de Nazca, au Pérou.

Existait-il un lien entre les civilisations maya et inca ?

Nous nous trouvions tous les trois à une croisée de chemins archéologiques. Devions-nous poursuivre sur Chichén Itzá, ancienne cité maya qui occupe une place centrale dans la prophétie de fin du monde, ou quitter le Mexique pour le Pérou ?

L'instinct de Maria la poussait à gagner l'Amérique du Sud, car elle croyait que le calendrier maya n'était qu'une pièce parmi d'autres dans le puzzle de la fin du monde. Nous sommes donc montés tous les trois à bord d'un avion à destination de Nazca, sans savoir où notre voyage allait nous mener.

Pendant le survol de l'Atlantique, je me suis interrogé sur un renseignement que le médecin légiste de Mérida m'avait communiqué. En examinant le crâne allongé, ce spécialiste de bonne réputation avait affirmé avec une certaine emphase que l'importante déformation dudit crâne ne pouvait pas avoir été causée par une technique d'élongation connue. À l'appui de sa thèse, il avait demandé à un dentiste d'examiner les restes de la dentition. Les résultats de cet examen contenaient une révélation encore plus étonnante.

On sait que la mâchoire inférieure d'un adulte humain comporte quatorze dents.

Celle du crâne allongé découvert par Maria n'en possédait que dix.

Extraits du journal du professeur Julius Gabriel,
Réf. Catalogue 1969-1973.

8

9 octobre 2012
Washington DC

Le président Mark Mailer pénètre dans le bureau ovale et prend place derrière son meuble de bureau. Face à lui sont assis les membres de son cabinet. On remarque l'absence de son ancien vice-président et du secrétaire d'État.

– Très bien, mesdames et messieurs, allons-y. Nous allons commencer par le problème de la nomination du candidat colistier pour la vice-présidence. Kathy ?

La chef d'état-major lit sur son portable.

– Voici les résultats d'un sondage effectué jeudi dernier. À la question sur leur candidat préféré pour partager le ticket du parti, 53 % des personnes sondées ont répondu Ennis Chaney et 39 % Pierre Borgia. C'est la confiance qui semble avant tout les motiver. Toutefois, à la question sur les problèmes en jeu dans l'élection de novembre, 89 % ont placé en tête de leurs préoccupations l'escalade de l'armement stratégique en Russie et en Chine ; 34 % seulement s'intéressent à la construction d'un télescope sur la Lune. En résumé, si Chaney obtient le ticket, nous nous concentrons sur la campagne de stabilisation de nos relations avec la Russie et la Chine, et vous ne vous engagez pas à propos du radiotélescope, en tout cas pas avant d'avoir été réélu.

– D'accord. Des nouvelles de la Nasa ?

– Oui, monsieur le Président, répond Sam Blummer, l'un des plus proches conseillers et principal analyste financier présidentiel, j'ai consulté le budget préliminaire de la Nasa concernant la construction de cette machine sur la Lune.

– Et alors ?

– Soyons clairs, monsieur le Président, vous avez deux chances de faire passer ce projet : une mince et une nulle. Et la mince vient de nous quitter en la personne de votre ancien vice-président.

– Je croyais que la Nasa reliait ce projet à la proposition de base lunaire qui a déjà été adoptée par le Congrès ?

– Ils ont essayé. Malheureusement, il était prévu de construire cette base-là de notre côté de la Lune, pas loin de la région polaire où la Nasa a repéré des formations glaciaires, et non sur sa face cachée. Veuillez excuser le jeu de mots, mais en termes financiers, c'est le jour et la nuit, étant donné qu'on ne peut plus utiliser de panneaux solaires puisque la Lune ne brille pas.

Kathy Gleason hoche la tête pour exprimer son désaccord.

– Sam, si le public américain est tellement opposé à cette entreprise, c'est parce qu'il y voit, entre autres, un projet international. Le signal radio n'a pas simplement été diffusé aux États-Unis, il a été reçu par l'ensemble de la planète.

– Mais c'est quand même l'Amérique qui va payer la plus grande partie de la note.

Cal Calixte, l'attaché de presse du Président, lève la main.

– Monsieur le Président, à mon avis, ce radiotélescope nous fournit un moyen d'injecter des fonds dans l'économie russe, surtout à la lumière des réductions récentes du FMI. Peut-être même qu'on pourrait le lier au nouveau traité Start-V.

– On a dit la même chose de la station de l'espace international, l'interrompt Blummer. Ce jouet géant a coûté à l'Amérique 20 milliards net de dollars, plus ceux que nous avons prêtés aux Russes pour qu'ils puissent participer à sa construction. Entre-temps, ce sont les Russes qui l'ont retardée. Ils ont encore du mal à mettre au point les opérations de combustible et de ravitaillement et la Nasa a presque dû les obliger à arrêter de travailler sur le module de service.

– Sam, cessez de tout regarder d'un point de vue financier, intervient Kathy. Il s'agit autant d'un problème politique que d'un programme spatial. La protection de la démocratie russe vaut bien davantage que le télescope en soi.

– La démocratie ? Quelle démocratie ? (Blummer desserre sa cravate.) Je vais vous donner une petite leçon d'instruction civique, Kathy. Nous avons créé une économie d'extorsion, au terme de laquelle les Russes riches s'enrichissent et les pauvres meurent de faim, et tout le monde s'en fiche du moment que nous appelons ça démocratie. Les États-Unis et le FMI ont donné des milliards de dollars aux Russes. Où est passé tout cet argent ? D'un point de vue fiscal, ma fille de trois ans est plus responsable qu'Eltsine ou Viktor Grozny ne l'ont jamais été.

Blummer se tourne vers le Président. Son visage replet est rubicond.

– Avant de commencer à affecter des milliards de dollars, n'oublions pas que ce signal radio n'est peut-être qu'un hasard. D'après ce que je comprends, la Nasa n'a toujours pas réussi à trouver le moindre code qui indiquerait que cette transmission était une véritable tentative de communication. Et pour quelle raison n'avons-nous pas eu la moindre trace d'un second signal ?

Cal hoche la tête.

– Vous n'y êtes pas. La population russe meurt de faim. L'agitation civile prend des proportions dangereuses. Nous ne pouvons pas tourner le dos comme ça à une nation désespérée, susceptible de nous engager dans une guerre qu'ils n'ont de toute façon aucun espoir de gagner.

Le Président lève la main pour prendre la parole.

– L'objection de Cal mérite d'être retenue. Le FMI a déjà laissé clairement entendre qu'il ne verserait plus un sou à la Russie si cet argent n'est pas investi dans des technologies permettant de faire démarrer d'un bond leur économie. Quand bien même ce signal serait un faux, le télescope fournirait aux savants une véritable fenêtre d'exploration sur l'espace.

– On aiderait bien plus les Russes en ouvrant quelques milliers de McDonald's en Russie où ils pourraient manger gratuitement.

Maller ne tient pas compte de la remarque de Blummer.

– Le sommet du G 9 a lieu dans deux semaines. Je veux que Joyce et vous me prépariez une proposition préliminaire utilisant le télescope radio comme moyen d'injecter des fonds en Russie. Au pire, nous arriverons peut-être à réduire une partie de la paranoïa qui entoure les prochains exercices de dissuasion nucléaire en Asie.

Le Président se lève.

– Cal, à quelle heure est prévue la conférence de presse de ce soir ?

– 21 heures.

– Bien. Je vous verrai avec notre nouveau vice-président dans une heure, puis vous le brieferez sur la réélection. Dites-lui de préparer sa valise. Je veux que Chaney parte en campagne dès ce soir.

Université de l'État de Floride

Dans le couloir du bureau de son directeur de thèse, Dominique se tortille sur un banc de bois inconfortable. Elle est en train de se demander si elle va prendre le risque d'une autre excursion aux toilettes lorsque la porte du bureau s'ouvre.

Le Dr Marjorie Owen, son portable pressé contre une oreille, lui fait signe d'entrer d'un geste vif. Dominique pénètre dans le sanctuaire encombré du chef du département et prend un siège, en attendant que son professeur en ait terminé avec sa conversation téléphonique.

Marjorie Owen enseigne la psychiatrie clinique depuis vingt-sept ans. Cette célibataire sans attaches de cinquante-sept ans, au physique sec et nerveux, reste en forme grâce à la pratique de l'escalade. Peu loquace, c'est une femme respectée, parfois crainte par son personnel non titulaire, qui a la réputation d'être stricte avec ses élèves de dernière année.

Dominique ne veut surtout pas se retrouver sur sa liste noire.

Le Dr Owen raccroche et coince ses cheveux courts grisonnants derrière son oreille.

– Très bien, mademoiselle, j'ai écouté votre bande et lu votre rapport sur Michael Gabriel.

– Et ?

– Et quoi ? Il est exactement ce que dit le Dr Foletta. Un paranoïaque délirant avec un QI anormalement élevé. (Elle sourit.) En proie à de délicieuses hallucinations, de surcroît.

– Mais est-ce que ça justifie de le maintenir en réclusion ? Il y a déjà passé onze années très dures et je n'ai trouvé aucune preuve de conduite criminelle.

– D'après votre dossier, le Dr Foletta vient de procéder à son évaluation annuelle, que vous avez contresignée. Si vous aviez des objections, il fallait les formuler à ce moment-là.

– Je m'en rends compte maintenant. Si vous pouviez me donner des recommandations qui me permettent de mettre en question les conclusions du Dr Foletta...

– Vous voulez vous opposer à l'évaluation de votre patron de stage ? Sur quels critères ?

Nous y voilà…

– Sur ma conviction personnelle. Je pense que les demandes du patient méritent d'être prises en compte.

Le Dr Owen foudroie Dominique de son fameux « regard confondant » qui a brisé l'espoir d'obtenir son diplôme à plus d'un étudiant.

– Ma petite demoiselle, seriez-vous en train de me dire que Michael Gabriel vous a convaincue que le monde arrive à sa fin ?

Là, je suis grillée…

– Non, madame, mais il avait l'air d'en savoir un bon bout sur ce signal radio venu de l'espace et…

– Faux. D'après cette cassette, il n'avait aucune idée de ce qui allait arriver, juste que quelque chose surviendrait le jour de l'équinoxe.

Dérangée par le regard silencieux qui continue à la juger, Dominique sent des gouttes de transpiration couler sous ses aisselles.

– Docteur Owen, je ne me soucie que d'une chose : faire en sorte que mon patient reçoive le meilleur traitement possible. En même temps, je me demande s'il n'a pas pour commencer été victime d'une évaluation injuste.

– Je vois. Laissez-moi résumer : après avoir travaillé avec votre premier patient pendant presque un mois… (Owen consulte ses notes.) Non, une seconde, je me trompe, ça fait plus d'un mois. Cinq semaines, pour être précise…

Le Dr Owen va fermer la porte de son bureau d'un geste autoritaire.

– … Cinq semaines avec lui, et non seulement vous mettez en question le traitement que votre patient reçoit depuis onze ans, mais vous êtes prête à défier le directeur de l'établissement, dans l'espoir d'obtenir la réinsertion sociale de M. Gabriel.

– Je sais bien que je ne suis qu'une stagiaire, mais si je constate quelque chose d'anormal, n'ai-je pas le devoir d'en faire le rapport ?

– OK, vu votre immense expérience en la matière, vous avez le sentiment que le Dr Foletta, psychiatre clinique jouissant d'une excellente réputation, n'est pas capable d'évaluer correctement son propre patient. C'est bien ça ?

Ne réponds pas. Mords-toi la langue.

– Ne restez pas comme ça à vous mordre la langue. Répondez-moi.

– Oui, madame.

Owen se rapproche du bord de son bureau, elle se place exprès de manière à dominer son étudiante.

– Je vais vous dire ce que je pense, ma petite demoiselle. Je pense que vous vous êtes égarée. Je pense que vous avez commis l'erreur de vous impliquer affectivement avec votre patient.

– Non, madame, je…

– Il est sans doute intelligent. En racontant à sa jeune et nouvelle psychiatre, une femme, qu'il a subi des sévices sexuels en prison, il espérait toucher une corde sensible, et on peut dire qu'il a réussi. Réveillez-vous, Dominique. Ne voyez-vous pas ce qui se passe ? Vous essayez d'établir un lien affectif avec votre patient, à cause de vos propres traumatismes d'enfance. Mais M. Gabriel n'a pas été sodomisé par son cousin pendant trois ans. Il n'a pas été battu au point de frôler la mort.

Ferme-la, ferme-la, nom d'un chien…

– Beaucoup de femmes qui ont subi les mêmes sévices que vous traitent souvent leurs symptômes post-traumatiques en se joignant à des mouvements féministes, en apprenant l'autodéfense comme vous. Vous avez commis une erreur en choisissant la psychologie clinique comme profession si vous avez l'intention de vous en servir comme moyen de thérapie. Comment pouvez-vous compter aider vos patients si vous vous impliquez émotionnellement ?

– Je comprends ce que vous dites, mais…

– … mais rien. (Owen hoche la tête.) À mon avis, vous avez déjà perdu votre objectivité. Pour l'amour du ciel, Dominique, ce cinglé a réussi à vous convaincre que tous les habitants de cette planète vont mourir dans dix semaines.

Dominique essuie ses larmes et étouffe son rire. C'est vrai. Michael a tellement joué avec ses émotions qu'elle ne se contente plus de le traiter avec ménagements. Elle s'est laissée convaincre que ses hallucinations n'en étaient pas.

– Je suis gênée.

– À juste titre. En vous apitoyant sur M. Gabriel, vous avez gâché la dynamique de la relation médecin-patient. Cela m'oblige à contacter le Dr Foletta et à intervenir pour M. Gabriel.

Oh non !

– Qu'est-ce que vous allez faire ?

– Je vais demander au Dr Foletta de vous affecter auprès d'un autre pensionnaire. Tout de suite.

Miami, Floride

Michael Gabriel marche dans le jardin depuis six heures.

Branché en pilotage automatique, il manœuvre autour des débiles mentaux et des fous criminels en se concentrant sur la reconstruction des pièces du puzzle de la prophétie qui flottent dans son esprit.

Le signal radio et la descente du Serpent à plumes. La fissure sombre et Xibalba. Ne commets pas l'erreur de tout réunir. Sépare les causes des actes, la mort du salut, le mal du bien. Tu as deux factions à l'œuvre, deux entités séparées impliquées dans la prophétie maya. Le bien et le mal, le mal et le bien. Qu'est-ce qui est bien ? Les avertissements. Le calendrier maya est un avertissement, comme les dessins de Nazca et l'ombre du serpent à l'équinoxe sur la pyramide de Kukulcán. Tous les avertissements que nous a laissés un sage blanc à la longue barbe, tous présages de l'arrivée du mal. Mais le mal est déjà ici, il est ici. Je l'ai déjà senti, mais jamais comme à présent. Ce signal radio peut-il l'avoir déclenché ? Renforcé ? Et dans ce cas, où est-il ?

Il s'immobilise et offre son visage aux rayons du soleil de fin d'après-midi.

Michael ouvre les yeux.

Le bourdonnement du haut-parleur annonçant la collation de 17 heures remue un ancien souvenir. Michael se revoit dans le désert de Nazca, en train de sonder le plateau avec son détecteur de métal. Le bourdonnement électrique du détecteur de métal lui a indiqué l'endroit où fouiller le sable jaune, au côté de son père souffrant.

En imagination, il déterre le récipient d'iridium, il en sort la carte ancienne. Il se concentre sur le cercle rouge… qui marque le site mystérieux du golfe du Mexique.

Le golfe du Mexique… le récipient… en iridium ! Ses yeux s'écarquillent d'incrédulité.

– Bon sang, Gabriel, comment as-tu pu être aussi aveugle ?

Michael grimpe quatre à quatre les volées de marches en béton jusqu'à la mezzanine du troisième étage et l'annexe de thérapie. Il écarte au passage plusieurs pensionnaires et pénètre dans la salle informatique.

Une femme entre deux âges l'accueille.

– Bonjour. Je suis Dorothy et je…

– J'ai besoin de me servir d'un de vos ordinateurs !

L'employée se dirige vers son portable.

– Vous vous appelez ?

– Gabriel. Michael Gabriel. Regardez sous Foletta.

Michael repère un ordinateur allumé. Sans attendre, il s'assoit et remarque alors que le système vocal ne fonctionne pas. À l'aide de la souris, il se branche sur Internet.

– Une minute, monsieur Gabriel. Nous avons des règlements. Vous ne pouvez pas vous jeter comme ça sur le premier ordinateur venu. Nous devons obtenir la permission de votre…

Accès refusé. Veuillez entrer mot de passe.

– J'ai besoin du mot de passe, Dorothy. Ça ne me prendra qu'une minute. Pouvez-vous me le donner, s'il vous plaît ?

– Non, monsieur Gabriel, pas de mot de passe. Il y a trois autres pensionnaires avant vous et je dois parler d'abord avec votre thérapeute. Après, je pourrai vous…

Michael pose les yeux sur son insigne. DOROTHY HIGGINS, #G45927. Il commence à taper des mots de passe.

– … fixer un rendez-vous. Vous m'écoutez, monsieur Gabriel ? Qu'est-ce que vous faites ? Arrêtez !

Une dizaine de mots de passe échouent. Le regard de Michael s'attarde sur l'insigne de l'employée.

– Dorothy, quel joli prénom ! Vos parents étaient des fans du *Magicien d'Oz*, Dorothy ?

Son expression éberluée la trahit. Michael tape OZG45927.

Mot de passe incorrect.

– Arrêtez ces bêtises toutes de suite, monsieur Gabriel, sinon, j'appelle la sécurité !

– La méchante sorcière, l'homme de plomb, l'épouvantail… et si je demandais le sorcier ?

Il tape SORG45927.

Liaison internet établie…

– Ça suffit, j'appelle la sécurité !

Sans lui prêter attention, Michael navigue sur le web, tape CRATÈRE DE CHICXULUB en se répétant ce qu'il a dit à Dominique. Le plus grand événement de l'histoire du monde se produira le 21 décembre quand l'humanité périra. Il se rend à présent compte que ce n'est pas tout à fait vrai. Le plus grand événement de l'histoire, à ce jour en tout cas, s'est produit il y a 65 millions d'années et il a eu lieu dans le golfe du Mexique.

Le premier dossier apparaît sur l'écran. Sans prendre le temps de le lire, il appuie sur TOUT IMPRIMER.

Il entend les gardes approcher dans le couloir voisin. *Dépêche-toi, dépêche-toi.*

Michael attrape les trois feuilles imprimées et les fourre dans la poche de son pantalon à l'instant où plusieurs gardes pénètrent dans la salle informatique.

– Je lui ai demandé trois fois de sortir. Il a même réussi à me voler mon mot de passe.

– On s'occupe de lui, madame.

Le rouquin fort en muscles fait un signe de tête à ses deux acolytes qui saisissent Michael par les bras.

Ce dernier n'offre aucune résistance. Le rouquin s'avance d'un air important et se plante devant lui.

– Alors pensionnaire, on vous a demandé de sortir d'ici. Ça vous pose un problème ?

Du coin de l'œil, Michael voit le Dr Foletta entrer dans la pièce. Il jette un regard à l'insigne du rouquin et lui adresse un sourire.

– Vous savez, Raymond, tous les muscles du monde vous empêcheront d'emballer les filles si vous puez l'ail.

Foletta s'approche.

– Raymond, non…

L'uppercut atteint Michael en plein plexus et lui ôte l'air des poumons. Il tombe en avant, plié en deux de douleur, soutenu de chaque côté par les gardes.

– Nom de Dieu, Raymond, je vous ai dit d'attendre !

– Pardon, docteur, je pensais que vous…

Michael se redresse et d'un seul geste, cambre le dos, remonte les genoux jusqu'à sa poitrine et tend brutalement les deux jambes. Les semelles de ses tennis s'écrasent sur le visage du rouquin et font éclater son nez et sa lèvre inférieure d'où jaillit une gerbe de sang.

Raymond s'affale par terre.

Foletta se penche sur le garde à moitié inconscient.

– Ça n'était pas nécessaire, Michael.

– Œil pour œil, hein docteur ?

Deux infirmiers entrent en brandissant des pistolets hypodermiques. Foletta hoche la tête.

– Escortez M. Gabriel à sa chambre, et faites venir un médecin pour qu'il s'occupe de cet imbécile.

Il est tard lorsque Dominique gare sa Pronto Spider noire dans le parking de l'hôpital. Elle pénètre dans le hall et insère sa carte d'identification magnétique pour passer le poste de sécurité du premier étage.

– Ça marchera pas, Rayon de soleil.

La voix est faible et légèrement étouffée.

– C'est vous, Raymond ?

À travers la porte de sécurité, Dominique a du mal à voir le rouquin.

– Servez-vous du scanner facial.

Elle entre son code, puis elle presse le visage contre le boîtier en caoutchouc et le rayon à infrarouges scanne ses traits.

La porte de sécurité se déverrouille.

Raymond est incliné en arrière sur sa chaise, la tête enveloppée d'un épais pansement qui lui recouvre le nez. Il a les deux yeux au beurre noir.

– Mon Dieu, Raymond, qu'est-ce qui vous est arrivé ?

– Votre foutu patient a disjoncté dans la salle informatique. Il m'a envoyé un coup de pied en plein visage. Ce fils de pute m'a cassé le nez et déchaussé les dents.

– Michael ? Pourquoi ?

– Comment voulez-vous que je le sache, putain ? Ce type est un immonde psycho. Regardez-moi, Dominique. Comment voulez-vous que je me présente au concours de Monsieur Floride dans cet état ? Je vous jure que je vais me payer ce fils de pute, même si c'est la dernière chose que je fais.

– Mais non. Vous n'allez pas le toucher. S'il lui arrive quoi que ce soit, je n'hésiterai pas à porter plainte contre vous.

Raymond se penche en avant d'un air menaçant.

– C'est comme ça que ça se passe entre nous ? Vous commencez par me rejeter, et après vous me faites arrêter ?

– Je ne vous ai pas rejeté. J'ai été retenue par une réunion avec Foletta. C'est vous qui vous êtes fait affecter à l'équipe de nuit. Quant à Michael Gabriel, c'est mon patient et je préfère être damnée que de…

– Plus maintenant. Le Dr Foletta a reçu un coup de fil cet après-midi de votre directrice de thèse. On dirait que vous allez bientôt être responsable d'un autre patient.

Toujours aussi efficace, Owen ! Allez au diable !

– Le Dr Foletta est encore ici ?

– À cette heure ? Vous plaisantez ?

– Raymond, écoutez-moi. Je sais que vous êtes furieux contre Michael, mais je… j'ai un marché à vous proposer. Vous le laissez tranquille, et je vous aiderai à préparer votre concours de bodybuilding. Je peux même maquiller vos yeux pour que vous ne fassiez pas fuir les juges.

Raymond croise les bras sur ses pectoraux outrageusement bombés.

– Ça suffit pas. Vous me devez toujours une sortie. (Il lui adresse son sourire jaunâtre.) Et pas qu'un dîner italien vite expédié. Je veux m'amuser, danser un peu, flirter…

– D'accord, un rendez-vous, mais je n'ai pas envie d'une aventure.

– Donnez-moi ma chance, Rayon de soleil. Plus on me connaît, plus on m'aime.

Plus tu colles…

– Un rendez-vous, et vous laissez Gabriel tranquille.

– Tope là !

Elle franchit le poste de sécurité et entre dans l'ascenseur.

Raymond la suit des yeux, le regard fixé sur les contours de son *gluteus maximus*.

Un seul garde surveille le septième étage et il est scotché devant un match du championnat de la Ligue.

– Bonsoir, Marvis. Qui mène ?

Marvis Jones lève les yeux de la télévision.

– Les Cubs. Qu'est-ce que vous faites ici à une heure pareille ?

– Je suis venue voir mon patient.

Marvis a l'air ennuyé.

– Je ne sais pas, Dominique. Il est tard…

Un rugissement de la foule le fait revenir à la télévision.

– Merde, les Phillis viennent d'égaliser.

– S'il vous plaît, Marvis.

Il vérifie l'heure.

– Bon, je vais vous enfermer un quart d'heure avec lui, du moment que vous partez quand l'infirmière viendra lui donner ses médicaments.

– Marché conclu.

Le garde l'escorte à la chambre 714, puis il lui tend le transpondeur relié à son biper.

– Prenez ça. Ça vaut mieux. Il s'est montré violent tout à l'heure.

– Non, ça ira.

– Prenez-le, Dominique. Sinon, je ne vous laisse pas entrer.

Elle préfère ne pas se disputer avec Marvis, dont la méticulosité égale la gentillesse. Elle met l'instrument dans sa poche.

Marvis branche l'interphone.

– Pensionnaire, vous avez un visiteur. Je lui permettrai d'entrer quand je vous verrai habillé et assis sur le bord de votre lit.

Marvis jette un coup d'œil par l'œilleton.

– Bon, il est prêt. Vous pouvez entrer.

Il ouvre la porte et la referme à clé derrière elle.

La lumière de la chambre a été baissée. Dominique distingue une silhouette sombre assise sur le lit.

– Mick, c'est Dominique. Ça va ?

Michael est adossé au mur. En approchant, elle distingue ses traits et constate que sa pommette gauche porte un gros hématome et que son œil est gonflé et fermé.

Son pouls s'emballe.

– Mon Dieu, qui est-ce qui vous a fait ça ?

Elle prend une serviette, la trempe dans l'eau froide et la presse contre le visage de Michael.

– Aïe…

– Pardon. Gardez ça sur votre œil. Qu'est-ce qui s'est passé ?

– Selon le rapport officiel, j'ai glissé sous la douche.

Il la regarde avec l'esquisse d'un sourire qui réveille sa douleur.

– Vous m'avez manqué. Ça s'est passé comment à la fac ?

– Mal. Ma directrice de thèse trouve que je ne me conduis pas de manière professionnelle.

– Elle pense que les sentiments que je vous inspire vous détournent de votre travail, c'est ça ?

– Oui. Dès demain, on me confiera un autre pensionnaire. Je suis désolée, Mick.

Il lui serre la main et la pose sur son cœur.

– Si ça peut compter pour vous, chuchote-t-il, vous êtes la seule à avoir su me toucher.

Dominique ravale la boule qui l'empêche de respirer.

Ne te laisse pas aller une fois de plus.

– Qu'est-ce qui s'est passé pendant mon absence ? J'ai vu dans quel état vous avez mis Raymond.

– C'est lui qui a commencé.

– On m'a dit que vous aviez refusé de sortir de la salle informatique.

– J'avais besoin de me brancher sur Internet.

Il lâche sa main pour sortir plusieurs feuilles imprimées froissées de sa poche.

– J'ai découvert une pièce essentielle du puzzle aujourd'hui. C'est tellement inouï que je devais vérifier…

Elle prend les pages et commence à lire.

Le cratère de Chicxulub

En 1980, Luis Alvarez, Prix Nobel de physique, a suggéré que c'était l'impact d'un objet extraterrestre survenu il y a 65 millions d'années qui avait provoqué l'extinction de masse ayant mis un terme au règne des dinosaures et changé à jamais le schéma de l'évolution de la Terre. Alvarez tirait cette théorie audacieuse de la découverte d'une couche sédimentaire argileuse d'un centimètre, déposée à la surface de la planète à l'époque du cataclysme provoqué par l'astéroïde, entre les ères géologiques du Crétacé (C) et du Tertiaire (T). On a découvert que cette argile séparant C de T contenait de fortes concentrations d'iridium, métal d'une extrême rareté dont on soupçonne l'existence au cœur de la Terre. L'iridium est le seul métal capable de résister à des températures de plus de 4 000 degrés Fahrenheit. Il est pratiquement insoluble, même dans les acides les plus puissants. Le fait que des concentrations élevées d'iridium aient été découvertes dans des météorites a incité Alvarez à émettre la théorie selon laquelle le sédiment C/T était constitué par les vestiges d'un nuage de poussière fixe créé par l'impact d'un énorme astéroïde (12 kilomètres de large) qui se serait écrasé sur Terre il y a 65 millions d'années. Pour démontrer sa théorie, Alvarez n'avait plus qu'à découvrir le site de l'impact.

En 1978, un pilote d'hélicoptère et géophysicien du nom de Glenn Pennfield effectuait des recherches aériennes au-dessus du golfe du Mexique, dans le but de mesurer les faibles variations du champ magnétique de la Terre, qui permettent de repérer la présence de pétrole. Alors qu'il survolait une zone située juste au large de la péninsule du Yucatán, Pennfield détecta un anneau symétrique d'un matériau très magnétique d'environ 160 kilomètres de diamètre, enfoui à un kilomètre et demi sous le plancher marin. Les analyses de cette immense configuration qui s'étend à la fois sur terre et en mer confirmèrent qu'elle avait été créée par l'impact d'un astéroïde géant.

Désigné du nom de la ville du Yucatán située entre Progresso et Mérida, le cratère de Chicxulub est le plus vaste bassin d'impact à s'être formé sur notre planète au cours du dernier milliard d'années. Son centre se situe sous l'eau, à 21,4 degrés de latitude nord sur 89,6 degrés de longitude ouest approximativement, enfoui sous une épaisseur calcaire de 300 à 1 000 mètres.

Ce vaste cratère, d'un diamètre de 175 à 290 kilomètres, s'étend sur la côte de la péninsule du Yucatán et sous le golfe du Mexique. Autour de la partie du cratère située sur terre, on trouve un cercle de puits naturels. On pense que ces puits d'eau douce, appelés *cenotes* par les Espagnols, ont été formés à la suite des fractures subies par le bassin calcaire pendant l'impact de l'astéroïde. Il y a 65 millions d'années, le bloc continental de l'Amérique centrale se trouvait encore sous l'eau.

Dominique lève les yeux, légèrement agacée.

– Je ne comprends pas. C'est quoi, votre grande trouvaille ?

– La carte de Piri Reis, celle que j'ai trouvée sur le plateau de Nazca… Elle était enfermée dans un récipient en iridium. Le site du cratère de Chicxulub était indiqué dessus. Chichén Itzá est situé juste à la bordure extérieure de l'anneau d'impact. Si vous tracez une ligne allant de la pyramide de Kukulcán au point central du cratère d'impact, vous obtenez un angle de 23,5 degrés, identique à celui de l'axe de rotation de la Terre, cette inclinaison à l'origine des différentes saisons de l'année.

Et ça recommence !

– OK, qu'est-ce que ça veut dire ?

– Qu'est-ce que ça veut dire !

Michael grimace en se levant d'un bond.

– Ça veut dire que la pyramide de Kukulcán a été placée volontairement sur la péninsule du Yucatán en fonction du cratère de Chicxulub. Impossible de se tromper, Dominique. Il n'existe pas d'autre monument ancien près du site d'impact et l'angle de mesure est trop précis pour être dû au hasard.

– Mais comment les anciens Mayas auraient-ils été au courant de la chute d'un astéroïde survenue il y a soixante-cinq millions d'années ? Regardez le temps qu'il a fallu à l'homme contemporain pour le déduire.

– Je l'ignore. Ils possédaient peut-être la même technologie que celle utilisée par le cartographe de Piri Reis pour tracer la topographie de l'Antarctique alors qu'elle était recouverte par une calotte glaciaire.

– Bon, quelle est votre théorie ? Que l'humanité va être détruite par un astéroïde le 21 décembre ?

Michael s'agenouille à ses pieds. Son visage tuméfié exprime la souffrance.

– Ce n'est pas un astéroïde qui menace l'humanité. Les probabilités de la chute d'un autre astéroïde au même endroit sont trop démesurées pour qu'on s'y arrête. En outre, la prophétie maya désigne la fissure sombre, pas un projectile céleste.

Il pose sa tête douloureuse sur les genoux de Dominique qui caresse ses longs cheveux noirs luisant de sueur.

– Vous feriez mieux de vous reposer.

– Impossible. Mon esprit ne me laissera pas en paix.

Il se lève et appuie la compresse sur son œil tuméfié.

– Quelque chose m'a toujours tracassé à propos du site de la pyramide de Kukulcán. Contrairement à ses homologues d'Égypte, du Cambodge et de Teotihuacán, ce monument m'a toujours paru déplacé, comme un pouce ravissant situé là sans rime ni raison, alors que ses doigts frères sont dispersés à distances presque égales tout autour de la planète. Maintenant, je crois que je comprends.

– Vous comprenez quoi ?

– Le bien et le mal, Dominique, le bien et le mal. Quelque part à l'intérieur de la pyramide de Kukulcán se trouve le bien, la clé de notre salut. Quelque part à l'intérieur du cratère de Chicxulub se trouve une force malveillante qui s'amplifie au fur et à mesure que nous approchons du solstice.

– Comment le savez-vous ? Excusez-moi… vous le ressentez. Pardon.

– Dominique, j'ai besoin de votre aide. Vous devez me sortir d'ici.

– J'ai essayé…

– Ne pensez plus à une procédure d'appel. On n'a plus le temps. Je dois sortir tout de suite !

Il perd les pédales.

Michael la saisit par le poignet.

– Aidez-moi à m'échapper. Je dois aller à Chichén Itzá.

– Lâchez-moi.

De sa main libre, elle prend le stylo.

– Non, attendez, n'appelez pas le garde…

– Alors reculez, vous me faites peur.

– Pardon, pardon. (Il desserre son étau.) Contentez-vous de m'écouter, OK ? Je ne sais pas comment l'humanité va périr, mais je pense que je connais l'objectif du signal radio.

– Allez-y.

– Ce signal était un réveil qui voyageait sur la Route noire, un couloir céleste en train de s'aligner sur la chose enterrée dans le golfe.

Foletta disait vrai. Ses hallucinations empirent.

– Mick, calmez-vous. Il n'y a rien là-dessous…

– Vous vous trompez. Je le sens, tout comme je sens que la Route noire vers Xibalba s'ouvre de plus en plus. Le chemin est plus marqué…

Il délire.

– Je le sens s'étendre. J'ignore comment, mais je le sens, je vous le jure. Et ce n'est pas tout…

Des larmes de frustration coulent des yeux de Michael, à moins qu'il n'ait vraiment peur ?

– Je sens une présence menaçante à l'autre bout de la Route noire. Et elle me sent aussi !

L'infirmière entre, suivie de trois collègues baraqués.

– Bonsoir, monsieur Gabriel. C'est l'heure de vos médicaments.

Michael voit la seringue.

– Pas de Zyprexa !

Deux infirmiers le saisissent par les bras, le troisième lui plaque les jambes.

Impuissante, Dominique le regarde se débattre.

– Infirmière, qu'est-ce que vous faites ?

– M. Gabriel doit avoir trois piqûres de thorazine par jour.

– Trois ?

– Foletta veut me transformer en légume ! Dominique, ne le laissez pas faire !

Michael se débat frénétiquement sur le lit, les infirmiers ont du mal à le maintenir allongé.

– Ne le laissez pas faire, Dominique, je vous en supplie…

– Infirmière, je suis la psychiatre de M. Gabriel et…

– Plus maintenant. Le Dr Foletta a pris le relais. Vous pourrez lui en parler demain matin.

L'infirmière passe de l'alcool sur le bras de Michael.

– Empêchez-le de bouger.

– On essaie. Piquez-le.

Michael lève la tête. Les veines sortent de son cou.

– Dominique, vous devez faire quelque chose. Le cratère de Chicxulub… L'horloge tourne, l'horloge…

Dominique voit les yeux noirs se révulser et la tête retomber contre l'oreiller.

– Voilà, ça va mieux, roucoule l'infirmière en retirant la seringue. Vous pouvez sortir, mademoiselle Vazquez. M. Gabriel n'a plus besoin de vos services.

9

21 octobre 2012
Pentagone Arlington,
Virginie

Pierre Borgia entre dans la salle de briefing et prend place à la table de conférence ovale entre le secrétaire de la Défense, Dick Pryzstas, et le général James Adams, chef d'état-major interarmées. En face de lui sont assis le directeur de la CIA, Patrick Hurley, le général Arne Cohen, chef d'état-major de l'aviation, et Jeffrey Gordon, secrétaire de la marine. Le chef des Opérations navales, du haut de ses deux mètres, accueille Borgia d'un bref hochement de tête.

Le général Costolo, surnommé « Big Mike », commandant du corps des Marines, entre derrière Borgia et prend place à la droite de Gordon.

La table est présidée par le général Joseph Fecondo, président des chefs d'état-major et vétéran des guerres du Viêt-Nam et du Golfe. Il passe la paume de sa main manucurée sur son front bronzé qui se dégarnit et pose un regard ennuyé sur Borgia et Costolo.

– Bon, maintenant que nous sommes enfin tous arrivés, la réunion va pouvoir commencer. Monsieur le directeur Hurley ?

Patrick Hurley prend place sur le podium. En pleine forme physique, l'ancien lanceur de Notre-Dame-All-American a toujours l'air de pratiquer le basket en compétition.

Hurley appuie sur un bouton de contrôle. Les lumières baissent et une photo satellite en noir et blanc apparaît sur le grand écran, à la droite du directeur de la CIA.

Borgia reconnaît la qualité de l'image. La photo digitale provient de la caméra à image thermique haute résolution C-8236 montée à bord du *Darkstar*, appareil top secret de l'Air Force. L'UAV[1] furtif est un vaisseau plat en forme de palourde, doté d'énormes ailes. Le *Darkstar* opère à des altitudes de 18 000 mètres et peut transmettre des images en gros plan par n'importe quelles conditions atmosphériques, de jour comme de nuit.

Un carré informatisé apparaît en rouge. Hurley le positionne, puis il souligne l'image qu'il contient. Les détails d'une petite école et d'une cour de récréation s'agrandissent et se précisent. À côté de l'école, on distingue un parking de béton entouré de murs.

Le directeur de la CIA s'éclaircit la gorge.

– La série de photos que vous allez voir a été prise au-dessus d'une région située au nord-est de Pyongyang, sur la côte occidentale de la Corée du Nord. En surface, ce site n'a l'air que d'une école primaire. Mais l'arsenal du roi Kim Jong II se trouve sous ce parking, enterré à 1,3 kilomètre de profondeur. C'est là que les Nord-Coréens ont pratiqué leurs premiers essais de missiles à moyenne portée de deux étages en 1998. Nous pensons que le site abrite aussi le nouveau missile Taepodong II, un ICBM[2] d'une portée de 3 500 kilomètres, capable de transporter des ogives nucléaires multiples.

Hurley passe à la photo suivante.

– Le *Darkstar* surveille ce site depuis deux semaines. Je vais vous montrer des photos prises hier soir, entre 23 heures et 1 heure du matin, heure de Séoul.

Hurley agrandit l'image pour qu'on puisse distinguer les silhouettes de deux hommes descendant d'une Mercedes noire.

– À droite, vous avez le président iranien, Ali Chamkhani. À gauche, le général Li Xiliang, nouveau chef du parti communiste chinois et ancien commandant militaire. Comme Pierre vous l'expliquera, le général est un communiste pur et dur.

Hurley fait défiler plusieurs autres photos et s'arrête sur un homme vêtu d'un long manteau de cuir noir, qui semble contempler le ciel comme s'il savait qu'on le prend en photo.

– Seigneur, chuchote Borgia, Viktor Grozny !

– On dirait presque qu'il fixe nos caméras, ajoute le général Cohen.

– Vous n'avez pas encore tout vu.

---

1. *Unmanned Aerial Vehicle :* véhicule aérien inhabité.
2. *Intercontinental Ballistic Missile :* engin balistique à portée intercontinentale.

Le directeur de la CIA change d'image.

– Notre hôte de la soirée…

Le cœur de Borgia s'emballe.

– Le roi Kim Jong Il.

Hurley rallume la pièce et reprend place à la table de conférence.

– Le sommet de dissuasion nucléaire organisé par Grozny s'est tenu il y plusieurs semaines. Qu'est-ce qui a poussé les dirigeants de quatre nations, représentant trente-huit pour cent des armes nucléaires de cette planète, à se rencontrer dans ce lieu précis ?

Dick Pryzstas s'incline en arrière sur son siège et lisse sa tignasse blanche.

– Amiral Gordon, voulez-vous nous faire part des informations dont nous avons parlé tout à l'heure ?

L'amiral, un homme grand et maigre, appuie sur une touche de son portable.

– Notre dernière surveillance satellite indique que les Iraniens ont intensifié leur présence militaire le long des côtes nord du golfe Persique. Outre la redisposition de ses sites d'Howitzer et de SAM[1] mobiles, l'Iran a acheté récemment 46 bateaux patrouilleurs supplémentaires de la série Hudong à la Chine. Chacun de ces vaisseaux est équipé de missiles de croisière sol-mer C-802. Les Iraniens sont également en train de doubler leurs sites de missiles chinois Silkworm sur la côte et, en dépit des protestations des Nations unies, ils ont continué à renforcer leurs batteries de missiles sol-air et sol-sol à Qum, Abu Musa et dans les îles Sirri. Bref, l'Iran se met en position d'effectuer un feu roulant sur le goulot du détroit d'Ormuz qui fait environ cinquante kilomètres de large.

– Les Iraniens affirment que cet armement est destiné à la préparation des exercices militaires de Grozny en décembre, ajoute le secrétaire de la Défense. Bien évidemment, si les hostilités se déclarent au Moyen-Orient, le feu roulant iranien empêchera notre flotte d'entrer dans le golfe Persique.

– Je ne veux pas en rajouter dans la paranoïa, mais les centrales nucléaires ?

Le général Mike Costolo, commandant du corps des Marines, s'écarte de la table.

---

1. *Surface to Air Missile :* missile antiaérien.

– D'après les Israéliens, Grozny a vendu des missiles munis d'ogives nucléaires aux Iraniens quand il a aidé à négocier l'accord de paix de 2007 au Moyen-Orient.

L'amiral Gordon se tourne face à Costolo.

– L'Iran détient la puissance et la situation géographique lui permettant de se tailler un nouveau domaine au Moyen-Orient. Si la guerre éclatait, la Russie serait aussi en position d'y consolider son hégémonie.

– On dirait presque que Grozny se prépare à la guerre nucléaire, déclare Borgia.

– Pierre, ça fait soixante ans que la Russie s'y prépare, lui réplique le général Fecondo. N'oublions pas que c'est nous qui avons exacerbé leur paranoïa avec notre avance dans la construction du bouclier de défense antimissiles.

– Nous devons peut-être prendre en compte d'autres variables, mon général, dit le directeur de la CIA. La NSA[1] a intercepté une communication entre le Premier ministre russe Malachov et le ministre de la Défense chinois. Elle tournait autour d'une espèce de nouvelle arme high-tech.

– Quelle sorte d'arme ? demande Pryzstas.

– Ils ont mentionné la fusion, rien d'autre.

Île de Sanibel
Côte ouest de la Floride

Dominique ralentit son coupé Pronto Spider pour passer devant la cabine de péage du pont de Sanibel juste sous les 75 kilomètres à l'heure. Les détecteurs électroniques enregistrent le numéro d'immatriculation du véhicule et l'information est tout de suite transmise au ministère des Transports, qui ajoute le montant du péage à sa facture de transit mensuelle. Elle continue à rouler à la même vitesse pendant un bon kilomètre, sachant qu'elle est toujours à portée du pistolet radar automatique.

Le coupé traverse le pont reliant Sanibel à Captiva, station résidentielle et balnéaire nichée sur cette petite île de la côte de Floride,

---

1. *National Security Agency :* services de renseignements.

côté golfe du Mexique. Il se dirige vers le nord sur une route à une voie très ombragée, puis il tourne à l'ouest et passe devant plusieurs grands hôtels avant d'entrer dans une zone résidentielle.

Edith et Isadore Axler vivent dans une villa de plage de deux étages en forme de cube située sur un petit terrain face à l'océan. Au premier regard, les lattes en bois de séquoia entourant la villa lui donnent l'aspect d'un énorme lampion, surtout la nuit. Cet écran protège le bâtiment des ouragans et crée, en fait, une maison à l'extérieur de la maison.

L'aile sud de la villa des Axler a été rénovée pour accueillir un laboratoire acoustique sophistiqué. Ils sont trois sur la côte du golfe à être connectés au Sosus[1]. Le réseau de microphones sous-marin, qui a coûté 16 milliards de dollars, a été installé pendant la guerre froide par le gouvernement fédéral, afin de surveiller les sous-marins ennemis. Il forme un réseau relié aux postes du littoral de la marine par environ 45 000 kilomètres de câbles sous-marins.

Lorsque l'usage militaire du Sosus s'est réduit, au début des années 1990, les savants, les universités et les entreprises privées ont obtenu l'autorisation de la marine d'accéder au réseau acoustique. Pour les océanographes, le Sosus est devenu le télescope Hubble de l'exploration sous-marine. Quant aux savants, ils pouvaient désormais écouter les vibrations superbasses fréquences émises par les craquements de la banquise, les séismes du plancher marin et les éruptions volcaniques sous-marines, bruits en temps normal bien en dessous du niveau de perception de l'oreille humaine.

Pour leur part, les biologistes marins comme Isadore Axler ont trouvé dans le Sosus un nouveau moyen d'étudier les formes de vie les plus intelligentes, habitant les océans de la planète : les cétacés. Avec l'appui de la Fondation nationale des poissons et de la vie sauvage, la maison des Axler s'est transformée en poste Sosus, s'attachant plus particulièrement aux cétacés vivant dans le golfe du Mexique. Depuis lors, les Axler enregistrent et analysent les voix des baleines, identifient les espèces, dénombrent les populations et vont jusqu'à pister des individus dans tout l'hémisphère nord.

---

1. *Underwater Sound Surveillance System* : système de surveillance sonore sous-marin.

Dominique tourne à gauche dans le cul-de-sac, puis à droite dans la dernière allée, réconfortée par le bruit familier des galets qui crissent sous les pneus de sa voiture.

Edith Axler sort à sa rencontre à l'instant où le toit de la décapotable se referme d'un claquement. Edith est une femme aux cheveux gris, très fine, qui vient de fêter ses soixante-dix ans. De ses yeux bruns émane une sagesse professorale et de son sourire chaleureux un amour tout maternel.

– Bonjour, ma puce. Bon voyage ?

– Oui.

Dominique étreint très fort sa mère adoptive. Edith recule et remarque les larmes de sa fille.

– Qu'est-ce qui se passe ?

– Rien. Je suis contente de rentrer à la maison.

– Dominique, me prends pas pour une gaga ! C'est ton patient, hein ? Comment s'appelle-t-il déjà ? Michael ?

Dominique hoche la tête.

– Mon *ancien* patient.

– Viens, on va en parler avant qu'Isadore sorte.

Edith la prend par la main et l'emmène jusqu'à un canal qui se jette dans le golfe au sud de leur terrain. Deux embarcations sont amarrées le long du quai en béton. La plus petite, un bateau de pêche de dix mètres, appartient aux Axler.

Les deux femmes s'assoient sur un banc de bois face à l'océan.

Dominique contemple un pélican gris et blanc qui se dore au soleil sur l'un des piliers de bois.

– Je me souviens que, dans mon enfance, quand j'avais passé une mauvaise journée, tu venais toujours t'asseoir ici avec moi.

Edith acquiesce.

– Ça a toujours été mon endroit favori.

– Tu me disais : « Si tu es encore capable d'apprécier ce beau paysage, c'est que les choses ne sont pas si dramatiques que ça. »

Dominique montre à sa mère le chalutier de quinze mètres à l'aspect rustique amarré derrière le bateau de pêche des Axler.

– Il appartient à qui ?

– Au Club de chasseurs de trésors de Sanibel. Tu te souviens de Rex et de Dory Simpson ? Isadore leur a loué le mouillage. Regarde cette toile, elle cache un minisubmersible biplace. Isadore t'emmènera faire une petite plongée demain, si le cœur t'en dit.

– Dans un minisubmersible ? J'aimerais bien.

Edith serre la main de sa fille.

– Bon, maintenant, parle-moi de ce Michael. Pourquoi es-tu bouleversée ?

La jeune femme essuie une larme.

– Depuis que ce gros salaud de Foletta m'a affectée ailleurs, il maintient Michael sous fortes doses de thorazine. C'est… c'est cruel au point que je ne peux plus supporter de le regarder. Il est tellement drogué qu'il reste assis là, attaché à sa chaise roulante comme une espèce de légume baveux. Foletta le pousse dans le jardin tous les après-midi et le laisse dans le coin arts et artisanat comme s'il n'était qu'un gâteux, sans aucun espoir de guérison.

– Dominique, je sais que tu t'es beaucoup attachée à ce patient, mais tu ne peux pas t'attendre à sauver le monde à toi toute seule.

– Quoi ? Qu'est-ce que tu dis ?

– Qu'en tant que psy tu ne peux pas t'attendre à aider tous les patients internés que tu rencontreras. Tu as travaillé avec lui pendant un mois. Que ça te plaise ou non, son cas n'est plus de ton ressort. Tu dois sentir le moment où tu dois passer la main.

– Tu me connais mieux que ça. Je ne peux pas laisser tomber comme ça. Pas quand quelqu'un est maltraité.

Edith resserre la main de sa fille. Elles observent en silence le pélican battre des ailes pour maintenir son équilibre précaire sur le pilier.

Pas quand quelqu'un est maltraité. C'est exactement la réflexion que s'est faite Edith la première fois qu'elle a rencontré la petite fille apeurée du Guatemala. Elle travaillait alors à mi-temps comme infirmière et conseillère scolaire. On lui a amené la fillette de dix ans qui se plaignait de douleurs abdominales. Edith lui a tenu la main jusqu'à ce que sa douleur s'atténue. Ce petit geste d'amour maternel lierait à jamais Dominique à cette femme, dont le cœur s'est brisé lorsqu'elle a appris les sévices sexuels infligés à l'enfant par son cousin. Edith a fait un rapport et une demande d'accueil. Six mois plus tard, Isadore et elle adoptaient Dominique.

– Bon, ma puce, raconte-moi ce qu'on peut faire pour aider Michael.

– Il n'y a qu'une seule solution : le faire sortir de là.

– Par sortir, tu veux dire le faire transférer dans un autre asile ?

– Non, sortir, sortir pour toujours.

– Une évasion ?

– Oui. Michael a peut-être les idées un peu embrouillées, mais il n'est pas fou. Sa place n'est pas dans un asile.

– Tu en es sûre ? Tu n'as pas l'air d'en être vraiment persuadée. Si je me souviens bien, il t'a dit qu'il pense que la fin du monde est proche ?

– Pas du monde, de l'humanité. Oui, il y croit. Il est juste un peu parano, mais qui ne le serait pas, après onze années de réclusion solitaire ?

Edith observe la fébrilité de sa fille.

– Tu ne me dis pas tout.

Dominique se tourne face à elle.

– Tu vas trouver ça dingue, mais les hallucinations de Michael semblent contenir une part de vérité. Toute sa théorie sur l'apocalypse est basée sur une espèce de prophétie maya vieille de 3 000 ans. Je suis en train de lire le journal de son père et certaines de ses découvertes sont ahurissantes. Michael a pratiquement prédit l'arrivée de ce signal radio le jour de l'équinoxe d'automne. Edith, j'ai vécu au Guatemala, ma grand-mère me racontait des histoires sur mes ancêtres maternels. Des choses plutôt effrayantes.

Edith sourit.

– Et toi, tu es en train de me flanquer la frousse.

– Oh, je sais bien que ce ne sont que des superstitions idiotes, mais je dois à Michael de vérifier certains détails. Ça pourrait aider à atténuer en partie ses peurs.

– Quels détails ?

– Michael est convaincu que la chose qui va détruire l'humanité se dissimule dans le golfe du Mexique.

Dominique sort plusieurs feuilles pliées de la poche de son jean et les tend à Edith.

Sa mère y jette un coup d'œil.

– Le cratère d'impact de Chicxulub ? Comment une cuvette située à un kilomètre cinq sous la mer peut-elle détruire l'humanité ?

– Je n'en sais rien. Michael n'en sait rien non plus, mais j'espérais…

– … Tu espérais qu'Isadore pourrait aller y regarder à l'aide du Sosus.

Dominique sourit.

– Ça me soulagerait énormément.

Edith étreint sa fille.

– Viens. Il est dans son labo.

Le professeur Isadore Axler est installé devant son poste Sosus. Casque sur les oreilles, yeux clos, il écoute les échos lancinants des cétacés, une expression de sérénité inscrite sur son visage piqué de taches jaunes.

Dominique lui donne une tape sur l'épaule.

Isadore ouvre les yeux et son sourire déploie son bouc gris clairsemé. Il ôte son casque.

– Des baleines à bosse.

– C'est comme ça que tu dis bonjour ? « Des baleines à bosse. »

Isadore se lève pour la serrer dans ses bras.

– Tu as l'air fatiguée, ma petite.

– Ça va.

Edith s'avance.

– Isadore, Dominique a un service à te demander.

– Encore ?

– De quand date le dernier ?

– Tu avais seize ans. Tu m'as demandé si tu pouvais emprunter la voiture. La nuit la plus traumatisante de ma vie. Alors ?

Elle lui donne les renseignements sur le cratère de Chicxulub.

– Je voudrais que tu te serves du Sosus pour me dire s'il y a quelque chose là-dedans.

– Et je suis censé écouter quoi ?

– Aucune idée. Tous les bruits anormaux, j'imagine.

Les sourcils gris broussailleux d'Isadore se rejoignent et il la toise de son regard « arrête de me faire perdre mon temps ».

– Isadore, arrête de la regarder comme ça. Fais-le, lui ordonne Edith.

Le vieux biologiste se rassoit en marmonnant.

– Tous les bruits anormaux… Hum, on va peut-être entendre une baleine péter.

Il entre les coordonnées dans l'ordinateur et remet son casque.

Dominique l'étreint par-derrière et l'embrasse sur la joue.

– Bon, bon, fini les pots de vin. Écoute, ma petite, je ne sais pas ce que tu cherches, mais ce cratère s'étend sur une zone importante. Je vais essayer de calculer à peu près son centre, qui a l'air de se situer non loin du banc de Campeche, au sud-ouest du récif Alacán. Je programmerai l'ordinateur sur une recherche basses fréquences. On commencera de 1 à 50 hertz et on augmentera peu à peu les cycles. Le problème, c'est qu'on se branche sur une région qui fourmille de champs de pétrole et de gaz. Le pétrole et le gaz ne cessent de sourdre de fissures du plancher marin et le Sosus va relever chacune de ces fuites.

– Dans ce cas, qu'est-ce que tu suggères ?

– Qu'on aille dîner.

Isadore achève de programmer l'ordinateur.

– Le système se branchera automatiquement sur toutes les perturbations acoustiques de la zone.

– Il faudra combien de temps au Sosus pour trouver quelque chose ?

Cette question vaut à Dominique un autre regard agacé.

– Tu me prends pour qui ? Dieu le Père ? Des heures, des jours, des mois, peut-être jamais. Qu'est-ce que ça peut bien changer ? De toute façon, on finira sans doute par ne récolter qu'un tas de bruits de fond sans le moindre intérêt.

Washington DC

Le maître d'hôtel branche son sourire à l'entrée du quatrième personnage le plus important de l'État dans le restaurant français.

– *Bonsoir, monsieur Borgia*[1].

– *Bonsoir, Felipe.* Je suis attendu.

– *Oui, certainement.* Suivez-moi, je vous prie.

Le maître d'hôtel le fait passer devant des tables éclairées aux chandelles jusqu'à une salle privée adjacente au bar. Il frappe à deux reprises sur les doubles portes extérieures, puis il se tourne vers Borgia.

– Ils sont déjà arrivés.

– *Merci.*

Borgia glisse un billet de vingt dollars dans la paume gantée. La porte s'ouvre de l'intérieur.

– Pierre, entrez.

---

1. En français dans le texte.

Charlie Myers, coprésident du parti républicain, serre la main de Borgia et lui donne une tape affectueuse sur l'épaule.

– En retard, comme d'habitude. Nous en sommes à notre deuxième tournée. Un bloody mary, c'est ça ?

– Oui.

La salle privée insonorisée est doublée de panneaux en bois de châtaignier, comme le reste du restaurant. Une demi-douzaine de tables drapées de nappes blanches la remplit. Deux hommes sont installés à celle du centre. Le plus âgé, un gentleman à la chevelure blanche, est Joseph H. Randolph Sr., un milliardaire texan, ami et père de substitution de Borgia depuis plus de vingt ans. Borgia ne reconnaît pas l'individu corpulent assis face à lui.

Randolph se lève pour lui donner l'accolade.

– Pierre, veinard, ça fait du bien de te voir, fiston. Laisse-moi te regarder. Un peu grossi ?

Borgia rougit.

– C'est bien possible.

– Bienvenue au club.

L'autre homme se lève et lui tend une grosse paluche.

– Pete Mabus, Mabus Entreprises, Mobile, Alabama.

Borgia reconnaît le nom de l'entrepreneur du secrétariat de la Défense.

– Enchanté de vous rencontrer.

– Tout le plaisir est pour moi. Asseyez-vous et détendez-vous.

Charlie Myers apporte son cocktail à Borgia.

– Messieurs, veuillez m'excuser, je dois aller aux toilettes.

Randolph attend que Myers soit sorti de la pièce.

– Pierre, j'ai vu tes parents la semaine dernière à Rehobeth. Nous sommes tous très contrariés que tu n'aies pas obtenu la nomination à la vice-présidence. Mailer rend vraiment un mauvais service au parti.

Borgia acquiesce.

– Le Président s'inquiète de sa réélection. D'après les sondages, Chaney lui apportera le soutien dont le parti a besoin dans le Sud.

– Mailer ne pense pas à l'avenir.

Mabus pointe un doigt boudiné.

– Ce pays a besoin aujourd'hui d'un leadership puissant, pas d'une colombe comme Chaney pour vice-président.

– Tout à fait d'accord, mais je n'ai pas mon mot à dire.

Randolph se penche plus près de lui.

– Peut-être pas maintenant, fiston, mais dans quatre ans, ce sera différent. J'ai déjà parlé aux instances décisionnelles, et de l'avis général, c'est toi qui représenteras le parti en 2016.

Borgia refrène un sourire.

– Joe, c'est une nouvelle formidable, mais quatre ans, ça fait un bail.

Mabus hoche la tête.

– Tu dois commencer à te préparer, fiston. Cet exercice militaire russo-chinois a mis pas mal de monde en boule. C'est l'attitude face à ce genre de problème qui peut faire ou défaire un candidat à la présidence.

– Pete a raison, Pierre. La manière dont la population percevra votre autorité au cours des mois qui viennent aura un impact déterminant sur l'issue de la prochaine élection. Le peuple a besoin de voir un type qui prend les choses en main, qui ne va pas laisser ces foutus Ruskofs ou ces nègres du désert nous dicter la manière de diriger notre pays. Putain, nous n'avons eu aucun homme à poigne à la Maison Blanche depuis le départ de George Bush.

Mabus s'est assez rapproché de Borgia pour que ce dernier sente quel alcool l'homme a bu.

– Pierre, ce conflit vous offre une occasion formidable de faire étalage de votre force de caractère.

Borgia s'incline en arrière.

– Compris.

– Bien, bien. Passons à un autre sujet qui doit être réglé. Une espèce de squelette dans ton placard.

Randolph allume une cigarette.

– Ce Gabriel… le type que tu as fait enfermer après ton accident. Dès que tu annonceras ta candidature, la presse se mettra à fouiner. Il ne leur faudra pas longtemps pour découvrir comment tu as manipulé les choses dans le Massachusetts. Ça pourrait faire du grabuge.

Borgia pique un fard.

– Regardez cet œil, monsieur Mabus. C'est ce cinglé de fils de pute qui m'a fait ça. Et vous voulez le relâcher ?

– Pierre, écoute-moi bien. Pete n'a pas dit qu'il fallait le faire sortir. Contente-toi de ne laisser aucun détail au hasard avant la campagne. On a tous des squelettes dans notre placard. Nous voulons juste une chose : que tu en sortes les tiens et que tu les enterres, monsieur le Président.

Borgia respire à fond pour se calmer, puis il acquiesce de la tête.

– Je vous comprends, messieurs, et j'apprécie votre soutien. Je pense savoir comment procéder.

Mabus lui tend la main.

– Nous aussi, nous vous estimons, monsieur le secrétaire d'État. Et nous savons que le moment venu, vous n'oublierez pas vos vieux amis.

Borgia serre la paume moite de Mabus.

– Messieurs, dites-le moi franchement : mise à part la présence politique de ma famille, jusqu'à quel point le fait que Chaney soit noir a pesé dans la balance quand on m'a choisi ?

Randolph lui adresse un sourire entendu.

– Eh bien, fiston, disons qu'on ne l'appelle pas la Maison Blanche pour rien.

Journal de Julius Gabriel

Le plateau de Nazca, dans le sud du Pérou, est un désert d'une superficie de 65 sur 10 kilomètres. C'est une terre plate désolée et implacable, une zone morte nichée au pied des Andes. Géologiquement parlant, cette région est également tout à fait unique, puisque le sous-sol de Nazca est riche en gypse, un adhésif naturel. Réhumidifié tous les jours par la rosée matinale, le gypse maintient collées à la surface du désert les pierres indigènes de fer et de silice qui y abondent. Ces cailloux noirs conservent la chaleur du soleil. Il s'en dégage un écran protecteur d'air chaud qui élimine virtuellement les effets du vent. Ils font également du plateau l'un des endroits les plus secs de la planète, puisqu'il ne reçoit que trois centimètres d'eau par décennie.

Pour l'artiste souhaitant s'exprimer sur la plus vaste des échelles, le plateau de Nazca se transforme en toile idéale, puisque les marques ne s'y effacent pas. Néanmoins, l'homme moderne ne découvrit les dessins et les lignes géométriques mystérieux sculptés il y a des millénaires sur ce paysage péruvien qu'en 1947, lorsqu'un pilote le survola.

Plus de quinze mille lignes traversent le désert de Nazca. Quelques-unes s'étendent sur des distances de plus de huit kilomètres sur un terrain accidenté, tout en restant par miracle parfaitement droites. Bien que certains se plaisent à penser que ces lignes représentent des pistes préhistoriques pour d'anciens astronautes, nous savons aujourd'hui qu'elles sont placées en fonction des astres et qu'elles marquent la position du solstice d'hiver, de l'équinoxe, de la constellation d'Orion, voire même d'autres corps astraux que nous ne connaissons pas encore.

Les centaines d'images représentant des animaux sont encore plus bizarres. Au niveau du sol, on a l'impression que ces figures zoomorphes gigantesques ont été créées au hasard en grattant des tonnes de galets volcaniques noirs pour mettre à jour le gypse jaune qu'ils recouvraient. Mais lorsqu'on les regarde des airs, les dessins de Nazca s'animent et apparaissent comme une vision artistique uniforme et un exploit technique que des milliers d'années n'ont pas altérés.

Ces œuvres d'art ont été gravées sur le plateau de Nazca à deux époques très différentes. Bien que cela aille à l'encontre de nos idées sur l'évolution, ce sont les dessins les plus anciens qui présentent de loin le plus grand intérêt. Ils comprennent le singe, l'araignée, la pyramide et le serpent. Non seulement leur contour est d'une précision incroyable, mais les dessins eux-mêmes, pour la plupart plus grands qu'un terrain de football, ont tous été tracés d'une seule ligne continue.

Qui étaient ces mystérieux artistes qui ont créé ces images dans le désert ? Comme ont-ils pu accomplir un exploit si remarquable, sur une si vaste échelle ? Et surtout, pour quelle raison ont-ils sculpté ces dessins sur le plateau ?

Maria, Pierre et moi sommes arrivés en ce lieu désolé d'Amérique du Sud au cours de l'été 1972. À l'époque, les dessins ne nous intéressaient pas du tout. Nous voulions simplement déterminer la relation entre les crânes allongés de Méso-Amérique et ceux découverts à Nazca. Je me souviens encore de ma première semaine de labeur sur le plateau. Je pestais contre le terrible soleil péruvien qui me torturait toute la journée et couvrait mon visage et mes bras d'ampoules. Si quelqu'un m'avait dit à l'époque que je retournerais vivre jusqu'au restant de mes jours dans ce purgatoire de sable et de rocs, je l'aurais traité de fou.

Fou.

Le simple fait d'écrire ce mot maudit exige de moi un effort. Nombre d'entre vous se demandent sans doute s'ils sont en train de lire le journal d'un savant ou celui d'un fou. Je dois vous confesser que pas un jour ne passe sans que je ne me pose moi-même la question. Si j'ai effectivement perdu l'esprit, c'est à cause de Nazca, de sa perpétuelle chaleur qui a fait enfler mon cerveau, de son sol implacable qui au fil des décennies, m'a rendu arthritique. Toute chance d'atteindre la paix intérieure m'a fui le jour où j'ai condamné ma famille à vivre dans ce désert. Je prie pour que Michael me pardonne de l'avoir élevé dans ce trou infernal et d'avoir fait subir tant d'injustices à son âme torturée.

De l'été 1972 à l'hiver 1974, notre petit trio s'est activé à Nazca, déterrant des centaines de crânes déformés que nous avions découverts dans des sites funéraires de cérémonie. L'examen détaillé de chaque crâne a révélé que la déformation avait été causée par des planchettes de bois attachées en travers de la tête de l'enfant encore nourrisson.

En janvier 1974, nous avons fait la découverte d'un site funéraire royal, non loin des Andes. Les murs de cette tombe exceptionnelle étaient constitués d'énormes colonnes rocheuses dont chacune pesait entre dix et vingt tonnes. À l'intérieur de la salle souterraine, nous avons trouvé treize momies mâles qui avaient toutes un crâne allongé. Notre excitation a atteint son comble lorsque les analyses aux rayons X et d'autres examens ont révélé que la forme du crâne des défunts, comme pour celui trouvé par Maria à La Venta, était d'ordre purement génétique !

La découverte stupéfiante d'une nouvelle race d'hommes s'est avérée un objet de controverses. En l'apprenant, le président péruvien a donné l'ordre de faire placer tous nos artefacts dans une chambre forte du musée archéologique d'Ica, loin des yeux du public. (À ce jour, ils ne peuvent être vus que sur invitation spéciale.)

Quelle était cette race mystérieuse ? Pourquoi ces hommes étaient-ils nés avec un crâne deux fois supérieur à la taille normale ?

Nous savions que les premières populations ayant occupé la région des Andes étaient des chasseurs et des pêcheurs, qui s'étaient installés le long des côtes péruviennes aux environ de 10 000 avant J.-C. Puis, aux alentours de 400 avant J.-C., un autre groupe arriva sur le plateau de Nazca. On sait peu de chose sur ce peuple mystérieux, en dehors du fait qu'il appelait ses chefs Viracochas. Les Viracochas, censés être des demi-dieux et avoir émigré en Amérique du Sud juste après le déluge, étaient dépeints comme des hommes sages, à la peau pâle et aux yeux bleu océan profonds, qui portaient une longue chevelure et une longue barbe blanche. Ils possédaient apparemment une intelligence supérieure et un crâne plus grand que la normale. C'est sans doute cette apparence étrange qui a incité leurs disciples à pratiquer l'art de la déformation du crâne pour essayer de les imiter.

La ressemblance physique entre les Viracochas et le grand maître maya Kukulcán est trop évidente pour passer inaperçue. Le fait qu'un homme blanc de haute taille, barbu, apparaisse également dans les légendes de nombre de cultures anciennes des Andes est un détail de plus indiquant qu'il existe un lien entre les Indiens de Méso-Amérique et ceux d'Amérique du Sud.

La civilisation indienne qui joua un rôle dominant dans les jungles montagneuses d'Amérique du Sud fut celle des Incas. Comme les Mayas, ils vénéraient un grand maître, un homme sage qui avait fait progresser son peuple en lui enseignant la science, l'agriculture et l'architecture. Bien que nous sachions aujourd'hui que la plupart des exploits attribués aux Incas provenaient en fait de groupes ethniques antérieurs, des textes écrits nous rapportent que c'est cet homme blanc barbu qui fut à l'origine de la création des grandes chaussées incas ainsi que des célèbres terrasses agricoles construites sur le flanc escarpé des montagnes. On voit aussi en cet homme barbu l'artiste qui a conçu les premiers dessins de Nazca, c'est-à-dire les plus sophistiqués. Bien qu'il soit connu sous des noms variés selon les différentes cultures andines, les Incas le vénéraient simplement sous celui de Viracocha, qui signifie « Écume de la mer ».

Comme Kukulcán chez les Mayas et Quetzalcóatl chez les Aztèques, Viracocha est le personnage le plus vénéré de l'histoire inca. Les Viracochas de l'an 400 avant J.-C. étaient-ils ses ancêtres ? Pouvait-il être un parent lointain de Kukulcán ? Dans ce cas, sa présence en Amérique du Sud a-t-elle un rapport avec le calendrier maya et sa prédiction de fin du monde ?

En quête de réponses, nous avons abandonné le désert de Nazca pour nous diriger vers les Andes, dans l'intention d'explorer deux sites anciens dont nous pensions qu'ils avaient été créés par la déité inca. Le premier était la forteresse de Sacsahuaman, un monument colossal érigé juste au nord de Cuzco. Comme les tombes royales, les murs de cette citadelle confondante sont composés de rochers de granite géants aux formes irrégulières qui ont été assemblés de manière si miraculeuse que j'ai été incapable d'insérer la lame de mon couteau de poche entre elles.

On a du mal à imaginer comment les Indiens des Andes ont pu convoyer ces pierres qui pesaient 100 tonnes et davantage sur quinze kilomètres de terrain montagneux à partir de leur carrière, et les fixer ensuite parfaitement en place pour former la fortification. (Un de ces monstres de dix mètres de haut pèse plus de 350 tonnes.) Les archéologues qui tentent encore d'expliquer comment les Viracochas accomplissaient cet exploit ont essayé d'en reproduire une toute petite partie en transportant une pierre de taille moyenne d'une carrière lointaine, à l'aide de principes techniques de pointe et d'une petite armée de volontaires. À ce jour, toutes les entreprises de ce genre ont misérablement échoué.

Il est acquis que la forteresse de Sacsahuaman fut érigée pour protéger ses habitants des forces ennemies. En revanche, le but qui a présidé à la conception de l'autre monument de Viracocha, l'ancienne cité andine de Tiahuanaco, reste encore à ce jour un mystère.

Situées à 4 000 mètres au-dessus du Pacifique dans les Andes de Bolivie, les ruines de Tiahuanaco reposent sur le rivage du lac Titicaca, l'étendue d'eau navigable la plus élevée du monde. Après avoir étudié les exploits techniques inouïs réalisés à Sacsahuaman, j'aurais juré que plus rien ne pouvait m'étonner. Malgré tout, le site de Tiahuanaco m'a laissé sans voix. Le plan de base de cette ancienne cité consiste en trois temples calcaires et quatre autres bâtiments, tous installés sur une série de plates-formes et de rectangles encastrés. Comme à Sacsahuaman, la majorité des édifices est constituée d'énormes rochers parfaitement assemblés.

Mais l'intérêt de Tiahuanaco dépasse ces monuments. Quelque chose y est caché, une chose qui présage peut-être le salut même de notre espèce.

Les vestiges de l'Akapana, pyramide escarpée dont les côtés de 210 mètres sont placés en fonction des quatre directions, dominent Tiahuanaco. À quoi servait l'Akapana ? Cela restera malheureusement un mystère, car les envahisseurs espagnols s'en sont servis comme d'une carrière et ont volé quatre-vingt-dix pour cent des pierres de sa façade.

Le bâtiment le plus étonnant de Tiahuanaco est la porte du Soleil, un seul bloc de pierre pesant 100 tonnes. Cette œuvre d'art monumentale se dresse dans le coin nord ouest du complexe comme une espèce d'arc de triomphe préhistorique. Son créateur a mystérieusement réussi à transporter cet énorme bloc d'une carrière située à des kilomètres, à sculpter un portail parfait à l'aide de Dieu sait quel instrument, puis à le placer à la verticale.

Les piliers géants prolifèrent dans la cité. Au centre d'une fosse rectangulaire à ciel ouvert se dresse une sculpture de 2,5 mètres de Viracocha lui-même, taillée dans un rocher grossier. Le personnage présente un crâne allongé, ainsi qu'un front proéminent, un nez droit et fin et une mâchoire recouverte par une barbe. Ses mains et ses bras sont pliés. Dernier trait digne d'être mentionné : les deux serpents figurant des deux côtés de sa toge, semblables à ceux dépeints dans toute la Méso-Amérique.

Le bâtiment de Tiahuanaco qui suscite le plus de controverses est le Kalasasaya, un temple encaissé situé au centre de la ville et ceint de murs épais. Des blocs de pierre de quatre mètres de haut ont été érigés à l'intérieur. Bien que Pierre ait conclu que le Kalasasaya avait dû être une forteresse, Maria ne partageait pas son avis et trouvait que l'alignement des blocs monolithiques érigés ressemblait à celui de Stonehenge.

Comme d'habitude, il s'est avéré que Maria avait raison. Le Kalasasaya n'est pas une forteresse, mais un observatoire céleste, peut-être le plus ancien au monde.

Quelle est donc la signification de tout ceci ?

Cinq années après être sortis de Cambridge, mes collègues archéologues et moi-même avions découvert des preuves accablantes de l'influence d'une race d'hommes blancs supérieure sur le développement des Indiens de Méso-Amérique et d'Amérique du Sud. Ces hommes barbus, dotés de crânes génétiquement déformés, avaient conçu des monuments extraordinaires et présidé à leur construction, dans un but qui nous restait toujours inconnu.

Maria était convaincue que la conception de l'observatoire du Kalasasaya ressemblait trop à celle de Stonehenge pour n'être qu'une simple coïncidence. Elle pensait que nous devions absolument suivre plus à l'est la trace de cette race blanche et de son ancienne sagesse, afin de voir où elle nous mènerait. Cette perspective n'enchantait guère Pierre Borgia. Deux années à Nazca avaient plus que suffi à assouvir son appétit pour l'archéologie. Sa famille fortunée le pressait de rentrer aux États-Unis pour se lancer dans la politique. Seulement, il aimait Maria et ils projetaient de se marier au printemps.

En dépit de l'affection qu'elle portait à Pierre, Maria n'était pas prête à abandonner ses recherches pour résoudre la prophétie maya, et elle insista pour que nous continuions à suivre la trace des hommes barbus à Stonehenge.

La perspective de retourner en Angleterre suffisant à nous allécher, je réservai des billets d'avion pour l'étape suivante de notre voyage, qui allait briser à jamais notre triumvirat, j'en étais parfaitement conscient.

Extraits du journal du professeur Julius Gabriel,
Réf. Catalogue 1972-1975.

10

26 octobre 2012
Île de Sanibel, Floride
Dimanche, 5 h 20

— Ma puce, réveille-toi !

Dominique ouvre les yeux et bâille.

— Qu'est-ce qui se passe ?

— Isadore veut que tu descendes au labo. Le Sosus a repéré quelque chose.

Le cœur battant la chamade, Dominique rejette les couvertures d'un coup de pied et descend derrière Edith l'escalier du fond menant au laboratoire acoustique.

Casque sur les oreilles, Isadore est installé à son terminal. Il lui tourne le dos. Dominique remarque que le système sonore enregistre quelque chose.

Son père fait pivoter sa chaise face à elle. Il ne porte qu'une robe de chambre et des pantoufles. Des touffes de ses cheveux gris charbon clairsemés se hérissent autour des écouteurs. Son expression sérieuse réprime le rire de Dominique.

— J'ai contrôlé le système hier soir avant d'aller me coucher. La seule chose inhabituelle détectée par le Sosus était une « zone morte », comme nous les appelons. Une région où il n'y a aucune vie marine. En soi, ça n'a rien d'inhabituel. Tous les ans en été, on a des zones mortes dans le golfe, là où les fleurs de plancton créées par la dérive des fertilisants privent l'eau d'oxygène. Mais ces zones mortes se situent en général au large des côtes du Texas et de Louisiane, jamais en eaux si profondes. Bref, j'ai reprogrammé le Sosus pour concentrer les recherches sur cette zone, et j'ai laissé le système en mode recherche pour la nuit. L'alarme s'est déclenchée il y a environ un quart d'heure.

Isadore enlève son casque et le tend à sa fille.

– Écoute-moi ça.

Dominique entend des parasites qui lui font penser aux petits crépitements d'un tube fluorescent sur le point de sauter.

– On dirait un bruit blanc.

– Exactement ce que j'ai dit. Écoute bien.

Il passe à une fréquence plus élevée.

Le bruit blanc disparaît. Dominique entend à présent des coups métalliques continus.

– Oh là là, ça ressemble à une machine hydraulique.

Isadore hoche la tête.

– Demande à ta mère, c'est ce que j'ai dit. En fait, j'ai cru que le Sosus avait repéré un sous-marin reposant par le fond. Puis j'ai revérifié les coordonnées.

Isadore lui tend une feuille informatique.

– Les sons ne proviennent pas du plancher marin, mais d'en dessous. De 1 404 mètres sous le plancher marin, pour être exact.

Le cœur de Dominique cogne comme une timbale.

– Mais comment est-ce possible ?

– Je te le demande ! Qu'est-ce que j'écoute, Dominique ? Si c'est une plaisanterie, je...

– Isadore, arrête de dire des bêtises !

Edith enlace Dominique par la taille pour la rassurer.

– Dominique n'a aucune idée de ce que tu as trouvé. L'information lui a été donnée par... par un ami.

– Quel ami ? Je veux le rencontrer.

Dominique frotte ses yeux ensommeillés.

– Impossible.

– Pourquoi ? Edith, qu'est-ce qui se passe ?

Dominique jette un coup d'œil à sa mère, qui approuve de la tête.

– C'est... c'est un ancien patient à moi.

Le regard d'Isadore passe de Dominique à sa femme, puis il revient à Dominique.

– Ton ami est un malade mental ? *Ouaaaah...*

– Isadore, qu'est-ce que ça change ? Tu as trouvé quelque chose, non ? Il faut qu'on aille voir.

– Du calme, la gosse. Je ne peux pas appeler tranquillement le Noaa[1] pour leur raconter que j'ai repéré des bruits hydrauliques provenant d'un kilomètre et demi sous le banc de Campeche. Ils vont commencer par me demander comment je les ai découverts. Qu'est-ce que je vais leur répondre ? Qu'un zinzin m'a communiqué les coordonnées de sa cellule à Miami ?

– Ça y changerait quelque chose si c'était Stephen Hawking qui te les avait données ?

– Plutôt !

Isadore se frotte le front.

– Le vieux coup de l'éléphant dans le magasin de porcelaine ne fonctionne plus, Dominique, en tout cas pas avec le Sosus. Il y a environ trois ans, j'ai détecté des vibrations en provenance du plancher du golfe qui ressemblaient à un séisme sous-marin. (Le souvenir lui fait hocher la tête.) Vas-y, Edith, raconte-lui.

Sa femme sourit.

– Ton père pensait qu'on allait être victimes d'un raz de marée dans les minutes à venir. Il a paniqué et demandé aux gardes-côtes de faire évacuer toutes les plages.

– En vérité, j'avais réglé le système trop haut. En fait de secousses telluriques, c'était la compagnie du téléphone qui draguait des câbles à cent kilomètres du rivage ! Je me suis senti morveux. J'ai dû jouer du piston pour obtenir le branchement de notre poste sur le Sosus. Je ne peux plus me permettre de me planter comme ça.

– Alors tu ne vas pas enquêter ?

– Je n'ai pas dit ça. Je vais commencer une bible, continuer à enregistrer et à surveiller la zone de près, mais je ne contacterai pas d'agence fédérale tant que je ne serai pas absolument certain que ta découverte le mérite.

Miami, Floride
22 h 17

Assis sur le bord de son lit, Michael Gabriel se balance en silence. Ses yeux noirs sont vides, ses lèvres légèrement entrouvertes. Un filet de salive coule sur son menton hirsute.

---

1. *National Oceanographic and Atmospheric Association :* service national des océans et de l'atmosphère.

Tony Barnes entre dans sa chambre. L'infirmier vient juste de reprendre son poste, après une suspension de trois semaines.

– V'là un petit cadeau, espèce de légume. C'est l'heure de ta piquouze.

Il soulève le bras droit flasque de Michael et inspecte la série d'hématomes violets à l'intérieur de son avant-bras.

– Bordel !

L'infirmier enfonce l'aiguille pour injecter la thorazine dans la veine déjà massacrée.

Les yeux de Michael se révulsent. Il tombe en avant et s'effondre aux pieds de l'infirmier.

Ce dernier lui soulève la tête du bout de son tennis. Il jette un coup d'œil pour vérifier qu'ils sont seuls, puis il lèche l'oreille de Michael.

Barnes entend Marvis qui fait sa ronde.

– Fais de beaux rêves, ma cocotte.

Il se dépêche de sortir. La porte claque. Les lumières du compartiment baissent.

Michael ouvre les yeux.

Il s'approche du lavabo en vacillant et se lave le visage et l'oreille à l'eau froide. Jurant entre ses dents, il presse le pouce contre la veine meurtrie qui saigne. Malgré la brume qui l'enveloppe peu à peu, il se met douloureusement à genoux et se place en position de traction.

Pendant deux heures, il fait subir à son corps un rituel déchirant de gymnastique suédoise : pompes, tractions, sautillements, course sur place, tout pour empêcher son métabolisme de ralentir, tout pour brûler le tranquillisant avant qu'il ne paralyse son système nerveux central.

Des trois, c'est la piqûre du matin la pire. Foletta a commencé par la lui administrer en personne. Il surveillait son patient en lui roucoulant à l'oreille pour le titiller. Dès que la drogue avait agi, il installait Michael dans une chaise roulante et effectuait sa ronde matinale en le poussant de compartiment en compartiment, pour bien avertir les autres patients qu'aucune dissidence ne serait tolérée.

Les terrifiants exercices nocturnes, après la troisième piqûre de la journée, n'ont pas été inutiles. En améliorant son métabolisme, Michael a découvert qu'il était capable de brûler plus vite les effets de la drogue et de retrouver peu à peu sa santé mentale. Le quatrième matin, ses idées étaient assez claires pour lui permettre d'élaborer un plan.

Depuis lors, il interprète le rôle d'un sac d'os décérébré. À leur arrivée chaque matin, les infirmiers du septième étage le trouvent allongé sur le sol de sa cellule, complètement hébété et incohérent. Cela les agace, car ils sont forcés de le nourrir et de changer ses vêtements souillés, tâche qui les dégoûte au plus haut point. Au bout d'une semaine, Foletta a été obligé de réduire les doses de Michael de trois à deux injections par jour, une l'après-midi et une le soir.

Depuis trois semaines, l'emploi du temps de Foletta est si chargé qu'il a arrêté de s'occuper lui-même de Michael et l'a confié aux infirmiers.

Pour la première fois en onze années de captivité, la surveillance s'est relâchée autour de Michael Gabriel.

Nasa : Centre de vols spatiaux Goddard
Greenbelt, Maryland

Brian Dodds, le directeur de la Nasa, regarde sans y croire l'interminable imprimé informatique se dérouler sur son bureau.

– Recommencez votre explication, Swicky.

Son assistant, Gary Swickle, désigne de son gros index le dessin de motifs à damiers, composé de treize carrés noirs en largeur, qui se répètent sur des milliers de feuilles.

– Le signal radio est constitué de treize harmoniques différents, représentés ici par ces treize colonnes. Chaque harmonique peut se dérouler sur n'importe laquelle de vingt fréquences distinctes consécutives. Cela permet de combiner 260 bits sonores différents, ou instructions.

– Mais vous m'avez dit qu'il n'y avait pas de schéma répétitif ?

– Seulement au tout début.

Swickle prend la première page imprimée.

– Quand le premier signal apparaît, les harmoniques sont très simples, on n'entend que plusieurs notes sur une seule fréquence, mais qui ne cessent de se répéter. Maintenant, regardez ici. Au repère de la dix-septième minute, tout se modifie. Les treize harmoniques et les vingt fréquences entrent subitement en jeu tous ensemble. À partir de là, le signal ne se répète plus jamais. Les 185 minutes suivantes utilisent 260 combinaisons de bits sonores, ce qui indique un communiqué très structuré.

– Vous êtes absolument certain qu'il n'y a pas d'abécédaire au cours des dix-sept premières minutes ? Pas d'équations mathématiques ? Rien qui indique des instructions de traduction d'aucune sorte ?

– Certain.

– Merde !

Dodds frotte ses yeux injectés de sang.

– Qu'est-ce que vous en dites, patron ?

– Vous vous rappelez l'été 1998, quand nous avons perdu contact avec Soho ? Avant qu'Arecibo ne relocalise le satellite, nous n'avons pas arrêté de transmettre un simple signal radio identique, pour essayer de rétablir le contact avec l'ordinateur principal de Soho. Les dix-sept premières minutes de ce signal m'y font penser. Pas d'abécédaire, pas d'instructions ni de codex, juste un signal porteur de l'espace profond qui se répète comme la sonnerie du téléphone, dans l'attente que l'autre décroche pour pouvoir décharger l'information.

– Je suis d'accord, mais ça n'a aucun sens. Les extraterrestres qui ont transmis le signal ne pouvaient pas s'attendre à ce que notre espèce soit capable de traduire toutes ces informations sans un abécédaire.

Swickle remarque que le visage de son directeur a pâli.

– Quoi ?

– Une idée folle. Ne faites pas attention. Je suis lessivé.

– Allons, patron.

– Je pensais à Soho. Notre transmission n'avait manifestement pas besoin d'abécédaire, puisque nous avions déjà programmé son ordinateur. Peut-être que ce signal ne contient pas d'abécédaire parce que ce n'est pas nécessaire.

– Vous voulez dire qu'il n'a pas été envoyé pour être traduit ?

– Non, Swicky. (Dodds jette un regard angoissé à son assistant.) Ce que je veux dire, c'est que ce n'est peut-être pas à nous qu'il a été envoyé.

5 novembre 2012
Île de Sanibel, Floride

Encore quatre ans… encore quatre ans…

Le chant psalmodié à l'infini réveille Edith Axler. Elle s'assoit et regarde l'heure, puis elle éteint le poste de télévision et descend au laboratoire.

Isadore continue à écouter, penché au-dessus de son poste Sosus.

– Isadore, pour l'amour du ciel, il est presque minuit !

– Chut…

Il ôte son casque et branche le haut-parleur.

– Écoute.

Elle entend un bourdonnement grave.

– On dirait un générateur.

– Attends. Ce n'est pas tout.

Un moment s'écoule, puis un grincement aigu rappelant celui d'un forage hydraulique siffle dans le haut-parleur, immédiatement suivi de claquements métalliques qui durent plusieurs minutes.

Isadore sourit à sa femme.

– Inouï, non ?

– On dirait qu'on est en train d'assembler un objet. C'est sans doute une plate-forme pétrolière qui se prépare à forer.

– Oui, ou alors une de ces expéditions géologiques qui enquêtent sur le cratère. En tout cas, le degré d'activité n'a pas cessé d'augmenter depuis trente heures. J'ai envoyé un e-mail au Noaa pour vérifier ces deux hypothèses, mais je n'ai pas encore de réponse. Qui a gagné l'élection ?

– Le président Mailer.

– Bien. Maintenant que c'est fini, peut-être qu'un membre du département d'État va me répondre.

– Et dans le cas contraire ?

Isadore hausse les épaules.

– Je n'en ferai pas une maladie. Comme tu l'as dit, c'est sans doute une plate-forme pétrolière. Carl et moi, on a prévu notre petite expédition de pêche annuelle d'ici deux semaines. On fera peut-être un léger détour pour aller y regarder de plus près. Question d'en avoir le cœur net.

Miami, Floride

Dégoûtée, Dominique regarde le grand rouquin enfourner une autre bouchée d'aubergines. *Il va peut-être s'étouffer.*

– Alors, Rayon de soleil, fière de moi ?

Un postillon à la sauce tomate retombe sur sa joue.

– Vraiment, Raymond, votre mère ne vous a pas appris à ne pas manger la bouche ouverte ?

Le sourire qu'il lui adresse dévoile un bout d'aubergine coincé entre ses dents jaunâtres.

– Pardon, ça fait six mois que je suis au régime. C'est super de remanger. Alors, qu'est-ce que vous en pensez ?

– Je vous l'ai dit. Bravo pour votre sixième place, surtout pour votre première compétition.

– C'est grâce à ma muse…

– Maintenant, parlez-moi de Foletta. Vous m'avez raconté que sa mutation du Massachusetts avait contrarié le conseil d'administration. Vous vouliez dire quoi ?

– Promettez-moi que ça restera entre nous.

– Promis.

Raymond fait descendre une autre bouchée de nourriture avec une rasade de bière.

– Le père d'un de mes bons amis fait partie du conseil d'administration. C'est lui qui m'a aidé à entrer ici. Bref, il paraît que le Dr Reinike, celle que Foletta a remplacée, va revenir le mois prochain.

– Vraiment ? Je croyais qu'elle avait pris sa retraite. Foletta m'a dit que son mari était en train de mourir d'un cancer.

Raymond hoche la tête et continue à s'empiffrer.

– Foutaises ! Mon copain m'a raconté que Reinike est en congés payés depuis septembre. Apparemment, un asile flambant neuf va s'ouvrir à Tampa d'ici trois semaines et on a promis le poste de directeur à Foletta.

– Une seconde, si Foletta s'en va dans trois semaines, ça veut dire qu'il savait déjà qu'il aurait ce poste avant de venir à Miami. Pourquoi éjecter le Dr Reinike dans le but de la remplacer simplement trois mois ?

Raymond braque sa fourchette sur elle.

– À cause de votre ancien patient. L'asile du Massachusetts fermait et celui de Tampa n'était pas encore prêt. Reinike est du genre tatillon. Apparemment, quelqu'un de haut placé voulait que Foletta prenne sa place pour qu'il n'y ait aucun risque que Gabriel soit réintégré dans la société.

Ou qu'il fasse l'objet d'une évaluation objective. Allez au diable, Foletta.

– Qu'est-ce qu'y a, Rayon de soleil ?

– J'ai conclu un marché avec Foletta. Il m'a promis que Michael serait placé entre les mains de notre équipe de réhabilitation d'ici janvier.

Les dents jaunes lui sourient.

– Vous vous êtes fait entuber. D'ici trois semaines, Michael Gabriel sera parti depuis longtemps.

Le moteur électrique ESX2 de la Dodge Intrepid rouge cerise luisant gémit en s'allumant pour aider le diesel 1,5 litre trois cylindres à accélérer sur la bretelle en pente raide qui mène à la I 95 en direction du sud.

Dominique regarde par la vitre du passager, pendant que Raymond se faufile à vive allure entre les voitures. Elle grince des dents, furieuse de s'être laissée berner par Foletta. *J'aurais dû m'en douter. J'aurais dû faire confiance à mon cœur.*

Les yeux clos, elle se remémore une de ses premières conversations avec Michael. *Pierre Borgia a manipulé le système. Le procureur a conclu un accord avec mon avocat commis d'office et on m'a expédié dans un asile du Massachusetts. Foletta est devenu mon geôlier nommé par l'État. Pierre Borgia récompense la loyauté, mais que Dieu vous vienne en aide si vous figurez sur sa liste noire !*

Elle s'est laissé manipuler et, une fois de plus, c'est Michael Gabriel qui en a subi les conséquences.

– Raymond, je ne suis vraiment pas en état d'aller danser ce soir. Ça vous ennuie de me raccompagner chez moi ?

– Chez vous ? On est à mi-chemin de South Beach.

– S'il vous plaît.

Raymond mate les jambes sculpturales et bronzées qui sortent de la jupe noire et les voit en imagination enroulées autour de son torse musclé.

– OK, Rayon de soleil, on va chez vous.

Vingt minutes plus tard, l'Intrépid se gare dans le parking de la tour.

Dominique sourit.

– Merci pour le dîner. Pardon d'avoir jeté un froid sur la soirée. Je ne me sens vraiment pas bien. La prochaine fois, on ira danser, OK ?

Il éteint le moteur.

– Je vous raccompagne.

– Pas la peine, ça va aller. Je vous verrai demain à l'hôpital.

Elle ouvre la porte et se dirige vers l'ascenseur.

Raymond se précipite derrière elle.

Zut !

– Raymond, je vous ai dit que ce n'était pas nécessaire.

– C'est rien du tout, et j'adorerais voir votre appart.

Il attend qu'elle ait appelé l'ascenseur.

– Raymond, pas ce soir.

– C'est pas ça qu'on a conclu.

Il glisse un bras costaud autour de sa taille pour l'attirer contre lui.

– Non !

Dominique n'a pas le temps de l'arrêter. Il l'a déjà coincée contre le mur de béton. Il introduit de force la langue dans sa bouche et tripote sa poitrine de sa patte droite.

Une vague de panique la balaie et des dizaines de souvenirs d'enfance remontent en même temps à sa mémoire.

Défends-toi !

Le goût de la langue qui la viole lui donne un haut-le-cœur et elle la mord jusqu'au sang.

– Aïe !... Putain…

Raymond la gifle, puis il la cloue au mur d'une main et déchire sa jupe de l'autre.

– Lâchez-la !

En levant les yeux, Dominique voit le rabbin Steinberg et sa femme approcher.

Raymond ne desserre pas son étau.

– Dégagez ! Mêlez-vous de vos oignons.

– Lâchez-la ou j'appelle la police.

Mindy Steinberg brandit son alarme de poche.

Raymond s'avance d'un pas menaçant vers le couple en traînant Dominique avec lui.

Steinberg lui montre les caméras de sécurité.

– Ne faites pas l'idiot.

– Hé, Raymond…

Il se tourne.

La pointe du talon aiguille de Dominique s'enfonce dans son gros orteil. Il gémit de douleur et la relâche. D'un seul geste, elle le frappe du plat de la main en plein sur la pomme d'Adam et étouffe son cri.

Suffocant, Raymond porte les mains à sa gorge. Il tombe à genoux, tandis que Dominique se prépare à abattre le pied sur sa nuque exposée.

– Dominique, non… (Steinberg la saisit par le bras.) Laisse ça à la police.

Mindy ouvre l'ascenseur et ils y pénètrent tous les trois.

Raymond se relève difficilement. Il se tourne vers Dominique. Avec des yeux de dément, il cherche à émettre des sons. Au moment où la porte de l'ascenseur commence à se refermer, ses lèvres forment le mot « Gabriel » et il fait glisser un doigt à la base de sa gorge.

11

18 novembre 2012
Miami, Floride

Les salles de thérapie de groupe de l'asile de Floride du Sud sont situées au troisième étage, à l'opposé du gymnase, entre le coin cinéma et la salle informatique.

Assise au fond de la pièce 3-B, Dominique écoute d'une oreille distraite la séance de thérapie du Dr Blackwell, lorsqu'elle voit un infirmier pousser le fauteuil roulant de Michael Gabriel, à moitié inconscient, dans le coin cinéma. Elle attend le départ de l'infirmier pour se glisser hors de la salle.

Le coin cinéma est sombre, la seule lumière émane du grand écran de la télévision. Huit pensionnaires, éparpillés sur la trentaine de chaises pliantes, regardent le dernier *Star Trek*.

La chaise roulante a été placée au dernier rang. Dominique prend un siège et l'approche de Michael. Il est incliné sur le côté, affaissé en avant. Seule une sangle nouée autour de son torse l'empêche de tomber face contre terre. Ses yeux d'où émanait une lumière intense ne sont plus que deux flaques noires sans vie qui reflètent l'écran de la télévision. Ses longs cheveux noirs sont tirés en arrière. Dominique respire une bouffée de cuir chevelu graisseux, puis l'odeur aigre et vulgaire dégagée par ses vêtements sales. Sur son visage pas rasé, la barbe recouvre tout sauf la cicatrice dentelée qui part de sa mâchoire.

Allez au diable, Foletta. Dominique sort un Kleenex de sa blouse pour essuyer la bave qui coule de la lèvre inférieure de Michael.

– Mick, j'ignore si vous pouvez me comprendre, mais vous me manquez. Vraiment. J'en veux terriblement à Foletta de vous avoir fait ça. Vous aviez raison à son sujet. Je suis vraiment navrée de ne pas vous avoir cru.

Elle pose la main sur la sienne.

– J'aimerais que vous puissiez me comprendre.

À sa grande surprise, la main de Michael se retourne et ses doigts s'emmêlent aux siens.

– Oh, mon Dieu…

Il lui fait un clin d'œil.

Elle a du mal à contenir son excitation.

– Mick, j'ai tellement de choses à vous dire.

– *Chut…*

Le regard reste vide.

Elle se penche en avant d'un geste naturel et fait semblant de s'intéresser à la vidéo.

– Raymond, le garde qui vous a attaqué, a essayé de me violer. Il a été suspendu, mais j'ai entendu dire qu'il reprendrait peut-être son travail dès la semaine prochaine. Soyez prudent, il a menacé de se venger de moi sur vous.

Elle lui serre à son tour la main.

– Vous vous souvenez que je vous ai parlé du Sosus ? J'ai convaincu mon père de s'en servir pour vérifier les coordonnées que vous m'avez données. Mick, vous aviez raison. Il y a effectivement quelque chose là-dessous, enfoui à environ un kilomètre et demi sous le plancher marin. Isadore m'a promis d'aller y regarder de plus près.

Michael lui serre la main plus fort. Sans pratiquement remuer les lèvres, il murmure « trop dangereux ».

– Trop dangereux ? Pourquoi ? À votre avis, de quoi s'agit-il ?

Elle relâche sa main, car la séance de thérapie du Dr Blackwell vient de se terminer.

– Mick, Foletta m'a menti de A à Z. J'ai découvert qu'il allait devenir directeur d'un nouvel établissement de haute sécurité à Tampa. On va vous y transférer d'ici une semaine.

– Aidez-moi à m'échapper.

– Je ne peux pas…

Elle se lève, car le Dr Blackwell s'approche.

– Mademoiselle, je ne m'étais pas rendu compte que vous étiez tellement fan de *Star Trek*. J'imagine que ce film est plus important à vos yeux que ma séance de thérapie ?

– Non, monsieur, j'étais juste en train… juste en train d'aider ce patient. Il a failli tomber de son fauteuil roulant.

– Les infirmiers sont là pour ça. Tenez, prenez ça.

Il lui tend une épaisse liasse de dossiers de patients, puis il l'éloigne de Michael.

– Je veux que tous ces graphiques soient mis à jour et affichés d'ici une heure. N'oubliez pas de noter la séance de thérapie d'aujourd'hui. Quand vous aurez terminé, vous pourrez vous joindre à notre réunion dans la salle de conférence du deuxième étage.

– Oui, docteur.

– Et ne vous approchez plus du pensionnaire du Dr Foletta.

Golfe du Mexique

Cap sud-ouest, le *Manatee*, un bateau de pêche de douze mètres, fend une petite houle. Sa proue est baignée par la lumière dorée du soleil couchant qui épouse l'horizon.

Sous le pont, Isadore Axler se verse une tasse de café pendant que son meilleur ami, Carl Reuben, prépare le dîner dans le petit carré.

Le dentiste à la retraite essuie son crâne dégarni puis ses lunettes à double foyer embuées avec une serviette.

– La vache, on étouffe ici. À combien sommes-nous de ton mystérieux site ?

– Encore cinq kilomètres. Qu'est-ce qu'on a pour dîner ?

– Je te l'ai déjà dit, de la daurade grillée.

– On en a déjà mangé au déjeuner.

– Attrape des homards et tu mangeras des homards. Parle-moi de ce lieu. Tu dis qu'il n'y a pas de poissons ?

– Exact. On appelle ça une zone morte.

– Morte en quel sens ?

– Aucune idée. C'est pour ça que je veux y jeter un coup d'œil.

– Et tu as l'intention d'y rester combien de temps ?

– On dîne quand ?

– Dans vingt minutes.

– Disons que si on trouve une plate-forme pétrolière là-bas, comme je m'y attends, on sera reparti d'ici le dessert.

Isadore sort du carré et monte sur le pont. Il savoure l'odeur de l'air iodé à laquelle se mêle celle du poisson grillé. Cette expédition de pêche de cinq jours est le point culminant de l'année pour Carl, Rex Simpson et lui. Après la longue saison des ouragans, la mer s'est calmée dans le golfe et le temps s'est rafraîchi, conditions idéales pour naviguer. En deux jours, ils ont attrapé une dizaine de daurades, huit fusiliers à dos jaune et un mérou. Face au soleil déclinant, Isadore ferme les yeux et inhale l'air, offrant son visage brûlé par le soleil à la caresse apaisante des rafales de vent.

Un claquement sourd le fait pivoter. Rex replace la bouteille d'air, puis il finit d'attacher le gilet de stabilisation dans son dos.

– Une petite trempette, Rex ?

Le propriétaire du Club de chasseurs de trésors de Sanibel jette un coup d'œil par-dessus son épaule.

– Pourquoi pas ? Comme on ne peut pas pêcher dans ta zone mystérieuse, j'ai pensé faire un petit plongeon de nuit.

– Ça m'étonnerait qu'il y ait grand-chose à voir.

Isadore reprend sa place sur le siège du capitaine. Il prend les jumelles pour balayer l'horizon désert, puis il vérifie le site sur le GPS[1].

– Bizarre.

– Quoi ?

Isadore désactive le pilote automatique et éteint les moteurs du *Manatee*.

– On y est…

– Rien que de l'eau.

Rex tord ses longs cheveux gris pour se faire une queue-de-cheval.

– Tu disais qu'il y aurait une plate-forme pétrolière.

– Je me trompais.

Isadore branche la liaison avec la côte.

– *Manatee* appelle Alfa-Zulou-trois-neuf-six. Alfa-Zulou, à vous. Edith, tu m'entends ?

– Allez-y, *Manatee*. Bonne pêche ?

– Pas mauvaise. Surtout des fusiliers et des daurades. Rex a attrapé un mérou ce matin. Edith, on vient d'arriver au-dessus du cratère de Chicxulub. Il n'y a rien.

– Pas de plate-forme pétrolière ?

---

1. *Global Positioning System :* système de positionnement.

– Rien. Temps idyllique, mer calme. On va passer la nuit ici, le temps que j'effectue quelques tests.

– Sois prudent…

– Ne t'inquiète pas. Je te rappelle tout à l'heure.

Le soleil n'est plus qu'une boule en fusion cramoisie et spectaculaire qui se couche à bâbord. Isadore vide sa tasse de café, puis il met en marche le sonar pour vérifier la profondeur du plancher marin.

Un peu plus de six cents mètres.

Rex regarde son ami fouiller dans un casier de rangement.

– Dis donc, Isadore, jette un coup d'œil à la boussole ! Elle danse le mambo.

– Je sais. Il y a un énorme cratère sous le plancher marin, d'environ cent kilomètres de diamètre. On est à peu près au centre, et il en émane un champ magnétique très puissant.

– Qu'est-ce que tu fais ?

Isadore termine d'attacher un micro sous-marin à une grosse bobine de câble en fibre optique.

– Je veux écouter ce qui se passe là-dessous. Tiens, prends ce micro et fais le descendre par-dessus la proue bâbord. Déroule le câble en douceur.

Isadore prend l'extrémité du câble et la relie à un modulateur d'amplitude. Il allume l'ordinateur, puis il branche des écouteurs sur le système acoustique.

Seigneur…

Rex revient.

– J'ai descendu le micro. Qu'est-ce que t'écoutes ? Sinatra ?

Isadore lui passe le casque.

Des bruits métalliques perçants de barattage rappelant ceux de pistons hydrauliques et d'engrenage agressent les oreilles de Rex.

– Putain, qu'est-ce que c'est ?

– Aucune idée. Le Sosus a détecté ces bruits il y a quelques semaines. Ils proviennent d'environ un kilomètre et demi sous le plancher marin. J'avais conclu qu'ils venaient d'une plate-forme de forage pétrolier.

– Plutôt bizarre. Tu en as parlé à quelqu'un ?

– J'ai fait un rapport à la marine et au Noaa, mais personne ne m'a encore contacté.

– Dommage qu'on soit venu sans le *Barnacle*.

– Je ne savais pas que ton submersible pouvait plonger si profond.

– Bien sûr que si ! Je l'ai fait descendre à deux mille mètres aux Bahamas.

Carl remonte sur le pont, le visage rouge comme une betterave.

– Alors, les gars, on mange, oui ou merde ?

21 h 22

Le ciel nocturne sans nuages ressemble à une tapisserie d'étoiles.

Appuyé à la traverse, Carl range sa boîte à hameçons pour la troisième fois de la journée. Rex fait la vaisselle au-dessous, pendant qu'Isadore écoute les bruits marins dans la cabine de pilotage.

– *Manatee*, à vous.

– Vas-y, Edith.

– J'écoute le Sosus. Les bruits s'amplifient et s'accélèrent.

– Je sais. On dirait presque une locomotive folle.

– Isadore, je crois que tu devrais quitter cette zone. Isadore ?

Le crissement supersonique met le feu au canal auditif d'Isadore comme un tisonnier chauffé à blanc. Au supplice, il arrache les écouteurs et tombe sur un genou. Il est complètement égaré, incapable de supporter ce bourdonnement dans ses oreilles.

– Rex ! Carl !

Il n'entend qu'un écho étouffé.

Une lumière verte surnaturelle lui fait lever les yeux. L'intérieur de la cabine de pilotage est illuminé par un chatoiement émeraude irisé qui irradie de l'eau.

Rex l'aide à se relever.

– Ça va ?

Isadore hoche la tête. Ses oreilles continuent à bourdonner. Les deux hommes rejoignent Carl à la proue en trébuchant sur l'équipement de plongée. Carl est trop absorbé par la lumière étrange pour remarquer que de la fumée sort du tableau électronique du modulateur d'amplitude crépitant.

Seigneur tout-puissant. Complètement abasourdis, Isadore et ses deux amis contemplent la mer. La lumière éthérée fait luire leurs visages d'un vert spectral.

Le *Manatee* danse à la surface d'une flaque circulaire d'eau luminescente d'un bon kilomètre cinq de diamètre. Isadore se penche par-dessus bord, éberlué par la visibilité extraordinaire que procure le faisceau incandescent dont la source se trouve sur le plancher marin, à environ six cents mètres sous le bateau.

– Isadore, Rex !

Carl pointe le doigt vers leurs cheveux hérissés. Rex tâte sa queue-de-cheval qui se dresse comme la plume d'un Indien. Isadore passe une paume sur son avant-bras poilu et reçoit des décharges d'électricité statique.

– Merde, qu'est-ce qui se passe ? chuchote Carl.

– Aucune idée, mais on met les voiles.

Isadore retourne en hâte à la cabine de pilotage et appuie sur le bouton de démarrage.

Rien.

Il appuie à trois autres reprises. Il vérifie la radio, puis le système de navigation.

– Qu'est-ce qui se passe ? s'inquiète Carl.

– Tout est HS. Ce machin qui luit sous l'eau a court-circuité tout notre système électronique.

Isadore se tourne vers Rex qui est en train d'enfiler sa combinaison de plongée.

– Mais qu'est-ce que tu fais ?

– Je veux aller y regarder de plus près.

– C'est trop dangereux. Il pourrait y avoir des radiations.

– Dans ce cas, je serai sans doute mieux protégé par ma combinaison que vous à bord.

Rex attache les bretelles du gilet qui maintient sa bouteille d'air comprimé, vérifie son détendeur et enfile ses palmes.

– Carl, ma caméra sous-marine est à tes pieds.

Son ami lui jette la caméra.

– Rex…

– Isadore, c'est mon hobby. J'adore ce genre de frissons. Je vais prendre quelques photos en vitesse et je remonterai à bord dans trois minutes.

Isadore et Carl, impuissants, regardent Rex se laisser glisser par-dessus bord.

– Carl, prends une rame. On dégage.

L'eau est si claire que Rex a l'impression de nager vers les spots d'une piscine profonde. Le corps enveloppé de bulles d'air, immergé dans cette douce lueur émeraude, il reste en suspension à deux mètres sous la coque, envahi d'une sérénité absolue. Quelque chose bouge au-dessus de lui. Il lève les yeux. *Mon Dieu...*

Rex cligne des yeux à deux reprises et fixe sans y croire la créature grotesque qui s'est accrochée au centre de la coque du *Manatee* dans le sens de la longueur. Dix mètres de tentacules sinueux ondulent à partir d'une gigantesque chenille gélatineuse. Pas moins d'une centaine d'estomacs pareils à des cloches traversent le corps couleur crème de la créature. Chacun de ces orifices digestifs possède sa propre gueule hideuse et des protubérances venimeuses semblables à des doigts.

Incroyable. Rex n'a encore jamais vu ce spécimen, mais il sait que c'est un *Apolemia*, une espèce de siphonophore. Ces formes de vie étranges qui peuvent mesurer jusqu'à 25 à 30 mètres de long n'habitent qu'au fond des océans, si bien que l'homme a rarement l'occasion de les voir.

La lumière a dû la chasser vers la surface.

Il prend plusieurs photos en restant à une distance qu'il estime sans danger des piquants empoisonnés de la créature, puis il déleste son gilet de stabilisation et commence à descendre.

L'éclairage surnaturel lui donne l'impression bizarre de tomber au ralenti. À dix mètres, Rex donne des coups de pied en ciseaux pour descendre plus lentement. La pression augmente dans ses oreilles. Il se pince le nez pour décompresser mais constate avec surprise que sa douleur augmente. Il baisse les yeux et aperçoit quelque chose qui remonte vers lui du vide luminescent.

Rex sourit et tend les bras. Des milliers de bulles d'air ascendantes, grosses comme des Volkswagen, l'enveloppent.

Inouï.

La douleur qu'il ressent dans les sinus le ramène à la réalité. Un rugissement grave et sourd emplit ses oreilles, se répercute dans son masque et lui chatouille le nez.

Le sourire de Rex Simpson s'efface. Son ventre vient de se tordre, comme s'il était en suspension au sommet d'une montagne russe géante, sur le point de plonger dans le vide. Le rugissement s'amplifie.

Un séisme sous-marin !

Six cents mètres sous lui, un fragment gigantesque du plancher calcaire s'effondre sur lui-même, laissant apparaître une ouverture béante semblable à un tunnel. La mer, aspirée dans ce trou qui s'agrandit, se met à tourbillonner et le torrent emporte tout dans son vortex vertigineux.

La lumière émeraude s'intensifie et l'aveugle presque.

Isadore et Carl sont parvenus à amener le *Manatee* à la rame jusqu'au bord de la flaque d'océan lumineuse, lorsqu'une main invisible semble agripper la poupe et haler le bateau de pêche en arrière. Les deux hommes se retournent et voient avec épouvante la mer bouillonner en un gigantesque vortex qui tourne dans le sens inverse des aiguilles d'une montre.

– Un tourbillon ! Rame plus vite !

En quelques secondes, le *Manatee* est aspiré, et il repart en arrière le long du bord extérieur du maelström.

Le corps de Rex a été aspiré par une force colossale et entraîné dans des eaux plus profondes. Il donne des coups de pieds plus violents. La pression augmente encore dans ses oreilles. Il essaie de détacher sa ceinture de lestage d'une main en agrippant de l'autre le tuyau de caoutchouc qui balance mollement derrière sa tête. La ceinture glisse de sa taille et disparaît dans la lumière intense. Rex palpe son gilet de stabilisation et serre sur la poignée pour le gonfler.

Sa descente ralentit mais il ne s'arrête pas.

Un courant d'une force insondable le vrille subitement de côté, comme s'il était aspiré hors d'un avion. Il fait une embardée latérale. Le courant arrache presque son détendeur et son masque. Il mord de toutes ses forces et saisit le précieux masque en se tortillant en vain contre l'implacable turbulence.

La mer s'ouvre sous lui. Il contemple cent étages en contrebas dans l'œil vert éblouissant du vortex, trou dans la mer dont la force centrifuge le cloue à présent contre la paroi intérieure de son entonnoir tournoyant qui continue à s'élargir.

La peur accélère les battements frénétiques de son cœur. L'étau se resserre sur son torse, arrache les bandes Velcro qui sont seules à maintenir la bouteille d'air sur son gilet. Rex ferme les yeux, tandis que le tourbillon l'envoie fouetter de plus en plus vite sa paroi interne en l'aspirant de plus en plus bas.

Je vais mourir, mon Dieu, aidez-moi…

Son masque se craquelle. Son visage est pris dans des tenailles. Le sang jaillit de ses narines. Il suffoque, ferme les yeux de toutes ses forces en hurlant dans le détendeur. Ses globes oculaires sont arrachés de leurs nerfs optiques et sortent de leurs orbites.

Le dernier cri de Rex est oblitéré à l'instant où son crâne implose.

Les forces de gravitation monstrueuses créées par l'entonnoir aqueux ont empalé la coque du *Manatee* contre les parois abruptes et tourbillonnantes. Elles arrachent des morceaux du bateau à chaque révolution. La force centrifuge a cloué le corps inconscient de Carl Reuben contre l'arrière des jambes d'Isadore. Elle écrase le biologiste épouvanté contre la traverse en fibre de verre.

Isadore s'agrippe à la rambarde des deux mains. Le maelström rugit dans ses oreilles, sa vitesse étourdissante l'amène au bord de l'inconscience.

Il se force à ouvrir les yeux et à fixer la source de la lumière verte. La pensée qu'il est à deux doigts de la mort l'effraie et le réconforte bizarrement.

Le faisceau lumineux s'éteint subitement. Isadore tord le cou vers l'avant, penché dangereusement par-dessus la traverse. D'un énorme gouffre dans le plancher marin, il voit jaillir une vase gargouillante qui ressemble à du goudron. La substance noire éructe, Isadore respire son odeur de soufre et de pourriture pestilentielle. En continuant à remonter dans l'entonnoir d'eau, elle achève d'ensevelir la lueur émeraude et assombrit la mer qui bouillonne toujours.

Isadore ferme les yeux, il s'oblige à penser à Edith et à Dominique, tandis que le torrent déchaîné entraîne le *Manatee* dans la spirale du vortex.

Mon Dieu, faites que ce soit rapide.

Carl tend un bras. Il serre la main d'Isadore au moment où la vase noire arrive à leur rencontre.

Le bateau heurte la substance noire goudronnée et se renverse, proue par-dessus poupe. Carl tombe tête la première dans la gueule du maelström noir d'encre.

12

3 novembre 2012
Plage de Progreso
Péninsule du Yucatán
6 h 45

Bill Godwin dépose un baiser sur la joue de sa femme encore endormie, attrape son lecteur de microdisques et se glisse hors de leur chambre du second étage de l'*Holiday Inn*.

Un autre matin idyllique.

Il descend l'escalier d'aluminium et de béton menant au pont de la piscine, puis il sort de l'espace clôturé et gagne la plage en traversant la route 27. La lumière matinale l'oblige à plisser les yeux. Devant lui s'étendent des kilomètres de sable blanc immaculé et d'eaux côtières azur d'une pureté de cristal.

Que c'est beau…

Des petits points dorés commencent à apparaître au-dessus de la barrière de nuages à l'horizon lorsqu'il atteint le bord de l'eau. Une adolescente mexicaine zigzague sur une planche violette et blanche à la surface des eaux tranquilles du golfe. Bill admire sa silhouette en achevant son stretching, puis il met ses écouteurs et démarre tranquillement.

L'analyste en marketing de Waterford-Leeman, âgé de quarante-six ans, fait du jogging trois fois par semaine depuis qu'il a récupéré de sa seconde crise cardiaque, six ans plus tôt. Il est convaincu que ce « kilomètre matinal », comme sa femme l'appelle, lui a fait gagner dix années de vie supplémentaires, tout en lui permettant de surveiller son poids pour la première fois depuis qu'il était étudiant.

Bill arrive à la hauteur d'un autre jogger. Il le salue de la tête et se règle un certain temps sur son allure. Une semaine de vacances dans le Yucatán a opéré des miracles sur sa tension, mais la cuisine mexicaine, riche en calories, n'a pas fait de bien à son tour de taille. Il arrive à la cabine du surveillant de plage déserte, mais décide de continuer encore un peu. Cinq minutes et cinq cents mètres plus tard, il s'arrête, complètement épuisé. Il se penche pour se déchausser, enfonce son baladeur dans l'une de ses tennis et entre dans les eaux apaisantes du golfe pour son petit plongeon matinal.

Bill barbote jusqu'à ce que les vagues viennent lui lécher la poitrine. Il ferme les yeux et se détend dans l'eau tiède, en organisant sa journée dans sa tête.

– Merde !

Il fait un bond sur le côté en se tenant le bras et cherche la méduse qui vient de le piquer.

– Mais qu'est-ce que c'est ?

Une substance noire, pareil a du goudron, s'est collée à son avant-bras et lui a brûlé la chair.

– Putain de compagnies pétrolières !

Il secoue le bras dans l'eau sans parvenir à se débarrasser de la substance.

La douleur fulgurante augmente.

Jurant à tue-tête, Bill se tourne et fait quelques pas vers la plage. Le sang jaillit de ses narines lorsqu'il atteint le rivage d'un pas trébuchant. Des taches violettes obscurcissent sa vision. Pris de vertige, l'esprit embrouillé, il s'effondre à genoux sur le sable.

– Au secours ! Au secours !

Un couple de Mexicains d'un certain âge s'approche de lui.

– *Qué pasa, señor ?*

– Pardon, je ne parle pas espagnol. J'ai besoin d'un médecin… *el doctor…*

L'homme le regarde.

– *El doctor ?*

Une douleur fulgurante transperce les globes oculaires de Bill. Il hurle et enfonce les poings dans ses yeux.

– Mon Dieu, ma tête !

L'homme regarde sa femme.

– *Por favor, llame médico.*

Elle part en courant.

Bill Godwin a l'impression qu'on lui a embroché les yeux. Il s'arrache les cheveux, se courbe et vomit une bile noire sanguinolente.

Le vieillard mexicain se penche sur l'Américain malade, dans une vaine tentative de lui venir en aide. Subitement, il recule et attrape sa cheville.

– *Hijo de la chingada !*

La bile brûlante a éclaboussé son pied et marqué sa chair au fer rouge.

Maison Blanche
Washington DC

Ennis Chaney sent les regards du président Mailer et de Pierre Borgia peser sur lui pendant qu'il lit le rapport de deux pages.

– Aucun indice sur l'origine de cette merde toxique ?

– Elle vient du golfe, sans doute de l'un des champs de forage de Pemex[1], répond Borgia. L'important, c'est qu'une dizaine d'Américains et plusieurs centaines de Mexicains sont morts. Les courants ont confiné la marée noire à la côte du Yucatán, mais nous devons impérativement maîtriser la situation pour l'empêcher d'atteindre les côtes américaines. Nous pensons aussi qu'il faut maintenir une présence diplomatique au Mexique pendant cette crise écologique.

– À savoir ?

Chaney remarque que le Président est mal à l'aise.

– Pierre pense qu'il vaudrait mieux que vous preniez la tête de l'enquête. Le problème du trafic de drogue a tendu nos relations avec le Mexique. Cette crise nous offre peut-être une opportunité de rétablir de bonnes relations avec lui. La presse vous accompagnera…

Chaney pousse un soupir. Il ne devait prendre officiellement ses fonctions de vice-président qu'en janvier. Le siège étant vacant, le Congrès lui a confirmé plus tôt sa nomination. Sa patience est à bout, car, outre ses nouvelles charges, il aide son équipe sénatoriale à gérer son départ anticipé.

– Laissez-moi résumer les choses : nous nous préparons à un éventuel conflit dans le golfe Persique et vous voulez m'envoyer à

---

1. *Petróleos mexicanos :* compagnie pétrolière nationale mexicaine.

la tête d'une mission diplomatique au Mexique ? (Chaney secoue la tête.) Qu'est-ce que je suis censé faire, en dehors de présenter mes condoléances ? Avec tout le respect que je vous dois, monsieur le Président, notre ambassadeur au Mexique peut s'en charger.

– C'est plus important que vous ne le pensez. De plus... (le Président esquisse un sourire forcé) personne d'autre que vous ne sera d'attaque. Le travail que vous avec effectué avec le CDC[1] il y a trois ans au moment de l'épidémie de fièvre dengue à Porto Rico a été très payant sur le plan des relations publiques.

– Je n'y étais pas allé pour m'occuper des relations publiques.

Borgia referme son attaché-case d'un claquement.

– Le président des États-Unis vient de vous donner un ordre, monsieur le vice-président. Vous avez l'intention de remplir votre devoir ou de démissionner ?

Les yeux noirs de Chaney s'écarquillent et lancent des poignards à Borgia.

– Pierre, accordez-nous quelques minutes, lance le Président.

Le secrétaire d'État essaie de faire baisser le regard de Chaney de son œil valide, mais l'autre prend le dessus.

– Pierre, je vous en prie...

Borgia sort.

– Ennis...

– Monsieur le Président, si vous me demandez d'y aller, bien évidemment, j'irai.

– Merci.

– Pas de quoi. Contentez-vous d'informer les cyclopes que personne ne fait démissionner Ennis Chaney. En ce qui me concerne, ce type vient de se placer en tête de ma liste noire.

Deux heures plus tard, le vice-président monte à bord d'un hélicoptère Sikorsky MH-60 Pave Hawk. Son tout nouvel assistant, Dean Disangro, est déjà à bord, en compagnie de deux gardes du corps et d'une demi-douzaine de journalistes.

Chaney est furibond. De toute sa carrière politique, il ne s'est jamais laissé utiliser comme un vulgaire VRP. Il se moque des lignes de parti et du politiquement correct. En revanche, la pauvreté

---

1. *Center for Disease Control :* centre de contrôle des maladies.

et la violence, l'éducation et l'égalité des races représentent à ses yeux des batailles dignes d'être menées. Il s'imagine souvent en Don Quichotte moderne luttant contre les moulins à vent. *Ce borgne s'imagine peut-être qu'il peut tirer mes ficelles, mais il vient d'ouvrir les hostilités avec le roi des bagarreurs.*

Dean verse une tasse de café au vice-président. Il sait que Chaney déteste voler, surtout en hélicoptère.

– Nerveux ?

– Fermez-la. Qu'est-ce que c'est que ce détour qu'on m'a annoncé ?

– On va faire escale à Fort Derrick pour embarquer du personnel de l'Usamriid[1] avant d'aller au Yucatán.

– Très bien.

Chaney ferme les yeux et agrippe les accoudoirs de son siège au moment où le Sikorsky décolle d'un bond.

Treize minutes plus tard, l'hélicoptère atterrit à l'Usamriid. De sa fenêtre, Chaney voit deux hommes superviser le chargement de plusieurs grosses caisses.

Les deux hommes montent à bord. Un officier aux cheveux argentés se présente.

– Monsieur le vice-président, colonel Jim Ruetenik. Je suis un spécialiste militaire des dangers biologiques affecté à votre équipe. Mon associé, le Dr Marvin Teperman, est un exobiologiste détaché de Toronto.

Chaney pose les yeux sur le petit Canadien qui arbore une fine moustache et un sourire chaleureux agaçant.

– Qu'est-ce que c'est exactement qu'un exobiologiste ?

– L'exobiologie s'attache à l'étude de la vie à l'extérieur de notre planète. Cette fange peut contenir la souche d'un virus infectieux encore inconnu. L'Usamriid a pensé que je pourrais peut-être vous aider.

– Les caisses contiennent quoi ?

– Des scaphandres d'astronautes que nous utilisons sur le terrain dans les cas où nous sommes en contact avec des agents potentiellement dangereux, répond le colonel.

---

1. *United States Army Medical Research Institute of Infectious Diseases :* institut de recherche des maladies infectieuses de l'armée américaine.

– Ça me rappelle des souvenirs.

– Exact, vous étiez à Porto Rico au moment de l'épidémie de fièvre dengue en 2009.

– Cette substance risque d'être beaucoup plus nocive, intervient Marvin. D'après les informations, il suffit que le corps entre en contact avec pour commencer à se craqueler et à saigner. Des hémorragies abondantes par tous ses orifices…

– Je tiendrai le coup, réplique Chaney en s'agrippant de nouveau à ses accoudoirs pour le décollage. C'est ce foutu hélicoptère qui me flanque la nausée.

Le colonel sourit.

– Dès notre atterrissage, nous devrons commencer par aider les Mexicains à établir des zones grises destinées à isoler les endroits contaminés de la population.

Le vice-président écoute encore un peu puis il se cale dans son fauteuil et ferme les yeux. *Scaphandres d'astronautes. Craqueler et saigner. Qu'est-ce que je fiche ici ?*

Quatre heures plus tard, le Sikorsky arrive au-dessus d'une plage blanche maculée de taches noires goudronneuses. Un cordon composé de barrières de bois orange isole les sections du rivage infectées.

L'hélicoptère suit la plage déserte vers l'est et s'approche d'une série de tentes de la Croix-Rouge qui ont été dressées sur une bande de rivage non polluée. Un énorme bûcher brûle à une cinquantaine de mètres. Il s'en dégage une dense fumée noire qui laisse une épaisse traînée de plusieurs kilomètres de long dans le ciel sans nuages.

Le Sikorsky ralentit et atterrit sur un parking adjacent aux tentes, clôturé lui aussi.

– Monsieur le vice-président, cette combinaison devrait vous aller.

Le colonel Ruetenik lui tend une combinaison d'astronaute orange.

Chaney voit Dean en sortir une aussi.

– Non ! Assis, on reste à bord. La presse et les gardes du corps aussi.

– Mon devoir consiste à vous assister…

– Assistez-moi en ne bougeant pas le cul d'ici.

Chaney descend de l'hélicoptère, accompagné de Teperman et du colonel. Tous les trois sont équipés de volumineuses combinaisons identiques et de bouteilles d'air.

Un médecin les accueille devant la tente principale. Chaney remarque qu'une substance verte goutte de sa combinaison blanche.

– Docteur Juarez. Merci d'être venu si vite.

Le colonel Ruetenik procède aux présentations. Chaney désigne le liquide vert qui macule la combinaison du médecin.

– Ce truc, c'est la substance toxique ?

– Non, monsieur le vice-président, ça, c'est du lenvirochem. Un désinfectant. Prenez soin d'y plonger votre combinaison avant de vous changer. Suivez-moi, je vais vous montrer la saloperie toxique.

Chaney sent des gouttes de transpiration couler sur ses joues en suivant les autres dans la zone de quarantaine.

Des dizaines de victimes sont allongées sur des lits de plastique sous la tente de la Croix-Rouge. La plupart sont en costumes de bain. Toutes sont couvertes de pustules noires, de sang et de bile. Celles qui sont encore conscientes gémissent de souffrance. Des travailleurs vêtus de combinaisons plastiques, de gants et de bottes de caoutchouc épais sortent des sacs à cadavre de la tente aussi vite qu'on y fait entrer de nouveaux malades.

Le Dr Juarez hoche la tête.

– Vous êtes dans une zone vraiment brûlante. La plupart des dégâts ont eu lieu tôt ce matin avant qu'on ait eu le temps de réaliser le degré de contagiosité de la vase. Nous avons fait mettre les plages en quarantaine à midi, mais la première vague de médecins et de volontaires a été contaminée, ce qui a empiré les choses. Nous nous sommes résolus à identifier les victimes, puis à brûler les corps pour mettre un frein à l'épidémie.

Ils pénètrent dans une tente voisine. Une jolie infirmière mexicaine en scaphandre est assise au chevet d'un Américain d'âge moyen dont elle tient la main.

Le Dr Juarez lui donne une tape affectueuse sur l'épaule.

– Comment s'appelle-t-il ?

– Ellis. C'est un peintre de Californie.

– Monsieur Ellis, vous m'entendez ?

Ellis est allongé sur le dos. Les yeux exorbités, il regarde dans le vide.

Ennis Chaney tressaille. Les prunelles de l'homme sont toutes noires.

Le colonel écarte le médecin.

– Comment se propage l'infection ?

– Par contact physique avec la marée noire ou avec les excrétions d'un sujet infecté. Aucune preuve quant à un virus transmis par les airs.

– Marvin, passez-moi le magnéto, s'il vous plaît, et tenez-vous prêt avec la boîte à chapeau.

Le colonel prend le magnétophone miniature que lui tend Teperman et procède à l'examen avec le Dr Juarez, tout en commentant ses observations à haute voix.

– Le pouce du sujet semble être entré en contact avec la substance goudronneuse, ainsi que l'index et l'auriculaire de la main droite. La chair des trois doigts a été complètement déchirée jusqu'à l'os. Globes oculaires fixes, sanguinolents, complètement noircis. Le sujet semble en transe. Infirmière, de quand date le contact de M. Ellis avec la marée noire ?

– Je n'en sais rien, docteur. Peut-être deux heures.

Marvin se penche vers Chaney.

– Ce truc agit très vite.

Le colonel l'entend et acquiesce en silence.

– Peau du sujet squameuse, presque blanche, avec des pustules noires le long des extrémités inférieures et supérieures.

Le Dr Juarez est assis à côté du malade qui semble sortir de sa transe.

– Ne bougez pas, monsieur Ellis, vous êtes entré en contact avec une espèce de…

– J'ai mal à la tête…

Ellis s'assoit brutalement, du sang noir sourd de ses narines.

– Qui sont ces gens, bordel ? Oh, mon Dieu…

D'un seul coup, un énorme flot de sang noir épais et de tissus est expulsé de sa bouche. La bile brûlante se déverse sur sa poitrine et éclabousse la visière des scaphandres de Teperman et de l'infirmière.

Chaney recule de plusieurs pas. La vue de la bile noire lui soulève le cœur. Il ravale le vomi qui remonte dans sa gorge et se détourne pour essayer de se ressaisir.

L'infirmière reste agenouillée au chevet du mourant. Elle lui tient les deux mains. La compassion l'empêche de détourner le regard de son visage épouvanté.

Ellis fixe le Dr Juarez et le colonel à travers deux trous noirs, une expression de zombie sur son visage ensanglanté. Il est assis en position rigide, comme s'il avait peur de remuer.

– Mes entrailles se décomposent, gémit-il.

Chaney voit le torse de l'homme frémir et être pris de convulsions. Un gargouillement écœurant, et de nouveau la bile noire qui, cette fois, jaillit aussi des narines et des yeux. Elle coule dans le cou d'Ellis, suivi par un flot de sang rouge cramoisi.

Le Dr Juarez attrape le corps tressaillant par les coudes, tandis que le torse de la victime est secoué de spasmes violents. Chaney ferme les yeux et prononce une prière.

Le docteur et l'infirmière étendent l'enveloppe sans vie d'organes infectés sur le lit.

Penché au-dessus du cadavre sanguinolent, le colonel Ruetenik poursuit froidement son examen.

– Le sujet semble avoir succombé à un écrasement et une hémorragie énormes. Marvin, apportez-moi la boîte à chapeau. Je veux plusieurs flacons de cet excrément noir, ainsi que des échantillons de tissus et d'organes.

Ennis Chaney doit recourir à toute sa volonté pour ne pas vomir dans son casque. Les jambes parcourues de tremblements visibles, il observe Marvin Teperman qui s'agenouille près du mort pour remplir plusieurs flacons de sang contaminé. Chaque échantillon est placé avec soin dans la boîte à chapeau, un récipient cylindrique en carton huilé destiné à recevoir les matières biologiques dangereuses.

Chaney transpire abondamment. Il a l'impression d'étouffer dans sa combinaison.

Les quatre hommes laissent à l'infirmière la tâche de nettoyer.

Le colonel attire Chaney hors de la tente.

– Monsieur le vice-président, Marvin va retourner tout de suite à Washington avec vous pour effectuer une analyse complète de ces échantillons. Je préfère rester un peu ici. Si vous pouviez organiser...

– Diego !

L'infirmière sort en trébuchant de la tente de quarantaine. Elle hurle en espagnol. Le Dr Juarez la saisit par le poignet.

– *Icarajo !*

Juarez fixe la petite entaille, sur le coude gauche de la combinaison. Sur la peau, à l'endroit où le bras a été exposé, apparaît une tache de la taille d'une pièce de monnaie. La bile fumante a déjà brûlé la chair, presque jusqu'à l'os.

Le colonel verse le désinfectant vert sur le bras atteint.

– Garde ton calme, Isabel, on l'a sûrement pris à temps.

Le Dr Juarez jette un regard désespéré au vice-président, les yeux remplis de larmes.

– Ma femme…

Chaney sent une boule se former dans la gorge à la vue du regard épouvanté de la condamnée.

– Diego, coupe mon bras !

– Isa…

– Diego, le bébé va être empoisonné !

Chaney s'attarde assez longtemps pour voir Juarez et Shafer transporter la femme vociférante en chirurgie. Puis il s'éloigne au pas de course de la tente et tire sur son casque en trébuchant sur une dune. Il tombe à genoux, cherche à tâtons le zip de sa capuche, la bile au bord des lèvres.

– NON !

Teperman saisit le poignet de Chaney à l'instant où il va enlever sa capuche. L'exobiologiste asperge la combinaison orange du vice-président de désinfectant vert pendant qu'Ennis vomit à l'intérieur de sa visière.

Teperman attend qu'il ait fini, puis il le prend par le bras pour l'emmener vers les douches chimiques. Les deux hommes gardent leurs combinaisons sous le jet de désinfectant, puis ils passent sous une seconde douche où ils les enlèvent.

Chaney jette sa chemise souillée dans un sac en plastique. Il se lave le visage et le cou, puis il s'assoit sur un banc de plastique, envahi d'un terrible sentiment de faiblesse et de vulnérabilité.

– Ça va ?

– Pas du tout, merde ! (Il secoue la tête.) J'ai perdu la boule.

– Vous vous en êtes bien sorti. C'est la quatrième fois que j'opère dans une zone brûlante. Quant au colonel, il en est bien à la dixième.

– Comment est-ce que vous faites ? demande Chaney d'une voix rauque, sans parvenir à contrôler le tremblement de ses mains.

– On essaie de dépersonnaliser pendant qu'on est sur le terrain, puis on passe sous la douche de décontamination, on enlève sa combinaison et on dégueule.

Dépersonnaliser. Foutus moulins à vent. Je me fais trop vieux pour me battre contre eux.

– On rentre à la maison, Marvin.

Chaney regagne l'hélicoptère derrière Teperman. Alors qu'il monte à bord, il voit deux hommes jeter un corps de plus sur le bûcher funéraire.

C'est celui de l'infirmière.

13

24 novembre 2012
Hollywood Beach, Floride

Les flots de larmes qui jaillissent des yeux de Dominique l'empêchent presque de voir l'image d'Edith sur l'écran vidéo. Le rabbin Steinberg lui serre la main plus fort pendant que sa femme lui frotte le dos.

– Edith, je ne comprends pas. Qu'est-ce qui s'est passé ? Qu'est-ce que faisait Isadore là-bas ?

– Il cherchait à comprendre les bruits qui sortent du cratère.

Un gémissement échappe à la jeune femme. Elle enfouit le visage contre la poitrine du rabbin et sanglote éperdument.

– Dominique, regarde-moi ! lui ordonne sa mère.

– … C'est ma faute.

– Arrête. Tu n'y es pour rien. Isadore faisait son travail, un point c'est tout. C'est un accident. Les gardes-côtes mexicains font une enquête…

– Et l'autopsie ?

Edith détourne les yeux pour essayer de refouler son propre chagrin.

– Les trois corps ont été contaminés par la marée noire, répond le rabbin à sa place. On a dû les brûler.

Dominique ferme les yeux. Elle tremble de tout son corps.

Le visage d'Edith réapparaît à l'écran.

– Ma puce, écoute-moi. Le service funéraire a lieu dans deux jours. Je veux que tu rentres à la maison.

– D'accord. Je resterai un moment.

– Et ton stage ?

– Il n'a plus aucune importance.

Dominique essuie ses larmes.

– Edith, je suis vraiment désolée…

– Contente-toi de rentrer à la maison le plus vite possible.

Un ciel gris plombé menaçant accueille Dominique à sa sortie de la tour de Hollywood Beach. Elle traverse le parking et déverrouille la portière passager de la Pronto Spider pour jeter sa valise sur le siège. Puis elle respire un grand coup. Les parfums de la mer et de la pluie qui va tomber flottent dans l'air. Elle monte dans la voiture, déclenche l'allumage, presse le bouton du starter et appuie le front sur le volant, dans l'attente que les systèmes antivol et de sécurité aient achevé leurs analyses.

Isadore est mort. Il est mort par ma faute. Elle ferme les yeux et hoche la tête. *Par ma faute, nom d'un chien.*

La platine CD se met en marche.

Elle est préréglée sur DJ digital. Le processeur informatique intégré du coupé enregistre la température du corps de Dominique sur le volant et interprète son humeur.

Le CD *Best of the Doors* se met en place avec un clic.

Réfléchis bien. Il faisait beau et Isadore était trop expérimenté pour faire naufrage comme ça. Quelque chose d'imprévu a dû arriver. Quelque chose d'affreux.

Le son familier des baguettes dansant sur une cymbale se mêle à ses pensées. Des chuintements lancinants de guitare orientale viennent alimenter son chagrin tout en l'apaisant. De brefs souvenirs de son père adoptif surgissent dans sa mémoire. Une profonde tristesse envahit ses nerfs épuisés. Les paroles lui déchirent le cœur, la font craquer une fois de plus. Des larmes brûlantes l'aveuglent, tandis que les vers mélodieux et obsédants de Jim Morrison résonnent dans ses oreilles.

This is the End… beautiful friend,
This is the End… my only friend, the End

Fascinée par l'épitaphe, elle lève la tête du volant à l'instant où les premières gouttelettes de pluie éclaboussent le pare-brise. Derrière ses yeux de nouveau clos, des souvenirs d'Isadore, d'Edith et de Michael tourbillonnent dans sa tête.

Tu as l'air fatiguée, la gosse…
Contente-toi de rentrer à la maison…

Lost in a romance, wilderness of pain

Si je n'étais pas enfermé… Est-ce que vous pensez… Est-ce que vous auriez pu m'aimer ?

And all… the children… are insane…
Waiting for the summer rain, yeahhh…

Quatre ahau, *trois* kankin, *vous connaissez ce jour, hein, Dominique ?*
Vous croyez en Dieu ?
Tu as l'air fatiguée, la gosse…
Vous croyez au diable ?

There's danger on the edge of town…

Il faut faire quelque chose ! Le cratère de Chicxulub… l'horloge tourne…
Ma puce, tu ne peux pas t'attendre à sauver le monde à toi toute seule…
L'horloge tourne… et on va tous mourir…
Tu ne peux pas t'attendre à sauver le monde…
L'horloge tourne…

Father, I want to kill you…

Dominique s'affaisse contre le volant, ses sanglots se mêlent aux déclamations de luxure œdipienne de Jim Morrison.

This is the End… beautiful friend,
This is the End… my only friend, the End,

Aucun de nous ne peut contrôler la mise qu'il reçoit. Mais nous sommes totalement responsables de la manière dont nous la jouons.

Le moteur de la Spider qui s'allume la fait sursauter.

This is the End...

Elle éteint la musique et essuie ses larmes, tandis que l'averse continue à se déverser sur le pare-brise. Elle lève les yeux pour se contempler dans le rétroviseur.

La manière dont nous la jouons.

Pendant plusieurs minutes, elle garde un regard fixe. Peu à peu la détermination l'emporte sur le chagrin, un plan germe dans sa tête. Puis elle appelle le rabbin Steinberg sur le téléphone de la voiture.

– C'est moi. Non, je suis encore en bas. J'ai une chose importante à faire avant de partir pour Sanibel, mais j'ai besoin de votre aide.

14

25 novembre 2012
Miami, Floride
21 h 54

La Pronto Spider noire prend à droite dans la 23ᵉ Rue, fait demi-tour et se gare le long du trottoir près d'un poteau téléphonique, placé à côté du mur de béton blanc qui culmine à six mètres. La petite rue bordant l'asile au nord se prolonge à l'est sur deux pâtés de maisons avant de s'achever en impasse devant une usine textile abandonnée. Le quartier est délabré, la rue déserte en dehors d'une camionnette Dodge garée à l'autre bout du pâté de maisons.

Dominique descend de la voiture ; son pouls bat la chamade. Elle ouvre la malle et, après avoir vérifié que personne ne se trouve dans les parages, en sort une corde de Nylon blanc de quinze mètres, d'un diamètre de deux centimètres. Des nœuds ont été confectionnés tous les cinquante centimètres. Elle se baisse comme si elle examinait son pneu droit et attache une extrémité de la corde à la base du poteau téléphonique, puis elle revient à la malle.

Elle ouvre un conteneur volumineux dont elle sort une maquette d'hélicoptère radio téléguidée électrique à grandes pales, la plus puissante du marché, capable de soulever une charge d'une trentaine de kilos. Une pince mécanique pend du train d'atterrissage. Dominique place le dernier nœud, à l'extrémité libre de la corde, dans la pince et la referme.

OK, ne bousille pas tout. Fais attention de ne pas coincer la corde dans le fil de fer barbelé.

Elle allume le moteur. Le sifflement aigu des rotors lui fait grincer les dents. La maquette décolle en oscillant sous le poids de la corde qu'il parvient à tracter. Dominique le fait grimper à la verticale le long du mur de sécurité en béton pour raidir la corde.

OK, c'est facile...

À l'aide de la manette directionnelle, elle fait passer l'hélicoptère de l'autre côté du mur au-dessus du jardin, puis elle actionne la commande de contrôle de la pince pour relâcher la corde.

Cette dernière tombe dans le jardin, se glisse entre le fil de fer barbelé et se pose sur le dessus de la barrière de béton.

Parfait. Vas-y ! Dominique donne un coup de manette à droite. L'hélicoptère modèle réduit fonce vers l'usine textile au bout de la rue et disparaît au-dessus du toit du bâtiment désaffecté. Elle éteint le contrôle radio en entendant le bruit mat de l'appareil qui s'écrase au loin.

Dominique claque brutalement la malle, remonte à bord du coupé et amène la voiture dans le parking du personnel.

Elle consulte sa montre : 22 h 07. C'est presque l'heure. De la boîte à gants, elle sort une pince coupante, puis elle éteint le moteur et lève le capot de la Spider.

Elle le referme trois minutes plus tard et essuie ses mains graisseuses avec un chiffon après avoir mis intentionnellement sa voiture en panne. Elle se refait rapidement une beauté, prend le temps de rajuster le haut de sa robe décolletée dans le dos, puis elle dissimule sa poitrine à moitié dénudée derrière son sweater de cachemire rose.

OK Michael, maintenant, ça ne dépend plus que de vous.

Elle gagne en hâte l'entrée de l'hôpital, en formulant le vœu que Michael ait été assez lucide lorsqu'elle lui a parlé dans l'après-midi.

22 h 14

Michael Gabriel est assis sur le bord de son matelas fin comme une crêpe. Ses yeux noirs sans vie sont fixés sur le sol. Sa bouche est ouverte, un filet de salive coule de sa lèvre inférieure. Son avant-bras gauche couvert d'hématomes est posé sur sa cuisse, paume vers le haut, en offrande au boucher. Son bras droit est coincé contre son flanc, poing serré.

Il entend l'infirmier approcher.

– Hé, Marvis, c'est vrai ? C'est la dernière nuit du légume ?

Michael respire à fond pour essayer de calmer son pouls. La présence du gardien au septième étage va compliquer les choses. *Tu n'as droit qu'à un essai. Bousille-les tous les deux si tu ne peux pas faire autrement.*

Marvis éteint la télévision du compartiment et finit d'essuyer les taches de jus de raisin sur la table basse.

– Ouais, Foletta l'emmène à Tampa demain.

La porte s'ouvre. Du coin de l'œil, Michael aperçoit le sadique qui s'approche et l'ombre d'un autre homme posté près de la porte.

Pas maintenant. Marvis va refermer la porte d'un coup si tu bondis. Attends que le chemin soit libre. Laisse cette brute te piquer.

L'infirmier saisit le poignet gauche de Michael et enfonce la seringue, cassant presque l'extrémité de l'aiguille pour injecter la thorazine dans la veine martyrisée.

Michael serre les muscles abdominaux de souffrance. Il oblige le haut de son corps à ne pas flancher.

– Barnes, vas-y mollo, sinon je fais un autre rapport sur toi.

– Vas te faire foutre, Marvis.

Marvis hoche la tête et s'éloigne.

Les yeux de Michael se révulsent. Son corps se transforme en gélatine et il tombe sur le flanc gauche. Il est allongé sur le lit, les yeux fixes, comme un zombie.

Après avoir vérifié que Marvis s'est éloigné, Barnes déboutonne sa braguette.

– Hé, ma cocotte, tu veux y goûter ?

Il se penche pour se rapprocher du visage de Michael.

– Et si t'ouvrais ta jolie petite gueule ?

L'infirmier a tout juste le temps d'apercevoir une explosion de lumière mauve provoquée par le poing de Michael qui vient de s'écraser sur sa tempe.

Barnes s'effondre par terre. Il n'a pas perdu connaissance.

Michael lui relève la tête en la tirant par les cheveux et le regarde droit dans les yeux.

– Un petit cadeau, fils de pute.

Il enfonce son genou dans le visage de Barnes, en prenant soin de ne pas tacher de sang l'uniforme de l'infirmier.

Dominique entre son code numérique et attend que la caméra à infrarouges scanne son visage. La lumière passe au vert, lui permettant de pénétrer dans le poste de sécurité central.

Raymond se tourne face à elle.

– Tiens, tiens, une visite. On vient rendre un dernier hommage à son copain psychotique ?

– Vous n'êtes pas mon copain.

Raymond donne un coup-de-poing à la cage d'acier.

– Tu sais très bien de qui on parle. Je vais lui rendre une petite visite sympa tout à l'heure. (Il lui adresse son sourire jaunâtre.) Ouais, Rayon de soleil, je vais me donner du bon temps avec ton petit copain.

– Ne vous gênez pas.

Elle se dirige vers l'ascenseur.

– Ça veut dire quoi ?

– Je m'en vais.

Dominique sort une enveloppe de son sac à main.

– Tenez. C'est ma lettre de démission. J'abandonne mon stage et je quitte la fac. Le Dr Foletta est dans son bureau ?

– Tu sais bien que non.

– Dans ce cas, je vais la remettre à Marvis. Faites-moi monter au septième. Si c'est dans vos cordes.

Raymond la dévisage d'un air soupçonneux. De sa console, il appuie sur le bouton du septième étage, puis il la suit sur l'écran de sécurité.

Marvis est sur le point d'aller chercher Barnes quand la porte de l'ascenseur s'ouvre.

– Dominique ? Qu'est-ce que vous faites ici ?

Elle le prend par le bras pour lui faire contourner son bureau, de manière à l'empêcher de voir l'ascenseur et le couloir menant à la cellule de Michael.

– J'ai à vous parler, mais je ne veux pas que Barnes entende.

– Entende quoi ?

Dominique lui montre l'enveloppe.

– Je démissionne.

– Pourquoi ? Votre semestre est presque terminé.

Les larmes lui montent aux yeux.

– Mon… mon père vient de mourir dans un accident de bateau.

– Je suis vraiment désolé.

Elle émet un sanglot et se laisse réconforter par Marvis. Elle pose la tête sur son épaule et garde les yeux fixés sur le couloir menant à la cellule C7.

Michael sort de sa chambre en flageolant. Il a revêtu l'uniforme et la casquette de base-ball de Barnes. Il claque la porte et se dirige vers l'ascenseur.

Dominique pose la main sur le cou de Marvis comme si elle voulait l'enlacer afin de l'empêcher de se retourner.

– Je peux vous demander un service ? Ça vous ennuierait de remettre ma lettre au Dr Foletta ?

– Pas du tout. Si vous voulez, vous pouvez rester un peu ici. On parlera…

La porte de l'ascenseur s'ouvre. Michael y pénètre en trébuchant. Elle s'écarte.

– Non merci. Je suis déjà en retard. Je dois y aller. L'enterrement est pour demain matin. Barnes, attendez-moi, s'il vous plaît.

Une manche blanche empêche la porte de l'ascenseur de se refermer.

Dominique embrasse Marvis sur la joue.

– Prenez soin de vous.

– Ouais. Vous aussi.

Dominique se précipite vers l'ascenseur et pénètre dedans à l'instant où la porte se referme. Au lieu de regarder Michael, elle fixe la caméra située en hauteur dans l'angle de la cabine.

Elle enfonce tranquillement une main dans son sac.

– Quel étage, monsieur Barnes ?

– Troisième.

Elle perçoit la fatigue dans sa voix. Elle lève trois doigts vers la caméra, puis un, sans lâcher l'objectif des yeux, pendant que Michael saisit les cisailles pesantes qu'elle vient de sortir de son sac et les met dans sa poche.

L'ascenseur s'arrête au troisième étage. Les portes s'ouvrent.

Michael en sort tant bien que mal et manque tomber tête la première.

Les portes se referment.

Michael se retrouve seul dans le couloir. Il avance d'un pas chancelant. Le couloir carrelé de vert lui donne le vertige. La dose massive de thorazine le vide complètement et il n'arrive pas à lui résister. Il tombe à deux reprises, puis il s'appuie contre le mur et rassemble toute sa volonté pour aller jusqu'au jardin.

L'air nocturne le requinque un instant. Il arrive à atteindre les marches de béton et s'agrippe à la rambarde d'acier. Trois étages tournoient devant lui dans le brouillard. Il cligne des yeux, incapable d'y voir nettement. *Bon, tu peux y arriver. Un pas... Maintenant, pose ton pied par terre.* Il descend trois marches en branlant et se rattrape. *Concentre-toi ! Une à la fois. Ne te penche pas...*

Il dégringole les derniers trois mètres et atterrit douloureusement sur le dos.

L'espace d'un instant, il s'autorise à fermer les yeux, offrant ainsi au sommeil l'occasion de le terrasser. *Non !* Il se retourne, se redresse d'une poussée et se dirige ensuite d'un pas toujours aussi chancelant vers le monstre de béton qui tournoie devant lui.

Dominique déboutonne son sweater de cachemire, prend son courage à deux mains et sort de l'ascenseur. En approchant du poste de sécurité, elle balaie du regard la dizaine d'écrans placés derrière Raymond qui fournissent en continu des images alternées de l'établissement.

Elle repère celle du jardin. Une silhouette revêtue d'un uniforme est en train d'essayer d'escalader le mur de béton.

Raymond lève les yeux et reste bouche bée devant son décolleté.

Michael a les bras en caoutchouc. Malgré tous ses efforts, il n'arrive pas à faire obéir ses muscles.

Il sent la corde de Nylon glisser entre ses doigts. Il retombe de deux mètres et manque se briser les deux chevilles sur le sol dur de la pelouse.

Dominique voit Michael tomber et étouffe un cri. Avant que Raymond puisse réagir, elle enlève complètement son sweater.

– Quelle chaleur !

Les yeux de Raymond sortent de leurs orbites. Il bondit de sa chaise et vient se poster près du portillon.

– T'as envie de baiser avec moi, hein ?

Du coin de l'œil, la jeune femme voit Michael se relever. Il reprend son escalade. L'image change.

– Raymond, regardons les choses en face : avec tous ces anabolisants, je doute fort que vous soyez capable de bander assez longtemps pour me faire jouir.

Raymond ouvre le portillon.

– C'est pas gentil de dire ça pour une fille qui a essayé de m'écrabouiller le gosier il y a trois semaines.

– Vous ne pigez pas, hein ? Aucune fille ne jouit quand on la force.

– Putain d'allumeuse… T'essaies de faire foirer ma liberté surveillée…

– Peut-être que j'essaie juste de m'excuser…

Allez, Michael, bouge-toi les fesses…

La douleur empêche Michael de s'évanouir.

Il serre davantage les dents et se hisse en poussant un grognement. Il grimpe comme un alpiniste. *Encore trois prises, juste trois, vas-y. Plus que deux, deux de plus, sers-toi de tes bras, serre les poings. Bien, bien. Arrête-toi, reprends ton souffle. OK, plus qu'une, la dernière, vas-y…*

Il atteint le sommet du mur. En se cramponnant, il enroule en hâte la corde une demi-douzaine de fois autour de son bras pour ne pas tomber. Le fil de fer barbelé se trouve à quelques centimètres de son front. Michael sort les tenailles de sa poche arrière et s'attaque au métal de toutes ses forces afin d'ouvrir une brèche.

À travers le brouillard provoqué par la thorazine, il essaie de distinguer le morceau de fil suivant et de placer correctement les tenailles. Le brouillard s'épaissit.

Raymond s'appuie au mur pour contempler les deux renflements parfaits qui sortent du haut de la robe de Dominique.

– Voici le marché, Rayon de soleil : toi et moi, on s'envoie en l'air, et je te promets de pas embêter ton copain.

Elle fait semblant de se gratter pour jeter un regard rapide à l'écran à travers la cage de sécurité. Michael s'acharne à couper le fil de fer barbelé.

Retiens ce porc.

– Vous voulez faire ça ici ?

Il fait glisser une main sur son bras.

– Tu seras pas la première.

Elle manque vomir au contact du bout de l'index de l'homme qui lui frotte le sein.

Michael dégage le morceau de fil de fer barbelé, puis il se hisse en haut du mur, en équilibre instable sur le torse. Il se rapproche du bord, centimètre par centimètre, pour regarder l'à-pic de six mètres de l'autre côté.

– Oh là là…

En grognant, il tire vers lui l'extrémité de la corde, puis il l'entoure plusieurs fois autour du fil en spirale restant, dont les barbillons déchirent sa chair. Il enveloppe le bout de la corde autour de ses poignets, se laisse aller par-dessus le mur… et tombe.

Il chute de cinq mètres avant que la corde ne se coince dans le fil de fer barbelé et n'arrête sa descente. Suspendu par les poignets, il sent qu'en haut du mur, le fil de fer cède sous son poids, et il s'écroule sur le trottoir.

Quelques secondes plus tard, il est à quatre pattes, hypnotisé comme un animal égaré par les phares d'une voiture qui s'approche.

– Raymond, attendez, je vous ai dit de vous arrêter !

Dominique repousse la main de sa poitrine et sort une petite bombe lacrymogène de son sac.

– Sale putain… t'essaies de me baiser !

Elle recule.

– Non, je viens de décider que la vie de Michael ne vaut pas le prix que vous en demandez.

– Espèce de salope…

Elle se tourne et presse le visage contre le scanner thermique. *Vite…* Elle attend le bourdonnement, ouvre la porte d'un geste brusque et se glisse dehors.

– Très bien, Rayon de soleil, t'as fait ton choix. Ton copain va devoir vivre avec.

Raymond ouvre le tiroir de son bureau. Il en sort un bout de tuyau de caoutchouc de deux centimètres de diamètre, puis il se dirige vers l'ascenseur.

En arrivant au parking, Dominique aperçoit avec soulagement la camionnette Dodge s'engager sur la route 441. Elle ouvre le capot de sa voiture, puis elle appelle le numéro du service de dépannage d'urgence.

L'ascenseur s'arrête au septième étage. Raymond en sort. Marvis lève les yeux.

– Qu'est-ce qui se passe ?

– Rien. Regarde ta télé.

Raymond traverse le compartiment 7C et s'arrête devant la chambre 714. Il entre.

La pièce est faiblement éclairée. Il s'en dégage une odeur acide de désinfectant et des relents de vêtements souillés.

Le pensionnaire est étendu sur le matelas, le drap relevé sur ses oreilles. Il tourne le dos à Raymond.

– 'Soir, trou du cul. V'là un petit cadeau de ta copine.

Raymond balance brutalement le tuyau de caoutchouc sur le visage de l'homme endormi, qui pousse un cri de douleur. L'homme essaie de se lever. Le rouquin baraqué le fait retomber d'un coup de pied, puis il s'acharne sur lui et le frappe sur le dos et les épaules jusqu'à épuiser sa fureur.

Raymond domine le corps, le souffle coupé par l'effort qu'il vient de produire.

– Ça t'a plu, tête de nœud ? Y a intérêt, parce que moi, j'ai pris mon pied.

Il tire le drap.

– Oh, merde…

Le rabbin Steinberg gare la camionnette sur le bord de la route, près d'une poubelle placée à côté d'un magasin de voisinage. Il fait glisser la portière latérale, sort la corde de Nylon du véhicule et la jette en hâte dans la boîte à ordures. Puis il remonte dans la Dodge pour aider Michael à se relever et à s'asseoir sur le siège.

– Ça va ?

Michael lève vers lui des yeux vides.

– Thorazine…

– Je sais.

Le rabbin Steinberg lui soulève la tête pour lui faire avaler une gorgée d'eau minérale. Les hématomes qui parsèment les bras de l'homme lui font mal.

– Ça va aller. Reposez-vous. On a un long trajet.

Michael sombre dans l'inconscience avant même que sa tête ne retombe sur le dossier du siège.

Le camion de dépannage est déjà en train de hisser la Pronto Spider sur son plateau quand les premières voitures de police du Comté Dade arrivent.

Raymond sort en courant à leur rencontre et aperçoit Dominique.

– C'est elle ! Arrêtez-la !

Dominique feint la surprise.

– Mais qu'est-ce qui vous prend ?

– Va te faire foutre. Tu sais parfaitement que Michael Gabriel s'est échappé.

– Michael ? Mon Dieu ! Comment ?

Elle se tourne vers les agents de police.

– Comment voulez-vous que j'aie quelque chose à voir là-dedans ? Ça fait vingt minutes que je suis coincée ici.

Le chauffeur du camion acquiesce.

– C'est vrai, monsieur l'agent. Je peux en témoigner. Et on n'a rien vu du tout.

Une Lincoln Continental s'arrête devant l'entrée principale dans un crissement de pneus. Anthony Foletta en sort, revêtu d'un ensemble de jogging jaune poussin.

– Raymond, qu'est-ce qui… Dominique, qu'est-ce que vous fichez ici ?

– Je suis passée vous remettre ma lettre de démission. Mon père a été tué dans un accident de bateau. J'abandonne mon stage. (Elle jette un coup d'œil à Raymond.) J'ai l'impression que votre gorille a déconné.

Foletta la dévisage, puis il attire un agent à l'écart.

– Docteur Foletta, directeur de cet établissement. Cette femme était chargée du pensionnaire qui s'est échappé. S'ils ont préparé sa fuite ensemble et qu'elle devait le véhiculer, il y a de fortes chances pour qu'il soit encore à l'intérieur.

L'officier de police donne l'ordre à ses hommes d'entrer dans l'hôpital avec la patrouille de chiens, puis il s'adresse à Dominique.

– Prenez vos affaires, mademoiselle, vous venez avec nous.

Journal de Julius Gabriel

À la fin de l'automne 1974, mes deux collègues et moi avons regagné l'Angleterre. Nous étions tous contents de retrouver la « civilisation ». Je savais que Pierre n'était plus motivé par son travail et qu'il voulait rentrer aux États-Unis. Les pressions de sa famille avaient porté leurs fruits : ils avaient réussi à le persuader de tenter sa chance en politique. Je craignais surtout qu'il ne demande à Maria de l'accompagner.

Oui, je le craignais. Car en vérité, j'étais tombé amoureux de la fiancée de mon meilleur ami.

Comment laisse-t-on se produire une telle chose ? Je ne cessais de ressasser cette question. Les affaires de cœur sont difficiles à justifier, même si je tentais de le faire au début. Je me suis convaincu qu'il ne s'agissait que de désir sexuel, provoqué par la nature même de notre travail. L'archéologie est une profession où l'on vit beaucoup dans l'isolement. Les équipes sont obligées de coexister et d'œuvrer dans des conditions souvent très frustes, de renoncer à des plaisirs aussi modestes que l'intimité et l'hygiène pour mener leur tâche à bien. Le sens pratique l'emporte sur la pudeur. Le bain du soir dans un cours d'eau fraîche, le rituel quotidien de l'habillage et du déshabillage, l'acte même de la cohabitation peuvent se transformer en festin pour les sens. Une action en apparence innocente peut éveiller le désir et faire bondir le cœur, si bien que l'esprit affaibli se laisse tromper.

Dans mon cœur, je savais bien que tout cela n'était qu'excuses, car j'avais été enivré par la beauté ténébreuse de Maria dès l'instant où Pierre me l'avait présentée en première année d'université à Cambridge. Ces pommettes hautes, cette longue chevelure noire, ces yeux d'ébène d'où irradiait une intelligence presque animale…

197

La vision de Maria m'avait enchanté, j'avais reçu un coup de poignard, et pourtant je ne pouvais rien faire sous peine de détruire mon amitié avec Borgia.

Je n'ai pourtant pas cédé à la tentation. Je me suis convaincu que Maria devait rester une exquise bouteille de vin que j'avais soif de goûter mais que je ne pourrais jamais ouvrir. J'ai verrouillé mes émotions et jeté la clé au diable. En tout cas, j'ai cru le faire.

En ce jour d'automne, pendant notre trajet entre Londres et Salisbury, j'ai compris que notre trio se trouvait à la croisée des chemins et que l'un d'entre nous – moi à n'en pas douter – allait s'aventurer sur une route solitaire.

Stonehenge est sans nul doute un des sites les plus mystérieux de notre planète, un temple étrange constitué de pierres mégalithiques érigées, qu'on croirait disposées en un cercle parfait par des géants. Comme nous y avions déjà passé un certain temps dans le cadre de notre diplôme, aucun de nous ne s'attendait à avoir des révélations sur ces plaines ondulantes du sud de l'Angleterre.

Nous avions tort. Une autre pièce du puzzle se trouvait bien là. Elle nous regardait droit dans les yeux.

Bien que plus récente que Tiahuanaco, Stonehenge évoque les mêmes exploits d'ordre technique et astronomique que nous avions constatés là-bas. On considère que le site lui-même a exercé une influence spirituelle sur les fermiers qui occupèrent les premiers la plaine, lors de la dernière ère glaciaire. Le flanc de la colline était certainement considéré comme un territoire sacré, car on ne trouve pas moins de trois cents sites funéraires dans un rayon de deux kilomètres, dont plusieurs nous ont fourni des indices capitaux qui nous ont permis de relier cette région à des artefacts que nous avions découverts auparavant en Amérique centrale et en Amérique du Sud.

La datation au carbone nous apprend que Stonehenge a été érigée il y a environ 4 800 ans selon certaines estimations, 3 100 ans selon d'autres. La première partie de la construction a commencé par un plan circulaire précis de 56 poteaux de bois pareils à des totems, entourés par un fossé et un talus. De petites pierres bleues, transportées d'une chaîne montagneuse distante de cent cinquante kilomètres, allaient remplacer par la suite ces poteaux de bois. À leur tour, on leur substituerait des mégalithes, dont il nous reste aujourd'hui les vestiges.

Les gigantesques rochers verticaux qui composent Stonehenge s'appellent des pierres *sarsens*. Ce sont les pierres les plus dures de la région. Elles proviennent de la ville d'Avery, à une quarantaine de kilomètres au nord. À l'origine, Stonehenge comprenait trente de ces pierres au poids exceptionnel, puisqu'il va de 25 à 40 tonnes. Chacune de ces grandes colonnes rocheuses a dû être transportée sur plusieurs kilomètres dans les collines, puis dressée afin de former un cercle parfait d'une trentaine de mètres de diamètre. Trente linteaux de neuf tonnes reliaient le sommet de ces *sarsens*. Il a fallu soulever chaque linteau de cinq mètres pour le placer au-dessus des *sarsens*. Afin de leur permettre d'être fixés correctement, les ingénieurs ont arrondi le haut de chaque *sarsen*. Ces « tenons » se fichaient dans des « mortaises » rondes creusées sous chaque linteau pour permettre aux pierres de s'encastrer comme les pièces d'un logo géant.

Après avoir achevé ce monumental cercle de pierres, les bâtisseurs ont érigé cinq paires de « trilithons », à savoir deux *sarsens* dressées, reliées par un seul linteau. Ces trilithons, constitués par les plus grosses pierres du site, se dressent à sept mètres cinquante du sol, alors qu'un tiers de leur masse est enfoui sous le sol. À l'intérieur du cercle, cinq trilithons forment un fer à cheval, dont le côté ouvert fait face à un autel placé en fonction du solstice d'été. Le trilithon central, qui est aussi le plus grand, a été placé par rapport au solstice d'hiver, c'est-à-dire le 21 décembre, jour de la prophétie maya, date associée à la mort dans la plupart des civilisations anciennes. Comment des villageois de l'âge de pierre dans l'Angleterre ancienne s'y prirent-ils pour traîner des *sarsens* de 40 tonnes dans les collines, sur plus de trente kilomètres de terrain accidenté ? Par quel moyen soulevèrent-ils des linteaux de 9 tonnes pour les mettre parfaitement en place ? De plus, quelle mission pouvait être assez importante pour inciter ces hommes de la préhistoire à accomplir pareil exploit ?

Il n'existe pas de traces écrites qui nous permettraient d'identifier les bâtisseurs de Stonehenge, mais selon une légende populaire, c'est Merlin, l'enchanteur de la cour du roi Arthur, qui en fut le cerveau. On raconte que l'homme sage et barbu conçut le temple comme un observatoire cosmique et un calendrier céleste, ainsi qu'un lieu de communion et de vénération, jusqu'au moment où il fut mystérieusement abandonné, en 1500 avant J.-C.

Tandis que Pierre rentrait à Londres, Maria et moi quittions Stonehenge afin d'explorer les tumulus funéraires situés dans des régions voisines, dans l'espoir de trouver des vestiges de crânes allongés qui nous permettraient d'établir un lien entre les sites d'Amérique centrale et d'Amérique du Sud et cet ancien site funéraire. La plus grande tombe de la région est un tertre de 100 mètres, lui aussi construit en *sarsens*. Elle contient les restes de 47 morts. Pour une raison inconnue, les ossements ont été placés dans des salles séparées.

Notre découverte a été moins étonnante que ce que nous ne découvrîmes pas : une bonne dizaine de crânes au moins, appartenant aux individus les plus grands, avaient disparu ! Nous avons passé les quatre mois suivants à explorer tombe après tombe, aboutissant aux mêmes résultats. Et enfin, nous sommes arrivés au site de Loughcrew, en plein cœur de l'Irlande, considéré par de nombreux archéologues comme le plus sacré. On y trouve une fortification de pierres sous le tumulus funéraire.

De magnifiques hiéroglyphes sont sculptés sur la face interne des *sarsens* de cette tombe. Les premiers forment une série de cercles concentriques en spirale. Je me vois encore observer le visage de Maria à la lueur de la lanterne, alors que ses yeux noirs fixaient ces emblèmes énigmatiques. En le voyant s'illuminer subitement, mon cœur a bondi. Elle m'a entraîné à la lumière du jour, a couru vers notre voiture où elle a ouvert frénétiquement les boîtes contenant les centaines de photos que nous avions prises au cours d'un survol en montgolfière du désert de Nazca. Elle a brandi une photo noir et blanc sous mon nez.

– Julius, regarde, la voilà !

Le cliché représentait la pyramide de Nazca, l'un de ces dessins du désert auxquels nous attribuions une extrême importance. Deux silhouettes apparaissaient à l'intérieur de sa forme triangulaire : un quadrupède inversé et une série de cercles concentriques.

Ces cercles étaient identiques aux sculptures trouvées à l'intérieur de la tombe.

Cette découverte nous a enthousiasmés, Maria et moi. Depuis un certain temps, nous pensions tous deux que les dessins de Nazca représentaient un ancien message de salut destiné à l'homme moderne et qu'ils étaient liés à la prophétie de l'apocalypse. (Sinon, pour quelle raison le mystérieux artiste aurait-il dessiné des images d'une dimension telle qu'elles ne sont visibles que du ciel ?)

Notre enthousiasme a été un peu atténué par la question qui s'est posée ensuite à nous : quelle était la pyramide représentée par le dessin de Nazca ?

Maria pensait qu'il s'agissait de la Grande Pyramide de Gizeh, le plus ancien temple de pierres du monde. Non sans logique, elle constatait que Gizeh, Tiahuanaco, Sacsahuaman et Stonehenge étaient toutes construites avec des mégalithes, que leur date de construction était proche (en tout cas on le pensait) et que l'angle de la pyramide de Nazca ressemblait aux flancs pentus de la pyramide égyptienne.

Je ne me suis pas laissé aussi facilement convaincre. Ma théorie était que nombre des anciens dessins de Nazca jouaient le rôle de repères de navigation. Ils avaient été placés de manière à nous indiquer la direction à suivre. De plus, plusieurs indices me paraissaient avoir été laissés non loin de la pyramide de Nazca pour nous permettre d'identifier le mystérieux dessin triangulaire.

Le plus important se trouve à l'intérieur même du dessin de la pyramide, sous les cercles concentriques. Il s'agit de l'image inversée d'un quadrupède, un jaguar à mon avis, l'animal le plus vénéré de la Méso-Amérique.

Le deuxième indice est le singe de Nazca. La queue de cet animal immense, dessiné d'un seul tenant, se termine en un cercle concentrique en spirale, identique à celui apparaissant à l'intérieur du dessin de la pyramide.

Les Mayas glorifiaient le singe. Ils le traitaient comme une race humaine de plus. Dans le mythe de la Création du *Popol Vuh*, il est dit qu'un grand déluge détruisit le quatrième cycle du monde. Les quelques survivants furent transformés en singes. À mes yeux, le fait qu'on ne trouvât de singes ni à Gizeh ni dans le sud du Pérou indiquait que la pyramide dessinée dans la pampa de Nazca devait se situer en Méso-Amérique.

Il n'y a pas davantage de baleines dans le désert, et pourtant trois des dessins du plateau de Nazca ressemblent à ces bêtes majestueuses. Me basant sur la théorie que l'artiste mystérieux s'était servi des baleines pour représenter une frontière aqueuse bordant la pampa sur trois côtés, j'ai tenté de convaincre Maria que la pyramide en question devait représenter un des temples mayas situés sur la péninsule du Yucatán.

De son côté, Pierre Borgia n'adhérait à aucune de nos théories. La chasse aux fantômes mayas n'intéressait plus le fiancé de Maria. Désormais, c'était le pouvoir qu'il voulait. Comme je l'ai déjà dit, je l'avais vu évoluer depuis un certain temps. Pendant que Maria et moi explorions les tombes, Pierre mettait au point son projet de se présenter au Congrès, dès son retour aux États-Unis. Deux jours après notre découverte, il nous a annoncé pompeusement qu'il était grand temps que lui et la future madame Borgia passent à des choses plus importantes.

J'en ai eu le cœur brisé.

Leur mariage a été promptement organisé. Maria et Pierre s'épouseraient à la cathédrale St John ; je serais leur garçon d'honneur.

Que pouvais-je faire ? J'étais désespéré – je croyais de tout mon cœur avoir trouvé en Maria l'âme sœur qui m'était destinée. Pierre la traitait comme une possession, pas comme une égale. Elle était son trophée, sa Jackie Onassis, une arme sucrée qui serait utile à ses ambitions politiques s'il en faisait sa Première Dame. L'aimait-il ? C'est possible, mais quel homme ne l'aurait pas aimée ? Et elle, l'aimait-elle sincèrement ?

Je devais en avoir le cœur net.

C'est seulement la veille du mariage que je suis parvenu à rassembler le courage nécessaire pour lui déclarer mon amour. Alors que je regardais dans ces yeux splendides, que je me noyais dans ces flaques de velours et que Maria en sanglots attirait ma tête contre sa poitrine, je ne pus qu'imaginer les dieux qui observaient mon âme misérable, sourire aux lèvres.

Elle partageait mes sentiments ! Maria m'a avoué qu'elle priait afin que je vienne la sauver d'une existence avec Pierre, pour lequel elle éprouvait de l'affection, mais pas d'amour. En cet instant béni, je suis devenu son salut et elle est devenue le mien. Comme des amants désespérés, nous nous sommes enfuis en pleine nuit, laissant chacun un mot à Pierre pour lui demander de nous pardonner notre acte impardonnable, car nous n'avions pas davantage été capables l'un que l'autre de l'affronter en face.

Quelques jours plus tard, M. et Mme Julius Gabriel arrivaient en Égypte.

Extraits du journal du professeur Julius Gabriel,
Réf. Catalogue 1974-1975.

15

27 novembre 2012
Île de Sanibel, Floride

Le cri aigu d'une mouette fait ouvrir les yeux à Michael.

Il est dans une chambre, étendu sur un grand lit, les poignets entravés de chaque côté du montant. Un épais pansement enveloppe son avant-bras gauche. Son bras droit est sous perfusion.

Les stores vénitiens qui claquent au-dessus de sa tête laissent filtrer des lamelles de lumière dorée qui se reflètent sur le mur opposé. Il respire l'air iodé. Par la fenêtre entrouverte, il entend le ressac.

Une femme aux cheveux gris ayant dépassé les soixante-dix ans entre dans la chambre.

– Ah, vous êtes éveillé !

Elle détache la bande Velcro qui retient son poignet droit, puis elle vérifie la poche de l'intraveineuse.

– Vous êtes Edith ?

– Non, Sue, la femme de Carl.

– Qui est Carl ? Qu'est-ce que je fais ici ?

– Ça nous a semblé trop dangereux de vous emmener chez Edith. Dominique est là-bas et…

– Dominique ?

Michael fait un effort pour s'asseoir mais le vertige, pareil à une main invisible et pesante, l'oblige à se rallonger.

– Du calme, jeune homme. Vous la verrez bien assez tôt. Pour l'instant, la police la surveille. Elle attend que vous vous montriez.

La femme lui enlève l'intraveineuse et place un sparadrap sur son bras.

– Vous êtes médecin ?

– Ça fait vingt ans que je servais d'assistante à mon dentiste de mari.

Avec des gestes méthodiques, elle enveloppe la poche et le tube de l'intraveineuse.

Michael remarque que ses yeux sont cerclés de rouge.

– Il y avait quoi dans l'intraveineuse ?

– Surtout des vitamines. Vous étiez plutôt en piteux état à votre arrivée avant-hier soir. Mal nourri, surtout, mais votre bras gauche était quand même pas mal amoché. Vous avez dormi pendant presque quarante-huit heures. La nuit dernière, vous avez fait un vilain cauchemar, vous hurliez dans votre sommeil. J'ai été obligée d'attacher vos poignets pour que vous n'arrachiez pas l'intraveineuse.

– Merci. Et merci de m'avoir fait sortir de cet asile.

– Remerciez Dominique.

Sue met la main dans la poche de sa robe d'intérieur.

Stupéfait, Michael l'en voit sortir un Magnum 44 qu'elle pointe sur son entrejambes.

– Hé, une seconde !

– Mon mari s'est noyé il y a quelques jours à bord du bateau d'Isadore. Trois hommes sont morts en enquêtant sur cette zone du golfe dont vous avez parlé à Dominique. Qu'est-ce qu'il y a sous l'eau ?

– Je n'en sais rien.

Il fixe l'arme qui tremble dans les mains de la vieille femme.

– Ça vous ennuierait de viser un point moins vital ?

– Dominique nous a tout raconté sur vous, de la raison pour laquelle vous étiez sous les verrous à votre dingo de père et à vos histoires de fin du monde. Personnellement, je me fiche comme de l'an quarante de cette salade apocalyptique sortie d'un cerveau psychotique. Une seule chose m'intéresse : je veux savoir ce qui est arrivé à mon Carl. Pour moi, vous n'êtes qu'un dangereux criminel en cavale. Regardez-moi de travers et je vous troue la peau d'une balle.

– Je comprends.

– Rien du tout ! Dominique a pris un trop grand risque en vous faisant évader. Pour l'instant, tout semble indiquer que c'est l'infirmier qui a fait preuve de négligence, mais la police nourrit encore des soupçons. Elle la surveille de près. Résultat, on est tous en danger. Ce soir, on va vous faire monter en douce sur le bateau de Rex. Il y a un minisubmersible à bord...

– Un minisubmersible ?

– Exact. Rex s'en servait pour fouiller les épaves. Vous allez l'utiliser pour découvrir ce qui est enfoui sous la mer. D'ici là, vous ne bougerez pas de cette chambre. Si vous tentez de vous échapper, je vous tire dessus et je remets votre corps aux flics pour récolter l'argent de la prime.

Elle soulève le drap qui recouvre les pieds de Michael. Il constate que sa cheville gauche est attachée au montant du lit.

– Maintenant, c'est clair ?

Nasa : Centre de vols spatiaux Goddard
Greenbelt, Maryland

Ennis Chaney suit à contrecœur le technicien de la Nasa dans le corridor carrelé de blanc aseptisé.

Le vice-président n'est pas de bonne humeur. Les États-Unis sont au bord de la guerre et il devrait être au côté du Président et de ses chefs d'état-major, au lieu d'accourir aux ordres du directeur de la Nasa. *Aucun doute, c'est ce foutu borgne qui m'envoie encore à la chasse aux oies sauvages...*

La présence d'une sentinelle devant la porte de la salle de conférence le surprend.

À la vue de Chaney, le garde entre un code de sécurité et ouvre la porte.

– Entrez, monsieur le vice-président, vous êtes attendu.

Le directeur de la Nasa, Brian Dodds, est assis à la tête de la table de conférence, flanqué de Marvin Teperman et d'une femme approchant de la quarantaine en blouse de laboratoire blanche.

Chaney remarque que Dodds a les yeux cernés de noir.

– Monsieur le vice-président, entrez. Merci d'être venu si vite. Je vous présente Debra Aldrich, l'une des meilleures géophysiciennes de la Nasa. Je crois que vous connaissez déjà le docteur Teperman.

– Bonjour, Marvin. Dodds, ça a intérêt d'être important.

– Ça l'est. Asseyez-vous, je vous en prie.

Dodds effleure un bouton sur le clavier numérique placé devant lui. Les lumières de la salle baissent et l'image holographique du golfe du Mexique apparaît au-dessus de la table.

– Cette image provient du Seasat[1]. Conformément à votre demande, nous avons commencé à scanner le golfe pour essayer d'isoler la source de la marée noire.

Chaney voit l'image sauter et se remettre au point sur une bande de mer entourée d'un cercle blanc en pointillé.

– À l'aide d'un radar à ouverture artificielle de fréquences X, nous sommes parvenus à faire remonter la marée noire à ces coordonnées. Il s'agit d'une zone située à une cinquantaine de kilomètres au nord-ouest de la péninsule du Yucatán. Regardez.

Dodds effleure un autre bouton. La mer holographique se décompose en taches lumineuses vertes et bleues, au centre desquelles apparaît un cercle blanc lumineux dont les bords s'estompent en teintes jaunes, puis rouges.

– C'est l'image thermique de la zone visée. Comme vous le voyez, il y a un énorme machin là-dessous, d'où irradient des quantités gigantesques de chaleur.

– Au début, nous avons cru qu'il s'agissait d'un volcan sous-marin, ajoute le Dr Aldrich, mais les relevés géologiques effectués par Pemex ont confirmé qu'il n'y a pas de volcan dans cette région. Quelques tests supplémentaires nous ont montré que de grosses doses d'énergie électromagnétique sortent de ce site. Ça n'a rien de particulièrement étonnant, puisqu'il se trouve presque en plein centre du cratère d'impact de Chicxulub, une zone qui contient d'importants champs magnétiques et gravitationnels...

Chaney lève sa paume.

– Désolé de vous interrompre, docteur, je suis sûr que ce sujet vous fascine tous, mais...

Marvin saisit le poignet du vice-président.

– Ils essaient de vous dire qu'il y a quelque chose là-dessous, Ennis. Quelque chose de plus important que votre guerre. Brian, le vice-président a beaucoup à faire. Si vous sautiez les indications de gravité gradiométrique pour nous montrer les images de tomographie acoustique ?

---

1. Satellite d'observation océanographique de la Nasa.

Dodds change l'hologramme. Les taches colorées cèdent la place à une image noir et blanc du plancher marin. Une ouverture profonde, semblable à celle d'un tunnel, apparaît nettement en noir contre l'arrière-plan grisâtre du fond marin.

– Monsieur le vice-président, la tomographie acoustique est une technique de détection à distance qui fait passer des rayons de radiation acoustique à travers le plancher marin. Dans le cas présent, ce sont des vibrations ultrasoniques qui nous permettent de voir les objets enfouis dessous.

Abasourdi, Chaney voit un énorme objet ovoïde en trois dimensions se définir peu à peu sous le trou élargi. Dodds manipule l'image, fait sortir l'objet et l'éloigne du plancher marin pour le suspendre au-dessus de leurs têtes.

– Mais qu'est-ce que c'est que ce machin ? demande Chaney d'une voix éraillée.

– Une des plus extraordinaires découvertes de l'histoire de l'humanité, annonce Marvin avec un sourire radieux.

La masse ovoïde plane juste au-dessus de la tête de Chaney.

– Qu'est-ce que vous me chantez, Marvin ? Putain, qu'est-ce que c'est que ce truc ?

– Ennis, il y a 65 millions d'années, un objet d'une douzaine de kilomètres de diamètre qui pesait un milliard de tonnes et qui se déplaçait à la vitesse de cinquante kilomètres-seconde s'est écrasé dans une mer tropicale peu profonde qui est aujourd'hui le golfe du Mexique. Nous sommes en train d'observer les vestiges de cet objet qui a éradiqué les dinosaures en s'écrasant sur notre planète.

– Voyons, Marvin, ce machin est colossal. Comment un objet de cette taille aurait-il pu résister à un tel impact ?

– La plus grande partie n'a pas résisté. La masse que vous observez ne fait environ qu'un kilomètre cinq de diamètre, soit un huitième de sa taille d'origine. Depuis des années, les savants se demandaient si l'objet qui s'est écrasé sur la Terre était une comète ou un astéroïde. Mais si ce n'était ni l'un ni l'autre ?

– Arrêtez de parler par énigmes.

Marvin fixe l'image holographique tournante comme s'il était hypnotisé.

– Nous nous trouvons devant une structure uniforme, composée d'iridium et de Dieu sait quels autres matériaux composites, qui repose à plus d'un kilomètre cinq sous le plancher marin.

L'enveloppe extérieure est beaucoup trop épaisse pour que les détecteurs de nos satellites puissent la pénétrer…

– Enveloppe extérieure ? (Les yeux de Chaney sortent presque de leurs orbites.) Si je comprends bien, ce truc est un vaisseau spatial ?

– Les restes d'un vaisseau spatial, voire même une cellule intérieure indépendante, placée dans le vaisseau comme un bouchon dans une balle de golf. En tout cas, elle a résisté, alors que le reste de l'embarcation se désintégrait sous l'impact.

Dodds lève la main.

– Une seconde, docteur Teperman. Monsieur le vice-président, il ne s'agit que d'une supposition.

Chaney fixe le directeur de la Nasa.

– Oui ou non, ce *truc* est-il un vaisseau spatial ?

Dodds essuie son front perlé de sueur.

– À l'heure qu'il est, nous n'en savons rien…

– Ce trou dans le plancher marin, est-ce qu'il mène au vaisseau ?

– Nous n'en savons rien.

– Nom de Dieu, Dodds, qu'est-ce que vous *savez* ?

Dodds respire un bon coup.

– Une chose impérative : nous devons faire venir nos navires de surface dans cette zone avant qu'un autre pays ne découvre la vérité.

– Arrêtez la langue de bois, Dodds. Vous savez que je ne supporte pas ça. Vous me cachez quelque chose. Parlez.

– Pardon, vous avez raison. Il y a plus. Beaucoup plus. En fait, j'en suis encore abasourdi moi-même. Nous sommes plusieurs à penser que le signal radio que nous avons reçu ne nous était pas destiné. Il… il était peut-être destiné à déclencher quelque chose dans cette structure extraterrestre.

Chaney fixe Dodds d'un air incrédule.

– Par déclencher, vous voulez dire éveiller ?

– Non, monsieur le vice-président. Je dirais plutôt activer.

– Activer ? Expliquez-moi.

Debra Aldrich sort un rapport de six pages de son dossier.

– Monsieur le vice-président, voici une copie du rapport Sosus qu'un biologiste de Floride a envoyé au Noaa le mois dernier. Ce rapport décrit des bruits non identifiables provenant de sous le plancher marin à l'intérieur du cratère d'impact de Chicxulub. Malheureusement, le directeur du Noaa a mis un certain temps à faire vérifier ces informations. Nous avons désormais la confirmation que ces bruits perçants émanaient directement de l'intérieur de cette structure ovoïde. Il semble qu'il y règne une grande activité, probablement d'ordre mécanique.

Le directeur de la Nasa hoche la tête.

– Nous avons ensuite demandé au poste de réception central de la marine à Dam Neck d'effectuer une analyse complète de tous les sons hauts décibels relevés dans la région du golfe depuis six mois. Bien qu'on ne les entende que comme des bruits de fond parasites, les données confirment qu'ils ont commencé le 23 septembre, à l'heure précise où le signal radio de l'espace atteignait la Terre.

Complètement dépassé, Chaney ferme les yeux et se masse les tempes.

– Ce n'est pas tout, Ennis.

– Doux Jésus, Marvin ! Vous ne pourriez pas m'accorder une minute, le temps que j'ingurgite avant de… Tant pis, allez-y.

– Pardon, je sais que tout ça dépasse l'imagination, mais…

– Finissez !

– Nous avons achevé notre analyse de la marée noire. En entrant en contact avec le tissu organique, la toxine ne se contente pas de provoquer la décomposition des parois cellulaires, elle en altère la composition chimique de base au niveau moléculaire, si bien qu'elles perdent totalement leur intégrité. Cette matière fonctionne comme un acide avec pour résultat, nous l'avons vu, qu'on saigne à mort. L'intéressant, c'est que cette substance n'est ni un virus ni même un organisme vivant, mais qu'elle garde les traces d'un ADN mystérieux.

– ADN ? Bon sang, Marvin, qu'est-ce que vous racontez ?

– Ce n'est qu'une théorie.

– Arrêtez de tourner autour du pot. Cette substance, c'est quoi ?

– Élimination zoologique. Matière fécale.

– Matière fécale ? De la merde ?

– Euh, oui. Ou plus précisément, de la merde d'extraterrestre… de la très vieille merde d'extraterrestre. Cette fange contient des traces chimiques d'éléments provenant selon nous d'un organisme vivant.

C'en est trop pour Chaney. Il s'incline en arrière sur son siège.

– Dodds, éteignez-moi cette saloperie d'hologramme, il me flanque la migraine. Marvin, si je comprends bien, vous êtes en train de dire qu'il existe peut-être encore quelque chose de vivant sous la mer ?

– Non, absolument pas, intervient Dodds.

– Je pose ma question au docteur Teperman.

Marvin sourit.

– Non, monsieur le vice-président, je ne fais aucune déduction de ce genre. Comme je l'ai dit, cette matière fécale, s'il s'agit bien de ça, est très vieille. À imaginer qu'une forme de vie extraterrestre ait réussi à survivre au crash, elle est certainement morte longtemps avant que notre espèce ne commence à vivre sur Terre.

– Dans ce cas, expliquez-moi ce qui se passe.

– OK. Ça paraît incroyable, mais un vaisseau extraterrestre, manifestement des années-lumière en avance sur nous dans le domaine technologique, s'est écrasé sur la Terre il y a soixante-cinq millions d'années. Cet impact a constitué un événement essentiel dans l'histoire de l'humanité, puisque le cataclysme a mis fin au règne des dinosaures et provoqué l'évolution de notre espèce. La forme de vie qui se trouvait à bord de ce vaisseau a probablement envoyé un signal de détresse à sa planète d'origine, située, selon nous, quelque part dans la constellation d'Orion. Il s'agirait là d'une manœuvre standard. Nos propres astronautes feraient de même s'ils se retrouvaient en rade sur Alpha Centaure ou sur un monde situé à des années-lumière du nôtre. Bien évidemment, les distances en jeu interdisent toute mission de sauvetage. Une fois que les homologues extraterrestres de nos contrôleurs de la Nasa ont reçu le signal de détresse sur Orion, il ne leur restait qu'une chose à faire : essayer de réactiver les ordinateurs de bord de leur vaisseau spatial et récolter le maximum de données possible.

Le Dr Aldrich exprime son accord d'un hochement de tête.

– La fange noire a probablement été expulsée automatiquement quand le signal a réactivé une espèce de système de survie.

Le directeur de la Nasa a du mal à contenir son enthousiasme.

– On laisse tomber la construction d'un émetteur sur la Lune. Si Marvin dit vrai, nous pourrions entrer dans ce vaisseau et communiquer directement avec cette intelligence extraterrestre, grâce à leurs propres équipements.

– Vous supposez que ce monde extraterrestre existe encore, intervient Marvin. Le signal de l'espace a dû être transmis il y a des millions d'années. Pour autant que nous le sachions, le soleil de cette planète a pu se transformer en supernova…

– Oui, oui, vous avez raison. Là où je veux en venir, c'est qu'on tient une occasion unique d'avoir accès aux technologies de pointe qui ont peut-être résisté à l'intérieur du vaisseau. La somme de connaissances potentielle qui se trouve sous la mer pourrait faire effectuer un bond à notre civilisation dans le prochain millénaire.

Le vice-président a les mains qui tremblent.

– Qui d'autre est au courant ?

– En dehors des personnes présentes dans cette salle, juste une poignée de dirigeants de la Nasa.

– Et le biologiste du Sosus, ce type de Floride ?

– Il est mort, déclare Aldrich. Les gardes-côtes mexicains ont repêché son corps dans le cratère en début de semaine, couvert de fange.

Chaney jure sous cape.

– Bon, il faut manifestement que je briefe tout de suite le Président. Entre-temps, j'exige que tout accès public au Sosus soit immédiatement interdit. On ne doit divulguer que les informations nécessaires. À partir de maintenant, cette opération est totalement secrète, c'est compris ?

– Et les photos satellite ? interroge Aldrich. Cette masse ne représente peut-être qu'une tête d'épingle dans le golfe, mais une tête brillante. Un satellite Goes ou Spot finira par la repérer. L'envoi d'un navire de la marine dans la zone, voire même d'un navire scientifique, mettra la puce à l'oreille au reste du monde.

Le directeur de la Nasa acquiesce.

– Monsieur le vice-président, Debra a raison. Mais je pense qu'il existe un moyen de garder le secret, tout en permettant à nos savants d'avoir accès sans restriction à la chose qui se trouve sous la mer.

Washington DC/Miami, Floride

Anthony Foletta ferme la porte de son bureau à clé avant de s'asseoir pour prendre la communication longue distance.

L'image de Pierre Borgia apparaît sur le moniteur télé.

– Des nouvelles fraîches, monsieur le directeur ?

Foletta répond d'une voix feutrée.

– Non, monsieur, mais la police surveille la fille de près. Je suis certain qu'il va finir par la contacter…

– Finir ? Écoutez-moi bien Foletta : arrangez-vous pour faire comprendre que Gabriel est dangereux, compris ? Donnez l'ordre à la police de l'abattre. Je le veux mort, ou vous pouvez dire adieu au poste de Tampa.

– Gabriel n'a assassiné personne. Vous savez aussi bien que moi que la police ne va pas le tuer…

– Alors engagez quelqu'un qui le fera à sa place.

Foletta baisse les yeux, comme s'il voulait se laisser imprégner des paroles du secrétaire d'État. En vérité, il s'attendait à recevoir cet ordre depuis que le pensionnaire s'est échappé.

– Je connais peut-être quelqu'un qui pourrait se charger du boulot, mais ça va coûter cher.

– Combien ?

– Trente. Plus les frais.

Borgia ricane.

– Vous êtes nul au poker, Foletta. J'enverrai vingt, pas un sou de plus. Vous les aurez d'ici une heure.

La tonalité du moniteur télé retentit.

Foletta éteint le système, puis il vérifie que la conversation a bien été enregistrée. Un long moment, il réfléchit à ce qu'il va faire. Puis il prend son téléphone cellulaire dans le tiroir de son bureau et il compose le numéro de Raymond.

Île de Sanibel, Floride

La Lincoln blanche entre dans l'allée gravillonnée. Karen Simpson, une blonde décolorée d'une trentaine d'années au teint très hâlé, vêtue d'une robe voyante bleu-vert en descend. Elle contourne cérémonieusement le véhicule pour aider sa mère, Dory, à en sortir à son tour.

Planqué dans une camionnette à une centaine de mètres de là, un policier en civil surveille les deux femmes en deuil qui, bras dessus bras dessous, se dirigent à pas lents vers l'arrière de la maison des Axler où se tient le Shivah, qui réunit les proches d'une personne décédée, conformément à la tradition juive.

Des tables de victuailles ont été dressées pour la famille et les amis du défunt. Une trentaine d'invités vont et viennent, conversent, mangent, font ce qu'ils peuvent pour se réconforter.

Dominique et Edith sont assises à l'écart sur un banc garni de coussins placé face au golfe. Elles observent le soleil qui commence à descendre à l'horizon.

À sept cents mètres du rivage, un pêcheur se débat pour remonter sa prise à bord du *Hatteras*, un bateau de seize mètres.

– On dirait qu'ils ont finalement pris quelque chose, remarque Edith.

– Ils n'attraperont rien d'autre.

– Ma puce, promets-moi d'être prudente.

– Promis.

– Tu es sûre de savoir manœuvrer le minisubmersible ?

– Oui, Isadore m'a montré. (Le souvenir fait monter les larmes aux yeux de Dominique.) Certaine.

– Sue pense que tu devrais prendre son revolver.

– Je ne me suis pas donné tout ce mal pour aider Michael à s'échapper dans le simple but de lui tirer dessus.

– Elle pense que tu lui fais trop confiance.

– Sue a toujours été parano.

– Et si elle a raison ? Si Michael est vraiment psychotique ? Il pourrait piquer une crise de nerfs et te violer. N'oublie pas qu'il a été enfermé pendant onze ans et que…

– Mais non !

– Prends au moins mon pistolet paralysant. Il est tout petit. On dirait un briquet. Il tient dans la paume de la main.

– D'accord, je le prendrai, mais je n'aurai pas à m'en servir.

Dominique se tourne et voit Dory approcher, tandis que sa fille, Karen, se dirige vers la maison.

Elle se lève pour serrer la vieille dame dans ses bras.

– Vous voulez boire quelque chose ?

Dory s'assoit près d'Edith.

– Oui. Un soda light. Malheureusement, nous ne pouvons pas rester longtemps.

À bord du *Hatteras*, le détective Sheldon Saints, armé de jumelles longue distance installées sur un trépied dans la cabine principale du bateau, suit Dominique qui se dirige vers la maison.

Un confrère, vêtu d'un short en jean, d'un T-shirt portant l'inscription « Flibustiers de la baie de Tampa » et d'une casquette de base-ball le rejoint.

– Ted vient d'attraper un poisson.

– Putain, c'est pas trop tôt ! Ça fait huit heures qu'on fait le pied de grue. Passe-moi les jumelles de nuit. Il fait trop sombre. J'y vois plus rien.

Saints fixe les jumelles de nuit ITT Mariner 260 sur le trépied et regarde dedans pour les mettre au point. Elles transforment la lumière déclinante en teintes verdâtres qui lui permettent de voir. Cinq minutes plus tard, il aperçoit la belle suspecte à la longue chevelure de jais ressortir de la maison, une canette de soda dans chaque main. Elle s'approche du banc, offre une boisson à chaque femme et s'assoit entre elles.

Vingt autres minutes s'écoulent. C'est au tour de la blonde décolorée en robe bleu-vert criard de sortir de la maison et de rejoindre les trois femmes. Elle étreint la veuve Axler, puis elle aide sa mère à se lever et la guide autour de la maison.

Saints les suit un moment, puis il se règle de nouveau sur le banc où la vieille dame et la beauté brune sont toujours assises, main dans la main.

Dory Simpson monte à l'avant de la Lincoln, pendant que sa fille met la voiture en marche. La jeune femme blonde fait reculer le véhicule dans l'allée gravillonnée, puis elle tourne vers le sud-ouest, en direction de la route principale de l'île.

Dominique passe une main sous la perruque pour se gratter le crâne.

– J'ai toujours voulu être blonde.

– Ne l'enlève pas avant qu'on ait quitté le quai.

Dory lui tend le petit pistolet paralysant.

– Edith a dit que tu devais le garder tout le temps sur toi. J'ai promis que tu le ferais. Tu es sûre que tu sauras manœuvrer le mini-submersible ?

– Ça ira.

– Sinon, je peux vous accompagner.

– Non, je préfère que toi et Karen, vous restiez à terre pour veiller sur Edith à ma place.

Il se fait tard lorsqu'elles arrivent au bassin privé de Captiva. Dominique dit au revoir à Dory en la serrant dans ses bras, puis elle traverse le quai en planches jusqu'au *Grady White*, un canot à moteur de six mètres.

Sue Reuben l'aide à larguer les amarres. Quelques secondes plus tard, elles fendent les eaux du golfe en direction de la forme noire d'un chalutier d'une vingtaine de mètres à l'ancre.

Dominique ôte la perruque avant que le vent ne l'emporte, puis elle tire sur la toile de goudron grise.

Michael est allongé sur le dos, le poignet droit attaché par une menotte au-dessous du siège du passager. Il lui sourit, puis il grimace, car la proue qui rebondit sur la mer houleuse fait douloureusement cogner sa nuque contre le pont en fibre de verre.

– Sue, où est la clé ?

– Tu devrais le laisser ici jusqu'à ce qu'on rejoigne le bateau. Inutile de courir des risques…

– À ce rythme, il va vomir avant qu'on arrive. Passe-moi la clé.

Dominique ouvre la menotte et aide Michael à se hisser sur le siège.

– Comment ça va ?

– Mieux. L'infirmière en chef a fait du bon boulot.

L'embarcarion s'approche du chalutier. Sue éteint le moteur et laisse l'embarcation flotter sur le sillage du bateau pour l'aborder.

Michael monte à bord.

Sue étreint Dominique.

– Sois prudente.

Elle glisse le Magnum de force dans la main de la jeune femme.

– Sue…

– Chut. Pas d'histoires. Fais-lui sauter la cervelle s'il tente quoi que ce soit.

Dominique glisse l'arme dans la poche de son coupe-vent, puis elle monte à bord et fait des signes du bras à l'embarcation à moteur qui s'éloigne.

Tout est maintenant tranquille, le chalutier danse sur des flots noirs surmontés d'une mer étoilée.

Dominique regarde Michael mais ne parvient pas à distinguer ses yeux dans l'obscurité.

– On doit y aller, non ? *Détends-toi. Tu es comme une pile électrique.*

– Dominique, je veux d'abord vous dire quelque chose.

– Inutile. Vous pourrez me remercier en m'aidant à découvrir ce qui est arrivé à Isadore.

– Comptez sur moi, mais il s'agit d'autre chose. Je sais que vous doutez encore de moi. Mais vous pouvez me faire confiance. Je vous ai beaucoup demandé, mais je jure, sur l'âme de ma mère, que je préférerais me faire du mal plutôt que de laisser quiconque vous en faire.

– Je vous crois.

– Et je ne suis pas fou. J'en ai peut-être l'air par moments, mais je ne suis pas fou.

Dominique détourne le regard.

– Je sais, Mick. Il faut vraiment qu'on démarre, la police a surveillé la maison toute la journée. Les clés doivent être sous le coussin du passager dans la cabine de pilotage. Vous voulez bien ?

Michael se dirige le premier vers la cabine. Elle attend qu'il ait disparu pour sortir le revolver de sa poche. Elle contemple l'arme en se remémorant l'avertissement de Foletta. *Je suis sûr que le pensionnaire vous fera du charme, il voudra vous impressionner.*

Les moteurs s'allument en crachotant.

Dominique fixe l'arme, hésite, et la jette par-dessus bord.

Mon dieu, aidez-moi…

16

29 novembre 2012
Golfe du Mexique
5 h 14

Le *Jolly Roger* maintient son cap à l'ouest sous un ciel étoilé. Installée sur le siège du pilote, Dominique fait des efforts pour ne pas s'endormir. Ses paupières sont lourdes. Épuisée, elle appuie la tête contre le siège de vinyle et s'oblige à se concentrer sur le livre de poche. Après avoir relu le même passage pour la quatrième fois, elle décide d'accorder un moment de répit à ses yeux injectés de sang.

Juste quelques secondes. Ne t'endors pas…

En lui tombant des mains, le livre fait un bruit qui la réveille en sursaut. Elle avale une bouffée d'air frais et fixe la coursive plongée dans l'ombre menant au pont inférieur. Michael dort dans le noir, quelque part là-dessous. Cette idée la réconforte et l'effraie tout à la fois. Bien que le bateau soit en pilotage automatique, elle a refusé de s'endormir. Seule dans la cabine de pilotage, son imagination a débridé ses peurs les plus intimes.

C'est ridicule. Ce type n'est pas Ted Bundy. Il ne te ferait jamais de mal.

Elle remarque que dans son dos l'horizon devient gris. La peur l'a convaincue qu'il valait mieux dormir pendant la journée. Elle décide de réveiller Michael à l'aube.

– *Jolly Roger*, répondez. *Alfa-Zulou*-trois-neuf-six appelle *Jolly Roger*, répondez s'il vous plaît…

Dominique saisit l'émetteur radio.

– Ici *Jolly Roger*. À vous, *Alfa Zulou*.

– Tu tiens le coup, ma puce ?

– Lentement mais sûrement. Qu'est-ce qui se passe ? Tu as l'air contrariée.

– Les fédéraux ont fermé le Sosus. Ils prétendent que c'est à cause d'un problème technique, mais je n'en crois pas un mot.

– Zut ! À ton avis...

Aaaaaahhh Aaaaaahhh. Les cris de Michael font bondir le cœur de Dominique dans sa poitrine.

– Mon Dieu ! Edith, je te rappelle.

– Qu'est-ce que c'était que ces hurlements ?

– Rien. Je te rappelle tout de suite.

La jeune femme éteint la radio et descend quatre à quatre le petit escalier en appuyant au passage sur les interrupteurs.

Assis sur une couchette d'angle, Michael a l'air d'un animal égaré et apeuré. L'ampoule nue qui se balance au-dessus de sa tête fait luire ses yeux noirs écarquillés.

– Maman ?

La voix sort de ses entrailles. *Terrifiée.*

– Mick, tout va bien.

– Maman ? C'est qui ? Je ne vous vois pas.

– Mick, c'est Dominique.

Elle allume deux autres lampes, puis elle s'assoit sur le bord de la couchette. Michael est torse nu. Ses muscles crispés sont inondés de sueur. Elle voit ses mains trembler.

Il la regarde dans les yeux, l'esprit encore embrouillé.

– Dominique ?

– Oui. Ça va ?

Il la contemple, puis il embrasse la cabine d'un regard fixe.

– Je dois sortir d'ici...

Il l'écarte d'une poussée et emprunte l'escalier en flageolant. Elle lui emboîte le pas en hâte, de peur qu'il ne se jette à la mer.

Il est debout à la proue, le visage fouetté par le vent froid. Dominique attrape une couverture de laine et en enveloppe ses épaules nues. Elle voit des larmes dans ses yeux.

– Ça va ?

Pour toute réponse, il contemple longuement l'horizon encore sombre.

– Non, ça ne va pas. Je croyais que si, mais je me rends compte que ça ne va pas.

– Racontez-moi votre cauchemar.

– Non, pas maintenant. (Il la regarde.) J'ai dû vous flanquer une sacrée trouille.

– Ça va.

– Le pire dans le régime d'isolement… le plus effrayant… c'est quand je me réveillais en hurlant et que je me retrouvais seul. Vous n'imaginez pas ce vide.

Elle l'aide à descendre jusqu'au pont en fibre de verre. Il s'allonge contre le pare-brise de la cabine de pilotage, déroule la couverture de son épaule gauche et l'invite à le rejoindre.

Dominique s'allonge près de lui, la tête posée contre son torse froid. Michael remonte la couverture sur ses épaules.

Quelques minutes plus tard, ils dorment tous les deux à poings fermés.

16 h 50

Dominique prend deux canettes de thé glacé à la pêche dans le réfrigérateur de la cuisine, elle revérifie leur position sur le GPS et retourne à la proue. Les reflets du soleil de fin d'après-midi encore intenses la forcent à cligner des yeux. Elle chausse ses lunettes noires et s'assoit près de Michael.

– Vous distinguez quelque chose ?

Michael abaisse les jumelles.

– Encore rien. On est à quelle distance ?

– Environ huit kilomètres.

Elle lui tend la canette de thé.

– Mick, j'ai une question à vous poser. Vous vous souvenez du jour où vous m'avez demandé si je croyais au mal. Qu'est-ce que vous entendiez par là ?

– Je vous ai aussi demandé si vous croyiez en Dieu.

– Vous parliez d'un point de vue religieux ?

Michael sourit.

– Comment se fait-il que les psys ne puissent jamais répondre à une question sans en poser une autre ?

– Sans doute parce que nous voulons que les choses soient claires.

– Je voulais juste savoir si vous croyiez en une puissance supérieure.

– Je crois que quelqu'un veille sur nous, touche nos âmes sur un plan d'existence supérieur. Je suis sûre qu'une partie de moi y croit parce qu'elle en a besoin, parce que c'est réconfortant. Et vous ?

Michael contemple pensivement l'horizon.

– Je pense que nous possédons une énergie spirituelle, qui existe dans une autre dimension. Je crois qu'il y a là une puissance supérieure, à laquelle nous ne pouvons accéder qu'à notre mort.

– C'est la première fois qu'on me décrit le paradis comme ça. Et le mal ?

– Chaque yin a son yang.

– Ça veut dire que vous croyez au diable ?

– Au diable, à Satan, à Belzébuth… Vous croyez en Dieu. Est-ce que vous diriez que la présence de Dieu dans votre vie vous aide à être quelqu'un de bien ?

– Si je le suis, c'est uniquement parce que j'ai choisi de l'être. Je pense qu'on a donné aux êtres humains la liberté de choisir.

– Et qu'est-ce qui influence ces choix ?

– C'est bien connu : la vie de famille, la pression des pairs, l'environnement, l'expérience. Nous avons tous certaines prédispositions mais, au bout du compte, c'est notre faculté de comprendre ce qui nous arrive qui nous permet de prendre des décisions au jour le jour. Si vous voulez classer ces décisions en termes de bien et de mal, très bien mais ça demeure du libre arbitre.

– De vraies paroles de psy. Mais laissez-moi vous demander quelque chose, Madame Freud : si notre liberté de choisir n'était pas si grande que ça ? Si le monde qui nous entoure exerçait une influence sur notre espèce à notre insu ?

– Comment ça ?

– Prenez la Lune. En tant que psy, je suis sûr que vous connaissez ses effets sur le moral.

– Ils sont controversés. Nous pouvons voir la Lune. Par conséquent, nous pourrions avoir provoqué ses effets sur notre psychisme.

– Vous sentez la Terre bouger ?

– Quoi ?

– La Terre. Pendant que nous parlons, elle ne se contente pas d'effectuer une rotation, elle fonce dans l'espace à une vitesse de trente kilomètres par seconde. Vous le sentez ?

– Où est-ce que vous voulez en venir ?

– Au fait que des tas de choses se produisent autour de nous à l'insu de nos sens. Pourtant elles existent. Et si ces choses exerçaient une influence sur notre faculté de raisonner, notre capacité à choisir entre le bien et le mal ? Vous pensez avoir votre libre arbitre, mais qu'est-ce qui vous décide *vraiment* à faire quelque chose ? Quand je vous ai demandé si vous croyiez au mal, je me référais au mal en tant qu'entité invisible dont la présence peut aveugler notre jugement.

– Je ne suis pas sûre de vous suivre.

– Qu'est-ce qui pousse un adolescent à tirer avec un Uzi sur une cour de récréation ? Qu'est-ce qui pousse une mère désespérée à enfermer ses enfants dans une voiture et à la pousser dans un lac ? Qu'est-ce qui pousse un homme à violer sa belle-fille ou… à étouffer un être aimé ?

Elle voit une larme perler au coin de son œil.

– Vous croyez en une force maléfique qui influence notre comportement ? Mick ?

– Parfois… parfois j'ai vraiment l'impression de sentir quelque chose.

– Qu'est-ce que vous sentez ?

– Une présence. Elle vient d'une dimension supérieure et ses doigts glacés se tendent vers moi. Chaque fois que j'éprouve ce genre de sensation, des choses épouvantables se produisent.

– Mick, vous avez été enfermé en isolement pendant onze ans. Il ne serait pas normal que vous n'entendiez pas de voix…

– Il ne s'agit pas de voix. Ça relève plutôt d'un sixième sens.

Il se masse les yeux.

Ce voyage est peut-être une erreur. Il a besoin d'être soigné. Il a l'air au bord de la dépression nerveuse. Dominique se sent soudain très isolée.

– Vous pensez que je suis psychotique.

– Je n'ai pas dit ça.

– Non, mais vous le pensez. (Il se tourne face à elle.) Les Mayas croyaient à la présence physique du bien et du mal. Ils croyaient que le grand maître, Kukulcán, avait été banni par une force maléfique, un dieu du mal que les Aztèques appelaient Tezcatlipoca, le Miroir qui fume. Ils disaient que Tezcatlipoca pouvait atteindre l'âme de l'homme, le tromper, lui faire commettre de grandes atrocités.

– Mick, ce n'est que du folklore maya. Ma grand-mère me racontait les mêmes histoires.

– Ce ne sont pas que des histoires. À la mort de Kukulcán, les Mayas se sont mis à massacrer des milliers de leurs semblables. Ils ont sacrifié des hommes, des femmes et des enfants au cours de leurs rituels sanglants. On les conduisait au temple situé au sommet de la pyramide de Kukulcán et là, on leur arrachait le cœur. On emmenait des vierges sur la vieille chaussée, jusqu'au *cenote* sacré où on leur tranchait la gorge avant de les jeter dans le trou d'eau. Les temples de Chichén Itzá étaient décorés de leurs crânes. Or les Mayas avaient vécu en paix pendant un millénaire. Quelque chose a dû les influencer pour qu'ils se mettent à se massacrer les uns les autres.

– D'après le journal de votre père, les Mayas étaient superstitieux. Ils croyaient que les sacrifices préviendraient la fin du monde.

– Oui, mais on dit que le culte de Tezcatlipoca a aussi influencé ces tueries.

– Rien de ce que vous m'avez dit jusqu'à maintenant ne prouve l'existence du mal. L'homme massacre ses semblables depuis que nos ancêtres sont descendus des arbres. L'inquisition espagnole en a tué des milliers. Hitler et les nazis ont gazé et brûlé des millions de Juifs. La violence éclate sans arrêt en Afrique. Les Serbes ont exterminé des milliers d'hommes au Kosovo…

– C'est exactement ce que je dis. L'homme est faible, il autorise son libre arbitre à subir des influences extérieures. Les preuves sont partout.

– Quelles preuves ?

– La corruption s'étend aux membres les plus innocents de notre société. Les enfants se servent de leur libre arbitre pour commettre des atrocités ; ils sont incapables de saisir la différence entre le bien et le mal, la réalité et les fantasmes. J'ai vu un reportage sur CNN il y a quelques jours. Un gamin de dix ans avait emporté l'arme automatique de son père en classe et assassiné deux gosses qui l'importunaient.

Les yeux embués, Michael fixe la mer.

– Un gosse de dix ans, Dominique.

– Notre monde est malade.

– Exactement. Il est vraiment malade. Une influence maléfique ronge le tissu de la société, une espèce de cancer que nous ne cherchons pas au bon endroit. Charles Baudelaire a dit un jour que la pire abomination du diable est de nous convaincre de son inexistence. Dominique, je sens que cette influence se renforce. Je la sens croître au fur et à mesure que le portail galactique s'ouvre et que nous approchons du solstice d'hiver.

– Et si votre présence maléfique ne se matérialise pas dans trois semaines ? Qu'est-ce que vous ferez ?

Michael a l'air déconcerté.

– Qu'est-ce que vous voulez dire ?

– Comment, vous n'avez jamais envisagé la possibilité de faire fausse route ? Mick, vous avez consacré toute votre vie à résoudre la prophétie maya pour sauver l'humanité. Votre conscience, votre identité même ont été influencées par les convictions que vous ont instillées vos parents. Et à mon avis le traumatisme que vous avez subi et qui revient hanter vos rêves n'a rien arrangé. Pas besoin de s'appeler Sigmund Freud pour comprendre que cette présence est en vous.

Les yeux de Michael s'écarquillent au fur et à mesure qu'il appréhende l'analyse de la jeune femme.

– Qu'est-ce qui se passera une fois que le solstice d'hiver sera passé et que nous serons tous encore là ? Qu'est-ce que vous ferez de votre vie ?

– Je… je n'en sais rien. Ça m'a traversé l'esprit, mais sans plus. Je ne voulais pas trop penser à mener une vie normale, de peur de perdre de vue l'essentiel.

– L'essentiel, c'est de vivre votre vie pleinement.

Elle prend sa main dans les siennes.

– Mick, servez-vous de votre brillant esprit pour faire un peu d'introspection. On vous fait du lavage de cerveau depuis votre naissance. Vos parents vous ont condamné à sauver le monde, mais en fait, c'est Michael Gabriel qui a besoin d'être sauvé. Vous avez passé votre existence entière à poursuivre des lapins blancs, comme Alice. À présent, on doit vous convaincre que le pays des Merveilles n'existe pas.

Michael se rallonge et contemple le ciel de fin d'après-midi. Il laisse les paroles de Dominique flotter dans ses oreilles.

– Parlez-moi de votre mère.

Il s'éclaircit la gorge.

– C'était ma meilleure amie. Mon professeur, ma compagne, toute mon enfance. Pendant que Julius passait des semaines entières à étudier le désert de Nazca, ma mère me donnait son amour et sa tendresse. À sa mort…

– Elle est morte comment ?

– D'un cancer du pancréas. J'avais onze ans quand on l'a diagnostiqué. Vers la fin, je lui servais d'infirmier. Elle était si faible… Le cancer la rongeait vivante. Je lui faisais la lecture à haute voix pour la soulager un peu.

– Shakespeare ?

– Oui. (Il s'assoit.) *Roméo et Juliette* était sa pièce préférée : « La mort qui a sucé le miel de ton haleine n'a pas encore eu de pouvoir sur ta beauté… »

– Et votre père, il était où pendant toutes ces épreuves ?

– À votre avis ? Dans le désert de Nazca.

– Vos parents étaient proches l'un de l'autre ?

– Très proches. Ils se considéraient toujours comme deux âmes sœurs. En mourant, elle a emporté son cœur dans la tombe. Une partie du mien aussi…

– Si votre père l'aimait tellement, comment a-t-il pu l'abandonner alors qu'elle était mourante ?

– Ma mère et Julius m'ont dit que leur quête passait avant tout le reste, qu'elle était plus noble que de rester assis là à regarder la mort envahir son corps. On m'a parlé très tôt du destin.

– Et qu'est-ce qu'on vous en a dit ?

– Ma mère croyait que certains êtres ont reçu des dons particuliers qui déterminent leur chemin dans l'existence. Ces dons s'accompagnent de lourdes responsabilités. Continuer ce chemin exige de lourds sacrifices.

– Et pour elle, vous faisiez partie des élus ?

– Oui. Elle disait que j'avais hérité de ses ancêtres maternels une perspicacité et une intelligence uniques. Elle m'expliquait que ceux qui ne possédaient pas ce don ne comprendraient jamais.

Mon Dieu, les parents de Michael l'ont vraiment plombé. Il va falloir des années et des années de thérapie pour rectifier le tir.

Dominique hoche tristement la tête.

– Quoi ?

– Rien. Je pensais juste à Julius, qui a laissé à son fils de onze ans le fardeau de veiller sur sa mère mourante.

– Ça n'était pas un fardeau. C'était ma façon de la remercier. Rétrospectivement, je ne suis pas sûr que j'aurais fait autre chose.

– Est-ce qu'il était là au moment de sa mort ?

Sa question fait grimacer Michael.

– Oh oui, il était bien là.

Il lève les yeux vers l'horizon. Le souvenir endurcit son regard qui devient subitement perçant comme celui d'un faucon. Il saisit les jumelles et lui désigne un objet qui sort nettement de l'eau à l'horizon.

– Il y a une plate-forme pétrolière là-bas. Vous m'aviez pourtant dit que votre père n'avait rien vu dans le coin, non ?

– Exact.

Michael règle de nouveau les jumelles.

– Ce n'est pas une plate-forme Pemex. Elle bat pavillon américain. Il y a un os.

– Mick…

Dominique lui montre un bateau qui se dirige vers eux. Il règle les jumelles dessus.

– Zut, les gardes-côtes ! Coupez les moteurs. Il faut combien de temps pour mettre votre submersible à l'eau ?

Dominique gagne en hâte la cabine de pilotage.

– Cinq minutes. Vous voulez plonger maintenant ?

– C'est maintenant ou jamais.

Michael fonce à la poupe et tire sur la toile de goudron grise qui dissimule le submersible en forme de capsule. Il enclenche le treuil.

– Les gardes-côtes vont nous demander nos papiers. On sera tout de suite arrêtés. Emportez quelques vivres.

Dominique fourre des boîtes de conserve et des canettes d'eau minérale dans un sac à dos, puis elle descend à bord du minisubmersible. La vedette n'est plus qu'à une centaine de mètres, son commandant gueule un avertissement par-dessus l'eau.

– Mick, dépêchez-vous !

– Mettez le moteur en marche, j'arrive.

Il plonge dans la cabine pour prendre le journal de son père.

– Ici les gardes-côtes des États-Unis. Vous avez pénétré dans des eaux interdites. Stoppez immédiatement et préparez-vous à l'abordage.

Michael saisit le journal à l'instant où la vedette atteint la proue du *Jolly Roger*. Il regagne la poupe en hâte, détache le câble du treuil…

– Ne bougez pas !

Sans tenir compte de l'ordre, il saute à l'abri dans la sphère du minisubmersible de cinq mètres de long et reste en équilibre instable sur l'échelle d'acier pour lever les bras et sceller l'écoutille.

– OK, on plonge. Vite !

Dominique est déjà attachée au siège du pilote. Elle essaie de se souvenir de toutes les indications d'Isadore. Elle appuie le volant vers le bas et le minisubmersible s'immerge à l'instant où la quille de la vedette entre en collision avec la partie supérieure de sa queue.

– Tenez bon…

Le submersible effectue une plongée raide, à un angle de 45 degrés. Les plaques d'alliage en titane grognent dans les oreilles de Michael. Il s'accroupit pour rattraper une bouteille d'air comprimé qui roule vers la poupe.

– Dites donc, capitaine, vous êtes sûre de ce que vous faites ?

– Dispensez-vous des commentaires, s'il vous plaît. (Elle adoucit leur descente.) Bon, et maintenant, qu'est-ce qu'on fait ?

Michael se faufile devant l'échelle pour la rejoindre à l'avant.

– On trouve ce qui se passe sous l'eau, puis on met le cap sur le Yucatán.

Il se penche pour jeter un coup d'œil par l'un des hublots de vingt-cinq centimètres de diamètre et de douze centimètres d'épaisseur.

Autour d'eux, l'eau bleu foncé est obscurcie par des myriades de bulles minuscules qui s'élèvent le long de la coque.

– J'espère que ce tube est équipé d'un sonar.

– Juste devant moi.

Michael jette un coup d'œil à la console orange phosphorescente par-dessus l'épaule de Dominique. Le profondimètre indique 112 mètres.

– Ce truc peut descendre jusqu'à combien ?

– Ce *truc* s'appelle le *Barnacle*. C'est un submersible français hors de prix, une version réduite du *Nautile*. Il a déjà atteint des profondeurs de 3 000 mètres.

– Vous êtes sûre que vous savez le piloter ?

– Isadore et son propriétaire m'ont donné un cours accéléré un week-end.

– Accéléré ! C'est bien ça qui m'inquiète.

Michael embrasse les lieux du regard. L'intérieur du *Barnacle* est constitué d'une sphère renforcée de trois mètres de diamètre, placée dans la coque rectangulaire du vaisseau. Des banques de données informatiques garnissent les parois du compartiment étroit comme un papier mural en trois dimensions. Le poste de contrôle du bras mécanique et des paniers d'échantillons isothermes rétractables sort d'un mur ; des écrans sous-marins et des transpondeurs acoustiques de l'autre.

– Mick, rendez-vous utile. Activez l'imageur thermique. C'est cet écran, au-dessus de votre tête.

Il tend le bras pour mettre l'appareil en marche. L'écran s'allume, révélant une tapisserie composée de verts et de bleus. Michael tire sur une manette de manière à diriger le détecteur extérieur vers le plancher marin.

– Qu'est-ce que c'est que ce machin ?

En haut de l'écran vient d'apparaître une lumière blanche éblouissante.

– À votre avis ?

– Aucune idée. On est à quelle profondeur ?

– 315 mètres. Qu'est-ce que je fais ?

– Gardez le cap à l'ouest. Il y a un objet énorme là-bas.

Golfe du Mexique
1,8 kilomètre à l'ouest du *Barnacle*

Le *Scylla* est une plate-forme de forage de pétrole Exxon semi-submersible flottante appartenant à la cinquième génération de la série Bingo-8000. Cette superstructure possédant quatre étages émergés et trois étages immergés flotte sur des colonnes verticales de 25 mètres, attachées à deux énormes pontons de 125 mètres. Douze amarres l'ancrent au plancher marin.

À partir de sa base, le *Scylla* est composé de trois ponts continus : le pont supérieur ouvert, aussi long et large qu'un terrain de football, soutient un derrick de 24 mètres contenant la tige de forage, composée de tuyaux d'acier de 10 mètres de long. Deux grues immenses sont placées sur ses côtés nord et sud ; un héliport octogonal surélevé occupe l'ouest du pont. Les salles de contrôle et d'ingénierie, ainsi que la cuisine et les cabines de deux personnes sont situées sur le pont du milieu, ou pont principal. Le pont inférieur, ou pont des machines, abrite les trois moteurs de 3 800 chevaux-vapeur de la plate-forme, ainsi que le matériel nécessaire pour traiter 100 000 barils de pétrole brut par jour.

La plate-forme a beau être pleine à craquer, avec son équipage de 110 personnes, pas une seule goutte de pétrole ne coule dans sa tige de forage. Le pont inférieur du *Scylla* a été déblayé en hâte pour accueillir une myriade de détecteurs multispectre, d'ordinateurs et de systèmes d'imagerie ultramodernes de la Nasa. Le matériel de soutien, les câbles d'attache et les tableaux de commande de trois ROV[1] sont posés à côté de tuyaux d'acier entassés le long du pont inférieur à moitié fermé.

En plein centre du pont de béton armé et d'acier, un trou de quatre mètres de diamètre est prêt à recevoir la tige de forage. Un rayon émeraude pâle s'élève de la mer, il filtre par le trou et baigne le plafond et la zone de travail avoisinante d'une lumière verte irréelle. Des techniciens, rongés de curiosité, font une pause de temps à autre pour couler un regard en douce au plancher marin illuminé artificiellement à 706 mètres sous la superstructure flottante. Le *Scylla* est placé directement au-dessus d'une ouverture énorme dans le plancher, qui ressemble à un tunnel. Quelque part à l'intérieur de ce puits mystérieux de 1 650 mètres gît la source de cette lumière verte.

Chuck McCanna, commandant de la marine, et Brian Dodds, directeur de la Nasa, se joignent aux deux techniciens qui font fonctionner le *Sea Owl*, un ROV de deux mètres relié au treuil du *Scylla* par un cordon ombilical de 2 300 mètres. Ils fixent l'écran du ROV. Le petit submersible vient d'atteindre le plancher marin fracturé ; il est prêt à entamer sa descente dans le vortex luisant.

– L'énergie électromagnétique augmente, annonce le pilote virtuel du ROV. J'ai de plus en plus de mal à manœuvrer…

– Les détecteurs flanchent…

La lumière éblouissante projetée par l'écran de la minicaméra du submersible oblige Dodds à cligner des yeux.

– Le ROV est à quelle profondeur ?

– Moins de 30 mètres dans ce trou. Putain, le système électrique du *Sea Owl* est HS.

L'écran s'éteint.

Le commandant McCanna passe ses doigts boudinés dans ses cheveux en brosse grisonnants.

– C'est le troisième ROV qu'on perd en vingt-quatre heures, monsieur le directeur.

---

1. *Remoted Operated Vehicle* : véhicule dirigé à distance ou robot.

– Je sais compter, commandant.

– À mon avis, vous devriez essayer de trouver une alternative pour entrer là-dedans.

– On s'y est déjà attelé.

Dodds lui montre la dizaine d'ouvriers occupés à attacher des tuyaux d'acier au derrick.

– Nous allons essayer de faire descendre la tige de forage directement dans le trou. Des détecteurs seront accrochés à la première longueur de tuyau.

Andy Furman, le capitaine de la plate-forme, les rejoint.

– Un problème, messieurs. Les gardes-côtes nous signalent que deux personnes à bord d'un chalutier viennent de mettre un minisubmersible à la mer à trois kilomètres à l'est du *Scylla*. D'après le sonar, ils se dirigent vers l'objet.

– Des espions ? s'inquiète Dodds.

– Plutôt des civils. Le chalutier est enregistré dans une société de sauvetage américaine licenciée sur l'île de Sanibel.

McCanna garde son calme.

– Qu'ils aillent regarder. Quand ils referont surface, les gardes-côtes n'auront qu'à les épingler.

À bord du *Barnacle*

Michael et Dominique pressent le visage contre la vitre de Lexan du hublot bâbord. Le minisubmersible s'approche d'un faisceau de lumière irréel, qui jaillit du plancher marin comme un spot lumineux d'une largeur de cinquante mètres.

– Mais qu'est-ce qu'il peut bien y avoir là-dessous ? demande Dominique. Mick, ça va ?

Il a les yeux clos et on dirait qu'il suffoque.

– Mick ?

– Je sens la présence, Dominique. On ne devrait pas être ici.

– Je n'ai pas fait tout ça pour rebrousser chemin maintenant.

Une lumière rouge s'allume au-dessus de la tête de Dominique.

– Les détecteurs du submersible s'affolent complètement. D'énormes quantités d'énergie électromagnétique sortent de ce trou. C'est peut-être ça que vous ressentez ?

– Ne traversez pas ce faisceau. Vous allez court-circuiter tous les systèmes de bord.

– OK. Il y a peut-être un autre moyen d'entrer. Je vais faire le tour de la zone pendant que vous effectuerez un balayage avec les détecteurs.

Michael ouvre les yeux. Il scrute toutes les consoles d'ordinateurs qui garnissent les cloisons de la cabine.

– Qu'est-ce que je dois faire ?

– Allumez le gradiomètre. C'est un détecteur de gravité électromécanique arrimé sous le *Barnacle*. Rex s'en servait pour détecter les gradients de gravité sous le plancher marin.

Michael allume l'appareil. Une tapisserie orange et rouge apparaît sur l'écran. Les couleurs les plus vives correspondent aux niveaux les plus élevés d'énergie électromagnétique. Le trou luimême est d'un blanc presque aveuglant. Michael tire le levier du gradiomètre. Il élargit le champ pour examiner le reste de la topographie du plancher marin.

La lueur intense se réduit à un point blanc. Les orangés et les rouges sont encerclés par des verts et des bleus.

– Une seconde… Je crois que j'ai trouvé quelque chose.

Autour de la zone en forme de cratère apparaissent une série de points noirs placés à équidistance.

Michael compte les points. Son ventre se serre, il est pris de sueurs froides. Il saisit le journal de son père, feuillette les pages jaunies jusqu'à trouver l'entrée du 14 juin 1997.

Il contemple la photographie de l'icône circulaire de trois mètres située au centre du plateau de Nazca. C'est à l'intérieur de ce cercle que Michael a découvert la carte originale de Piri Reis, scellée dans un récipient d'iridium. Il compte vingt-trois lignes qui s'écartent du dessin de Nazca comme un soleil explosé. La dernière paraît s'étendre à l'infini.

Vingt-trois points noirs entourent le trou monstrueux dans le plancher marin.

– Mick, qu'est-ce qu'il y a ? Ça va ?

Dominique met le submersible en pilotage automatique pour pouvoir regarder l'écran.

– Qu'est-ce que c'est ?

– Je n'en sais rien. Mais un schéma identique a été dessiné sur le plateau de Nazca il y a plusieurs millénaires.

Dominique jette un coup d'œil au journal.

– Il n'est pas vraiment pareil. Vous comparez des lignes tracées dans le désert avec un tas de trous noirs dans le plancher marin...

– Vingt-trois trous. Vingt-trois lignes. Pour vous, c'est juste une coïncidence ?

Elle lui tapote la joue.

– Détendez-vous, monsieur le surdoué. Je vais m'approcher du prochain trou pour qu'on puisse y regarder de plus près.

Le *Barnacle* ralentit afin de rester en suspension au-dessus d'une cavité sombre d'un diamètre de six mètres. L'orifice crache une profusion de bulles sans interruption. Dominique braque l'un des phares du submersible dans l'entonnoir. Le faisceau lumineux révèle un large tunnel qui s'enfonce à un angle de quarante-cinq degrés sous le plancher marin.

– Alors ?

Michael fixe le trou. Le sentiment de terreur familier lui serre de plus en plus les entrailles.

– Je ne sais pas.

– On devrait aller voir.

– Vous voulez entrer dans ce trou infernal ?

– C'est pour ça qu'on est ici, non ? Je croyais que vous vouliez résoudre la prophétie apocalyptique maya.

– Pas comme ça. C'est plus important d'aller à Chichén Itzá.

– Pourquoi ?

Il a peur.

– Le salut se trouve dans la pyramide de Kukulcán. Une seule chose nous attend dans ce trou : la mort.

– Ouais. Eh bien, je n'ai pas jeté sept années d'études aux orties, et je n'ai pas pris le risque d'être envoyée en prison dans le simple but de vous laisser poursuivre une foutue prophétie maya. Si nous sommes ici, c'est parce que ma famille et moi avons besoin de faire notre deuil, de savoir ce qui est vraiment arrivé à Isadore et à ses amis. Je ne vous rends pas responsable de la mort de mon père, mais puisque c'est vous qui nous avez lancés dans cette petite aventure, vous irez jusqu'au bout.

Dominique abaisse le volant, pour faire entrer le minisubmersible en forme de capsule au cœur du tunnel.

Michael s'agrippe à un des barreaux de l'échelle pour résister à l'accélération du *Barnacle* dans le puits d'un noir d'encre.

Un chuintement se répercute à l'intérieur du vaisseau. Dominique regarde par son hublot.

– Ce bruit vient des parois du passage. On dirait que la doublure interne fonctionne comme une espèce d'éponge géante. Mick, vous avez un spectrophotomètre sur votre gauche.

– Je l'ai. (Il allume le détecteur.) Euh… si je lis correctement, le gaz filtré hors de ce trou est de l'oxygène pur.

Un bourdonnement très grave se réverbère dans la cabine. Il augmente au fur et à mesure de leur descente. Michael va faire une réflexion quand le *Barnacle* fait une embardée en avant et accélère encore.

– Ralentissez…

– Je n'y suis pour rien. Nous sommes happés par une espèce de courant.

La panique est perceptible dans la voix de Dominique.

– La température extérieure augmente. Mick, je crois que nous sommes aspirés dans un tube de lave !

Il s'agrippe davantage à l'échelle. Les bruits de pulsation profonds font résonner les panneaux en verre des instruments.

Le minisubmersible plonge. Il tournoie à l'aveuglette dans le trou, comme un scarabée aspiré dans un tuyau de drainage.

– Mick !

Dominique ne maîtrise plus le *Barnacle*. Elle ferme les yeux et s'agrippe au harnais de son siège. L'électricité s'éteint et ils se retrouvent plongés dans les ténèbres.

Elle suffoque, elle attend la secousse qui désintégrera le submersible dans la mer étouffante. *Oh, Seigneur, mon Dieu, je vais mourir, aidez-moi, je vous en prie…*

Michael a verrouillé ses bras et ses jambes autour de l'échelle. Il serre les barres d'acier comme un étau. *N'oppose aucune résistance. Laisse les choses arriver. Laisse cette folie se terminer…*

Un vertige insupportable. Le minisubmersible tournoie sur lui-même, comme s'il était happé dans une machine à laver géante.

Une explosion énorme, suivie d'une secousse monumentale. Le *Barnacle* est attiré proue en avant par une force fixe invisible. Michael est projeté à l'aveuglette dans le noir. Ses poumons privés d'air explosent, tandis que son visage et son torse vont cogner contre une pile de consoles d'ordinateurs.

17

Golfe du Mexique
2 351 mètres sous la mer

Des élancements douloureux dans la tête obligent Michael à ouvrir les yeux.

Le silence.

Il est étendu sur le dos, les jambes maintenues en l'air, le haut du corps enchevêtré dans des débris grésillants de matériel brisé. La cabine humide est plongée dans le noir, en dehors de la faible lueur orangée d'une console qui cligne quelque part au loin. Tout est inversé : le haut et le bas, la gauche et la droite, et un liquide chaud s'écoule dans sa gorge et l'étouffe.

Il se retourne douloureusement et crache le sang qui emplit sa bouche. Sa tête continue à tourner. Il s'aperçoit qu'il saigne du nez et se pince les narines pour arrêter l'hémorragie.

Il reste assis dans cette position un long moment, en équilibre instable sur des échardes d'écrans d'ordinateur et de matériel de navigation. Il essaie de se souvenir de son nom et de l'endroit où il se trouve.

Le minisubmersible. La cavité… Dominique !

– Dominique ?

Il crache encore du sang en grimpant sur un tas d'appareils qui lui bloquent le chemin pour atteindre le siège du pilote.

– Dominique, vous m'entendez ?

Elle est inconsciente, encore attachée au siège. Son menton repose sur sa poitrine. Le cœur cognant de peur, Michael repousse le siège complètement en arrière avec de multiples précautions, en soutenant d'une main la tête ensanglantée de Dominique qu'il laisse ensuite reposer sur le dossier du fauteuil. Il constate qu'elle respire encore faiblement. Il détache son harnais, puis il s'occupe de la profonde estafilade qui saigne sur son front.

Il ôte son T-shirt, déchire de longues bandes dans le tissu mouillé de sueur. Il enveloppe la blessure dans ce pansement improvisé, puis il cherche la trousse de premiers secours dans la cabine dévastée.

Dominique gémit. Elle se redresse douloureusement, tourne la tête et vomit.

Michael repère la trousse et une canette d'eau. Il retourne près de Dominique, nettoie sa blessure et prend une compresse froide.

– Mick ?

– Je suis ici.

Il serre la compresse froide pour la crever et la presse sur le front de la jeune femme, utilisant son T-shirt pour la maintenir en place.

– Vous avez une vilaine blessure à la tête. L'hémorragie s'est presque arrêtée, mais vous souffrez sans doute d'un traumatisme crânien.

– Je crois que j'ai une côte cassée, j'ai du mal à respirer.

Elle ouvre les yeux.

– Vous saignez aussi.

– Mon nez est cassé.

Il lui tend l'eau minérale. Elle referme les yeux et en avale une gorgée.

– Où est-ce qu'on est ? Qu'est-ce qui s'est passé ?

– On est descendus dans la cavité et on a heurté quelque chose. Le minisubmersible est HS. Les systèmes de survie fonctionnent tout juste.

– On est toujours dans le trou ?

– Aucune idée.

Michael s'approche du hublot avant pour jeter un coup d'œil dehors.

L'éclairage de secours d'urgence du *Barnacle* révèle une salle sombre, étroite, dans laquelle il n'y a pas d'eau de mer. La proue du submersible semble coincée entre deux barrières noires verticales. L'espace entre les deux parois se rétrécit brusquement et se termine en cul-de-sac sur une gaine métallique recourbée.

– Mon Dieu, mais où est-ce qu'on est ?

– Qu'est-ce que vous voyez ?

– Aucune idée… une espèce de salle souterraine. On est bloqués entre deux murs, mais il n'y a pas d'eau dehors.

– On peut sortir d'ici ?

– Je ne sais pas. D'ailleurs, *ici*, ça veut dire quoi ? Vous avez remarqué ? Les vibrations ont cessé.

– Oui. (Elle l'entend fouiller dans les débris.) Qu'est-ce que vous faites ?

– Je cherche l'équipement de plongée.

Il trouve la combinaison, le masque et la bouteille d'air comprimé.

Dominique s'assoit en gémissant, mais la douleur et le vertige l'obligent à reposer la tête en arrière.

– Qu'est-ce que vous allez faire ?

– J'ignore où on est, mais une chose est sûre : on est coincés. Je vais voir si je peux trouver un moyen de nous sortir de là.

– Mick, attendez. On doit être à quinze cents mètres sous l'eau. La pression nous écrasera dès que vous ouvrirez l'écoutille.

– Il n'y a pas d'eau dans la salle. Par conséquent, elle doit être dépressurisée. On doit courir le risque. De toute façon, si on reste ici à attendre, c'est la mort assurée.

Il ôte ses baskets et enfile la combinaison de Néoprène collante.

– Vous aviez raison. On n'aurait jamais dû entrer dans ce trou. C'était idiot. J'aurais dû vous écouter.

Il arrête de s'habiller pour se pencher sur elle.

– Sans vous, je serais encore le légume de Foletta. Contentez-vous de m'attendre en essayant de ne pas bouger pendant que je nous sors d'ici.

Elle refoule ses larmes.

– Mick, ne me quittez pas. Je vous en prie, je ne veux pas mourir seule.

– Vous n'allez pas mourir…

– L'air ? Il nous en reste combien ?

Il cherche la jauge, vérifie le niveau.

– Presque trois heures. Essayez de ne pas vous affoler.

– Attendez. Ne partez pas encore ! (Elle lui agrippe la main.) Prenez-moi une minute dans vos bras. Je vous en prie.

Il s'agenouille, pose doucement sa joue droite contre la sienne et l'étreint. Il la sent frémir dans ses bras et respire son parfum. Il lui chuchote à l'oreille :

– Je vous promets que je vais nous sortir de là.

Elle l'étreint plus fort.

– Si vous n'y arrivez pas, s'il n'y a aucune issue, promettez-moi de revenir ici.

Il ravale la boule qui s'est formée dans sa gorge.

– Promis.

Ils restent enlacés pendant plusieurs minutes, jusqu'à ce que Michael ne puisse plus supporter cette position dans la combinaison étouffante.

– Mick, une seconde. Il doit y avoir une petite trousse de matériel d'urgence sous mon siège.

Il trouve la mallette en fer-blanc et en sort un couteau, des fusées éclairantes et un briquet à butane.

– Il y a aussi une petite bouteille à côté du siège. De l'oxygène pur. Prenez-la.

Il prend la bouteille, attachée à un masque de plastique.

– Ça fait lourd à porter. Je ferais mieux de vous la laisser.

– Non, prenez-la. Si vous manquez d'air, nous sommes morts tous les deux.

Il remet ses tennis, attache le couteau à sa chemise avec du sparadrap et ouvre la valve de la grosse bouteille pour vérifier que le détendeur fonctionne. Il hisse le gilet de stabilisation et la bouteille sur son dos, puis il attache la seconde bouteille autour de sa taille avec la bande Velcro. Il enfonce les fusées et le briquet dans le gilet et, avec la sensation d'être un baudet, se hisse en haut de l'échelle qui penche à présent à trente degrés.

Michael déverrouille l'écoutille, respire à fond et essaie de l'ouvrir. Sans résultat.

Si je me trompe pour la pression, nous sommes tous les deux morts sur-le-champ. Il prend le temps de réfléchir et refait une tentative. Cette fois, il parvient à coincer son épaule sous le couvercle de titane. L'écoutille se détache de son boîtier en caoutchouc avec un sifflement et s'ouvre.

Michael sort du minisubmersible, grimpe sur la coque et se lève en laissant l'écoutille claquer derrière lui.

Vlan ! Il mord le détendeur : le haut de son crâne vient de heurter un plafond dur comme du roc.

Courbé en avant, en équilibre sur le *Barnacle*, Michael frotte son crâne douloureux en embrassant les lieux du regard. Ils se trouvent dans une salle en forme d'anneau géant, illuminée par les phares de secours du submersible. L'avant du vaisseau est pris entre deux lames de deux mètres de haut incurvées comme des pales. Le rayon de sa lampe torche éclaire la partie supérieure une bonne demi-douzaine d'objets identiques ressemblant à des parois, qui s'évasent tous à partir d'une pièce centrale comme les ailes d'un moulin horizontal.

Michael étudie cette structure et analyse son environnement. Chaque fois qu'il respire, son détendeur siffle. *J'ai compris... C'est une turbine, une turbine géante. On a dû être aspirés dans un manchon d'arrivée. Le bourdonnement a cessé. Le submersible a dû arrêter la rotation des lames, bloquer la turbine en obstruant l'entrée.*

Michael descend du *Barnacle* et pose le pied sur une vieille surface métallique glissante. *Où est passée l'eau de mer ?*

Il tombe en arrière. Ses pieds nus ont dérapé et son coude gauche et sa hanche font un bruit creux en heurtant la surface visqueuse. Michael grogne de douleur et se relève.

Le rayon de sa lampe éclaire la substance noire poreuse semblable à une éponge qui revêt toute la section centrale du plafond. Des gouttelettes d'eau de mer tombent sur sa tête.

Michael se met à quatre pattes et lève les bras, étonné de découvrir que le matériau est extrêmement friable, comme du polystyrène, mais en plus dur. À l'aide du couteau, il découpe plusieurs morceaux de roc crayeux trempés d'eau de mer.

Michael s'interrompt. De sa droite lui parvient un bruit d'air. Il tend les bras pour s'agripper au sommet de la cloison métallique la plus proche de la sortie d'air et braque le faisceau de la lampe sur le plafond.

L'air provient d'un puits d'un diamètre de un mètre trente placé dans le plafond au-dessus de la lame de rotor suivante. Le passage sombre s'élève pratiquement à la verticale. Il semble traverser le plafond comme une espèce de canalisation bizarre.

Michael grimpe par-dessus la cloison et se retrouve sous l'ouverture, le visage balayé par des rafales d'air brûlant.

Un puits de sortie ?

Il s'approche de la lame de turbine suivante, se hisse par-dessus la cloison et enfourche le rebord de cinq centimètres. Il cherche à tâtons le bord du puits et sent sous ses mains une pente raide, mais pas impossible à gravir. Il palpe le plafond et se lève. En équilibre instable sur le dessus de la lame, il se hisse dans la cavité sombre et rampe dedans sur le ventre. Il roule sur le flanc, allonge les jambes vers le côté opposé du cylindre. Sa bouteille d'air comprimé et ses coudes sont pressés contre la paroi derrière lui. Il lève les yeux. Le vent chaud balaie son visage. Sa lampe éclaire un large conduit qui s'élève dans l'obscurité à un angle de soixante-dix degrés.

Ça va être coton...

Le dos et les pieds appuyés contre l'intérieur du conduit, Michael grimpe en crabe la paroi, centimètre par centimètre, comme un alpiniste s'attaquant à une cheminée verticale. Pour chaque mètre gagné, il glisse en arrière de cinquante centimètres. Il tombe et grogne jusqu'à ce que la chair à vif de ses mains qui a remplacé sa peau humide de sueur lui permette de s'accrocher à la surface métallique glissante.

L'ascension de vingt-cinq mètres lui prend vingt minutes. Au sommet l'attend un cul-de-sac plongé dans un noir d'encre.

Michael tape sa tête en arrière contre le mur et pousse un grognement de désespoir dans le détendeur. Les muscles de ses jambes, épuisés par son ascension, se mettent à trembler et manquent le faire tomber de son perchoir. Il se sent glisser et lance les deux mains en avant. La lampe torche lui échappe.

Merde...

Plongé dans les ténèbres, il l'écoute dégringoler en cliquetant dans le puits et se démantibuler en bas.

Ça va être ton tour si tu ne fais pas attention...

Avec des gestes d'une lenteur qui le mettent au supplice, il parvient à sortir le briquet et l'une des fusées coincés dans sa combinaison. Dégoulinant de sueur, il gâche les cinq minutes suivantes à tenter vainement d'allumer la fusée.

Michael réfléchit alors au briquet, rempli de butane mais qui refuse de s'allumer. *Crétin, tu ne peux pas l'allumer sans oxygène.*

Il inspire à fond, sort le détendeur de sa bouche et presse sur le bouton de purge pour envoyer de l'air vers le briquet. Une flamme orange jaillit et lui permet d'allumer la fusée.

La lumière rose grésillante éclaire deux petits tuyaux reliés à un gond hydraulique. Il les coupe à l'aide du couteau. Un fluide brûlant bleu nuit en sort et tombe sur sa combinaison. Il remet le détendeur dans sa bouche et presse ensuite le haut de son corps contre le couvercle.

L'écoutille cède d'un centimètre.

En opérant au plus près du couvercle, Michael ouvre la bouche d'égout extraterrestre d'une poussée et enfonce les doigts dans l'interstice. D'un seul mouvement, il roule et reste suspendu dans l'obscurité avant d'arriver à se hisser hors du puits sur un objet qui ressemble à une grille métallique. Il s'effondre à quatre pattes, le corps tremblant d'épuisement. La chaleur qui règne dans cet endroit embue son masque et l'aveugle.

Michael enlève le masque. Sa bouche est trop sèche pour qu'il parvienne à cracher. Il essuie les larmes de son visage écarlate et lève les yeux.

Oh, doux Jésus…

Il s'assoit, ébloui, incapable de maîtriser les frémissements de ses membres. Ses yeux s'écarquillent, son cerveau carbure si vite qu'il n'arrive pas à former une seule pensée cohérente. La chaleur, pareille à celle d'un fourneau, fait dégouliner la sueur sur son visage et son corps et des flaques se forment à l'intérieur de sa combinaison. Les battements de son cœur sont d'une telle violence qu'il a la sensation d'être lesté, pressé contre la grille de métal brûlante sous sa combinaison.

Je suis en enfer…

Il vient de pénétrer dans une salle gigantesque de forme ovoïde, plongée dans la pénombre, dont la taille doit bien faire celle du *Superdome* de la Nouvelle-Orléans une fois évidé. Une couche de flammes rouge cramoisi lèche la surface des murs. Elles s'élèvent en ondulant comme une cascade inversée et disparaissent dans les ténèbres de l'oubli.

Mais ce ne sont pas des ténèbres : à des dizaines de mètres au-dessus de sa tête, un vortex vert émeraude tourbillonnant d'énergie illumine le centre même de ce vide gigantesque. Une galaxie spirale miniature effectue une lente et omnipotente rotation dans le sens inverse des aiguilles d'une montre comme un ventilateur cosmique vibrant d'énergie.

Michael contemple le rayonnement surnaturel de la galaxie, paralysé par sa beauté, écrasé par sa magnificence, et absolument terrifié par ses implications. Il oblige ses paupières à se refermer sur ses pupilles brûlantes pour essayer désespérément de s'éclaircir les idées.

Dominique…

Il fait un effort pour se relever, rouvre les yeux et examine le reste de ce lieu surnaturel.

Il est debout sur un perchoir constitué d'une grille métallique qui soutient l'écoutille scellant le puits cylindrique. Un mètre cinquante en contrebas, un liquide argenté tournoyant, semblable à du mercure, emplit toute la salle comme un lac dans un cratère de montagne. Sa surface miroir luisante reflète les flammes vermillon. Des bouffées de fumée ébène dérivent au-dessus de la mer ondulante de métal en fusion comme de la vapeur s'échappant d'un chaudron.

Michael se tourne face au mur luisant de braises incandescentes. Juste sous les flammes, une espèce de façade grillagée ceint toute la salle ronde. Des distorsions témoignent de la présence de gaz invisibles qui jaillissent de pores minuscules dans cette façade comme la chaleur qui se dégage d'une route goudronnée dans le désert.

Le manchon d'arrivée... un puits de ventilation ?

Michael contemple le mur de flammes irréel, qui ne brûle pas davantage qu'il ne se consume, mais se contente de remonter le long de l'enceinte verticale comme une rivière de sang en furie. La fièvre s'empare de son esprit. *Est-ce que je suis mort ? Peut-être que je suis mort à bord du minisubmersible ? Peut-être que je suis en enfer ?*

Il s'écroule sur les fesses, à moitié assis, à moitié allongé au bord de la plate-forme, trop faible et étourdi pour bouger. Il parvient à cracher dans son masque et à le replacer, puis il se souvient de la petite bouteille. Il la détache, aspire plusieurs bouffées d'oxygène pur qui lui permettent de reprendre ses esprits.

Son regard tombe sur une déchirure dans sa combinaison de plongée. La peau de son genou droit est à nu ; la blessure saigne énormément. Il effleure le sang brûlant et l'examine comme s'il s'agissait d'une espèce de brouet d'un autre monde.

Son sang est bleu.

Où est-ce que je suis ? Qu'est-ce qui m'arrive ?

Comme en réponse à ses questions, une vague d'énergie violette jaillit de l'autre côté du lac comme un éclair. Il se penche en avant et s'efforce de voir à travers son masque qui s'est de nouveau embué.

Une autre chose étrange survient alors. Alors qu'il ôte le masque, une onde d'énergie invisible sort du lac comme une rafale d'air et vient heurter son bras. Le masque lui échappe, s'élève tout droit et reste en lévitation à un mètre au-dessus de sa tête.

Michael se lève. Il tend le bras pour rattraper le masque et sent un champ d'énergie électromagnétique intense qui résonne dans son cerveau comme un diapason réfléchissant.

Désorienté, il cherche la bouteille d'air comprimé à l'aveuglette. Les feux pourpres dansent sous ses yeux troublés. Il abandonne, retombe en arrière contre le métal et aspire davantage d'oxygène en fermant les yeux pour résister au vertige.

– *Michael...*

Le souffle coupé, Michael ouvre les yeux.

– *Michael...*

Il fixe le lac. *J'ai une hallucination ?*

– *Approche-toi de moi, mon fils.*

Le masque à oxygène tombe de sa bouche.

– Qui êtes-vous ?

– *Tu m'as manqué.*

– Qui êtes-vous ? Qu'est-ce que c'est que cet endroit ?

– *Tu te rappelles, Michael ? On appelait Nazca notre petit purgatoire privé. À moins que ton brillant esprit ait fini par te laisser tomber, après toutes ces années de solitude à l'asile ?*

Michael a des palpitations. Des larmes brûlantes dégoulinent sur ses joues écarlates.

– Papa, papa, c'est vraiment toi ? Je ne peux pas te voir. Comment est-ce que tu peux être ici ? Où sommes-nous ?

– *Approche-toi de moi, Michael, je vais te montrer.*

Comme dans un rêve, Michael fait un pas et tombe vers le lac.

– Oh, merde ! Oh, bon Dieu !

Michael baisse les yeux. Ses sensations submergent ses pensées. Il ne pèse plus rien, il défie la gravité, il flotte au-dessus de la surface argentée sur un coussin d'énergie vert émeraude qui circule dans chaque fibre de son être. Des sensations enivrantes parcourent ses os, sortent de son crâne et dressent ses cheveux sur sa tête. Il sent la bouteille d'air qui s'éloigne en lévitation de son dos et se hâte de resserrer la sangle Velcro autour de sa taille. Puis il replace le détendeur dans sa bouche.

– *Approche-toi de moi, Michael.*

Un seul pas en avant le propulse le long du champ d'énergie comme un Baryshnikov ailé. Enhardi, il exécute une autre demi-douzaine de pas et se retrouve en train de planer au-dessus du lac miroir, ange sans ailes guidé par une force invisible.

– Papa ?

Un petit peu plus loin…

– Papa, où es-tu ?

En approchant de l'autre extrémité de la salle, il aperçoit une immense plate-forme noir charbon qui se dresse à dix mètres au-dessus de la surface miroitante comme une barge de l'enfer. Une vague de terreur le balaie à la pensée qu'il ne peut plus s'arrêter, que son élan dans ce monde sans pesanteur le guide droit vers cet objet contre sa volonté.

– *Je t'ai eu.*

En proie à la panique, Michael se tourne pour fuir, mais ses jambes fouettent l'air sur place, il est attiré vers le haut, loin de la surface du lac. Il plonge sur le ventre et essaie en vain de s'agripper au champ d'énergie, mais son corps est happé violemment en arrière jusqu'à la plate-forme par une présence malveillante, irrésistible et glaciale.

Michael atterrit brutalement sur les genoux, penché en avant comme en position de vénération. Suffocant, terrorisé, il lève les yeux vers la chose qui le retient.

C'est une cellule, haute et large comme une locomotive, longue comme un terrain de football. Une myriade de conduits desséchés pareils à des tentacules venus de sous la plate-forme s'insèrent dans l'objet clos en verre fumé comme un millier de tubes d'intraveineuses extraterrestres.

– *Pourquoi est-ce que tu as peur de moi, Michael ?*

Une vague d'énergie violente s'allume dans la cellule. L'éclair laisse entrevoir la présence floue d'un être gigantesque.

Michael est pétrifié. Son visage s'est figé d'effroi ; ses jambes refusent de le porter.

– *Regarde-moi, Michael, regarde le visage de ton créateur.*

Une force invisible projette Michael tête la première contre la surface pareille à du verre. Ses pensées explosent. Il *sent* la présence dans la cellule enfumée. Une présence purement maléfique qui fait remonter la bile dans sa gorge et l'étouffe. Il ferme les yeux, incapable d'appréhender l'abomination qui se trouve peut-être devant lui.

Un regain d'énergie lui fait relever les paupières et les maintient ouvertes.

Un visage apparaît à travers la brume jaune qui flotte dans la cellule. Le cœur de Michael lui martèle la poitrine.

Non...

C'est son père. Les cheveux neigeux de Julius sont ébouriffés comme ceux d'Einstein, son visage halé et ridé à l'apparence du vieux cuir. Les yeux bruns, doux et familiers, le regardent.

– *Michael, comment peux-tu avoir peur de ton propre père ?*

– Vous n'êtes pas mon père...

– *Bien sûr que si. Réfléchis, Michael. Tu te souviens de la mort de ta mère ? Tu m'en voulais tellement. Tu m'as haï pour ce que j'avais fait. Tu m'as regardé dans les yeux comme tu le fais maintenant, ET TU M'AS CONDAMNÉ À L'ENFER !*

En se répercutant dans ses oreilles, la voix monstrueuse devient encore plus grave. Michael hurle dans le détendeur. Il perd la tête à la vue du visage de Julius qui se transforme en deux yeux reptiliens démoniaques rouge sang, gros comme des phares. Leurs pupilles dorées sont des fentes diaboliques qui brûlent son âme et l'amènent au bord de la folie.

Michael pousse un hurlement à figer le sang dans les veines. Les doigts glaciaux de la mort caressent son esprit tourmenté. D'un bond provoqué par une poussée d'adrénaline, il saute de la plate-forme mais se retrouve attrapé en plein vol.

– *Je te surveillais, mon fils, j'attendais ce jour. Je sais que tu sentais ma présence. Nous serons bientôt réunis. Nous serons réunis...*

Dans son délire, Michael voit quand même que la galaxie en rotation au-dessus de sa tête se met à tournoyer plus vite. Sa vitesse augmentant, un immense cylindre d'énergie émeraude se forme au centre du lac en fusion et s'élève vers le plafond comme une tornade verte phosphorescente. L'entonnoir d'énergie fusionne avec le vortex et les deux tourbillonnent ensemble de plus en plus vite.

Michael hurle intérieurement. Les yeux lui sortent de la tête. Dans sa folie, il voit une ride solitaire apparaître au centre du lac, créée par quelque chose qui remonte sous la surface en fusion.

Il distingue à présent la chose qui s'élève dans l'entonnoir d'énergie émeraude : un être ailé noir comme la nuit, une forme de vie à l'aspect de reptile prédateur, qui possède une envergure d'une dizaine de mètres. Deux serres trifourchues pendent de son torse. Son crâne en forme d'enclume, sans visage, effilé vers l'arrière, en dépasse comme une corne incurvée. Sa queue pointue mesure la moitié de ses ailes. À la hauteur du cou, un orbe incandescent diffuse une lueur ambrée brillante comme un œil sans pupille.

Fasciné, Michael a l'impression que le plafond, au-dessus de la galaxie spirale d'énergie, disparaît, laissant la place à un tunnel rocheux vertical creusé dans le plancher marin. À l'intérieur du tunnel, l'eau forme la base d'un monstrueux tourbillon.

Michael agrippe la petite bouteille d'oxygène contre sa poitrine. Il arrache son masque et jette la valve loin de son corps.

Le milieu du plafond s'escamote dans un sifflement tonitruant qui emplit la salle. Les tympans de Michael éclatent. La mer s'engouffre dans l'ouverture, le torrent d'eau est canalisé des deux côtés du champ de force vertical cylindrique, comme les chutes du Niagara.

Désespéré, Michael scrute la salle. Son regarde s'arrête sur les vingt-trois puits identiques. À une exception près, ils s'ouvrent pour aspirer la marée montante.

Dans un rugissement qui s'amplifie, les turbines géantes du vaisseau extraterrestre passent en marche arrière pour expulser l'eau de mer.

Michael saisit le briquet, puis il ouvre la valve de la petite bouteille d'oxygène et met la flamme en contact avec le flot invisible d'oxygène pur inflammable. Le gaz sous pression s'allume comme une fusée. Il envoie cogner la base de la bouteille contre son ventre et le propulse en arrière, loin de la cellule. Michael plane au-dessus du lac de métal fondu, puis il plonge dans le torrent d'eau de mer qui s'écoule au-dessus de la surface du lac.

Aspiré par le torrent, Michael lâche la bouteille vide. La peur et l'adrénaline dirigent les mouvements de ses bras et de ses jambes vers le puits par lequel il est entré. Il agrippe le grillage et se hisse dessus, poursuivi par la marée montante.

Il ouvre l'écoutille d'un geste brusque et se retrouve face au trou noir. *Ne t'arrête pas, ne réfléchis pas, saute !*

Il saute pieds en avant dans le toboggan à soixante-dix degrés plongé dans les ténèbres. La bouteille d'air crisse dans son dos. Au-dessus de sa tête, le rugissement s'estompe un instant. Les avant-bras pressés contre la surface métallique, il essaie désespérément de ralentir sa chute en se servant de la combinaison de Néoprène comme patin de frein.

Il jaillit comme une flèche du puits et bascule tête la première contre la face verticale d'une lame de rotor. Étourdi, il se relève difficilement. De puissantes vibrations lui confirment que la turbine géante se remet en marche sous ses pieds.

Grimpe par-dessus… Retourne au submersible !

Michael se hisse par-dessus la lame à l'instant où un torrent d'eau de mer explose du plafond. Il atterrit sur ses pieds et panique, car les lames de rotor sont revenues en marche arrière pour expulser le *Barnacle*.

Ne laisse pas le submersible partir sans toi !

Pataugeant dans l'eau qui lui arrive aux genoux, Michael aspire une grande gorgée d'air avant de se débarrasser de la bouteille qui entrave ses mouvements. Délesté de ce poids, il saute sur la coque de titane. Le mur d'eau en furie le heurte par-derrière et manque le faire tomber du vaisseau.

La salle en forme de pneu se remplit rapidement d'eau. La pression augmente, menaçant de libérer le submersible à tout instant. Michael se hisse au-dessus du *Barnacle*. Avec la sensation que sa tête va éclater, il force l'écoutille et dégringole à l'intérieur. Il claque le couvercle derrière lui et le visse d'une torsion.

Une explosion d'eau fait pencher le submersible de côté.

Michael tombe de l'échelle et atterrit brutalement sur des débris de matériel, à l'instant même où le *Barnacle* est libéré.

La turbine géante accélère jusqu'à cent révolutions-seconde avec un gémissement aigu assourdissant. Le minisubmersible est propulsé en arrière et fuse hors du manchon d'arrivée comme une balle.

À bord du *Scylla*
20 h 40

– Un maelström !

Le capitaine Furman est projeté contre une console de contrôle. Le sol se disloque sous ses pieds, tandis que des tonnes de tuyaux de forage sont précipitées sur le pont inférieur.

Des grincements métalliques stridents déchirent l'air. Avec un grognement atroce, le pont supérieur de la plate-forme de sept étages tangue contre le courant monstrueux. Le *Scylla*, dont une demi-douzaine d'amarres immergées attachées à un ponton refusent de céder au vortex qui s'élargit, s'incline à soixante degrés.

Techniciens et matériel traversent le pont ouvert d'une glissade et sont précipités dans la mer émeraude en furie.

Les dernières amarres cèdent brutalement et la plate-forme se détache du plancher marin. La superstructure flottante se redresse, puis elle se met à tourner en dansant et en s'enfonçant dans la gueule tournoyante du maelström luminescent.

Les sirènes hurlent dans la nuit. Les hommes d'équipage hébétés qui sortent de leurs cabines en titubant reçoivent une pluie de débris volants. Leur univers n'est plus qu'une toupie vertigineuse qui les fait dégringoler des escaliers d'aluminium jusqu'au pont inférieur où une dizaine de canots de sauvetage sont suspendus à des treuils.

Brian Dodds agrippe l'amarre d'un canot, la tête pleine du rugissement du maelström. L'embarcation est suspendue deux mètres en contrebas, mais le *Scylla* est à présent secoué si violemment qu'il ne peut plus descendre dedans.

Aspirée par la force centrifuge du maelström, la plate-forme pétrolière penche de côté avant d'être clouée contre la paroi de l'entonnoir. Le directeur de la Nasa ouvre les yeux, s'oblige à fixer la source d'énergie éblouissante qui irradie du cœur de la mer déchaînée. Dodds s'accroche toujours. Il aspire une bouffée d'air désespérée. Une vague de dix mètres le balaie et s'écrase sur le pont inférieur en déchirant le dernier des canots de sauvetage dans sa furie.

Le cœur au bord des lèvres, Dodds écarquille les yeux et voit le centre du vortex chuter jusqu'au plancher marin. La plate-forme tournoie en équilibre précaire au-dessus du précipice aqueux de 650 mètres. Au cœur de cette folie émeraude aveuglante, il aperçoit quelque chose. Une créature noire qui s'élève peu à peu dans le vortex comme un démon jaillissant de l'enfer.

Le monstre ailé passe à côté de lui et disparaît dans la nuit. Le *Scylla* bascule et tombe en chute libre dans la gueule de l'oubli.

L'être file le long de la surface du golfe à une vitesse supersonique. Il glisse sans effort sur un épais coussin d'antigravité. Cap sud-ouest, il prend de l'altitude. Son flux d'énergie fait trembler au passage les pics montagneux du Mexique. Il fonce vers le Pacifique.

Alors qu'il atteint l'océan, sa batterie de détecteurs préprogrammés modifie son cap et lui fait adopter une trajectoire plus précise vers l'ouest. L'être ralentit, règle sa vitesse pour demeurer du côté de la planète plongé dans la nuit pendant tout le reste de son fatidique voyage.

Journal de Julius Gabriel

Notre lune de miel au Caire aura été pure béatitude.

Maria était tout pour moi : mon âme sœur, ma maîtresse, ma compagne, ma meilleure amie. Je n'exagère pas en disant qu'elle me consumait. Sa beauté, son parfum, sa sensualité, j'adorais tout en elle, au point que j'en étais souvent ivre d'amour, prêt, sinon impatient, de renoncer à mon serment de résoudre l'énigme du calendrier maya dans le simple but de retourner aux États-Unis avec ma jeune épouse.

Pour fonder une famille. Pour vivre une existence normale. Maria avait d'autres projets. Au bout d'une semaine délicieuse, elle a tenu absolument à ce que nous poursuivions notre voyage dans le passé de l'homme en cherchant des indices à l'intérieur de la Grande Pyramide, susceptibles d'établir un lien entre cette splendide structure et les icônes tracées sur le plateau de Nazca.

Qui peut s'opposer à un ange ?

Parlons de Gizeh. La question de savoir *qui* a construit les pyramides est tout aussi importante que *quand, comment* et *pourquoi*. Vous comprenez, ces structures sont un paradoxe en elles-mêmes. Elles ont été érigées avec une précision inimaginable, dans un objectif qui demeure encore mystérieux, des millénaires plus tard. Contrairement aux autres monuments anciens d'Égypte, les pyramides de Gizeh n'étaient pas destinées à recevoir des tombes. En fait, elles ne comportent aucun hiéroglyphe, inscription interne, sarcophage ou trésor notable qui permettraient de les identifier. Comme je l'ai dit plus tôt, l'érosion à la base du Sphinx allait prouver selon une estimation climatique et astrologique que les pyramides de Gizeh ont été érigées vers 10 000 avant J.-C., ce qui en fait les plus anciennes de toute l'Égypte.

Vous remarquerez que je n'attribue pas ces merveilles à Khéops, Khephren et Mykérinos. Les égyptologues voudraient nous faire croire que ce sont ces pharaons qui ont donné l'ordre de construire de tels monuments. Quelle sottise absolue ! Khéops a à peu près autant à voir avec la conception et la construction de la Grande Pyramide que George Washington s'est occupé du monument qui porte son nom à Washington DC.

Cette interprétation erronée remonte à 1837, date à laquelle on chargea le colonel Howard Vyse d'entreprendre les fouilles de Gizeh. Comme il n'avait pas fait de découvertes dignes de ce nom, l'archéologue (qui avait un besoin désespéré de fonds) s'arrangea de façon opportune pour repérer des inscriptions portant le nom de Khéops dans un tunnel obscur sur lequel il tomba par hasard à l'intérieur de la pyramide. Personne ne mit en question le fait qu'elles avaient été peintes à l'envers (certaines comportaient même des fautes d'orthographe) et qu'aucun autre graffiti ne fut trouvé à l'intérieur de la pyramide.

Les égyptologues, cela va de soi, transformèrent la découverte de Vyse en évangile.

De nombreuses années plus tard, l'archéologue français Auguste Mariette allait découvrir une stèle dressant l'état des lieux. Le texte inscrit sur cette pierre, équivalent ancien d'un écriteau pour touristes, indique clairement que les pyramides furent construites bien avant le règne de Khéops et qu'elles sont la maison d'Osiris.

Osiris est sans doute le personnage le plus révéré de toute l'histoire égyptienne, un grand maître et un sage qui abolit le cannibalisme et laissa un héritage durable à son peuple. Osiris… le roi à la barbe blanche.

Maria et moi nous sommes surtout consacrés à fouiller la Grande Pyramide, bien que le site entier de Gizeh soit voué à un objectif mystérieux, quoique très précis.

L'extérieur de la Grande Pyramide suscite le même ahurissement que l'intérieur. Comme j'ai établi la relation des mesures du temple avec la valeur de pi, la précession et les dimensions de la Terre, je vais vous parler de ses quatre faces constituées de blocs calcaires. Si inouï que cela puisse paraître, chacune mesure 230 mètres, si bien que la pyramide forme un carré parfait, à 18 centimètres près. Chaque côté est parfaitement aligné sur l'un des points cardinaux, exploit d'autant plus impressionnant que la Grande Pyramide est constituée de 2 300 000 blocs de pierre pesant chacun en moyenne 2,5 tonnes et jusqu'à 15 tonnes. (Dans la plus petite des trois pyramides de Gizeh, on trouve une pierre de 320 tonnes.) Je note ce détail en 2001, alors qu'il n'existe actuellement que trois grues au monde capables de soulever un poids aussi monumental. Cependant, comme à Tiahuanaco et Stonehenge, aucune machine ne fut utilisée pour soulever ces masses aussi colossales qui durent être transportées d'une carrière lointaine, puis mises en place, parfois à des dizaines de mètres du sol. La plupart de ceux qui contemplent la Grande Pyramide ne se rendent pas compte qu'à l'origine, ses flancs étaient revêtus de pierres totalement lisses. Il y en avait 115 000 et elles pesaient chacune une centaine de tonnes. Aujourd'hui, il n'en reste plus que des vestiges, la plus grande partie d'entre elles ayant été détruite par un tremblement de terre en 1301 après J.-C. Nous savons néanmoins que ces blocs calcaires avaient été découpés avec une telle précision et une telle habileté qu'on ne pouvait pas insérer la lame d'un couteau entre eux. Nous ne pouvons qu'imaginer l'aspect de la Grande Pyramide il y a des milliers d'années, édifice de cinq millions de tonnes couvrant six hectares, qui chatoyait sous le soleil égyptien comme du verre.

Si l'extérieur de la pyramide offre un spectacle merveilleux, c'est à l'intérieur que se dissimule sans doute sa véritable finalité.

La Grande Pyramide contient plusieurs couloirs qui mènent à deux pièces nues, appelées chambre de la Reine et chambre du Roi. En fait, on ne connaît toujours pas le véritable usage de ces salles. Le long de la façade nord, une porte secrète donne sur un passage étroit relié à un corridor qui monte droit au cœur de la pyramide. Après une brève montée, on peut soit pénétrer dans un tunnel horizontal oppressant de 39 mètres qui mène à la chambre de la Reine, soit continuer à monter par une grande galerie voûtée impressionnante qui aboutit à la chambre du Roi.

La chambre de la Reine est une pièce nue de 5 × 5,5 mètres, dotée d'un plafond à pignon de 6 mètres. Sa seule caractéristique est un puits d'aération étroit, dont l'ouverture rectangulaire mesure seulement 18,4 × 18,6 centimètres. Ce puits, ainsi que les deux autres qu'on a découverts dans la chambre du Roi, sont restés scellés jusqu'en 1993, lorsque les Égyptiens, désireux d'améliorer la ventilation de la pyramide, ont fait appel à l'ingénieur allemand Rudolf Gantenbrink pour excaver ces orifices d'aération obstrués à l'aide d'un robot miniature. Des images prises par la caméra du robot révélèrent que ces conduits étaient en fait scellés de l'intérieur par de minuscules portes coulissantes, maintenues en place par des ferrures de métal. Une fois ouverts, les puits donnaient directement sur le ciel.

À l'aide d'un clinomètre sophistiqué, Gantenbrink a été en mesure de calculer les différents angles de projection vers le ciel nocturne. Le conduit sud de la chambre de la Reine, placé à 39 degrés et 10 mètres, était dirigé droit sur l'étoile Sirius. Le conduit de la chambre du Roi, à 45 degrés, sur Al Nitak, l'étoile la plus basse des trois étoiles du Baudrier d'Orion. Des astronomes ont découvert peu après que les trois pyramides de Gizeh avaient été minutieusement alignées de manière à refléter les trois étoiles du baudrier d'Orion telles qu'elles apparaissaient en 10 450 avant J.-C. (La légende d'Osiris est liée à Orion, et celle de sa femme, Isis, à Sirius.)

L'alignement cosmique constituait-il la véritable finalité du creusement de ces conduits, ou était-il destiné à remplir un autre rôle ?

Sur le plan de la construction, la grande galerie est un exploit unique en soi. Les murs de ce couloir à encorbellement qui mesurent moins de 2 mètres de large au niveau du sol se resserrent peu à peu des deux côtés jusqu'au plafond de 8,6 mètres. Avec sa pente à 26°10'16'', ce passage étroit monte sur plus de 45 mètres, réussite architecturale sidérante si l'on considère que la voûte soutient le poids entier des trois quarts supérieurs de la pyramide.

Au sommet de la grande galerie, on trouve une mystérieuse antichambre composée de granite rouge. De bizarres paires de rainures parallèles ressemblant aux sillons d'anciennes parois ont été sculptées dans le mur. De là, un court tunnel mène à la chambre du Roi, la pièce la plus impressionnante de la pyramide. Cette salle est un rectangle parfait de 5,25 mètres de large sur 10,5 mètres de long, dont le plafond s'élève à 5,8 mètres du sol. Elle est composée d'un total de cent blocs de granite rouge, dont chacun pèse plus de 70 tonnes !

Comment les maçons de l'Antiquité parvinrent-ils à soulever et à mettre ces blocs de granite en place, surtout dans un lieu si étroit ?

La chambre du Roi ne contient qu'un seul objet : un bloc solitaire de granite couleur boue, dans lequel est sculptée une espèce de baignoire géante. Disposé le long du mur ouest, cet objet mesure 2,3 mètres de long sur 1,5 mètre de large et de haut. Ce bloc de granite a été découpé avec une précision inexplicable, comme par une machine. La technologie utilisée à cet effet dépassait tous les instruments dont nous disposons de nos jours.

Bien qu'on n'y ait jamais trouvé de momie, les égyptologues continuent à prétendre que cet objet est un sarcophage sans couvercle.

Ma théorie est tout autre.

La chambre du Roi semble servir d'instrument acoustique, où les sons se rassemblent et s'amplifient. En plusieurs occasions, je m'y suis trouvé seul et j'en ai profité pour me placer dans ce coffre en forme de baignoire. Une fois allongé dedans, j'ai été submergé par des espèces de profondes réverbérations, comme si j'avais grimpé dans le canal auriculaire d'un géant. Je n'exagère pas en affirmant que ces vibrations de son et d'énergie faisaient cliqueter mes os. Des discussions avec des ingénieurs électroniciens ont révélé que la géométrie de l'apex de la Grande Pyramide (377 ohms) en fait un résonateur parfait, dont l'impédance égale celle de l'espace libre. Si bizarre que cela puisse paraître, je pense donc que la Grande Pyramide a été conçue comme une espèce de diapason monolithique canalisant l'énergie, capable de faire résonner des courants radio haute fréquence, voire d'autres champs d'énergie encore inconnus.

Des faits qui donnent à réfléchir : outre notre enquête sur la Grande Pyramide, Maria et moi avons passé des heures innombrables à interroger un certain nombre des plus grands architectes et ingénieurs du monde. Après avoir procédé au calcul du tonnage, de la main-d'œuvre et de l'espace exigés pour la construction de l'édifice, chacun de ces professionnels a abouti à la même conclusion sidérante : on ne pourrait pas bâtir la Grande Pyramide, pas même aujourd'hui.

Je me répète : même à l'aide de nos grues les plus sophistiquées, les êtres humains actuels ne pourraient *jamais* avoir érigé la Grande Pyramide. Et pourtant, la Grande Pyramide *a été* construite il y a environ dix mille ans ! Dans ce cas, *qui* a construit la Grande Pyramide ?

Comment cherche-t-on des réponses destinées à définir l'impossible ? Qu'est-ce que l'impossible ? Maria le définissait comme une « conclusion erronée tirée par un observateur mal informé – qui ne possède pas dans ses propres expériences limitées les informations de base lui permettant de saisir précisément une chose qui ne se situe pas dans ses paramètres acceptables de réalité ».

Ma bien-aimée essayait simplement par là de dire que les mystères restent des mystères jusqu'au jour où l'observateur ouvre son esprit à de nouvelles possibilités. Bref, si vous voulez trouver une solution à une chose perçue comme relevant de l'impossible, cherchez des solutions impossibles.

Et c'est ce que nous avons fait.

La logique nous dicte que si des êtres humains ne pouvaient pas avoir construit seuls la Grande Pyramide, quelqu'un a dû les y aider, et dans ce cas, une autre espèce d'une intelligence manifestement supérieure à la nôtre.

Nous n'avons pas abouti à cette conclusion simple mais déroutante par magie, mais à partir de preuves solides et empiriques.

Les crânes allongés découverts en Amérique centrale et en Amérique du Sud nous apprennent que les membres de cette espèce mystérieuse étaient d'apparence humanoïde. Diverses légendes les décrivent comme de grands mâles blancs aux yeux couleur océan, qui portaient des barbes imposantes et de longs cheveux. Plusieurs des civilisations dominantes de l'histoire, y compris celles des Égyptiens, des Mayas, des Incas et des Aztèques, révéraient ces êtres pacifiques doués d'une grande sagesse, qui étaient parvenus à installer la paix à partir du chaos. Tous étaient de grands maîtres possédant des connaissances supérieures en astronomie, mathématiques, agriculture, médecine et architecture, qui permirent de faire passer nos nations sauvages au rang de sociétés ordonnées.

Des preuves concrètes nous confirment leur existence incontestable.

Cette espèce humanoïde avait également un ordre du jour précis : préserver l'avenir de l'humanité, de ses enfants adoptifs.

À quelle conclusion bizarre et effrayante Maria et moi venions d'aboutir ! Deux penseurs modernes, doctorat de Cambridge en poche, échangeant des théories qui auraient fait la fierté d'Erich von Daniken[1]. Pourtant, nous n'étions pas fiers du tout. En fait,

---

1. Auteur de l'ouvrage *Présence des extraterrestres* (Laffont, 1969), qui défendit la thèse d'une influence extraterrestre à l'origine de l'humanité *(NDT)*.

nous avons même commencé par éprouver de la honte. Nous n'étions pas des aubergistes suisses transformés en romanciers, mais des savants, des archéologues de renom. Comment allions-nous faire pour annoncer à nos collègues une idée aussi grotesque d'intervention extraterrestre ? Et pourtant, pour la première fois, ma jeune épouse et moi avions l'impression que nos yeux s'étaient vraiment dessillés. Nous sentions un plan directeur à l'œuvre, sans pouvoir encore en déchiffrer la signification cachée. Nos aînés humanoïdes nous avaient laissé des instructions dans les codex mayas, avaient minutieusement dupliqué leur message sur le plateau de Nazca, mais les Espagnols avaient brûlé les codex et nous n'arrivions toujours pas à interpréter ce message.

Maria et moi éprouvions un sentiment de crainte et d'isolement. La prophétie apocalyptique du calendrier maya était suspendue au-dessus de nos têtes comme l'épée de Damoclès. Je me souviens avoir étreint ma femme. Je me sentais comme un enfant perdu qui vient d'être mis au courant de la mort et qui s'efforce de comprendre l'idée que ses parents se font du Ciel. Cela me fit réaliser qu'en dépit de tous ses exploits et accomplissements, notre espèce en est encore au stade de la petite enfance du point de vue de l'évolution. Peut-être est-ce la raison pour laquelle nous sommes tellement enclins à la violence et restons des créatures si émotives et en manque, assoiffées d'amour, en proie à un sentiment constant de solitude. Pareils à des bambins vieux de 30 000 ans, nous ignorons où nous en sommes. Nous sommes une planète d'enfants. La Terre n'est qu'un gigantesque orphelinat, sans esprit adulte pour nous aider à comprendre le fonctionnement de l'univers. Nous avons été contraints d'apprendre seuls, à la dure, au fur et à mesure que nous avançons, vivons et mourons comme les globules rouges qui circulent avec insouciance dans le corps de l'humanité, si jeunes, si inexpérimentés, si naïfs… Les dinosaures ont régné sur Terre pendant 200 millions d'années, mais nos ancêtres ne sont tombés de leur arbre qu'il y a moins de 2 millions d'années. Et dans notre ignorance immense, nous nous croyons supérieurs… Nos aînés, les Nephilim, les « déchus » vivaient ici il y a très longtemps. Ils avaient pris pour épouses des femmes *Homo sapiens*, ils avaient donné leur ADN à notre espèce. Ils nous avaient enseigné ce que nous étions selon eux capables de saisir et nous avaient laissé des repères précis sur leur présence. Ils avaient également essayé de nous prévenir d'une future calamité, mais comme la plupart des enfants qui refusent d'écouter leurs parents, nous avions fait la sourde oreille.

Maria avait le même point de vue que moi.

– Tu réalises que la communauté scientifique va nous mépriser.

– Dans ce cas, nous ne devons pas leur dire, en tout cas pas pour le moment, lui ai-je répondu. La prophétie a beau être gravée dans la pierre, nous sommes encore les maîtres de notre destin. Les Nephilim ne se seraient pas donné tout ce mal pour nous alerter à propos du 4 *ahau*, 3 *kankin* sans nous laisser aussi une arme, un moyen de nous battre contre l'éradication. Nous devons trouver l'instrument de notre salut. C'est seulement à ce moment-là que le monde nous écoutera sans parti pris.

Maria m'a pris dans ses bras. Mon raisonnement était le sien. « Nous ne trouverons pas les réponses ici, Julius. Tu as raison depuis le début. La Grande Pyramide fait partie du puzzle de la prophétie, mais le temple dessiné sur le plateau de Nazca est en Méso-Amérique. »

Extraits du journal du professeur Julius Gabriel,
Réf. Catalogue 1975-1977.

18

1er décembre 2012
Plaine de Nullarbor
Australie
5 h 8

La plaine de Nullarbor, plus vaste étendue de terre plate de la planète, est une région calcaire désolée d'une superficie de plus de 150 000 kilomètres carrés, située le long de la côte Pacifique ouest de l'Australie. Une région inhabitée, sans flore ni faune.

Pourtant, elle a toujours offert un lieu d'évasion idéal à Saxon Lennon, naturaliste à ses heures, et à sa petite amie, Renée, loin de la foule et du bruit, loin des directeurs de projet vociférants. Un refuge uniquement habité par la rhapsodie apaisante des vagues qui viennent se briser contre les falaises de calcaire, à une trentaine de mètres au dessous de leur campement.

L'explosion supersonique fait sortir Saxon de son sac de couchage. Il repousse les battants de la tente pour contempler la voûte étoilée.

Renée glisse un bras autour de sa taille et lui tripote amoureusement le sexe.

— Tu te réveilles bien tôt, mon amour.

— Arrête une seconde… Tu n'as pas entendu quelque chose passer en sifflant ?

— Quel genre de chose ?

— J'en sais rien.

Un claquement monstrueux fait trembler la terre sous leur tente. Saxon s'arrache à l'étreinte de son amie.

— Viens !

Le couple en petite tenue sort en hâte de la tente. Ils enfilent leurs chaussures de randonnée sans prendre le temps de les lacer, bondissent dans leur Jeep et partent vers l'est. Saxon fait attention de ne pas rouler trop près du bord des falaises longeant la mer sur leur droite.

L'horizon s'est éclairci lorsqu'ils atteignent leur but.

– La vache, Saxon, qu'est-ce que c'est que ce machin ?

– Je… je n'en sais rien.

L'objet ou la créature énorme, de la taille d'une maison de deux étages, possède des ailes reptiliennes d'une bonne vingtaine de mètres d'envergure. Noir comme la nuit, il est perché sur des serres trifourchues qui ont l'air de s'agripper à la surface calcaire nue. À plusieurs mètres au-dessus du sol, sa queue réfléchissante en forme d'éventail gigantesque ne bouge pas. Une série de tentacules sort de son abdomen. Sa tête pointue sans visage semble dirigée vers le ciel. On dirait que cet être sculptural est inanimé, en dehors de la lueur luminescente d'un or ambré projetée par un organe rond placé d'un côté de son torse.

– Peut-être bien que c'est un des vaisseaux aériens commandés à distance de l'armée de l'Air ?

– Si on les prévenait ?

– Vas-y. Je vais prendre des photos.

Saxon règle son appareil et prend quelques clichés pendant que sa petite amie essaie d'utiliser le téléphone de la Jeep.

– Coupé. Rien que des parasites. Tu es sûr d'avoir payé la facture ?

– Certain. Tiens, prends-moi en photo avec lui. Comme ça, on verra sa taille.

– Ne t'approche pas trop, mon amour.

Saxon tend l'appareil à Renée, puis il s'approche à cinq mètres de la créature.

– Je n'ai pas l'impression que ce machin soit vivant. Il est juste perché là comme un condor carbonisé.

L'horizon se teinte d'une brume dorée.

– Ça tombe bien. Attends le lever du soleil, la photo sera meilleure.

Les premiers rayons de l'aube pointent au-dessus du Pacifique. La lumière du soleil vient effleurer la surface de la queue réfléchissante de la créature qui se lève dans un sifflement hydraulique. Saxon fait un bond en arrière.

– Putain, ce machin bouge !

– Sax… regarde… son œil cligne.

Saxon fixe le disque ambré qui s'ouvre et se ferme de plus en plus vite en même temps que sa couleur s'assombrit jusqu'au cramoisi.

– Viens !

Il saisit Renée par le poignet pour regagner la Jeep à tombeau ouvert. Il met brutalement le véhicule en prise et fonce en direction du nord sur le terrain plat qui s'étend à l'infini.

L'orbe s'élargit, devient rouge sang et arrête de cligner. Une étincelle s'allume le long des ailes déployées et déclenche une brillante flamme argentée chauffée à blanc.

Dans un éclair aveuglant, la créature émet une détonation, expulsant une quantité insondable d'énergie qui se répand à la vitesse du son sur toute la plaine de Nullarbor. Les ondes de choc de l'explosion nucléaire s'infiltrent dans la roche calcaire poreuse.

Elles vaporisent tout sur leur passage.

Saxon sent le souffle d'une chaleur fulgurante de 16 000 degrés Celcius une nanoseconde avant que son corps, sa petite amie, sa Jeep et le terrain ne s'évaporent en un gaz toxique grésillant qui est projeté dans l'atmosphère en un vide infernal de poussière microscopique et de flammes.

Golfe du Mexique

Le *USS Boone* (FFG-28), frégate de missiles guidés de la série Oliver Hazard Perry, flotte en silence sur une mer d'un gris plombé sinistre, sous un ciel d'après-midi menaçant. Autour du vaisseau de guerre, dans un rayon de cinq kilomètres à la surface de l'eau, sont éparpillés les vestiges de la plate-forme pétrolière semi-submersible. Une dizaine de canots de caoutchouc à moteur manœuvrent prudemment au milieu du champ de débris du *Scylla*. Épuisés psychologiquement, des marins extirpent les restes gorgés d'eau de mer et les remontent à bord des canots.

L'enseigne Zak Wishnov scelle un autre sac à cadavres pendant que le sous-lieutenant Bill Blackmon faufile lentement l'embarcation entre les épaves.

– Zak, j'en vois un autre, proue tribord.

– Quelle horreur !

Wishnov se penche par-dessus la proue pour accrocher le cadavre au bout d'une gaffe.

– Oh, celui-ci a un bras en moins.

– Requins ?

– Non. Il a été tranché net. Dites donc, maintenant que vous en parlez, je n'ai pas vu un seul requin depuis qu'on est ici.

– Moi non plus.

– Ce n'est pas normal. Il y a du sang partout et ces eaux sont infestées de requins.

Zak fait rouler le cadavre mutilé à bord et l'enfonce en hâte dans un sac.

– C'est à cause de ce truc au fond de l'eau, non, mon lieutenant ? Ce truc qui projette la lueur verte. C'est pour ça que les requins ne s'approchent pas.

Le lieutenant hoche la tête.

– Les requins savent quelque chose que nous ignorons. Le capitaine a intérêt à nous éloigner d'ici vite fait. Ça vaudrait mieux.

Le capitaine Edmund O. Loos reste immobile sur sa passerelle. Il fixe de ses yeux noisette l'horizon menaçant, la mâchoire crispée de colère. Le treizième maître à bord du *Boone* et de son équipage de 42 officiers et de 550 engagés bout intérieurement depuis qu'il a reçu l'ordre de son supérieur de changer de cap et de rejoindre le golfe du Mexique, au lieu de continuer à faire route avec son groupe de bataille vers le golfe Persique.

Une foutue opération de secours, en plein milieu du plus gros conflit qu'on ait eu depuis vingt ans, si ça se trouve ! Toute la marine va se foutre de nous.

Curtis Brown, le commandant en second du navire, s'approche de lui.

– Excusez-moi, mon capitaine. Un des Lamps[1] vient de repérer un submersible qui flotte à environ 1,7 kilomètre à l'ouest. Deux survivants à bord. L'un d'eux prétend savoir ce qui a détruit le *Scylla*.

– Faites-le venir en salle de briefing. ETA[2] du vice-président ?

– Trente-cinq minutes.

---

1. *Light Airborne Multipurpose System :* système léger polyvalent aéroporté.
2. *Expected Time Arrival :* heure d'arrivée prévue.

Au loin, un éclair zèbre le ciel en silence, suivi quelques secondes plus tard par un roulement de tonnerre.

– Rappelez tous les bateaux, commandant. Je serai en salle de briefing. Informez-moi de l'arrivée du vice-président.

– À vos ordres, mon capitaine.

Le Seasprite Kaman SH-2G, hélicoptère anti-sous-marins également connu sous le nom de Lamps, rebondit à deux reprises avant de s'immobiliser sur l'aire d'atterrissage du croiseur de missiles.

Michael Gabriel soulève un bout du brancard de Dominique pendant qu'un homme d'équipage prend l'autre. Au moment où la porte coulissante de la soute s'ouvre, ils sont rejoints par le médecin de bord et par son équipe médicale.

Le médecin de l'armée se penche sur la belle hispanique inconsciente. Il vérifie qu'elle respire encore, prend son pouls et examine ses yeux avec sa lampe.

– Commotion sérieuse. Blessures internes possibles. Emmenez-la à l'infirmerie.

Un soldat écarte Michael pour lui prendre le brancard. Ce dernier est trop faible pour s'y opposer.

Le médecin lui jette un coup d'œil.

– Fiston, on dirait que vous revenez de l'enfer. Des blessures, à part ces coupures et ces bleus ?

– Je ne crois pas.

– Pas dormi depuis quand ?

– Aucune idée. Deux jours peut-être. Mon amie, elle va s'en sortir ?

– En principe. Vous vous appelez comment ?

– Mick.

– Suivez-moi, Mick. On va nettoyer ces blessures, vous donner quelque chose à vous mettre sous la dent et vous ravaler un peu la façade. Vous avez besoin de repos.

– Pas question, l'interrompt le lieutenant. Le capitaine veut le voir en salle de briefing dans un quart d'heure.

L'hélicoptère d'Ennis Chaney atterrit sur le pont arrière du *Boone* sous la pluie. Le vice-président se penche pour donner un coup de coude à l'homme endormi à sa droite.

– Réveillez-vous, Marvin, on est arrivés. Comment est-ce que vous pouvez dormir au milieu d'un boucan pareil ? Ça me dépasse !

Marvin Teperman esquisse un sourire en frottant ses yeux endormis.

– Voyager m'épuise.

Un enseigne ouvre la porte coulissante, salut les deux hommes et les guide à l'intérieur de la superstructure.

– Monsieur le vice-président, le capitaine Loos vous attend en salle de briefing.

– Pas maintenant. Je veux d'abord voir les corps.

– Tout de suite ?

– Tout de suite.

L'enseigne l'emmène dans un vaste hangar. Des sacs contenant des cadavres sont alignés sur le sol de ciment.

Chaney passe lentement de sac en sac, s'arrêtant devant chacun pour en lire l'étiquette.

– Oh, Seigneur…

Le vice-président s'agenouille près d'un sac dont il ouvre le zip d'une main tremblante. Il contemple le visage pâle et sans vie de Brian Dodds. D'un geste paternel, il lisse en arrière une mèche de cheveux auburn qui retombe sur le front du mort. L'émotion embue ses yeux.

– C'est arrivé comment ? murmure-t-il d'une voix éraillée.

– On ne sait pas bien. Le seul homme susceptible de nous éclairer se trouve actuellement en salle de briefing. Il attend de vous parler.

Chaney referme le sac et se lève péniblement.

– On y va.

Michael engouffre la dernière bouchée de sandwich à la dinde et au fromage et la fait descendre avec une rasade de ginger ale.

– Ça va mieux ?

D'un signe de tête au capitaine, il répond par l'affirmative. En dépit de son épuisement, le repas, la douche chaude et les vêtements propres l'ont requinqué moralement.

– Bon, si je vous entends bien, vous vous appelez Michael Rosen et vous êtes un biologiste marin envoyé sur le terrain par une boîte de Tampa. C'est bien ça ?

– Exact. Vous pouvez m'appeler Mick.

– Et vous avez découvert l'objet enfoui sous la mer… Comment ?

– Grâce au Sosus. C'est un système de surveillance sous-marin.

– Je connais le Sosus, merci. Quant à votre compagne…

Un coup frappé à la porte interrompt la question. Michael voit entrer le vice-président, suivi d'un individu plus âgé, de plus petite taille, qui arbore une moustache fine comme un crayon et un sourire chaleureux.

– Bienvenue à bord, monsieur le vice-président. J'aurais néanmoins préféré vous recevoir dans des circonstances moins tragiques.

– Capitaine, je vous présente le docteur Marvin Teperman. Un exobiologiste détaché par le Canada. Qui est ce jeune homme ?

Michael tend la main.

– Docteur Michael Rosen.

– Le docteur Rosen prétend être entré dans l'objet sous-marin à bord de son minisubmersible.

Chaney prend place à la table de conférence.

– Racontez-nous ça.

Le capitaine Loos se réfère à ses notes.

– Le tableau que nous en a dressé le Dr Rosen semble tout droit sorti de l'enfer de Dante. Il dit que la lueur émeraude émane d'un puissant champ d'énergie, dont la source se trouve dans cette salle souterraine.

Chaney scrute Michael de ses petits yeux noirs.

– Qu'est-ce qui est arrivé au *Scylla* ?

– La plate-forme pétrolière, clarifie Loos. C'était un poste de détection placé au-dessus du trou.

– Le champ d'énergie a créé un vortex monumental. Le tourbillon a dû détruire la plate-forme.

Les yeux de Loos s'écarquillent. Il appuie sur le bouton de l'interphone.

– Passerelle.

– Commandant Richards. À vos ordres, mon capitaine…

– Commandant, larguez les bouées-détecteur et déplacez le navire à un kilomètre à l'est de notre position actuelle.

– Un kilomètre à l'est, à vos ordres, mon capitaine.

– Exécution en moins de deux, commandant.

– Compris, mon capitaine.

Les yeux de Michael passent du capitaine Loos au vice-président.

– Déplacer votre navire ne servira à rien, capitaine. Nous courons un danger épouvantable. Il y a une forme de vie sous la mer…

– Une forme de vie ! (Marvin bondit pratiquement par-dessus la table.) Quelque chose de vivant ? Comment est-ce possible ? Cette chose ressemble à quoi ?

– Je n'en sais rien.

– Vous ne l'avez pas vue ?

– Elle est restée cachée dans une gigantesque cellule.

– Dans ce cas, comment savez-vous qu'elle était vivante ? Elle bougeait ?

– Elle a communiqué avec moi… Par télépathie. Elle est capable d'atteindre nos pensées, y compris nos souvenirs inconscients.

Teperman s'est levé. Il a du mal à contenir son excitation.

– Inouï ! Quelles pensées vous a-t-elle transmises ?

Michael hésite.

– Un souvenir de mon père défunt. Un… un souvenir pas très agréable.

Chaney se penche en avant.

– Vous dites que nous courons un affreux danger. Pourquoi ? Cette forme de vie représente une menace ?

– Davantage qu'une menace. Si nous ne détruisons pas cette créature et son vaisseau, tous les hommes, femmes et enfants de cette planète seront morts le 4 *ahau*… enfin, le 21 décembre.

Le sourire de Marvin s'efface. Chaney et le capitaine échangent un regard, puis ils se tournent vers Michael. Ce dernier a l'impression d'être transpercé par le regard tendu du vice-président.

– Comment est-ce que vous le savez ? La créature a formulé une menace directe ?

– Est-ce que vous avez vu des armes ? demande le capitaine.

– Je n'en suis pas certain. Quelque chose a été expulsé. Une espèce de monstrueuse chauve-souris, mais qui ne battait pas des ailes. Elle a juste jailli d'une flaque d'énergie liquide argentée…

– Elle était vivante ? demande Marvin.

– Je n'en sais rien. Elle paraissait plus mécanique qu'organique… comme une espèce d'avion téléguidé. Le champ d'énergie a bouillonné, le tourbillon s'est formé, puis le plafond de la salle s'est ouvert en partie sur la mer et la chose s'est dressée pour sortir tout droit de l'entonnoir.

– Tout droit de l'entonnoir ? (Chaney hoche la tête d'incrédulité.) Un peu tiré par les cheveux, non, docteur Rosen ?

– Je sais, mais je vous assure que c'est vrai.

– Capitaine, est-ce que vous avez fait examiner le submersible de cet homme ?

– Oui, monsieur. Les circuits électroniques sont HS et la coque gravement endommagée.

– Comment êtes-vous entré dans le vaisseau extraterrestre ? demande Marvin.

Michael regarde l'exobiologiste.

– C'est la première fois que vous utilisez le terme vaisseau *extraterrestre*. Il s'agit des vestiges d'un objet qui s'est écrasé sur Terre il y a 65 millions d'années, je me trompe docteur ?

Marvin hausse les sourcils d'étonnement.

– Et le signal radio de l'espace… Il a dû activer le système de survie de ce vaisseau.

Teperman a l'air impressionné.

– Comment est-ce que vous savez tout ça ?

– C'est vrai ? interroge le capitaine Loos sans y croire.

– Tout à fait possible, capitaine. Même si on peut penser, d'après ce que vient de nous raconter le docteur Rosen, que le système de survie du vaisseau extraterrestre ne s'est jamais arrêté complètement. La cellule dont il parle a dû continuer à fonctionner et à maintenir l'être en vie, dans une espèce de stase protectrice.

– Jusqu'à ce que le signal radio l'active, conclut Michael.

Chaney le sonde d'un regard suspect.

– Comment est-ce que vous pouvez en savoir autant sur cet être extraterrestre ?

Le commandant Broad entre après avoir bruyamment frappé à la porte.

– Pardon de vous interrompre, mon capitaine, mais je dois vous voir en privé.

Le capitaine Loos sort derrière lui.

– Docteur Rosen, vous affirmez que cette chose va détruire l'humanité le 21 décembre. Comment pouvez-vous le savoir ?

– Comme je l'ai dit, docteur Teperman, elle a communiqué avec moi. Elle n'a peut-être pas exprimé ses intentions verbalement, mais elles étaient très claires.

– Et elle vous a donné la date du 21 ?

– Non.

Michael tend la main vers les notes du capitaine. Il y jette un coup d'œil, tout en enlevant nonchalamment l'agrafe qui maintient les feuilles ensemble.

– J'ai passé toute ma vie à étudier les prophéties mayas, ainsi qu'une demi-douzaine de sites anciens disséminés à la surface du globe, qui établissent un lien entre cette présence malveillante et la fin du monde. Le 21 est la date donnée par le calendrier maya, celle où l'humanité sera éradiquée de la surface de la Terre. Ne vous moquez pas... Ce calendrier est un instrument d'astronomie précis...

Chaney se frotte les yeux. Sa patience est à bout.

– Vous ne parlez pas comme un biologiste, docteur, et votre prophétie maya ne me fait pas rire du tout. Beaucoup d'hommes sont morts à bord de cette plate-forme, et je veux savoir ce qui les a tués.

– Je vous l'ai dit.

Michael glisse l'agrafe dans sa ceinture.

– Et comment avez-vous fait pour pénétrer dans le vaisseau extraterrestre ?

– Vingt-trois cavités sont disposées en un cercle parfait sur le plancher marin, à environ 1,5 kilomètre du trou central. Ma compagne et moi avons fait descendre notre submersible dans l'une de ces fosses. Nous avons été happés par une turbine gigantesque, qui a aspiré notre submersible dans...

– Une turbine ! (Teperman hausse de nouveau les sourcils.) Incroyable ! Elle sert à quoi ?

– Sans doute à la ventilation. Le minisubmersible a coincé les lames du rotor pendant sa phase d'arrivée. Quand le rotor s'est inversé pour vider la salle, nous avons été refoulés dans la mer.

Le capitaine Loos revient dans la salle de briefing, l'air suffisant.

– Des nouvelles, monsieur le vice-président, qui éclairent notre lanterne. Le docteur Rosen nous a menti sur son identité. En fait, il s'appelle Michael Gabriel. Il s'est échappé d'une clinique psychiatrique de Miami la semaine dernière.

Chaney et Marvin posent un regard cynique sur Michael.

Ce dernier soutient celui du vice-président.

– Je ne suis pas fou. J'ai menti sur mon identité parce que j'ai la police aux trousses, mais je ne suis pas fou.

Le capitaine Loos leur lit un fax.

– Ça fait onze ans que vous êtes incarcéré, depuis un incident qui vous a opposé à Pierre Borgia.

Chaney écarquille les yeux.

– Le secrétaire d'État ?

– Borgia s'en est pris à mon père, il l'a humilié devant une assemblée de ses collègues. J'ai pété les plombs. Borgia a manipulé le système judiciaire. J'aurais dû purger une simple peine de prison pour agression, mais il m'a fait enfermer dans un asile d'aliénés.

Le capitaine Loos tend le fax à Chaney.

– Le père de Michael était Julius Gabriel.

Marvin paraît surpris.

– Julius Gabriel, l'archéologue ?

Le capitaine ricane.

– Un charlatan plutôt, qui a essayé de convaincre la communauté scientifique que l'humanité était à la veille de sa destruction. Je me souviens avoir lu des articles à ce propos. Sa mort a fait la couverture de *Time*.

Chaney interrompt sa lecture du fax.

– Tel père, tel fils.

– Peut-être qu'il avait raison, marmonne Marvin.

Le visage du capitaine devient rouge brique.

– Julius Gabriel était un cinglé, docteur Teperman. Si vous voulez mon avis, les chiens ne font pas des chats. Cet homme nous a fait perdre assez de temps comme ça.

Michael se lève, hors de lui.

– Tout ce que je viens de vous dire est vrai…

– Trêve de plaisanteries, Gabriel. Nous avons trouvé le journal de votre père dans le submersible. Toute votre histoire n'a qu'un but : nous convaincre – ainsi que le monde entier – de la véracité des théories ridicules de votre père.

Le capitaine ouvre la porte.

Deux sentinelles armées pénètrent dans la pièce.

– Monsieur le vice-président, si vous n'avez plus besoin de cet homme, j'ai reçu l'instruction de le mettre au trou.

– De qui ?

– Du secrétaire Borgia, monsieur le vice-président. À l'heure qu'il est, il est en route.

Sydney, Australie

Le jet supersonique *Dassault* à la ligne profilée survole le Pacifique sud à deux mille kilomètres-heure sans ressentir la moindre turbulence. Des huit sièges passagers de l'avion trimoteurs de 31 mètres aux ailes double delta, trois seulement sont occupés.

Barbara Becker, ambassadrice en Australie, se réveille et s'étire. Elle consulte sa montre alors que le jet amorce sa descente au-dessus du continent australien. *Los Angeles-Sydney en moins de sept heures et demie, pas mal du tout !* Elle se lève et traverse l'allée centrale pour rejoindre les deux savants de l'IEER[1].

Steven Taber, un homme corpulent, est en train de ronfler, appuyé au hublot, tandis que son collègue, le Dr Marty Martinez, pianote comme un fou sur son portable.

– Excusez-moi, docteur, mais nous allons bientôt atterrir et j'ai encore quelques questions à vous poser.

– Accordez-moi juste une seconde.

Martinez continue à taper.

Becker s'assoit près de lui.

– Vous devriez peut-être réveiller votre ami…

– C'est fait, répond Taber en bayant aux corneilles.

Martinez éteint son ordinateur.

– Je suis à vous, madame l'ambassadrice.

– Comme vous le savez, le gouvernement australien est sens dessus dessous. Ils affirment que l'explosion a pulvérisé plus de 107 000 kilomètres carrés de leur pays. Ça fait quand même une sacrée étendue pour s'être volatilisée comme ça dans les airs ! Quelle conclusion tirez-vous de l'analyse des premières photos satellites ? Est-ce que la catastrophe est due à un phénomène naturel, comme celui du mont Saint Helens[2], ou est-ce qu'il s'agit d'une explosion déclenchée par les hommes ?

Martinez hausse les épaules.

– Je préfère ne pas m'avancer tant que nous n'aurons pas achevé nos tests.

– Je comprends, mais…

– Madame l'ambassadrice, M. Taber et moi-même avons été délégués ici par le conseil de sécurité des Nations unies, pas par les États-Unis. Je sais bien que vous êtes en pleine tempête politique, mais je préfère ne pas émettre de spéculations…

– Détends-toi, Marty. (Taber se penche en avant.) Je vais répondre à votre question. Pour commencer, oubliez toutes les

---

1. *Institute For Energy and Environmental Reasearch :* institut de recherche sur l'énergie et l'environnement.

2. Le 8 mai 1980 à 8 h 30, le mont Saint Helens, situé non loin de la côte ouest des États-Unis, connut une explosion volcanique d'une puissance estimée 2 500 fois supérieure à celle qui détruisit Hiroshima *(NdT)*.

théories du genre désastre naturel. Il ne s'agissait ni d'un tremblement de terre, ni d'une éruption volcanique. Si vous voulez mon avis, nous sommes en présence d'un essai d'explosion d'un nouvel engin de type thermonucléaire, qui me flanque une pétoche pas possible – excusez l'expression.

Martinez hoche la tête.

– Steven, tu ne peux pas l'affirmer avec certitude…

– Allons, Marty, écrase. Toi et moi, on soupçonne la même chose. De toute façon, le bébé va ressortir avec l'eau du bain.

– Quel bébé ? Expliquez-vous, messieurs. Vous soupçonnez quoi ?

Martinez claque le couvercle de son ordinateur.

– Tout simplement ce contre quoi s'élèvent les savants de l'IEER depuis dix ans, madame l'ambassadrice. Des armes de fusion, de fusion pure.

– Pardon, je ne suis pas savante. Qu'entendez-vous par fusion « pure » ?

– Pas étonnant que ce terme vous soit inconnu, dit Taber. Bizarrement, ce sujet a toujours réussi à échapper à l'œil critique du public. Il existe trois types d'engins nucléaires : la bombe atomique, la bombe H ou bombe à hydrogène, et la bombe à fusion pure. La bombe atomique fait appel à la fission, qui consiste à séparer un noyau nucléaire lourd en deux ou plusieurs fragments. En gros, la bombe A est une sphère remplie d'explosifs programmés électroniquement. On a une balle de plutonium grosse comme un pamplemousse à l'intérieur de la sphère, au centre de laquelle se trouve un appareil qui permet de faire jaillir une gerbe de neutrons. Au moment de l'explosion, le plutonium s'écrase en une masse fondue. Les atomes se fragmentent et déclenchent une réaction en chaîne, qui à son tour, dégage de méga sommes d'énergie. Si je vais trop vite, arrêtez-moi.

– Continuez.

– Dans la bombe à hydrogène, l'uranium 235 absorbe un neutron. La fission survient quand le neutron se brise pour produire deux plus petits noyaux, plusieurs neutrons et des tonnes d'énergie. Ce qui produit alors la température et la densité nécessaires à la fusion du deutérium et du tritium, qui sont deux isotopes de l'hydrogène…

– Ehhh… doucement, je suis larguée.

Martinez se tourne face à l'ambassadrice.

– Les détails n'ont aucune importance. L'essentiel, c'est de savoir que la fusion et la fission sont deux choses différentes. La fusion est une réaction qui survient quand deux atomes d'hydrogène se mélangent ou fusionnent, pour former un atome d'hélium. Ce processus, identique à celui qui active le soleil, dégage des quantités d'énergie bien supérieures à celui de la fission, et produit une explosion bien plus puissante.

Taber opine.

– Le facteur clé, celui qui détermine au bout du compte la puissance d'une arme thermonucléaire, c'est la manière dont l'explosion est déclenchée. La grande différence entre une bombe de fusion pure et une bombe A ou une bombe H, c'est qu'elle n'a pas besoin de déclencher la fission pour obtenir la fusion. Cela signifie que le plutonium ou l'uranium enrichi ne sont pas nécessaires pour la fabriquer. Le bon côté, c'est que l'absence de plutonium signifie peu, ou pas de retombées radioactives. Le mauvais côté, c'est que la puissance explosive d'un instrument de fusion pure de relativement petite taille dépasse de loin celle de nos bombes à hydrogène les plus modernes.

– De combien à peu près ?

– Je vais vous donner un exemple, répond Martinez. La bombe atomique que nous avons larguée sur Hiroshima a dégagé une somme d'énergie équivalente à 15 kilotonnes ou 15 000 tonnes de TNT. Au centre de l'explosion, les températures ont atteint 7 000 degrés Celsius, avec des vents d'une vélocité estimée à 1 500 kilomètres à l'heure. La plupart des gens qui se trouvaient dans un rayon de 800 mètres ont péri.

– Il s'agissait d'une explosion de 15 kilotonnes. Notre version moderne de la bombe H fait environ 20 à 50 mégatonnes, soit 50 millions de tonnes de TNT, ce qui équivaut à deux à trois mille bombes de la taille de celle d'Hiroshima. Une bombe de fusion pure peut causer des dégâts encore plus grands. On n'aurait besoin que d'une petite bombe de fusion pure de 2 kilotonnes pour obtenir le même impact que celui d'une bombe H de 30 mégatonnes. Conclusion : une tonne de TNT de fusion pure équivaut à quinze millions de tonnes de TNT générés par une bombe à hydrogène. Si vous voulez éradiquer 107 000 kilomètres carrés, utilisez la fusion pure…

Mon Dieu… En dépit de la climatisation, Barbara se met à transpirer.

– Et vous croyez possible qu'une puissance étrangère ait pu mettre cette bombe au point ?

Martinez et Taber échangent un regard.

– Quoi ? Parlez !

Taber se pince l'arrête du nez.

– La possibilité de fabriquer une bombe de fusion pure n'a pas été officiellement prouvée, madame l'ambassadrice, mais les États-Unis et la France la bricolent depuis plus de dix ans…

Le Dr Martinez plonge les yeux dans les siens.

– Comme je l'ai dit, ça n'a rien de tellement choquant. Ça fait des années que les savants de l'IEER protestent contre l'immoralité et l'illégalité de ces travaux. Tout cela est en violation directe du traité sur l'interdiction globale des essais nucléaires…

– Une seconde, Marty, intervient Taber. Tu sais très bien que le CTBT[1] ne mentionne pas la fusion pure.

– Et pourquoi pas ? demande l'ambassadrice.

– Il s'agit d'un détail technique légal dont on ne s'est pas préoccupé, avant tout parce qu'aucune nation n'a jamais annoncé son intention de fabriquer une arme de fusion pure.

– À votre avis, les Français auraient pu vendre cette technologie aux Australiens ?

– Nous ne sommes pas des politiciens, madame l'ambassadrice, déclare Taber. De plus, qui dit qu'il s'agissait des Français ? Ça pouvait tout aussi bien être les Russes, ou même ces bons vieux Américains, pour ce que j'en sais.

Martinez hoche la tête.

– Les États-Unis tiennent la corde. L'explosion de cette bombe en Australie fait planer un doute général.

Barbara Becker secoue la tête.

– Bon Dieu, je marche sur un vrai nid de frelons ! Les cinq membres permanents du Conseil de sécurité envoient des délégués. Ils vont tous se montrer du doigt les uns les autres.

Martinez appuie la tête sur son dossier et ferme les yeux.

– J'ai l'impression que vous n'avez pas bien saisi la signification de tout ça, madame l'ambassadrice. Bombe de fusion pure égale apocalypse. Pour commencer, aucun pays, États-Unis compris,

---

1. *Comprehensive Test Ban Treaty :* traité sur l'interdiction globale des essais.

n'aurait dû être autorisé à effectuer des essais de fusion pure d'aucune sorte. Peu importe le pays qui l'a fabriquée le premier, elle va tous nous détruire.

Barbara sent son estomac se soulever au moment où le *Dassault* atterrit. Le jet roule sur la piste jusqu'à un Seahwak Sikorsky S-70B2 en attente.

Un homme de haute taille, revêtu d'une combinaison de Néoprène noire, les accueille sur le tarmac. Il s'approche de Barbara et lui tend la main.

– Madame l'ambassadrice, Karl Brandt, Organisation d'inspection géologique australienne, comment allez-vous ? Excusez ma tenue, mais les combinaisons en plomb que nous allons porter peuvent devenir étouffantes. Je suppose que ces messieurs sont membres de l'IEER ?

Taber et Martinez se présentent.

– Très bien. Je ne voudrais pas vous presser, mais nous avons encore deux bonnes heures de vol jusqu'à Nullarbor, ou ce qu'il en reste, et je ne voudrais pas arriver après la tombée du jour.

– Où sont les autres membres de la délégation du Conseil de sécurité ?

– Ils attendent déjà à bord de l'hélicoptère.

Golfe du Mexique

Michael s'agenouille près de la porte d'acier de la petite cellule. Il lutte contre le sommeil en sondant le trou de la serrure avec une agrafe en acier.

– Nom de Dieu !

Il s'affaisse contre le mur et fixe le bout cassé de l'agrafe, à présent coincée dans la serrure.

Ça ne sert à rien... je n'arrive pas à me concentrer. Il faut que je dorme, que je me repose un peu. Il ferme les yeux, mais les rouvre très vite.

– Non ! Ne t'endors pas... Occupe-toi de la serrure. Borgia va bientôt arriver et...

– Michael ?

La voix le fait sursauter.

– Michael Gabriel, vous êtes là-dedans ?

– Teperman ?

Une clé secoue légèrement la serrure et la porte s'ouvre.

Marvin entre en la laissant entrouverte.

– Enfin ! J'ai eu du mal à vous trouver. Ce bateau est gigantesque.

Il tend à Michael le journal relié de cuir.

– Intéressant. Mais bon, votre père a toujours eu beaucoup d'imagination.

Michael regarde la porte.

– Figurez-vous que je l'ai rencontré. À Cambridge, à la fin des années soixante. J'étais étudiant en troisième année. Julius était orateur invité d'une série de conférences intitulées « Mystères de l'homme ancien ». Je l'ai trouvé vraiment brillant. En fait, c'est son discours qui m'a incité à entreprendre une carrière d'exobiologiste.

Marvin remarque que Michael observe la porte. Il se tourne et voit l'agrafe qui dépasse de la serrure.

– Ça ne vous mènera pas loin.

– Docteur Teperman, je dois absolument sortir d'ici.

– Je sais. Tenez, prenez ça.

Marvin sort une liasse de billets de la poche de son veston.

– Il y a un peu plus de six cents dollars, dont certains canadiens. C'est peu, mais ça devrait vous permettre d'aller où vous devez aller.

– Vous me libérez ?

– Pas moi. Je ne suis que le messager. Votre père a exercé une grande influence sur moi, mais je ne l'aimais pas beaucoup.

– Je ne comprends pas.

– Votre fuite a été organisée par quelqu'un qui déteste Borgia presque autant que vous.

– *Chaney ?* Par conséquent, ce n'est pas parce que vous croyez à mon histoire que vous me relâchez ?

Marvin sourit et lui tapote affectueusement la joue.

– Vous êtes un gentil gars, Michael, mais un peu dingo, comme votre vieux. Maintenant, écoutez-moi bien : tournez à gauche et suivez le couloir jusqu'au bout. Vous arriverez à une cage d'escalier et, trois étages plus haut, au pont principal. Il y a un hangar à la poupe. À l'intérieur sont alignés par terre les corps des victimes de la plateforme pétrolière. Prenez un sac vide, cachez-vous dedans et attendez. D'ici une demi-heure, un hélicoptère d'évacuation va arriver pour transporter les morts à l'aéroport de Mérida. Après ça, à vous de jouer.

– Merci… une seconde, et Dominique ?

– Votre copine va mieux, mais elle n'est pas en état de voyager. Vous voulez que je lui transmette un message ?

– S'il vous plaît. Dites-lui que je vais aller jusqu'au bout.

– Où irez-vous ?

– Vous voulez vraiment le savoir ?

– Sans doute pas. Vous feriez mieux de vous éclipser avant qu'ils nous bouclent tous les deux.

Sud de l'Australie

L'ambassadrice Becker regarde par la vitre sans perdre une miette de la conversation échangée à l'arrière de l'hélicoptère par les délégués de la Fédération russe, de la Chine et de la France. Spencer Botchin, le représentant du Royaume-Uni, se penche vers elle pour lui chuchoter à l'oreille.

– C'était sans doute les Français. Pourvu qu'ils n'aient pas commis la folie de la vendre aux Iraniens !

Elle acquiesce de la tête en chuchotant :

– Ils ne l'auraient pas testée sans le soutien de la Russie et des Chinois.

L'hélicoptère commence à survoler l'Australie du Sud en fin d'après-midi. Le spectacle que découvre Barbara Becker lui hérisse littéralement les poils sur les bras.

Le paysage n'est plus qu'une gigantesque cuvette carbonisée, qui s'étend à l'infini.

Karl Brandt se glisse sur le siège voisin.

– Il y a trois jours, cette plaine était située à quarante-cinq mètres au-dessus du niveau de la mer. À présent, elle culmine tout juste à une soixantaine de centimètres.

– Comment diable a-t-on pu désintégrer autant de rochers ?

Steve Taber cesse d'aider le Dr Martinez à enfiler la combinaison en plomb.

– À en juger par ce cratère, je dirais qu'il a dû être provoqué par une explosion souterraine d'une magnitude sidérante.

Brandt se glisse dans sa combinaison antiradiation et remonte le zip de la capuche.

– Nos bouteilles d'air nous fournissent une autonomie de trente minutes.

Gêné par les gants épais, le Dr Martinez a du mal à lui dire OK des pouces. Taber tend le compteur Geiger à son associé.

– Marty, vous êtes sûr que vous ne voulez pas que je descende avec vous ?

– Je me débrouillerai tout seul.

Le copilote se joint à eux pour aider Brandt et Martinez à passer les deux harnais reliés par un câble à deux treuils hydrauliques.

– Messieurs, vous avez un émetteur-récepteur dans vos casques. Ça vous permettra de communiquer avec nous et entre vous. Détachez vos harnais une fois que vous vous poserez.

Il ouvre la porte coulissante de la soute et hurle par-dessus le bruit assourdissant des rotors.

– OK, les gars, allez-y.

Les cinq ambassadeurs forment un cercle pour les regarder. Martinez sent son cœur remonter dans sa gorge en franchissant maladroitement la porte pour se retrouver suspendu à 45 mètres au-dessus du sol. Il ferme les yeux et se sent tomber en spirale.

– Ça va, docteur ?

– Oui, monsieur Brandt. (Il ouvre les yeux pour consulter son compteur Geiger.) Aucune radiation pour l'instant. Encore trois mètres…

– Ne vous inquiétez pas. Les combinaisons devraient nous protéger.

– Devraient ?

Martinez regarde en contrebas. Des fumerolles humides et blanches montent vers lui et embuent sa visière. Encore trois mètres…

– Une seconde ! Arrêtez, arrêtez !

Martinez remonte les genoux sous son menton, pour ne pas toucher la surface en fusion.

– Relevez-nous ! Plus haut ! Plus haut !

Leur descente interrompue, les deux hommes restent suspendus à quelques centimètres à peine du terrain d'un blanc neigeux qui bout à 650 degrés Celcius.

– Remontez-nous de cinq mètres ! hurle Brandt.

Le treuil les hisse plus haut.

– Qu'est-ce qui se passe ?

La voix de Barbara leur crève les tympans.

– La surface bout. Un vrai chaudron de roches fondues et d'eau de mer, répond Martinez d'une voix tendue et perçante. Nous allons faire nos tests d'ici. Ça ne prendra qu'une minute.

La voix grave de Taber le fait sursauter.

– Des radiations ?

Martinez vérifie ses détecteurs.

– Non. Une seconde… je détecte de l'argon 41.

Brandt lui jette un regard.

– Ce n'est pas un sous-produit du plutonium.

– Non, c'est un produit d'activation éphémère de la fusion pure. À mon avis, c'est une espèce d'arme hybride de fusion pure qui a désintégré ce paysage.

Martinez accroche le compteur Geiger à sa ceinture pour pouvoir analyser les gaz qui s'élèvent vers eux.

– Niveau de dioxyde de carbone hors échelle.

– Normal, remarque Brandt. Toute la plaine était composée de calcaire. Comme vous le savez, c'est le magasin de dioxyde de carbone de la nature. En se vaporisant, il a dégagé un nuage toxique de CO_2. On a de la chance, les vents soufflant vers le sud l'ont poussé loin des villes vers la mer.

– Je détecte aussi des niveaux élevés d'acide chlorhydrique.

– Vraiment ? C'est bizarre.

– Oui. Monsieur Brandt, toute cette catastrophe est bizarre, et plutôt effrayante. Remontez-nous, j'ai vu tout ce que j'avais à voir.

Aéroport de Mérida
Mexique

L'hélicoptère de transport se pose avec une énorme secousse.

Michael ouvre les yeux et respire à fond pour réveiller son corps engourdi. Il lève la tête hors du sac ouvert et embrasse les lieux du regard.

Soixante-quatre sacs à cadavres en plastique vert militaire contenant les restes de l'équipage du *Scylla* sont posés sur le sol. Michael entend le bruit de ferraille des portes de la soute. Il se rallonge et referme le sac.

La porte s'ouvre. Michael reconnaît la voix du pilote.

– Je serai dans le hangar. Dites à vos hommes d'être prudents. *Comprendido, amigo ?*

Un concert de paroles en espagnol. Des hommes commencent à enlever les sacs. Michael reste parfaitement immobile.

Plusieurs minutes s'écoulent. Il entend un moteur de camion s'allumer, puis son bruit décroître au loin.

Il rouvre le sac et en scrutant par la porte ouverte, repère la benne ouverte qui se dirige vers le hangar.

Michael s'extirpe du sac, puis il saute en bas de l'hélicoptère et court vers le terminal principal.

Journal de Julius Gabriel

Maria et moi avons regagné la Méso-Amérique à l'automne 1977. Ma femme était enceinte de six mois. Comme il nous fallait absolument des fonds, nous avons décidé de présenter le corpus de nos recherches à Cambridge et Harvard, en prenant soin d'omettre toutes les informations relatives à la présence d'une race d'humains extraterrestres. Impressionnés par notre travail, les pouvoirs en place nous ont accordé une bourse à chacun, afin de nous permettre de le poursuivre.

Après avoir acheté une caravane d'occasion, nous sommes partis explorer les ruines mayas, dans l'espoir d'identifier la pyramide méso-américaine que l'artiste de Nazca avait dessinée dans la pampa désertique, ainsi que de trouver un moyen de sauver l'humanité de la destruction annoncée par la prophétie.

En dépit du caractère désespéré de notre mission, nous avons passé des années heureuses au Mexique. Le clou en a été la naissance de notre fils, Michael, qui a eu lieu à l'aube du jour de Noël, dans la salle d'attente du minuscule hôpital de Mérida.

Je dois admettre que la perspective d'élever un enfant dans des conditions si rudes m'inquiétait. Tout comme je craignais que le manque de compagnie d'enfants de son âge n'entrave le développement social de notre fils. Lorsqu'il a eu cinq ans, j'en suis même venu à suggérer à ma femme de l'envoyer dans un pensionnat privé. Maria a simplement refusé d'en entendre parler. J'ai fini par céder à ses souhaits, car je me rendais compte qu'elle avait autant besoin de la compagnie de cet enfant qu'il avait besoin d'elle.

Maria était davantage qu'une mère pour Michael. Elle était son mentor, son guide et sa meilleure amie. Lui était son élève chéri. Dès son plus jeune âge, il était visible qu'il possédait l'esprit vif de sa mère, accompagnant ces yeux d'ébène qui vous fixaient de manière désarmante.

Sept années durant, ma famille fouilla les jungles touffues des pays dénommés aujourd'hui Mexique, Belize, Guatemala, Honduras et Salvador. Là où d'autres pères apprennent à leurs fils à jouer au football, j'enseignais au mien à déterrer des artefacts. Là où d'autres étudiants étudiaient une langue étrangère, Michael a appris à déchiffrer les hiéroglyphes mayas. Ensemble, nous avons escaladé tous les trois les temples d'Uxmal, Palenque et Tikal, nous avons exploré les ruines de Labná, Churihuhu et Kewik, et nous avons été émerveillés par le château de Tulum. Nous avons exploré la capitale zapotèque de Monte Albán et les centres religieux de Kaminal Juyú et de Copán. Nous avons rampé dans des tombes et plongé dans des cavernes souterraines. Nous avons déterré des plates-formes anciennes et interrogé de vieux Mayas. Pour finir, il ne resta plus que deux sites anciens susceptibles à nos yeux d'être représentés par le dessin de la pyramide de Nazca. Nous pensions qu'ils constituaient une pièce essentielle du puzzle du calendrier maya de l'apocalypse.

Le premier était Teotihuacán, splendide cité toltèque située sur un plateau de 2 200 mètres dans les hautes terres mexicaines, à une cinquantaine de kilomètres au nord de l'actuelle ville de Mexico. Teotihuacán, dont on fait remonter la fondation à l'époque du Christ, fut la première métropole de l'hémisphère occidental, et sans doute l'une des plus vastes. Tout comme celles des édifices de Gizeh, les origines de Teotihuacán restent mystérieuses. Nous ne disposions pas davantage d'indices sur ceux qui avaient conçu cette cité que sur la manière dont cet exploit avait été accompli, ni même sur la langue parlée par ses premiers occupants. Comme celles du Sphinx et de la Grande Pyramide, la date de la construction de Teotihuacán continue à faire l'objet de nombreux débats. Le nom même du complexe et de ses pyramides nous vient de la civilisation toltèque, qui s'y installa des années *après* que la ville eut été abandonnée.

On estime que pour ériger les bâtiments de Teotihuacán, il n'a pas fallu moins que le labeur d'une armée de 20 000 hommes pendant une quarantaine d'années. Pourtant, ce n'est pas le mystère entourant la construction de cette cité qui a d'abord attiré notre attention mais son plan, et ses similarités évidentes avec celui de Gizeh.

Comme je l'ai déjà dit, Gizeh comprend trois pyramides principales, disposées en fonction des étoiles du baudrier d'Orion, tandis que le Nil devait réfléchir la fissure sombre de la Voie lactée. Teotihuacán offre aussi trois pyramides, placées de manière décalée et étrangement similaire, même si leur orientation varie de près de 180 degrés. L'avenue des Morts relie une extrémité de la cité à l'autre ; elle sert de route d'accès principal. Cette artère, comme le Nil à Gizeh, était censée représenter la fissure sombre de la Voie lactée.

De nouvelles excavations effectuées à Teotihuacán ont mis au jour de larges rigoles sous cette chaussée, destinées à recueillir l'eau de pluie. Cela indiquerait que l'avenue des Morts n'était peut-être pas en fait une route mais un magnifique plan d'eau qui réfléchissait le cosmos.

Les similarités entre Gizeh et Teotihuacán ne s'arrêtent pas là. Le plus vaste des trois temples de la cité méso-américaine est appelé pyramide du Soleil. C'est un bâtiment carré, qui mesure à sa base 226,3 mètres, soit 3,8 mètres de moins seulement que son homologue égyptien, la Grande Pyramide de Gizeh. Cela fait de la pyramide du Soleil le plus vaste monument bâti par l'homme dans l'hémisphère occidental, la Grande Pyramide étant le plus vaste de l'Orient. On notera que la pyramide du Soleil fait face à l'ouest et la Grande Pyramide de Gizeh à l'est, détail qui a incité Maria à comparer ces deux temples à deux serre-livres planétaires. Les mesures précises de la Grande Pyramide et de la pyramide du Soleil indiquent clairement que leurs architectes connaissaient bien les mathématiques, la géométrie et la valeur de pi.

Le plus petit des trois temples, ou pyramide de Quetzalcóatl, nous fournit un indice sur les bâtisseurs de Teotihuacán. Il est situé à l'intérieur d'une vaste enceinte carrée appelée *ciudadela* (citadelle), capable d'accueillir 100 000 personnes. Les ornementations de la pyramide de Quetzalcóatl sont les plus raffinées de tout Teotihuacán. Il s'agit d'une myriade de sculptures qui, comme ses façades en trois dimensions, représentent le plus souvent la même image : un serpent à plumes menaçant.

Aux yeux des Toltèques et des Aztèques, le serpent à plumes représentait le grand homme blanc doué de sagesse, Quetzalcóatl.

Une fois de plus, la présence d'un mystérieux maître barbu semblait diriger notre voyage dans le passé.

Après avoir abandonné Teotihuacán, les Toltèques et leur chef migrèrent vers l'est et s'installèrent dans la cité maya de Chichén Itzá. C'est là que les deux cultures allaient se fondre pour nous donner le plus splendide et le plus déroutant édifice de tout l'ancien monde : la pyramide de Kukulcán.

Je l'ignorais à l'époque, mais c'est à Chichén Itzá que nous allions faire une découverte qui ne changerait pas seulement le destin de ma famille, mais nous condamnerait à rester d'éternels voyageurs.

Extraits du journal du professeur Julius Gabriel,
Réf. Catalogue 1977-1981.

19

4 décembre 2012
À bord du *USS Boone*
Golfe du Mexique

À sa descente de l'hélicoptère, le secrétaire d'État Pierre Borgia est accueilli par le capitaine Edmund Loos.

– Bonjour, monsieur le secrétaire d'État. Bon voyage ?

– Épouvantable. Le directeur de l'asile de Miami est arrivé ?

– Il y a une vingtaine de minutes. Il vous attend dans ma salle de briefing.

– Quelles sont les dernières nouvelles de Gabriel ?

– Nous ne savons toujours pas comment il s'est échappé du brick. La serrure a été un peu bricolée, mais rien de significatif. Nous pensons que quelqu'un a dû l'aider à fuir.

– La fille ?

– Non, monsieur. Elle souffre d'un traumatisme et elle était à l'infirmerie, inconsciente. Nous menons une enquête.

– Comment a-t-il fait pour quitter le bateau ?

– Sans doute à bord d'un hélico d'évacuation. Ils ont fait des allées et venues toute la journée.

Borgia pose un regard glacial sur le capitaine.

– J'espère que vous ne commandez pas votre navire comme vous gardez vos prisonniers.

Loos lui rend son regard.

– Je ne dirige pas une crèche, monsieur le secrétaire d'État. Je doute fort qu'un de mes hommes ait pris le risque de se voir jeter en prison pour délivrer votre dingue.

– Qui d'autre aurait pu le faire ?

– Aucune idée. Nous avons des équipes de savants à bord. Il en arrive de nouvelles chaque jour. Ça pourrait être l'un d'eux, voire même un membre de l'équipe du vice-président.

Borgia hausse les sourcils.

– Comme je l'ai dit, nous poursuivons l'enquête. Nous avons également prévenu la police mexicaine de l'évasion de Gabriel.

– Elle ne le retrouvera jamais. Gabriel a bien trop d'amis au Yucatán. Et la fille ? Que sait-elle de l'objet extraterrestre ?

– Elle prétend ne se souvenir que du moment où le minisubmersible a été aspiré dans un tunnel. Un de nos géologues a réussi à la convaincre que son vaisseau avait été pris dans les courants d'un tube de lave, créé par le réveil d'un volcan sous-marin. (Loos sourit.) Il lui a expliqué que la lueur provenait du champ de lave souterrain, visible quand il déborde du cratère au fond de la mer. Il lui a même montré quelques clichés satellites à infrarouges du vortex, en lui disant qu'il avait été causé par l'effondrement de poches souterraines sous le plancher marin. Elle croit que c'est ça qui a causé le naufrage du bateau de son père et qui a provoqué sa mort et celles de ses deux amis.

– Où est-elle ?

– À l'infirmerie.

– Laissez-moi parler quelques minutes en tête à tête au directeur de l'asile, puis amenez-la moi. Pendant que nous parlons avec elle, faites coudre ça dans la doublure de ses vêtements.

Il tend à Loos un instrument minuscule, gros comme une pile de montre.

– Un dispositif de pistage ?

– Un cadeau de la NSA. Oh, capitaine, j'allais oublier : amenez-la-nous les menottes aux mains.

Deux marins armés emmènent Dominique Vazquez, menottée et nerveuse, par plusieurs couloirs étroits, puis ils lui font monter trois étages, jusqu'à une cabine portant l'écriteau « Salle de briefing du capitaine ». L'un d'eux frappe à la porte, puis il l'ouvre pour la faire pénétrer dans la pièce.

Dominique entre dans une petite salle de conférence.

– Mon Dieu…

Assis à la table, Anthony Foletta lève les yeux et lui sourit.

– Mademoiselle Vazquez, entrez…

La voix rocailleuse s'adresse à elle d'un ton paternel.

– Monsieur le secrétaire d'État, ces menottes sont-elles vraiment nécessaires ?

Le borgne referme la porte derrière la jeune femme, puis il prend place à la table, face à Foletta.

– Je le crains, docteur Foletta. Mademoiselle Vazquez a aidé un criminel dangereux à s'évader.

Il fait signe à Dominique de s'asseoir.

– Vous savez qui je suis ?

– Pierre Borgia. On… on m'a dit que vous alliez venir il y a trois jours.

– Oui, nous avons eu un petit problème plus grave en Australie.

– Vous venez m'arrêter ?

– Ça ne dépend que de vous.

– Ce n'est pas vous que nous voulons, Dominique, intervient Foletta. C'est Michael. Bien évidemment, vous savez où il est.

– Comment est-ce que je le saurais ? Il s'est échappé pendant que j'étais dans le coma.

– Elle est mignonne, non, docteur ?

Sous le regard furieux de Borgia, Dominique sent des gouttes de transpiration perler à sa lèvre supérieure.

– Pas étonnant que Michael se soit entiché de vous. Racontez-moi ce qui vous a poussée à l'aider à s'échapper de l'asile ?

Foletta bondit avant qu'elle ait le temps de répondre.

– Elle avait les idées embrouillées, monsieur le secrétaire d'État. Vous connaissez Gabriel. Il s'est servi du traumatisme dont Dominique a souffert dans son enfance pour la forcer à l'aider.

– Ce n'est pas tout à fait vrai, réplique-t-elle, en ayant du mal à ne pas fixer le bandeau de Borgia. Michael savait qu'il y avait quelque chose dans le golfe. Et il était au courant du signal radio de l'espace…

Foletta pose une paume humide sur son avant-bras.

– Regardez la réalité en face : Michael Gabriel s'est servi de vous. Dès qu'il a posé les yeux sur vous, il a commencé à comploter sa fuite.

– Non, je ne crois pas…

– Dites plutôt que vous ne voulez pas le croire, réplique Borgia. Le fait est que votre père serait encore en vie aujourd'hui si Michael ne vous avait pas contrainte à l'aider.

Les larmes embuent les yeux de Dominique.

Borgia sort un dossier de sa mallette et prend le temps de l'étudier.

– Isadore Axler, biologiste résidant sur l'île de Sanibel. Jolie liste de références. Il n'était pas votre vrai père, si je comprends bien ?

– Je n'en ai pas connu d'autre.

Borgia continue à parcourir le dossier.

– Ah, nous y voici ! Edith Axler. Figurez-vous que je l'ai rencontrée. Une femme bien.

Dominique sent sa peau se hérisser sous le sweat-shirt de la Marine.

– Vous avez vu Edith ?

– Le temps de la placer en résidence surveillée.

L'information la fait bondir.

– Edith n'a joué aucun rôle dans la fuite de Mick ! J'étais seule. J'ai tout organisé…

– Votre confession ne m'intéresse pas, mademoiselle Vazquez. C'est Michael Gabriel que je veux. Si je n'arrive pas à mettre la main sur lui, je vous bouclerai, vous et votre mère, pour un bon bout de temps. Bien évidemment, dans le cas d'Edith, la peine risque de ne pas s'éterniser. Elle se fait vieille, et le décès de son mari l'a manifestement beaucoup marquée.

Le cœur de Dominique s'emballe.

– Je vous répète que j'ignore où il est.

– Si vous le dites…

Borgia se lève pour gagner la porte.

– Une seconde, laissez-moi lui parler, intervient Foletta. Accordez-nous cinq minutes.

Borgia consulte sa montre.

– Cinq minutes.

Il sort de la pièce.

Dominique pose la tête sur la table. Elle tremble et ses larmes tombent sur l'acier.

– Pourquoi est-ce que tout ça est arrivé ?

– *Chut…* murmure Foletta d'une voix apaisante en lui caressant les cheveux. Dominique, Borgia ne veut pas vous enfermer toutes les deux. Il a peur, c'est tout.

Elle lève la tête.

– Peur de qui ?

– De Michael. Il sait que Michael veut se venger, que rien ne l'empêchera de le tuer.

– Michael n'est pas comme ça.

– Vous vous trompez. Borgia le connaît beaucoup mieux que vous ou moi. Leur histoire ne date pas d'hier. Savez-vous que Borgia était fiancé à la mère de Mick ? Julius Gabriel s'est enfui avec elle la veille de leur mariage. Il y a beaucoup de ressentiment entre leurs deux familles.

– Michael se moque de se venger. Il est obsédé par la prophétie maya.

– Il est intelligent. Il ne révélera à personne ses vrais motifs. À mon avis, il se cache au Yucatán. Sa famille a de nombreux amis là-bas susceptibles de l'aider. Il va se faire discret pendant quelque temps, et il essaiera ensuite d'avoir Borgia, peut-être lors d'une apparition publique. Réfléchissez, Dominique : est-ce que vous pensez vraiment qu'un homme aussi haut placé que le secrétaire d'État aurait fait le déplacement s'il n'avait pas peur ? D'ici quelques années, il se présentera à la présidence. La dernière chose dont il a besoin, c'est d'un parano avec un QI de 160 qui complote de l'assassiner.

Dominique s'essuie les yeux. *Est-ce que c'est vrai ? Michael s'est-il servi des recherches de sa famille sur l'apocalypse pour me piéger ?*

– Admettons que je vous croie. Qu'est-ce que vous me conseillez de faire ?

Foletta pose un regard pétillant sur elle.

– Laissez-moi vous aider à conclure un marché avec Borgia : immunité totale pour vous et votre mère si vous menez les autorités jusqu'à Michael.

– La dernière fois que j'ai conclu un marché avec vous, vous m'avez menti. Vous n'avez jamais eu la moindre intention de procéder à une nouvelle évaluation de Michael ou de lui accorder le traitement dont il a besoin. Pourquoi voulez-vous que je vous croie maintenant ?

– Je n'ai pas menti ! aboie Foletta en se levant. On ne m'avait pas officiellement nommé à Tampa, et tous ceux qui disent le contraire mentent comme ils respirent !

Son visage de chérubin est rouge brique. Il essuie son front dégoulinant de sueur, puis passe la main dans sa crinière.

– Dominique, je suis ici pour vous aider. Si vous refusez mon soutien, je vous suggère d'engager un bon avocat.

– J'ai besoin de votre aide, docteur, mais je ne sais pas si je peux vous faire confiance.

– L'immunité viendrait de Borgia, pas de moi. Je vous propose simplement de reprendre votre ancienne vie.

– Ce qui signifie ?

– Que j'ai déjà parlé à votre directrice de thèse. Je vous offre un stage dans le nouvel établissement de Tampa, près de votre mère. Votre job consistera à diriger l'équipe affectée au traitement de Michael. Un poste permanent, tous avantages inclus, vous attendra après votre diplôme.

Cette offre lui tire des larmes de soulagement.

– Pourquoi faites-vous ça ?

– Parce que je me sens coupable. Je n'aurais jamais dû vous confier Michael. Vous serez une bonne psy un jour, mais vous n'étiez pas prête pour un patient aussi manipulateur que Michael Gabriel. La mort de votre père, les bouleversements traversés par votre famille, tout cela est ma faute. J'aurais dû le savoir, mais j'ai pris le risque. J'ai vu en vous une femme forte qui compléterait parfaitement mon équipe, mais j'ai voulu vous faire brûler les étapes. Pardonnez-moi, Dominique, donnez-moi une chance de rectifier mon erreur.

Il lui tend une paume dodue.

Dominique fixe la main tendue un long moment, puis elle la serre.

6 décembre 2012
Washington DC

Le vice-président Ennis Chaney interrompt sa lecture du rapport pour saluer les conseillers en sécurité nationale du Président qui pénètrent un à un dans la salle de guerre de la Maison Blanche et prennent place dans le bureau ovale. Une demi-douzaine de conseillers militaires et scientifiques suivent et s'assoient sur les chaises pliantes d'appoint qui ont été placées le long des murs.

Chaney referme le document à l'entrée du Président, suivi du secrétaire d'État. Borgia passe devant son siège pour venir jusqu'à lui.

– J'ai deux mots à vous dire.

– Monsieur le secrétaire d'État, nous pouvons commencer ?

– Oui, monsieur le Président.

Borgia gagne sa place, non sans lancer un regard troublé à Chaney.

Le président Maller frotte ses yeux injectés de sang avant de lire un fax.

– Cet après-midi, le Conseil de sécurité des Nations unies va émettre une déclaration dans laquelle il déplore les essais d'armes de fusion pure, contraires au moratoire *de facto* sur les essais d'armes nucléaires et aux efforts généraux de non-prolifération nucléaire et de désarmement nucléaire. De plus, le Conseil cherche à obtenir la ratification immédiate d'une nouvelle résolution destinée à remplir les lacunes concernant la technologie de fusion pure.

Maller brandit un rapport étiqueté Umbra, nom de code utilisé pour classer les dossiers appartenant à la catégorie au-delà du top secret.

– J'imagine que vous avez tous eu connaissance de ce document. J'ai demandé à son auteur, le Dr Brae Roodhof, directeur du Centre national de mise à feu de Livermore, en Californie, de se joindre à nous, car je suis persuadé que vous avez des questions à lui poser. Docteur ?

Le Dr Roodhof est un homme d'une cinquantaine d'années, de haute taille, aux cheveux grisonnants et au visage buriné. Un grand calme émane de sa personne.

– Monsieur le Président, mesdames et messieurs, laissez-moi commencer par affirmer catégoriquement que ce ne sont pas les États-Unis qui ont fait exploser cette bombe.

Ennis Chaney a des brûlures d'estomac depuis qu'il a fini la lecture du rapport Umbra. Il lance un regard furieux au physicien.

– Docteur, je vais vous poser une question, mais je tiens à ce que toutes les personnes présentes sachent qu'elle leur est également adressée.

Le ton employé par le vice-président pétrifie tous les participants.

– Pourquoi, docteur ? Je veux savoir pourquoi les États-Unis se sont engagés dans ces recherches complètement suicidaires.

Le Dr Roodhof fait un tour de table d'un regard rapide.

– Monsieur le vice-président, je… je ne suis que le directeur du projet. Ce n'est pas moi qui détermine la politique américaine. C'est le gouvernement fédéral qui a accordé des fonds dans les années 1990 aux laboratoires d'armes nucléaires pour leurs recherches sur la fusion pure, et ce sont les militaires qui ont fait pression pour que cette bombe soit conçue et fabriquée…

– Nous ne sommes pas ici pour nous montrer du doigt, l'interrompt le général Fecondo. En fait, d'autres puissances travaillaient sur cette technologie, ce qui nous a forcés à suivre. Le complexe Laser Mégajoule de Bordeaux, ou LMJ, mène des expériences sur la fusion pure depuis 1998. Ça fait des années que les Britanniques et les Japonais travaillent sur la fusion magnétique non explosive. N'importe lequel de ces pays est capable d'être passé au stade permettant de fabriquer des dispositifs d'allumage de non-fission thermonucléaire.

Chaney se tourne face au général.

– Dans ce cas, comment expliquez-vous que le monde entier, y compris les savants de ce pays, semble penser que nous sommes responsables de l'explosion australienne ?

– Parce que l'ensemble de la communauté scientifique pense que nous avions deux doigts d'avance. L'IEER vient de publier un rapport déclarant que les États-Unis seraient en mesure de procéder aux essais d'un instrument de fusion pure d'ici deux ans.

– C'est vrai ?

– Ennis…

– Excusez-moi, monsieur le Président, mais je veux savoir.

– Monsieur le vice-président, le moment est mal choisi…

Chaney ignore Maller. Il affronte Roodhof, yeux dans les yeux.

– Dans combien de temps, docteur ?

Roodhof détourne le regard.

– Quatorze mois.

Le bourdonnement d'une dizaine d'apartés emplit la salle. Borgia sourit intérieurement à la vue de la colère qui s'inscrit sur le visage du président. *C'est ça, Chaney, continue à faire des vagues.*

Ennis Chaney s'adosse avec lassitude à sa chaise. Il ne se bat plus contre des moulins à vent mais contre une folie généralisée.

Le président Maller claque de la paume sur la table pour restaurer l'ordre.

– Ça suffit ! Monsieur Chaney, ce n'est ni le lieu ni le moment de nous lancer dans une mêlée générale sur la politique de ma présidence ou sur celle de mes prédécesseurs. La réalité, c'est qu'une autre nation a fait exploser une de ces bombes. Je veux savoir laquelle, et si le timing a un rapport quelconque avec l'accroissement de la présence militaire iranienne dans le détroit d'Ormuz.

Patrick Hurley, le directeur de la CIA, est le premier à lui répondre.

– Monsieur le Président, ça pouvait être les Russes. Les études sur la fusion par confinement magnétique effectuées à Los Alamos étaient des essais américano-russes.

Le Dr Roodhof hoche la tête.

– Pas d'accord. Les Russes se sont retirés quand leur économie s'est effondrée. Pour moi, c'était les Français.

Le général Mike Costolo, commandant du corps des Marines, lève sa paume lourde.

– Docteur Roodhof, si j'en crois mes lectures, ces armes de fusion pure ne provoquent que de faibles radiations. C'est bien ça ?

– Exact, mon général.

– Où voulez-vous en venir, mon général ? interroge Dick Przystas.

Costolo se tourne vers le secrétaire de la Défense.

– Si mon ministère a fait pression pour le développement de ces armes, c'est avant tout parce que nous savions que la Russie et la Chine fournissaient des armes nucléaires à l'Iran. Si une guerre nucléaire éclatait dans le golfe Persique, la fusion pure ne se contenterait pas de donner un avantage tactique à son possesseur. L'absence de radiations permettrait au pétrole de continuer à couler sans problème. Selon moi, peu importe que ce soit les Français ou les Russes qui aient abouti les premiers. Une seule chose compte : est-ce que les Iraniens possèdent cette arme ? Dans ce cas, cette menace à elle seule modifie complètement l'équilibre des puissances au Moyen-Orient. Si l'Iran faisait exploser une de ces bombes dans le golfe Persique, l'Arabie Saoudite, le Koweït, Bahreïn, l'Égypte et d'autres États arabes seraient contraints de tourner le dos à l'aide occidentale.

Borgia approuve de la tête.

– Les Saoudiens hésitent toujours à nous permettre l'accès à nos réserves prépositionnelles. Ils n'ont plus confiance en notre capacité de maintenir le détroit d'Ormuz ouvert.

– Où sont les porte-avions ? demande le Président à Jeffrey Gordon.

– Nous avons donné l'ordre au *Harry S. Truman* et à sa flotte de gagner la mer Rouge, en prévision des exercices de dissuasion nucléaire asiatiques. Le groupe de bataille *Ronald Reagan* devrait arriver dans le golfe d'Oman d'ici trois jours. Le *William J. Clinton* continuera à patrouiller dans l'océan Indien. Nous envoyons un message parfaitement clair à l'Iran : nous n'avons nulle intention d'accepter la fermeture du détroit d'Ormuz.

– Monsieur le Président, il faut noter que l'ambassadeur de France nie avec véhémence toute responsabilité dans l'explosion, déclare Chaney.

– À quoi est-ce que vous vous attendiez ? réplique Borgia. Regardez plus loin : l'Iran doit encore des milliards de dollars à la France, et pourtant les Français continuent à soutenir les Iraniens, comme la Russie soutient la Chine. Je vous signale aussi que l'Australie est l'une des nations qui a continué à accorder des prêts à l'Iran, dont ils se sont servis pour fabriquer leur arsenal nucléaire, chimique et biologique. Vous pensez vraiment que cette explosion a eu lieu dans la plaine de Nullarbor par pure coïncidence ?

– Ne montrez pas si vite les Australiens du doigt, intervient Sam Blummer. Souvenez-vous que ce sont les énormes crédits accordés à l'Irak par les États-Unis à la fin des années 1980 qui ont abouti à l'invasion du Koweït par Saddam Hussein.

– Je partage l'avis de Sam, dit le Président. J'ai longuement parlé à des députés australiens. Les partis libéral et travailliste font front commun. Ils déclarent que cet accident est un acte de guerre. Je doute fort qu'ils ferment les yeux sur ce genre d'essai.

Le général Fecondo passe les deux mains sur son front bronzé et dégarni.

– Monsieur le Président, l'existence de ces armes de fusion pure ne change rien à la situation. Tester une arme et l'utiliser sur le champ de bataille, ça n'a rien à voir. Aucune nation ne mettra les États-Unis au défi d'une épreuve de force.

Costolo regarde le secrétaire de la Défense.

– Dites-moi, général, si nous disposions d'un missile de croisière capable de balayer tous les sites de missiles sol-air le long de la côte iranienne, est-ce que vous l'utiliseriez ?

Dick Przystas hausse les sourcils.

– Tentant, non ? Je me demande si les Iraniens ne seront pas moins tentés d'éradiquer le *Ronald Reagan* et sa flotte...

– Si vous voulez mon avis, répond le secrétaire de la Marine, un individu dégingandé, je pense qu'il s'agit d'une espèce de coup de semonce. La Russie nous fait savoir qu'elle possède l'arme de fusion pure, dans l'espoir que sa petite démonstration va nous convaincre d'abandonner le bouclier de défense antimissiles.

– Impossible, déclare Przystas. Le nombre d'États irresponsables qui sont en possession d'armes nucléaires et biologiques a doublé depuis cinq ans...

– Et pendant ce temps-là, nous avons continué à affecter de plus en plus d'argent à la technologie des armes nucléaires, l'interrompt Chaney, pour bien faire comprendre au reste du monde que les États-Unis tiennent avant tout à rester en mesure de frapper les premiers, plutôt qu'à réduire leur armement. Le monde se dirige tout droit vers un conflit nucléaire. Ils le savent, nous le savons, mais nous sommes bien trop occupés à nous accuser mutuellement pour changer de cap. Nous agissons tous comme une bande de corniauds, et nous allons tous patauger dans la merde avant de nous en apercevoir.

Borgia attend Ennis Chaney dans le couloir à la fin de la réunion.

– Accordez-moi une minute.

– Allez-y.

– J'ai parlé au capitaine du *Boone*.

– Et alors ?

– Expliquez-moi pourquoi un vice-président des États-Unis serait complice d'un criminel en fuite ?

– J'ignore de quoi vous parlez...

– Ce genre de choses peut ruiner une carrière politique.

Les petits yeux noirs transpercent Borgia.

– Si vous voulez m'accuser, ne vous gênez pas. En fait, je suggère qu'on lave notre linge sale en public. On verra bien qui ressort Monsieur Propre.

Borgia esquisse un sourire de nervosité.

– Du calme, Ennis. Personne ne demande un grand jury. Je veux juste que Gabriel se retrouve à sa place, dans un quartier de psychiatrie.

Chaney écarte le secrétaire d'État pour passer, en refoulant un rire.

– Vous savez quoi, Borgia ? Je vais le surveiller d'un œil.

7 décembre 2012
Golfe du Mexique
4 h 27

La sonnerie incessante tire Edmund Loos de son sommeil. Il cherche le récepteur à tâtons, puis s'éclaircit la gorge.

– Capitaine Loos à l'appareil. À vous.

– Pardon de vous déranger, capitaine. Nous avons détecté de l'activité sur le plancher marin.

– J'arrive.

La mer commence à bouillonner à l'instant où le capitaine pénètre dans le centre d'information combat.

– Au rapport, commandant.

Le commandant en second désigne une table optique, projetant dans l'air une image holographique en forme de cube en trois dimensions et en temps réel de la mer et du plancher marin. L'objet extraterrestre de forme ovoïde, enfoui dans le terrain calcaire d'une teinte ardoise, apparaît coloré en orange phosphorescent en bas de l'image fantomatique. Un cercle d'énergie vert émeraude flambe au-dessus de sa surface dorsale et projette un faisceau de lumière dans la fosse verticale menant au plancher marin. On aperçoit la silhouette du *Boone* qui flotte en surface.

Sidérés, le capitaine et son commandant en second voient le rayon lumineux s'élargir et se mettre à tournoyer. En quelques secondes, le torrent d'eau tourbillonnante se resserre et se transforme en un gigantesque entonnoir allant du fond de la mer à sa surface.

– Seigneur, on a l'impression d'assister à la formation d'une tornade, chuchote Loos. Exactement comme nous l'a décrit Gabriel.

– Pardonnez-moi, mon capitaine ?

– Rien. Commandant, éloignez-nous de ce maelström. Établissez la liaison avec le Norad, puis envoyez nos Lamps. Si quelque chose surgit de ce tourbillon, prévenez-moi.

– À vos ordres, mon capitaine.

Casque à la main, le lieutenant de première classe Jonathan Evans traverse le pont arrière précipitamment. Son copilote et son équipage sont déjà installés à bord de l'hélicoptère Lamps.

En soufflant et ahanant comme un bœuf, il grimpe dans le cockpit du Seasprite et boucle sa ceinture de sécurité.

Tout en essayant de reprendre souffle, Evans jette un coup d'œil à son copilote.

– Ces foutues cigarettes me tuent.

– Un café ?

– C'est pas de refus, fiston. (Evans prend la tasse en polystyrène). Il y a trois minutes, je rêvais de Michelle, allongé sur ma couchette, et d'un seul coup, le commandant me hurle dessus en me demandant pourquoi je n'ai pas déjà décollé !

– Bienvenue chez les aventuriers de la marine…

Evans tire sur le manche à balai. L'hélicoptère décolle et grimpe à cent mètres en effectuant un virage plein sud. Le pilote laisse le Lamp en vol stationnaire au-dessus de la mer émeraude en ébullition.

– Putain de putain…

Evans et son équipe fixent le maelström qui s'élargit, fascinés par sa beauté, pétrifiés par sa puissance. Ce vortex monstrueux, aux parois oscillant comme les chutes du Niagara, semble tout droit sorti de l'*Odyssée* d'Homère. Lorsque l'on regarde dans les eaux par ailleurs sombres, l'œil émeraude luisant du tourbillon ressemble à une galaxie vert luminescent, dont la grappe d'étoiles s'illumine au fur et à mesure que le bec de l'entonnoir s'élargit.

– Bon Dieu ! Dommage que j'ai pas ma caméra.

– Vous inquiétez pas, mon lieutenant, ils prennent des tas de photos à bord.

– Et alors ? J'ai rien à faire des infrarouges. Je veux une vraie photo que je puisse envoyer chez moi par e-mail.

Sous les yeux d'Evans, le cœur du maelström atteint soudain le fond, révélant une sphère lumineuse aveuglante qui explose comme un soleil émeraude de l'intérieur du plancher marin.

– Protégez-vous les yeux !

– Mon lieutenant, deux objets sortent de l'entonnoir !

– Quoi ? (Evans se tourne vers son technicien radar.) De quelle taille ?

– Gros. Deux fois comme le Lamps.

Le pilote tire sur le manche à balai à l'instant où deux objets ailés jaillissent en flèche de l'entonnoir. Les mécanismes sans visage s'élèvent des deux côtés du Seasprite. Le temps de distinguer un disque ambre lumineux, Evans s'aperçoit que le manche à balai ne répond plus.

– Merde, on perd de la vitesse !

– Moteurs coupés, mon lieutenant. Tout est HS !

La chute de l'hélicoptère soulève le cœur d'Evans. Une secousse monumentale. L'appareil vient de heurter la paroi du maelström. Les rotors se déchiquettent, le pare-brise du cockpit éclate et l'hélicoptère est projeté autour de la colonne d'eau verticale comme s'il était happé dans un mixer. La force centrifuge cloue Evans de côté sur son siège, ses hurlements sont étouffés par le rugissement tumultueux qui emplit ses oreilles.

Dans un tourbillon vertigineux, le Lamps est happé dans l'entonnoir.

Le lieutenant Jonathan Evans éprouve une dernière sensation bizarre. Il a l'impression que ses vertèbres éclatent dans un étau et que son corps est broyé dans un compacteur d'ordures géant.

8 décembre 2012
Parc national de Gunung Mulu
Sarawak, fédération de Malaisie
5 h 32 (décalage horaire de treize heures)

Le Sarawak, situé sur la côte nord-ouest de Bornéo, est le plus vaste État de la fédération de Malaisie. Son plus grand parc national, le Gunung Mulu, possède une superficie de 545 kilomètres carrés et trois montagnes : le Gunung Mulu, le Gunung Benarat et le Gunung Api.

Le Gunung Mulu est composé de roches calcaires, caractéristique commune non seulement à tout l'État de Sarawak, mais à son île voisine de Irian Jaya ou Papouasie-Nouvelle-Guinée, et à presque tout le sud de la Malaisie. L'érosion de ce paysage calcaire par les eaux de pluie légèrement acides a créé de magnifiques formations sculptées, aussi bien en surface que sous terre.

À mi-chemin du sommet du Gunung Api se dresse vers le ciel une forêt d'éperons calcaires gris argent acérés comme des rasoirs, pareils à un champ de stalagmites déchiquetés. Certains dominent la forêt tropicale de plus de cinquante mètres. Sous le sol, creusé dans le terrain calcaire par des cours d'eau souterrains, serpente un labyrinthe de plus de 600 kilomètres, qui constitue le plus vaste système de grottes au monde.

Wade Tokumine, en dernière année d'université à Honolulu, étudie les cavernes depuis trois mois. Il rassemble des données pour sa thèse de doctorat consacrée à la stabilité des volumes karstiques souterrains. Le karst est un relief résultant de l'érosion chimique du sol calcaire contenant au moins 80 % de carbonate de calcium. Le réseau de passages souterrains de Sarawak est entièrement constitué de karst.

Wade explore la caverne de Clearwater pour la neuvième fois. Il s'agit du plus long passage souterrain de l'Asie du Sud-Est, et de l'une des quatre grottes de Mulu ouvertes au public. Le géologue s'incline en arrière sur son siège dans la chaloupe pour projeter le rayon de sa lampe à acétylène sur le plafond d'albâtre de la grotte. Le faisceau fend l'obscurité. Une myriade de stalactites dégoulinant d'humidité apparaissent. Wade contemple les anciennes formations rocheuses, émerveillé par la beauté de la nature.

Il y a quatre milliards d'années, la Terre était un monde très jeune, hostile et sans vie. Tandis que la planète rafraîchissait, de violentes éruptions volcaniques projetaient vers le ciel de la vapeur d'eau et d'autres gaz, créant une atmosphère riche en composés de dioxyde de carbone, de nitrogène et d'hydrogène, que l'on trouve également sur Vénus.

C'est dans la mer que la vie commença sur notre planète, sous la forme d'un bouillon chimique qui s'organisa en structures complexes. Un catalyseur extérieur, peut-être un éclair, anima quatre molécules en chaîne fondamentales d'acides aminés. Les molécules à doubles hélices commencèrent à se reproduire et aboutirent à une vie monocellulaire. En se multipliant abondamment, ces organismes épuisèrent peu à peu les composants consommables des océans. Puis l'évolution d'une famille unique de bactéries produisit une nouvelle molécule organique appelée chlorophylle. Ce pigment était capable d'emmagasiner l'énergie du soleil et permettait aux organismes unicellulaires de produire des hydrates de carbone de haute qualité à partir du dioxyde de carbone et de l'hydrogène, tout en libérant de l'oxygène.

La photosynthèse était née.

Au fur et à mesure que s'élevait le niveau d'oxygène sur la planète, le carbonate de calcium fut extrait des mers par des organismes marins et se retrouva prisonnier de formations rocheuses. Ce phénomène aboutit à la réduction radicale des niveaux atmosphériques de dioxyde de carbone de la planète. Cette roche – le calcaire – devint le magasin de dioxyde de carbone de la Terre. Tant et si bien que le niveau de dioxyde de carbone emmagasiné dans les roches sédimentaires est à présent six cents fois plus élevé que celui du contenu total de carbone présent dans l'air, l'eau et les cellules vivantes de la planète.

Wade Tokumine braque le faisceau lumineux sur la surface sombre des eaux de la grotte. La rivière souterraine contient une concentration de dioxyde de carbone dix fois plus haute que la normale. Cette partie du cycle du carbone survient quand le CO_2 dissous atteint son point de saturation dans le calcaire. Lorsque cela se produit, le dioxyde de carbone forme un précipité de pur carbonate de calcium, qui crée les stalactites et les stalagmites qui prolifèrent désormais dans les cavernes de Sarawak.

Wade se tourne dans la chaloupe face à son guide, Andrew Chan. Ce Malais de naissance, spéléologue professionnel, fait le guide dans les grottes de Sarawak depuis dix-sept ans.

– Andrew, on arrive quand à votre nouvelle galerie ?

La lumière de la lampe à acétylène éclaire le sourire d'Andrew, auquel manquent deux dents de devant.

– Cette partie de la grotte va se resserrer. On continuera à pied.

Wade acquiesce de la tête, puis il recrache les vapeurs puantes d'acétylène. Trente pour cent des cavernes de Sarawak ont été explorées mais elles restent pour la plupart interdites au commun des mortels. Seuls les guides les plus expérimentés y ont accès. Wade sait qu'Andrew n'a pas son pareil pour tracer la carte des galeries inexplorées. Ce spéléologue brûle de faire des découvertes, état psychologique qu'on retrouve souvent chez les fervents adeptes de la spécialité.

Andrew approche l'embarcation d'une saillie et la maintient en équilibre pour permettre à Wade d'en descendre.

– Vous avez intérêt à mettre votre seau à cervelle. Il va pleuvoir des pierres.

Wade attache le casque sur sa tête pendant qu'Andrew noue l'extrémité d'une très longue corde à la chaloupe et jette l'autre bout sur son épaule.

– Suivez-moi de près. Ça va devenir étroit. Il y a plein de pointes acérées qui sortent des parois, attention à vos vêtements.

Andrew mène la danse à travers des catacombes d'un noir d'encre. Il choisit une galerie étroite en pente et y pénètre, en déroulant la corde pour repérer leur chemin. Après plusieurs minutes d'ascension régulière, le passage se resserre en un tunnel oppressant qui les oblige à continuer à quatre pattes.

Wade glisse sur le calcaire humide et s'arrache la peau des articulations.

– C'est encore loin ?

– Pourquoi ? Vous avez peur du gouffre ?

– Un peu.

– C'est parce que vous êtes un spéléo claviste.

– Un quoi ?

– Spéléo claviste : un type qui passe plus de temps à consulter le fichier des spéléos qu'à aller sur le terrain. Tenez bon. La vache, qu'est-ce que c'est ?

Wade rampe sur le ventre pour venir se placer à la hauteur d'Andrew.

Le tunnel débouche sur un énorme puits naturel. En levant les yeux, ils aperçoivent les étoiles qui scintillent dans le ciel de l'aube. La surface se trouve à une bonne trentaine de mètres au-dessus de leurs têtes. Andrew éclaire le fond du trou gigantesque.

De l'intérieur, une lueur ambrée luminescente projette des ombres étranges.

– Vous voyez ?

Wade se penche davantage pour y voir mieux.

– On dirait que quelque chose brille en bas.

– Cette doline n'existait pas tout à l'heure. Le plafond de la caverne a dû s'effondrer. Le truc qui se trouve en bas a dû le traverser et atterrir au fond de la cavité.

– Si c'était une voiture ? Quelqu'un est peut-être resté prisonnier.

Wade regarde son guide sortir une « échelle spéléo » de son sac à dos, constituée d'une seule corde avec des barreaux passés au milieu.

– Qu'est-ce que vous faites ?

– Bougez pas. Je vais descendre jeter un œil.

Andrew attache une extrémité de l'échelle à la saillie, puis il la déroule dans les recoins noirs en contrebas.

Le ciel s'est éclairci au-dessus de leurs têtes lorsque le spéléologue entame sa descente. La pâle lumière de l'aube a du mal à pénétrer les ténèbres et les volutes de poussière calcaire.

Andrew contemple la silhouette inanimée à côté de laquelle il a l'air d'un nain au fond du trou.

– Dites donc, Wade, j'ignore ce que c'est, mais ce n'est pas une voiture !

– Ça ressemble à quoi ?

– Je n'ai jamais rien vu de pareil. On dirait un cafard gigantesque, mais avec de grandes ailes, une queue et un tas de tentacules bizarres qui sortent partout de son ventre. Il est en équilibre sur deux serres. Elles doivent sacrément chauffer parce que le calcaire grésille en dessous.

– Vous feriez peut-être mieux de sortir de là. Venez, on va aller chercher les gardiens du parc…

– Ça va. Ce machin n'est pas vivant.

Andrew tend la main pour effleurer un des tentacules.

Une onde de choc électromagnétique bleu néon le projette brutalement en arrière contre la paroi.

– Andrew, ça va ? Andrew ?

– Ouais. Saloperie, ce truc m'a envoyé une de ces décharges ! Oh, merde…

Andrew fait un bond à la vue de la queue hydraulique de la créature qui se dresse vers le ciel.

– Andrew ?

– Je me barre, mon pote, pas la peine de me le répéter deux fois.

Le guide commence à remonter à l'échelle.

L'orbe, sur le flanc supérieur de la créature, se met à cligner et sa couleur ambrée fonce jusqu'au cramoisi.

– Allez, magne-toi !

Wade a la tête qui tourne. Il se retourne et dérape, tête la première, dans le tunnel glissant, à l'instant où Andrew se hisse sur la saillie.

– Andrew, Andrew, vous êtes derrière moi ?

Wade s'oblige à remuer et braque sa lampe vers le haut du tunnel. Il aperçoit le guide, étendu face contre terre.

Le dioxyde de carbone !

Wade tend le bras en arrière pour saisir Andrew par le poignet. Il le traîne dans le passage étroit. Autour de lui, la roche de plus en plus chaude lui brûle la peau.

Mais qu'est-ce qui se passe ?

Le passage s'élargit. Wade se lève en flageolant. Il hisse le guide inconscient sur son épaule et trébuche en direction de la chaloupe. Autour de lui, tout semble tourner et surchauffer. Il ferme les yeux et s'aide de ses coudes pour avancer entre les parois calcaires grésillantes.

Wade entend des gargouillements bizarres en atteignant le cours d'eau. Il se baisse sur un genou, laisse tomber Andrew dans l'embarcation et y monte à son tour maladroitement, manquant les faire verser. Les parois de la caverne fument, la chaleur intense fait bouillir l'eau de la rivière.

Ses yeux le brûlent, ses narines ne parviennent plus à inhaler l'atmosphère desséchée. Il beugle un hurlement étouffé en se débattant frénétiquement. Ses globes oculaires s'enflamment, sa chair se boursoufle et se détache de ses os, carbonisée.

Journal de Julius Gabriel

Chichén Itzá, la plus splendide cité maya de toute la Méso-Amérique, dont le nom signifie « au bord du puits où vivent les hommes sages de l'eau ».

Les hommes sages de l'eau.

La cité elle-même est composée d'une ancienne et d'une nouvelle section. Les Mayas s'installèrent les premiers dans l'ancienne Chichén en 435 après J.-C., où ils furent rejoints par la tribu des Itzas aux environs de 900 après J.-C. On connaît peu de chose sur les rituels et les modes de vie de ces peuples, mais on sait qu'ils avaient pour dieu-roi Kukulcán, dont le legs de grand maître maya domine la ville.

Maria, Michael et moi allions passer de nombreuses années à explorer les ruines de Chichén Itzá et la jungle environnante. Le *cenote* sacré, le grand terrain de jeu de balle et la grande pyramide nous ont paru d'une importance primordiale.

Disons-le simplement : la pyramide de Kukulcán est un bâtiment unique en son genre. Ce monument vieux d'un millénaire domine la grande esplanade de Chichén Itzá. La précision de sa position par rapport aux astres continue à stupéfier les architectes et les ingénieurs du monde entier.

Maria et moi sommes finalement tombés d'accord : c'était la pyramide de Kukulcán que devait représenter le dessin de Nazca. Le jaguar inversé figurant à l'intérieur de l'icône du désert, les colonnes représentant des serpents à l'entrée du couloir nord du temple, les images du singe et des baleines, tout semblait coller. Quelque part, dissimulé dans la cité, devait se trouver le passage secret menant à l'intérieur de la pyramide de Kukulcán. La question était : où ?

La première conclusion, la plus évidente qui nous est venue à l'esprit, c'est que l'entrée était cachée dans le *cenote* sacré situé au nord de la pyramide qui représente un symbole supplémentaire du portail donnant sur le monde d'en bas. Aucun *cenote* du Yucatán n'a plus d'importance que celui de Chichén Itzá, car c'est là que tant de jeunes vierges furent sacrifiées après le départ abrupt de Kukulcán.

Mais surtout, il existait peut-être un lien entre le *cenote* et le dessin de la pyramide de Nazca. Vu du ciel (comme à Nazca) les parois de calcaire circulaires stratifiées du puits sacré pouvaient facilement passer pour une série de cercles concentriques. De plus, les têtes de serpents mayas sculptées, situées à la base nord de la pyramide de Kukulcán, sont dirigées directement vers le *cenote*.

Surexcités, Maria et moi avons organisé une plongée afin d'explorer le *cenote* maya. Mais nous n'avons rien découvert de plus que des restes de squelettes.

Hélas, c'est un autre monument de Chichén Itzá qui allait changer nos vies à jamais.

Il existe des dizaines de terrains de jeu de balle en Méso-Amérique, mais aucun ne peut rivaliser avec celui de Chichén Itzá. Il ne se contente pas d'être le plus vaste du Yucatán, mais il a été précisément placé, comme la pyramide de Kukulcán, en fonction de la Voie lactée. À minuit, lors de chaque solstice de juin, le long axe du terrain en forme de I est dirigé vers le point de rencontre entre la Voie lactée et l'horizon, et la fissure sombre de la galaxie le reflète dans le ciel.

On n'exagérera jamais la signification de cette disposition incroyable car, comme je l'ai déjà dit, la fissure sombre de la Voie lactée est l'un des plus importants symboles de la culture maya. Selon le *Popol Vuh*, c'est le chemin qui mène au monde d'en bas ou Xibalba. C'est par-là que Hun Hunaphu, le héros maya, pénétra dans l'inframonde afin de défier les dieux maléfiques. Une aventure audacieuse, quoique fatale, immortalisée par les Mayas dans l'ancien jeu de balle. (Tous les membres de l'équipe perdante étaient condamnés à mort.)

Selon le calendrier maya, le nom Hun Hunahpu équivaut à 1 *ahau*, premier – et dernier – jour du cinquième cycle, celui de l'apocalypse de la prophétie. À l'aide d'un programme astronomique sophistiqué, j'ai dressé la carte du ciel tel qu'il apparaîtra en l'an 2012. Le grand terrain de jeu de balle sera une fois de plus aligné sur la fissure sombre, mais cela se passera alors le jour du solstice d'hiver ou 4 *ahau*, 3 *kankin*, qui marquera la fin de l'humanité.

Par un jour frisquet de l'automne 1983, une équipe d'archéologues mexicains arriva à Chichén Itzá. Armés de pelles et de pioches, les hommes entreprirent de creuser dans le grand terrain de jeu de balle afin de retrouver un objet connu sous le nom de marqueur central. Il s'agit d'une pierre ornementale qu'on a découvert au centre de nombre de terrains de jeu de balle de Méso-Amérique.

Maria et moi avons assisté à son extraction. L'objet ne ressemblait à aucun de ceux que nous avions vus jusque-là. Il était en jade et non en pierre, creux, de la taille d'une cafetière. De l'une de ses extrémités ressortait le manche d'une lame d'obsidienne, qui ressemblait à une espèce d'épée maya enfoncée dans la pierre. Malgré des efforts réitérés, il n'a pas été possible de décoincer cette arme. Des images symboliques de l'écliptique et de la fissure sombre ornaient le côté de l'objet. Le visage détaillé d'un grand guerrier maya était dessiné sur sa base.

Maria et moi avons été bouleversés par cette image, car il était impossible de se tromper sur les traits de cet homme. À contrecœur, nous avons rendu le marqueur central au chef de l'expédition. Puis nous avons regagné notre caravane, terrassés par les implications de l'objet que nous venions de tenir entre nos mains.

C'est Maria qui a rompu le silence : « Julius, notre destin est désormais lié au salut de notre espèce, par je ne sais quel mystère. Cette image sur le marqueur, c'est le signe que nous devons persévérer, que nous devons trouver un moyen d'entrer dans la pyramide de Kukulcán. »

Ma femme avait raison. Notre fébrilité nous a requinqués et aidés à continuer notre quête. Nous avons passé les trois années suivantes à soulever chaque pierre, à explorer chaque ruine et chaque caverne de la région, à retourner chaque feuille de la jungle. Sans davantage de résultats.

L'été 1985 est arrivé. Notre frustration avait atteint de telles proportions qu'il nous fallait absolument changer de lieu, ne serait-ce que pour ne pas sombrer dans la folie. Au début, nous envisagions de nous rendre au Cambodge pour explorer les magnifiques ruines d'Angkor, dont nous pensions qu'elles avaient un lien avec Gizeh et Teotihuacán. Malheureusement, les Khmers rouges au pouvoir en interdisaient encore l'entrée à tous les étrangers.

Maria avait d'autres idées. Se disant que nos ancêtres extra-terrestres n'auraient jamais fabriqué une entrée à la pyramide de Kukulcán susceptible d'être découverte par hasard par des pillards, elle pensait qu'il valait mieux que nous retournions à Nazca, afin d'essayer de déchiffrer le reste du message ancien. Je n'avais aucune envie de retrouver ce paysage péruvien, mais je n'avais rien à opposer à la logique de ma femme. Nous tournions manifestement en rond à Chichén Itzá, en dépit du fait que nous étions tous deux convaincus que la cité serait le théâtre de la bataille finale.

Mais avant de nous embarquer pour ce qui s'avérerait notre dernier voyage, j'ai dû accomplir quelque chose.

Armé d'un levier et d'un masque, je me suis introduit par effraction dans la caravane de l'archéologue en pleine nuit et j'ai subtilisé le repère central du terrain de jeu de balle de Kukulcán à ceux qui s'en étaient emparés.

Extraits du journal du professeur Julius Gabriel,
Réf. Catalogue 1981-1984.

20

9 décembre 2012
Chichén Itzá, Mexique
13 h 40

L'avion navette rebondit deux fois sur le tarmac dégradé, roule brièvement et va s'arrêter en dérapage au bout de la piste qui se termine dans un champ complètement envahi par les mauvaises herbes.

À sa descente du Cessna, Dominique reçoit en plein visage une bouffée d'air brûlant qui plaque son T-shirt déjà trempé contre sa poitrine. Elle passe son sac en bandoulière, traverse le petit terminal derrière les sept autres passagers et sort sur la route principale. À sa gauche, une pancarte indique « Hôtel Mayaland » ; à sa droite une autre porte l'inscription « Chichén Itzá ».

– Taxi, *señorita ?*

Le chauffeur, un homme plutôt frêle d'une cinquantaine d'années, est adossé à une coccinelle Volkswagen blanche cabossée. Dominique discerne son héritage maya sur ses traits.

– Chichén Itzá, c'est loin ?

– Dix minutes.

Le chauffeur ouvre la portière passager.

Dominique monte. Le siège de vinyle crevé qui perd son rembourrage de mousse s'affaisse sous son poids.

– Déjà été à Chichén Itzá, *señorita ?*

– Pas depuis mon enfance.

– Vous inquiétez pas. Ça pas beaucoup changé depuis mille ans.

Ils traversent un village miséreux avant de tourner sur une route à deux voies fraîchement goudronnée. Quelques minutes plus tard, le taxi s'arrête devant une entrée moderne réservée aux visiteurs. Le parking est bourré à craquer de voitures de location et de bus de visites guidées. Dominique paie le chauffeur, achète un billet et entre dans le parc.

Elle passe devant plusieurs boutiques de cadeaux, puis emboîte le pas à quelques touristes sur une large chaussée de terre qui traverse la jungle. Au bout de cinq minutes de marche, le chemin s'ouvre sur une immense esplanade verdoyante entourée d'une végétation luxuriante.

Dominique englobe les lieux de ses yeux écarquillés. Elle vient de remonter le temps.

D'énormes ruines calcaires grises et blanches parsèment le paysage. À sa gauche s'étend le plus vaste terrain maya de jeu de balle de toute la Méso-Amérique, en forme de « I » géant. L'arène mesure plus de 180 mètres de long sur 70 mètres de large. Elle est close de toutes parts. Ses deux murs centraux font bien trois étages. Au nord se dresse le Tzompantli, vaste plate-forme ornée de rangées de crânes énormes et couronnée par des corps de serpents. Au loin, sur sa droite, s'étend un vaste quadrilatère – le complexe du Guerrier – ainsi que les vestiges d'un palais et d'une place de marché, en partie bordée par des centaines de colonnes.

Mais c'est le bâtiment rapetissant toutes les autres ruines qui retient l'attention de Dominique : une impressionnante ziggourat de calcaire d'une précision inouïe, située en plein centre de la cité ancienne.

– Magnifique non, *señorita ?*

Dominique se tourne face à un petit homme qui porte un T-shirt orange taché et une casquette de base-ball. Elle remarque le front haut et fuyant du guide et ses traits mayas marqués.

– La pyramide de Kukulcán est le plus magnifique monument de toute l'Amérique centrale. Vous voulez peut-être une visite privée. Pour trente-cinq pesos seulement.

– En fait, je cherche quelqu'un. Un Américain, grand, bien bâti. Cheveux bruns, yeux très noirs. Il s'appelle Michael Gabriel.

Le sourire du guide s'efface.

– Vous connaissez Michael ? demande la jeune femme.

– Pardon. Je ne peux pas vous aider. Agréable visite !

Le petit homme se détourne et s'éloigne.

– Attendez !

Dominique le rattrape.

– Vous savez où il est ? Amenez-moi à lui, je vous paierai bien.

Elle glisse une liasse de billets dans sa main.

– Pardon, *señorita*, je ne connais pas la personne que vous cherchez.

Il replace la liasse de force dans celle de Dominique.

Elle en sort plusieurs billets.

– Tenez, prenez ça.

– Non, *señorita*.

– Je vous en prie. Si vous le voyez ou si vous connaissez quelqu'un qui a eu de ses nouvelles, dites-lui que Dominique le cherche. Que c'est une question de vie ou de mort.

Le guide maya lit le désespoir dans ses yeux.

– La personne que vous cherchez… c'est votre petit ami ?

– Un ami proche.

Le guide réfléchit un peu, le regard perdu au loin.

– Prenez la journée pour profiter de Chichén Itzá. Faites un bon repas chaud et attendez la tombée de la nuit. Le parc ferme à 22 heures. Cachez-vous dans la jungle juste avant que le gardien fasse sa dernière tournée. Quand le dernier visiteur sera sorti et que les portes seront fermées, montez sur la pyramide de Kukulcán et attendez.

– Michael y sera ?

– C'est possible.

Il lui rend l'argent.

– Il y a des boutiques pour touristes à l'entrée. Achetez-vous un poncho de laine, vous en aurez besoin cette nuit.

– Gardez cet argent.

– Non. Les Gabriel sont des amis de ma famille depuis très longtemps. (Il lui sourit.) Quand vous verrez Michael, dites-lui qu'Elias Forma dit que vous êtes bien trop belle pour être abandonnée au pays de l'éclair vert.

Le bourdonnement incessant de milliers de moustiques emplit les oreilles de Dominique. Elle passe la capuche du poncho sur sa tête et se blottit dans l'enveloppe de ténèbres, tandis que la jungle s'anime alentour.

Qu'est-ce que je fiche ici ? Elle gratte des insectes imaginaires qu'elle sent ramper sur ses bras. *Je devrais être en fin de stage. Je devrais être sur le point de passer mon diplôme.*

La forêt bruit autour d'elle. Au-dessus de sa tête, un battement d'ailes déplace le dais feuillu. Quelque part au loin, un singe pousse un cri aigu dans la nuit. Elle consulte sa montre : 22 h 23. Puis elle change de position sur la pierre.

Je lui donne encore dix minutes.

Elle ferme les yeux et se laisse enlacer par les bras de la jungle, comme lorsqu'elle était petite. Le parfum pénétrant de la mousse, le chant des feuilles de palmiers qui dansent dans la brise, et elle se retrouve au Guatemala. Elle a quatre ans, elle est debout contre le mur en stuc près de la fenêtre de sa mère, elle écoute sa grand-mère qui pleure dans la chambre. Elle attend que sa tante aide la vieille dame à sortir pour s'introduire par la fenêtre.

Dominique contemple la silhouette sans vie étendue sur le lit. Le bout des doigts qui caressaient encore ses longs cheveux il y a quelques heures est bleu. La bouche est ouverte, les yeux bruns à moitié clos, rivés au plafond. Elle effleure les pommettes hautes et sent la peau froide et humide.

Il ne s'agit pas de sa *madre*, mais d'autre chose, de l'enveloppe de chair inanimée que sa mère a portée pendant son séjour sur Terre.

Sa grand-mère entre. *À présent, elle est avec les hommes, Dominique…*

Au-dessus de la tête de la jeune femme, les bruits chaotiques d'un millier de battements d'ailes de chauve-souris explosent dans l'air nocturne. Dominique se lève d'un bond. Le cœur palpitant, elle cligne des yeux pour essayer à la fois de repousser les moustiques et ses souvenirs.

– Non ! Ce n'est pas ma maison ! Ce n'est pas ma vie !

Elle renvoie son enfance dans le grenier dont elle ferme la porte à clé, puis elle descend de la pyramide et se fraie un chemin dans la jungle jusqu'au bord du *cenote* sacré.

Dominique contemple les parois à pic de la cavité qui plongent droit jusqu'à la surface d'une eau couleur encre infestée d'algues. La lumière diffusée par les trois quartiers de lune souligne des sillons géologiques superposés, sculptés à l'intérieur du puits calcaire d'un blanc crayeux. Elle lève les yeux et les fixe sur un encorbellement suspendu au-dessus du bord sud du *cenote*. Il y a un millénaire, les Mayas, désespérés après le départ de Kukulcán, leur dieu-roi, se sont adonnés aux sacrifices humains pour essayer de prévenir la fin de l'humanité. De jeunes vierges ont été enfermées dans ce bain de vapeur primitif pour être purifiées, puis menées sur la plate-forme du temple par des prêtres de cérémonie. Ces derniers les dénudaient, les allongeaient sur la dalle de pierre, leur arrachaient le cœur ou leur tranchaient la gorge à l'aide de leurs lames d'obsidienne. Les corps des vierges, couverts de bijoux, étaient alors jetés rituellement dans le *cenote* sacré.

Cette image fait tressaillir Dominique. Elle contourne le puits et descend en hâte le large *sacbé* de pierre et de terre en surplomb qui permet de rejoindre la limite nord de l'ancienne cité à travers la jungle touffue.

Un quart d'heure plus tard, après avoir trébuché une bonne demi-douzaine de fois, elle émerge du sentier. Devant elle se dresse la face nord de la pyramide de Kukulcán dont la silhouette sombre et déchiquetée se détache sur une hauteur de neuf étages contre le ciel étoilé. Elle s'approche de sa base, gardée des deux côtés par les têtes sculptées de deux énormes serpents.

Dominique englobe les lieux du regard. Il n'y a plus personne dans l'ancienne cité plongée dans l'obscurité. Un frisson la parcourt. Elle entame la montée.

À mi-hauteur, elle est essoufflée. Les marches de la pyramide sont étroites et escarpées et on ne peut se retenir à rien. Elle se tourne pour regarder en contrebas. Si elle tombait de cette hauteur, elle ne survivrait pas.

– Mick ?

Elle a l'impression que sa voix se répercute de l'autre côté de la vallée. Elle attend une réponse. Rien ne venant, elle reprend sa montée.

Cinq minutes de plus lui sont nécessaires pour atteindre le sommet, une plate-forme plate sur laquelle est dressé un temple de pierre carré de deux étages. Prise de vertige, les mollets encore en feu, elle s'appuie contre le mur nord pour reprendre souffle.

Le panorama est spectaculaire. Il n'y a pas de garde-fou. Le clair de lune révèle des détails de chaque monument de la partie nord de la cité plongée dans l'ombre. À sa lisière, le dais de végétation s'étend à l'horizon comme la bordure sombre d'une toile.

Le passage qui permet de contourner le temple ne mesure qu'un mètre cinquante de large. Dominique se tient à l'écart du bord dangereux, essuie la sueur qui mouille son visage et se tient devant l'entrée béante du couloir nord du temple. Un portail massif, composé d'un linteau flanqué de deux colonnes en forme de serpents, surplombe sa tête.

Elle entre. Un noir d'encre règne à l'intérieur.

– Mick ?

Sa voix est comme amortie. Elle cherche la lampe torche qu'elle a achetée un peu plus tôt dans son sac à dos et pénètre dans la salle calcaire humide.

Le couloir nord est une double salle fermée, sanctuaire central précédé d'un vestibule. Il aboutit à un mur central massif. Le rayon de la lampe torche éclaire un plafond voûté, puis un sol de pierre dont les feux de cérémonie ont noirci la surface. Dominique quitte la salle, tourne sur la plate-forme par la gauche et entre dans le couloir ouest, passage nu qui zigzague pour relier les couloirs est et ouest.

Le temple est désert.

Dominique vérifie l'heure : 23 h 30. *Peut-être qu'il ne viendra pas.*

La fraîcheur de l'air nocturne la fait frissonner. Pour se réchauffer, elle retourne s'accroupir à l'abri dans la salle nord, appuyée au mur central. Les pierres solides qui l'entourent empêchent le vent d'entrer et assourdissent son bruit.

Une atmosphère pesante règne à l'intérieur, comme si quelqu'un tapi dans l'ombre attendait de bondir sur elle. Du rayon de sa lampe, elle balaie les lieux pour se calmer.

L'épuisement la gagne. Elle s'allonge sur la pierre et se love en boule. Elle ferme les yeux. Des images de sang et de mort viennent hanter son sommeil.

La pyramide est entourée d'une mer de corps bruns qui oscillent et de visages peints illuminés par la lueur orange de dix mille torches. De sa position privilégiée à l'intérieur du couloir nord, elle voit le sang couler dans l'escalier comme une cascade cramoisie, former une flaque autour des chairs mutilées qui s'entassent entre les deux têtes de serpents au pied de la pyramide.

Une dizaine de femmes se trouvent en sa compagnie dans le temple, toutes vêtues de blanc. Elles se pressent les unes contre les autres comme des agneaux apeurés et la regardent de leurs yeux vides et fixes.

Deux prêtres font leur entrée. Chacun porte une coiffe de cérémonie de plumes vertes et un pagne en peau de jaguar. Les prêtres s'approchent. Des yeux noirs se posent sur Dominique. Elle recule, le cœur battant. Chaque prêtre saisit un de ses poignets. Les deux hommes la traînent de force sur la plate-forme du temple.

Une odeur fétide de sang, de sueur et de fumée emplit l'air nocturne.

Un immense chacmool, statue de pierre d'un demi-dieu maya incliné, fait face à la foule en pâmoison. Sur ses genoux, un plat de cérémonie déborde des restes mutilés d'une dizaine de cœurs humains arrachés.

Dominique hurle. Elle essaie de fuir, mais deux autres prêtres la saisissent par les chevilles et la soulèvent du sol. La foule gronde à l'apparition du prêtre principal, un rouquin musclé dont le visage reste dissimulé derrière le masque d'une tête de serpent à plumes. La bouche ouverte, munie de crocs, du masque de serpent, laisse apparaître un sourire jaunâtre diabolique.

– Salut, Rayon de soleil !

Dominique hurle. Raymond arrache le linge blanc de son corps nu, puis il lève la lame noire d'obsidienne vers la foule. Une rhapsodie dépravée monte de la populace assoiffée de sang.

Kukulcán ! Kukulcán !

Sur un signe de tête de Raymond, quatre prêtres la clouent contre la plate-forme de pierre.

Kukulcán ! Kukulcán !

Elle hurle d'angoisse, tord en tous sens ses membres déployés.

– Dominique, réveillez-vous !

La jeune femme pousse un hurlement à glacer le sang, donne des coups de pied et de poing contre les ténèbres terrorisantes, cogne l'ombre en plein visage. Égarée, encore sous l'emprise de son cauchemar, elle roule de côté, se lève d'un bond et se précipite à l'aveuglette hors de la salle, droit vers l'abîme de trente mètres.

Une main se tend et lui attrape la cheville. Elle se cogne la poitrine contre la plate-forme. La douleur la réveille brutalement.

– Bon Dieu, Dominique, qu'est-ce qui vous prend !

– Mick ?

Elle s'assoit, frotte ses côtes meurtries en reprenant souffle.

Michael s'empresse à ses côtés.

– Ça va ?

– Vous m'avez flanqué la frousse de ma vie.

– Vous aussi. Vous avez dû faire un drôle de cauchemar. Vous avez failli plonger de la pyramide.

Elle jette un regard au précipice, puis se tourne vers lui et l'embrasse, toujours secouée de tremblements.

– Je déteste cet endroit. Ces murs puent les fantômes mayas.

Elle recule pour le regarder.

– Votre nez saigne. C'est moi qui vous ai fait ça ?

– D'un bon crochet du droit.

Il sort un foulard de sa poche arrière pour arrêter l'hémorragie.

– Ce truc ne guérira jamais.

– Bien fait pour vous ! Quelle idée de me retrouver ici au beau milieu de la nuit !

– Je suis en fuite, vous l'avez oublié ? À propos, comment avez-vous fait pour échapper à la marine ?

Elle se détourne.

– C'est vous le fugitif. Pas moi. J'ai dit au capitaine que je vous avais aidé parce que la mort d'Isadore m'avait bouleversée. Je lui ai sans doute fait pitié puisqu'il m'a laissée partir. Bon, on en parlera plus tard. Pour l'instant, je veux descendre de cette pyramide.

– Je ne peux pas partir maintenant. J'ai du travail.

– Du travail ? Quel travail ? En pleine nuit ?

– Je cherche le moyen d'entrer dans la pyramide. Il faut absolument qu'on trouve le passage.

– Mick…

– Mon père avait raison au sujet de Kukulcán. J'ai découvert quelque chose, quelque chose de vraiment inouï. Je vais vous montrer.

De sa sacoche, Michael sort un petit instrument électronique.

– Ça s'appelle un inspectroscope ultrasons. Il transmet les ondes sonores basses amplitudes qui permettent de découvrir les défauts des solides.

Michael allume sa lampe torche, la prend par le poignet et la ramène de force à l'intérieur du temple, jusqu'au mur central. Il met l'inspectroscope en marche, les ondes sonores dirigées sur un morceau de pierre.

– Regardez. Vous lisez ces longueurs d'onde ? Il y a une autre structure à l'intérieur de ce mur central, c'est sûr. J'ignore quoi, mais elle est en métal et se dresse tout droit dans la pyramide jusqu'au toit du temple.

– OK, je vous crois. On peut y aller maintenant ?

Michael la fixe sans y croire.

– Y aller ? Vous ne pigez pas ? C'est ici… à l'intérieur de ces murs. Il ne nous reste plus qu'à trouver le moyen de l'atteindre.

– De quoi parlez-vous ? D'un bout de métal ?

– Un bout de métal qui risque d'être l'instrument qui va sauver l'humanité. Celui que nous a laissé Kukulcán. On doit… hé, attendez, où est-ce que vous allez ?

Elle se dirige vers la plate-forme.

– Vous ne me croyez toujours pas, hein ?

– Qu'est-ce que vous voulez que je croie ? Que tous les hommes, femmes et enfants de cette planète vont mourir d'ici deux semaines ? Non. Pardon, Mick, mais j'ai encore du mal à y croire…

Michael lui saisit le bras.

– Comment pouvez-vous continuer à douter de moi ? Vous avez vu ce qui est enfoui dans le golfe. On est descendus là-bas ensemble. Vous l'avez vu de vos propres yeux.

– Vu quoi ? L'intérieur d'un tube de lave ?

– Un tube de lave ?

– Exactement. Les géologues qui étaient à bord du *Boone* m'ont tout expliqué. Ils m'ont même montré des photos à infrarouges du cratère de Chicxulub. Ce que nous avons pris pour une lueur verte n'est qu'une coulée de lave passant sous ce trou dans le plancher marin. Le trou s'est ouvert à cause de l'éruption d'un volcan sous-marin en septembre.

– Un volcan ? Dominique, mais qu'est-ce que vous racontez ?

– Mick, notre minisubmersible a été aspiré dans un des tubes de lave au moment où l'infrastructure souterraine s'est effondrée. Nous avons dû remonter en surface quand la pression a diminué. (Elle secoue la tête.) Vous m'avez vraiment eue, non ? J'imagine que vous avez entendu parler de ce volcan sur CNN. C'est ça, le bruit qu'il a détecté avec le Sosus.

Elle lui donne un coup de poing dans les côtes.

– Mon père est mort en explorant un foutu volcan sous-marin…

– Non.

– Vous m'avez eue, hein. La seule chose que vous vouliez, c'était vous échapper.

– Dominique, écoutez-moi…

– Non ! C'est comme ça que mon père a été tué. Parce que je vous avais écouté. À votre tour de m'écouter. Je vous ai aidé parce que je savais que vous étiez maltraité et que j'avais besoin de votre aide pour découvrir ce qui était arrivé à Isadore. Maintenant, je connais la vérité. Vous m'avez roulée !

– Foutaises ! Toute cette histoire de la marine n'est qu'un mensonge. Ce tunnel n'était pas un tube de lave, mais un manchon d'arrivée artificiel. Les bruits que votre père a entendus provenaient d'une série de turbines géantes. Notre minisubmersible a été aspiré dedans. Il a coincé les rotors d'une des turbines. Vous ne vous souvenez de rien ? Je sais bien que vous avez été blessée, mais vous étiez encore consciente quand je suis sorti du submersible.

– Qu'est-ce que vous dites ?

Elle le dévisage, subitement troublée, gênée par un vague souvenir.

– Attendez… je ne vous aurai pas passé une bouteille d'oxygène ?

– Oui ! Vous m'avez sauvé la vie.

– Vous êtes vraiment sorti ?

Elle s'assoit au bord du sommet. *Est-ce que la marine m'a menti ?*

– Mick, c'est impossible, vous ne pouviez pas sortir, on était sous l'eau.

– La salle était pressurisée. Le minisubmersible a bouché l'arrivée.

Elle hoche la tête. *Ça suffit ! Il ment. C'est n'importe quoi.*

– J'ai bandé votre tête. Vous aviez très peur. Vous m'avez demandé de vous serrer dans mes bras avant que je sorte. Vous m'avez fait promettre de revenir.

Un vague souvenir revient à la mémoire de Dominique.

Michael s'assoit au pied du sommet.

– Vous ne croyez toujours pas un seul mot de ce que je vous dis ?

– J'essaie de me souvenir. (Elle vient s'asseoir près de lui.) Mick… pardon de vous avoir frappé.

– Je vous avais averti de ne pas laisser Isadore enquêter dans le golfe.

– Je sais.

– Je ne vous aurais jamais trahie. Jamais.

– Mick, admettons que je vous croie. Qu'est-ce que vous avez vu en sortant du minisubmersible ? Où est-ce que cette turbine menait ?

– J'ai repéré une espèce de tuyau d'écoulement et j'ai réussi à grimper dedans. Ce passage aboutissait à une salle immense. Ça bouillonnait à l'intérieur. Des flammes léchaient les murs. (Michael contemple les étoiles). Au-dessus de ma tête un... un magnifique vortex d'énergie émeraude tourbillonnait. Il bougeait comme une galaxie miniature. C'était si beau !

– Mick...

– Attendez, ce n'est pas tout. Un lac d'énergie en fusion s'étendait devant moi. Il ondulait comme une mer de mercure, mais sa surface était aussi réfléchissante que celle d'un miroir. Puis j'ai entendu la voix de mon père qui s'adressait à moi de loin.

– Votre père ?

– Oui. Sauf que ce n'était pas lui, mais une espèce de forme de vie extraterrestre. Je ne pouvais pas la voir, parce qu'elle se trouvait à l'intérieur d'une sorte de cellule gigantesque qui flottait au-dessus du lac. Elle me traversait de ses yeux rouges démoniaques. Ça m'a terrorisé...

Dominique exhale. *Nous y voilà. Démence classique. Foletta avait raison. Il est dingue depuis le début et tu as refusé de le voir.* Elle l'observe. Il a le regard perdu au loin.

– Mick, parlons des images que vous avez vues. Elles sont très symboliques, vous savez. Commençons avec la voix de votre père...

– Attendez !

Il tourne vers elle ses yeux noirs écarquillés comme des soucoupes.

– Je viens de comprendre quelque chose. Je sais qui était cette forme vivante.

– Dites-le-moi, répond-elle d'une voix lasse. Vous avez cru voir quoi ?

– Tezcatlipoca.

– Qui ?

– Tezcatlipoca. Le dieu maléfique dont je vous ai parlé sur le bateau. C'est un nom aztèque qu'on peut traduire par « Miroir qui fume », ce qui décrit l'arme du dieu. D'après la légende méso-américaine, le Miroir qui fume permettait à Tezcatlipoca de voir dans l'âme des hommes.

– Oui, je me souviens.

– Cet être a regardé dans mon âme. Il m'a parlé comme s'il était mon père, comme s'il me connaissait. Il essayait de me tromper.

Dominique pose une main sur l'épaule de Michael et caresse ses cheveux noirs bouclés sur sa nuque.

– Mick, vous savez ce que je crois ? La collision du minisubmersible nous a envoyés dans le cirage et...

Il repousse sa main.

– Ne me prenez pas de haut ! Ce n'était ni un rêve, ni une hallucination. Chaque légende possède un fond de vérité. Vous ne connaissez même pas celles de vos ancêtres ?

– Ce ne sont pas mes ancêtres.

– À d'autres ! (Il la saisit par le poignet.) Que vous le vouliez ou non, du sang maya-quiché coule dans vos veines.

Elle dégage son bras.

– J'ai été élevée aux États-Unis. Je ne crois pas une seconde aux idioties du *Popol Vuh*.

– Écoutez-moi simplement jusqu'au bout.

Elle le saisit par les épaules.

– Non ! C'est à vous de m'écouter une seconde. Je vous en supplie. Vous savez que je vous aime bien. Je vous trouve intelligent, sensible et infiniment doué. Si vous me le permettez, si vous avez confiance en moi, je peux vous aider à vous en sortir.

Le visage de Michael s'éclaire.

– Génial ! Parce que je vais vraiment avoir besoin de votre aide. Il ne nous reste plus que onze jours avant...

– Non, vous m'avez mal comprise... Mick, ça va être dur à entendre, mais je dois vous le dire. Vous manifestez tous les symptômes d'un délire paranoïde. Cela vous a tellement emmêlé les idées que l'arbre vous cache la forêt. Peut-être que votre mal est de nature congénitale, ou alors c'est à cause de vos années de réclusion. De toute manière, vous avez besoin d'aide.

– Dominique, je n'ai pas eu d'hallucination. J'ai vu l'intérieur d'un vaisseau spatial extraterrestre extrêmement moderne.

– Un vaisseau spatial ?

– Réveillez-vous, Dominique. Le gouvernement est également au courant de sa présence.

Hallucinations paranoïaques classiques...

– Les idioties qu'on vous a fait avaler à bord du *Boone*, c'était pour tout étouffer.

Des larmes de frustration coulent sur les joues de Dominique : elle réalise à quel point elle a fait fausse route. Le Dr Owen avait raison. En ouvrant son cœur à son patient, elle a perdu toute objectivité. Tout est arrivé par sa faute. Isadore est mort, Edith est en résidence surveillée et l'homme qu'elle a voulu comprendre, l'homme pour lequel elle a tout sacrifié n'est rien d'autre qu'un paranoïaque délirant qui a finalement disjoncté.

Une idée lui traverse l'esprit. *Plus nous nous approchons du solstice d'hiver, plus il devient dangereux.*

– Mick, vous avez besoin d'aide. Vous avez perdu le contact avec la réalité.

Il est en train de fixer le bloc de calcaire parfaitement taillé sur lequel reposent ses pieds.

– Qu'est-ce que vous faites ici, Dominique ?

Elle lui prend la main.

– Je suis ici parce que je vous aime bien. Je suis ici parce que je peux vous aider.

– Un mensonge de plus !

Le clair de lune fait luire les yeux noirs qui la dévisagent.

– C'est Borgia qui vous a fait venir. Il est consumé par la haine qu'il éprouve envers ma famille. Pour remettre la main sur moi, il est capable de dire ou de faire n'importe quoi. De quoi vous a-t-il menacée ?

Elle détourne le regard.

– Qu'est-ce qu'il vous a promis ? Dites-moi ce qu'il a dit.

– Vous voulez vraiment le savoir ?

Elle le fusille du regard. La colère fait grimper sa voix.

– Qu'il avait assigné Edith à résidence. Que nous allions purger toutes les deux une longue peine pour vous avoir aidé à vous évader.

– Dominique. Je suis désolé.

– Borgia m'a promis d'abandonner les poursuites contre vous si je vous retrouvais. Il m'a donné une semaine. Si j'échoue, Edith et moi irons en prison.

– Le salaud !

– Mick, ce n'est pas si terrible. Le Dr Foletta a promis de vous confier à mes soins.

– Foletta aussi ! Mon Dieu…

– On vous transférera au nouvel hôpital de Tampa. Fini l'isolement. À partir de maintenant, une équipe de psychiatres et de médecins agréés travaillera avec vous. Ils vous soigneront comme il faut. En deux temps trois mouvements, on vous prescrira des médicaments qui vous permettront de redevenir maître de vos pensées. Plus d'asiles, plus d'existence de fugitif dans la jungle mexicaine. Vous finirez par être capable de mener une existence normale et productive.

– Dites, à vous entendre, c'est paradisiaque ! réplique-t-il d'un ton sarcastique. En plus, Tampa est tout à côté de l'île de Sanibel. Est-ce que Foletta vous a fait miroiter tous les avantages du poste en prime ? Plus votre parking personnel ?

– Je ne fais pas ça pour moi, Mick. Je le fais pour vous. Si ça tombe comme prévu, c'est la meilleure chose qui pouvait arriver.

Il hoche tristement la tête.

– Dominique, c'est vous qui ne voyez pas la forêt cachée derrière l'arbre.

Il l'aide à se lever et lui montre le ciel.

– Vous voyez cette ligne noire parallèle au terrain de jeu de balle ? C'est la fissure sombre de la Voie lactée, l'équivalent de notre équateur galactique. Tous les 25 800 ans, notre soleil s'aligne sur son point central. Cela se produira très exactement dans onze jours. Onze jours, Dominique. Ce jour-là, celui du solstice d'hiver, un portail cosmique s'ouvrira pour permettre à une force maléfique de pénétrer dans notre monde. À la fin de la journée, vous, moi, Edith, Borgia, et toutes les âmes qui vivent sur cette planète seront morts – à moins que nous ne parvenions à trouver l'entrée cachée de la pyramide.

Michael plonge le regard dans le sien, le cœur douloureux.

– Je… je vous aime, Dominique. Je vous ai aimée tout de suite, dès que vous avez agi avec bonté à mon égard. Je vous suis aussi redevable, ainsi qu'à Edith. Mais pour l'instant, je dois aller jusqu'au bout, même si cela implique que je vous perde. Vous avez peut-être raison. Peut-être que c'est tout bonnement une gigantesque hallucination que j'ai héritée de mes parents psychotiques. Peut-être que je suis tellement hors jeu que je ne vois même plus le terrain. Mais comprenez-moi : qu'il s'agisse de la réalité ou du pur produit de mon imagination, je ne peux plus m'arrêter maintenant, je dois aller jusqu'au bout.

Les yeux luisant de larmes, il ramasse l'inspectroscope ultrasons.

– Je vous jure, sur l'âme de ma mère, que si j'ai tort, je me rendrai moi-même aux autorités le 22 décembre à Miami. Jusque-là, si vous voulez m'aider, si vous tenez *vraiment* à moi, arrêtez d'être mon psy. Soyez mon amie.

21

10 décembre 2012
Bâtiment des Nations unies
New York

Le silence se fait dans l'auditorium bourré à craquer. Les caméras de télévision filment l'entrée de Viktor Ilitch Grozny sur le podium où il vient s'adresser aux membres du Conseil de sécurité et au monde entier.

– Madame la secrétaire générale, messieurs les membres du Conseil de sécurité, chers invités, cette journée est triste. En dépit des mandats et des avertissements de l'Assemblée générale et du Conseil de sécurité, en dépit de tous les efforts diplomatiques déployés en faveur de la paix par la secrétaire générale et par ses envoyés spéciaux, une nation, une nation irresponsable mais très puissante, continue à faire peser sur toute la planète la menace de l'arme la plus dangereuse de l'histoire humaine.

« La guerre froide n'est plus qu'un lointain souvenir, en tout cas on nous l'affirme. Les vertus du capitalisme ont triomphé des maux du communisme. Les économies occidentales continuent à prospérer pendant que la Fédération russe lutte pour se reconstruire. Notre peuple est dans le dénuement. Des milliers de Russes meurent de faim. Est-ce que nous accusons l'Occident ? Non. Les problèmes de la Russie sont le fait des Russes, et c'est à nous de nous en sortir.

Les yeux bleus angéliques projettent une innocence quasi enfantine vers la caméra.

– Je suis un homme de paix. À force d'efforts diplomatiques, j'ai réussi à convaincre nos frères arabes, serbes et coréens de déposer les armes contre leurs ennemis jurés, parce que je sais,

319

parce que je crois du fond du cœur que la violence ne résout rien et qu'on ne peut pas défaire les erreurs du passé. La morale est une question de choix personnel. Le moment venu, chacun de nous sera jugé par le Créateur, mais aucun homme n'est pourtant investi du droit divin d'infliger peine et souffrance à un autre au nom de la moralité.

Le regard de Grozny s'endurcit.

– Que celui qui n'a jamais péché jette la première pierre. La guerre froide est morte, mais cela n'empêche pas les États-Unis, en vertu d'une forte puissance économique et militaire, de continuer à gendarmer le monde et à décider de la valeur morale de la politique des autres nations. Comme le gros dur de la cour de récréation, l'Amérique serre le poing et menace d'avoir recours à la violence au nom de la paix. Nation la plus hypocrite du monde, elle arme les opprimés, jusqu'à ce qu'ils se transforment en oppresseurs. Israël, Corée du Sud, Viêt-Nam, Irak, Bosnie, Kosovo, Taïwan, combien d'hommes doivent-ils encore mourir avant que les États-Unis comprennent que la menace de la violence ne conduit qu'à davantage de violence, que la tyrannie, revêtue des oripeaux des meilleures intentions, reste la tyrannie ?

Le regard s'adoucit.

– Et voici que le monde est le témoin d'un nouveau type de violence. La possession de la force de combat la plus sophistiquée de l'histoire ne suffit pas. La domination de l'espace ne suffit pas. La mise en œuvre du bouclier de défense antimissiles ne suffit pas. À présent, les capitalistes détiennent une nouvelle arme qui change les règles de l'impasse nucléaire. Pour quelle raison les États-Unis continuent-ils à tester cette arme et à nier toute responsabilité ? Pour quelle raison le président des États-Unis nous prend-il tous pour des imbéciles ? Ses excuses ont-elles apaisé les nerfs à bout des peuples australien et malais ? Où se produira la prochaine explosion ? En Chine ? Dans la Fédération russe ? Et pourquoi pas au Moyen-Orient, où trois porte-avions américains et leur flotte sont prêts à frapper, tout ça au nom de la justice ?

« La Fédération russe se joint à la Chine et au reste du monde pour condamner ces nouvelles menaces de violence. Aujourd'hui, nous lançons cet avertissement et je vais être clair : nous ne vivrons pas dans la peur. Nous ne céderons plus aux tactiques brutales de l'Occident. La prochaine explosion de la bombe de fusion pure sera la dernière, car nous l'interpréterons comme une déclaration de guerre nucléaire !

Le désordre indescriptible qui éclate dans l'assemblée étouffe les protestations des délégués américains, tandis que les gardes du corps de Viktor Grozny le font sortir en hâte du bâtiment.

Ville de Pisté
(2 kilomètres à l'ouest de Chichén Itzá)
Péninsule du Yucatán

Des caquetages de poulets font ouvrir les yeux de Dominique Vazquez. La lumière matinale qui filtre par les volets à lamelles pourrissants au-dessus de sa tête éclaire un ballet de particules dansant dans l'air. Elle s'étire dans son sac de couchage et se tourne sur le côté.

Michael est déjà réveillé. Adossé à une meule de foin, il lit le journal de son père. Les rayons du soleil illuminent ses traits anguleux. Il lève les yeux et pose sur elle un regard pétillant.

– Bonjour.

Elle se glisse hors du sac de couchage.

– Quelle heure est-il ?

– Presque 11 heures. Faim ? Les Forma vous ont laissé un petit déjeuner dans la cuisine.

Par la porte de la grange ouverte, il lui montre la maison de stuc rose.

– Allez-y. Faites comme chez vous. J'ai déjà pris le mien.

Pieds nus, elle foule le sol en terre battue jonché de paille et s'assoit près de lui.

– Vous travaillez sur quoi ?

Il lui montre le dessin de la pyramide de Nazca.

– C'est ce symbole qui doit nous permettre de découvrir l'entrée de la pyramide de Kukulcán. Cet animal est un jaguar. Le fait qu'il soit inversé symbolise la *descente*. Les anciens Mayas considéraient que la bouche ouverte du jaguar reliait les cavernes terrestres et le monde d'en bas. Les grottes les plus proches de la région se trouvent à Balancamché. Mes parents et moi les avons explorées pendant des années, mais nous n'avons rien trouvé.

– Et ce schéma de cercles concentriques ?

– C'est la partie de l'équation qui continue à me poser problème. Au début, je pensais qu'il symbolisait une salle souterraine. On trouve des cercles identiques sculptés dans toutes les cavernes que mes parents ont explorées. Dès mon arrivée, je suis même retourné aux grottes de Balancamché. Sans résultat.

Dominique sort la carte de Chichén Itzá de sa poche arrière. Elle contemple le plan des ruines, les photographies aériennes de la cité.

– Parlez-moi de Xibalba.

– Dans le *Popol Vuh*, il est écrit que c'est le lieu où ont lieu naissance, mort et résurrection. Malheureusement, il est nécessaire d'interpréter le *Popol Vuh*. Je suis persuadé qu'on a perdu la plus grande partie de sa signification au fil des siècles.

– Qu'est-ce qui vous fait dire ça ?

– Le *Popol Vuh* a été écrit aux alentours du XVIe siècle, bien après le règne et la chute de la civilisation maya et le départ de Kukulcán. Les récits qu'il contient ont par conséquent un caractère plus mythologique que factuel. Mais bon, après ce que j'ai vu dans le golfe, je n'en suis plus si sûr…

Il la regarde, sans savoir s'il doit ou non continuer.

– Continuez, je vous écoute.

– Sans parti pris, ou parce que ça fait partie de ma thérapie ?

– Vous m'avez dit que vous aviez besoin d'une amie. (Elle lui serre la main.) Mick, cet extraterrestre qui a prétendument communiqué avec vous… Vous dites qu'il s'exprimait avec la voix de votre père ?

– Oui, il m'a trompé. C'était un leurre pour m'inciter à m'approcher.

– Surtout, ne vous contrariez pas, mais si je me souviens bien, vous m'avez raconté que dans le *Popol Vuh*, la même chose était arrivée à… J'ai oublié son nom.

– Hun Hunahpu.

Les yeux de Michael s'écarquillent.

Formidable. Il reconnaît la source de sa propre démence.

– Vous pensez toujours que j'ai tout imaginé ?

– Je ne dis pas ça, mais reconnaissez que ce parallèle est pour le moins étrange. Qu'est-ce qui est arrivé à Hun Hunahpu, une fois qu'il s'est laissé tromper par les dieux de l'enfer ?

– Lui et son frère ont été torturés et mis à mort. Mais sa défaite faisait partie d'un plan de plus grande envergure. Après l'avoir décapité, les seigneurs de l'enfer ont placé sa tête dans un calebassier pour empêcher quiconque de s'aventurer dans Xibalba. Or un jour, une femme très belle, Lune sanglante, a décidé de défier les dieux et de s'approcher de cet arbre. Elle a effleuré le crâne de Hun Hunahpu qui l'a fécondée d'un crachat magique dans sa main. Lune sanglante s'est échappée, a regagné le monde du milieu – la Terre – pour donner naissance aux héros jumeaux : Hunahpu et Xbalanqué.

– Hunahpu et Xbalanqué ?

– Oui. En grandissant, ces garçons sont devenus de grands guerriers. Une fois adultes, ils ont pénétré le monde d'en bas pour en défier les seigneurs. Une fois de plus, les dieux ont essayé de gagner par la ruse, mais cette fois les héros jumeaux l'ont emporté. Ils ont vaincu leurs ennemis et le mal et ressuscité leur père. La résurrection de Hun Hunahpu est à l'origine de la conception céleste et de la renaissance de la nation maya.

– Et cette Route noire qui s'adresse à Hun Hunahpu ? Comment est-ce qu'une route peut parler ?

– Je n'en sais rien. Selon le *Popol Vuh*, l'entrée de la Route noire était symbolisée par la gueule d'un grand serpent. La fissure noire était aussi assimilée à un serpent céleste.

Vas-y. Pousse-le dans ses retranchements.

– Mick, écoutez-moi une seconde. Vous avez passé toute votre vie à chasser des fantômes mayas, à vous plonger dans les légendes du *Popol Vuh*. Est-ce que vous n'auriez pas vaguement…

– Quoi ! Quoi ? Imaginé la voix de mon père ?

– Ne vous fâchez pas. Si je vous pose cette question, c'est parce qu'on peut comparer le voyage de Hun Hunahpu à votre passage dans cette salle souterraine. Et je pense que vous n'avez pas résolu certains problèmes concernant votre père.

– C'est possible, mais je n'ai pas imaginé cet être extraterrestre. Ni la voix de mon père. Tout était bien réel.

– Ou vous *semblait* réel.

– Vous recommencez à jouer à la psy.

– J'essaie juste d'aider un ami. Les hallucinations paranoïaques ont un grand pouvoir. Si vous voulez vous en sortir, vous devez d'abord accepter qu'on vous aide.

– Dominique, arrêtez…

– Si vous me laissez faire, je peux vous aider.

– Non !

Michael l'écarte brutalement pour sortir de la grange. Il ferme les yeux, respire à fond et laisse le soleil réchauffer son visage en s'efforçant de se calmer.

Halte là. Tu as planté la graine, maintenant, tu dois essayer de regagner sa confiance. Dominique reporte son attention sur la carte de Chichén Itzá. L'image aérienne du *cenote* attire son regard. Elle repense à la soirée précédente, à sa marche dans la jungle.

Les parois du cenote… *elles luisaient au clair de lune. Les fentes dans le calcaire…*

– Qu'est-ce qu'il y a ?

Elle sursaute, lève les yeux, déconcertée de le trouver penché au-dessus d'elle.

– Euh… rien. Probablement rien.

– Dites-moi.

Le regard ébène est trop intense pour qu'elle puisse le tromper.

– Regardez cette carte. L'image prise d'avion du *cenote* présente le même schéma de cercles concentriques que ceux qu'on voit à l'intérieur du dessin de la pyramide de Nazca.

– Mes parents en ont tiré la même conclusion. Ils ont passé des mois à plonger dans les *cenotes*, à explorer tous les puits naturels et toutes les cavernes de la région. Ils n'ont jamais trouvé que quelques squelettes, des restes des morts sacrifiés, mais rien qui ressemble, même de loin, à un passage.

– Vous avez vérifié le *cenote* depuis le tremblement de terre ? ne peut-elle s'empêcher de demander.

– Tremblement de terre ? (Le visage de Michael s'éclaire.) La terre a tremblé à Chichén Itzá le jour de l'équinoxe d'automne ? Bon sang, Dominique, pourquoi est-ce que vous ne me l'avez pas dit plus tôt ?

– Je ne me suis sans doute pas rendu compte que c'était important. Quand je l'ai appris, les drogues que vous administrait Foletta vous avaient transformé en légume.

– Parlez-moi de ce tremblement de terre. Il a eu quel effet sur le *cenote* ?

– Il y avait juste un entrefilet dans le journal. Un groupe de touristes qui prétendaient avoir vu les eaux du puits bouillonner pendant le séisme.

Michael part en courant.

– Une seconde, vous allez où ?

– On a besoin d'une voiture. On va sans doute passer une journée ou deux à Mérida pour rassembler du matériel. Allez manger quelque chose. Je vous retrouve ici dans une heure.

– Mick, une seconde… quel matériel ? De quoi parlez-vous ?

– Du matériel de plongée. Il faut qu'on examine le *cenote*.

Elle le regarde partir au pas de course sur la route en direction de la ville.

Bravo, Sigmund. Tu n'étais pas censée l'encourager.

Furieuse contre elle-même, la jeune femme se rend dans la maison des Forma, une bâtisse en stuc de cinq pièces décorée de motifs mexicains éclatants. Elle trouve un plat de bananes frites et de pain de maïs sur la table de la cuisine et s'assoit pour se restaurer.

C'est alors qu'elle remarque le téléphone.

Journal de Julius Gabriel

En cet été 1985, nous étions de retour à Nazca.

Durant les six premiers mois, nous avons fait quotidiennement la navette entre notre modeste appartement d'Ica, une petite cité bourdonnante de vie, et Nazca, à une distance de cent cinquante kilomètres. Mais la diminution de nos fonds nous a obligés à déménager et j'ai installé ma famille dans un logement spartiate de deux pièces, situé dans le village rural d'Ingenio.

La vente de notre caravane m'a permis d'acheter une petite montgolfière à air chaud. Chaque lundi au lever du soleil, Maria, Michael et moi nous élevions à trois cents mètres au-dessus de la pampa pour photographier la myriade de lignes et de splendides animaux gravés sur le plateau. Le reste de la semaine était consacré à l'analyse détaillée des photos, car nous espérions y trouver l'indice susceptible de nous permettre d'entrer dans la pyramide de Kukulcán.

L'interprétation des dessins de Nazca représente un vrai défi, car nous disposons de bien plus d'indices erronés que de vrais indices. Des centaines de silhouettes animales et des milliers d'autres formes prolifèrent sur la toile désertique comme des graffitis préhistoriques, dont la plupart ne sont pas l'œuvre du premier artiste de Nazca. Des rectangles, des triangles, des trapèzes, des groupes et des lignes incroyablement droites – dont certaines font plus de quarante kilomètres de long – s'étendent sur un plateau beige comme les dunes d'une surface de plus de 350 kilomètres carrés. Ajoutez-y les silhouettes humaines gravées sur les coteaux environnants et vous imaginerez la témérité de notre entreprise. Nos recherches nous ont néanmoins permis d'isoler les gravures à nos yeux essentielles du reste de l'épigraphe péruvien.

Ce sont les dessins les plus anciens et les plus complexes qui contiennent le vrai message de Nazca. Nous ne pouvons leur attribuer une date précise, mais nous savons qu'ils ont au moins 1 500 ans.

Les hiéroglyphes de Nazca ont deux fonctions distinctes. Les icônes que nous qualifions de « primaires » sont des dessins décrivant le récit qui soutient la prophétie de fin du monde, tandis que les dessins « secondaires », gravés à proximité de ces icônes, nous fournissent des indices importants pour nous aider à déchiffrer leur signification.

Le récit de l'artiste commence au centre de la toile désertique, par une silhouette que Maria avait surnommée le soleil éclaté de Nazca. Il s'agit d'un cercle parfait composé de vingt-trois lignes qui se déploient vers son périmètre. Une de ces lignes, plus longue que les autres, s'étend sur environ quarante kilomètres dans le désert. Une dizaine d'années plus tard, j'allais découvrir que cette droite était précisément alignée sur le baudrier d'Orion. Peu après, Michael découvrirait un cylindre d'iridium enfoui au centre du mystérieux point de départ, qui contenait une ancienne carte du monde (voir entrée du 14 juin 1990). D'après ce parchemin, on a l'impression que le golfe du Mexique sera le dernier terrain de bataille, l'Armageddon à venir.

Non loin du soleil éclaté, nous avons l'araignée de Nazca. On ne trouve ce genre de *Ricinulei* spécifique, l'un des plus rares au monde, que dans certaines zones inaccessibles de la forêt tropicale d'Amazonie. Comme les baleines et le singe, l'araignée de Nazca est donc une espèce étrangère au désert péruvien. C'est pour cela que nous la considérons comme une icône directrice, de nature céleste en l'occurrence. Il s'avère que l'araignée est un repère terrestre d'une précision inouïe, conçu pour diriger l'observateur (encore une fois) vers la constellation d'Orion. Les lignes droites de l'araignée ont été dirigées de telle manière qu'elles suivent les déclinaisons des trois étoiles du baudrier d'Orion, ces mêmes étoiles choisies par les Égyptiens pour disposer les grandes pyramides de Gizeh.

Autour du soleil éclaté sont éparpillés sur le plateau plus d'une dizaine de dessins d'étranges prédateurs ailés. Je ne fais pas référence ici aux dessins plus récents du colibri ou du pélican, deux espèces indigènes de cette région, mais à une série d'êtres à

327

l'apparence infernale, que je ne parviens toujours pas à identifier. On trouve une prolifération de ces créatures mystérieuses munies de serres sur la toile de Nazca, mais je m'interroge encore sur leur fonction.

Le plus long dessin zoomorphe du plateau est le serpent qui mesure 200 mètres. Malheureusement, la route panaméricaine qui traverse son torse a effacé de nombreux détails de cet animal. Il se peut que la présence du serpent dans la pampa symbolise la fissure noire de la Voie lactée mais, encore une fois, sa proximité de la pyramide de Nazca, comme celle du singe et des baleines, peut nous diriger vers Chichén Itzá, cité maya dominée par l'image du serpent à plumes.

La queue du serpent, comme le soleil éclaté et l'araignée, est orientée en fonction d'Orion.

Plusieurs autres dessins comptant dans la prophétie maya se détachent. Le dernier que je citerai – mon préféré aussi – est celui que nous avons surnommé l'astronaute de Nazca. Qu'il me suffise de dire que la présence de cet extraterrestre vieux de 2 000 ans a constitué une vision réconfortante durant notre séjour dans la pampa. Il nous rappelait que nous n'étions pas seuls dans notre quête, tout au moins en esprit. L'humanoïde à l'apparence de hibou, revêtu d'un uniforme et de bottes, lève la main droite en un geste d'amitié. En tout cas, on peut l'interpréter comme tel. Placé nettement à part du reste du message de Nazca, cet E.T. géant a été gravé à flanc de colline, comme la signature d'un peintre sur la marge d'un tableau.

23 décembre 1989

Après plus de quatre années de labeur dans le désert péruvien, j'ai décidé d'emmener ma famille visiter le plus impressionnant des anciens dessins : le trident de Paracas. Situé à cent cinquante kilomètres au nord de la pampa désertique, cette image, qu'on désigne souvent sous le nom d'*el Candelabro*, ou Candélabre des Andes, n'a jamais été reliée officiellement aux dessins de Nazca, bien que son motif compliqué, sa taille et son âge permettent facilement de l'attribuer à notre mystérieux artiste.

Le créateur du trident a choisi de graver ce symbole colossal sur un pan entier de montagne, face à la baie de Paracas. Cette magnifique forme représente un candélabre à trois branches ressemblant à une fourche du diable, en dehors de ses bouts pointus, tournés vers le haut et ornés d'espèces de pétales. Comme la sculpture subit des conditions climatiques bien plus rudes que celles de Nazca, l'artiste a creusé beaucoup plus profondément dans le flanc de la montagne pour enfoncer le contour de l'image de quatre-vingt-dix bons centimètres dans la croûte salée. Le trident de Paracas, avec ses 200 mètres de haut sur presque 65 mètres de large, constitue un repère facile à identifier.

Je nous revois tous les trois, contemplant ce repère ancien de notre embarcation, en ce jour fatal de décembre. Tandis que le soleil couchant embrasait le ciel derrière nous, la lumière déclinante faisait étinceler le sol à l'aspect cristallin du Trident, de telle sorte que le contour de l'image d'un rouge presque luminescent est ressorti nettement. Cet effet a conduit Maria à conclure que le *Candelabro* ne pouvait être qu'un ancien poteau indicateur, laissé là pour diriger notre civilisation vers le désert de Nazca.

L'arche de Saint-Louis, portail symbolique vers le cœur de l'Amérique, m'est alors revenue à l'esprit. J'allais le dire, lorsque ma bien-aimée s'est soudain tordue de douleur en poussant un gémissement lugubre. Puis elle s'est effondrée sur le pont, inconsciente, sous nos yeux horrifiés.

Extraits du journal du professeur Julius Gabriel,
Réf. Catalogue 1985-1990.

22

À bord du *USS Boone*
Golfe du Mexique
4 h 46

Visage avenant, le capitaine Edwin Loos accueille le vice-président Ennis Chaney et Marvin Teperman qui descendent d'un pas trébuchant du Sikorsky SH-60 B Seahawk sur le pont du *USS Boone*.

– Ça va, monsieur le vice-président ? Un peu nauséeux ?

– Du mauvais temps en route. Les UAV sont en place ?

– Deux Prédateurs sont en vol stationnaire au-dessus de la zone ciblée selon vos instructions, monsieur le vice-président.

Marvin ôte son gilet de sauvetage et le tend au pilote de l'hélicoptère.

– Capitaine, sur quoi se basent vos hommes pour penser que nous verrons un autre tourbillon ce soir ?

– D'après les détecteurs, les fluctuations souterraines électromagnétiques augmentent, comme lorsque le maelström est apparu.

Loos les guide à travers la superstructure jusqu'au centre d'information combat du navire.

La salle ultramoderne plongée dans la pénombre bourdonne d'activité. Le capitaine de corvette Curtis Brown lève les yeux de son poste sonar.

– Vous arrivez juste à temps, mon capitaine. Les détecteurs indiquent une augmentation de l'activité électromagnétique. On dirait qu'un autre maelström est en train de se former.

Deux des véhicules aériens de reconnaissance automatique du *USS Boone*, surnommés Prédateurs, tracent des cercles au-dessus de la lueur émeraude à différentes hauteurs. Les eaux du golfe commencent à tourner dans le sens inverse des aiguilles d'une montre. Les caméras de télévision à infrarouges des Prédateurs envoient des images en temps réel au navire de guerre.

Chaney, Teperman, le capitaine Loos et une vingtaine de techniciens et de savants, les yeux rivés sur les écrans vidéo, sentent leur pouls s'accélérer à la vue du vortex en gestation.

Le vice-président secoue la tête d'incrédulité.

– Mais qu'est-ce qui peut bien posséder la puissance nécessaire pour créer un truc pareil ?

– Peut-être la même chose qui fait exploser des formations karstiques dans le Pacifique Ouest, murmure Marvin.

Le maelström accélère, sa force centrifuge monstrueuse ouvre un entonnoir tourbillonnant qui descend jusqu'au plancher marin. Les eaux s'écartant, l'œil du vortex envoie un faisceau émeraude étincelant dans la nuit qui irradie vers le ciel comme un phare céleste.

– Là ! (Marvin désigne un point sur l'écran.) Ils montent du centre.

– Je les vois, chuchote Chaney, abasourdi.

Trois ombres noires lévitent hors de la lumière et remontent dans l'œil du maelström.

– Putain, qu'est-ce que c'est ? jure Loos.

Une dizaine de savants stupéfaits hurlent à leurs collègues et assistants de vérifier que toutes les données sensorielles sont bien enregistrées.

Les objets continuent à s'élever dans le tourbillon. En suspension au-dessus de la mer, ils s'approchent du plus bas des UAV.

L'image transmise par le Prédateur devient floconneuse, puis elle disparaît totalement.

Le second Prédateur continue à transmettre.

– Décollage immédiat des deux Seahawk, ordonne Loos. Simple mission de reconnaissance. Maintenez le second Prédateur hors de la zone dangereuse. Ne perdez pas le signal.

– À vos ordres, mon capitaine. Qu'est-ce que vous entendez par hors de la zone dangereuse ?

– Mon capitaine, les deux Seahawk ont décollé.

– Éloignez-les de cette lumière ! hurle Chaney.

Les trois objets extraterrestres s'élèvent à six cents mètres d'altitude. Avec une précision de robots, ils exécutent une pirouette, déploient complètement leurs ailes à l'horizontale en tournant, accélèrent, et disparaissent instantanément.

Le capitaine Loos se précipite sur le système M23 de repérage de cible. Linda Muraresku, second lieutenant, traque déjà les objets à l'aide du radar gyroscopique ultrarapide du *Boone*.

– Je les ai, capitaine... enfin, à peine. Jamais rien vu de pareil. Pas de signature thermique, pas de bruit, juste quelques faibles parasites électromagnétiques. Pas étonnant qu'ils aient échappé à nos satellites.

– Quelle vitesse ?

– Mach 4. Ils continuent à accélérer. Tous les trois en direction de l'ouest. Vous feriez mieux de contacter le Norad, capitaine. Vu leur vitesse, ils vont bientôt disparaître de mon écran.

Commandement de la Défense aérospatiale nord-américaine (Norad[1])
Colorado

Cheyenne Mountain, massif de granite déchiqueté culminant à 3 650 mètres, se trouve à six kilomètres au sud-ouest de Colorado Springs. À sa base, deux tunnels d'accès placés sous haute surveillance, longs de cinq cents mètres, constituent la seule entrée à l'enceinte souterraine de deux hectares connue sous le nom de Norad.

Le Norad offre à l'armée un centre de commandement réunissant toutes les branches des forces armées, les centres de renseignements interarmes, les systèmes informatiques et les stations météo. Son premier rôle est toutefois de détecter les lancements de missiles de par le monde, que ce soit de la terre, de la mer ou des airs. Ces lancements sont classés en deux catégories.

Des avertissements stratégiques sont émis lorsqu'un missile ICBM est lancé contre l'Amérique du Nord, à partir d'une distance supérieure à 2 100 milles nautiques, ce qui implique un temps d'impact d'environ trente minutes. Une série de commandes en chaîne diffuse rapidement l'information au Président et à tous les centres de commandement de la défense américaine.

---

1. North American Aerospace Defense Command.

Les avertissements de bataille concernent les missiles lancés contre les États-Unis et leurs alliés sur le terrain. Un Scud ou un missile de croisière pouvant frapper en quelques minutes, le Norad relaie directement les avertissements aux commandants sur le terrain par satellite.

Le plus important réseau de pré-alerte de missiles de Cheyenne Mountain se dresse à une distance de 35 000 kilomètres dans l'espace. C'est là que les satellites du Programme de soutien défensif du Norad tournent en orbite géostationnaire autour de la Terre, fournissant une couverture continue et « chevauchante » de la planète. Les détecteurs à infrarouges high-tech placés à bord de ces satellites pèsent deux tonnes et demie. Ils repèrent sur-le-champ les signatures thermiques créées durant la phase de propulsion d'un missile.

Le général de division Joseph Unsinn salue le policier militaire placé devant la porte vitrée voûtée avant de monter dans le tram en attente. Après un bref trajet dans un dédale de tunnels, il arrive au PC du Norad pour prendre sa relève de douze heures.

Le commandant du Norad est habitué aux lancements de missiles. Il est témoin chaque année d'au moins deux cents « événements » de ce type. Mais la situation d'aujourd'hui est tout autre. Le monde est au seuil de la guerre, une énorme tension règne, des milliers voire des millions de vies pèsent dans la balance.

Son homologue, le général Brian Sedio, est en train d'étudier l'écran satellite du Programme de soutien défensif. L'écran suspendu au-dessus de sa console diffuse l'image du visage du vice-président Chaney.

– Qu'est-ce qui se passe ?

Sedio lève les yeux.

– Vous arrivez juste à temps. Chaney perd les pédales.

Le général tourne le bouton du volume.

– Pardon, monsieur le vice-président, le PSD est conçu pour détecter les signatures thermiques, pas les interférences électromagnétiques. Si vos objets extraterrestres continuent à traverser le Pacifique jusqu'à l'Asie, on pourra peut-être les repérer grâce à un de nos radars terrestres, mais ils sont invisibles pour nos satellites.

L'intensité du regard de Chaney a quelque chose d'inquiétant.

– Retrouvez-les, général. Coordonnez toutes les recherches nécessaires. Et informez-moi dès que vous les aurez repérés.

L'écran s'éteint.

Le général Sedio hoche la tête.

– Vous vous rendez compte ? Nous sommes au bord de la guerre mondiale, et Chaney pense qu'on est attaqués par des extraterrestres !

14 décembre 2012
Forêt de rochers de Chilin
Province du Yunnan, Chine du Sud
5 h 45 (heure de Pékin)

Les provinces du Yunnan et de Guizhou, avec leur multitude de lacs, leurs montagnes somptueuses et leur végétation luxuriante, constituent la partie sud de la République populaire de Chine. Peu de régions de ce pays offrent aux visiteurs une palette aussi vaste de paysages à explorer. La ville la plus peuplée de la province du Yunnan est sa capitale, Kunming. À cent dix kilomètres de là se trouve la plus importante attraction touristique : la forêt de roches dite de Lunan, ou de Chilin, qui s'étend sur plus de 160 kilomètres carrés. Elle est composée d'une myriade d'étranges aiguilles calcaires qui se dressent jusqu'à une trentaine de mètres. Les chemins permettant aux visiteurs de se promener entre les rangées d'éperons se transforment en passerelles de bois pour franchir les rivières et s'enfoncent sous les arches rocheuses naturelles qui parsèment ce paysage torturé.

Les origines de cette forêt de rocs remontent à environ 280 millions d'années, époque où le soulèvement de la chaîne de l'Himalaya provoqua une érosion qui sculpta des formations en spirales déchiquetées dans le plateau calcaire. Au fil des siècles, d'autres plissements causèrent de profondes fissures dans le karst, élargies ensuite par les eaux de pluie. D'énormes rochers grisâtres ébréchés en forme de poignards en émergèrent.

L'aube ne s'est pas encore levée lorsque Janet Parker, une touriste de cinquante-deux ans, et sa guide privée, Quik Sing, arrivent à l'entrée du parc public. Faisant fi des recommandations d'un conseiller touristique du Département d'État américain, cette femme d'affaires impétueuse de Floride a tenu à visiter la forêt de rochers avant de s'embarquer sur le dernier vol de la matinée en partance de Kunming.

Elle suit sa guide, qui passe devant une pagode et s'engage sur un sentier serpentant à travers les formations calcaires déchiquetées.

– Une seconde, Quik Sing ? C'est ça ? C'est pour voir ça qu'on a fait un trajet d'une heure en voiture ?

– *Wo ting budong…*

– En anglais, Quik Sing, en anglais.

– Je ne comprends pas, mademoiselle Janet. C'est la forêt de rocs. Vous attendiez quoi ?

– Tiens donc ! Quelque chose d'un peu plus spectaculaire ! Je ne vois rien d'autre que des kilomètres de rochers.

Le chatoiement d'une lumière ambrée brillante attire son regard.

– Minute, qu'est-ce que c'est que ça ?

Elle désigne la source lumineuse, un faisceau doré qui cligne entre plusieurs éperons calcaires.

Quik Sing met sa main en visière pour se protéger les yeux.

– Je… je ne sais pas. Mademoiselle Janet, qu'est-ce que vous faites ?

La femme d'affaires passe par-dessus la rambarde.

– Je veux savoir ce que c'est.

– Mademoiselle Janet… mademoiselle Janet !

– Détendez-vous, je reviens dans une seconde.

Appareil photo à la main, Janet redescend sur le sol et se faufile entre deux rochers, jurant au passage lorsqu'elle s'écorche une cheville. Elle contourne l'éperon et lève les yeux vers la source de lumière brillante.

– Mais qu'est-ce que c'est que ce machin ?

L'objet noir, semblable à un insecte, mesure facilement plus de dix mètres. Ses ailes gigantesques sont coincées entre deux flèches calcaires. Cette espèce de bête inanimée est perchée sur des griffes chauffées au rouge. On dirait qu'elles ont creusé un trou dans le karst qui grésille sous elles.

– Quik Sing, venez voir !

Janet prend une autre photo à l'instant où les premiers rayons du soleil éclairent les ailes de la créature. Le faisceau ambre s'obscurcit et cligne de plus en plus vite.

– Dites donc, Quik Sing, j'aimerais vraiment savoir pour quoi je vous paie !

L'explosion silencieuse de lumière blanche aveugle la femme d'affaires. L'allumage de l'instrument de fusion pure a généré un chaudron d'énergie plus brûlant que la surface du soleil. Janet Parker ressent une sensation de brûlure ultrabrève à l'instant où sa peau, sa graisse et son sang grillés se détachent de ses os. Une nano-seconde plus tard, son squelette se désintègre, tandis que la boule de feu déferle dans toutes les directions à la vitesse de la lumière.

L'incendie se propage en un éclair dans la forêt de rocs. La chaleur vaporise le karst qui dégage un épais nuage toxique de dioxyde de carbone. Comprimées sous un plafond d'air arctique, les vapeurs empoisonnées s'accrochent au sol et avancent en ondulant comme un raz de marée gazeux.

La plus grande partie de la population de Kunming dort encore lorsque le nuage de gaz nocif invisible traverse la cité comme une bouffée d'air chaud par une journée d'été. Les lève-tôt, pris de vertige, tombent à genoux en s'agrippant la gorge. Ceux qui sont encore au lit ont à peine le temps de se crisper avant de suffoquer dans leur sommeil.

En quelques minutes, il ne reste plus un seul être vivant à Kunming.

Ville de Lensk
République de Chaka
Russie
5 h 47

Pavel Pchenichny, dix-sept ans, prend la hache des mains de son cadet, Nikolaï, et sort de la cabane en rondin de trois pièces dans trente centimètres de neige fraîche. Un vent matinal glacial lui hurle aux oreilles et gerce son visage. Il s'emmitoufle dans son cache-nez et traverse la cour gelée jusqu'au stère de bois.

Le soleil ne s'est pas encore levé mais, en dehors d'un habitant du coin, personne ne saurait le dire dans cette région de permafrost. Pavel époussette la neige qui recouvre la surface d'une souche d'arbre gelée, prend une bûche sur le tas de bois et la dresse dessus. En poussant un grognement, il soulève la hache et fend le morceau de bois à moitié gelé.

Alors qu'il tend le bras vers une autre bûche, une lumière vive attire son regard.

Au nord de Lensk, une vaste chaîne de montagnes enneigées se détache à l'horizon, à moitié dissimulée derrière la couverture nuageuse grise de l'aube. Sous les yeux de Pavel, un éclair chauffé à blanc semble jaillir derrière les nuages. Il se répand le long des pics déchiquetés qui disparaissent rapidement derrière une couche de brouillard de plus en plus épaisse.

Quelques secondes plus tard, un grondement tonitruant arrive jusqu'à Pavel. Le sol tremble sous ses pieds.

Une avalanche ?

La densité du brouillard l'empêche de voir le paysage qui se désintègre sous ses yeux. Il ne distingue qu'un nuage de neige gris-blanc de plus en plus large qui déferle dans sa direction, une onde d'énergie qui s'approche à une vitesse inimaginable.

Il lâche la hache et prend ses jambes à son cou.

– Nikolaï ! Avalanche ! Avalanche !

Le souffle nucléaire, équivalent à un ouragan de force 5, le soulève du sol et le projette tête la première à travers la porte de la hutte. Il n'a même pas le temps de ressentir la moindre douleur. La cabane s'effondre comme un château de cartes, la bourrasque de débris d'une chaleur fulgurante balaie la plaine en brûlant tout sur son passage.

Chichén Itzá
Péninsule du Yucatán
22 h 56

Le pick-up Chevrolet noir poussiéreux sans ailes arrière traverse la jungle touffue. Les cahots de la piste de terre inégale font gémir de protestation ses amortisseurs usagés. À l'approche de la porte d'entrée gardée par une chaîne, le petit camion s'arrête en dérapage.

Michael Gabriel bondit du siège du conducteur.

Il examine la chaîne d'acier et s'attaque au cadenas rouillé à la lumière des phares du véhicule.

Dominique se glisse sur le siège du conducteur à l'instant où Michael fait sauter le cadenas et enlève la chaîne. Elle passe la première en faisant grincer la boîte de vitesses et franchit la porte ouverte, puis elle se réinstalle sur le siège passager pour laisser la place à Michael.

– Impressionnant. Où est-ce que vous avez appris à forcer les serrures ?

– Réclusion solitaire. Mais c'est toujours plus facile quand on a la clé.

– Comment est-ce que vous l'avez eue ?

– J'ai des amis qui travaillent à l'entretien du parc. Ça fait mal au cœur de voir que les Mayas se retrouvent systématiquement cuisiniers ou éboueurs de la ville fondée par leurs ancêtres.

Dominique s'agrippe au tableau de bord, car il vient d'accélérer sur la petite route cahoteuse.

– Vous êtes sûr de savoir où vous allez ?

– J'ai passé la plus grande partie de mon enfance à explorer Chichén Itzá. Je connais cette jungle comme ma poche.

Les phares leur révèlent qu'ils ont abouti à un cul-de-sac.

Michael sourit.

– Évidemment, ça ne date pas d'hier !

– Mick !

Dominique ferme les yeux en se retenant de toutes ses forces. Il a braqué pour enfoncer le pick-up droit dans la jungle touffue. Les buissons les cinglent au passage.

– Ralentissez ! Vous cherchez à nous tuer ?

Embardée sur embardée, le véhicule entre et sort des fourrés épais, en parvenant par miracle à éviter les arbres et les rochers. Ils pénètrent dans une zone très boisée. La canopée leur cache le ciel nocturne.

Michael freine à mort.

– Fin de la route.

– Vous appelez ça une route !

Il éteint le moteur.

– Mick, redites-moi pourquoi…

– Chut… Écoutez.

Dominique n'entend que le cliquetis du moteur du véhicule.

– Je suis censée écouter quoi ?

– Patience…

Peu à peu, le chant des grillons monte autour d'eux, suivi par tous les autres bruits de la jungle.

Dominique regarde Michael. Ses yeux sont clos, son visage empreint d'une expression de plus en plus mélancolique.

– Ça va ?

– Oui.

– Vous pensez à quoi ?

– À mon enfance.

– Un souvenir triste ou heureux ?

– Un des rares souvenirs heureux. Ma mère m'emmenait faire du camping ici quand j'étais petit. Elle m'enseignait plein de choses sur la nature et sur le Yucatán. La manière dont la péninsule s'était formée, sa géologie… C'était un professeur formidable… Elle avait le don de rendre amusant tout ce que nous faisions ensemble.

Michael se tourne vers elle. Ses pupilles noires dilatées brillent.

– Est-ce que vous savez que toute cette région était recouverte d'eau ? Il y a des millions d'années, la péninsule du Yucatán se trouvait au fond d'une mer tropicale. Sa surface était couverte de coraux, de plantes et de sédiments marins. Géologiquement parlant, le plancher marin consistait en gros en une couche épaisse de calcaire *et puis* – boom ! – ce vaisseau spatial ou dieu sait quoi d'autre s'est écrasé sur la Terre. Le calcaire s'est fissuré sous l'impact qui a déclenché de gigantesques raz de marée et des incendies. La couche de poussière atmosphérique dégagée a étouffé la photosynthèse et éradiqué la plupart des espèces de notre planète.

« La péninsule du Yucatán a fini par surgir et par se transformer en terre sèche. Les eaux de pluie ont élargi les fissures calcaires, érodé la roche, sculpté un immense labyrinthe souterrain. Ma mère disait que sous terre, le Yucatán ressemble à un gigantesque morceau de gruyère.

Il s'incline en arrière sur son siège et fixe le tableau de bord.

– Durant le dernier âge glaciaire, le niveau des eaux a baissé. Le réseau de grottes n'était plus inondé. Du coup, d'énormes stalactites, stalagmites et autres formations de carbonate de calcium ont pu se former dans le karst.

– Le karst ?

– Le karst est le nom scientifique appliqué à un terrain calcaire poreux. Le Yucatán est composé exclusivement de karst. Bref, il y a environ 14 000 ans, les glaces ont fondu et le niveau de la mer a monté, si bien que les cavernes ont été de nouveau inondées. Aucune rivière ne coule en surface au Yucatán. Toutes les réserves d'eau de la péninsule proviennent de grottes souterraines. À l'intérieur des terres, on a des puits d'eau douce, mais plus on approche de la côte, plus elle est salée. Parfois, le plafond d'une grotte s'est effondré, et ça a formé un puits naturel géant…

– Comme le *dzonot* sacré ?

Michael sourit.

– Vous avez utilisé le mot maya pour *cenote*, je me demandais si vous le connaissiez.

– Ma grand-mère était maya. Elle me racontait que les *dzonot* étaient censés être les portes de Xibalba. Mick, vous et votre mère, vous étiez très proches, non ?

– Elle était ma seule amie, jusqu'à très récemment.

Dominique ravale la boule qui s'est formée dans sa gorge.

– Dans le golfe, vous avez commencé à évoquer la manière dont elle est morte… Vous aviez l'air d'en vouloir à votre père…

Une expression ambiguë s'inscrit sur le visage de Michael.

– Il faut qu'on y aille…

– Non, une seconde. Racontez-moi ce qui s'est passé. Si vous ne me faites pas confiance, à qui pouvez-vous vous fier ?

Il se penche en avant. Les avant-bras appuyés sur le volant, il contemple le pare-brise incrusté d'insectes.

– J'avais douze ans. Nous vivions dans une cabane de deux pièces à côté de Nazca. Ma mère se mourait. Son cancer du pancréas s'était généralisé. Elle ne supportait plus ni les rayons ni la chimio, et elle était trop faible pour s'en sortir seule. Comme Julius n'avait pas de quoi payer une infirmière, il me l'a confiée pendant qu'il continuait son travail dans le désert. Ses organes ne répondaient plus. Elle était lovée en boule dans son lit à cause de ses douleurs au ventre. Je brossais ses cheveux et je lui faisais la lecture. Elle avait de longs cheveux noirs, exactement comme les vôtres. À la fin, je ne pouvais plus la coiffer, elle les perdait par touffes.

Une larme unique coule sur sa joue.

– Pourtant, elle est restée très lucide jusqu'au bout. Elle était plus en forme le matin, elle pouvait soutenir une conversation, mais en fin d'après-midi, elle était faible et incohérente, à cause de la morphine qui la vidait de toute son énergie. Un soir, Julius rentre à la maison, épuisé par trois journées de travail non-stop dans le désert. Maman avait passé une mauvaise journée. Elle luttait contre une grosse fièvre et elle souffrait beaucoup. J'étais lessivé, d'être resté à son chevet pendant soixante-douze heures d'affilée. Julius s'est assis au bord du lit et il s'est contenté de la fixer. Je lui ai dit bonsoir et j'ai fermé la porte de leur chambre pour faire un somme.

« J'ai dû sombrer dans l'inconscience dès que ma tête s'est posée sur l'oreiller. J'ignore combien de temps j'ai dormi, mais quelque chose m'a réveillé au milieu de la nuit, une espèce de cri étouffé. Je me suis levé et j'ai ouvert la porte.

Michael ferme les yeux, il ne retient plus ses larmes.

– Qu'est-ce que c'était ? chuchote Dominique. Qu'est-ce que vous avez vu ?

– Le cri venait de ma mère. Julius était penché sur elle et il l'étouffait avec l'oreiller.

– Mon Dieu…

– Je suis resté planté là, à moitié endormi, sans comprendre ce qui se passait. Au bout d'environ une minute, maman a cessé de remuer. Julius a alors remarqué la porte ouverte. Il s'est tourné pour me regarder avec une expression atroce. Il m'a traîné dans ma chambre en sanglotant et en prononçant des propos incohérents sur les souffrances épouvantables de maman. Il disait qu'il ne pouvait plus supporter de la voir vivre ce calvaire.

Michael, les yeux toujours fixés au-delà du pare-brise, se balance d'avant en arrière.

– Vos cauchemars ?

Il acquiesce de la tête, serre les poings et les cogne violemment contre le tableau de bord dégradé par le temps.

– Putain, pour qui est-ce qu'il s'est pris pour prendre une décision pareille ? C'était moi qui veillais sur elle, c'était moi qui veillais sur elle, pas lui !

Dominique grimace, pendant qu'il continue à marteler le tableau de bord pour se vider de toute la furie qu'il a accumulée.

Complètement épuisé émotionnellement, il pose la tête sur le volant.

– Il ne me l'a même pas demandé, Dominique. Il ne m'a pas donné l'occasion de lui dire adieu.

Dominique l'attire à elle. Elle caresse ses cheveux, l'oblige à poser son visage en larmes contre sa poitrine. Son propre visage noyé de larmes, elle pense aux souffrances qu'il a vécues, privé dès la naissance d'une enfance normale, avant d'avoir sa vie adulte gâchée par des années de réclusion solitaire.

Comment pourrai-je jamais le ramener dans un asile ?

Au bout de quelques minutes, il se calme, s'écarte d'elle et s'essuie les yeux.

– J'ai encore quelques problèmes familiaux à régler, c'est sûr.

– Votre vie a été dure, mais les choses vont s'améliorer.

Michael esquisse et retient un sourire.

– Si c'est vous qui le dites...

Elle se penche vers lui pour l'embrasser. Un baiser léger pour commencer. Puis elle l'attire plus près. Leurs lèvres se fondent, leurs langues s'enlacent, leur passion se déchaîne. Ils s'arrachent mutuellement leurs vêtements, se caressent dans l'obscurité, se battent dans cet espace réduit, avec le volant et la boîte de vitesses qui les empêchent de faire l'amour à loisir.

– Mick... attends. Je ne peux pas faire ça ici... on n'a pas la place.

Haletante, elle pose la tête sur son épaule. Des perles de sueur dégoulinent sur son visage.

– La prochaine fois que tu emprunteras une voiture, prends-en une avec une banquette arrière.

– Promis.

Il l'embrasse sur le front.

Elle joue avec les boucles de cheveux qui ondulent dans son cou.

– Il vaut mieux qu'on y aille, sinon on sera en retard au rendez-vous avec tes amis.

Ils descendent du camion. Michael remonte à l'arrière pour décrocher les bouteilles d'air comprimé des râteliers. Il tend à Dominique un gilet de stabilisation muni d'une bouteille d'air et d'un détendeur déjà attachés.

– Tu as déjà fait de la plongée de nuit ?

– Il y a environ deux ans. Le *cenote* est à combien d'ici ?

– Un bon kilomètre et demi. Tu seras sans doute plus à l'aise si tu portes la bouteille.

Elle enfile le gilet et la bouteille, puis elle lui prend les combinaisons de Néoprène pour lui permettre de descendre du pick-up. Michael attache son propre gilet, jette le sac de matériel sur son épaule et prend les deux bouteilles de rechange.

– Suis-moi.

Il piétine dans les fourrés, Dominique sur les talons. En quelques minutes, des essaims de moustiques bourdonnent à leurs oreilles et s'abreuvent de leur sueur. Sur les vestiges d'un sentier envahi par les herbes, ils se fraient un chemin à travers la végétation luxuriante de la jungle, la peau dévorée et déchirée par les insectes et les épines. La végétation se clairsème pour céder la place à un bois dense, le sol marécageux devient plus rocailleux. Ils grimpent difficilement un talus de deux mètres et subitement, la voûte céleste réapparaît au-dessus de leurs têtes.

Ils se tiennent sur l'ancien *sache* de cinq mètres de large construit il y a un millénaire par les Mayas.

Michael se débarrasse des bouteilles d'air comprimé pour frotter ses épaules endolories.

– À gauche on a le *cenote* sacré et à droite la pyramide de Kukulcán. Ça va ?

– J'ai l'impression d'être une bête de somme. C'est encore loin ?

– Deux cents mètres. Viens.

Ils prennent à gauche et arrivent cinq minutes plus tard au bord de l'immense puits calcaire, dont les eaux noires et silencieuses reflètent la lumière de la lune.

Dominique calcule que la descente fait bien quinze mètres. Son pouls s'accélère. *Qu'est-ce que je fiche ici ?* En se tournant, elle voit cinq vieux Mayas à la peau sombre sortir des bois.

– Des amis, lui annonce Michael. H'Menes, des sages mayas. Ce sont les descendants des frères Sh'Tol, une société sacrée qui a échappé au courroux des Espagnols il y a plus de cinq cents ans. Ils sont venus nous aider.

Tout en enfilant sa combinaison de plongée, Michael s'adresse à un Maya aux cheveux blancs dans une langue ancienne. Les autres vieillards sortent une corde et plusieurs lampes sous-marines d'un sac de matériel.

Michael s'adresse à Dominique, l'air soucieux.

– Dominique, je te présente Ocelo. Il est prêtre. Il dit qu'on a vu un homme à Chichén Itzá qui cherchait à obtenir des renseignements sur toi. D'après sa description, c'est un Américain aux cheveux roux, très costaud.

– Oh, non…

– Dominique, dis-moi la vérité. Est-ce que tu as…

– Mick, je te jure que je n'ai contacté ni Foletta ni Borgia ni personne depuis que je suis ici.

– Le frère d'Ocelo est gardien. Il a vu ce type entrer dans le parc juste avant la fermeture, mais personne ne l'a vu en ressortir. Ce marché que tu as conclu avec Borgia, c'était de la foutaise. Tu n'obtiendras ton immunité qu'après ma mort. Viens, on ferait mieux d'y aller.

Ils ouvrent les valves de leurs bouteilles d'air, vérifient que leurs détendeurs fonctionnent. Le gilet de stabilisation sur les épaules, Michael s'approche du bord du *cenote*.

Il enfile ses palmes, enroule la corde autour de ses bras et se laisse glisser par-dessus la margelle du puits. Les Mayas le font descendre rapidement dans l'eau croupie et froide, puis ils remontent la corde pour Dominique.

Michael place son masque et son détendeur, puis il allume sa lampe et plonge la tête sous l'eau. Dans ce bourbier brun chocolat à l'odeur putride, la visibilité ne dépasse pas les cinquante centimètres.

Dominique, suspendue au-dessus de la surface noire du *cenote*, sent ses membres trembler. *Pourquoi est-ce que tu fais ça ? Tu es folle ?* Elle a un mouvement de recul quand ses pieds s'enfoncent dans la mare glaciale infestée d'algues. Elle lâche la corde et se laisse tomber. La puanteur lui soulève le cœur. Elle ajuste rapidement son masque, puis elle enfonce le détendeur dans sa bouche pour respirer et ne plus sentir cette odeur de putréfaction.

Michael refait surface, des bouts visqueux de végétation pendus dans ses cheveux. Il relie leurs deux tailles par une longueur de corde jaune.

– Il fait très sombre là-dedans. Je ne veux pas qu'on se sépare.

Elle acquiesce, enlève son détendeur.

– Qu'est-ce qu'on cherche exactement ?

– Une espèce de portail le long de la face sud. Quelque chose qui nous permettra d'entrer dans la pyramide.

– Mais la pyramide est à mille cinq cents mètres. Mick ?

Elle le voit dégonfler son gilet et s'immerger. *Et zut !* Elle remet le détendeur dans sa bouche, jette un dernier regard à la lune et descend derrière lui.

Dès que son visage touche l'eau trouble, Dominique commence à étouffer. Elle nage à l'aveuglette pendant quelques secondes jusqu'à ce que la traction exercée par Michael lui redonne le sens de l'orientation. Elle descend de six autres mètres, donne de grands coups de pied et aperçoit alors le reflet de la lampe de Michael sur la paroi du *cenote*.

Il fouille la façade calcaire, recouverte d'une épaisse végétation. À l'aide de sa lampe, il lui fait signe de se mettre à plat face à la paroi sur sa droite et de sonder les algues avec la pointe de son couteau de plongée.

Dominique sort le couteau de l'étui qu'elle porte à la cheville et tape contre le roc en descendant tout droit le long de la paroi calcaire. À dix mètres de profondeur, ses mains se glissent dans un trou d'une cinquantaine de centimètres et sa montre reste coincée dans un fouillis d'algues. Incapable de prendre un point d'appui suffisant pour se dégager, elle pose ses palmes contre la paroi pour y parvenir.

Un mocassin d'eau de deux mètres bondit à l'extérieur et se cogne contre son masque avant de disparaître comme une fusée dans l'obscurité.

Il n'en faut pas davantage pour la faire craquer. Elle panique, remonte en flèche, entraînant Michael à sa suite.

Dès que sa tête fend la surface, elle arrache son masque, secouée de hauts le cœur. Elle étouffe.

– Ça va ? Qu'est-ce qui s'est passé ?

– Tu ne m'avais rien dit de ces foutus serpents d'eau ! Je déteste les serpents...

– Il t'a mordue ?

– Non, mais c'est terminé pour moi. En fait de plongée, c'est comme si on nageait dans de la merde liquide.

Elle dénoue la corde, les mains tremblantes.

– Dom...

– Non, Mick, ras le bol. J'ai les nerfs en pelote et cette flotte me donne des boutons. Continue sans moi. Va chercher ton passage secret ou dieu sait quoi d'autre. Je te retrouverai en haut.

Michael lui lance un regard soucieux, puis il s'immerge.

– Hé, Ocelo, lancez-moi la corde !

Elle lève les yeux, impatiente de voir apparaître les vieillards par-dessus le rebord du puits.

Rien.

– Vous m'entendez ? Je vous ai dit de m'envoyer cette satanée corde !

– 'Soir, Rayon de soleil.

Dominique tressaille à la vue de la silhouette de Raymond et du point rouge luminescent de sa carabine de chasse à télémètre laser qui vient d'apparaître en bas de sa gorge.

Maison Blanche
Washington DC

Le président Maller a l'impression d'avoir reçu un direct à l'estomac. Il interrompt sa lecture du rapport du département de la Défense pour regarder le général Fecondo et Geffrey Gordon. Les battements désordonnés de son pouls font palpiter ses tempes. Il se sent si faible que son corps n'a plus la force de rester droit sur son siège.

Pierre Borgia pénètre en trombe dans le bureau ovale. La haine enflamme ses yeux cerclés de rouge.

– On vient de recevoir le dernier rapport. Vingt et un mille morts au Sakha. Deux millions à Kunming. Une ville entière rayée de la carte au Turkménistan. La presse se rassemble déjà en bas.

– Les Russes et les Chinois n'ont pas perdu de temps pour mobiliser leurs forces, dit le général Fecondo. Cette réponse officielle fait partie de leur petit jeu de guerre programmé, mais les chiffres dépassent de loin ceux auxquels nous nous attendions.

Le secrétaire de la marine lit sur son portable.

– Notre dernière reconnaissance satellite a repéré 83 sous-marins nucléaires, dont tous ceux du nouveau type russe *Borey*. Chacun d'eux transporte 18 SS-N-SLBM[1]. Ajoutez à cette liste une dizaine de sous-marins à missiles balistiques chinois et...

– Il ne s'agit pas que des sous-marins, l'interrompt le général. Les deux pays ont placé leurs armes stratégiques en état d'alerte. Le *Darkstar* de reconnaissance suit le croiseur lanceur de missiles *Pierre le Grand*, qui a appareillé vingt minutes après la dernière explosion. Nous sommes face à un arsenal combiné mer-terre, qui atteint une capacité de première frappe de plus de deux mille ogives nucléaires.

– Seigneur !

Le président Maller respire à fond pour essayer de desserrer l'étau qui opprime sa poitrine.

– Pierre, la conférence par téléphone du Conseil de sécurité a lieu dans combien de temps ?

– Dix minutes. Mais la secrétaire générale dit que Grozny s'adresse au Parlement et qu'il refuse de participer si nous sommes en ligne.

---

1. *Sea Launched Ballistic Missile :* fusée sous-marine.

(Le visage de Borgia dégouline de sueur.) Monsieur le Président, il faut absolument que nous déménagions à Mount Weather.

Maller ne lui prête pas attention. Il se tourne vers un écran vidéo étiqueté Stratcom.

– Général Doroshow, comment notre bouclier de défense anti-missiles va-t-il réagir à une première frappe de cette ampleur ?

Le visage pâle du général de l'US Air Force, Eric Doroshow, commandant en chef du commandement stratégique, apparaît sur l'écran.

– Monsieur le Président, le bouclier peut anéantir quelques dizaines de missiles à leur point culminant, mais nous n'avons rien dans notre arsenal de défense conçu pour résister à une attaque générale. La plupart des ICBM et des SLBM russes ont été programmés pour croiser à de basses altitudes. Nous ne disposions tout simplement pas de la technologie qui aurait permis d'éliminer cette menace.

Maller secoue la tête de dégoût.

– Vingt milliards de dollars… et pour quoi ?

Pierre Borgia regarde le général Fecondo qui acquiesce de la tête.

– Monsieur le Président, nous avons peut-être une autre option. Si nous avons la certitude que Grozny va frapper le premier, nous avons intérêt, c'est certain, à le battre de vitesse. Notre plus récent plan opérationnel intégré, le SIOP-112, indique qu'une frappe préventive de 1 800 ogives désarmerait 91 % de tous les sites ICBM terrestres russes et chinois et…

– Non ! L'histoire ne retiendra pas que j'ai été le Président américain qui a déclenché la troisième guerre mondiale.

– Une frappe préventive se justifierait, insiste le général Doroshow.

– Je ne peux pas justifier l'assassinat de deux milliards d'hommes, mon général. Nous nous en tiendrons aux objectifs diplomatiques et défensifs que nous avons définis.

Le Président, assis au bord de son bureau, se masse les tempes.

– Où est Chaney ?

– Aux dernières nouvelles, monsieur le Président, il se rendait sur le *Boone*.

– On devrait peut-être envoyer un hélicoptère là-bas pour l'emmener sur un site Fema[1], déclare le général Fecondo.

---

1. *Federal Emergency Management Agency :* agence fédérale de direction d'urgence.

– Non, réplique Borgia un peu trop vite. Non, le vice-président n'a jamais participé à une répétition.

– Il fait toujours partie de l'exécutif.

– Aucune importance. Chaney n'a jamais été ajouté à la liste des survivants. Mount Weather n'a pas de place pour…

– Ça suffit ! hurle le Président.

Dick Pryzstas fait son entrée.

– Pardon pour mon retard, le périphérique est un vrai zoo. Vous avez vu ce qui se passe là-bas ?

Il allume CNN.

L'image montre des Américains terrifiés qui entassent frénétiquement leurs affaires dans des voitures bourrées à craquer. Un micro est brandi au visage d'un père de trois enfants.

– Je ne comprends rien à ce qui se passe. La Russie dit que c'est nous qui faisons exploser ces bombes, le Président affirme le contraire. Je ne sais pas qui croire, mais je n'ai confiance ni en Maller ni en Grozny. On quitte la ville ce soir.

Suit un gros plan de protestataires à l'extérieur de la Maison Blanche, portant des pancartes avec des messages de l'apocalypse : VIKTOR GROZNY EST L'ANTÉCHRIST. REPENTEZ-VOUS MAINTENANT ! LE CIEL EST POUR DEMAIN !

Les images se succèdent : des scènes de pillage dans un centre commercial de Bethesda. Des vues aériennes de l'autoroute avec les voitures serrées pare-chocs contre pare-chocs. Un camion qui se renverse en essayant de doubler après avoir emprunté une bretelle en pente raide. Les membres d'une famille à l'arrière d'un camion, armes au poing.

– Monsieur le Président, l'appel du Conseil de sécurité est prêt. VC 2.

Maller se déplace jusqu'au mur opposé sur lequel sont montés cinq écrans vidéos. Le deuxième appareil sur la gauche s'allume, l'écran se divise en vingt carrés à l'intérieur desquels apparaissent les chefs de gouvernement membres du Conseil de sécurité des Nations unies. Le carré russe reste vide.

– Madame la secrétaire générale, membres du Conseil, je tiens à souligner encore une fois que les États-Unis ne sont pas responsables de ces explosions de fusion pure. Toutefois, nous avons à présent des raisons de croire que l'Iran vise peut-être Israël, pour essayer d'attirer notre pays dans une confrontation directe avec la Russie. Je le répète encore une fois, nous voulons éviter la guerre à tout prix. Qu'il n'y ait donc pas de malentendu, nous avons donné l'ordre à notre flotte de quitter le golfe Persique. Veuillez informer le président Grozny que les États-Unis ne lanceront aucun missile contre la Fédération russe ou ses alliés, mais qu'ils n'esquiveront pas leurs responsabilités quant à la défense de l'État d'Israël.

– Le Conseil va transmettre votre message. Que Dieu vous aide, monsieur le Président.

– Que Dieu nous aide tous, madame la secrétaire générale.

Maller se tourne vers Borgia.

– Où est ma famille ?

– En route pour Mount Weather.

– Très bien. Nous déménageons. Général Fecondo ?

– Oui, monsieur le Président ?

– Mettez-nous sur Defcon-1[1].

Chichén Itzá

Michael descend tête la première le long de la paroi sud du *cenote*. Il palpe le fouillis de végétation pour se diriger, à la recherche de quelque chose qui sorte de l'ordinaire. À dix mètres, l'angle de la paroi se modifie brusquement, elle dévie à l'intérieur à quarante-cinq degrés.

Il continue à s'enfoncer dans le puits maya. Les ténèbres se resserrent autour du rayon de plus en plus faible de sa lampe. Il fait une pause à trente mètres pour décompresser. La pression dans ses oreilles commence à le faire souffrir.

Trente-deux mètres…

La paroi sud se remet à tomber à la verticale. Michael continue son exploration dans le trou d'un noir d'encre, parfaitement conscient qu'il n'est pas équipé pour descendre beaucoup plus bas.

Puis il l'aperçoit : un point lumineux qui luit tel un panneau de sortie cramoisi dans un théâtre.

---

1. *Defense Condition :* préparation défensive ou état d'alerte.

Il donne des coups de pieds plus violents et se met à plat ventre. Son pouls palpite dans son cou, tandis qu'il contemple sans y croire l'immense portail de trois mètres de haut sur six mètres de large. Le faisceau de sa lampe est réfléchi par la surface métallique lisse d'un blanc chatoyant.

Au centre de la barrière est gravé un candélabre à trois branches rouge luminescent. Michael gémit dans son détendeur, car il a immédiatement reconnu le repère ancien.

Le trident de Paracas.

Bluemont, Virginie

L'hélicoptère qui transporte la Première Dame, ses trois jeunes fils et les trois vieillards du Congrès survole la ville de Bluemont et la route 601 de Virginie en direction de l'ouest. Au loin, le pilote aperçoit les lumières d'une dizaine de bâtiments situés à l'intérieur de l'enceinte clôturée.

Il s'agit de Mount Weather, une base militaire top secret installée à quarante-cinq kilomètres à l'extérieur de Washington DC. Ce complexe, dirigé par la Fema, est le quartier général opérationnel relié à un réseau de plus de cent centres fédéraux de réimplantation souterrains qui abritent le programme clandestin américain intitulé « Continuité du gouvernement ».

L'enceinte de 40 hectares est placée sous haute surveillance, mais le véritable secret de Mount Weather se trouve sous terre. Une cité a en effet été aménagée à l'intérieur de la montagne de granite. Elle est équipée d'appartements privés et de dortoirs, de cafétérias et d'hôpitaux, d'une usine de traitement des eaux usées, d'une usine électrique, d'un système de transport collectif, d'un réseau de transmission télévisée, et même d'une piscine. Alors qu'aucun membre du Congrès n'a jamais admis qu'il connaissait l'existence de ce complexe, de nombreux représentants du Sénat sont en fait membres titularisés de cette capitale souterraine du « gouvernement en instance ». Neuf départements fédéraux y ont été dupliqués, ainsi que cinq agences fédérales. Des fonctionnaires de niveau gouvernemental, nommés en secret, y servent des mandats d'une durée indéterminée, sans le consentement du Congrès et loin des yeux du public. Bien que moins vaste que son homologue russe de la montagne Yamantou, le complexe américain vise le même objectif : survivre et gouverner ce qui restera des États-Unis après une attaque nucléaire générale.

Depuis douze ans, Mark Davis, capitaine de l'Air Force, effectue exclusivement les transports aller et retour à Mount Weather. Tout en gagnant bien sa vie, le pilote du commandement aéroporté d'urgence nationale, père de quatre enfants, n'a jamais apprécié de ne pas figurer sur la « liste », en compagnie de sa famille.

Davis aperçoit au loin les lumières de l'infrastructure. Il grince des dents.

Plus de 240 membres du personnel militaire travaillent à l'intérieur du complexe. Leurs vies comptent-elles davantage que la sienne ? Et les 65 membres de l'« élite de l'exécutif » ? Si une guerre nucléaire se déclenchait vraiment, ce serait à cause d'un bon nombre de ces « experts » militaires. Pour quelle raison ces salauds survivraient-ils et pas sa famille ?

L'agent russe n'a en fait eu aucun mal à soudoyer le capitaine. L'argent, voilà ce qui permet de survivre à une guerre nucléaire. Davis a utilisé la plus grande partie des fonds pour aménager son propre bunker souterrain dans les Blue Ridge Mountains. Le reste a été converti en or et en pierres précieuses. Si la guerre nucléaire éclate effectivement un jour, sa famille aura de grandes chances de survivre. Dans le cas contraire, le financement des études de ses fils est assuré.

Davis pose l'hélicoptère sur l'aire d'atterrissage. Deux agents de la police militaire approchent dans un tram. Il les salue.

– Sept passagers et leurs bagages. Tout a été contrôlé.

Sans attendre de réponse, Davis ouvre la porte pour aider la Première Dame à descendre.

Les agents dirigent les passagers vers le tram pendant que Davis décharge leurs bagages. La valise quelconque, en daim marron, arrive en troisième position. Davis fait tourner la poignée dans le sens inverse des aiguilles d'une montre comme l'agent russe lui en a donné l'instruction, puis il la retourne lentement.

Le mécanisme se met en marche.

Le pilote place soigneusement la valise dans le chariot, puis il se hâte de décharger le reste des bagages.

351

Chichén Itzá
Péninsule du Yucatán

Michael s'oblige à ralentir sa remontée. Il a du mal à contenir son excitation. Il fait une pose à cinq mètres pour chasser du nitrogène, l'esprit encombré de toutes sortes de pensées frénétiques.

Comment est-ce que je fais pour entrer ? Il doit y avoir une espèce de mécanisme secret conçu pour ouvrir cette porte. Il vérifie à nouveau son manomètre. *Un quart d'heure. Prends une bouteille pleine et dépêche-toi de redescendre.*

Il poursuit son ascension et découvre avec surprise les jambes de Dominique qui pendent dans l'eau. Il remonte d'une glissade le long de son corps. Sa tête fend la surface.

– Dominique, qu'est-ce que tu…

L'expression terrifiée de la jeune femme lui fait lever la tête.

Assis à quinze mètres au-dessus de la surface du puits naturel, le chef de la sécurité de l'asile de Miami le nargue de son perchoir. Le point rouge du laser saute du cou de Dominique à celui de Michael.

– J'ai retrouvé ma petite salope adorée. Comment t'as osé la garder si longtemps ?

Michael se rapproche de Dominique. Il cherche le bout du tuyau de son gilet de stabilisation à tâtons sous l'eau.

– Lâche-la, salopard. Lâche-la et je ne me battrai pas. Tu pourras me ramener enchaîné aux États-Unis. Le héros du jour…

– Pas cette fois, fils de pute. Foletta a décidé de te soigner autrement. La mort, qu'il s'appelle, ton nouveau traitement.

Michael repère le tuyau et dégonfle en hâte le gilet de Dominique.

– Combien est-ce que Foletta te paie ?

Il se place devant elle et le point du laser apparaît sur sa combinaison.

– Il y a de l'argent caché sous le siège de mon camion. Tu peux tout prendre. Il doit bien y avoir dix mille en pièces d'or.

Raymond lève les yeux de sa mire.

– Menteur !

Michael saisit Dominique et plonge de côté en l'attirant sous l'eau. Elle bat des pieds et des mains, lui résiste en avalant une gorgée d'eau croupie.

Une volée de balles les rate de peu à l'instant où Michael enfonce le détendeur dans sa bouche et l'entraîne plus bas. Dominique a un haut-le-cœur, elle recrache l'eau et parvient à respirer. Elle repousse son masque inondé et le nettoie, puis elle repère son propre détendeur.

Michael purge, avale une longue bouffée d'air. Il saisit la main de Dominique et descend à l'aveuglette. L'éclair d'une balle ricoche sur sa bouteille d'air comprimé.

Le cœur de Dominique bat à tout rompre. En suspension dans vingt mètres d'eau, elle allume sa lampe et manque la laisser tomber, pendant que Michael éclaircit son masque. Elle le fixe, morte de peur, sans savoir ce qui va arriver.

Michael renoue le bout de la corde autour de sa taille et lui montre le bas.

Elle répond non de la tête.

Une autre volée de balles met un terme au débat.

Il l'attrape par le poignet et entame la descente en l'entraînant avec lui.

Elle plonge, tête la première dans les ténèbres de l'oubli qui se referment autour d'elle, balayée par des vagues de panique. Ses oreilles douloureuses lui disent qu'elle descend trop bas. *Qu'est-ce qu'il fait ? Dénoue la corde avant de mourir.* Elle se débat pour défaire le nœud.

Michael tend le bras pour l'en empêcher. Il lui prend la main, la tapote pour la rassurer et reprend la descente.

Elle se pince le nez pour décompresser. Dans ses oreilles, la pression s'atténue. Le mur oblique se transforme en plafond au-dessus de leurs têtes. La sensation de claustrophobie augmente, devient presque insoutenable. Elle perd tout sens de l'orientation, étouffée par l'obscurité et le silence.

Elle plonge à présent le long de la paroi d'un puits vertical. Son profondimètre descend sous les 40 mètres, elle sent son pouls palpiter sous le masque, elle hurle d'envie de se libérer.

L'apparition de la lumière rouge cramoisi la sidère. Elle descend encore, cligne des yeux et se place à l'horizontale, les yeux fixés sur la figure rouge. *Mon Dieu… il a vraiment trouvé quelque chose. Une seconde, j'ai déjà vu cette image quelque part…*

Elle regarde Michael manœuvrer autour de la plaque blanche brillante, palper tout au long des bords de l'enveloppe métallique.

Je sais… je l'ai vue dans le journal de Julius Gabriel…

Le cœur palpitant, Dominique a les oreilles qui s'emplissent d'un grondement sourd. Des bulles d'air gigantesques jaillissent du centre de la plaque et enveloppent Michael. Puis elle est happée par un torrent monstrueux qui l'aspire vers le centre du portail et un trou noir qui n'était pas là un instant plus tôt.

Le courant l'emporte, pieds en avant dans les ténèbres. Elle se tord de côté, prise dans les turbulences d'une rivière souterraine dont la puissance tend à lui arracher son masque et l'aveugle. Elle avale de l'eau, se pince le nez et laisse échapper un jet de bile dans son détendeur en tanguant frénétiquement dans le trou suffocant.

Le portail se referme derrière eux, étouffant son cri.

Elle cesse de tanguer. Elle replace son masque, le nettoie et reste pétrifiée devant son nouvel environnement.

Ils viennent de pénétrer dans une vaste caverne souterraine d'une beauté surnaturelle. Des lumières stroboscopiques, issues d'une source invisible, illuminent les murs calcaires, pareils à ceux d'une cathédrale, de couleurs bleues, jaunes et vertes enivrantes. De fantastiques formations de stalactites pendent du plafond immergé. À côté de ces espèces de glaçons géants dont les pointes viennent s'entremêler à une forêt pétrifiée de stalagmites cristallines qui se dressent du sol limoneux de la grotte, Michael et elles ont l'air de nains.

Dominique regarde Michael, époustouflée, regrettant de ne pas pouvoir lui poser un millier de questions. Il hoche la tête et lui désigne sa jauge pour lui indiquer qu'il ne lui reste que cinq minutes d'air. Dominique vérifie sa propre réserve et constate avec angoisse qu'elle en est à un quart d'heure.

La sensation de claustrophobie déclenche une crise de panique. Réaliser qu'elle est prisonnière d'une grotte souterraine, sous un plafond rocheux, lui ôte toute capacité de raisonnement. Elle repousse Michael pour regagner le portail à la nage et tente désespérément de le rouvrir.

Michael la tire en arrière par la corde. Il lui saisit les poignets et lui montre l'entrée floue d'une caverne au loin. Des mains, il forme un triangle.

La pyramide de Kukulcán. Dominique s'oblige à respirer plus lentement.

Michael se remet à nager sans la lâcher. Ensemble, ils traversent une succession de salles souterraines. Leur présence allume d'autres lumières stroboscopiques, comme si elles étaient reliées à un détecteur de mouvements invisible. Du plafond en forme de coupole descendent à présent des rangées de dents pareilles à des aiguilles. Les formations calcaires ont donné naissance à de majestueuses parois voûtées et à d'étranges sculptures rocheuses déchiquetées.

Michael sent sa poitrine se serrer alors qu'ils passent d'une voûte bleu indigo à une autre voûte d'un azur lumineux. Il vérifie sa réserve d'air et se tourne vers Dominique en désignant sa gorge de la main.

Il n'a plus d'air. Elle lui passe le détendeur de secours attaché à son gilet de stabilisation, puis elle vérifie ses propres réserves.

Huit minutes.

Huit minutes ! Quatre minutes chacun. C'est de la folie pure. Pourquoi est-ce que je l'ai suivi dans le cenote *? J'aurais dû l'attendre dans le camion... J'aurais dû rester à Miami. Je vais me noyer, exactement comme Isadore.*

Le fond chute subitement, la caverne s'ouvre sur un immense royaume souterrain. Des murs et du plafond de la cathédrale de calcaire irradie une lumière rose chair. La caverne est aussi grande qu'un stade de base-ball couvert.

Tu ne vas pas te noyer. Juste mourir étouffée. Ça sera sans doute moins affreux que ce que ce pauvre Isadore a subi. Tu vas perdre conscience, t'évanouir, un point c'est tout. Tu crois vraiment au paradis ?

Michael la tire. Tout excité, il lui montre quelque chose devant eux. Elle nage plus vite en priant pour qu'il ait trouvé une sortie.

Puis elle le voit.

Oh, non... Oh, mon Dieu... Oh, Dieu du Ciel !

Bluemont, Virginie

L'hélicoptère du Président se trouve à trente kilomètres de Leesburg, en Virginie, lorsque la bombe de douze kilotonnes explose.

Le Président et son entourage ne voient pas le jaillissement de lumière, mille fois plus brillante qu'un éclair. Ils ne sentent pas la pulsation monstrueuse de chaleur irradiante qui se propage à toute allure dans le complexe souterrain de Mount Weather et désintègre la Première Dame, ses enfants, le reste des habitants et des bâtiments qui se trouvent à l'intérieur. Ils ne ressentent pas davantage l'étau broyant des millions de tonnes de granite, d'acier et de béton qui font écrouler la montagne comme un château de cartes.

Ce qu'ils voient, c'est une boule de feu orange qui transforme la nuit en jour. Ce qu'ils sentent, c'est l'onde de choc de la détonation qui passe à côté d'eux comme le tonnerre, et l'incendie qui embrase les forêts de Virginie comme un tapis en feu.

Le pilote fait brusquement rebrousser chemin à l'hélicoptère pour s'éloigner en hâte, tandis que le président Maller gémit de douleur. Entre la sensation de vide qui déchire son cœur blessé et la colère qui enflamme son esprit, il n'est plus qu'un homme au bord de la folie.

Chichén Itzá
35 mètres sous la base de la pyramide de Kukulcán

Les yeux écarquillés, le sang battant frénétiquement dans ses veines, Dominique contemple sans y croire la structure prodigieuse qui se dresse au-dessus de sa tête. Incrustée à l'intérieur du plafond calcaire de la caverne, la quille d'un vaisseau extraterrestre géant de deux cents mètres de long dépasse de la roche.

Elle aspire lentement une bouffée d'air pour essayer de ne pas étouffer. Sa peau se hérisse littéralement sous sa combinaison de plongée. *C'est vrai. C'est impossible…*

L'enveloppe métallique dorée de la coque lisse, aussi grande qu'un navire de guerre, chatoie sous leurs yeux comme un miroir parfaitement lustré.

Michael serre sa main et entame leur remontée. Il l'attire vers deux blocs colossaux, montés des deux côtés de ce qui semble constituer la queue du vaisseau. Chacun est aussi large et haut qu'un immeuble de trois étages. Ils s'approchent et scrutent l'intérieur d'un des moteurs. Leurs lampes éclairent un nid de logements noirs en forme de dispositifs de postcombustion. Chacun des orifices ne mesure pas moins de dix mètres de diamètre.

Michael la tire au-delà des socles de moteurs monstrueux et nage vers l'avant du vaisseau camouflé dans le terrain.

Dominique aspire plus fort sur le détendeur, inquiète de ne plus parvenir à respirer. *Mon Dieu, nous n'avons plus d'air !* Elle tire sur le bras de Michael, s'agrippe la gorge. La caverne se met à tournoyer autour d'elle.

Michael voit le visage de la jeune femme devenir écarlate. Sa propre poitrine est prise dans un étau, ses poumons manquent d'air. Dominique essaie de s'accrocher à lui.

Il l'esquive, crache le détendeur de secours et remet le sien dans sa bouche. Puis il se tourne et nage comme un fou. Il la hâle derrière lui en cherchant une entrée sur la coque.

Dominique se débat en tous sens, elle suffoque sous son masque embué.

Les bras et les jambes de Michael pèsent aussi lourds que du plomb. Les poumons en feu, il siffle dans le détendeur sans parvenir à respirer. Il sent Dominique paniquer à l'autre bout de la corde. Son cœur lui fait mal, il ne parvient plus à fixer ses idées.

Il l'aperçoit dans son délire : un phare cramoisi qui luit à une cinquantaine de mètres. Un regain de vigueur lui donne la force de remuer les bras et les pieds. Ses muscles le brûlent ; il avance au ralenti.

Il sent le poids mort au bout de la corde. Dominique a cessé de lutter.

Ne t'arrête pas…

Le monde d'en bas tournoie autour de lui. Il mord dans le détendeur à s'en faire saigner les gencives, il aspire le liquide chaud au moment où l'image luisante du trident de Paracas apparaît sous ses yeux.

Encore une dizaine de brasses…

Ses bras pèsent cent tonnes. Il ne bouge plus. Les yeux ébène se révulsent.

Michael Gabriel s'évanouit.

Les corps des deux plongeurs inanimés dérivent vers le panneau d'iridium lumineux de trois mètres de large, déclenchant au passage un ancien détecteur de mouvement.

Dans un sifflement hydraulique, les portes coulissantes de la coque extérieure s'ouvrent. Un courant d'eau se précipite dans le compartiment pressurisé, aspirant les deux humains dans le vaisseau extraterrestre.

Journal de Julius Gabriel

Quelle créature pitoyable que l'homme ! Né avec une conscience aiguë de sa propre mortalité, il est donc condamné à vivre son existence dérisoire dans la crainte de l'inconnu. Poussé par l'ambition, il gaspille souvent les moments précieux dont il dispose. Oublieux des autres, il se complaît dans ses entreprises égoïstes en cherchant gloire et fortune. Il se laisse séduire par le mal qui le pousse à engranger le malheur sur les êtres qui lui sont vraiment chers. Sa vie, si fragile, vacille toujours au bord d'une mort dont il n'a pas le bonheur de comprendre la signification.

La mort est la grande égalisatrice. Tout notre pouvoir et nos besoins, tous nos espoirs et nos désirs meurent avec nous, enfouis dans la tombe. Sans y penser, nous accomplissons notre voyage égoïste vers le grand sommeil. Nous accordons de l'importance à des choses qui n'en ont aucune et nous nous voyons rappeler l'incroyable fragilité de nos vies aux moments les plus inopportuns.

Créatures émotives, nous prions un Dieu en l'existence duquel nous n'avons aucune preuve. Notre foi effrénée n'est en fait destinée qu'à étancher notre peur fondamentale de la mort, et nous essayons de nous convaincre intellectuellement qu'il y a bien une vie après la mort. Nous nous disons que Dieu est miséricordieux, que Dieu est juste et puis l'impensable se produit : un enfant se noie dans une piscine, un conducteur ivre tue un être aimé, une maladie s'abat sur un compagnon ou une compagne.

Qu'advient-il alors de notre foi ? Qui peut prier un Dieu qui nous dérobe un ange ? Quel plan divin peut justifier un acte aussi atroce ? Est-ce un Dieu miséricordieux qui a décidé de faire subir ces souffrances à ma Maria dans la fleur de sa jeunesse ? Est-ce un Dieu miséricordieux qui a décidé qu'elle se vautrerait de douleur et souffrirait le martyre jusqu'à ce qu'il se décide enfin, dans Sa miséricorde, à accomplir la tâche céleste de délivrer son âme torturée ?

Et son mari ? Quelle espèce d'homme étais-je, pour rester les bras ballants à regarder ma bien-aimée souffrir ainsi ?

Le cœur lourd, je laissais passer chaque jour, alors que le cancer entraînait Maria plus près de la tombe. Puis un soir, alors que je sanglotais à son chevet, elle m'a regardé de ses yeux décavés, misérable créature plus morte que vive, et elle m'a supplié de la prendre en pitié.

Que pouvais-je faire ? Dieu l'avait abandonnée. Il lui avait refusé de la soulager de cette perpétuelle torture. Je tremblais de tout mon corps. Je me suis penché pour lui donner un dernier baiser, maudissant un Dieu de l'existence duquel je doutais désormais afin de trouver la force d'agir. J'ai pressé l'oreiller contre le visage de ma bien-aimée pour éteindre son dernier souffle, sachant très bien que j'éteignais aussi la flamme même de mon âme.

Mon forfait accompli, je me suis tourné et j'ai eu la surprise de trouver mon fils, complice malgré lui, qui me fixait de ses yeux noirs angéliques – les mêmes que sa mère.

Quel acte abominable venais-je de commettre ? Quels mots courageux pouvais-je bien trouver pour redonner à cet enfant son innocence perdue ? Dépouillé de tous mes oripeaux, je me tenais là, complètement nu, père faible et dupé qui, sans le vouloir, avait condamné la personnalité affective de son propre fils, à cause d'un acte que je croyais encore quelques minutes plus tôt être dicté par l'humanité et la générosité.

Impuissant, j'ai regardé mon fils bondir dehors et s'enfuir dans la nuit pour déverser sa colère.

Si j'avais eu une arme, je me serais fait brûler la cervelle sur-le-champ. À la place, je suis tombé à genoux en sanglots. J'ai maudit Dieu, j'ai appelé en vain son nom.

En moins d'un an, la vie de ma famille était devenue une tragédie. Dieu était-il le maître d'œuvre de ce changement, où n'était-il qu'un spectateur, qui regardait faire pendant que son ange déchu nous manipulait comme un marionnettiste diabolique ?

Ou alors, ai-je raisonné dans mon chagrin, le coupable était Lucifer en personne. Car qui, en dehors de *lui*, pouvait avoir ainsi frappé ma femme, puis organisé de manière si habile la suite des événements ? Est-ce que je croyais vraiment au diable ? En cet instant, oui, ou tout au moins à la présence du mal personnifié.

Une notion aussi intangible que le mal peut-elle être une entité en soi ? En réfléchissant à la question, mon esprit torturé me soulageait momentanément de ma peine. Si Dieu était une entité, pour quelle raison le mal n'en serait-il pas également une ? La bonté pouvait-elle vraiment exister sans le mal ? Dieu pouvait-il vraiment exister sans le mal ? Et qui engendrait qui, puisque c'est la crainte du diable qui a toujours amorcé les pompes de la religion, et pas Dieu.

Le théologien qui était en moi l'a emporté. La peur et la religion. La religion et la peur. Elles sont historiquement enchevêtrées, elles servent de catalyseurs à la plupart des atrocités commises par l'homme. La peur du mal alimente la religion, la religion alimente la haine, la haine alimente le mal et le mal alimente la peur chez les masses. C'est un cercle vicieux diabolique et nous sommes des jouets dans la main du diable. En contemplant les cieux, mes pensées se sont tournées vers la prophétie maya. Dans mon délire et mon chagrin, je me suis demandé si c'était la présence du mal qui orchestrait la chute finale de l'humanité et nous menait vers l'éradication de notre espèce.

Une autre pensée m'a alors traversé l'esprit : Dieu existait peut-être, mais il avait choisi de jouer un rôle passif dans l'existence de l'homme. Il nous fournissait les moyens de déterminer notre propre destin, tout en permettant en même temps au mal d'exercer une influence active sur nos vies, de manière à mettre notre résolution à l'épreuve, à vérifier nos aptitudes lorsque nous demandions à entrer dans son royaume de l'au-delà.

Maria m'avait été enlevée, fauchée dans la fleur de l'âge. Il existait peut-être une raison à cet événement insensé. Je m'approchais peut-être de la vérité, j'étais peut-être sur la piste du salut de l'humanité.

Maudissant le diable, j'ai contemplé les étoiles, les yeux débordant de larmes, et j'ai juré, sur l'âme de ma bien-aimée, que ni le ciel ni l'enfer ne m'empêcheraient de résoudre l'énigme de la prophétie maya.

Une dizaine d'années se sont écoulées depuis que j'ai prononcé ce serment. Me voici à présent dans les coulisses, en train de rédiger ce dernier passage. J'attends d'être appelé sur scène, je me recroqueville à l'idée d'affronter le cynisme de mes collègues.

Et pourtant, ai-je seulement le choix ? En dépit des efforts que j'ai déployés, des pièces du puzzle de l'apocalypse manquent encore et le salut de notre espèce pèse dans la balance. Ma santé déclinante m'a contraint à passer le relais plus tôt que je ne l'espérais à mon fils. Le fardeau d'achever le marathon repose désormais entièrement sur ses épaules.

On me dit que c'est Pierre Borgia qui va me présenter au public. La perspective de le revoir me donne le trac. Les années ont peut-être adouci la colère qu'il éprouve à mon égard. Il comprend peut-être ce qui est en jeu.

Je l'espère, car j'aurai besoin de son soutien si je veux convaincre les savants présents dans la salle d'agir. S'ils m'écoutent sans a priori, les faits seuls peuvent suffire à les persuader. Sinon, je crains que notre espèce ne soit condamnée à périr, aussi sûrement que les dinosaures ont péri avant nous.

J'ai déposé une copie de mon journal dans un coffre-fort à Cambridge, accompagnée de la date précise à laquelle on pourra en rompre le sceau. Un dernier défi nous attend si nous survivons à l'holocauste à venir. Il concerne deux petits enfants encore dans les limbes.

Les huissiers me font signe d'entrer en scène. Je regarde Michael. Il m'adresse un signe de tête d'approbation, accompagné du regard flamboyant de ses yeux ébène d'où émane l'intelligence de sa mère. Privé de son innocence il y a tant d'années, il est devenu introverti et lointain et je crains qu'il ne cache une fureur engendrée à coup sûr par mon acte odieux. Pourtant, je détecte aussi une volonté profonde chez mon fils. Je prie pour qu'elle le soutienne dans son voyage sur le chemin de la destinée, vers son salut ultime, et le nôtre.

Dernier extrait du journal du professeur Julius Gabriel,
24 août 2001.

23

14 décembre 2012
Commandement de la défense aérospatiale
nord-américaine (Norad)
Colorado

Le cœur du général Joseph Unsinn fait un bond quand les alarmes missiles du Norad se déclenchent.

Horrifiés, des dizaines de techniciens voient s'inscrire une abondance de données sur les grands écrans de leurs terminaux informatiques.

ALERTE IMMÉDIATE ! ALERTE IMMÉDIATE !
MULTIPLES LANCEMENTS MISSILES BALISTIQUES REPÉRÉS
SITE DE LANCEMENT : BAKHTARAN – IRAN
OBJECTIF : ISRAËL

TEMPS D'IMPACT

OBJECTIF	MISSILES	MIN/SEC
Megiddo	2	4 : 12
Tel-Aviv	3	4 : 35
Haïfa	4	5 : 38
Hauteurs du Golan	1	5 : 44

Instantanément, les données sont transmises du centre de traitement ultrarapide du Norad aux commandants américains sur le terrain, en Israël et dans le golfe Persique. Quelques instants plus tard, le général Unsinn apparaît sur l'écran vidéo. Il s'adresse au secrétaire de la Défense.

« Situation Room » de Raven Rock
Maryland

Le complexe top secret, uniquement connu sous le terme « Raven Rock », fonctionne comme un Pentagone souterrain. La *situation room* est située dans ce centre névralgique. C'est une pièce circulaire qui contient un dédale de systèmes ultramodernes de communication vocale intégrés et de gestion de données. De là, le Président et ses conseillers peuvent transmettre des ordres à l'Ustratcom[1], autre centre névralgique directement relié à toutes les forces spatiales, aériennes, sous-marines et de missiles de la planète. Comme celui du Norad, les bunkers de Raven Rock et du Stratcom ont été isolés de manière que leur équipement de haute technologie ultrasensible soit protégé des pulsions électromagnétiques engendrées par une attaque nucléaire.

Le président Maller est assis sur un canapé dans son bureau privé. Il tremble de tous ses membres ; il lutte pour oblitérer son chagrin personnel, ne serait-ce que quelques minutes. À l'extérieur de son bureau, le secrétaire de la Défense, Dick Pryzstas, et le général Fecondo forment un petit groupe avec Pierre Borgia.

– Le Président est en état de choc, chuchote Pryzstas. Pierre, vous êtes le membre le plus haut placé du Cabinet, le protocole exige que vous preniez les rênes.

– Le Norad a détecté une escadre de bombardiers furtifs russes qui se dirigent vers l'Alaska. Nos Raptors ont décollé pour les intercepter. Est-ce que vous êtes prêt à composer les codes de lancement…

– Non !

Maller vient de faire irruption de son bureau.

– Je suis toujours responsable, monsieur Pryzstas. Déclenchez le bouclier global. Monsieur le secrétaire Borgia, je veux parler à Viktor Grozny et au général Xiliang. Tout de suite. Tant pis si vous devez vous rendre en personne à Moscou pour obliger Grozny à décrocher ce foutu téléphone. Exécution !

– Oui, monsieur le Président.

---

1. *United States Strategic Command Center :* centre de commandement stratégique des États-Unis.

Désert du Sinaï
Israël

L'avion-cargo 747-400 F trace des huit à dix mille mètres au-dessus du désert du Sinaï. En dépit des apparences, il ne s'agit pas d'un simple jumbo-jet. À l'intérieur de son ogive arrondie est logé l'ABL[1] de l'Air Force, arme conçue pour intercepter les SAM[2], missiles balistiques tactiques de croisière.

Le général David Adashek contemple le module de son poste, pendant que le système IRST[3] scanne le ciel au nord-est.

Dix objectifs apparaissent sur l'écran.

– On y va, les gars. Dix missiles balistiques à têtes nucléaires arrivent à notre portée. Trois cents kilomètres, ils s'approchent vite.

– Le faisceau illuminateur a repéré les objectifs, mon général. On est accrochés.

– Allumez la bobine.

Un éclair brillant amorce le laser multimégawatt TRW Coil[4] du Boeing. Un rayon orange lumineux s'allume sur son ogive. Il fend le ciel à la vitesse de la lumière et transforme le premier missile iranien en une boule de feu qui tombe à la verticale.

D'ici trois secondes, les neuf autres missiles seront détruits.

L'espace

L'avion spatial noir et blanc brillant glisse doucement sur sa nouvelle orbite. Il plane très haut au-dessus de la Terre dans la solitude silencieuse. Contrairement à son lointain cousin de la Nasa, le *Venture Star* de Lockheed Martin, véhicule de l'espace réutilisable construit et lancé à grands renforts de publicité, ce vaisseau, désigné par ses concepteurs de Boeing sous le simple nom de SMV[5], n'a jamais connu les feux des projecteurs. Conçu à la fin de l'Initiative de défense stratégique du président Reagan, le SMV a été subventionné

---

1. *Air Force YAL-1 Airborne Laser* : laser aérien YAL-1 des forces aériennes.
2. *Surface to Air Missile* : missile sol-air.
3. *Infrared Search and Track* : recherche et dépistage infrarouges.
4. *Chemical Oxygen Iodin Laser* : laser chimique oxygène-iode.
5. *Space Maneuver Vehicle* : véhicule de manœuvres spatiales.

en secret par le laboratoire de recherche des avions spatiaux de l'Air Force et lancé, ironiquement, sur une fusée Proton russe achetée par les Américains. Capable de rester en station pendant plus d'un an, le véhicule robot sans charge utile n'a jamais servi les intérêts de la station internationale de l'espace ou du secteur privé. Le SMV a été conçu dans un seul objectif : traquer et détruire les satellites ennemis.

À l'intérieur de l'appareil de huit mètres est dissimulée une plate-forme montée sur charpente, soutenant le laser hydrogène-fluor haute puissance TWR Alpha et le télescope Hughes d'un rayon de projection de quatre mètres.

L'avion spatial se dirige vers sa première victime, l'un des dix-huit satellites russes disposés en orbite géosynchrone à 7 000 mètres au-dessus de l'Amérique du Nord. Le SMV décharge ses propulseurs à réaction pour stabiliser son orbite. Alignant sa vitesse sur celle de l'engin russe, le SMV escamote les portes de son ogive pareille à une coquille d'huître qui révèlent sa charge top secret.

Le système de guidage du Lockheed Martin se bloque sur son objectif.

Le laser se charge complètement, s'allume et envoie un rayon invisible contre la surface du satellite russe de cinq mètres de long. La fine enveloppe de protection extérieure commence à chauffer et fait briller la coque métallique en rouge orange. À l'intérieur du satellite, les systèmes électroniques sensibles tombent en panne. Les capteurs grésillent et fondent, il ne reste plus que des plaquettes de circuit carbonisées.

Le rayon laser atteint la batterie de bord...

Une gigantesque détonation silencieuse. Le satellite de reconnaissance vient d'exploser dans l'espace en une gerbe de débris brûlants étincelants.

Happé par la force de gravitation de la Terre, un gros morceau de métal russe se transforme en boule de feu en repénétrant dans l'atmosphère de la planète.

Au Groenland, un jeune garçon contemple le ciel septentrional, enthousiasmé par ce feu d'artifice céleste inattendu. Il ferme les yeux pour former un vœu au passage de l'étoile filante.

Le nez du SMV se referme, les propulseurs du satellite tueur l'envoient rapidement sur une orbite plus élevée pour lui permettre de traquer son objectif suivant.

Centre d'essais des systèmes laser haute énergie (HELSTF[1])
White Sands, Nouveau-Mexique

Pour le passant lambda, l'observatoire de béton et d'acier équipé d'une coupole qui se trouve à l'intérieur du complexe sous haute surveillance à la frontière du Nouveau-Mexique n'a l'air que d'un observatoire céleste comme les autres. Son dôme rétractable n'abrite pourtant pas un télescope, mais un canon de tourelle naval de 12,7 centimètres, monté sur une plate-forme pivotante ultrarapide de 360 degrés.

Il s'agit du Miracl[2], le plus puissant laser du monde. Conçu par le TRW et par le Rafael israélien, le laser chimique au deutérium-fluor est capable d'envoyer des tirs haute puissance répétés dans l'espace à la vitesse de la lumière.

Fonctionnant à partir des mêmes principes que ceux d'un moteur de fusée, le laser utilise le nitrogène trifluor comme oxydateur pour brûler le fuel d'éthylène qui dégage ensuite des atomes de fluor en état excité. L'injection de deutérium et d'hélium dans la tuyère produit de l'énergie optique qui forme un rayon laser de 3 centimètres de large sur 21 centimètres de haut. Le composant clé du satellite tueur, à savoir le directeur de faisceau fabriqué par Hughes, se branche alors sur son objectif qui se déplace à grande vitesse et transmet le puissant rayon laser dans l'atmosphère et l'espace.

Le colonel Barbara Esmedina, directeur du projet de White Sands, regarde avec impatience ses techniciens qui finissent d'entrer les coordonnées de sept satellites de positionnement global russes et de quatre de leurs homologues coréens, en train de survoler une partie inconnue des États-Unis. Esmedina est une ancienne administratrice qui a travaillé au *Venture Star*, le prototype X-33 de la Nasa. Elle s'est forgée une réputation d'adepte enthousiaste, entêtée et souvent étrangement bavarde des Thel[3]. Deux fois mariée et deux fois divorcée, elle a depuis longtemps cessé de fréquenter les hommes pour se consacrer au projet cher à son cœur : l'installation d'une dizaine de sites de Miracl sur les côtes, qui serviront de moyens tactiques de défense contre l'attaque d'ICBM.

---

1. *High Energy Laser Systems Test Facility.*
2. *Mid-Infrared Advanced Chemical Laser* : laser chimique perfectionné à moitié infrarouge.
3. *Tactical High Energy Laser* : laser tactique haute énergie.

Barbara Esmedina mène une lutte personnelle contre le département de la Défense, depuis le jour, huit ans plus tôt, où le gouvernement du roi Kim Jong Il a mis au point le Taepo Dong-2, un missile longue portée à deux étages capable d'atteindre la partie occidentale des États-Unis. Bien qu'elle soit unanimement respectée par ses supérieurs, on lui reproche d'être trop intelligente pour faire son propre bonheur et trop belle pour faire preuve d'un caractère aussi irascible. Caractère qui lui a souvent joué de mauvais tours lorsqu'elle cherchait à obtenir des subventions. En dépit de toutes les pressions qu'elle a essayé d'exercer cinq ans plus tôt, le département de la Défense a porté son choix sur le nouveau CVN-78 de la marine, un transporteur aérien furtif de 6 milliards de dollars.

Ce souvenir lui fait hocher la tête de révolte. *Exactement ce dont nous avions besoin ! Un autre éléphant blanc de 6 milliards de dollars.*

– Prêts, mon colonel.

– Ce n'est pas trop tôt ! Escamotez la coupole.

Au-dessus de leurs têtes, la coupole s'ouvre avec un gémissement hydraulique sur le ciel constellé d'étoiles.

– Coupole escamotée, mon colonel. Laser ciblé. Champ dégagé.

– Tirez.

En moins d'un clin d'œil, un brillant faisceau rouge écarlate s'allume et trace une ligne dans le ciel. Le colonel Esmedina et une dizaine de techniciens se concentrent sur l'écran de l'ordinateur qui leur montre la position du satellite ennemi. L'image flashe à plusieurs reprises, puis elle disparaît.

– Premier objectif détruit, mon colonel. Nous ciblons le deuxième.

Esmedina réprime un sourire, tandis que la tourelle du laser pivote pour se mettre en position.

– Et voilà, camarade Grozny : en plein dans le mille !

Sous la pyramide de Kukulcán
Chichén Itzá

Michael flotte.

Il contemple les deux silhouettes inanimées étendues sur l'étrange grillage. Il voit leurs visages pétrifiés. Des visages bleus épouvantés sous leurs masques.

Il reconnaît les corps mais n'en éprouve ni remords ni chagrin, rien qu'un bienheureux réconfort mêlé à une mystérieuse curiosité. Il se tourne. Le tunnel s'ouvre devant lui, la lumière vive lui fait signe d'entrer. Il y pénètre sans hésiter, il y plane comme un oiseau sans ailes.

Il sent la présence de l'être qui l'emplit sur-le-champ d'une bouffée d'amour et de chaleur comme il n'en a pas éprouvé depuis sa petite enfance.

Mère ?

La lumière l'étreint, l'enveloppe dans son énergie.

Ton heure n'est pas venue, Michael...

Un roulement de tonnerre emplit ses oreilles et la lumière se dissipe.

La bile qui remonte dans sa gorge lui fait cracher son détendeur. Le corps secoué de convulsions, il parvient à avaler un souffle d'air, puis un autre. Il arrache son masque et roule sur le dos. Sa poitrine se soulève, tandis qu'il contemple le mystérieux plafond voûté au-dessus de sa tête.

– *Maman ?* Dominique...

Il se met difficilement à genoux, rampe jusqu'à la jeune femme et lui enlève en hâte son masque de plongée. Elle a déjà perdu le détendeur. Il vérifie son pouls, incline sa tête en arrière, lui ouvre la bouche et souffle dedans pour faire pénétrer de l'air dans ses poumons.

Allez...

L'eau remonte dans la bouche de Dominique. Michael s'assoit à cheval sur elle, presse son ventre des deux mains pour obliger le liquide à sortir de son estomac.

Il lui nettoie la bouche et recommence.

Une dizaine d'autres respirations artificielles.

Le visage de Dominique rosit. Elle tousse, crache toute l'eau qui est remontée dans sa bouche et ouvre les yeux.

Détroit de Béring
Au large de la côte de l'Alaska
1 h 43 (heure de l'Alaska)

Les sept Raptors Lockheed Martin F-22, plus modernes bombardiers aériens du monde, traversent le ciel de l'Alaska à vitesse supersonique. Les avions furtifs demi-queue, de la taille approximative d'un F-15, ne se contentent pas d'être invisibles des radars. Ils sont capables de voler plus haut et plus vite que n'importe quel jet.

Le commandant Daniel Barbier étire ses membres pour rester éveillé à l'intérieur du cockpit plongé dans l'ombre. Cela fait maintenant huit heures et cinq ravitaillements en vol que son escadre a quitté la base aérienne Dobbins de Marietta, en Georgie, et le chef de la formation sent la fatigue s'insinuer jusque dans la moelle de ses os. De sa poche de poitrine, le pilote d'origine canadienne sort une photo de sa femme, de sa fille et de ses deux jumeaux de quatre ans, leur donne à chacun un baiser pour se porter bonheur avant de se concentrer à nouveau sur la console brillamment colorée devant lui.

L'écran d'affichage tactique du F-22 est un système de gestion sensoriel conçu pour fournir au pilote un maximum d'informations, sans toutefois le submerger. La division des trois détecteurs principaux du chasseur à réaction en couleurs et symboles spécifiques permet un repérage rapide. Le radar Northrop Grumman/Raytheon APG-77 du Raptor est équipé d'un radar si puissant qu'il permet au pilote de repérer, d'identifier et de détruire un ennemi bien avant que ce dernier ne s'aperçoive de sa présence. Outre le radar, le F-22 est doté de deux autres détecteurs, instruments à la fois passifs et non émetteurs, qui concourent à l'invisibilité de l'avion.

Le premier d'entre eux est le système de guerre électronique Lockheed-Sanders ALR-94, détecteur qui balaie le champ de bataille, en quête de signaux ennemis. Dès qu'il en a repéré un, le EW détermine sur-le-champ la route et la portée de l'objectif puis il programme les missiles Amraam[1] du Raptor pour l'interception. Le second système passif, appelé *datalink* (liaison de données), rassemble les informations des Awac en vol et fournit au pilote du F-22 des données sur la navigation et l'identification de l'objectif d'une qualité exceptionnelle.

En dépit de la technologie supérieure de son appareil, Barbier a le ventre noué par la peur. Quelque part là-haut vole une escadrille de chasseurs furtifs russes censés transporter des armes nucléaires. Alors que le fuselage du Raptor, grâce à son modèle anguleux,

---

1. *Advanced Medium-Range Air to Air Missile :* missile air-air moyenne portée avancé.

minimise la coupe transversale du radar, son homologue russe émet un nuage de plasma qui enveloppe l'appareil et diminue le reflet des signaux radars. Repérer l'ennemi ne va pas être commode.

– Bûcheron à Blanche Neige. À vous, Blanche Neige.

Barbier ajuste son casque pour s'adresser à la base aérienne d'Elmendorf.

– À vous, homme des bois.

– La Vilaine Sorcière (Norad) a repéré les nains. Téléchargement des coordonnées.

– Reçu et compris.

Barbier regarde son écran d'affichage central s'allumer comme un sapin de Noël. Un affichage identique est fourni à chacun des sept pilotes de Raptors par un *datalink* intervol solide, pendant que le système analyse et coordonne une liste de tirs.

Sept cercles bleus entourent les F-22 volant en formation. Neuf triangles rouges s'approchent du nord-ouest. Eux aussi volent en formation, à basse altitude au-dessus de l'eau.

Barbier effleure un trait sur sa manette des gaz. Chaque avion ennemi est sur-le-champ entouré d'un cercle blanc numéroté. Ces désignations apparaissent à la fois sur les principaux affichages tactiques et d'attaque de chaque Raptor.

Le F-22 de Barbier possède deux soutes d'armes ventrales et deux soutes latérales. Les soutes ventrales abritent chacune quatre Amraam Have Dash II, une arme propulsée à Mach 6 par un stato-réacteur capable de perforer deux mètres de béton à une distance de cent milles nautiques. Chaque soute latérale contient un Sidewinder GM-Hughes AIM-9X, missile chercheur capable d'atteindre des objectifs situés à 90 degrés hors de portée du chasseur.

Le mot TIRER apparaît simultanément sur l'écran d'attaque de Barbier et sur l'affichage en hauteur. Le pilote manie l'accupoint. Il lit son affichage tactique alors que le F-22 passe du cercle extérieur au cercle central d'attaque. À cette portée, les armes du Raptor peuvent attaquer alors que l'avion ennemi est trop loin pour riposter.

– Bon plongeon, fils de pute, murmure Barbier.

Sous chacun des F-22, les lanceurs pneumo-hydrauliques réglés sur 40 gs de pression éjectent une salve de missiles de la soute à armes. Les missiles acquièrent leur autonomie en quelques secondes et se rapprochent de leurs objectifs à une vitesse hypersonique de 2 000 mètres par seconde.

Le F-22 vire brutalement sur l'aile pour descendre à plus basse altitude.

L'allumage de son système d'avertissement de missiles fait bondir le cœur du chef d'escadrille russe dans sa gorge. L'alarme de bord se répercute dans ses oreilles. La sueur dégoulinant sous sa combinaison de vol, il lance ses leurres et s'écarte de la formation, incapable de repérer d'où vient l'attaque. Il jette un coup d'œil à son radar et se recroqueville à la vue du jet volant sur sa gauche qui se consume en une boule de feu aveuglante.

L'alerte se transforme en glas assourdissant. Terrorisé, le pilote fixe son radar, incapable de comprendre comment il s'est mystérieusement transformé de chasseur en proie.

Une seconde plus tard, le missile Amraam pénètre son fuselage et le désintègre en poussière d'éternité.

Sous la pyramide de Kukulcán
Chichén Itzá

Pieds nus, Michael et Dominique explorent main dans la main le vaisseau extraterrestre. Ils ont défait le haut de leur combinaison de plongée en Néoprène qui pend autour de leur taille.

Il fait chaud mais plutôt sombre dans le couloir semblable à un tunnel, uniquement éclairé par une lueur bleue phosphorescente, quelque part au loin. Le sol, les murs, et le plafond voûté haut de dix mètres du passage, en polymère très brillant d'un noir translucide, sont nus et lisses.

Michael s'immobilise. Il presse le visage contre la paroi pareil à du verre.

– Je suis sûr qu'il y a quelque chose derrière, mais ce mur est trop foncé. Je ne vois rien.

Il se tourne vers Dominique qui pose sur lui un regard terrorisé.

– Ça va ?

Elle sourit bravement, mais sa lèvre inférieure tremble.

– Non, je crois que ça ne va pas depuis que je t'ai rencontré. (Elle fond en larmes). La bonne… la bonne nouvelle, c'est que tu n'es pas fou. Mais ça veut dire qu'on va tous mourir ?

Il la prend par la main.

– N'aie pas peur. Ce vaisseau appartient à l'humanoïde qui s'appelait peut-être Kukulcán.

– Comment est-ce qu'on va en sortir ?

– Il doit être enfoui directement sous la pyramide de Kukulcán. Il y a probablement un passage secret qui remonte dans le temple. On va trouver une issue, mais on doit d'abord découvrir le moyen d'empêcher la prophétie apocalyptique de se concrétiser.

Il la mène jusqu'au bout du couloir qui s'ouvre sur une immense salle en forme de pneu. Des murs concaves irradie une faible lumière bleu électrique. Au centre du plafond cathédrale apparaît un passage de deux mètres de large, qui se dresse comme une cheminée dont l'orifice disparaît dans les ténèbres.

Un objet énorme en forme de baignoire est placé exactement sous le centre de l'orifice.

Ce rectangle de granite brun brillant mesure 3 mètres de long sur 1,5 mètre de large et de profondeur. Sur son flanc, une faible lueur cramoisie s'intensifie à leur approche.

Michael contemple les rangées de hiéroglyphes d'un rouge luminescent. Ses yeux s'écarquillent.

– C'est un message rédigé en ancien maya-quiché.

– Tu peux le traduire ?

– Je crois.

L'adrénaline lui donne des palpitations.

– La première partie identifie l'auteur, un être dont le nom maya peut se traduire par « Gardien ».

– Contente-toi de lire, chuchote la jeune femme.

– Je suis le Gardien, le dernier des Nephilim. Pas de ce monde, et pourtant nous ne sommes qu'un. Les ancêtres de l'homme étaient… nos enfants.

Michael interrompt sa lecture.

– Quoi ? Continue…

– Nous… votre semence.

– Je ne comprends pas. Qui sont les Nephilim ?

– Des géants, selon la Bible. Le livre de la Genèse les assimile succinctement à des anges déchus, des hommes d'une intelligence supérieure. Les manuscrits de la mer Morte insinuent que les Nephilim se sont peut-être unis à des humaines avant le déluge, période qui correspond à celle de la fonte du dernier âge glaciaire.

– Attends : tu dis que ces extraterrestres se sont métissés avec des humains ? C'est dégoûtant.

– Je ne dis pas ça, mais ça paraît parfaitement logique quand on y réfléchit. Tu as entendu parler du chaînon manquant de l'évolution ? Peut-être que c'est la synthèse de l'ADN d'une race évoluée d'humanoïdes qui a permis à l'*Homo Sapiens* de faire un bond dans l'échelle de l'évolution.

Confondue, Dominique hoche la tête.

– Ça me dépasse. Continue.

Michael se reconcentre sur le message.

– Les chefs des Nephilim ont fait passer votre espèce au stade de sociétés, ils ont travaillé à votre salut, ouvert vos esprits pour vous permettre de voir. Deux mondes, une espèce, liés à travers le temps et l'espace par un ennemi commun qui dévore les âmes de nos ancêtres. Un ennemi dont la présence effacera bientôt votre propre espèce de ce monde.

– Eh… minute ! Quel ennemi ? Ce truc dans le golfe ? Qu'est-ce qu'il entend par dévorer nos âmes ? Est-ce qu'il dit qu'on va tous mourir ?

– Laisse-moi terminer. J'arrive presque au bout.

Michael essuie les gouttes de transpiration qui tombe dans ses yeux pour se reconcentrer sur le texte rouge sang incandescent.

– Je suis Kukulcán, maître de l'homme. Je suis le Gardien, le dernier des Nephilim. À l'approche de la mort, mon âme se prépare à entreprendre le voyage dans le monde spirituel. Le message est transcrit, tout est prêt pour l'arrivée de Hun Hunahpu. Deux mondes, un peuple, un destin. Hun Hunahpu seul est capable de sceller le portail cosmique avant l'arrivée de l'ennemi. Hun Hunahpu seul peut entreprendre le voyage à Xibalba et sauver les âmes de nos ancêtres.

Michael arrête sa lecture.

– Très bien, Mick, ça veut dire quoi ? Je croyais que ce Hun Hunahpu était le type du mythe de la Création qui s'était fait trancher la tête. Comment est-ce qu'il va faire pour nous aider ? Et qu'est-ce que le Gardien entend par « sceller le portail cosmique » ? Mick, ça va ? Tu es tout pâle.

Il s'affaisse par terre et s'adosse à la dalle de granite.

– Qu'est-ce que tu as ? Qu'est-ce qui se passe ?

– Accorde-moi juste une seconde.

Elle s'assoit près de lui et lui masse la nuque.

– Excuse-moi. Ça va ?

Il hoche la tête en s'efforçant de respirer lentement et profondément.

– La fin du message dit quoi ?

Il hoche de nouveau la tête.

– Qu'est-ce qui se passe ? Dis-moi…

– Selon le *Popol Vuh*, Hun Hunahpu est mort il y a longtemps.

– Qu'est-ce qu'on va faire ?

– Je ne sais pas. Je pense qu'on est dans le pétrin.

Norad
Colorado
23 h 1

André Moreau, général commandant en chef du Cincnorad avance lentement entre les rangées de postes radar, consoles de communication et écrans vidéo high-tech. Aucun de ses contrôleurs ne lève les yeux sur son passage. Tous, hommes et femmes, sont entièrement concentrés sur leur poste, ils ne tiennent plus que grâce à un mélange de caféine et d'adrénaline.

Le général sent son ventre se nouer à la vue de l'écran qui flashe Defcon-1. L'état d'alerte militaire est gradué de Defcon-5, c'est-à-dire la préparation quotidienne en temps de paix, à Defcon-1 ou attaque et riposte nucléaires.

Moreau ferme les yeux. Depuis trente-deux ans qu'il sert dans l'Air Force et au Norad, le général a eu plus que son lot de moments chauds. Il n'a pas oublié les six minutes terrifiantes de novembre 1979 qui ont vu le déclenchement de Defcon-1 alors qu'il était de service. À l'insu du Norad, un exercice informatique avait lancé une fausse alerte et convaincu ses opérateurs que les Soviétiques venaient d'envoyer un grand nombre d'ICBM contre les États-Unis. Au cours des moments de tension qui s'étaient ensuivis, les préparations d'urgence d'une frappe de riposte nucléaire avaient été engagées et les avions de l'Air Force avaient décollé avant que le système de pré-alerte radar PAVE PAWS du Norad ne décèle l'erreur humaine.

Le général rouvre les yeux. Parmi la dizaine de cas où ils ne sont pas passés loin au fil des années suivantes, aucun ne lui a inspiré la même angoisse que l'état d'alerte de 1979.

Jusqu'à aujourd'hui.

Le signal ALERTE IMMÉDIATE fait voler en éclats les réflexions du général. L'espace d'un moment irréel, il a l'impression de tomber d'une falaise, face aux écrans vidéo du complexe de Cheyenne Moutain qui flashent tous le même message :

ALERTE IMMÉDIATE ! ALERTE IMMÉDIATE !
TIRS DE MISSILES BALISTIQUES REPÉRÉS
ALERTE IMMÉDIATE ! ALERTE IMMÉDIATE !
TIRS DE MISSILES BALISTIQUES REPÉRÉS

Bon Dieu...

– Je veux une analyse système.

Une dizaine de techniciens, téléphones collés aux deux oreilles, contactent frénétiquement les bases de par le monde, pendant que la voix féminine informatisée continue d'annoncer : ALERTE IMMÉDIATE !

– Mon général, rapport fonctionnel valide !

– Mon général, les satellites DSP ont identifié et confirmé quatre éventails d'attaque. Ils vont apparaître sur l'écran, mon général.

ALERTE ARRIVÉE MISSILES

Missiles balistiques intercontinentaux :	2 754
Missiles lancés à partir de sous-marins :	86
Quatre éventails d'attaque identifiés :	
Objectifs : Alaska	(17)
Hawaï	(23)
Continent américain	(2 800)

TRAJECTOIRE ARCTIQUE 17 ICBM
TEMPS PREMIER IMPACT : 18 min 8 s (Base Air Force d'Elmendorf)

TRAJECTOIRE PACIFIQUE 17 ICBM
TEMPS PREMIER IMPACT : 28 min 47 s (Pearl Harbour)

TRAJECTOIRE PACIFIQUE NORD-OUEST 1 167 ICBM 36 SLBM TEMPS PREMIER IMPACT : 29 min 13 s (Seattle)

TRAJECTOIRE ATLANTIQUE 1 547 ICBM 50 SLBM
TEMPS PREMIER IMPACT : 29 min 17 s (Washington DC)

L'œil fixé sur l'écran, le général sent son cœur s'arrêter de battre, puis il bondit sur la *hot line* de Raven Rock et du commandement stratégique des États-Unis.

Centre de commandement souterrain de Raven Rock
Maryland (Est des États-Unis)
2 h 4

Manches retroussées, le président Mark Maller transpire abondamment malgré la climatisation poussée à fond. Le long du mur de son bureau insonorisé sont installés une série d'écrans de communication vidéo reliant directement le PC au commandement du Stratcom. Maller détourne le regard de l'image du général Doroshow qui achève de donner ses codes de lancement nucléaire au commandement et cède l'écran à son secrétaire de la Défense.

Le Président va s'effondrer sur le canapé de cuir, les yeux rivés au moniteur suspendu. Impuissant, il regarde l'horloge informatique scander les dernières minutes historiques des États-Unis d'Amérique.

Je rêve. C'est impossible. Mon Dieu, faites que je me réveille dans mon lit à côté de ma femme…

Maller appuie sur l'interphone pour la neuvième fois en six minutes.

– Borgia ?

– J'essaie toujours, monsieur le Président. Les assistants de Grozny jurent qu'ils lui ont transmis l'appel, mais le Président refuse de vous parler.

– Continuez d'essayer.

Le visage terreux, Dick Pryzstas se détourne de son écran vidéo.

– Ça y est, monsieur le Président, nos oiseaux se sont envolés. Ça va peut-être inciter Grozny à prendre la ligne.

– Combien de temps ?

– Nos SLBM frapperont Moscou et Pékin deux minutes après que nous aurons été atteints par les missiles de la coalition.

– En clair, deux minutes après que toutes les villes importantes des côtes est et ouest des États-Unis auront été effacées de la carte.

Maller se penche en avant. Le haut de son corps tremble.

– Tous nos préparatifs, tous nos traités, toute notre technologie… Qu'est-ce qui s'est passé, putain ? Qu'est-ce qui a tourné de travers ?

– Mark, ce n'est pas nous qui avons appuyé sur le bouton. C'est *eux*.

– Chaney avait raison. C'est de la folie pure !

Maller se lève. Son ulcère lui brûle les entrailles.

– Nom de Dieu, Borgia, où est Grozny ?

Le général Fecondo les rejoint. Son teint hâlé a viré à l'olive maladif.

– Selon les rapports des commandants en chef, tous les appareils ont décollé. Excusez-moi, monsieur le Président. Je vais rester dans le centre de commandement. Mon fils aîné est stationné à Elmendorf. Ils… ils m'ont dit qu'il allait apparaître sur l'écran de communication.

Un membre de l'état-major bouscule Fecondo pour tendre un fax au Président.

– Monsieur le Président, les Britanniques et les Français ont accepté de ne lancer aucun de leurs missiles.

Les yeux de Dick Pryzstas s'écarquillent.

– Les Français ! Peut-être qu'ils sont encore plus ambitieux que nous ne le pensons. Ils mettent au point la fusion pure en secret, font exploser les bombes en Russie et en Chine. Après quoi, ils feront main basse sur les restes du monde quand les trois grands se seront annihilés les uns les autres.

Borgia lève les yeux vers Maller.

– Possible.

Maller donne un coup de poing sur son bureau.

– Les fils de putes !

Une autre assistante entre.

– Monsieur le Président, le vice-président est sur le VC 4. Il dit que c'est urgent.

Maller allume l'écran vidéo.

– Dépêchez-vous, Ennis.

– Monsieur le Président, nous sommes en mesure de prouver que les trois explosions de fusion pure ont été déclenchées du vaisseau extraterrestre.

– Nom de Dieu, Ennis, je n'ai pas le temps pour ces idioties…

L'image du capitaine Loos apparaît sur l'écran.

– Monsieur le Président, c'est la vérité. Nous sommes en train de télécharger un film pris tout à l'heure de l'un de nos Predators.

L'image change. Un vortex émeraude apparaît sur l'écran. Tout le personnel du centre de commandement s'immobilise et contemple les trois objets noirs qui sortent de l'entonnoir du tourbillon.

– Dieu du ciel, chuchote Maller, complètement interloqué. C'est vrai.

– Monsieur le Président, hurle Borgia de son poste de communication. VC 8, 9 et 10. J'ai Grozny, le général Xiliang et le secrétaire général des Nations unies en ligne !

– Convainquez-les. Deux milliards de personnes vont mourir dans moins de dix-sept minutes. Vous et ces deux salauds êtes les seuls à pouvoir empêcher l'apocalypse.

Sous la pyramide de Kukulcán
Chichén Itzá

Michael examine les flancs du coffre de granite massif dont la couleur a viré au noir, en dehors d'une simple rangée de points et de tirets écarlates.

– Qu'est-ce que c'est ? demande Dominique.

– Des chiffres. Des chiffres mayas, de zéro à dix.

– C'est peut-être une espèce de serrure à combinaison. Est-ce qu'il y a des codes numériques gravés dans les ruines ?

Les yeux de Michael s'éclairent.

– Il y a mieux encore : le même code numérique est incorporé dans les plans de la Grande Pyramide, d'Angkor et de la cité de Teotihuacán. Celui de la précession : 4 320.

Michael effleure le symbole de quatre points.

Le chiffre quatre maya passe du rouge incandescent au bleu foncé électrique.

Il effleure ensuite les chiffres trois et deux, puis le symbole en forme d'œil qui correspond au zéro. Chaque symbole devient bleu.

L'intérieur du coffre est baigné d'une lumière azur. Un objet apparaît.

La lumière baisse et leur permet d'en scruter le contenu.

Dominique étouffe un cri.

Un énorme humanoïde revêtu d'une tunique en lambeaux les fixe. D'après ses traits, ce vieillard a une centaine d'années. Sa peau est d'un blanc spectral, ses longs cheveux blancs et sa barbe sont aussi fins que de la soie. Sa tête, parfaitement préservée, est allongée. Son corps mesure plus de deux mètres. De ses yeux ouverts, figés par la mort, irradie un regard bleu océan qui n'est pas de ce monde.

Sous leurs yeux, l'humanoïde commence à se désintégrer. Sa peau blafarde se ratatine, passe du brun au gris et se désintègre en fine poussière. Ses organes vitaux desséchés s'affaissent sous le squelette solide. Ses os dénudés se carbonisent et se décomposent, tout son squelette se vaporise.

Michael fixe le linge couvert de cendres, tout ce qui reste à l'intérieur du coffre de granite.

– Qu'est-ce que j'ai eu peur ! chuchote Dominique. C'était Hun Hunahpu ?

– Non, je… je pense que c'était Kukulcán, je veux dire le Gardien.

Michael se penche en avant pour examiner l'intérieur de la boîte de granite ouverte.

– Son crâne… il était énorme.

– Allongé.

Michael monte dans le coffre.

– Tu es fou ! Mais qu'est-ce que tu fais ?

– Ne t'inquiète pas.

– C'est ça ! Et si la lueur réapparaît ?

– J'espère bien qu'elle va réapparaître.

– Non, Mick, ne fais pas ça, tu me flanques la pétoche.

Elle l'attrape par le bras pour essayer de l'obliger à ressortir de la boîte.

– Dominique, arrête !

Il détache la main qui lui enserre le poignet et y dépose un baiser.

– Ça va aller.

– Comment est-ce que tu peux le savoir ?

– Dominique, Hun Hunahpu est mort. Si le Gardien nous a laissé un instrument de salut, je dois le trouver.

– Très bien, on va explorer ce vaisseau. T'exposer à des radiations dans ce cercueil ne servira à rien.

– Ce ne sont pas des radiations. Ça va te paraître bizarre, mais je crois que c'est un portail.

– Un portail ? Qui ouvre sur quoi ?

– Je l'ignore, mais je dois le trouver. Je t'aime…

– Mick, sors de là tout de suite !

Il s'allonge. Dès que sa tête touche le fond, une lumière bleu néon s'allume de l'intérieur et l'enveloppe d'énergie. Avant que

Dominique ne puisse protester, un champ de force magnétique invisible la projette en arrière.

Dominique atterrit brutalement sur le dos. Puis elle se relève et va regarder dans la boîte de granite, les mains en visière pour ne pas être éblouie.

Le corps de Michael a disparu dans la lumière.

Centre de commandement souterrain de Raven Rock
Maryland (Est des États-Unis)
2 h 19

Le président Mark Maller et ses principaux conseillers militaires, les poings serrés, contemplent l'image de Viktor Grozny. Le président russe, le visage pâle, porte un pull noir sur lequel pend une grosse Victoria Cross.

Le général Xiliang apparaît à l'écran sur sa gauche. Le vieil homme a l'air blême. La secrétaire générale des Nations unies se tient à sa droite.

– Monsieur le général, monsieur le président Grozny, écoutez-moi, supplie Maller. Les États-Unis ne sont pas responsables de ces explosions. Ni aucune de nos nations alliées ! Laissez-nous vous le prouver avant que nous n'ayons détruit la moitié du monde !

– Allez-y, répond la secrétaire générale.

Viktor Grozny reste impassible.

Maller se tourne vers Dick Przystas.

– Allez-y. Passez l'image.

Le secrétaire de la Défense envoie la vidéo du *Boone*.

De l'autre côté du centre de commandement, le général Joseph Fecondo lutte pour garder sa dignité. Il est en train de prier avec son fils, Adam, et les deux commandants de la base d'Elmendorf et de la base d'Eiclson en Alaska.

L'horloge TEMPS D'IMPACT : ALASKA, en surimpression sur chaque écran, ponctue les cinq dernières secondes.

Adam Przystas et les deux colonels de l'Air Force saluent leur chef de corps.

Le général Fecondo leur rend la pareille. Un flot de larmes jaillit sur son visage quand les images de son fils et des deux commandants disparaissent dans un éclair de lumière blanche éblouissante.

Maller regarde les écrans vidéo sur lesquels les visages des leaders russes et chinois remplacent celles du maelström extraterrestre.

– Qu'est-ce que c'est que ces foutaises ? hurle le général Xiliang, le visage déformé par la fureur.

Le président Maller essuie la sueur qui brouille sa vision.

– Nos savants ont découvert ce vaisseau extraterrestre dans le golfe du Mexique il y a deux mois. Nous avons téléchargé les coordonnées précises. Vérifiez avec vos satellites espions à infrarouges. Comprenez-nous : nous ne savons que depuis quelques minutes que c'était trois objets sortis de ce vaisseau extraterrestre qui ont déclenché les explosions.

Une rafale de chinois.

– Et vous vous imaginez nous faire gober ces effets spéciaux hollywoodiens ?

– Général, servez-vous de vos satellites ! Vérifiez l'existence du vaisseau…

Grozny hoche la tête d'écœurement.

– Bien sûr que nous vous croyons, monsieur le Président ! C'est pour ça qu'à l'heure où nous parlons, vous avez envoyé 2 500 missiles contre nos villes…

– Viktor, je vous jure que nous l'ignorions. Je vous le jure ! Écoutez-moi : il nous reste tout juste huit minutes pour arrêter cette folie…

La secrétaire générale des Nations unies sue de tous ses pores.

– Messieurs, il vous reste moins de dix minutes. Détruisez vos missiles… tout de suite !

– Très bien, monsieur le Président, lance Grozny d'une voix rocailleuse. Prouvez votre sincérité aux peuples russe et chinois en détruisant vos missiles les premiers.

– Non ! (Fecondo traverse la pièce d'un bond.) Ne croyez pas ce fils de pute !

Maller se tourne. Ses yeux lancent des flammes.

– Vous êtes relevé, général.

– Ne faites pas ça ! Vous ne…

– Sortez-le d'ici !

Un policier militaire abasourdi oblige *manu militari* le général dont les nerfs ont craqué à sortir de la pièce.

Maller revient à l'écran qui indique 9 minutes 33 secondes avant l'impact.

– Il y a moins d'une heure, une bombe thermonucléaire a explosé dans l'un de nos centres de commandement souterrains. Trois cents personnes sont mortes, y compris ma femme et… (la voix de Maller se brise) et mes fils. Pour mettre un terme à cette folie, Grozny, j'agirai le premier. Je vais donner l'ordre de rappeler nos bombardiers, mais nous devons désactiver nos ICBM ensemble.

Grozny hoche la tête avec un sourire sinistre.

– Vous nous prenez pour des crétins ? Vos bombes de fusion pure ont tué deux millions d'hommes chez nous et vous vous imaginez nous faire gober que ce n'était pas vous mais quoi… un extraterrestre ?

La secrétaire générale des Nations unies s'adresse à Maller.

– Les États-Unis doivent faire le premier geste de paix.

Maller se tourne vers son secrétaire de la Défense.

– Przystas, donnez l'ordre à tous nos bombardiers de regagner leurs bases. Que tous les centres de commandement de sous-marins et de missiles entament la séquence d'autodestruction ALPHA-OMEGA-TROIS. Détruisez tous les ICBM en vol et tous les SLBM à cinq minutes de l'impact.

Le Président revient à Grozny et au général Xiliang.

– Les États-Unis viennent de faire le premier pas pour mettre un terme à cette démence. À vous d'agir. Retirez-vous. Détruisez tout de suite vos missiles. Donnez à vos peuples une chance de survie.

Une tension électrique règne dans la pièce. Derrière le président Maller, une vingtaine de personnes désemparées restent rivées à l'image des leaders russe et chinois, dans l'attente de leur réponse.

Grozny lève les yeux. Ses pupilles d'un bleu perçant offrent un contraste aigu avec ses traits angéliques.

– Donnez à nos peuples une chance de survie ? Chaque jour, un millier de Russes meurent de faim.

Le message IMPACT DANS SEPT MINUTES flashe sur l'écran.

– Annulez l'attaque. Nous nous rencontrerons pour discuter des solutions.

– Solutions ? (Grozny se rapproche de la caméra.) À quoi bon des solutions économiques quand votre pays poursuit sa politique guerrière ?

– Les États-Unis soutiennent la Fédération russe depuis vingt ans, hurle Borgia. Si vos compatriotes meurent de faim, c'est bien davantage à cause de la corruption de votre gouvernement que d'une quelconque politique…

Le président ravale la bile qui monte dans sa gorge. *Ça ne nous mène nulle part.* Il fait signe à l'un des policiers militaires de service.

– Passez-moi votre arme.

Maller bouscule Borgia pour se retrouver seul face à la caméra. Son visage est d'un blanc crayeux.

– Président Grozny, général Xiliang, écoutez-moi. Dans moins d'une minute, nos ICBM et nos SLBM vont s'autodétruire. Il vous reste donc moins de deux minutes pour faire comme nous. Dans le cas inverse, mon secrétaire de la Défense lancera une attaque nucléaire générale sur vos deux pays. Nous enverrons tout le reste de notre arsenal. Nous éradiquerons vos nations de la carte comme vous effacerez la nôtre. Messieurs, je vous en supplie, pour le bien du monde, revenons à la raison. Je pleure la mort des miens comme je déplore vos pertes, mais je vous le répète : les États-Unis n'ont pas fait exploser ces bombes. Montrez au monde que vous avez le courage d'arrêter cette folie. Offrez-nous une chance de révéler notre véritable ennemi.

Le Président prend une profonde respiration.

– Je sais que vous avez du mal à croire ce que je vous ai dit. Pour vous prouver mon absolue sincérité, je vous offre ceci.

Le président Mark Richard Maller porte le pistolet de calibre 45 à sa tempe et tire.

Sous la pyramide de Kukulcán
Chichén Itzá

L'esprit de Michael Gabriel s'élève…

Il passe au-dessus du toit carré de la pyramide de Kukulcán, bondit par-dessus la jungle luxuriante du Yucatán, embrasse les eaux bleues du golfe du Mexique…

Un bond léger dans la stratosphère, et la péninsule entière se déploie sous ses yeux. Un autre bond, et c'est au tour de l'hémisphère occidental de lui apparaître dans sa totalité. Il embrasse en esprit la sphère terrestre.

Le silence absolu de l'espace…

La Terre s'éloigne à présent, elle n'est plus qu'une bille bleue alors qu'il fuse à côté de la Lune. Un bond quantique et la Terre disparaît à son tour, remplacée par une étoile jaune éclatante. Il voit maintenant tout le système solaire.

Le temps et l'espace déferlent à une vitesse insondable. Michael aperçoit les neuf planètes qui tournent autour du Soleil en orbites décalées.

Un autre bond quantique. Le Soleil n'est plus qu'une pointe lumineuse, une étoile dans un océan d'étoiles.

La vitesse de la lumière, les étoiles défilent, elles s'éloignent de plus en plus vite, remplacées par des nuages luminescents de gaz interstellaires et de poussière.

Un dernier bond avant de ralentir. Son esprit contemple un vortex en spirale d'étoiles tourbillonnantes d'une telle splendeur qu'il a du mal à soutenir son éclat, son échelle et son omnipotence.

L'âme frémissante, Michael contemple l'ensemble de la Voie lactée, anéanti par sa propre petitesse.

Mon Dieu... quelle beauté...

Des milliards d'étoiles, des trilliards de mondes, tous partie intégrante d'un organisme cosmique vivant, une île en ébullition dans le gigantesque océan spatial.

Michael plane au-dessus du renflement galactique, il s'élève plus haut jusqu'à regarder le cœur noir de la Voie lactée, vortex tournoyant d'une gravité insondable dont l'orifice entraîne la galaxie en inhalant des gaz interstellaires et de la poussière dans sa gueule monstrueuse.

Puis, en un clin d'œil mental, la galaxie se transforme et réapparaît sous un aspect totalement étranger à son espèce, une *quatrième dimension* du temps et de l'espace.

Le trou noir est à présent un entonnoir émeraude rayonnant. Son ouverture descend sous la galaxie, elle se resserre, jusqu'à être disloquée en une toile d'araignée en expansion composée de cordes gravitationnelles. Ce treillis de routes de la quatrième dimension s'étend sur la Voie lactée comme un filet qui tournerait lentement, sans jamais toucher les autres corps célestes, et néanmoins en les touchant.

Le cerveau saturé de Michael ne peut plus assimiler toutes ces nouveautés. Il perd conscience un temps indéterminé.

Lorsqu'il rouvre les yeux, il contemple de haut l'un des bras de la galaxie spirale. Comme il s'en rapproche, une constellation se forme sous ses yeux. Un autre bond en avant et trois étoiles apparaissent : trois étoiles disposées selon un alignement familier.

Al Nitak, Al Nilam, Mintaka… les trois étoiles du Baudrier d'Orion.

Il plane au-dessus d'une planète de dimensions monstrueuses dont la surface est une symphonie de verts foncés et de bleus azur.

Xibalba. Il a l'impression qu'on vient de lui chuchoter ce mot à l'esprit.

Une lune solitaire tourne en orbite autour du monde étranger. Lors de son survol imaginaire de la surface lunaire, Michael aperçoit un vaisseau de transport qui décolle d'un petit avant-poste et se dirige vers la planète.

Il monte à son bord en esprit.

Le vaisseau plonge sous les épaisses couches de nuages atmosphériques. Un océan d'énergie en fusion apparaît sous les yeux de Michael. Sa surface argentée, pareille à un miroir, réfléchit le magnifique ciel rouge pourpre de la planète. À l'horizon sud se couchent trois soleils. Première à s'évanouir, l'étoile binaire blanc-bleu Al Nitak fait fondre le paysage marin en teintes mauves et magenta éclatantes.

Le vaisseau file le long de la mer mauve. Une sensation euphorique submerge Michael. Et il l'aperçoit : un continent d'une splendeur irréelle, des plages apaisantes bordées d'une jungle tropicale luxuriante traversée de cascades, des montagnes et des vallées magnifiques.

Il s'en approche. Un habitat mégalithique cristallin d'une éclatante beauté se précise. Des bâtisses d'albâtre en forme de pyramides parsèment le paysage, reliées par des chaussées sinueuses qui serpentent dans cet horizon futuriste. Plus bas, des jardins tropicaux à faire rougir le jardin d'Éden croissent parmi des rivières au cours sinueux et des cascades d'énergie argent fondu.

Il n'y a ni véhicules ni circulation et pourtant la cité bourdonne de vie. Des dizaines de milliers d'êtres, *d'Homo Sapiens*, hormis leurs crânes allongés, se déplacent dans cette ruche extraterrestre, animés d'une joie et d'une détermination débordante.

L'espace d'un moment merveilleux, l'âme de Michael est baignée d'amour.

Puis quelque chose de monstrueux se produit.

Alors que descend au loin la boule de feu de Mintaka, le calme océan se met à bouillonner. De méchants nuages olive et rouge sang filent dans le ciel qui s'assombrit et le vortex prend des proportions insondables.

Michael voit une substance de couleur grise suinter du centre du maelström. L'élixir contaminé inonde la côte cristalline. La marée noire monte de plus en plus haut jusqu'à s'insinuer dans la cité des Nephilim.

Il sent une présence démoniaque.

Les ténèbres descendent sur la ville, s'étendent comme l'ombre d'un grand serpent sur ce monde paradisiaque. Les humanoïdes épouvantés tombent à terre, s'agrippent la gorge, tandis que leurs yeux se transforment en flaques noires dénuées de pupilles.

Ces images le submergent. Une fois de plus, il perd conscience.

Michael rouvre les yeux.

Ce qui était jadis une civilisation de toute beauté s'est à présent transformé en un monstrueux chantier de construction navale extra-terrestre. Des zombies nephilim, le visage blême et inexpressif, des trous noirs à la place des yeux, planent, immobiles, dans l'air. Leurs esprits enchaînés manipulent avec des mains invisibles des plaques d'iridium titanesques et les placent sur le squelette d'une coque sphérique de plus de dix kilomètres de diamètre. Un compartiment occupe le cœur du vaisseau. C'est un centre névralgique d'un kilomètre cinq de diamètre équipé de vingt-trois membres tubulaires.

À l'intérieur de cette sphère harnachée d'une myriade de conduits est insérée une cellule de survie. Michael fixe l'objet abominable et le reconnaît sur-le-champ.

La salle de Tezcatlipoca…

Parcouru d'un frisson glacial, il s'efforce de saisir l'être extrater-restre qui émerge du vortex du maelström encore en activité.

C'est un serpent, mais qui ne ressemble à aucun de ceux qu'il a vus jusque-là. Sa tête vipérine est plus maléfique que bestiale. Ses pupilles sont des fentes dorées verticales entourées de cornées cramoisies incandescentes, plus cybernétiques qu'organiques. Son crâne est aussi gros que le mélangeur d'une bétonnière ; son corps, aussi volumineux que quatre bus alignés pare-chocs contre pare-chocs.

Michael change de position lorsque le serpent s'approche de la ville des Nephilim. La mâchoire du monstre s'ouvre sur des rangées de dents ébène, aiguës comme des scalpels.

Un humanoïde en sort.

Michael a la sensation que l'ombre de la mort effleure son âme. Il ne voit pas le visage de l'être dont la tête et le corps sont enveloppés d'un suaire noir, mais il sait qu'il est en train de regarder le mal à l'état pur. L'humanoïde se dirige vers la cellule de survie, il tend un bras pour désigner quelque chose. Dans sa main luit un objet de jade, de la taille d'un ballon de football.

Les yeux vermillon du serpent étincellent, ses pupilles dorées disparaissent. Comme ensorcelé, le monstre aveuglé, fasciné par le petit objet, suit l'être drapé dans son manteau.

La bête *pénètre* dans l'énorme cellule de survie.

En esprit, Michael dépasse la sphère extraterrestre et s'approche de la surface de la planète. Toute trace de jungle tropicale, de cascade ou de paradis s'est effacée. À la place, des corps. Des corps d'enfants, immergés dans une couche épaisse de goudron gris plomb. Un gémissement profond sourd de son âme. Les jeunes Nephilim sont encore vivants, et pourtant déjà morts.

Michael se rapproche encore. Il contemple de haut le visage d'un jeune garçon.

Des yeux jaunes s'ouvrent brusquement, un regard habité d'une souffrance lancinante le fixe…

Michael perd conscience.

Une fois encore, il se retrouve en orbite autour de Xibalba. L'âme frémissante, il voit un objet s'élever de la surface de la planète.

La sphère…

De la base lunaire apparaît un autre vaisseau étoile doré luisant.

Les Nephilim survivants poursuivent leur ennemi et disparaissent dans le sillage de la sphère céleste.

Centre de commandement souterrain de Raven Rock
Maryland (Est des États-Unis)
2 h 27

Pierre Borgia se tient dans une flaque de sang, sa manche éclaboussée par des débris de la cervelle et du crâne du président Maller.

Le visage du général Xiliang est à présent pâle comme la mort. Le leader chinois se tourne vers son commandant en second.

– Lancez l'autodestruction.

Borgia s'adresse à Viktor Grozny.

– Les missiles américains se sont autodétruits. Le général Xiliang nous suit. Il vous reste quatre minutes…

Grozny garde un visage serein.

– Mieux vaut mourir dans la bataille que vivre misérablement. Que gagnerons-nous à interrompre notre attaque ? La menace de la destruction nucléaire grandit proportionnellement à la faiblesse de notre pays. En définitive, la guerre sert à assainir les choses, et nos deux pays ont bien besoin d'un bon nettoyage.

L'écran s'éteint.

Dick Przystas, en état de choc, entre dans la salle de guerre.

– Les missiles chinois se sont autodétruits.

– Et ceux de Grozny ? interroge Borgia.

– Non, et nous n'arrivons pas à joindre le vice-président. Par conséquent, vous prenez les rênes. D'ici trois minutes et demie, plusieurs centaines d'ogives nucléaires vont atteindre nos côtes.

– Maudit Russe…

Borgia marche en long et en large, les paroles de Peter Mabus résonnent à ses oreilles. *Ce pays a besoin d'un chef à poigne, pas d'une colombe tel que Chaney comme commandant en second.*

– Contactez le commandement stratégique. Donnez l'ordre à nos forces de lancer les derniers ICBM, SLBM, et TLAM à têtes nucléaires de notre arsenal. Je veux que l'explosion envoie ce fils de pute en enfer.

À l'intérieur du sarcophage du Gardien

Michael ouvre les yeux, étonné de se retrouver sur le flanc d'une colline d'où il aperçoit un paysage tropical luxuriant. Au loin, un arc-en-ciel irradie depuis une cascade argentée.

Une présence se matérialise à ses côtés. Il n'a pas peur.

Michael lève les yeux vers le visage de l'homme de haute stature. Ce dernier a des cheveux longs et une barbe d'un blanc neigeux. De son regard éblouissant et acéré, d'un bleu profond irréel, émane pourtant la bonté.

Le Gardien… je suis mort ?

– La mort n'existe pas, il n'y a que différents états de conscience. Ton esprit voit une dimension plus élevée par une fenêtre.

Ces humanoïdes…

– Les Nephilim. Comme ta race, nous avons d'abord été des enfants de la troisième dimension, des voyageurs cosmiques qui ont abouti à Xibalba. Mais les enivrements que nous a procurés cette planète n'étaient que ruse. Ce monde était un purgatoire d'âmes viles de la quatrième dimension : ses habitants voulaient se servir des Nephilim pour s'enfuir.

Je ne comprends pas. Les Nephilim, ces enfants, est-ce qu'ils sont…

– Les esprits des Nephilim sont retenus au purgatoire, leurs corps enchaînés par les âmes des condamnés pour qu'ils accomplissent leur tâche : envoyer Tezcatlipoca sur votre système solaire par un passage de la quatrième dimension, afin d'ouvrir un portail donnant sur un autre monde de la troisième dimension.

Un portail donnant directement sur la Terre ?

– Non. Les conditions qui régnaient sur votre monde ne convenaient pas. Les serviteurs du mal qui avaient été exilés sur Xibalba ne pouvaient plus vivre dans un environnement d'oxygène. Ils voulaient se rendre sur Vénus. Le Gardien a suivi Tezcatlipoca dans le corridor de la quatrième dimension, et il a fait écraser son vaisseau sur la Terre. La cellule de survie a résisté. Tezcatlipoca a été maintenu en stase protectrice. Le Gardien est resté en arrière pour aider ton espèce à évoluer et pour organiser l'arrivée des Hunahpus.

Qui sont les Hunahpus ?

– Des messies, génétiquement implantés dans ton espèce par le Gardien. Seul un Hunahpu peut franchir le portail cosmique et empêcher les forces du mal de contaminer le monde. Seul un Hunahpu possède la force d'accomplir le voyage spatial et temporel destiné à libérer les âmes de nos ancêtres.

Le corridor, je le sens s'ouvrir.

– Le corridor apparaît à chaque cycle de précession. Seul un Hunahpu est capable de sentir son arrivée.

Attendez. Est-ce que… est-ce que vous me dites que j'en suis un ?

– Seul un Hunahpu aurait pu entrer dans le vaisseau spatial du Gardien.

Mon Dieu…

Michael contemple le paysage luxuriant alentour. Son esprit épuisé a du mal à saisir l'information murmurée dans sa conscience.

Le Gardien, l'arrivée de Tezcatlipoca, cet impact qui s'est produit il y a 65 millions d'années. Comment est-ce possible…

– Le temps n'a ni la même cohérence ni la même pertinence dans toutes les dimensions. Tous les Gardiens – c'est-à-dire les chefs survivants des Nephilim : Osiris et Merlin, Viracocha et Vichnou, Kukulcán et Quetzalcóatl –, tous sont restés en stase. Ce vaisseau étoile est demeuré en orbite autour de ta planète. Il était programmé pour brouiller le signal de l'ennemi. Ce n'est que lors du dernier cycle que ton espèce a suffisamment évolué pour accepter notre semence. Nous avons donc éteint le dispositif et permis au signal radio de Xibalba de réveiller Tezcatlipoca.

Vous avez permis de réveiller Tezcatlipoca ? Pourquoi ? Pourquoi laisser faire cette… cette chose ?

– Tezcatlipoca est maître du portail qui donne sur la quatrième dimension. Une fois ouvert, ce portail peut permettre d'effectuer le voyage vers le passé des Nephilim. Seul un Hunahpu possède l'énergie de l'accomplir et de sauver les âmes de nos ancêtres. C'est durant le dernier long cycle, avant le déluge, que le Gardien est sorti de son état de stase pour permettre au premier Hunahpu d'accéder au portail cosmique de Tezcatlipoca. Lorsque le portail s'est ouvert, deux des seigneurs du dieu de la mort sont venus de Xibalba. Le premier Hunahpu a été vaincu, mais ses actes ont permis au Gardien de s'emparer du vaisseau de transport utilisé par les forces du mal pour voyager sur la Route noire, ce corridor de la quatrième dimension de l'espace et du temps. Le Gardien a réussi à refermer le portail avant que le dieu de la mort et ses légions puissent emprunter Xibalba Be, mais ton monde avait été endommagé. Le mal était enraciné dans ton jardin.

Attendez… Ces deux seigneurs de Xibalba, ils ont toujours été ici ?

– Depuis que le dernier cycle a commencé sur Terre il y a 25 800 ans. Ils n'ont cessé depuis lors d'exercer leur influence sur les esprits des faibles et leur pouvoir augmente à l'approche de 4 *ahau*, 3 *kankin*.

Vous avez sacrifié mon espèce en laissant ces entités maléfiques infiltrer notre monde !

– C'était nécessaire. L'enjeu était plus vaste que tu ne peux le comprendre. Hun Hunahpu doit accomplir le voyage sur la Route noire pour défaire les dégâts qui ont été commis. Une plus grande destinée nous attend tous.

Et ce Hun Hunahpu, il arrivera quand ?

– Soit bientôt, soit jamais. Son destin n'a pas encore été fixé.

Qu'est-ce que ça veut dire ? Où est-il ? Qu'est-ce qui se passera s'il ne vient pas ? Et les héros jumeaux, Hunahpu et Xbalanqué ? Si le mythe de la Création est vrai, il s'agit peut-être d'eux. Selon le Popol Vuh…

– Non ! La légende des jumeaux est une prophétie nephilime qui risque de ne jamais se réaliser. La naissance et le destin des jumeaux ne reposent que sur le voyage accompli par Hun Hunahpu vers Xibalba.

Mais s'il n'apparaît jamais ?

– Dans ce cas, ton peuple périra, tout comme le nôtre.

Je ne comprends pas…

– Ce n'est pas à toi de comprendre. Le destin de ton espèce n'est pas encore tout à fait écrit. Le portail s'ouvre, le dieu de la mort et ses légions s'apprêtent à effectuer le voyage à travers le temps et l'espace. Tezcatlipoca continue à acclimater ton monde, en même temps que les deux êtres maléfiques abrités au sein de l'humanité exercent leur influence sur ton peuple. Il faut les arrêter. À l'instant même, des armes de destruction massive ont été lancées contre ton monde. Le frère menace d'exterminer son frère.

Qu'est-ce que je peux faire ?

– Tu es un Hunahpu. Tu peux avoir accès au dispositif des Nephilim. Tu préviendras ainsi la fin, mais seules les destructions de Tezcatlipoca et de la Route noire peuvent empêcher les méchants de traverser ton monde.

Où est ce portail ?

– Le portail de Xibalba Be montera le 4 *ahau*, 3 *kankin*. Hun Hunahpu est seul à pouvoir le franchir. Seul Hun Hunahpu peut expulser le mal de ton jardin et sauver ton espèce de l'annihilation.

Vous parlez par énigmes. Où est ce portail ? Est-ce qu'il se trouve à bord du vaisseau spatial échoué dans le golfe ? Est-ce que je dois retourner dans le vaisseau ? Comment est-ce que je dois m'y prendre pour le détruire ?

– Le portail viendra à toi. Sers-toi du dispositif pour détruire Tezcatlipoca, puis franchis le portail. Les deux méchants s'avanceront à ta rencontre pour te défier. Ils essaieront de t'empêcher de refermer le portail avant qu'il arrive.

Et si je réussis ?

– Dans ce cas, les deux seigneurs du monde d'en bas seront chassés de ton monde et ton espèce pourra évoluer. Réussis, et deux destins t'attendent. Échoue, et nos deux peuples périront.

Qu'entendez vous par « deux destins t'attendent » ?

– Tu le sauras le moment venu.

Et Dominique ? Elle est aussi une Hunahpu ?

– Elle fait partie d'un destin plus grand, mais elle n'est pas une Hunahpu. Ne la laisse pas pénétrer dans Xibalba Be.

Dominique est assise par terre dans la salle, le dos appuyé contre la boîte de granite extraterrestre, la tête entre les mains. Elle a peur, elle se sent seule, son esprit à bout de forces se débat entre la réalité de sa situation et le besoin de la nier.

Ce n'est pas vrai. Rien de tout ceci n'est arrivé. Tout ça fait partie d'une gigantesque hallucination...

– Tais-toi ! Ferme-la, ferme-la, ferme-la !

Elle se lève d'un bond.

– Tu dois l'accepter. Tu es vraiment ici et tu dois faire quelque chose. Trouver une issue.

Elle sort de la salle, puis y revient, hors d'elle.

– Non, Mick a besoin de moi. Je dois l'attendre ici.

Elle cogne une fois de plus le flanc du sarcophage, sans savoir si Michael est vivant ou s'il a été désintégré par la lumière bleu néon.

– Mick, tu m'entends ? Mick, réponds-moi !

Ses larmes jaillissent, son cœur est douloureux. *Sale égoïste, tu ne lui as jamais dit que tu l'aimais. Tu aurais au moins pu lui donner ça. Ce n'est pas parce que tu refusais de le voir que tu dois...*

– Mon Dieu...

Elle s'affaisse contre la tombe, abattue par cette révélation. *Je l'aime. Je l'aime vraiment.*

Elle donne un coup de pied dedans.

– Mick, tu m'entends ?

L'explosion subite d'un champ de force invisible la projette de biais, tandis qu'une lumière bleue éclatante illumine la pièce en forme de pneu.

Du coffre s'élève une silhouette sombre. Elle sort du sarcophage ouvert comme si elle flottait, ses traits enveloppés d'une lumière surnaturelle.

C'est Michael.

Michael s'élève dans un océan d'énergie, il s'avance vers la source de lumière. Attiré vers le haut, l'âme baignée d'intenses vibrations de chaleur et d'amour, il ressent des fourmillements électriques dans chacun de ses muscles, chacune des cellules de son corps.

L'image de la main du Gardien se tend vers lui.

Michael tend le bras et sa main serre la paume tendue.

Dominique se protège les yeux et s'oblige à fixer la lumière. Elle voit le contour du bras de Michael se tendre vers le haut comme s'il voulait atteindre quelque chose.

Clac ! Le mur d'énergie invisible la percute comme un raz de marée, la soulève du sol et envoie des vagues électriques brûlantes dans son cerveau. Elle tombe par terre et écarquille les yeux pour tenter de se concentrer sur la silhouette angélique.

Michael est à présent suspendu au-dessus du sol, la main droite tendue.

Un rugissement hydraulique. Une myriade de machines high-tech se matérialisent autour de Dominique. Les parois et le plafond bourdonnant dégagent une lumière intense lorsque les générateurs du vaisseau étoile s'allument. Un labyrinthe de circuits informatiques étincelle sous le sol foncé, pareil à du verre.

Un tambourinement profond s'amplifie. La vibration lui chatouille les oreilles. Puis une vague d'énergie d'un bleu céleste déferle à l'envers des parois au plafond en forme de coupole avant de s'élever tout droit dans l'orifice central qui ressemble à une cheminée.

Commandement de la défense aérospatiale nord-américaine (Norad) Colorado

Cent sept techniciens terrorisés fixent la grande carte informatique de l'Amérique du Nord qui leur donne les trajectoires en temps réel de plus de 1 500 missiles biologiques et nucléaires russes. La plupart pleurent ouvertement, ils prient, serrés les uns contre les autres, ils pressent contre eux les photos des êtres aimés qui ignorent qu'il ne leur reste plus que quelques minutes à vivre. D'autres, trop engourdis pour rester debout, sont étendus par terre sous leurs postes de travail et attendent l'arrivée de l'inimaginable.

Le général commandant en chef André Moreau essuie ses larmes. Il lutte pour ne pas appeler son fils et sa fille qui vivent à Los Angeles. *Qu'est-ce que je pourrais leur dire ? Qu'est-ce que je pourrais bien leur dire ? Que je les aime ? Que je suis désolé ?*

Impact dans 90 secondes.

Un gémissement s'élève du centre de commandement. Le son d'une voix féminine informatisée fait flageoler les jambes du général Moreau. Il s'effondre sur son siège.

Et subitement, comme par magie, les missiles disparaissent de l'écran géant.

Missiles à l'approche détruits… Missiles à l'approche détruits…

Hurlements et ovations. Moreau lève les yeux. Les techniciens, pris de vertige, pointent les mains, crient, s'étreignent, s'embrassent. Une vague d'euphorie balaie le centre de commandement.

Les yeux dégoulinant de larmes, Moreau se lève avec peine. D'une voix méconnaissable, râpeuse et forcée, il demande une analyse système.

Deux opérateurs délirant de joie et un commandant supérieur se précipitent pour satisfaire à sa demande.

– Tous les systèmes sont en ligne !

– Qu'est-ce qui est arrivé aux missiles ?

– D'après nos données, ils se sont tout simplement autodétruits.

– Je veux confirmation.

– Nous essayons de confirmer avec nos bases de Floride et de San Diego, mais une vague épaisse de parasites électromagnétiques brouille toutes les communications.

La peur noue les entrailles du général Moreau.

– Il ne devrait pas y avoir de parasites magnétiques, commandant, sauf en cas de gigantesques retombées nucléaires.

– Non, mon général, il n'y a aucune retombée. Nos sites de surveillance missiles au sol ne confirment pas la moindre explosion. La source de ces parasites vient d'ailleurs.

– D'où ? Je veux savoir.

– Mon général, nous essayons de la déterminer, mais ça va prendre un certain temps. Nos satellites n'ont pas l'air de fonctionner correctement.

– Mon général !

Un technicien lève les yeux, l'air abasourdi.

– Nos missiles aussi ont été détruits.

– Vous voulez dire qu'ils se sont autodétruits ?

– Non, mon général. Ils ont été détruits.

Centre de commandement souterrain de Raven Rock
Maryland (Est des États-Unis)
2 h 31

Les membres du personnel du centre de commandement souterrain s'étreignent et pleurent en silence. Toute manifestation exubérante d'émotion est contenue par le chagrin, qui s'installe au fur et à mesure que se propage dans le complexe la nouvelle de la mort du Président et des pertes humaines en Alaska et à Hawaï.

Pierre Borgia, le général Fecondo et Dick Przystas, au coude à coude dans le bureau privé du Président, écoutent de toutes leurs oreilles le général Doroshow du commandement Stratcom.

– Je vous le répète, messieurs, les missiles de Grozny ne se sont pas autodétruits. C'est une espèce de champ d'énergie électromagnétique qui a mis les ICBM russes hors d'usage, de même que les nôtres.

– D'où vient cette interférence ? interroge Borgia.

– On ne le sait toujours pas, mais en tout cas, elle a fait tomber en panne tous les satellites en orbite. Comme si Dieu en avait eu ras le bol et qu'il avait jeté une couverture sur la planète entière.

Sous la pyramide de Kukulcán

– Mick, tu m'entends ?

Dominique effleure sa tête posée sur ses genoux, caresse ses cheveux. Elle le sent remuer.

– Mick ?

Elle attire son visage vers le sien pour l'embrasser et l'étreindre.

– Tu m'as fichu une de ces trouilles, Mick.

– Qu'est-ce qui s'est passé ?

– Tu ne te souviens pas ? Tu es sorti du sarcophage comme une espèce de fantôme maya et tu as mis ce vaisseau en marche.

Michael s'assoit et embrasse les lieux du regard. Derrière les parois et le sol en pseudo-verre teinté, des plaquettes et des postes de contrôle vibrent d'énergie. À intervalles de quelques secondes, des vagues d'énergie bleu-électrique ondulent le long des parois et du plafond cathédrale, pour disparaître ensuite par l'orifice en forme de cheminée.

– C'est moi qui ai fait ça ?
Dominique étouffe sa question de ses lèvres.
– Je t'aime.
Il sourit.
– Moi aussi.

24

15 décembre 2012
À bord du *USS Boone*
Golfe du Mexique

Le juge de la Cour suprême, Seamus McCaffery, se sent encore un peu nauséeux après le trajet matinal en hélicoptère. Il traverse le pont du navire de guerre derrière l'enseigne et le suit dans le dédale de corridors étroits du bâtiment menant à la salle de briefing du capitaine.

Le vice-président Ennis Chaney, le général Joseph Fecondo et le capitaine Loos sont installés à une petite table de conférence.

Les hommes se lèvent. Le juge sort sa bible. Il adresse un signe de tête à Chaney.

– Vous avez l'air de ne pas avoir beaucoup dormi. Prêt ?

– Qu'on en finisse.

Chaney place sa main gauche sur la bible et lève la droite.

– Moi, Ennis Chaney, jure solennellement d'accomplir fidèlement ma charge de président des États-Unis et de faire de mon mieux pour préserver, protéger et défendre la constitution des États-Unis, avec l'aide de Dieu.

– Que Dieu nous aide tous.

Un lieutenant entre dans la pièce.

– Général Fecondo, l'équipe de Rangers est à bord. Les hélicoptères sont prêts à décoller à vos ordres.

Pyramide de Kukulcán
Chichén Itzá

Michael conduit Dominique dans un petit couloir qui se termine en impasse sur une porte close. À leur approche, cette dernière s'ouvre en sifflant et ils pénètrent dans une salle fermée hermétiquement.

– C'est la sortie.

– Qu'est-ce qui te le dit ?

– Rien. Je le sais.

– Mais s'il n'y a rien ici ?

– Regarde.

Michael pose la main sur un clavier noir placé contre le mur. Le cadre d'une large porte circulaire se matérialise sur-le-champ sur la coque métallique.

– Doux Jésus... J'imagine que tu ne sais pas non plus comment tu as fait ça ?

– Le Gardien a dû implanter ce savoir dans mon inconscient. Quand ou comment, je n'en ai aucune idée...

La porte extérieure de la coque s'ouvre sur un passage étroit creusé dans la roche calcaire. Michael allume sa lampe torche. Ils sortent de la salle et la porte du vaisseau étoile se referme derrière eux.

Il fait un noir d'encre dans le passage pas plus large que leurs épaules. L'humidité suinte de partout. Le rayon de la lampe de Michael éclaire les marches raides d'un escalier en colimaçon qui monte presque à la verticale dans le calcaire.

Il tend le bras en arrière pour saisir la main de Dominique.

– Fais attention. C'est glissant.

Ils mettent un quart d'heure à atteindre le haut de l'escalier tournant qui aboutit à un plafond de métal blanc brillant.

– OK. Et maintenant ?

Avant que Michael n'ait le temps de lui répondre, un panneau carré de deux mètres de côté s'élève sur quatre pistons hydrauliques et ils se retrouvent éblouis par la lumière du jour.

Michael sort, puis il aide Dominique à le suivre. Ils constatent qu'ils sont dans le corridor nord du temple de Kukulcán.

Le dessus du panneau métallique, caché derrière un mètre de calcaire, se remet en place en glissant. L'entrée du vaisseau étoile s'est refermée.

– Pas étonnant qu'on n'ait jamais trouvé ce passage, murmure Michael.

Dominique sort sur la plate-forme.

– Il doit être autour de midi, mais le parc est désert.

– Quelque chose a dû arriver.

L'écho assourdissant de pales d'hélicoptère leur parvient. Deux appareils de la marine arrivent par l'ouest.

– Mick, on ferait peut-être mieux de partir.

L'homme est couché sur le ventre, dissimulé sous la végétation touffue de la jungle. À travers la lunette à fort grossissement de sa carabine de chasse, il voit Michael Gabriel et sa petite amie sortir sur la plate-forme nord. Avec jubilation, Raymond défait la sécurité et met la mire au point sur le crâne de sa victime.

Le pilote de l'hélicoptère ralentit pour rester en vol stationnaire au-dessus du grand terrain de jeu de balle.

– Messieurs, juste en dessous de nous.

Chaney et le général Fecondo regardent l'objet noir ailé, perché presque au centre du stade maya en forme de I.

– Seigneur, encore un de ces instruments de fusion pure…

L'écho d'une salve de coups de feu leur parvient de l'esplanade. Chaney désigne la pyramide.

– Emmenez-nous là-bas.

Allongé sur le dos, Michael essaie de respirer. Du sang jaillit de sa poitrine qui le brûle. Il fixe le ciel, l'ombre de Dominique lui cache le soleil à son zénith. Il sent les larmes de la jeune femme tomber sur sa joue, sa main qui se presse sur sa blessure. Il voit sa bouche remuer au ralenti, mais il n'entend rien que les battements de son propre cœur.

Le Gardien ?

Ferme les yeux…

25

Du 16 au 20 décembre 2012

Et le chaos régna…

L'annonce qu'une guerre thermonucléaire a failli faire périr l'humanité a été accueillie avec incrédulité et soulagement, suivis par la peur et l'indignation. Comment les dirigeants de la planète ont-ils pu laisser leurs ego amener l'humanité au bord de l'apocalypse ? Comment ont-ils pu faire preuve d'une telle arrogance et d'un tel aveuglement ?

L'indignation a rapidement débouché sur la violence. Deux jours et deux nuits durant, l'anarchie a régné sur la plus grande partie du globe. Des sièges de gouvernement ont été détruits, des installations militaires saccagées et les ambassades des États-Unis, de Russie et de Chine envahies. Des millions de citoyens ont marché sur leurs capitales pour exiger des changements.

Plutôt que de tenter de réprimer la violence par la violence, le président Ennis Chaney a choisi de la canaliser, en dirigeant la vengeance du peuple américain sur plus d'une centaine de bunkers souterrains, construits aux frais du contribuable et destinés à abriter l'élite politique durant l'holocauste nucléaire. La destruction de ces installations top secret a paru assouvir la fureur du peuple et faire comprendre que tous – les nantis comme les autres – étaient désormais sur un pied d'égalité, même si ce nouvel équilibre demeurait quelque peu chancelant.

Chaney a pressé la secrétaire générale des Nations unies d'introduire une législation basée sur les recommandations de l'Académie nationale des sciences, de la commission Carnegie et de l'amiral Stansfield Turner, afin d'éliminer toutes les armes de destruction biologiques et nucléaires. Chaque pays refusant de se soumettre à cette loi serait envahi et ses dirigeants exécutés.

Sous la pression des masses, toutes les nations membres, à l'exception de l'Irak et de la Corée du Nord, ont aussitôt accepté de respecter cette législation.

Le président Grozny a signé le traité avant d'accuser publiquement le parti communiste d'avoir accumulé les armes subversives depuis vingt ans. Après plus de deux cents exécutions publiques, il a affirmé à son peuple que les réformes du gouvernement se feraient rapidement.

Sans adversaire, il est resté à son poste, plus puissant que jamais.

Le matin du 17 décembre, les médias ont enfin été mis au courant du mystérieux dispositif électromagnétique et de la manière dont il a empêché l'apocalypse nucléaire. Une ferveur religieuse s'est emparée des masses. Rassemblés par la peur, des troupeaux d'hommes ont prié dans les églises et les synagogues, dans l'attente du messie ou de la seconde venue du Christ. Mais à la place, ils n'ont découvert que d'autres signes de l'apocalypse.

Le 18 après-midi, en rentrant de l'église avec ses trois fils et trois packs de douze canettes de bière, James Roof, un vétéran de la guerre de Corée, a trouvé une immense créature ailée derrière sa caravane, perchée au bord du puits naturel calcaire de son jardin. Quelques heures plus tard, toute la population de White Sulphur Springs, en Virginie de l'ouest, se massait autour de la mare pour scruter la bête inanimée, dont la surface noire polie émettait un puissant champ de force invisible, empêchant quiconque de la toucher.

Dans les vingt-quatre heures, vingt-neuf créatures identiques ont été repérées autour du globe. Le 19 décembre en soirée, le monde entier a assisté, fasciné et horrifié, à la retransmission télévisée de la formation d'un monstrueux maelström au centre du golfe du Mexique. Du cœur du vortex ont jailli huit créatures ailées qui se sont éparpillées rapidement sur l'hémisphère nord. Deux allaient atterrir dans la nuit dans le sud-ouest des États-Unis, deux en Floride, et une en Georgie, au Kentucky et en Indiana. La dernière, qui se dirigeait vers l'est, allait se percher sur une crête montagneuse surplombant le télescope d'Arecibo à Porto Rico. Le matin du 20 décembre, le Dr Marvin Teperman a confirmé au monde que les sept explosions de fusion pure avaient effectivement été causées par des objets expulsés du vaisseau extraterrestre enfoui au fond du golfe du Mexique. Qualifiant ces objets de « drones », l'exobiologiste a émis la théorie que les trente-sept créatures dispersées à la surface de la planète détenaient une puissance de fusion suffisante pour désintégrer un million et demi de kilomètres carrés. Teperman est même allé jusqu'à affirmer que les instruments extraterrestres étaient reliés à une amorce solaire, raison pour laquelle ils étaient expulsés de nuit et explosaient à l'aube. Le dispositif mystérieux provenant de l'intérieur de la pyramide de Kukulcán était parvenu, sans que l'on comprenne comment, à brouiller les mécanismes de mise à feu et à les empêcher d'exploser.

En cas de défaillance du dispositif, a ajouté Teperman, les drones exploseront.

Une fois de plus, la panique s'est emparée des masses.

26

20 décembre 2012
Hôpital de Mérida
Péninsule du Yucatán

La brise légère qui s'infiltre par les stores vénitiens rafraîchit son visage. La brume provoquée par la fièvre se dissipe et il entend la voix familière d'un ange. L'écho de ses paroles emplit son esprit.

« Te voilà donc parti ? Amour… époux, ami. Il me faudra des nouvelles à chaque heure du jour, car il y a tant de jours dans une minute. »

Il nage à contre-courant pour reprendre conscience, oblige ses yeux à s'ouvrir juste assez pour l'apercevoir, assise à son chevet, en train de lire le livre de poche.

– « Ô Dieu ! J'ai dans l'âme un présage fatal. Maintenant que tu es en bas, tu m'apparais comme un mort au fond de sa tombe. Ou mes yeux me trompent ou tu es bien pâle. »

– Crois-moi, mon amour, murmure-t-il d'une voix rauque. Tu me sembles bien pâle aussi.

– Mick !

Les yeux à présent complètement ouverts, il sent sa joue qui se presse contre la sienne, ses larmes brûlantes et le poids insoutenable sur sa poitrine. Elle l'étreint en murmurant « je t'aime ».

– Moi aussi.

Il a du mal à parler à cause de sa gorge sèche.

Elle porte un verre d'eau à ses lèvres pour qu'il puisse se désaltérer.

– Où…

– Tu es à l'hôpital de Mérida. Raymond a tiré sur toi. D'après le médecin, la balle s'est arrêtée à moins d'un centimètre de ton cœur. Tout le monde dit que tu devrais être mort.

Il s'oblige à sourire et parle d'une voix éraillée.

– « Ils se moquent des cicatrices qui n'ont jamais blessé. »

Il essaie de s'asseoir mais la douleur l'oblige à se rallonger.

– Une petite blessure peut-être.

– Mick, il s'est passé tant de choses…

– Quel jour sommes-nous ?

– Le 20. La veille du solstice d'hiver. Le monde entier est terrorisé.

La porte s'ouvre brusquement. Un médecin américain entre, suivi d'Ennis Chaney, d'une infirmière mexicaine et de Marvin Teperman. Michael remarque que des soldats américains armés jusqu'aux dents sont postés dans le couloir.

Le médecin se penche sur lui pour examiner ses pupilles au crayon lumineux.

– Bienvenue à nouveau parmi nous, monsieur Gabriel. Comment vous sentez-vous aujourd'hui ?

– Endolori. Affamé. Un peu perdu.

– Pas étonnant. Vous êtes resté cinq jours dans le coma. On va jeter un coup d'œil à cette blessure.

Le médecin ôte le pansement.

– Inouï. Absolument inouï ! Je n'ai jamais vu une blessure cicatriser si rapidement.

Chaney avance d'un pas.

– Il est en état de parler ?

– Je pense. Infirmière, changez son pansement et branchez-lui une autre intraveineuse de…

– Pas maintenant, docteur, l'interrompt Chaney. Nous avons besoin de voir M. Gabriel quelques minutes. En privé.

– Bien sûr, monsieur le Président.

Michael regarde sortir le médecin et l'infirmière. Dans le couloir, un policier militaire referme la porte derrière eux.

– Monsieur le Président ? On dirait que vous avez été promu depuis notre dernière rencontre.

Les petits yeux noirs n'ont pas l'air de trouver cette remarque amusante.

– Le président Maller est mort. Il s'est tiré une balle dans la tête il y a cinq jours pour essayer de convaincre les Russes et les Chinois d'annuler leur attaque nucléaire.

– Mon Dieu…

– Le monde vous doit des remerciements. Le mécanisme que vous avez activé dans la pyramide de Kukulcán a détruit les missiles.

Michael ferme les yeux. *Mon Dieu, c'est vraiment arrivé. Je pensais que c'était un rêve…*

Dominique étreint sa main.

– D'après moi, il s'agit d'un dispositif électromagnétique très chargé, dit Marvin. Un instrument entièrement inédit. Le signal est encore en marche, dieu merci, parce qu'il empêche ces drones d'exploser.

– Drones ? (Michael rouvre les yeux.) Quels drones ?

Marvin prend une photo dans son attaché-case et la lui tend.

– Depuis votre entrée à l'hôpital, trente-huit trucs comme ça se sont déployés sur le globe terrestre.

Michael fixe la photo de la créature noire qui rappelle une chauve-souris, perchée en haut d'une montagne, les ailes déployées.

– C'est ça que j'ai vu sortir du vaisseau spatial enfoui sous le golfe du Mexique.

Il regarde Dominique.

– Maintenant je me souviens. J'en ai déjà vu à Nazca. Des images grandeur nature de ces créatures sont sculptées partout sur le plateau.

Marvin regarde Chaney, l'air légèrement incrédule.

– Cette photo a été prise il y a quelques jours sur un sommet d'Arecibo.

Chaney prend un siège.

– Cette « créature » que vous prétendez avoir vue dans le vaisseau extraterrestre, elle a atterri en Australie et a éradiqué presque toute la plaine de Nullarbor. Nous savons à présent que chacun de ces objets est doté d'une espèce de dispositif de fusion pure, capable de désintégrer des milliers de kilomètres carrés. Au cours des deux semaines écoulées, six d'entre eux ont explosé en Asie. Les trois derniers ont anéanti plus de deux cents millions de personnes en Chine et en Russie.

Michael sent ses mains trembler.

– Ces explosions ont précipité l'attaque nucléaire ?

Chaney hoche la tête.

– Comme le dit Marvin, trente-huit autres ont été expulsés du vaisseau extraterrestre ces cinq dernières nuits. Pour l'instant, aucun n'a explosé.

Michael se souvient des paroles du Gardien. *La mise en marche du dispositif des Nephilim préviendra la fin, mais seules les destructions de Tezcatlipoca et de la Route noire peuvent empêcher notre ennemi de traverser ton monde.*

– Nous avons dressé une liste des drones qui ont explosé. Gabriel, vous m'écoutez ?

– Euh… Pardon. Vous appelez ça des drones ?

– C'est le nom que leur donnent nos savants. Pour l'Air Force, il s'agit d'équivalents de nos véhicules aériens inhabités.

– Chacun d'eux est avant tout une arme de fusion pure munie d'ailes, poursuit Marvin. Comme nos UAV, ces drones sont commandés à distance, reliés à leur centre de contrôle par une espèce de signal radio…

– Le vaisseau dans le golfe ?

– Oui. Une fois que le drone atterrit sur son lieu préciblé, un signal radio est émis pour armer l'explosif. Il y a des rangées de détecteurs bizarres dans la « dérive » de la créature. À notre avis, ce sont des cellules photovoltaïques de très haute puissance. Le mécanisme de déclenchement utilise l'énergie solaire pour faire détoner l'explosif au lever du soleil.

– Ce qui explique pourquoi ils sont expulsés la nuit, ajoute Chaney. Sept drones ont explosé avant la mise en marche de ce dispositif. Tous les sept se sont dispersés à l'ouest après être sortis du vaisseau. Les drones se déplacent dans les airs à la même vitesse que la rotation de la Terre. Ça leur permet de rester dans l'obscurité jusqu'à ce qu'ils atteignent leur objectif ciblé.

– Vous dites que trente-huit autres drones ont été expulsés ?

– Montrez-lui la liste, Marvin.

L'exobiologiste fouille dans son attaché-case et en sort un imprimé informatique.

OBJECTIFS DES DRONES

AUSTRALIE : plaine de Nullarbor (E)

ASIE : Malaisie (E) Irian Jaya (E) Papouasie. Nouvelle-Guinée (E) Province du Yunnan, Chine (E), Bassin de Viluyi, Russie (E), chaîne de Kugitangtau, Turkménistan (E).

AFRIQUE : Algérie, Botswana, Côte d'Ivoire, Égypte, Israël, Libye, Madagascar, Maroc (chaîne de l'Atlas), Niger, Nigeria, Arabie Saoudite, Soudan, Tunisie.

EUROPE : Autriche, Bosnie-Herzégovine, Bulgarie, Croatie, Grèce, Hongrie, Irlande, Italie, Espagne.

AMÉRIQUE DU NORD

Canada : Montréal.

Cuba.

États-Unis : Arecibo (Porto Rico), vallée des Appalaches, Colorado, Floride (centre et sud-est) Georgie, Kentucky, Indiana (sud), monts Ozark, Nouveau-Mexique, Texas (nord-ouest).

AMÉRIQUE DU SUD : Salvador (Brésil).

AMÉRIQUE CENTRALE : Honduras, Chichén Itzá (Yucatán).

Michael scrute la liste et s'arrête sur le nom du dernier lieu.

– Un drone a atterri à Chichén Itzá ?

– Y en a marre de ces foutaises ! lance brutalement Chaney. Gabriel, j'ai besoin de réponses. Tout de suite. Pendant que vous dormiez, le monde entier a perdu l'esprit. Des fanatiques religieux prétendent que ces drones font partie des prophéties apocalyptiques du nouveau millénaire. L'économie mondiale est complètement stoppée. Les masses épouvantées se préparent à l'Apocalypse. Des foules de gens entassent vivres et munitions et se cadenassent chez eux. Nous avons été obligés de déclarer le couvre-feu du coucher du soleil à l'aube. Mais ce qui alimente encore plus cette paranoïa, c'est notre incapacité à calmer l'angoisse de la population.

– Pour l'instant, nos tentatives de neutraliser ces drones ont échoué, poursuit Marvin. Ils sont protégés par une espèce de champ de force qui les rend invulnérables. Le dispositif maya les empêche peut-être d'exploser, mais il brouille en même temps tous nos satellites. Le plus inouï, c'est la manière dont ce signal est répercuté sur le globe. (Il prend son carnet de notes.) Nous avons repéré trois postes relais, ainsi que des signatures de plusieurs antennes. C'est incroyable…

– La grande pyramide de Gizeh, Angkor, et le temple du soleil de Teotihuacán, lâche Michael.

L'exobiologiste en reste bouche bée. Les yeux de Chaney se rétrécissent encore.

– Comment est-ce que vous pouvez le savoir ?

Il s'adresse à Dominique.

– Vous lui avez dit ?

– Non, répond Michael en s'obligeant à s'asseoir. Mes parents ont étudié ces édifices pendant des dizaines d'années. Chaque monolithe présente des similarités, dont la moindre n'est pas qu'ils ont été dressés sur des points fondamentaux, le long du réseau d'énergie naturel de la Terre.

– Pardon, je ne sais plus où j'en suis, intervient Marvin, qui prend des notes à la hâte. Vous avez dit réseau d'énergie ?

– La Terre n'est pas qu'une espèce de gros bout de rocher flottant dans l'espace, Marvin. C'est une sphère vivante, harmonique, dont le cœur magnétique canalise de l'énergie. On considère que certains lieux à la surface de la planète, surtout aux environs de l'équateur, sont des régions d'énergie. Il s'agit d'endroits dynamiques d'où irradient des niveaux élevés d'énergie géothermale, géophysique ou magnétique.

– Et ces trois anciens sites… ils ont été bâtis sur ces zones ?

– Exactement. La conception de chacun d'eux intègre une connaissance exceptionnelle de la précession, des mathématiques et de l'astronomie.

Marvin cesse d'écrire.

– Nous avons également localisé avec précision des instruments extraterrestres qui semblent fonctionner comme des antennes, enfouis sous Stonehenge et sous la cité de Tiahuanaco. Nous pensons qu'il y en a peut-être un autre enfoui sur la calotte glaciaire arctique.

Michael hoche la tête. *Les cartes de Piri Reis. le Gardien a dû mettre les antennes en place avant la formation des plaques glaciaires.* Il regarde Dominique.

– Tu leur as parlé des Nephilim ?

– Je leur ai dit ce que je sais, c'est-à-dire pas grand-chose.

– Une race d'humanoïdes avancée ? (Marvin paraît sceptique.) Je suis censé être l'exobiologiste, mais j'y perds mon latin.

– Marvin, les êtres qui ont conçu ce dispositif devaient être certains que leurs relais et leurs antennes ne seraient pas dérangés pendant des millénaires. Les enterrer ne suffisait pas à assurer leur sécurité. La construction de grandes merveilles architecturales comme Stonehenge ou la Grande Pyramide, juste au-dessus des sites, était une idée brillante. L'homme moderne lui-même en savait assez pour ne pas toucher à ces ruines.

– Et le dispositif ? questionne Chaney. Combien de temps est-ce qu'il va empêcher les drones d'exploser ?

Les paroles du Gardien résonnent à ses oreilles. *Le portail menant à Xibalba Be s'élèvera le 4 ahau, 3 kankin. Il ne peut être détruit que de l'intérieur. Seul Hun Hunahpu peut y pénétrer. Seul Hun Hunahpu peut expulser le mal de ton jardin et sauver le monde de l'annihilation.*

Michael a la nausée.

– Nous avons un problème. Ce vaisseau extraterrestre… il va décoller demain.

Chaney écarquille les yeux.

– Comment pouvez-vous le savoir ?

– Une prophétie maya vieille de trois millénaires l'affirme. L'entité qui se trouve à l'intérieur du vaisseau, il faut la détruire. Il faut entrer dans le vaisseau.

– Comment faire ? demande Marvin.

– Je ne sais pas. Enfin, j'imagine de la même manière que Dominique et moi y sommes déjà entrés. Par le système de ventilation.

La fatigue le submerge. Il ferme les yeux.

Dominique effleure son front et constate qu'il est fiévreux.

– Il n'en peut plus, monsieur le Président. Il a joué son rôle pour sauver le monde. À vous de prendre la suite.

Le regard de Chaney s'adoucit un peu.

– Nos savants partagent votre avis, Gabriel. Ils pensent que nous devons détruire le vaisseau pour empêcher les drones d'exploser. J'ai donné l'ordre au *John C. Stennis* et à sa flotte qui se trouvent actuellement dans le golfe du Mexique de s'en charger. Si ce vaisseau décolle vraiment demain matin, on le fera exploser en vol.

Le nouveau Président se lève, prêt à partir.

– Une réunion d'urgence du Conseil de sécurité est programmée ce soir à 19 heures à bord du *Stennis*. Nous attendons des représentants de toutes les nations, ainsi que d'éminents savants du monde entier. Vous nous accompagnez, Dominique et vous. Un de mes assistants va vous apporter de quoi vous vêtir.

– Attendez, intervient Dominique. Dites-lui, pour Borgia.

– Le type qui a essayé de vous assassiner nous a menés droit à Foletta qui s'est confessé. Il nous a raconté comment Borgia s'était arrangé pour vous faire interner il y a onze ans. Il nous a même fourni une cassette sur laquelle le secrétaire d'État l'engage pour vous tuer. (Chaney esquisse un sourire lugubre.) Je vais te l'agrafer en beauté quand tout sera terminé ! D'ici là, Dominique et sa mère sont tirées d'affaire, vous avez été déclaré sain d'esprit et votre sentence a été commuée. Vous êtes un homme libre, Gabriel. Pas plus timbré que nous tous.

Dominique chuchote à l'oreille de Michael.

– Ton cauchemar est terminé. Plus d'asiles, plus de réclusion solitaire. Tu es libre. (Elle lui serre la main.) Nous pouvons vivre ensemble toute notre vie.

À bord du porte-avions *John C. Stennis*
18 h 43

Michael regarde par la fenêtre de l'hélicoptère qui se pose sur la gigantesque plate-forme d'envol de plus de deux hectares du *John C. Stennis*, transformé en parking d'hélicoptères.

Dominique étreint sa main.

– Ça va ? Tu n'as pas ouvert la bouche de tout le vol.

– Excuse-moi.

– Quelque chose te tracasse. Pourquoi est-ce que tu ne m'en parles pas ?

– Je n'ai qu'un vague souvenir de ma conversation avec le Gardien. Il y a encore énormément de choses que je ne comprends pas. Des choses qui peuvent faire la différence entre la vie et la mort.

– Mais tu es toujours convaincu que le dispositif du Gardien était destiné à empêcher les drones d'exploser ?

– Oui.

– Dans ce cas, le Président a raison. Si on détruit le vaisseau extraterrestre, la menace sera supprimée.

– J'aimerais que ce soit si simple.

– Pourquoi est-ce que ça ne l'est pas ?

Ils descendent de l'hélicoptère sur le pont gris spongieux du porte-avions. Dominique lui montre la batterie d'armes du navire de guerre.

– Mick, la puissance de feu de ce navire suffirait à effacer un petit pays de la carte.

Elle glisse un bras autour de sa taille et lui chuchote à l'oreille.

– Regarde les choses en face, tu es un héros. Contre toute attente, tu as réussi à entrer dans la pyramide et à mettre le mécanisme en marche. Non seulement tu as justifié l'œuvre de tes parents, mais tu as sauvé des millions de vies. Tu peux te détendre un peu. Laisse les grands garçons terminer le travail.

Elle lui donne un baiser passionné, sous les sifflets de quelques marins.

Un lieutenant les escorte à l'intérieur de la superstructure, puis il leur fait descendre un escalier étroit menant au pont hangar.

Ils passent devant une série de postes de sécurité sous haute surveillance et entrent dans une des quatre soutes à avions qui a été transformée en hâte en auditorium. Les chaises et les tables, placées en fer à cheval sur trois rangs, font face à un podium et à une gigantesque carte informatique du monde, montée tout en haut d'une partie de la cloison d'acier du hangar. Trente-huit points rouges lumineux et six points bleus indiquent les lieux d'atterrissage des drones sur la carte.

Le lieutenant les mène à une table réservée, à la gauche du fer à cheval. Quelques délégués reconnaissent Michael au passage. Ils le désignent de la main en hochant la tête. Quelques applaudissements se transforment rapidement en une véritable ovation.

Marvin Teperman, déjà assis, accueille Michael d'un sourire.

– Faites-leur au moins signe…

Michael agite rapidement un bras, puis il prend place à côté de l'exobiologiste. Il se sent ridicule. La secrétaire générale des Nations unies, Megan Jackson, s'approche de lui pour l'accueillir d'une poignée de mains et d'un sourire chaleureux.

– C'est un honneur de vous rencontrer, monsieur Gabriel. Nous vous sommes tous redevables. Je peux faire quelque chose pour vous ?

– Me dire ce que je fais ici. Je ne suis pas un homme politique.

– Le Président et moi espérons que votre présence va détendre un peu l'atmosphère hostile de cette assemblée.

Elle lui montre la délégation russe.

– L'homme du milieu, c'est Viktor Grozny. J'ose affirmer que la plupart des personnes présentes ici aimeraient le voir mort. À côté de la paranoïa actuelle entre la Russie et les États-Unis, la guerre froide ressemblait à un jeu d'enfants.

Elle lui adresse un sourire maternel et va prendre place sur le podium.

– Si je peux rappeler cette assemblée à l'ordre…

Les délégués prennent place. Marvin tend des petits écouteurs à Dominique et Michael. Ils les sortent de leur enveloppe de Cellophane, les règlent sur « Anglais » et les placent sur leurs oreilles.

– J'appelle pour commencer le professeur Nathan Fowler, directeur associé du Centre de recherche Ames de la Nasa et président de la délégation internationale chargée d'étudier les drones extraterrestres. Professeur ?

Un homme aux cheveux gris portant lunettes qui doit approcher des soixante-dix ans, monte sur le podium.

– Madame la secrétaire générale, chers délégués, collègues scientifiques, je suis ici ce soir pour vous donner les dernières informations sur ces objets extraterrestres dont la détonation a déjà provoqué la mort de plus de deux millions d'êtres humains. En dépit de cette tragédie, nous avons des preuves indiquant que le but premier des extraterrestres n'était pas d'éradiquer notre espèce. En fait, notre présence sur cette planète compte à peu près autant pour eux qu'une puce sur un chien.

Des murmures s'élèvent dans la salle.

– Notre équipe a mené une analyse comparative détaillée des quarante-quatre drones identifiés. Les lieux présentent un caractère identique : leur terrain est toujours entièrement calcaire. En fait, permettez-moi d'aller plus loin, la plupart des sites ciblés sont qualifiés de paysages karstiques, c'est-à-dire qu'il s'agit d'épaisses formations calcaires, composées de niveaux extrêmement élevés de carbonate de calcium.

« Les paysages karstiques composent un sixième des blocs continentaux de notre planète. Ils ont été créés il y a environ 400 millions d'années, lorsque d'épaisses couches de carbonate de calcium ont été déposées sur ce qui était alors le plancher marin tropical de...

– Professeur, le temps nous est compté...

– Euh ? Bien sûr, madame la secrétaire générale. Mais si vous m'accordez un bref instant pour vous expliquer l'importance du calcaire sur notre planète, je pense que tout le monde comprendra mieux pourquoi ces drones ont été lancés.

– Allez-y, mais soyez bref.

– Les formations de karst, et le calcaire en général, jouent un rôle critique sur Terre. Ils servent de magasins pour le dioxyde de carbone à l'échelle planétaire. Le carbonate de calcium contenu dans le karst absorbe le dioxyde de carbone comme une éponge, ce qui permet de stabiliser et de régulariser l'oxygène de notre environnement. En fait, la quantité de dioxyde de carbone contenu dans les roches sédimentaires est six cents fois plus importante que la somme de carbone contenue dans l'air, l'eau et les cellules vivantes de la Terre.

Dominique s'aperçoit que le visage de Michael est devenu blafard.

Le directeur de la Nasa prend un clavier relié à distance à la carte informatisée.

– Madame la secrétaire générale, je vais me servir de notre ordinateur pour simuler ce qui se produirait si les trente-huit drones explosaient en même temps. Veuillez faire très attention aux indications concernant la température de l'atmosphère et le dioxyde de carbone.

Le professeur entre une série de commandes. Le silence tombe sur la délégation.

Deux icônes bleues apparaissent le long du bord inférieur de la carte.

Température de surface moyenne globale 20/12/2012 : 70 °F (21 °C). Contenu CO_2 : 0,03 %.

Fowler appuie sur une autre touche. Les points rouges flashent ensemble, puis ils s'allument pour former des cercles d'énergie brillants, blanc albâtre. En quelques secondes, l'explosion se dissipe. La retombée de débris de nuages épais jaune orangé se répand rapidement sur les zones environnantes et recouvre presque un tiers de la surface terrestre.

Température de surface moyenne globale 20/12/2012 (explosion + 10 heures) : 132 °F (55,5 °C). Contenu CO_2 : 39,23 %.

Fowler ajuste ses lunettes.

– La chaleur dégagée par l'explosion vaporiserait sur-le-champ le calcaire karstique, et des niveaux toxiques de dioxyde de carbone seraient relâchés dans l'atmosphère. La couverture nuageuse que vous voyez se répandre sur la carte est composée d'une couche atmosphérique épaisse de CO_2. De quoi tuer tous les organismes respirant l'air sur la planète.

Une centaine de conversations se mettent en route en même temps.

Fowler appuie de nouveau sur son clavier, pendant que la secrétaire générale des Nations unies rappelle les délégués à l'ordre.

La carte change. Des nuages jaune orangé tourbillonnants enveloppent à présent la planète entière.

Température de surface moyenne globale 20/12/2020 (explosion + 10 ans) : 230 °F (100 °C). Contenu CO_2 : 47,85 %. Contenu SO_2 : 23,21 %.

On entendrait une mouche voler dans la salle.

– Nous voyons l'évolution de l'environnement terrestre, dix ans après. Réorganisation catastrophique de l'atmosphère de la planète, début d'un effet de serre galopant, semblable à celui qui a dû se produire selon nous sur Vénus il y a 600 millions d'années. Vénus, planète sœur de la Terre, possédait autrefois des océans brûlants et une atmosphère humide. Au fur et à mesure que le dioxyde de carbone augmentait dans son atmosphère, il a formé une épaisse couverture isolante. Cela a déclenché une activité volcanique générale. Les éruptions ont servi à aggraver l'effet de serre en dégageant d'énormes quantités de dioxyde de sulfure dans l'atmosphère, et en continuant à faire monter la température de surface. Pour finir, les océans de Vénus se sont entièrement vaporisés. D'épais nuages de précipitations se sont formés. Quelques-unes de ces pluies continuent à encercler la planète, les autres se sont dispersées dans l'espace.

– Professeur, est-ce que le niveau de CO_2 a augmenté de façon remarquable depuis l'explosion des sept premiers drones ?

– Oui, madame la secrétaire générale. En fait, le niveau de dioxyde de carbone a augmenté de 6 à 7 % depuis que…

– Ça suffit !

Viktor Grozny s'est levé. Son visage lugubre est écarlate.

– Je suis venu ici négocier les termes d'un armistice, pas écouter des idioties sur les extraterrestres.

La secrétaire générale des Nations unies est obligée d'élever la voix pour se faire entendre par-dessus le concert de protestations.

– Président Grozny, mettez-vous en doute l'existence de cette menace extraterrestre ?

– On nous a informés que la menace des drones avait été supprimée, que ce… ce dispositif empêche leur explosion. C'est bien ça, professeur Fowler ?

Ce dernier se montre dubitatif.

– Il semblerait que les drones n'exploseront pas tant que le dispositif de la pyramide fonctionnera. Mais la menace subsiste…

– Dans ce cas, pourquoi gâcher notre temps à discuter de ça ? C'est le rôle des savants. J'avais compris qu'il s'agissait d'une réunion d'ordre politique. En dépit des nombreuses menaces contre ma vie, je suis venu ici en toute bonne foi. Ce sont des citoyens russes et chinois qui ont péri dans cet holocauste nucléaire. La mort est la mort, madame la secrétaire générale, qu'elle soit causée par la destruction nucléaire, l'asphyxie ou la famine. L'Occident n'a qu'à détruire ce vaisseau extraterrestre avec ses armements supérieurs. À l'heure où nous parlons, des milliers de mes concitoyens meurent de faim. Nous devons discuter des changements que nous allons apporter au monde…

– Qui êtes-vous donc pour exiger ces changements ? réplique le général Fecondo, poings serrés. Votre concept du changement a consisté à engager les États-Unis dans la guerre nucléaire. L'Occident vous a versé des milliards de dollars pour vous aider à nourrir votre peuple et à redresser votre économie. Vous vous en êtes servis pour fabriquer des armes…

Michael ferme les yeux pendant cette joute verbale, il préfère se concentrer sur les paroles du professeur Fowler. Il repense au moment où il se trouvait dans la salle extraterrestre sous le golfe. Il se souvient de sa blessure à la jambe.

Mon sang était bleu. L'atmosphère de la salle devait être composée de dioxyde de carbone.

Les paroles du Gardien lui reviennent en mémoire : *Les conditions ne convenaient pas dans ton monde, Vénus était l'objectif… ton monde est en train d'être acclimaté.*

– Vous êtes venu exiger de l'aide, aboie Przystas, mais regardez à quelle vitesse vous avez voulu détruire la main à laquelle vous demandez à présent de nourrir votre peuple !

– Quel choix avions-nous ? réplique Grozny. Vous nous avez forcés à signer des accords sur les armes stratégiques, pendant que vos savants continuaient à travailler sur les moyens de nous détruire. À quoi bon ces traités, puisque les nouvelles technologies de l'Amérique sont plus mortelles que les anciens missiles que vous avez si gracieusement détruits ?

Grozny se tourne face au reste de l'assemblée.

– Oui, c'est la Russie qui a lancé l'attaque, mais nous avons été provoqués. Les États-Unis brandissent leur puissance militaire depuis des décennies. Selon nos informateurs, l'Amérique est à moins de deux ans de la mise au point de bombes de fusion pure. Deux ans ! Si ces extraterrestres n'avaient pas attaqué, les États-Unis l'auraient fait.

Une cacophonie emplit de nouveau la salle.

Grozny pointe un doigt accusateur sur Chaney.

– Je pose la question au nouveau président américain : cherchez-vous vraiment la paix… ou la guerre ?

Chaney se lève. Il attend que le silence se fasse.

– Il y a du sang sur toutes les mains dans cette salle, président Grozny. Chacune de nos consciences est mortifiée par la culpabilité ; chacun de nos esprits est embrouillé par la peur. Mais sans la grâce de Dieu, nous pourrions tous être morts. Nous nous conduisons comme des enfants égoïstes, tous autant que nous sommes. Si nous voulons avoir le moindre espoir de survivre en tant qu'espèce, nous devons mettre de côté nos petits différends, une bonne fois pour toutes, et grandir.

Le Président s'avance d'un pas.

– Je suis d'accord avec vous. Des changements, des changements drastiques sont nécessaires. L'humanité ne peut plus tolérer la menace de l'autodestruction. Il ne peut plus y avoir de nantis et de démunis. Nous devons réorganiser nos économies, fonder un nouvel ordre mondial. Un ordre pacifique, président Grozny, les États-Unis vous tendent un rameau d'olivier. Êtes-vous prêt à l'accepter ?

Sous les ovations tonitruantes qui se propagent dans le hangar, le président Grozny s'approche du président Chaney et l'étreint.

Dominique s'est levée. Elle applaudit, les larmes aux yeux, lorsqu'elle voit Michael s'approcher du podium.

Le silence tombe sur le hangar.

Michael se tient devant l'assemblée. Le message apocalyptique brûle dans son esprit.

– Le président Chaney est un sage. J'ai aussi en tête le message d'un sage, d'un homme dont le dispositif nous a sauvés. Pendant que nos nations discutent politique, on prépare notre monde, on l'acclimate pour lui permettre de recevoir une autre espèce, beaucoup plus ancienne, qui n'aspire ni à la guerre ni à la paix. Aux yeux de cet ennemi, la Terre n'est rien d'autre qu'un incubateur.

L'humanité, qu'elle abrite depuis deux millions d'années, est sur le point d'en être éradiquée.

« Unis ou divisés, ne commettons pas d'erreur. Demain est bien le jour de l'Apocalypse. À l'aube, un portail cosmique s'ouvrira. Il doit être scellé si nous voulons que notre espèce survive. Si nous échouons, rien de ce qui est dit ou accompli dans cette salle n'aura la moindre importance. Demain soir, au coucher du soleil du solstice, toutes les créatures vivant sur cette planète seront mortes.

27

21 décembre 2012
(4 *ahau*, 3 *kankin*)
À bord du *John C. Stennis*
0 h 47

Michael Gabriel contemple la mer noire par le hublot ouvert de la petite cabine réservée aux VIP. Il est trop loin pour distinguer la lueur émeraude, car le porte-avions mouille à trois kilomètres du vaisseau extraterrestre immergé, mais il sent néanmoins sa présence.

– Tu vas regarder par ce hublot toute la nuit ?

Dominique vient de sortir de la salle de bains, enveloppée d'une serviette éponge. Elle se blottit contre son torse, passe les bras autour de sa taille.

Michael sent la chaleur humide qui se dégage de son corps nu.

Les doigts de Dominique glissent sur son ventre musclé, atteignent son entrejambe. Elle plonge les yeux dans ses yeux noirs et lui chuchote :

– Fais-moi l'amour.

Elle l'enlace par le cou, glisse la langue dans sa bouche. Il se déshabille gauchement. Quelques instants plus tard, ils sont nus et s'étreignent comme des amants qui auraient été longuement séparés. En cet instant où leurs membres s'entremêlent, où ils ne sont plus que deux au monde, ils oublient toutes leurs émotions retenues et leurs peurs.

Michael allonge la jeune femme sur le lit, l'embrasse dans le cou tandis qu'elle l'aide à la pénétrer. Entre deux gémissements de plaisir, Dominique goûte la transpiration qui perle aux épaules de Michael, attire sa tête entre ses seins, tire sur les cheveux qui bouclent sur sa nuque.

Michael, entièrement nu, est étendu sous le drap. Il caresse les reins de Dominique dont la tête repose sur son torse encore bandé. Les yeux rivés au plafond, il se répète les paroles du Gardien comme un mantra.

Xibalba Be s'élèvera le 4 ahau, *3* kankin. *Il ne peut être détruit que de l'intérieur. Seul Hun Hunahpu peut y pénétrer. Seul Hun Hunahpu peut expulser le mal de ton jardin...*

Dominique remue, roule sur le flanc. Michael la recouvre du drap, puis il ferme les yeux.

– Viens à moi, Michael...

– Hein ?

Il se redresse en sursaut dans le lit. Son cœur bat à tout rompre. Perdu, il embrasse la cabine du regard. Des sueurs froides lui parcourent le dos.

Tout va bien, tout va bien. C'était juste un rêve...

Michael se rallonge. Les yeux grands ouverts, il attend que la voix démoniaque s'adresse de nouveau à lui.

Arrête ! Tu te rends dingue. Il esquisse un sourire. *Onze années de réclusion solitaire, et c'est maintenant que tu disjonctes !*

Il ferme les yeux.

– Pourquoi est-ce que tu as peur de moi, Michael ?

– Merde...

Il se lève d'un bond comme un chat surexcité. *Bon, garde ton calme. Va te promener. Éclaircis-toi les idées.* Il s'habille en hâte et se glisse hors de la cabine.

Vingt minutes plus tard, Michael se retrouve sur un balcon en plein air surplombant le pont d'envol. L'atmosphère nocturne est fraîche, la brise de l'océan le rassérène. Il se couvre les oreilles pendant le catapultage d'un Joint Strike Fighter dans le ciel limpide.

Une fois de plus, il repasse mentalement sa conversation avec le Gardien.

Seul Hun Hunahpu peut y pénétrer. Seul Hun Hunahpu peut expulser le mal de ton jardin et empêcher la destruction de ton espèce.

– *Je te sens, Michael, tu es tout près...*

– Quoi ?

– *Viens à moi, Michael. N'aie pas peur. Je suis ton créateur...*

– Arrêtez ! Arrêtez !

Les yeux clos, Michael se prend la tête entre les mains.

– Michael, ça va ?

– *Viens à moi, mon fils.*

– Bordel, sortez de ma tête !

Michael pivote sur place, les yeux exorbités de frayeur.

Marvin Teperman le secoue par les épaules.

– Alors, ça va ?

– Hein ? Oh, merde. Je… je ne sais pas. Je crois que je deviens dingue.

– Comme le monde entier. Impossible de dormir, c'est ça ?

– Non. Marvin, le drone qui a atterri à Chichén Itzá, est-ce que vous savez exactement où il s'est posé ?

L'exobiologiste sort une petite tablette de la poche de sa veste.

– Une seconde, j'ai ça quelque part. Voyons… Chichén Itzá. Oui, il a atterri sur un truc qui s'appelle le grand terrain de jeu de balle. En plein centre, pour être plus précis.

Michael est parcouru de frissons.

– Vous en êtes certain ?

– Oui. Pourquoi ?

– On a besoin d'un hélico. Marvin, vous pouvez en trouver un ?

– Un hélico ? Pour quoi faire ?

– Je ne peux pas l'expliquer. Je dois absolument aller à Chichén Itzá. Tout de suite !

Île de Sanibel
Côte ouest de Floride
5 h 12

Seule au bord du rivage désert, Edith Axler contemple l'horizon gris et le bateau à moteur qui s'approche à vive allure. Son neveu, Harvey, lui fait signe du bras, puis il dirige l'embarcation droit sur la plage.

– Du mal à repérer le Sosus ?

– Non.

Il lui tend les restes d'une grosse bobine de câble en fibre de verre.

– Le micro était ancré exactement à l'endroit que tu m'as indiqué. Mais après cette saloperie de marée noire, c'était plutôt sinistre de plonger la nuit.

Il descend du bateau et suit sa tante jusqu'à la porte du fond du laboratoire. Une fois à l'intérieur, Edith allume le système Sosus pendant qu'Harvey relie le câble de fibre optique au cadre principal.

– Est-ce que ça va nous permettre d'être reliés à tous les micros du golfe ? demande le jeune homme.

– C'est un système intégré. Du moment que le câble résiste, ça devrait marcher. On ne sera pas en ligne avec l'ordinateur de Dan Neck, mais on pourra écouter cet objet extraterrestre enfoui au large de la côte du Yucatán.

Harry termine le branchement en souriant.

– J'ai l'impression d'être un vrai radio pirate.

Golfe du Mexique
6 h 41

L'escadrille de Joint Strike Fighters continue à tracer des cercles en formation. Leurs pilotes, sur les nerfs, attendent que pointent les premières lueurs de l'aube. À la surface de l'eau, le *John C. Stennis* et sa flotte se sont placés en position. Ils forment un périmètre de dix kilomètres autour de la flaque lumineuse.

Sous les navires de la flotte, le sous-marin d'attaque *Scranton* (SSn-756) de la série *Los Angeles* effectue des cercles à 500 mètres de profondeur. Le capitaine Bo Dennis et son équipage surveillent en silence. Ils ont l'ordre de pulvériser tout ce qui sortira du trou émeraude luminescent.

À bord du *John C. Stennis*, le pont arrière du porte-avions bourdonne d'activité.

Les batteries de missiles sol-air Tomahawk placées à la proue et à la poupe visent la zone lumineuse, leurs charges utiles mortelles dirigées vers le ciel, prêtes à être lancées à tout instant. Trois véhicules aériens automatiques Predator supplémentaires sont catapultés. Ils vont rejoindre une dizaine d'autres appareils qui tracent tous des cercles au-dessus de la zone visée.

À bord de la cité flottante, les six mille hommes et femmes forment un vrai paquet de nerfs collectif. Ils ont lu les nouvelles et vu les émeutes à la télévision. Si l'apocalypse est vraiment toute proche, eux sont au bord du gouffre. La confiance qu'ils ont acquise au fil de milliers d'heures d'entraînement les a abandonnés lorsqu'ils ont échappé d'un doigt à l'holocauste nucléaire. La discipline les maintient à leur poste, mais c'est désormais la peur qui les anime.

Dominique Vazquez ressent une autre forme de peur. Pour la première fois de sa vie, elle a ouvert son moi le plus intime à un homme. Elle est en train de fouiller l'immense navire de guerre, le cœur en proie à une vraie douleur physique. La panique s'empare d'elle. Michael l'a abandonnée et elle ne le reverra peut-être plus jamais.

Elle pénètre dans une zone interdite, bouscule un policier militaire. Il la rattrape et elle le projette contre le mur d'un coup de pied arrière vicieux. Une autre sentinelle l'intercepte alors qu'elle s'apprête à pénétrer dans le centre d'information combat.

– Lâchez-moi… Je dois voir Chaney !

– Vous ne pouvez pas entrer. Le CIC est zone interdite.

– Je dois retrouver Mick. Aïe, vous allez me casser le bras !

La porte étanche s'ouvre. Deux officiers sortent. Elle aperçoit le Président.

– Monsieur le Président !

Chaney quitte un instant l'écran des UAV du regard.

– C'est bon. Laissez-la entrer.

Dominique se retourne face au policier et le frappe brutalement sur le torse de la paume des deux mains.

– Ne me retouchez plus jamais !

Elle pénètre dans le centre névralgique plongé dans la pénombre, bourré de chefs d'État.

– Dominique ?

– Où est-il ? Vous savez où il est ! Où est-ce que vous l'avez emmené ?

Chaney l'attire près de lui.

– Gabriel est parti en hélicoptère à l'aube. À sa demande.

– Où est-ce qu'il est allé ?

– Il m'a donné une lettre pour vous.

Chaney sort l'enveloppe pliée de sa poche poitrine. Dominique la déchire.

Dominique bien-aimée,
J'ai tant de choses à te dire, tant de choses à t'expliquer, mais c'est impossible. J'ai des voix dans la tête qui m'écartèlent. Je ne sais pas si elles sont réelles ou si j'ai fini par perdre l'esprit.

La voix du Gardien me dit que je suis Hun Hunahpu. Il dit que c'est grâce à mon code génétique que nous avons pu entrer dans le vaisseau étoile. Peut-être que ce sont ces gènes qui m'ont permis de communiquer avec l'entité, sous le golfe.

Un des drones de l'entité a atterri en plein centre du terrain de jeu de balle de Chichén Itzá. Mon père pensait qu'il existait une relation certaine entre le terrain de jeu de balle et la fissure noire de la Voie lactée. Ce terrain, tout comme la pyramide de Kukulcán, est orienté vers le ciel nocturne. Ce soir à minuit, la fissure noire s'alignera directement au-dessus de son point central. Le passage s'ouvrira. Il s'ouvre déjà. Je le sens.

Enterrer un marqueur de pierre au centre de chaque terrain de jeu de balle est une tradition maya. Mon père était présent lorsque les archéologues ont déterré celui du terrain de Chichén Itzá. Avant de mourir, Julius m'a dit qu'il l'avait volé et réenterré ailleurs. Il ne m'a avoué ce secret qu'en rendant son dernier souffle. Il savait que j'aurais besoin de cette pierre.

Le fait que le drone ait atterri là ne peut pas être une simple coïncidence. L'entité du golfe sait peut-être que le marqueur se trouve là et ne veut pas que nous le trouvions. Quant à moi, tout ce que je sais, c'est que le vaisseau ennemi va s'élever à la rencontre du solstice d'hiver. Lorsque l'entité qu'il contient réalisera que les drones n'ont pas explosé, elle va chercher à détruire le dispositif du Gardien.

Je ne peux pas laisser faire ça.

Pardon de m'être sauvé ainsi. Cette nuit *a été la plus belle de ma vie. Je ne veux pas que ce soit la dernière.*

Je t'aime, je t'aimerai toujours…
Mick.

Dominique fixe la lettre.

– C'est… c'est injuste. Il croit que je vais me contenter de l'attendre ici ?

Elle poursuit le Président.

– Il faut que j'aille à Chichén Itzá.

– Monsieur le Président, il se passe quelque chose sur l'eau.

Tout le monde se rassemble autour des écrans des UAV.

Dominique saisit le bras de Chaney.

– Emmenez-moi auprès de lui. Vous me le devez bien.

– Dominique, il m'a fait jurer que je ne le ferais pas.

– Il a besoin de moi. Il a besoin de moi.

– Monsieur le Président, nous enregistrons un séisme, annonce un technicien. 7,5 points sur l'échelle de Richter et il augmente encore…

Chaney pose une main sur l'épaule de Dominique.

– Écoutez-moi : d'une façon ou d'une autre, nous allons détruire ce que contient ce vaisseau. Michael va s'en sortir.

– Monsieur le Président, le *Scranton* nous fait signe.

À bord de l'*USS Scranton*

Le capitaine Bo Dennis hausse la voix pour se faire entendre par-dessus le grondement tonitruant du séisme sous-marin.

– Amiral, tout le plancher marin se disloque. Les interférences électromagnétiques augmentent…

Un technicien sonar presse ses écouteurs sur ses oreilles.

– Capitaine, quelque chose est en train de sortir de ce trou, quelque chose de monumental !

Un immense souffle d'antigravité sort par pulsations de sous les vestiges du vaisseau d'iridium. La vague invisible repousse la masse de son nichoir de 65 millions d'années, la fait remonter dans un kilomètre et demi de calcaire fragmenté. Comme une balle de canon monstrueuse, la masse d'iridium titanesque de plus d'un kilomètre cinq de diamètre monte tout droit au milieu de millions de tonnes de débris. Le plancher marin désagrégé s'effondre dans le sillage du colosse en ascension. Le monstrueux bouleversement démolit tout alentour, projette à toute allure des vagues sismiques sur tout le bassin à moitié clos du golfe du Mexique. Le banc de Campeche et ses environs subissent l'équivalent d'un tremblement de terre de force 9,5.

L'expulsion du navire extraterrestre déclenche une série de raz de marée. Les vagues tueuses déferlent de l'épicentre vers les plages cristallines du golfe comme un anneau mortel.

À bord de l'*USS Scranton*

– Capitaine, l'objet extraterrestre s'est dégagé du plancher marin.

– Mise à feu. Il est trop gros pour qu'on le rate.

Le capitaine Dennis se retient, car le sous-marin vient de tanguer à bâbord.

– Timonier, écartez-nous du champ de débris. Maître, procédures de mise à feu, préparez les tubes un et deux.

– À vos ordres, mon capitaine. Tubes un et deux prêts.

– Appariez positions sonars. Tirez tubes un et deux.

– Oui, mon capitaine. Tirage tubes un et deux. Torpilles tirées.

– Impact dans dix secondes. Sept… six… cinq…

Les deux projectiles fendent laborieusement la mer turbulente en direction de la masse en ascension. Quinze mètres avant l'impact, les ogives se heurtent à un champ de force invisible et explosent.

À bord du *John C. Stennis*

– Amiral, le *Scranton* rapporte des frappes directes, mais aucun dégât. L'objet semble protégé par un champ de force invisible. Il continue à monter.

Tous les yeux fixent la rangée d'écrans des UAV. Les caméras des Predators, en vol stationnaire à soixante-dix mètres au-dessus de la mer, révèlent un noyau de bulles qui se forment en surface.

– Le voici !

La masse ovoïde fend les flots comme un iceberg en forme de coupole. Elle s'enfonce, puis danse à la surface de l'eau tourbillonnante avant de s'équilibrer. Des gros plans de la surface d'iridium brûlée transmis par les UAV montrent un réseau d'escarpements métalliques déchiquetés et d'échancrures grosses comme des cratères.

Les détecteurs transmettent des clichés informatiques de la silhouette du vaisseau extraterrestre. Dominique fixe l'image holographique en trois dimensions. Les vingt-trois appendices tubulaires qui pendent sous les restes du vaisseau le font ressembler à un énorme navire de guerre mécanique.

– Contactez nos escadres aériennes, ordonne le capitaine. Ouvrez le feu.

Les Joint Strike Fighters brisent leur formation et lancent une salve de missiles Slammer. Les missiles explosent juste au-dessus de la masse pareille à une île. Les multiples détonations révèlent momentanément la présence d'un champ de force bleu néon.

Le secrétaire de la Marine jure tout haut.

– Ce foutu engin est protégé par un champ de force, exactement comme ses drones. Capitaine Ramirez...

– À vos ordres, monsieur le secrétaire.

– Donnez l'ordre aux JSF de dégager la zone visée. Lancez deux Tomahawks. On va voir la vraie puissance de ce champ d'énergie.

Une explosion assourdissante ébranle le navire. Dominique se cache les oreilles.

Le système de guidage des deux missiles Tomahawk a été démonté pour empêcher le dispositif du Gardien de dévier leur trajectoire. Lancées à bout portant, les ogives percutent leur objectif. La double détonation projette une boule de feu vers le ciel qui aveugle un instant les images renvoyées en temps réel par les UAV qui l'entourent.

L'image redevient nette. Le vaisseau n'a pas été endommagé.

Survient alors autre chose.

Au centre de la masse flottante, on distingue une espèce de mouvement mécanique suivi d'un éclair de lumière verte.

Le faisceau sort d'une ouverture dans la coque extraterrestre, mais il ne s'agit ni d'une écoutille, ni du sommet d'un sous-marin, ni d'une déchirure ou d'une fente. Des tessons d'iridium semblent s'ouvrir par couches successives, puis se replier loin du vortex d'énergie.

De la lumière vert émeraude surgit un mastodonte, tête la première.

Les caméras de la marine se remettent au point. L'image montre le visage de l'extraterrestre. C'est une gigantesque vipère dont le crâne énorme, orné d'écailles pareilles à des plumes, est aussi large qu'un panneau d'affichage. Deux yeux cramoisis brillent comme des phares phosphorescents. La lumière matinale fait plisser leurs pupilles reptiliennes, fentes ambrées verticales. Les hideuses mâchoires s'ouvrent, découvrent séparément deux crocs ébène. Chacun doit bien mesurer un mètre cinquante de long. Le reste de la gueule dilatée est empli de rangées de dents aiguisées comme des scalpels.

Un haut-le-corps reptilien monumental hérisse d'épaisses couches de plumes vert émeraude huileuses, pareilles à des écailles, sur le dos de l'extraterrestre qui se dresse comme un cobra gigantesque.

Sur le ventre de la créature, des aiguilles agrippent la surface d'iridium. Le monstre contemple brièvement le ciel, comme s'il analysait l'atmosphère. À la vitesse de l'éclair, il plonge tête la première dans la mer et disparaît sous les vagues.

Abasourdis, le président Chaney et ses chefs d'état-major fixent les écrans.

– Dieu du ciel, ce machin était vrai ? chuchote le Président.

Un spécialiste en communications, ébranlé, écoute un message dans son casque.

– Amiral, le *Scranton* rapporte que l'E.T. se déplace dans la thermocline. Dernière vitesse enregistrée… la vache… quatre-vingt-douze nœuds. Cap sud, sud-est. Apparemment, il se dirige droit vers la péninsule du Yucatán.

Chichén Itzá

Une foule fanatique de plus de 200 000 zélotes s'est rassemblée dans le parking de Chichén Itzá. Les manifestants psalmodient et lancent des pierres aux miliciens mexicains armés jusqu'aux dents. Ils essaient de se frayer un chemin vers l'entrée principale condamnée de l'ancienne cité maya.

À l'intérieur du parc, quatre Abrams M1-A2 américains se sont placés en position défensive de chaque côté de la pyramide de Kukulcán. Dans la jungle environnante, deux escadrons de Bérets verts sont tapis, cachés par la végétation touffue.

Le terrain de jeu de balle de Chichén Itzá se trouve juste à l'ouest de la pyramide de Kukulcán. Un édifice de trois étages, appelé temple des Jaguars, en ferme la partie est. Des colonnades en forme de serpents marquent son entrée. Au nord se dresse le temple de l'Homme barbu dont les façades sont recouvertes de différentes sculptures du grand Kukulcán, émergeant des mâchoires d'un serpent à plumes ou encore revêtu d'une tunique, mort, allongé, sur le point d'être engouffré par un serpent à deux têtes.

Des anneaux de pierre en encorbellement ornent les faces des murs est et ouest. Ils sont placés verticalement comme des paniers de base-ball latéraux. Inventé par les Olmèques, le cérémonial rituel du jeu de balle était censé dépeindre la bataille épique entre la lumière et les ténèbres, le bien et le mal. Deux équipes de sept guerriers se livraient bataille. Ils essayaient de faire passer une balle de caoutchouc dans ces cerceaux verticaux à l'aide des coudes, des hanches et des genoux. La récompense du jeu était simple, la motivation pure : les perdants avaient la tête tranchée.

Michael Gabriel se tient au centre du terrain herbeux de cent mètres, dans l'ombre du drone. Il dirige une équipe de trois rangers de l'armée américaine. Armés de pics et de pioches, les hommes creusent un trou profond. Ils se fraient un chemin dans le terrain friable jusque sous les griffes de l'extraterrestre.

La force du champ d'énergie enveloppant le drone hérisse les cheveux de Michael sur sa tête.

Il voit la Jeep pénétrer par l'extrémité sud du terrain de jeu. Le colonel E.J. Catchpole bondit du véhicule avant même qu'il ne s'immobilise.

– Gabriel, on vient d'apprendre que la masse extraterrestre avait fait surface comme vous l'avez prédit.

– Est-ce que la marine a pu la détruire ?

– Négatif. Elle est protégée par le même champ de force que ces foutus drones. Mais ce n'est pas tout. Un extraterrestre en est sorti.

– Un extraterrestre ? Il ressemblait à quoi ?

Le cœur de Michael bat comme un tambour.

– Aucune idée. Le dispositif de la pyramide brouille les communications. J'ai simplement compris qu'il était énorme et que la marine pense qu'il se dirige vers nous.

Le colonel s'agenouille près du trou.

– Lieutenant, sortez de là. Vos hommes aussi.

– Oui, mon colonel.

– Excusez-moi, Gabriel, mais j'ai besoin de tous les hommes disponibles pour garder le dispositif. De toute façon, qu'est-ce que vous cherchez ?

– Je vous l'ai dit, une espèce de pierre ronde grosse comme un ballon de foot. Elle est probablement enterrée juste sous les griffes du drone.

Le lieutenant sort du trou, suivi de deux rangers. Les hommes sont couverts d'une poussière blanche poudreuse.

Le lieutenant boit à sa gourde et crache la dernière gorgée.

– Voici le marché, Gabriel : nous avons repéré le bord d'une espèce de récipient métallique, mais si mes hommes essaient de l'enlever, le tunnel s'effondrera sous le poids de ce drone. Nous vous laissons une torche et nous vous retrouvons ici si vous voulez essayer, mais je ne vous le conseille pas.

Les hommes montent à bord de la Jeep.

– Je vous suggère de mettre les voiles avant le début du feu d'artifice, hurle le colonel, tandis que le véhicule accélère en direction de l'ouest.

Michael suit la Jeep des yeux, puis il descend dans le trou par l'échelle de corde.

Les rangers ont excavé un puits horizontal étroit sous le drone. La pioche dans une main, la torche dans l'autre, Michael y avance à genou. Très vite, les sons en surface lui parviennent assourdis.

Le tunnel se termine en impasse au bout de quatre mètres. Au-dessus de sa tête, le bout des griffes noires de la créature acérées comme des rasoirs sort du plafond calcaire.

Il aperçoit, encastrée entre elles, la partie inférieure d'un récipient de métal brillant, identique à celui en iridium que son père et lui ont trouvé, bien longtemps auparavant, dans la pampa de Nazca.

Michael effrite doucement le calcaire autour du récipient pour le détacher. Des gravillons tombent sur son dos, des fissures s'ouvrent dans le plafond. Il continue à tapoter et sent l'objet se desserrer. Il sait que le plafond peut s'effondrer à tout instant, l'enfouir sous la masse du terrain et du drone extraterrestre.

Des touffes de poussière blanche l'aveuglent lorsqu'il tire une dernière fois pour libérer l'objet. Il bondit en arrière.

Une partie du plafond s'effondre en un rideau blanc aveuglant de poussière et de débris provoqué par la chute du drone de dix tonnes dans la cavité.

Michael recule sur le ventre pour sortir du tunnel. Il se hisse hors des décombres, le corps recouvert de poussière blanche, le récipient de métal serré dans sa main gauche maculée de sang.

Il grimpe à l'échelle en crachant et en toussant et s'effondre sur le dos près de l'ouverture du trou. Il inhale une bouffée d'air frais, cherche sa gourde à tâtons, verse le liquide chaud sur son visage, se rince, s'assoit et examine le récipient.

Un long moment, il se contente de le contempler. Il rassemble son énergie, face à l'image écarlate du trident de Paracas – l'insigne du Gardien.

– OK, Julius, on va voir ce que tu m'as caché pendant toutes ces années.

Il force le couvercle et sort le contenu du récipient.

Qu'est-ce que c'est ?

Il s'agit d'un objet de jade rond et lourd, de la taille d'un crâne humain. Le manche d'une longue dague d'obsidienne en sort. Michael essaie de retirer l'arme, mais elle est trop étroitement coincée.

Sur l'autre face sont gravées deux images. La première représente une bataille épique entre un homme blanc barbu et un serpent à plumes. Un petit objet dans la main, l'homme tient la bête en respect. La seconde image est celle d'un guerrier maya.

Michael fixe le visage du guerrier. La chair de poule hérisse sa peau couverte de poussière blanche.

Mon Dieu… c'est moi.

Île de Sanibel
Côte ouest de la Floride

L'alarme du Sosus réveille Edith Axler en sursaut. Elle lève sa tête posée sur la table, prend ses écouteurs sur le terminal informatique et les place sur ses oreilles.

Son neveu pénètre dans la pièce juste à temps pour la voir se décomposer.

– Qu'est-ce qui se passe ?

Elle lui tend les écouteurs et allume en hâte le sismographe.

Harvey écoute. L'encre commence à s'imprimer sur le papier millimétré.

– Ça veut dire quoi ?

– Énorme tremblement de terre sous le banc de Campeche, explique Edith dont le cœur s'est emballé. Il a dû se produire il y a moins d'une heure. Les grondements qu'on entend correspondent à une série de raz de marée. Ces vagues seront gigantesques quand elles atteindront la côte. Elles vont submerger toutes les îles.

– Dans combien de temps ?

– Entre quinze et vingt minutes maximum. Je vais appeler les gardes-côtes et le maire. Occupe-toi de la police et va chercher la voiture. On doit déguerpir en vitesse.

Golfe du Mexique

Le Seahawk Sikorsky SH-60B est en vol stationnaire au-dessus des moutons blancs, suivi des quatre autres hélicoptères de la marine. Bien au-dessus d'eux, les Joint Strike Fighters braquent leurs détecteurs sur la vague qui se déplace à toute allure à sept cents mètres de là.

Dominique contemple les monstrueuses ondulations de la verrière. Au loin, on aperçoit des fragments de la côte du Yucatán à travers le brouillard de l'aube.

Le premier tsunami se propage le long du plancher marin à une vitesse plus rapide que celle d'un avion à réaction. Le mur d'eau tueur ralentit à l'approche de la côte. Les phénomènes de réfraction et de contact avec les bas-fonds redirigent sa fureur terrifiante vers le haut. La vague culmine directement sous l'appareil.

Le général Fecondo donne une tape au pilote.

– Pour quelle raison les JSF ne tirent plus ?

– Ils disent que l'objectif est trop profond et se déplace trop vite. Aucune signature, rien à quoi s'accrocher. Ne vous inquiétez pas, mon général, l'E.T. est sur le point de sortir de la mer. Nos oiseaux l'écrabouilleront dès qu'il atteindra la plage.

Le président Chaney se tourne face à Dominique. La peau sombre de son visage semble terreuse.

– Ça va, là-bas derrière ?

– Ça irait mieux si…

Elle se tait. Les yeux rivés sur la mer qui semble se dresser juste sous eux, elle a l'impression de perdre son sens de l'équilibre.

– Attention ! Remontez !

– Merde !

Le pilote tire brutalement sur le manche à balai à l'instant où la vague culmine sous le train d'atterrissage de l'hélicoptère et soulève l'appareil comme sur une planche de surf.

Dominique s'agrippe au siège devant elle. Le Sikorsky fait une embardée. L'hélicoptère vacille au sommet de la montagne aqueuse, puis la vague de vingt-cinq mètres les relâche et s'effondre. Elle va se briser sur le rivage dans un vacarme infernal.

L'hélicoptère se stabilise. Il plane au-dessus du paysage submergé. Passagers et équipage retiennent leur souffle au spectacle de la vague tueuse qui balaie les terres en dévastant tout sur son passage.

Un rugissement assourdissant leur annonce que les Joint Strike Fighters tournent au-dessus d'eux.

– Mon général, rapport de notre escadre aérienne : ils ont perdu tout contact avec l'E.T.

– Il est dans la vague ?

– Non.

– Dans ce cas, où est-ce qu'il est passé ? hurle Chaney. Un engin de cette taille ne peut pas se volatiliser.

– Il doit encore être dans l'eau, répond le général. Faites replier les hélicos jusqu'au dernier site repéré. Que les jets suivent la côte dans les deux sens. Il faut qu'on lui coupe le chemin avant qu'il atteigne les terres.

Dix longues minutes s'écoulent.

Dominique regarde le raz de marée se retirer dans la mer. Le fleuve d'eau tourbillonnante entraîne avec lui palmiers déracinés, décombres et bétail.

– Monsieur le Président, nous gaspillons du temps.

– L'E.T. est toujours dans les environs, lui répond Chaney.

– Et s'il ne l'était pas ? S'il se dirigeait vers Chichén Itzá comme l'a dit Mick ?

– Trente hélicoptères tournent au-dessus de la côte du Yucatán, intervient Fecondo. Dès que ce monstre apparaîtra…

– Une minute ! Mick m'a dit que la péninsule ressemble à une éponge géante. Il y a tout un labyrinthe de grottes reliées à la mer. L'extraterrestre ne se cache pas, il avance sous terre !

Île de Sanibel

Edith martèle la porte de son amie.

– Sue !

Sue Reuben apparaît sur le seuil, à moitié endormie.

– Edith, qu'est-ce qui se passe ?

Edith la saisit par le poignet et l'entraîne vers la voiture.

– Edith, je suis en pyjama !

– Monte. Il va y avoir un raz de marée.

Harvey met brusquement le moteur en marche pendant que les deux vieilles dames montent à bord. Comme un fou, il traverse les quartiers résidentiels en direction de la route principale.

– Un raz de marée ? De quelle magnitude ? Et le reste de l'île ?

– Les hélicoptères des gardes-côtes s'occupent des plages et des rues. Ça fait dix minutes que la radio et la télé lancent l'alerte. Tu n'as pas entendu les sirènes ?

– Je dors sans mon Sonotone.

Harvey freine brutalement à l'approche du croisement qui mène à la route principale. Pare-chocs contre pare-chocs, les voitures encombrent le seul pont permettant de quitter Sanibel.

– On dirait que le message est passé, hurle le jeune homme pour se faire entendre par-dessus la cacophonie des klaxons.

Edith consulte sa montre.

– On doit sortir d'ici.

– À pied ? (Sue hoche la tête.) Edith, le péage est loin. Je suis en pantoufles…

Edith ouvre la portière et extirpe son amie du siège arrière. Harvey prend la main libre de sa tante dans la sienne et traîne les deux femmes vers l'autre bout du pont en se frayant un chemin le long de la file de voitures.

La traversée du pont prend plusieurs minutes au trio. Des adolescents les dépassent à toute allure sur des patins motorisés. Edith est obligée de se protéger les yeux contre une lumière éblouissante en provenance des eaux de la baie reliant l'île de Sanibel au golfe du Mexique.

Un pétrolier rouge et noir se déplace prudemment le long de la côte.

Cinq kilomètres derrière le navire, un mur d'eau d'une hauteur inouïe se dresse hors de la mer.

Sue Reuben n'en croit pas ses yeux.

– Mon Dieu, je rêve ?

Les coups de klaxons s'amplifient ; les passagers, épouvantés, fuient leurs véhicules à la vue de la vague monstrueuse qui culmine à trente-cinq mètres.

Le tsunami balaie le pétrolier dans son rouleau montant, puis il se brise sur l'énorme vaisseau d'acier et le cloue au plancher marin.

L'impact tonitruant fait résonner le pont. La vague tueuse rugissante va s'écraser sur la côte de Sanibel, annihilant tout au passage.

Edith entraîne son neveu et son amie vers la cabine de péage abandonnée. Harvey ouvre la porte coulissante, les hale à l'intérieur et la referme. Edith oblige Sue à s'accroupir.

Le tsunami balaie la chaussée, submerge la cabine.

La structure de béton et d'acier grogne. De l'eau de mer s'infiltre de tous côtés, emplit le rectangle de Plexiglas. Perdus dans les ténèbres, Edith, Harvey et Sue sentent que le niveau de l'eau glacée continue à monter. Le tsunami rugit comme un train de marchandises, son énergie descelle la cabine de péage.

La poche d'air se remplit d'eau. Edith ferme les yeux, dans l'attente de la mort. Sa dernière pensée est pour Isadore. Elle se demande si elle va le revoir.

Les poumons en feu, elle sent son pouls battre dans ses oreilles.

Puis le rugissement décroît et l'obscurité diminue.

Harvey ouvre la porte d'un coup de pied.

Les trois survivants sortent de la cabine, les genoux flageolants. Ils s'accrochent les uns aux autres dans le torrent qui leur monte jusqu'aux genoux et continue son chemin à l'intérieur des terres.

Edith soutient son amie pour l'aider à résister au flot.

– Ça va ?

Sue hoche la tête.

– Est-ce qu'on retourne à la maison ?

– Non, les tsunamis ont plusieurs vagues. On doit courir.

Agrippés les uns aux autres, ils pataugent et trébuchent sur la chaussée immergée. La vague ralentit, et en rebroussant brutalement chemin, manque les entraîner dans la baie. Accrochés à un poteau de circulation, il ne leur reste plus qu'à prier pour ne pas périr au milieu du flot tourbillonnant de débris.

Chichén Itzá

Mick contemple l'image du guerrier ornant l'objet de jade qu'il tient dans les mains comme s'il se regardait dans un miroir.

Du récipient d'iridium sort une brise, suivie d'une espèce de palpitation.

Michael en sort avec étonnement un morceau de carton délavé. Sa main se met à trembler lorsqu'il reconnaît l'écriture familière.

Michael,

Si le destin t'amène jusqu'ici, tu es à présent aussi stupéfait que nous l'avons été, ta mère et moi, en déterrant cet objet en 1981. Tu n'étais alors qu'un enfant innocent de quatre ans. Un instant, j'ai été assez sot pour imaginer que l'image du guerrier était la mienne. Puis ta mère m'a fait remarquer ses yeux noirs et d'instinct, nous avons tous les deux compris que cette image était censée être la tienne.

Tu connais à présent la véritable raison pour laquelle nous avons refusé d'abandonner notre quête. La raison pour laquelle tu n'as pas eu le droit de vivre une vraie enfance aux États-Unis. Un destin plus grand t'attend, Michael, et nous avons estimé qu'il était de notre devoir de parents de t'y préparer de notre mieux.

Après deux décennies de recherches, je ne comprends toujours pas la fonction de cet objet de jade. Je pense qu'il s'agit d'une arme que nous a léguée Kukulcán en personne, même si je ne trouve pas d'autorité à proprement parler susceptible d'identifier sa finalité. J'ai déduit que la lame d'obsidienne insérée dedans est un ancien couteau de cérémonie qui date de plus de mille ans. Il a peut-être servi jadis à trancher le cœur des victimes sacrifiées.

Mon seul espoir est que tu auras compris tout le reste avant l'arrivée du solstice d'hiver de 2012.

Je prie Dieu de t'aider dans ta quête, quelle qu'elle soit, je prie aussi pour qu'un jour, tu trouves dans ton cœur la force de pardonner à cette âme misérable les méfaits qu'elle a commis. Ton père qui t'aime.

J.G.

Michael fixe la lettre. Il la relit à plusieurs reprises. Il essaie d'assimiler mentalement ce que son cœur lui a déjà révélé.

C'est moi. Je suis l'élu.

Il se lève, laisse tomber le récipient et la lettre dans le trou. Puis, la boule de jade bien serrée dans la main, il part en courant du terrain de jeu de balle désert, en direction des marches ouest de la pyramide de Kukulcán.

Il dégouline de sueur en arrivant au sommet. Il essuie les gouttelettes et la poussière collée à son front et pénètre d'un pas trébuchant dans le couloir ouest où est dissimulée la porte hydraulique du Gardien.

– Gardien, laisse-moi entrer ! Gardien…

Il martèle le sol de pierre, en hurlant à pleins poumons.

Rien ne se produit.

Cenote sacré

Avec ses deux mètres dix et ses cent cinquante kilos, le lieutenant-colonel Mike Slayer, surnommé « Ming-Ding », est le plus grand Béret vert à avoir jamais porté l'uniforme de commando. Cet Américain irlando-chinois à la voix râpeuse ne se contente pas d'être un ancien footballeur professionnel. Il est également une énigme médicale, puisque presque toutes les parties de son corps ont été réparées, remplacées ou recyclées. Ming-Ding a la réputation de cogner dans l'intention de faire mal quand les mots ne lui viennent pas à l'esprit ou lorsque son épaule ou son genou cèdent.

Le commando essuie la transpiration perlant à sa lèvre supérieure à l'aide de sa manche avant que les moustiques ne s'en délectent. *Putain, trois heures à nous gratter les fesses dans cette foutue jungle mexicaine.*

Ming-Ding est plus que prêt à frapper sur quelque chose.

Des craquements de parasites dans son oreille gauche. Le lieutenant-colonel règle son récepteur.

– À vous, mon colonel.

– Flux magnétique détecté par nos satellites. S'approche de nous par le nord. Pensons que c'est l'extraterrestre qui se déplace par les nappes aquifères. Va sans doute remonter par le puits naturel.

Putain, c'est pas trop tôt.

– Message reçu. On est sur les dents.

Ming-Ding fait signe à sa patrouille de prendre position autour du *cenote*. Chaque homme est armé d'une OICW[1], mitraillette la plus mortelle au monde. L'engin de 6 kg est muni de deux barillets. Le premier tire des salves de munitions calibre 5,56 mm, l'autre sert aux salves haute-puissance 20 mm, réglables sur explosion à

---

1. *Objective Individual Combat Weapon* : arme de combat objectif individuel.

l'impact ou à léger retardement, devant, derrière ou au-dessus de l'objectif ennemi.

Le sergent John McCormack, dit « Dirty Red », rejoint le lieutenant-colonel. Les deux hommes scrutent la surface d'eau croupie.

– Alors, il est où, ce foutu extraterrestre ?

– Loi de la guigne maximale numéro 16 : si vous visez un objectif, n'oubliez pas d'en aviser votre ennemi.

Le sol se met à trembler ; des vagues parcourent la surface de l'eau.

– J'ai dû parler trop tôt.

Ming-Ding fait signe à ses hommes. Puis il s'éloigne du bord du puits car les tremblements augmentent.

Dirty Red garde les yeux rivés sur la mire de son arme laser.

Amène-toi, fils de pute. Viens qu'on t'attrape.

Le sol tressaute tellement que le commando a du mal à viser.

Le mur opposé du *cenote* s'effondre. Une gerbe de calcaire et de pierres retombe en pluie à l'extérieur.

L'extraterrestre jaillit hors du *cenote*.

Les muscles de Ming-Ding se crispent de terreur.

– Bordel… Tirez ! Tirez !

Un rideau de plomb tonitruant sort des armes des commandos.

Les balles n'atteignent pas leur but. Un champ net d'énergie, visible seulement à travers sa déformation, enveloppe le serpent comme une seconde peau. À leur entrée dans le champ, les balles semblent se vaporiser dans l'air.

– Putain, qu'est-ce qui se passe ?

Horrifié et décontenancé, le lieutenant-colonel voit ses hommes tirer en vain.

L'entité extraterrestre, grosse comme une locomotive, passe près des commandos comme s'ils n'étaient pas là et se glisse sur le *sache* maya. Elle se fraie un chemin à travers les frondaisons en direction de la pyramide.

Ming-Ding allume l'émetteur placé sur son casque.

– Mon colonel, on a établi le contact avec l'extraterrestre. En tout cas, on a essayé. Nos balles n'ont servi à rien, mon colonel, elles se sont volatilisées dans l'air.

Du sommet de la pyramide de Kukulcán où il contemple le terrain de jeu de balle, Michael entend l'écho du battement des pales de l'hélicoptère dans l'air. L'appareil de la marine s'approche et atterrit sur une pelouse adjacente à l'escalier ouest de la pyramide.

Le cœur battant, il voit Dominique en sortir derrière le Président et deux commandos de l'armée américaine.

Michael...

Michael suffoque et se tourne vers le nord. Il sent quelque chose approcher de la jungle.

Quelque chose de gigantesque.

La créature déracine au passage les arbres qui forment un dais le long du *sache*.

En bas, quatre tanks M1-A2 Abrams foncent en une seule formation sur la chaussée de terre. Leurs télémètres laser visent le centre de l'ancienne route maya.

Les yeux de Michael s'écarquillent ; son cœur palpite.

Le crâne de l'extraterrestre apparaît au-dessus de la cime des arbres. Le soleil de l'après-midi fait étinceler ses yeux cramoisis comme des rubis.

Tezcatlipoca...

Les tanks ouvrent le feu. Quatre projectiles jaillissent en même temps des manchons lisses 120 mm des véhicules armés.

Aucun contact, aucune explosion. En percutant la couenne de l'extraterrestre, les obus disparaissent simplement en quelques éclairs, brefs et aveuglants, dans un dense coussin d'air.

Le serpent continue d'approcher, il glisse par-dessus les tanks. Les véhicules disparaissent quelques secondes dans le champ d'énergie. Lorsqu'ils réapparaissent, il n'en reste plus qu'un fouillis méconnaissable de plaques de titane et de tourelles.

Les paroles du Gardien résonnent aux oreilles de Michael : Tezcatlipoca abrite le portail du couloir donnant sur la quatrième dimension.

Le portail donnant sur la quatrième dimension... C'est Tezcatlipoca ! Tezcatlipoca EST le portail !

Le serpent à plumes s'élève le long de la balustrade nord. De l'énergie irradie de ses yeux démoniaques phosphorescents. Les fentes dorées des pupilles reptiliennes nageant dans les cornées rouge sang s'écarquillent, comme si en jaillissaient les flammes d'un fourneau infernal.

Pétrifié d'épouvante, Michael fixe la créature. *Il veut que j'entre là-dedans ?*

Le serpent s'immobilise au sommet. Sans tenir compte de Michael, il ouvre la gueule et de ses crocs rétractés sort une rafale vaporeuse d'énergie émeraude.

Dans un grand sifflement, le temple de calcaire s'enflamme de teintes vermillon irréelles. Le feu de l'extraterrestre fait fondre les pierres en quelques secondes.

Michael recule pour tenter d'échapper à la chaleur intense, il s'abrite derrière les trois marches supérieures de l'escalier nord.

Les flammes s'éteignent. De la conflagration n'émane plus qu'une antenne d'iridium de cinq mètres de haut, qui sort comme un mât des quelques vestiges du mur central du temple.

Le dispositif !

Tu es Hun Hunahpu. Tu peux avoir accès au dispositif des Nephilim.

L'instinct de survie fait subitement jaillir un processus de pensée en veilleuse depuis longtemps. De fortes impulsions se transmettent des terminaisons nerveuses des doigts de Michael à l'objet de jade qui se met à diffuser une énergie intense, presque aveuglante.

L'extraterrestre se pétrifie subitement. Ses pupilles ambrées disparaissent à l'intérieur des fentes de ses yeux cramoisis.

Le cœur de Michael bat comme un marteau piqueur, l'énergie qui passe par son corps fait tressaillir son bras.

La vipère aveuglée fixe la pierre comme si elle était en transe.

Michael ferme les yeux, il se débat pour ne pas perdre l'esprit.

OK, garde ton calme. Écarte-le du dispositif.

Le bras tendu, il descend péniblement, marche après marche, l'escalier ouest.

Comme mené par une laisse invisible, l'extraterrestre le suit.

Dominique se précipite vers lui, puis elle s'immobilise, les yeux écarquillés de stupéfaction.

– Mon Dieu, mon Dieu…

Chaney, le général Fecondo et deux commandos armés restent pétrifiés derrière l'un des murs bas du terrain de jeu de balle, incapables de réaliser ce qui se passe sous les yeux.

– Dominique !

De sa main libre, Michael la secoue pour la sortir de sa transe.

– Dominique, tu ne dois pas être ici !

– Mon Dieu !

Elle lui attrape la main pour l'entraîner.

– Viens !

– Non, attends… Dominique, souviens-toi de ce que je t'ai dit, souviens-toi de ce qui symbolisait l'entrée du monde d'en bas dans le *Popol Vuh*.

Elle se tourne face à lui, puis lève les yeux vers le monstrueux extraterrestre.

– Oh, non. Mon Dieu, non…

– Dominique, le serpent à plumes *est* le portail de la Route noire.

– Non…

– Et je crois que je suis Hun Unahpu !

Michael…

Michael a la chair de poule.

Dominique le fixe, complètement terrorisée. Les larmes fouettées par le vent dégoulinent sur son visage.

– Qu'est-ce que tu vas faire ? Tu ne vas pas te sacrifier ?

– Dom…

– Non !

Elle lui saisit le bras.

Je viens, Michael. Je sens ta peur…

– Je ne te laisserai pas faire ! Mick, je t'en supplie… Je t'aime.

Michael sent sa volonté flancher.

– Dominique, je t'aime aussi, et j'ai vraiment peur. Mais je t'en supplie, si tu veux me revoir, tu dois partir. Tout de suite !

Il se tourne vers Chaney.

– Emmenez-la loin d'ici. Maintenant !

Le général Fecondo et deux soldats entraînent de force à bord de l'hélicoptère la jeune femme vociférante qui se débat comme une furie.

Chaney s'approche de Michael sans quitter des yeux l'extraterrestre.

– Qu'est-ce que vous allez faire ?

– Je ne suis pas sûr. Mais quoi qu'il arrive, empêchez Dominique de revenir ici.

– Je vous donne ma parole. Maintenant, rendez-nous service. Tuez cette chose.

Chaney recule et remonte à bord de l'hélicoptère.

L'appareil décolle.

Pris de vertige, Michael est contraint de s'agenouiller et perd sa concentration.

La lumière irradiant de la pierre de jade baisse d'intensité.

Le serpent extraterrestre secoue sa tête monstrueuse. Ses pupilles ambre réapparaissent, les fentes verticales s'élargissent. Deux yeux supplémentaires incrustés dans le creux de ses joues se reconcentrent sur la signature thermique de Michael et sur l'arme qui brille moins fort.

Ça ne va pas. Reconcentre-toi...

Tezcatlipoca se redresse sur ses anneaux. Il pousse un abominable rugissement inhumain, comme pour faire comprendre qu'il n'est plus ensorcelé par Michael.

Les quatre yeux vipérins brûlent Michael, ils se posent sur lui comme s'ils le voyaient pour la première fois. Les mâchoires s'ouvrent. Une bile noire grésillante coule des crocs supérieurs rétractés et éclabousse les marches comme un venin acide.

Le pouls de Michael s'emballe. Il ferme les yeux pour mourir... mais une vague d'intuition primitive lui fait mentalement *sentir* le dispositif.

Tezcatlipoca déploie ses mâchoires, dénude ses crocs hideux et se projette sur l'Hunahpu à une vitesse terrifiante.

Comme un éclair, l'explosion d'énergie bleu électrique jaillit de l'antenne de la pyramide, atteint le serpent prêt à frapper. Empalée par le dispositif, la créature se tortille de souffrance. Son corps apparaît et disparaît dans des ondes d'énergie émeraude. Les spasmes qui la secouent hérissent son plumage pareil à des écailles et à des piquants.

Michael reste immobile devant le monstre extraterrestre. Les yeux fermés, il dirige ses instincts nouveaux d'Hunahpu, il concentre l'énorme puissance du dispositif du Gardien sur son ennemi qui pousse des cris perçants.

Tressaillant de fureur, Tezcatlipoca tonne. Cette attaque verbale se répercute sur l'esplanade et fait crouler les colonnades du complexe des Guerriers.

Michael rouvre les yeux. Il tient la pierre centrale au-dessus de sa tête et ordonne à la lame d'obsidienne de sortir de son étui brillant.

L'objet de jade émet des pulsations furieuses, diffuse une énergie chauffée à blanc dont la chaleur lui brûle légèrement la main.

Michael vise, lance l'objet vers la gueule ouverte de l'extraterrestre.

Une explosion d'énergie pure, comme lorsqu'un soleil se transforme en nova.

Tezcatlipoca est parcouru d'autres spasmes, on dirait qu'il vient d'être frappé d'une décharge d'électricité de plusieurs millions de watts.

La main en visière pour se protéger les yeux, Michael tombe à genoux et désactive le dispositif.

L'extraterrestre sans vie s'effondre sur les marches nord. Ses yeux luminescents se fondent en teintes grisâtres, sa gueule ouverte vient reposer entre les têtes de serpent calcaires placées des deux côtés de la balustrade nord comme des serre-livres.

Michael s'affaisse sur le dos. Il tremble de tous ses membres, il lutte pour reprendre souffle.

Le visage pressé contre la verrière de l'hélicoptère, Dominique pousse un hurlement de joie, puis elle bondit vers le siège opposé pour étreindre Chaney de toutes ses forces.

– OK, OK, atterrissez, lieutenant. Cette jeune femme veut voir son homme.

Le général Fecondo, récepteur radio pressé contre son oreille, essaie d'écouter les cris par-dessus le bruit de l'appareil.

– Répétez, monsieur Gordon.

La voix du secrétaire de la marine crépite dans les écouteurs.

– Je répète… le vaisseau extraterrestre est encore protégé. Vous avez peut-être tué la bête, mais sa source d'énergie reste très active.

Les yeux clos, Michael est étendu sur le dos sur l'esplanade herbue. Son esprit épuisé tente de rétablir la connexion mentale qui lui a permis de mettre en marche le dispositif du Gardien.

Frustré, il s'assoit, fixe la lame d'obsidienne qu'il tient à la main. *Je suis un Hunahpu, mais je ne suis pas l'Élu. Je ne peux pas marcher sur la Route noire. Je ne peux pas sceller le portail.* Il se tourne et voit émerger de la jungle une patrouille de soldats armés jusqu'aux dents.

Ming-Ding Slayer l'aide à se relever.

– Nom de Dieu, Gabriel, comment vous faites ?

– J'aimerais bien le savoir.

Plusieurs soldats tirent des salves sur la tête de l'extraterrestre mort. Leurs balles se vaporisent avant d'atteindre leur but.

– *Michael…*

Il sursaute, lève les yeux. La voix est différente… familière. Apaisante, en quelque sorte.

Le Gardien…

Il referme les yeux pour permettre à la voix de le guider dans les profondeurs de son esprit.

– *Oublie ta peur, Hunahpu. Ouvre le portail et entre. Les seigneurs du monde d'en bas viendront te défier. Ils vont essayer de t'empêcher de sceller le portail avant l'arrivée du dieu de la mort.*

Michael rouvre les yeux. Il se concentre sur la gueule hideuse de Tezcatlipoca.

Un faisceau d'énergie bleu électrique jaillit de l'antenne du Gardien. Il vient se loger à l'intérieur du crâne du serpent.

La mâchoire supérieure s'ouvre lentement. Les soldats stupéfaits font un bond en arrière. Plusieurs d'entre eux tirent en vain sur la bête morte.

Michael a fermé les yeux pour ne pas se déconcentrer. Les mâchoires de l'extraterrestre, déployées à fond, exposent ses crocs ébène entourés de centaines de dents effilées comme des aiguilles.

Une seconde tête vipérine apparaît. Identique mais un peu plus petite, elle se projette en avant pour sortir de la gueule de la première tête.

Michael essaie de se concentrer davantage. Une troisième et dernière tête jaillit de la tête de la seconde. Les trois mâchoires du serpent se déploient au maximum.

Le dispositif s'éteint. Michael tombe sur un genou. Il ne peut plus se concentrer. L'effort l'a totalement vidé.

Au-dessus de la pyramide apparaît alors un cylindre d'énergie émeraude tournoyante. Ce corridor de la quatrième dimension traverse l'espace et le temps. Il descend du ciel qui s'assombrit pour venir effleurer la queue du serpent inanimé.

Les soldats laissent tomber leurs armes. Ming-Ding tombe à genoux, hébété, comme s'il regardait Dieu en face.

Quelque part à la droite de Michael, l'hélicoptère du Président atterrit.

Michael regarde fixement dans le portail ouvert. Il pèse sa décision, il lutte pour se débarrasser de sa peur.

– Mick !

Dominique descend de l'appareil.

Michael entend les paroles du Gardien : *Tu ne dois pas la laisser entrer.*

– Chaney, empêchez-la d'approcher !

Le Président attrape la jeune femme par le poignet.

– Lâchez-moi ! Mick, qu'est-ce que tu fais ?

Il la regarde. Le poids s'appesantit sur sa poitrine. *Vas-y !*
Maintenant, avant qu'elle te suive…

La dague d'obsidienne bien serrée dans sa main droite, il se
retourne, franchit la rangée inférieure de dents et pénètre dans la
première des gueules béantes du serpent.

28

Les mâchoires reptiliennes se referment derrière lui, la troisième tête se rétracte dans la gueule de la seconde.

Michael se tient au cœur des ténèbres. Les battements de son cœur résonnent comme des cymbales. Subitement, l'entrée semble l'aspirer en avant sans le faire vraiment bouger. L'envie de vomir lui tord les entrailles, comme si on déroulait son intestin. Pris de vertige, il ferme les yeux, serre la dague d'obsidienne contre son torse.

La lumière.

Lorsqu'il rouvre les yeux, ses nausées ont cessé. Il ne se trouve plus dans la gueule du serpent, mais au milieu du terrain de jeu de balle maya, à présent encerclé d'un gigantesque cylindre tourbillonnant d'énergie émeraude.

J'ai franchi le portail… Je suis sur le pas de la quatrième dimension…

Il a la sensation de regarder le monde à travers des lunettes aux verres éclatants. Au-delà de son environnement tournoyant, il aperçoit un ciel lavande. Des millions d'étoiles illuminent le ciel. De chacune qui se déplace sur la tapisserie de l'univers irradie un kaléidoscope d'ondes d'énergie. Juste au-dessus de lui, la fissure sombre traverse le centre même du cosmos magenta comme une rivière cosmique dentelée de gaz mauve.

Il avance d'un pas. Autour de lui, les objets se brouillent, comme s'il se déplaçait plus vite que son œil ne peut se fixer.

À l'extrémité du terrain de jeu de balle, distante de cent mètres, il aperçoit la deuxième gueule du serpent, dont l'orifice est placé sous le temple de l'Homme barbu.

Des mâchoires ouvertes, sort et se dirige vers lui lui une silhouette entièrement enveloppée d'un suaire noir.

Michael tremble de tous ses membres. Il serre la dague encore plus fort.

L'être s'approche. De pesantes manches s'élèvent des deux côtés de sa capuche, des mains invisibles la repoussent, dévoilent son visage.

Les yeux de Michael s'écarquillent d'incrédulité. Les muscles de ses jambes se liquéfient. Il tombe à genoux. Ses émotions sont si intenses, son cerveau tellement épuisé qu'il ne peut plus réfléchir.

Maria Gabriel pose les yeux sur son fils et sourit.

Elle a retrouvé sa jeunesse. C'est une femme ravissante d'une trentaine d'années. Son cancer a disparu, la pâleur de la mort a été remplacée par un teint rayonnant. Son épaisse chevelure noire boucle dans son cou, ses yeux noirs emplis d'amour maternel le contemplent.

– Michael…

– Non, c'est impossible… Tu ne peux pas être vraie…

Les mots l'étouffent.

Elle effleure sa joue.

– Mais si, Michael. Tu m'as tellement manqué !

– Mon Dieu, toi aussi tu m'as manqué…

Il prend sa main, la dévisage.

– Maman, comment ?

– Il y a tant de choses à comprendre. Notre but dans la vie, la métamorphose de la mort, chacun de ces processus nous permet de nous dépouiller de nos frontières physiques pour évoluer et accéder à un niveau supérieur.

– Mais qu'est-ce que tu fais ici ? Où sommes-nous ?

– Dans un passage, un portail vivant qui relie un monde à l'autre. J'ai été envoyée pour te servir de guide, Michael. On t'a égaré, mon chéri, tu as été trompé par les Nephilim. Ils ne t'ont raconté que des mensonges. L'ouverture du portail *est* la seconde venue. Les Nephilim *sont* le mal. L'esprit de Xibalba traverse le cosmos. Il va passer sur la Terre, apporter la paix et l'amour à l'humanité. Tel est le destin de l'humanité, mon fils… et le tien.

D'un geste gracieux, Maria lève le bras. Une autre silhouette apparaît dans la gueule du serpent, enveloppée de blanc cette fois.

– Tu vois ? La Première Mère attend.

Michael en reste bouche bée. C'est Dominique.

Sa mère l'arrête.

– Attends. Montre-toi doux, Michael. Elle ne sait plus où elle en est, elle est encore en état de flux.

– Qu'est-ce que tu veux dire ?

Maria se tourne pour prendre Dominique par la main. Les yeux écarquillés de la jeune femme sont aussi innocents que ceux d'un agneau, sa beauté ensorcelante.

– Elle ne supportait pas de vivre sans toi.

– Elle est morte ?

– Elle s'est suicidée.

Michael suffoque. Sa mère vient de repousser d'un geste plein de douceur les mèches de cheveux noirs qui recouvrent la tempe droite de Dominique pour lui montrer le trou encore suintant fait par une balle.

– Mon Dieu…

La blessure se referme sous ses yeux.

– Son destin se mêle au tien. Elle est destinée à devenir l'Ève de ton Adam. C'est ton esprit qui engendrera une nouvelle ère sur Terre, une nouvelle compréhension du monde spirituel.

Le regard égaré de Dominique semble peu à peu se fixer.

– Mick ?

Un sourire immense fait irradier son visage. Elle avance d'un pas trébuchant pour venir se nicher contre lui.

Le cœur débordant de passion, Michael étouffe Dominique dans ses bras.

Il se détache. Une petite voix essaie de souffler à son cerveau submergé de se ressaisir.

– Attends ! Qu'est-ce que tu entends par *nos* esprits ? Je suis mort ?

– Non, mon chéri, pas encore.

Maria lui désigne la lame d'obsidienne.

– Tu dois accomplir le sacrifice ultime de ta propre main pour sauver ton peuple.

Michael fixe la lame. Ses mains tremblent.

– Mais pourquoi ? Pour quelle raison est-ce que je dois mourir ?

– C'est le seul moyen, Michael. Il y a beaucoup de choses que tu ne peux pas comprendre.

Maria effleure sa joue.

– Je sais que tu as peur. C'est normal. Un bref éclair dc douleur qui abolira les liens physiques de la vie. Rien de plus. Et puis… la vie éternelle.

Dominique dépose un baiser sur son autre joue.

– Je t'aime, Michael. Maintenant, je comprends. Je suis entrée dans un autre monde. Je sens ta présence dans mon cœur. Notre destin est d'être unis.

Du doigt, Michael touche le bout de la dague, acéré comme un rasoir. Du sang en suinte.

Son sang est bleu !

Une image subliminale de la salle de Tezcatlipoca lui traverse l'esprit, suivie des paroles du Gardien, chuchotées dans les tréfonds de son cerveau. Les deux méchants viendront te défier. Ils essaieront de t'empêcher de sceller le portail avant qu'il arrive…

– Mick, ça va ? l'interroge Dominique d'un air soucieux.

Elle serre la main qui tient la dague.

– Je t'aime.

– Moi aussi.

Elle l'étreint, blottit le visage dans son cou.

– J'ai sacrifié ma vie sur Terre parce que je ne pouvais pas supporter ton absence. Quelque chose me disait que nous étions destinés à être des âmes sœurs.

Des âmes sœurs ? Il se retourne vers Maria.

– Où est mon père ?

– Il arrive de Xibalba.

– Julius est sur Xibalba ?

Une brève expression de confusion passe sur le visage de sa mère.

– Julius est dans l'*autre* royaume. Tu dois mourir avant de le voir.

– Mais je vois Dominique. Je te vois.

– Dominique est la Première Mère. Je suis ton guide. Tu verras les autres une fois que tu seras passé de l'autre côté.

Dans sa tête, Michael voit son père étouffant sa mère sous l'oreiller. Il lève le couteau, le regarde fixement.

– Maman, Julius t'aimait vraiment ?

– Oui.

– Il disait toujours que vous étiez des âmes sœurs.

– Comme tu es la mienne, dit Dominique.

Michael ne l'écoute pas, son esprit est en train de se reconcentrer.

– Son acte l'a vraiment détruit. Il a souffert jusqu'à la fin de sa vie.

– Oui, je sais.

– J'ai fait preuve d'un tel égoïsme ! J'ai toujours refusé de comprendre pourquoi il avait agi ainsi. (Michael fixe sa mère.) Papa t'aimait tellement… il a préféré terminer sa vie dans de terribles souffrances morales plutôt que de te voir souffrir une minute de plus. Mais il ne s'est pas tué. Il a tenu jusqu'au bout. Pour moi.

Il se tourne face à Dominique, se rapproche de quelques centimètres, lui caresse la joue.

– Maintenant, je comprends ce que mon père a fait – tuer son âme sœur – pour mettre un terme à sa souffrance. Il a choisi la route la plus difficile. Il a accompli le sacrifice ultime.

Maria sourit.

– Le moment est venu pour toi de faire le même sacrifice.

Michael presse la pointe de la lame contre sa poitrine. Puis il lève les yeux vers le ciel. Ses émotions, si longtemps contenues, se déversent de son cœur.

– Papa, je t'aime ! Tu m'entends, papa ? Je t'aime… et je te pardonne.

Ses yeux transpercent Dominique, deux faisceaux noirs qui cherchent son âme. Sa poitrine ne tressaille plus, sa gorge se serre, car les vaisseaux sanguins de son cou se sont noués de fureur.

– Je suis un Hunahpu, et je sais qui tu es !

D'un geste vif comme l'éclair, il plonge le couteau dans la gorge de Dominique en lui donnant un coup de pied qui l'envoie au sol. Une substance noire suinte autour de la lame qu'il enfonce plus profondément.

La créature se tortille dans les affres de l'agonie. Elle grogne, sa peau se ratatine, s'assombrit jusqu'au vermillon grillé. Le masque tombe sous les yeux de Michael.

Avec un cri de guerrier, il tranche la tête du démon.

L'être qui se faisait passer pour sa mère lui adresse un sifflement. Les fentes dorées de ses yeux cramoisis crachent la haine, sa gueule armée de crocs expulse un venin noir.

Michael enfonce la lame d'obsidienne dans le cœur du seigneur de l'enfer.

La peau du visage de Maria se dessèche, laissant apparaître une fraction de seconde des traits sataniques avant de se désintégrer en cendres.

Au même instant, à l'extérieur, Dominique hurle à la vue du serpent diabolique qui se vaporise sous ses yeux. Elle agrippe sa gorge et s'évanouit avant que Chaney ne puisse la rattraper.

À bord du *John C. Stennis*

Jeffrey Gordon règle ses jumelles sur la coque métallique de la cellule extraterrestre flottante contre laquelle vient d'exploser un Tomahawk.

– Le dernier missile a explosé ! Continuez de tirer !

On lance une salve de missiles de croisière TLAM. Sous les yeux incrédules du secrétaire de la marine, les projectiles percutent cette fois le vaisseau d'iridium et l'anéantissent.

29

Le terrain de jeu de balle maya s'est volatilisé.

Michael Gabriel se tient seul au centre d'un vortex d'énergie émeraude. Le cylindre pareil à un tunnel tourne à une vélocité d'un milliard de révolutions par minute.

À sa gauche se trouve l'entrée du portail. Par l'ouverture qui rétrécit, il voit la base nord de la pyramide et aperçoit Dominique, allongée sur les deux marches inférieures.

Elle pleure.

Un autre portail, l'entrée de Xibalba Be se trouve à sa droite. En son centre apparaît une tête d'épingle lumineuse dans les ténèbres sidérales.

Le calme se répand en lui, apaise ses nerfs à bout.

– *Gardien, est-ce que j'ai réussi ?*

– *Oui, Hunahpu. Les deux seigneurs du monde d'en bas sont morts. Le portail se ferme. Le dieu de la mort n'a pas pu pénétrer dans ton monde.*

Michael regarde l'ouverture sur sa droite qui continue à se refermer.

– *La menace qui pesait sur l'humanité n'existe donc plus ?*

– *Si. L'heure est venue de choisir.*

Un sarcophage de granite brun se matérialise sous ses yeux. Au-dessus de l'intérieur en forme de baignoire, une petite cellule de la taille d'un cercueil reste en suspension.

– *Deux destinées t'attendent. Tu peux finir tes jours comme Michael Gabriel ou continuer ton voyage vers Xibalba et remplir ton destin de Hun Hunahpu pour essayer d'obtenir le salut des âmes de ton peuple.*

Les Nephilim… Michael revoit les visages épouvantés des enfants de Xibalba, leurs âmes prisonnières du purgatoire.

Si effrayés, si seuls...

Il y a 65 millions d'années, les Gardiens ou survivants des Nephilim ont *choisi* de rester sur la Terre pour préserver le destin d'une espèce inconnue, dans l'espoir que leur messie génétique s'élèverait un jour pour leur rendre la pareille.

Michael contemple Dominique. Il voudrait la prendre dans ses bras, la réconforter. Il imagine la vie que les circonstances lui ont refusée depuis l'enfance. L'amour... le mariage... les enfants... Une existence heureuse.

C'est injuste. Pourquoi dois-je choisir ? Je mérite de vivre ma vie.

Il s'imagine baignant dans la chaleur de Dominique, sans plus jamais avoir à se réveiller au beau milieu de la nuit sur le sol glacé d'une cellule en béton, en proie à un sentiment de solitude absolu.

De vide absolu.

Le sacrifice ultime...

La voix douce de Dominique. *Mick, aucun de nous ne peut contrôler les mises qui lui ont été distribuées...*

– Tu as ton libre arbitre, Michael. Dépêche-toi de choisir avant que le portail ne se referme.

Il arrache son cœur à Dominique et grimpe dans la cellule.

Michael ouvre les yeux. Allongé sur le ventre dans la coque bleue rayonnante de la cellule, il file tête la première dans un tunnel tournoyant de gravité intense. Bien qu'il soit enveloppé d'énergie, il distingue toutefois les parois du vaisseau. Derrière, il voit défiler les étoiles comme des balles traçantes.

Par-dessus son épaule, il aperçoit la Terre. Le monde bleu disparaît, la queue cosmique du conduit de la quatrième dimension s'évapore derrière lui, ne laissant que les ténèbres sidérales dans son sillage.

Le vide de plus en plus profond déchire son âme torturée.

– Bienvenue, Hun Hunahpu, tu es arrivé.

– Elle me manque, le Gardien.

– Elle est vivante et en bonne santé, la graine de notre pacte germe dans son corps. Sa destinée est à jamais liée à la tienne.

Une lumière blanche apparaît au loin, elle chatoie de plus en plus fort.

Les doigts glacés de la terreur s'insinuent dans le cerveau de Michael.

Xibalba… Michael devient fiévreux.

– Qu'est-ce que j'ai fait ? Le Gardien, je vous en supplie, je veux revenir en arrière.

– *Il est trop tard, mais ne crains rien, Michael, car nous ne t'abandonnerons jamais. Tu as accompli le sacrifice ultime. Ce faisant, tu as redonné l'humanité à ton espèce et offert aux âmes de nos ancêtres une chance de rédemption. Tu as choisi un noble chemin. Il te révélera les secrets mêmes de l'univers, il opposera l'essence même du bien au mal, la lumière aux ténèbres, et l'enjeu est bien plus immense que tu ne l'imagines.*

Maintenant ferme les yeux et repose-toi, car ce qui t'attend, c'est le mal sous sa forme la plus pure.

Épilogue

3 janvier 2013
Maison Blanche
Washington DC.

Le président Ennis Chaney lève les yeux à la vue de Katherine Gleason, qui vient d'entrer, tout sourire, dans son bureau.

– Bonjour.

– Bonjour. Quel bonheur d'être encore en vie ! La conférence de presse est prête ?

– Oui, monsieur le Président. Vous allez découvrir que deux arrangements floraux décorent le podium. Remerciement des Chinois.

– Très attentionné. Mes autres invités sont arrivés ?

– Oui, monsieur le Président, ils vous attendent dans le couloir.

Le secrétaire d'État Pierre Borgia est en train d'ajuster sa cravate quand la conférence de presse est annoncée. Il consulte sa montre et allume le communicateur vidéo sur son bureau.

L'image de Joseph Randolph Sr. lui sourit d'un côté de l'écran partagé en deux, face à celle de l'entrepreneur du ministère de la Défense, Peter Mabus.

– Le voici, Pete. Bravo, Pierre.

– Nous sommes drôlement fiers de toi, fiston.

Borgia baisse le volume.

– Messieurs, je vous en prie, le marché n'est pas encore conclu. Chaney ne m'a pas encore offert la vice-présidence, même si nous devons nous rencontrer avant la conférence de presse.

– Fais-moi confiance, fiston, d'après mes sources, l'affaire est dans le sac.

Randolph passe une main parcheminée dans sa chevelure blanc argenté.

– Qu'est-ce que vous en pensez, Pete ? On accorde quelques mois à Pierre pour qu'il s'installe dans son nouveau poste, ou on commence tout de suite à presser des boutons pour éjecter Chaney ?

– J'opterais pour des élections à mi-présidence.

Borgia ressent le coup frappé à sa porte comme une décharge d'adrénaline.

– C'est sûrement Chaney. Je vous rappelle tout à l'heure.

Borgia éteint le communicateur vidéo à l'entrée du Président.

– Bonjour, Pierre. Prêt pour la conférence de presse ?

– Oui, monsieur le Président.

– Bien. Oh, avant de nous rendre dans la roseraie, j'ai quelques messieurs à vous présenter. Ils vous escorteront à la conférence.

Chaney rouvre la porte pour permettre à un homme en costume sombre et à deux policiers armés de pénétrer dans le bureau de Chaney.

– Je vous présente David Tierney, agent spécial du FBI.

– Monsieur Borgia, vous êtes en état d'arrestation.

Borgia en reste bouche bée. Les policiers lui tirent les bras dans le dos pour lui passer les menottes.

– Mais qu'est-ce qui vous prend, bordel ?

– Complot d'assassinat. Vous avez le droit de vous taire.

– Vous êtes complètement cinglés !

Les petits yeux noirs lancent des éclairs.

– Agent Tierney, Michael Gabriel a été bouclé pendant presque douze ans. D'après vous, combien de temps est-ce que nous allons pouvoir garder l'ancien secrétaire d'État en prison ?

Tierney sourit de toutes ses dents.

– Pour accusation de meurtre ? On doit pouvoir faire mieux que ça.

Les deux sentinelles traînent un Borgia vociférant et gesticulant hors de son bureau.

Chaney sourit avant de lancer :

– Surtout, passez par le podium pour que la presse puisse prendre quelques photos. Et assurez-vous aussi que son bon œil soit sur les clichés.

21 mars 2013
Boca Raton, Floride

La limousine noire tourne sur la route 441 en direction du centre médical de Boca ouest. Sur le siège arrière, Dominique serre la main d'Edith. Elles regardent les actualités sur la petite télévision.

« … et donc, les savants comme les archéologues ne comprennent toujours pas pourquoi, pour la première fois depuis plus de mille ans, l'ombre du serpent à plumes n'est pas apparue sur la balustrade nord de la pyramide de Kukulcán pendant l'équinoxe de printemps d'aujourd'hui. Alison Kieras, Journal de Channel 7, en direct de Chichén Itzá. »

Edith éteint le poste alors que la limousine pénètre dans l'ensemble hospitalier. L'un des gardes du corps armés ouvre la portière arrière pour aider Dominique et sa mère à sortir du véhicule.

– Je te trouve bien gaie aujourd'hui.

Dominique sourit.

– Je le sens.

– Qui ?

– Mick. Il est vivant. Ne me demande pas comment, mais je sens sa présence dans mon cœur.

Edith la guide dans l'hôpital. Elle trouve préférable de ne rien répondre.

Étendue sur la table d'examen, Dominique regarde l'écran pendant que le médecin fait glisser la machine à échographie sur son ventre gonflé. Edith lui étreint la main en entendant les minuscules battements de cœur retransmis par l'appareil.

– Voici la tête du premier… et celle du second. Tout a l'air impeccable.

Avec un linge humide le médecin essuie la crème dont il a enduit le ventre de la jeune femme.

– Alors, madame Gabriel, vous voulez connaître le sexe de vos jumeaux ?

Les yeux mouillés de larmes, Dominique regarde Edith.

– Je le connais déjà, docteur. Je le connais déjà.

Remerciements

Je rends hommage avec beaucoup de fierté et de reconnaissance à tous ceux qui ont contribué à la naissance de ce roman.

Cet hommage va d'abord à mon directeur littéraire, Ken Atchity, et à son équipe d'Atchity Editorial/Entertainment International, qui ont œuvré avec une grande persévérance. Merci à mon éditeur, Michael Wichman (AEI), pour le regard qu'il porte sur mon travail ; à Bill McDonald (Argonaut-Grey Wolf Productions/Alien UFOart. com) pour sa perspicacité et à Ed Stackler de Stackler Editorial pour ses remarques pertinentes.

Je remercie infiniment Tom Doherty et la formidable équipe de Tor Books, l'éditeur Bob Gleason et Brian Callehan, ainsi que Matthew Snyder de Creative Arts Agency à Los Angeles et Danny Baror de Baror International. Bravo à Bob et Sara Schwager pour leur beau travail de correction.

Merci également aux personnes suivantes dont les connaissances ont été utiles d'une manière ou d'une autre à ce texte : Gary Thompson et le Dr Robert Chitwood (South Florida Evaluation and Treatment Center), le rabbin Richard Agler, Barbara Esmedina, Jeffrey Moe, Lou McKellan, Jim Kimball, Shwan Coyne et le Dr Bruce Wishnow. Quant à Graham Hancock, John Major Jenkins et Erich Von Daniken, ils ont sans doute exercé une influence sur mon récit à travers leurs œuvres.

J'exprime ma profonde reconnaissance à Donna et Justin Lahey. Leur dévouement, leur créativité et leur savoir-faire ont permis de lancer mes romans sur Internet.

Quant à vous, chers lecteurs, merci pour votre courrier. Vos commentaires m'enchantent et vos idées ont une grande importance à mes yeux.

Steve ALTEN

On peut joindre directement Steve par e-mail sur www.stevealten.com.

Composition : Compo-Méca S.A.R.L.
64990 Mouguerre

Imprimé en Espagne
Dépôt légal : février 2012
N° d'impression : 01
ISBN : 978-2-7499-1576-0
LAF 1544A